Blue Jeans

LA RAGAZZA INVISIBILE

Traduzione di Sara Cavarero

DeA
Planeta

Titolo originale: *La chica invisible*
Traduzione dallo spagnolo: Sara Cavarero

Per l'edizione italiana: © 2019 DeA Planeta Libri S.r.l
Redazione: via Inverigo, 2 – 20151 Milano
www.deaplanetalibri.it

GUIDA AI PERSONAGGI
(IN ORDINE ALFABETICO)

- Aitana Álvarez: madre di Julia, medico legale.
- Alberto Montero: professore di educazione fisica al Rubén Darío.
- Almudena Díaz: madre di Emilio, avvocatessa.
- Ana López: professoressa di storia al Rubén Darío.
- Antonio Viñales: padre di Emilio, avvocato.
- Arturo Peñaranda: ispettore dell'Unidad Central Operativa (UCO) della Guardia Civil.
- Aurora Ríos: studentessa di terza superiore e compagna di Julia.
- Bely Herrero: sorella minore di Patricia Herrero.
- Bernardo Ríos: padre di Aurora.
- Diego Soler: professore di lettere al Rubén Darío.
- Emilio Viñales: compagno di classe e miglior amico di Julia.
- Fernando Castellanos: marito di Virginia Ayuso. È direttore commerciale.
- Ingrid San Juan: compagna di classe di Julia e miglior amica di Vanesa.
- Iván Pardo: studente di quarta superiore del quale Julia è innamorata.
- Jonathan Vila: professore di filosofia del Rubén.
- Darío: tutor di Julia e dei suoi compagni.
- Juan Otamendi: pubblico ministero del caso Ríos.
- Julia Plaza: studentessa di terza superiore e protagonista del romanzo.

- Lázaro Martínez: preside del Rubén Darío e professore di francese.
- Miguel Ángel Plaza: padre di Julia e sergente della polizia giudiziaria.
- Milena Bolado: fidanzata di Pedro Soria. Lavora nell'agenzia viaggi di famiglia.
- Nicolás Neri, EnneEnne: studente ripetente di seconda superiore al Rubén Darío.
- Nuria Almagro: professoressa di economia al Rubén Darío.
- Patricia Herrero: studentessa di terza superiore e amica di Julia.
- Pedro Soria: sindaco del paese.
- Roberto Méndez: giornalista della televisione locale.
- Santiago Mantovani: professore di religione al Rubén Darío.
- Scarlett Smith: professoressa d'inglese al Rubén Darío.
- Vanesa Izquierdo: compagna di classe di Julia e ragazza di Iván.
- Vera Domínguez: madre di Aurora. Lavora in un bar.
- Virginia Ayuso: professoressa di matematica al Rubén Darío.

ELENCO DEGLI ALUNNI DELLA TERZA B

- Miguel Alonso Sánchez
- Ámbar Asensio Bellerín
- María Baeza Domínguez
- Irene Castro Pedrosa
- Francisco Javier Cepeda Campoamor
- Jesús Fernández Gómez
- María del Mar Gallego Expósito
- Sara García Alfaro
- Laura Gómez Ocaña
- Alejandro González García
- Domingo Hernández Méndez
- Abigail Lucía Hermoso Rodríguez
- Patricia Herrero Pérez
- Vanesa Izquierdo Gómez
- Yi Lin
- Dunia López de la Fuente
- Jason José Mendoza
- Julia Plaza Álvarez
- Aurora Ríos Domínguez
- Ana Romero Carmona
- Ricardo Sáez Fernández
- Ingrid San Juan Pérez
- Pablo Solís Almeida
- Emilio Viñales Díaz

ELENCO DEI PROFESSORI DELLA TERZA B

– Lázaro Martínez (francese e preside della scuola)
– Jonathan Vila (filosofia e tutor)
– Alberto Montero (educazione fisica)
– Diego Soler (lettere)
– Nuria Almagro (economia)
– Santiago Mantovani (religione)
– Ana López (storia)
– Scarlett Smith (inglese)
– Virginia Ayuso (matematica)

Prologo

Venerdì 19 maggio 2017

Si avvicina al computer e cerca una canzone da ascoltare mentre si cambia. Ci pensa su qualche secondo e sceglie *Castle on the Hill*, di Ed Sheeran, il suo cantante preferito. Quante volte le canzoni del britannico dai capelli rossi l'hanno accompagnata durante l'adolescenza... nei momenti di solitudine e grande tristezza, nei giorni duri e faticosi in cui non c'era niente che andasse bene. Adesso, almeno, una ragione per sorridere l'ha trovata. Una ragione enorme, piena di emozioni e incertezze.

In che momento si trova adesso, esattamente?

Aurora perlustra l'armadio in cerca di qualcosa da mettersi. Non che abbia molto tra cui scegliere, a dire il vero. Non sarebbe una cattiva idea andare a fare un po' di shopping in città: il paese in cui abita è piccolo, ci sono pochissimi negozi di vestiti e vendono solo cose vecchie e fuori moda. Come il suo abbigliamento, del resto: grigio e triste. Alla fine opta per un paio di jeans neri – avranno un paio d'anni e vestono abbastanza stretti – e la maglietta rossa che le ha regalato sua madre il Natale scorso. È di una marca sconosciuta, ma i soldi che entrano in casa non permettono altro. Sospira rassegnata e si spoglia. Abbassa lo sguardo e si osserva il ventre con aria orgogliosa.

È la fine di maggio, e fa caldo. In casa non hanno l'aria condizionata, soltanto un ventilatore che Aurora usa a turno con sua madre. Si mette lì davanti e lascia che l'aria la colpisca sull'addome, poi si abbassa perché le sfiori delicatamente il viso. Il sollievo è temporaneo. Non ha mai sopportato le temperature troppo alte. Preferisce il freddo. È sempre stata così.

Una volta vestita, va in bagno. Si pettina i capelli castani e si corruccia perché non le crescono in fretta quanto vorrebbe. La parrucchiera ha mentito. L'aveva già sospettato quando si era guardata allo specchio, dopo la "spuntatina".

«Avevano bisogno di una rinvigorita. Non preoccuparti, Aurora: dagli un mese e mezzo e saranno lunghi come prima, ma più belli» aveva assicurato Maite, la parrucchiera dove va sempre.

E un cazzo. Sono passati più di due mesi e i suoi capelli non hanno recuperato nemmeno la metà dei centimetri che Maite le ha portato via. È furiosa, ma non l'ha detto a nessuno. Lei non si lamenta: non a voce alta, quantomeno. Ha imparato a tenere la bocca chiusa. Spesso mordendosi la lingua, sigillando con rabbia le labbra. D'altronde la sua opinione non è altro che questo: una stupida opinione. A chi può interessare? Forse a una sola persona sul pianeta Terra. Quanto basta.

Aurora apre uno dei cassetti in cui sua madre tiene i trucchi. Non le piace truccarsi, ma quel venerdì pomeriggio è speciale. Ultimamente il venerdì è il suo giorno preferito. Quindi sceglie un rossetto rosa pallido e se lo passa sulle labbra. Poi si mette il mascara, che fa risaltare ancora di più i suoi bellissimi occhi azzurri. Un po' di fard sulle sue guance bianche come la neve, e la sessione di make-up è conclusa. Si guarda allo specchio e fa schioccare la lingua. Sebbene non si sia mai trovata bella, non è niente male. Si accontenta di quel che vede.

Prima di uscire di casa riceve un Whatsapp.

Arrivi? Non posso restare molto. Al massimo fino alle nove. Sbrigati.

Sono quasi le otto. Per fortuna è a soli cinque minuti dal luogo dell'appuntamento. Risponde che sta arrivando.

Esce di casa in tutta fretta e si dirige verso la scuola in cui frequenta la prima superiore. Cammina in fretta, distratta. Così immersa nei suoi pensieri che non si accorge della vicina di casa fino a quando quasi non la travolge.

«Aurora! Dove vai così di corsa?»

«A comprare il latte, signora Ofelia» mente. Se qualcuno sapesse la verità...

«Così truccata? Non ti sarai innamorata di Narciso?»

La ragazza sorride timida e scuote la testa. Narciso, il proprietario dell'alimentari di zona, ha più di cinquant'anni, è sposato e ha due figli gemelli della sua età che lei conosce da sempre, sebbene sia da parecchio che non si parlano. In realtà lì si conoscono tutti, o pensano di conoscersi. Come in qualsiasi paesino, ogni famiglia ha i suoi segreti e abbondano i pettegolezzi, benché nessuno sia in grado di dire cos'è vero e cosa no.

Aurora attraversa la strada; il tempo di svoltare dietro un edificio ed è arrivata al Rubén Darío. Il portone d'ingresso è aperto. Alcuni professori stanno facendo tutorato, e poi ci sono le lezioni serali per gli alunni maggiorenni.

Con cautela, attenta a non farsi vedere, Aurora entra, ignora il complesso principale e sgattaiola verso il retro, dove ci sono il campo da basket e quello da calcetto. Di solito a quell'ora non c'è in giro nessuno. Ma stavolta non è così. Aurora riconosce subito il ragazzo che sta facendo un canestro dopo l'altro. È della sua classe. Cazzo. E adesso? Non vuole farsi vedere. Non ha altra alternativa se non aspettare che se ne vada. Si nasconde dietro i cespugli e invia un Whatsapp.

C'è un problema. Non posso venire nello spogliatoio perché c'è uno che sta giocando a basket. Ci vediamo da un'altra parte?

Aspetta ansiosa una risposta che non arriva. Cosa sarà successo? Sente il bisogno di digitare il suo numero, ma non lo fa. È il loro accordo. Nessuna chiamata.

I minuti continuano a passare e inizia a innervosirsi. Scrive di nuovo.

Tutto bene? Perché non rispondi? Dove sei?

Proprio nel momento in cui Aurora invia il messaggio, il ragazzo che stava giocando a pallacanestro raccoglie le sue cose e se ne va. Via libera. Quando è sicura che nessuno possa vederla, corre verso la stanza che la scuola ha adattato a spogliatoio: un vecchio magazzino, piuttosto grande, in cui sono state installate delle docce e dove c'è la temperatura adatta perché i ragazzi si possano cambiare. Aurora apre la porta ed entra. È una fortuna che la serratura sia rotta da mesi e che nessuno si sia premurato di farla aggiustare. Perché avrebbero dovuto? Lì dentro non c'è nulla di valore, e chiamare un fabbro costerebbe soldi che di certo la scuola preferisce investire altrimenti.

Non è ancora buio, quindi non ha bisogno di accendere la luce. Si siede su una delle panche e fruga nella tasca dei pantaloni alla ricerca di una caramella alla menta. La scarta e la infila in bocca. Mentre la succhia controlla di nuovo il cellulare. Nessun nuovo messaggio.

«Dove sei?» sussurra impaziente, accorgendosi che sono quasi le otto e venti.

È molto strano che non si veda. Di sicuro ha avuto qualche imprevisto e non ha potuto avvisarla. Aurora cerca di far passare il tempo guardando le foto che ha nel telefono e rileggendo vecchi messaggi. Aveva promesso che li avrebbe cancellati, ma non l'ha fatto.

Ciao. Stiamo per fare una pazzia. Ma non vedo l'ora di avere un po' di tempo per noi. Soltanto io e te. Ci vediamo alle sette e mezza nello spogliatoio. Per favore, sii discreta e non farti vedere da nessuno. A dopo.

È un Whatsapp che ha ricevuto poco più di due mesi prima. Era stato uno dei giorni più belli della sua vita. La ragazza sorride nel rileggere un messaggio dopo l'altro. Si sofferma su una fotografia in cui…

Di colpo sente dei passi. Si alza in piedi e si avvicina alla porta. Finalmente! Le si illumina il viso e i suoi occhi azzurri riprendono a brillare.

La porta si apre e l'espressione di Aurora cambia in una frazione di secondo. Confusa, fa due passi all'indietro. Inciampa e cade a terra. Non ci capisce assolutamente niente.

«Ciao. Cos'è quella faccia? Non sono la persona che aspettavi?»

1

Venerdì 19 maggio 2017

«Ti ho mai detto che adoro i tuoi occhi color nocciola?»

«Julia, va' a farti un giro.»

«No, sul serio. Hai uno sguardo super inquietante.»

Emilio sgrana gli occhi, sorpreso dalle parole dell'amica, che scoppia a ridere dall'altra parte dello schermo. È da mezz'ora che parlano su Skype: hanno deciso di fare una pausa da derivate e perifrasi verbali.

«Uno sguardo super inquietante... Questo non me l'aveva mai detto nessuno» dice Emilio mentre si scompiglia i capelli tinti di blu e inforca di nuovo gli occhiali. «Mi sembri un po' troppo felice. Ti ricordo che tra poco iniziano i test di fine anno e ci giochiamo la promozione.»

«Lo so. Signore e signori, che i sessantacinquesimi Hunger Games abbiano inizio!» scherza Julia prendendo il cubo di Rubik che ha sottomano.

«Insisto: come mai sei così felice? Abbiamo tantissimo da studiare! Sono troppo angosciato!»

«Non ci guadagno niente a preoccuparmi più del dovuto, e nemmeno a innervosirmi. E neanche tu.»

«Certo. Per te è facile.»

«Emi, ti ho ripetuto un milione di volte che per prendere bei voti mi devo sforzare come chiunque altro» risponde Julia addolcendo il tono.

«Ma hai un vantaggio su di noi.»

«Un vantaggio che bisogna saper gestire. Posso essere sveglia quanto vuoi e avere un'ottima memoria, ma senza lavoro e senza sforzo non si ottiene nulla.»

E, abbozzando un mezzo sorriso, mostra all'amico il cubo di Rubik risolto: ogni lato con il suo colore. Ci ha impiegato quarantasette secondi.

Quando a cinque anni i suoi genitori la portarono dallo psicologo avevano già il sospetto che fosse una bambina speciale. E ci avevano azzeccato. I test stabilirono che il quoziente intellettivo di Julia era molto alto, tra i più alti che avessero mai valutato; e la sua memoria prodigiosa. A diciassette anni Julia è molto intuitiva ed è una grande osservatrice. Adora il violino, che ha imparato a suonare con i tutorial di You Tube, le piace giocare a scacchi e leggere gialli. E, ovviamente, risolvere di continuo il cubo di Rubik.

«Non mi dispiacerebbe affatto avere la tua mente meravigliosa.»

«E a me i tuoi occhi accecanti e quello sguardo inquietante.»

«Ma quanto sei simpatica oggi!» esclama Emilio, esibendo un sorriso forzato.

«Non prenderla così, cavoli. Adesso la pianto. Anche se cerco di convincermi del contrario, in realtà sono un po' nervosa anche io. Ci vediamo domani per studiare insieme?»

Emilio finge di pensarci su: porta le mani al mento e poi si sistema gli occhiali. Guarda la telecamera e sorride.

«D'accordo. Ma da te, qui i miei ci farebbero impazzire.»

«Non esagerare.»

«Lo dici solo perché non ci vivi insieme. Sono pallosissimi. Dicono che sono un nerd e che non esco mai dalla mia stanza.»

«E hanno ragione, Emi. Sei un nerd ed esci solo per andare a scuola. Ti porti in camera persino il pranzo su un vassoio!»

«Perché mi dà fastidio stare in cucina e avere il cane che sbava vicino mentre mangiamo.»

«Quel povero Cásper ce l'hai da quattro mesi, ma tu ti comporti così da quando ci conosciamo.»

«È anche per via dei miei. Mi considerano una specie di alieno. Di me se ne fregano, e quando sto con loro non fanno che punzecchiarmi e farmi domande assurde. Sinceramente preferisco stare da solo.»

Adesso Julia non fa più battute. Conosce bene Emilio e sa che quella faccenda lo ferisce sul serio. Non è mai stato un ragazzo "normale", e nemmeno molto socievole. Questo, in un paesino, significa scavarsi la fossa da soli. Tuttavia, a lei è stato simpatico fin dal primo istante. Ormai sono passati quasi tre anni da quando si è trasferita lì e Emi è apparso nella sua vita. Ai tempi le era addirittura piaciuto. Le sembrava un tipo interessante, diverso, che aveva comunque un suo fascino, pur non essendo bello. Ma nel tempo quei sentimenti si erano trasformati.

Quelli che prima erano stati imbarazzi e farfalle nello stomaco, quando parlava con lui, si erano trasformati in confidenza e belle vibrazioni. Pura amicizia, senza nessuna pretesa.

«Domani stiamo insieme. Vieni presto e ti offro la colazione.»

«Non voglio alzarmi presto nel weekend.»

«Ma non ci alziamo presto. Ti va bene per le dieci?»

«Dieci e mezza.»

«Affare fatto. Dieci e mezza» concorda Julia sorridente. «Adesso devo andare. Ho la stanza invasa dal profumino della cena e sto morendo di fame.»

«Non hai ancora cenato?»

«No. Stavamo aspettando mio padre. Penso sia appena arrivato, ho sentito la porta. A domani, alle dieci e mezza! Vedi di tirarti giù dal letto!»

«D'accordo. Ciao.»

«Ciao!»

La ragazza esce da Skype e abbassa lo schermo del portatile. Poi si infila il cellulare nella tasca posteriore dei pantaloni e scende famelica. Sulla soglia della cucina, accanto a sua madre, c'è un uomo alto che si slaccia il bottone del colletto, esausto dopo una lunga giornata lavorativa. Questo mese sono tre anni che Miguel Ángel lavora come ispettore della polizia in paese. Quattro mesi dopo il suo trasferimento lo hanno raggiunto anche moglie e figlia.

«Era ora, papà» dice Julia mentre si avvicina al padre per dargli un bacio. «Perché sei arrivato così tardi?»

«Un incidente stradale. Lo stavo giusto raccontando alla mamma.»

«Un incidente? Ci sono stati morti?»

«No, per fortuna solo un ferito lieve. Hanno investito una persona» commenta Miguel Ángel prima di andare verso le scale. «Mi cambio e vi racconto a cena.»

«Ma chi hanno investito?»

L'uomo non risponde e sale in fretta in camera da letto, al piano di sopra.

«Tu lo sai chi hanno investito?» chiede la ragazza alla madre.

«Non me l'ha detto. Meno male che non è morto nessuno. Sennò ti toccava ordinare una pizza.»

Il sorriso accennato di Aitana stupisce la figlia, che scrolla il capo. A volte non capisce il cupo senso dell'umorismo di sua madre.

«Mamma, sei un medico legale. Non dovresti fare certe battute.»

«Ma se è stata una stupidaggine! La morte è una faccenda molto seria. Soprattutto per chi muore.»

«Mamma!»

«Che c'è?»

«Smettila... Ma tu non senti puzza di bruciato?»

«Le lasagne!»

Dal forno esce un filo di fumo nero che inizia a diffondersi per tutta la casa. Aitana si infila i guanti da cucina e sforna la teglia. Lo strato superiore è completamente bruciato. Quello sotto pure.

«Questo è il karma» si lamenta la donna, rassegnata, nel vedere che la cena non è più commestibile. «Ci tocca davvero ordinare le pizze.»

La ragazza sbuffa. È affamata e l'unico servizio di

pizza a domicilio del paese è piuttosto lento. Guarda l'orologio: sono quasi le undici di sera.

«Non c'è niente in frigo che possiamo preparare al volo?»

«Niente. È stata una settimana folle. Domani andiamo al centro commerciale a fare la spesa e riempiamo la dispensa. La pizza la vuoi con l'ananas?»

Julia annuisce. A quanto pare ci vorrà ancora un po' prima di cenare. Ma non può rimproverare nulla né a sua madre né a suo padre. Lavorano entrambi tantissimo, a volte più di quanto dovrebbero. Non fanno lavori semplici e in caso di emergenza devono sempre garantire la reperibilità. Da cinque anni Aitana è il medico legale della zona. Lavora in città, ma copre anche tutti i comuni limitrofi. I compiti e le responsabilità di Miguel Ángel, invece, si sono moltiplicati da quando è stato promosso ispettore della polizia giudiziaria della Guardia Civil, motivo per cui passa meno tempo a casa.

Mentre sua madre ordina le pizze al telefono, le squilla il cellulare. Julia vede che il numero non è registrato tra i suoi contatti. Esita un attimo, ma alla fine risponde.

«Sì?»

«Julia?»

«Sì, sono io. Chi parla?»

«Ciao, sono Vera, la madre di Aurora, la tua compagna di classe. Ho avuto il tuo numero da Patricia Herrero, l'altra vostra compagna.»

Non aveva riconosciuto la voce, aveva parlato con la donna giusto un paio di volte.

«Ah! Salve. Come va?»

«Sono preoccupata. Mia figlia è con te?»

La ragazza si stupisce che la madre della compagna le chieda di lei. Non le sta antipatica, ma non si può dire che siano amiche. In realtà Aurora non parla quasi con nessuno. A volte è come se non ci fosse. Lei e Emilio la chiamano "la ragazza invisibile".

«No, non è con me. L'ultima volta che l'ho vista è stato all'uscita da scuola.»

«È molto strano che a quest'ora non sia a casa. La trovo sempre, quando rientro dal lavoro. E ho provato a chiamarla sul cellulare, ma è spento. Non sai dove possa essere?»

«No, mi dispiace» si limita a rispondere Julia, confusa.

A quel punto cala un silenzio teso. La ragazza prova a ricordare qualcosa che possa aiutare la donna. Aurora è un tipo solitario, silenzioso e durante l'intervallo non sta praticamente mai con nessuno. Soltanto in un'occasione ha avuto un contatto diretto con lei. È stato all'inizio dell'anno, per un lavoro di gruppo. Erano quattro: Patricia Herrero, Yi Lin e loro due.

«Julia, scusami se te lo chiedo» dice Vera, esitante. «Non mi è mai piaciuto ficcare il naso nella vita privata di Aurora, ma tu per caso sai se ha un ragazzo o se c'è qualcuno con cui potrebbe essere?»

«Be'...» Sta per risponderle che è impossibile che abbia un ragazzo perché non ha legato con nessuno a scuola. Ma si trattiene. «Che io sappia, no. Non l'ho vista con nessun ragazzo.»

«E su Internet? Le cose sono cambiate molto negli ultimi tempi. Non ti ha parlato di qualcuno conosciuto su Twitter o Instagram?»

«No. Mi dispiace. Se è così, a me non ne ha parlato.»

All'altro capo della linea si sente il sospiro lungo e profondo di Vera. Anche Julia inizia a preoccuparsi. Dove sarà Aurora? Non crede sia con qualcuno della classe a prepararsi per gli esami. E non la immagina nemmeno a casa di qualche ragazzo.

«D'accordo. Grazie di tutto. E scusa il disturbo.»

«Non si preoccupi. Di sicuro starà per arrivare. Sarà andata da qualche parte e si sarà fatto tardi.»

«È quello che mi auguro. Buonanotte, Julia.»

«Buonanotte.»

Dopo aver salutato Vera, la ragazza resta immobile per qualche secondo. Ha un brutto presentimento. La voce di sua madre la riporta alla realtà.

«Tutto bene? Chi era?»

«La madre di una mia compagna di classe, Aurora Ríos. Non so se ti ricordi di lei: è venuta una volta perché dovevamo fare un lavoro insieme. Non la frequento molto.»

«Mi suona, anche se non mi ricordo che faccia abbia. E cosa voleva sua madre?»

«Sapere se era con me o se avevo sue notizie. Quando è tornata a casa dal lavoro non l'ha trovata.»

«È venerdì. Non è possibile che sia uscita?»

«Sì, è possibile, ma non è tipo da uscire a far festa. Lei è... come posso dire... poco socievole.»

«Chi è poco socievole?» la voce grave di Miguel Ángel irrompe nella cucina. «Ma che è questo odore?»

L'uomo vede subito la teglia con la lasagna carbonizzata. Guarda sua moglie con le braccia aperte e gli occhi sgranati.

«Non preoccuparti, ho già ordinato le pizze» lo tranquillizza Aitana.

«E quando arrivano?»

«Mezz'ora. O almeno è quello che mi hanno assicurato. Per te acciughe e olive nere.»

L'uomo sposta una sedia di quelle attorno al tavolo della cucina e si siede. Guarda Julia negli occhi, gli sembra assorta.

«Che succede?» le chiede. «Tutto bene?»

«Non lo so. Mi ha telefonato la madre di una mia compagna di classe. È preoccupata perché sua figlia non è a casa, e non è da lei.»

«L'ha cercata sul cellulare?»

«Sì, ma è spento.»

«In questo paese prende malissimo. Le hai detto di andare a scuola? Chi è?»

«Si chiama Aurora.»

«Aurora Ríos? La figlia di Vera Domínguez?»

«Sì. La conosci?»

«Certo. Suo padre se n'è andato di casa proprio la settimana della mia promozione. Vera è passata in commissariato per raccontarci l'accaduto. Me ne sono occupato io stesso.»

Miguel Ángel spiega a Julia e Aitana ciò che la donna gli ha raccontato tre anni prima. Aveva paura di Bernardo, il suo ex marito. Giurava che non le aveva mai messo le mani addosso, ma l'aveva più volte minacciata di andarsene e di portare con sé la figlia. Alla fine se n'era andato, ma Aurora era rimasta con sua madre. L'uomo era scomparso e non aveva mosso un dito per la custodia della figlia.

«Quella ragazza ne ha sofferto molto. Potete immaginare una situazione del genere in un paesino» conclude l'uomo. «La gente parla troppo.»

«E i figli sono quelli che se la passano peggio nella separazione dei genitori» aggiunge Aitana.

«Credi che Bernardo possa avere a che fare con la scomparsa di Aurora?» chiede Julia allarmata.

«Ehi, è ancora presto per parlare di scomparsa! È probabile che la ragazza ritorni stasera. Sarà uscita a fare un giro.»

«Sua madre dice che di sera non esce mai.»

«Magari oggi ha cambiato idea ed è in giro a spassarsela» insiste Miguel Ángel. «Vedrai che alla fine sarà soltanto l'ennesimo aneddoto da raccontare.»

Julia annuisce, ma non riesce a togliersi di mente la ragazza invisibile. Continua a pensare che qualcosa non va. Comunque sia, lei non può fare nulla. Domattina chiamerà Vera per assicurarsi che si sia trattato di un falso allarme.

«Cambiando discorso, prima mi stavi raccontando dell'incidente. Chi è stato investito?» interviene Aitana interessata. «Qualcuno del paese?»

«Sì. Un ragazzo di qui. Ma ha solo qualche graffio e un polso slogato. Era in bicicletta e una macchina l'ha preso in pieno. È un miracolo che non si sia fatto niente di grave. Forse, Julia, tu lo conosci. Ha un anno in più di te. Frequenta la seconda nella tua scuola. Si chiama Iván Pardo.»

Appena sente il nome della vittima Julia impallidisce. Non ci può credere. Non può credere che sia lo stesso Iván di cui è innamorata da mesi!

2

Venerdì 19 maggio 2017

Iván Pardo. Bruno, capelli corti rasati sulla nuca. Occhi scuri, quasi neri. Alto più di un metro e ottanta e piercing al sopracciglio sinistro. Una fossetta sul mento e una cicatrice di tre punti sulla fronte, visibile solo a un buon osservatore. Un osservatore come lei.

Tutto ha avuto inizio quasi un anno prima. Quel ragazzo è entrato nella sua vita a giugno, l'undici giugno, per l'esattezza. Da allora Julia pensa tantissimo a lui, sebbene non siano mai usciti insieme. A scuola non scambiano una parola e non abitano nemmeno vicini. Non solo, Julia non ha nemmeno il suo numero di cellulare. Il massimo che è riuscita a ottenere è che Iván la segua su Instagram. Ed è stata lei a fare il primo passo, seguendo lui. È successo proprio quell'undici giugno, quando sono rimasti per quasi un'ora chiusi nell'ascensore di un supermercato. Nei primi quindici minuti hanno scambiato a malapena due parole. Sguardi, sospiri e proteste per quella situazione assurda. Poi hanno cominciato a chiacchierare:

«Non avrei dovuto prendere l'ascensore» si lamenta il ragazzo. Ha un cesto pieno di cibarie, che sembra anche piuttosto pesante. «Non lo prendo mai, è un solo piano.»

«Di solito anch'io faccio le scale» spiega Julia, sbuffando.

«Allora vuol dire che il destino ci ha fatti finire qui per qualche ragione.»

«Mi sa che è colpa dell'età dell'ascensore, più che altro.»

Un sorriso attraente compare sul viso del ragazzo. Lei lo guarda inebetita e sente dentro una sorta di fremito.

«La tua faccia non mi è nuova. Vai al Rubén Darío, vero?»

«Sì, sono in terza.»

«Io in quarta. Mi chiamo Iván.»

«Ciao, sono Julia.»

Fatte le presentazioni, si scambiano due baci sulle guance. Poi abbassano contemporaneamente la testa e danno un'occhiata ai rispettivi cellulari. Dieci secondi dopo i loro sguardi si incrociano di nuovo, come fossero sincronizzati. E sorridono.

«Abiti da queste parti, immagino» dice il ragazzo sedendosi a terra.

«Sì, nella via qui dietro. Tu?» chiede Julia, lasciandosi cadere davanti a Iván.

«Io no. Vivo nella parte nuova del paese. Ma i miei nonni abitano qui vicino, e quando vengo a trovarli mia nonna ne approfitta e mi manda a fare la spesa.»

«Che bravo nipotino.»

«Non proprio, c'è un trucco: mi danno dieci euro per ogni commissione che gli faccio.»

Quella confessione fa sorridere Julia. Le si è seccata la bocca, così prende la Coca Cola dal cestino della spesa e la apre. Per fortuna l'ha presa dal frigo: è ancora fresca.

Ne beve un sorso e la offre al compagno di ascensore. Lui ringrazia e beve.

«Ma se vivi nella parte nuova, il Rubén Darío non è un po' lontano? In teoria dovresti andare a El Maquinista.»

«Sì, lo so. Ma preferisco il Rubén Darío. Conosco più gente. E sono solo dieci minuti in bicicletta.»

«Vai a scuola in bicicletta?»

«Sì, non ho ancora la patente» scherza Iván. «Ma la prendo appena compio diciott'anni.»

«Io non ho nessuna fretta.»

«Non hai voglia di prendere la patente?»

«Ci sono altre cose che mi interessano di più» commenta Julia dopo un altro sorso.

«Tipo?»

«Andare all'università, scrivere un giallo o conoscere Magnus Carlsen.»

«Chi è Magnus Carlsen?»

«Il migliore giocatore di scacchi della storia! A soli ventidue anni è stato campione del mondo. È il mio idolo.»

«Il tuo idolo è un giocatore di scacchi?»

«Lui e Agatha Christie.»

«Davvero?»

«Assolutamente. C'è qualcosa di male?»

«Per niente. Anzi, i tuoi gusti mi sembrano molto interessanti.»

Quel commento fa arrossire Julia. Non si aspettava che dicesse una cosa del genere.

Ma a quanto pare Iván non l'aveva trovata poi così tanto "interessante", visto che da quel momento l'ha completamente ignorata. Sì, una volta tornati ognuno a casa propria hanno cominciato a seguirsi su Instagram e si sono scambiati un paio di commenti in privato, ma tutto lì. La prima volta che si sono rivisti è stato a scuola, all'inizio della settimana seguente. Julia si è avvicinata per salutarlo. Ma Iván ha fatto finta di non conoscerla e si è infilato nel bagno dei maschi. Lei si è stupita e ha aspettato a una certa distanza che uscisse. Aveva voglia di parlare con lui, di ricordare insieme l'episodio dell'ascensore e di vederlo sorridere da vicino: aveva pensato al suo sorriso per tutto il weekend. Ma il sorriso Iván l'ha fatto a Vanesa, una delle ripetenti della sua classe, seguito da un lungo bacio prima di tornare in aula. Da quel momento in poi ogni volta che si incontrano si salutano soltanto con lo sguardo. E a volte nemmeno quello.

Sono le tre del mattino e Julia non riesce a dormire. Pensa all'incidente di Iván in bicicletta. Suo padre le ha spiegato che il ragazzo sta bene, che miracolosamente se l'è cavata con qualche graffio. Eppure non riesce a non preoccuparsi. Se gli scrivesse un messaggio privato su Instagram? Non c'è niente di male, anche se ormai non gli parla da parecchi mesi. È abbastanza coraggiosa? Ha paura che lui non le risponda o che lo faccia in modo freddo. Cosa deve fare?

«Se ci impiego meno di un minuto a risolvere il cubo di Rubik gli scrivo» dice a se stessa mentre si allunga sul comodino per prendere il suo passatempo preferito.

Seduta sul letto lo esamina, a sinistra e a destra, da una parte e dall'altra, e studia la posizione dei colori. Prima di iniziare a girare mette a zero il cronometro del cellulare.

È pronta. Schiaccia il tasto che attiva il conto alla rovescia e inizia la sfida.

Non può distrarsi troppo. Se pensa ad altro non riuscirà a risolverlo in meno di un minuto. Ma in Julia affiora il ricordo quasi esatto del giorno in cui lei e Iván sono rimasti chiusi nell'ascensore. Ha ben impressa nella memoria quell'ora trascorsa insieme. Ricorda praticamente parola per parola tutto quello che si sono detti. Le era sembrato così affascinante. Infatuarsi di quel tizio non è stata la cosa più intelligente che abbia fatto in vita sua. È possibile andare nella direzione contraria rispetto a quella verso cui ci porta il cuore? Per ora non c'è ancora riuscita. Ma almeno l'ha nascosto a tutti e deve essere stata davvero brava, perché nessuno immagina che il ragazzo dei suoi sogni sia lui. Peccato che avere un quoziente intellettivo così alto non le permetta di controllare ciò che prova. Né i suoi neuroni né la sua sensazionale memoria possono aiutarla: in amore non vincono i più furbi.

Non vuole guardare il cronometro, ma sa di aver già consumato metà del tempo. Si concentra sui colori del cubo. In fin dei conti è più facile che farsi notare da Iván. Lui ha già notato un'altra: esce con Vanesa da oltre un anno. Si sono messi insieme a fine aprile dell'anno precedente, a una festa di compleanno. Peccato, era arrivata in ritardo di sei settimane.

Ha già risolto un lato del cubo, con tutti i nove quadratini bianchi dalla stessa parte. Le manca ancora un bel po'. Deve sbrigarsi o non ce la farà. Le dita lavorano rapidissime, come il cervello. È sempre stata in grado di calcolare la mossa successiva. Fin da bambina sa che può cogliere le cose prima degli altri. Ecco perché le piacciono tanto gli scacchi: riesce ad anticipare le giocate dell'avversario vedendole tre o quattro mosse prima.

Julia teme di essere entrata negli ultimi quindici secondi del minuto che si è concessa. A qualcuno la sfida con se stessa potrebbe sembrare una sciocchezza. Ma lei ha bisogno di giustificare in qualche modo il proprio comportamento. E ha affidato la sorte alla mente.

«Cinque, quattro, tre...» conta a bassa voce. «Due. Fatto!» E guarda il cronometro, che segna cinquantotto secondi quando lo blocca. Sorride. Prova superata! Ha risolto il cubo di Rubik in meno di un minuto: scriverà a Iván.

Si alza e cammina per la stanza con il cellulare in mano. Clicca sull'icona di Instagram e cerca il profilo del ragazzo. Prova uno strano solletichio nel vedere le sue foto. Clicca sul menù a tendina per mandargli un messaggio privato e intanto cerca le parole adatte.

Ciao Iván. È da tempo che non parliamo. Be', a dire il vero, abbiamo parlato solo una volta, quella mattina in cui siamo rimasti chiusi nell'ascensore del supermercato. Ti ricordi? Ti ho visto parecchie volte a scuola, ma ho preferito non disturbarti. Sei sempre in buona compagnia. Vanesa è molto simpatica, complimenti. Siete una bella coppia. Ti scrivo per sapere come stai. Mio padre mi ha detto del tuo incidente con la bici. Mi ha anche detto che hai solo qualche graffio e un polso malmesso. È tutto qui, davvero? Chissà che spavento! Adesso starai dormendo e questo messaggio

lo vedrai solo tra qualche ora. Scrivimi solo
se stai bene. Nient'altro. Ci vediamo a scuola.
Guarisci presto.

Julia rilegge diverse volte il messaggio prima di inviarlo. Perché ha tanti dubbi? Dà un'ultima occhiata e cancella tutto.

Ciao Iván. Come stai? Mio padre mi ha detto che hai
avuto un incidente in bici. Spero che tu stia bene.
Ci vediamo a scuola.

Lo invia subito. Questa nuova versione è più sobria, meno entusiasta. Non è così in confidenza da trattarlo con la familiarità del primo messaggio.

Controlla l'ora sul cellulare e sbuffa: le tre e trentatré del mattino. Non ha sonno. È sveglissima. Riuscirà a dormire? Deve essere riposata per rendere al cento per cento, la mattina. Torna a letto e si stende a pancia in su. Forse leggere qualcosa potrebbe aiutarla. Accende la lampada e prende il libro che ha sul comodino. È a pagina duecento di *Inciso nelle ossa*, la seconda parte della Trilogia del Baztán, di Dolores Redondo. Il primo volume l'ha conquistata. Riesce a reggere solo un paio di capitoli. Le si chiudono gli occhi: leggere è stata una buona idea.

Rimette il libro sul comodino e spegne la luce. Proprio in quel momento si apre la porta della sua stanza. Julia fa un balzo e guarda verso l'entrata. Dalla penombra spunta la sagoma di un uomo alto e corpulento. Allunga il braccio e riaccende di nuovo la luce: è suo padre.

«Scusa, tesoro. Ho visto la luce da sotto la porta e ho immaginato fossi sveglia.»

«Non riesco a dormire» gli spiega Julia, che percepisce subito la preoccupazione del padre. «E tu cosa ci fai in piedi a quest'ora? Sono quasi le quattro.»

«Mi hanno chiamato dall'ufficio, devo andare.»

«Adesso? Cos'è successo?»

«Vera ha denunciato la scomparsa della figlia. Aurora non è ancora rincasata.»

3

Sabato 20 maggio 2017

Julia non ha più chiuso occhio. Dopo che suo padre se n'è andato non c'è stato verso di prendere sonno. Ha perso il conto del numero di volte in cui ha risolto il cubo di Rubik per cercare di calmarsi.

Seduta in cucina, alle otto e mezzo del mattino, con un cucchiaino mescola latte e Nesquik nella scodella. Sua madre è davanti a lei, con una tazza di caffè fumante in mano. Ha l'aria preoccupata. Le prime ore dopo la scomparsa sono fondamentali, Aitana lo sa bene. Teme che il telefono squilli da un momento all'altro per annunciare cattive notizie. Ma non vuole essere pessimista. Non ancora. Nonostante tutti i film e le serie televisive che hanno visto su sequestri e cose del genere, la cosa più logica sarebbe che Aurora tornasse a casa con una spiegazione plausibile per la sua assenza. Così tutta questa storia diventerebbe solo un altro aneddoto da raccontare.

«Perché non telefoniamo a papà?» le chiede sua figlia, impaziente. «Magari ha qualche novità.»

«Se sapesse qualcosa di nuovo me l'avrebbe detto. Tranquilla. Il novantotto per cento di questi casi finisce bene.»

«Ho paura, mamma. Questa non è una scomparsa normale.»

«Nessuna lo è, Julia. Dobbiamo restare calme e non fasciarci la testa prima che sia rotta. Di sicuro papà e la sua squadra stanno facendo tutto il possibile per trovarla. Non lo dobbiamo disturbare.»

La ragazza annuisce. Beve un sorso e cerca, tra i suoi ricordi, tutto ciò che può essere collegato a Aurora. L'ultima volta che l'ha vista è stata all'uscita da scuola. Era seduta al suo banco, stava preparando lo zaino, quando lei e Emilio sono andati via. Ha notato qualcosa di strano? Qualcosa di diverso dal solito? No, niente. Com'era vestita? Fa uno sforzo e riesce a ricordare che indossava una maglietta nera a maniche corte e un paio di jeans bianchi, un po' logori. I capelli... sciolti. Sì, li aveva sciolti sulle spalle, come quasi sempre, anche se li ha tagliati da poco.

Mentre è assorta in questi pensieri le squilla il cellulare. È un messaggio di Emilio. Si è svegliato prima e sarà da lei entro dieci minuti.

«Non so come faremo a studiare sapendo che Aurora è scomparsa» commenta Julia, mentre risponde all'amico con un semplice "Ok".

«Faremo? Abbiamo visite?»

«Sì, non te l'ho detto?»

«No, non mi pare.»

«Ah! Viene Emilio a studiare.»

Nel sentire il nome del ragazzo Aitana trattiene a stento un sorrisetto che cerca di nascondere dietro la tazza. Ma la figlia se n'è accorta e la fissa.

«Che c'è?»

«Niente» risponde la donna dopo aver posato il caffè ed essere tornata seria. «A che ora viene... Emilio?»

«Adesso. Tra qualche minuto. Perché usi quel tono quando parli di lui?»

«Che tono?» chiede Aitana di nuovo sorridente. «Davvero, non so di cosa stai parlando.»

«Pensi ancora che mi piaccia?»

«Chi?»

«Mamma, sarai anche il più bravo medico legale della storia, ma non conosco nessuno che menta male come te.»

«Ma se quel ragazzo ti piace è una cosa fantastica!»

«Non mi piace.»

«È un po' strano» continua Aitana, senza dar retta alla figlia. «Adesso di che colore ha i capelli?»

«Blu.»

«Blu» ripete la donna con tono eloquente. «Ha personalità.»

«Emi è un bravo ragazzo. Ma non mi piace. Non mi piace nel modo che credi tu.»

«D'accordo, non ti piace. Ricevuto forte e chiaro» afferma Aitana, anche se a Julia sembra intenda proprio l'opposto, e che non abbia intenzione di cambiare idea. «Blu. Sì, quel ragazzo ha carattere, senza dubbio.»

Julia sta per replicare di nuovo quando squilla il telefono della madre. Aitana si lancia sull'apparecchio e si affretta a rispondere.

«È papà?» chiede la ragazza, con il cuore in gola.

La donna annuisce e fa scorrere l'icona verde del cellulare per rispondere.

«Ciao, Miguel Ángel. Allora?»

Aitana si alza, esce in cortile con il cellulare attaccato all'orecchio e si chiude la porta alle spalle. Probabilmente ha intenzione di nasconderle ciò che le dirà suo padre. A volte ha la sensazione che la trattino ancora come una bambina.

Beve l'ultimo sorso di latte e cacao e si alza anche lei. Apre la porta e osserva la madre dall'altra parte del cortile. Parla a bassa voce e, appena si rende conto della presenza della figlia, le fa un cenno con la mano perché non si avvicini. La ragazza obbedisce controvoglia e appoggia la schiena contro la parete.

La conversazione non dura molto. Aitana riaggancia, mette il cellulare in una tasca dei jeans e torna dalla figlia, che è pensierosa e spaventata.

«Cosa ti ha detto papà? Ci sono notizie di Aurora?»

«No, non ci sono novità. Sei agenti la stanno cercando in paese e nei dintorni. Papà è rimasto in commissariato con la madre di Aurora.»

«Non promette bene. Deve esserle successo qualcosa.»

«Come ti ho già detto, Julia, bisogna mantenere la calma.»

«Hanno parlato con il padre?»

«Non lo so.»

«Forse è andata via con lui. O l'ha rapita; aveva minacciato di farlo, quando se n'è andato di casa, no?»

«Di certo hanno già valutato questa possibilità e stanno indagando» risponde Aitana, che cerca di calmare la figlia. «Dobbiamo avere fiducia in tuo padre e nella sua squadra. Perché non ti fai una doccia, prima che arrivi

Emilio, e cerchi di staccare un po' da questa storia? Ti farà bene.»

In un primo momento lei rifiuta la proposta, poi l'idea non le sembra così male. Almeno si schiarirà un po' la mente. Sale al primo piano ed entra in camera sua. Una delle ragioni per cui le piace tanto vivere in quella casa nel centro storico del paese è che lì ha il suo bagno personale. Nell'appartamento di prima, molto più piccolo, lo doveva dividere con i genitori.

Quei cinque minuti sotto l'acqua tiepida non le fanno dimenticare la scomparsa di Aurora. Pensa anche a Iván e al suo incidente in bicicletta. Per fortuna lui sta bene. La faccenda di Aurora l'ha talmente coinvolta che non ha più controllato Instagram. Le avrà risposto?

Si asciuga e, avvolta nel telo di spugna, raggiunge il cellulare. C'è una notifica. È lui. È nervosa, molto nervosa.

> Ciao. Che sorpresa ricevere un tuo messaggio! Sto bene. Grazie. Mi fanno un po' male il braccio e il polso, ma poteva andare molto peggio. Alla fine è stato solo uno spavento. Buon weekend e, se vai al supermercato, non prendere l'ascensore.

L'ultima frase di Iván la fa sorridere. Ogni volta che va a fare la spesa in quel posto ripensa a quell'ora passata in ascensore con lui. Era arrivata a desiderare che non arrivasse nessuno a tirarli fuori di lì. Ricorda perfettamente quella sensazione.

Dalla sua stanza sente suonare il campanello di casa. Dev'essere Emilio. Posa il cellulare sul comodino e si toglie l'asciugamano. Sua madre, da sotto, le urla che l'amico è arrivato.

«Arrivo! Due minuti!»

Ed è esattamente il tempo che le serve per prepararsi. Scende le scale con indosso un paio di shorts, maglietta rossa e scarpe da ginnastica. Emilio sta chiacchierando con sua madre. Avranno parlato della scomparsa di Aurora?

«Alla fine ti sei alzato all'alba» commenta la ragazza. Non si baciano sulle guance. Non lo fanno mai.

«Sto perdendo colpi. Fino a poco tempo fa il sabato e la domenica non mi alzavo mai prima delle undici.»

«Forse perché andavi a letto molto tardi» interviene Aitana. «Ma è meglio svegliarsi presto per avere davanti tutta la mattina.»

«Non sono d'accordo con lei. Che senso ha avere tutta la mattina a disposizione se poi ci si addormenta in piedi? Bisogna dormire molto per essere ben riposati nel resto delle ore in cui si sta svegli.»

«Be', se la vedi da questo punto di vista... D'accordo, vi lascio. Se avete bisogno di qualcosa avvisatemi. Tra un po' vado al supermercato a comprare qualcosa. Divertitevi.»

La donna si dirige verso le scale e sale al primo piano. Julia la osserva finché non scompare dietro la porta della camera da letto. Rimasti soli, dà un colpettino sul braccio di Emilio e ricorda cosa gli ha detto la sera prima.

«Vieni, ti offro la colazione.»

Pur avendo già bevuto una tazza di latte e cacao, Julia fa il bis. Ma stavolta integra anche con un paio di *magdale-*

nas. E l'amico fa lo stesso. Mentre mangiano lei si chiede se raccontargli di Aurora. Emilio non l'ha mai trovata troppo simpatica. In generale sono davvero pochi a essergli simpatici.

«Da cosa vuoi cominciare?» chiede lui dopo aver immerso una *magdalena* nella tazza.

«Non saprei. Tu cosa preferisci?»

«Niente.»

«Nemmeno io ho voglia di studiare.»

Il ragazzo fissa l'amica con metà del dolcetto in mano. Julia è molto intelligente, la persona più intelligente che conosca, ma se c'è qualcosa che non va glielo si legge in faccia.

«Perché? Cos'è che ti ha tolto la voglia di studiare?»

«Stanotte non ho dormito bene.»

«Sul serio? Ma tu di solito non crolli sempre appena appoggi la testa al cuscino?»

«Sì, ma mi sono svegliata all'alba e non sono più riuscita a prendere sonno.»

«Dev'essere una questione astrale. Tu non dormi, io mi alzo presto... da quando hanno dato l'Oscar a Leonardo Di Caprio l'ordine dell'universo si è alterato.»

Emilio riesce a far sorridere Julia, anche se per poco. È pensierosa. A quel punto il ragazzo si rifiuta di continuare a girarci intorno.

«Avanti, raccontami cosa ti prende. Com'è che il tuo sorriso è sparito più in fretta di queste *magdalenas* dentro la tazza?»

«Aurora è scomparsa» butta lì Julia, senza preamboli.

«Aurora? Quella di scuola?»

«Sì, ieri sera mi ha telefonato sua madre per chiedermi se avessi sue notizie. Non l'ha trovata a casa al rientro dal lavoro. Mio padre ha telefonato poco fa per dirci che continuano a non esserci sue notizie. La polizia la sta cercando.»

«Cazzo! Che roba!»

«Ho un brutto presentimento, Emi. Non ha senso che Aurora abbia passato la notte fuori senza avvisare sua madre. E poi ha il cellulare spento.»

Il ragazzo si tocca il mento e tira fuori il telefono. Apre Whatsapp e cerca tra i contatti.

«Non si collega da ieri pomeriggio.»

«Hai il suo numero di cellulare?» chiede Julia sorpresa. Aurora non l'ha dato a nessuna delle compagne, nemmeno quando hanno fatto quel lavoro insieme. Ed è l'unica a non essere nel gruppo Whatsapp della classe.

«Sì, parecchio tempo fa eravamo amici. Prima che tu arrivassi in paese.»

«Non lo sapevo.»

«Be', non mi piace molto parlare del passato. Lo sai» le ricorda Emilio, un po' teso. «Eravamo due tipi strani. Due emarginati. Questo ci univa. Ma...»

In quel preciso istante i due sentono Aitana scendere le scale in tutta fretta. La donna entra in cucina con l'aria sconvolta e la sensazione che sia accaduto qualcosa di terribile si impossessa di entrambi.

«Devo andare. C'è stata un'urgenza.»

«Un'urgenza? Dimmi che non si tratta di... lei» la prega Julia, tremante.

Il silenzio di sua madre la fa arrabbiare e la ragazza alza la voce come poche altre volte ha fatto.

«Mamma! Dimmi la verità! Per favore! Si tratta di Aurora?»

La donna sospira e si passa una mano sugli occhi. Poi si infila le dita fra i capelli, nervosa, e si morde le labbra prima di rispondere alla figlia e dirle quello che Miguel Ángel le ha appena riferito per telefono.

«È stato trovato il corpo di un'adolescente... senza vita. L'hanno trovata morta nella vostra scuola. Credono si tratti di Aurora. Mi hanno assegnato il caso.»

4

Martedì 7 marzo 2017

Quando suona la campanella che mette fine all'ultima lezione, Aurora raccoglie in fretta le sue cose ed esce dall'aula senza salutare nessuno. Come sempre. È da tempo che a malapena rivolge la parola ai compagni di scuola. Le dà persino fastidio dover fare lavori di gruppo. Preferisce stare da sola. Ma quel martedì di marzo c'è qualcuno che l'aspetta in corridoio. Non è un alunno. Si tratta del suo professore di filosofia. Jonathan Vila è anche il suo tutor e uno dei pochi che ancora sopporta.

«Abbiamo un discorso in sospeso» le dice quando la ragazza gli passa accanto. «È un buon momento?»

Un buon momento? Non lo è mai. È da parecchio che non ci sono momenti buoni nella sua vita. Ma Jona la sta cercando da qualche settimana. Le vuole parlare, e ha l'aria preoccupata. A casa non l'aspetta nessuno, perché sua madre oggi ha il doppio turno nel bar in cui lavora. Ci impiega qualche secondo a decidere, ma alla fine accetta.

«Di cosa vuoi parlare?»

«Meglio se andiamo nel mio ufficio. Lì staremo più tranquilli.»

La ragazza acconsente e, in silenzio, cammina accanto a lui fino a raggiungere il corridoio in cui si trovano le stanze dei professori. La penultima a destra è quella di Jonathan. Entrano e l'uomo la invita a sedersi su un piccolo divano blu a due posti. A Aurora sembra strano, visto che ha un tavolo di legno e due sedie, una davanti all'altra, sistemazione più adeguata per una chiacchierata tra professore e allieva. Tuttavia non dice nulla e si siede dove le ha suggerito.

«Bene, eccoti qui, finalmente. È un bel po' che volevo parlarti. Come stai? Come vanno le lezioni?»

Ha un tono gentile. La sua voce è tiepida e sembra davvero interessato alla sua situazione. O almeno è quello che lei pensa. Oppure si tratta soltanto di una trappola perché lei si apra un po' con lui?

«Potrebbe andare meglio» risponde Aurora senza grande entusiasmo, non fidandosi ancora delle sue intenzioni.

«Può sempre andare meglio. Sono contento che tu non sia soddisfatta dei tuoi voti.»

I suoi voti? E chi ha parlato di voti? Sono la cosa che meno le interessa al mondo. Lei sa quali sono i veri problemi della vita.

«Già.»

«Filosofia va bene.»

«Per ora sì.»

Ha la media del sette ed è in pari con le esercitazioni. Per giunta non ha mai saltato una lezione. E non che non le sia mai venuto in mente di farlo.

«E il resto come va?»

«Bene. Accettabile.»

«E ti trovi bene con i tuoi compagni? Ti trattano bene?»

La ragazza riflette un attimo sulla risposta. In realtà non ha problemi diretti con i compagni di classe, perlomeno con la maggior parte di loro. E non li ha per il semplice fatto che non parla con nessuno. Ci pensano già loro a parlare di lei alle sue spalle continuando a ripetere sempre le stesse frottole.

«Non mi trattano male» si limita a rispondere. Non vuole casini.

«Mi fa piacere. Se hai qualche problema ne puoi parlare con me.»

«Affare fatto. Tutto qui? Posso andare?»

«Sei sulla difensiva.»

«Sto bene. Voglio andare.»

«Puoi mostrarmi le braccia?»

«Scusa? Come hai detto?» chiede Aurora molto sorpresa. Ha sentito bene?

«Se puoi tirare su le maniche della maglia e farmi vedere le braccia, per favore.»

La richiesta di Jonathan la coglie del tutto impreparata, non si aspettava che il professore le chiedesse una cosa del genere. Si morde un labbro e guarda da una parte all'altra, nervosa.

«È soltanto routine. È per via della "balena blu". Immagino ne avrai sentito parlare, no?»

«Sì, so cos'è la balena blu.»

Su Internet sono in molti a parlarne. Sono persino spuntati forum e pagine dedicate a questa specie di gimcana dell'orrore. Si tratta di cinquanta sfide da superare, e l'ultima prova è il suicidio. Da quel che si dice, in molti paesi sono in corso indagini su morti di adolescenti presumibilmente causate da questo gioco macabro. Una balena disegnata sulla pelle con un oggetto appuntito è uno dei segni che appaiono sul corpo delle vittime.

«Non è che non mi fidi di te. È un controllo che stiamo facendo a tutti» sottolinea Jonathan sorridente. «Tranquilla, sarà questione di un secondo.»

«Non ho intenzione di farti vedere le braccia.» Aurora incrocia le braccia, contrariata. Guarda il professore con aria di sfida e lui resta impassibile, nonostante quel rifiuto.

«Se hai qualche problema possiamo aiutarti.»

«Non ho bisogno di aiuto.»

«Aurora, detto tra di noi: sei sempre da sola. Non ti vedo mai con nessuno.»

«Questi sono affari miei.»

«Lo so. Ma cerca di capire, siamo preoccupati per te. Perché non vuoi farmi vedere le braccia?»

«Perché non sono obbligata a farlo. Quello che faccio con il mio corpo non ti interessa.»

«Eccome se mi interessa! Mi interessa moltissimo!» esclama il professore di filosofia alzando apposta la voce. «Tutto ciò che accade ai miei alunni, a voi, per me è molto importante. E non solo per me, anche per il resto dei professori. E di certo sei importante anche per parecchi dei tuoi compagni.»

«Stai scherzando? L'unica cosa che è importata a questo cazzo di paese di merda è quello che è successo tra i miei genitori. Sono girate talmente tante bugie… C'è gente che continua a parlarne e a diffondere pettegolezzi sulla mia famiglia e a dire idiozie alle mie spalle! E tu mi vieni a dire che i miei compagni e i professori si preoccupano per me? Non so se ridere o piangere, guarda!»

«Scusa, non volevo offenderti.»

«Be', ci sei riuscito benissimo!»

La ragazza si alza di scatto dal divano, pronta ad andarsene dall'ufficio di Jonathan Vila. Ma il professore non le ha ancora dato il permesso di andare. Si alza anche lui e si mette davanti alla porta, bloccando l'uscita.

«Siediti, per favore.»

«Voglio andare a casa. E tu non mi puoi trattenere.»

«Non ho alcuna intenzione di farlo. Vorrei semplicemente parlare.»

«Io non ne ho più voglia.»

«Ti posso aiutare, Aurora» insiste Jona senza perdere il controllo, abbozzando un sorriso. «Se sei invischiata nella balena blu, o in qualcosa di simile, possiamo risolvere, davvero. Fidati di me.»

«Io non mi fido di nessuno» ribatte lei. E, dopo essersi tirata su le maniche della maglia, gli mostra le braccia. Nessuna traccia di tagli o di sangue. La sua pelle è bianca e tersa, senza alcun segno.

«Contento?»

«Sì, grazie. Ma... perché non parliamo ancora un po'?»

«Hai avuto quello che volevi. Me ne vado.»

Aurora si fa largo spingendo di lato il professore di filosofia, apre la porta ed esce senza salutare. Percorre il corridoio sbuffando e tirandosi giù le maniche.

«Idiota» mormora tremante.

Quella conversazione non le ha fatto per niente piacere.

Controllo di routine? Non ci crede. Avranno controllato solo lei, è pronta a scommetterci. Perché è quella strana, quella che sta sempre sola. Quella che non parla con nessuno. Se le persone con lei si fossero comportate in modo diverso la situazione non sarebbe questa. Ma ormai non si può fidare di nessuno. È stata molto male quando suo padre se n'è andato di casa. E, invece di appoggio e affetto, ha ricevuto solo una pugnalata dietro l'altra. Qualcuno si è allontanato, altri si sono avvicinati per spettegolare, per scoprire se quello che si diceva in giro fosse vero oppure no. Bugie, tutte bugie, solo bugie. Alcune molto dolorose. Ha addirittura sentito dire che è stata vittima di abusi!

Deficienti...

È a testa china, immersa nei suoi pensieri, e non si accorge di Virginia, la professoressa di matematica, che sta arrivando dall'altra parte, anche lei distratta. Si scontrano mandando all'aria un mucchio di fogli.

«Scusami, Aurora» dice la donna, imbarazzata. «Non ti ho vista. Stavo rispondendo a un messaggio di mio marito e...»

«Anche io non ti ho vista. Mi dispiace.»

La ragazza aiuta Virginia a raccogliere i fogli sparsi sul pavimento del corridoio. La prof di matematica è un'altra delle poche che si salva dall'odio che prova per tutti quelli della scuola. Forse perché è arrivata in paese da poco e quando è successa la faccenda dei suoi genitori non c'era ancora. È sempre molto gentile con lei. In realtà lo è con tutti. Si vede che è appena entrata nel mondo dell'insegnamento. Ha trent'anni ed è ancora piena di energia e voglia di fare del proprio meglio. Anche se non sempre le rendono le cose facili. Ogni giorno deve sopportare occhiatine e sorrisetti degli studenti più sfacciati. È una donna che non passa inosservata, anche se non dà importanza alla cosa e si concentra sulle lezioni. "È difficile tenere a bada gli ormoni" dice ai colleghi quando le riferiscono le attenzioni di cui è oggetto. Probabilmente a quei ragazzi darebbe volentieri un bel paio di sberle, ma si controlla e fa finta di niente. A suo tempo matureranno, quando cominceranno a collezionare anni e due di picche.

Raccolgono i fogli da terra e camminano insieme fino all'uscita di scuola.

«Vuoi un passaggio in macchina?» le chiede Virginia. «Mio marito è fuori e pensavo di andare in un ristorante vicino a casa tua. Sono stanca, oggi non ho voglia di cucinare.»

La ragazza si stupisce che l'insegnante sappia dove abita. Anche se ricorda subito che la scuola ha una scheda di tutti gli alunni in cui sono segnati l'indirizzo e il numero di cellulare.

«Non è il caso. Faccio due passi» risponde Aurora timidamente. «Non voglio disturbare.»

«Ma figurati, sono di strada. Nessun disturbo.»

La ragazza teme che possa essere un'altra trappola come quella di Jonathan Vila. Tuttavia l'insistenza e la dolcezza di Virginia riescono a convincerla.

Camminano in silenzio fino al parcheggio della scuola e si avvicinano a una Fiat 500 bianca. Aurora si siede davanti e si mette la cintura di sicurezza. Con la coda dell'occhio osserva Virginia che accende la radio. La sintonizza su Cadena Dial, dove passano una canzone dell'andalusa Marta Soto.

«Ti piace? Altrimenti cambio.»

«No, va bene. Grazie. Mi piace molto.»

La professoressa annuisce e mette in moto. La distanza è breve, ci vorranno al massimo dieci minuti. Tuttavia, a metà del percorso, squilla il cellulare della ragazza. Aurora guarda chi è e mormora una parolaccia: non è il momento migliore per parlare al telefono con suo padre.

5

—

Sabato 20 maggio 2017

A Julia viene una gran voglia di piangere, ma riesce a trattenersi. La madre l'ha appena chiamata da scuola, confermandole che la ragazza trovata nello spogliatoio è proprio Aurora. Sarà lei a dover fare i primi controlli sul cadavere e la successiva autopsia. Sebbene non possa rivelare niente, Aitana si è lasciata sfuggire un particolare: la morte della ragazza è dovuta a un forte colpo in testa.

«E che altro ti ha raccontato?» le chiede Emilio, anche lui sconvolto dalla notizia.

«Non le è permesso parlare della faccenda. Mi ha soltanto detto del colpo in testa e del fatto che è stata trovata dal bidello nello spogliatoio.

«Chissà che spavento, povero Fermín.»

«Sì, sarà ancora sotto shock.»

A Julia viene un conato di vomito nell'immaginare il corpo senza vita di Aurora. Poi pensa a Vera, a quanto starà soffrendo. Nessuna madre dovrebbe vivere il dolore della morte di un figlio.

«Secondo te chi può essere stato?»

«Non ne ho idea, Emi.»

«Sarebbe sconvolgente se il colpevole fosse qualcuno del paese. Immagini? Un assassino tra noi.»

«Non possiamo azzardare ipotesi. È una faccenda molto seria.»

«Non dirmi che non ci hai pensato... Chiunque incontri per strada potrebbe essere l'assassino.»

Ci ha pensato. Eccome se Julia ci ha pensato. Ma si rifiuta di sospettare dei suoi compaesani. Il padre si occupa delle indagini e la madre è il medico legale che farà l'autopsia al cadavere: sono loro a dover cercare il responsabile.

«Qualcuno della nostra classe?» insiste Emilio.

«Non so quale dei nostri compagni potrebbe mai fare una cosa del genere» dice Julia, seccata dalla cocciutaggine del ragazzo. «Aurora non dava fastidio a nessuno.»

«Ognuno ha dei nemici, persone a cui non va a genio. Anche se si sforza di essere invisibile.»

La ragazza percepisce una certa irritazione nel tono in cui Emilio parla della compagna.

«Prima mi hai detto che tu e Aurora eravate amici tempo fa. Come mai poi vi siete allontanati?»

«Niente di che. Abbiamo discusso per una stupidaggine e la nostra amicizia si è raffreddata.»

«E quando è successo?»

«Te l'ho già detto. Un anno prima che arrivassi tu. Ne è passata di acqua sotto i ponti.»

Julia annuisce. Era accaduto prima che lei si traferisse lì. Emilio non le aveva mai raccontato prima che lui e Aurora erano stati amici e che poi si erano allontanati. Conosce perfettamente quel ragazzo, ma è sorpresa dalla freddezza e dall'indifferenza con cui parla della ragazza morta. Come mai avevano litigato?

«Perché non andiamo a scuola?» suggerisce Emi, mentre chiude il libro di matematica. «Tanto non riusciremmo a studiare.»

«A scuola? E cosa ci andiamo a fare?»

«Quello che facciamo qui.»

«No... non possiamo andare. I miei genitori si arrabbierebbero.»

«Be', allora tu stai qui. Io vado.»

«Emi! Non puoi! È la scena di un crimine!»

Ma il ragazzo non le dà retta. Esce dalla stanza di Julia e scende le scale. Lei protesta a mezza voce e lo raggiunge quando ormai è nell'ingresso.

«Vieni con me?» le chiede Emilio, che si gira a guardarla. «Andiamo solo a dare un'occhiata. Magari scopriamo qualcosa. Non sei tu l'amante di Agatha Christie?»

«Questa è la vita reale, non è un giallo.»

«Ancora più interessante. Lo scrittore non ti può ingannare con piste false messe apposta per non farti risolvere il crimine fino all'ultima pagina.»

Julia sospira. «Trovo incredibile che tu prenda così alla leggera la morte di una nostra compagna di classe» protesta. «Non hai paura? Non ti dispiace? Non ti vengono i brividi?»

«No, sono di pietra.»

«Lo sembri. Io non ho ancora smesso di tremare. L'abbiamo vista ieri! In classe! Viva!»

Emilio alza le spalle. Apre la porta ed esce da casa dell'amica, che lo osserva rassegnata. Non ha altra scelta se non quella di accompagnarlo. Non può negare che, al di là dell'aspetto macabro, prova una certa curiosità per l'accaduto. Certo, devono fare attenzione. Se i suoi genitori la vedono gironzolare nei dintorni della scuola si arrabbieranno. Al momento non è certo il luogo migliore in cui andare.

«Quindi non sospettano ancora di nessuno» commenta Emi mentre camminano.

«Non credo. È presto. Mia madre non ha nemmeno fatto l'autopsia.»

«Aitana fa un mestiere non certo piacevole. Com'è possibile che qualcuno abbia scelto per lavoro di aprire e sezionare corpi?»

«Lei dice che qualcuno lo deve pur fare.»

«Io non potrei proprio. Mi gira la testa appena vedo una goccia di sangue. L'altro giorno mi sono tagliato mentre mi facevo la barba e per poco non sono svenuto.»

«Esagerato.»

«Esagerato? Se dici una cosa del genere vuol dire che non mi conosci bene come pensi.»

Julia sta per rispondere, ma preferisce non insistere sull'argomento. Eccome se lo conosce bene. Molto bene, come fosse suo fratello. In quei quasi tre anni è stata la persona con cui ha condiviso di più in assoluto. Sa che detesta il pomodoro, che ama il J-pop, che ha letto tre volte tutti i libri di Harry Potter o che ha il terrore delle vespe. Era anche al corrente della sua paura del sangue: non è la prima volta che gliene parla.

Il Rubén Darío è a pochi minuti da casa di Julia, sul terreno dove un tempo sorgeva il vecchio mulino del paese. Vent'anni fa hanno costruito un grande edificio che è diventato la scuola superiore pubblica che accoglie oltre duecento studenti. Si ritiene che il livello medio degli alunni e le aspettative dei professori siano più alti rispetto a El Maquinista, l'altro liceo del luogo. Lo dimostrano i voti di accesso all'università. Negli ultimi quindici anni quelli del Rubén Darío hanno superato quelli del Maquinista. Ecco perché Julia l'ha scelta, quando si è trasferita lì; non soltanto perché era vicina a casa.

Duecento metri prima di arrivare a scuola, i ragazzi constatano di non essere gli unici curiosi. Ci sono almeno cento persone dietro il cordone della polizia che gli agenti hanno posizionato davanti alla porta principale dell'edificio. Probabilmente la maggior parte di coloro che si sono riuniti lì non ha idea di ciò che sta davvero accadendo.

«Alla fine in questo paese siamo tutti degli irrimediabili pettegoli. C'è più gente qui che alla festa patronale.»

Julia si sente in soggezione davanti a quella folla riunita di fronte alla scuola e chiede all'amico di fermarsi a una distanza di sicurezza perché non li veda nessuno. Da lì intravede Samuel e Bienvenido, due agenti che ha incontrato qualche volta, che presidiano l'entrata per impedire l'accesso. Vede anche diversi prof: Virginia Ayuso, matematica, Diego Soler, lettere, e Nuria Almagro, economia. Jonathan Vila, professore di filosofia nonché suo tutor, sta parlando con gli agenti.

«Mi sembra che Jona gli stia chiedendo di farlo passare» dice Emilio mentre indica il suo insegnante preferito.

«Era il tutor di Aurora. Vorrà essere informato sui fatti.»

«Saprà già che la vittima è lei?»

«Sicuramente sì. Sarà stato uno dei primi a cui hanno dato la notizia. Lo lasceranno entrare?»

«Scommetto di sì. Non conosco nessuno con un potere di persuasione più grande del suo. È riuscito persino a farmi andare a genio i presocratici.»

Anche a Julia piace il suo professore di filosofia. È fortunata ad averlo come tutor. Non ce ne sono tanti che si impegnino come lui per i propri allievi. Ha trentatré anni ed è abbastanza giovane da capirli e abbastanza adulto da farsi rispettare quando è il caso.

«È un grande professore» aggiunge la ragazza, subito prima che i poliziotti lo facciano passare.

«È entrato. Lo sapevo.»

Anche gli altre tre professori ricevono l'autorizzazione per accedere all'edificio. Ecco arrivare l'ispettore della polizia che li saluta e gli dà alcune indicazioni prima di lasciarli entrare al Rubén Darío.

Julia, non appena vede suo padre, si nasconde dietro Emilio. Non vuole che la trovi da quelle parti.

«Tranquilla, è andato. È entrato con loro. Ma perché hai così paura che ti vedano? C'è mezzo paese qui!»

«Perché la scena di un crimine non è un posto in cui stare. E men che mai se a occuparsi delle indagini sono i tuoi genitori.»

«Che scemenza. Io mi avvicino un po'... vediamo se scopro qualcosa.»

«Emi! Stai qui!»

Il ragazzo fa orecchie da mercante e avanza verso la folla che si accalca davanti alla porta della scuola. Julia lo manda a quel paese e resta lì, a guardarlo mentre si allontana.

A quel punto si sente chiamare da dietro. Si volta e si trova davanti Vanesa e Ingrid, due ripetenti della sua classe. Con loro c'è anche Iván. Sente un nodo allo stomaco nel vederlo tenere per mano la sua ragazza.

«Oh, Julia, ma che cazzo sta succedendo?» chiede Vanesa, che mentre parla mastica una gomma con l'eleganza di un ruminante. «Abbiamo visto i tuoi dentro la scuola. È morto qualcuno?»

Lei non sa cosa rispondere. Cosa può dire, cosa no? Tra l'altro non è che Vanesa le sia propriamente simpatica. E non solo perché esce con il ragazzo che le piace. Quella bionda dai capelli ricci, sguardo seducente e sorriso ammiccante non le ha mai ispirato particolare fiducia. E nemmeno Ingrid, la sua amica del cuore, da cui non si scolla quasi mai.

«Non lo so» si limita a rispondere Julia, abbassando lo sguardo subito dopo aver incrociato per un secondo gli occhi di Iván.

«Ma figurati! I tuoi genitori sono dentro e non ti hanno detto niente? Non ci credo.»

«Non possono parlare del loro lavoro. Sono informazioni riservate.»

«Riservate? Ma nemmeno avessero trovato un UFO a scuola!»

Il commento di Vanesa strappa un sorriso a Ingrid, ma non al suo fidanzato, che non sembra apprezzare la battuta.

«Andiamo a fare un giro» propone Iván, tirando la ragazza per la mano. «Tanto prima o poi lo scopriamo cos'è successo.»

«Non voglio fare un giro. Voglio sapere cosa sta succedendo. Se c'è il medico legale significa che c'è un cadavere. E se fosse uno dei nostri amici? O un professore?»

«Dai, Vane, non esagerare. Non sappiamo nemmeno se...»

In quel momento i cellulari di Julia, Vanesa e Ingrid suonano contemporaneamente. Ámbar Asensio, una loro compagna, ha scritto qualcosa sul gruppo della classe.

Non ci posso credere. Ho appena scoperto che hanno trovato Aurora morta a scuola. Mio Dio! Sembra sia stata assassinata.

Vanesa lancia un urlo e Ingrid si copre la bocca con la mano. Julia, dal canto suo, scambia uno sguardo con Iván, che si affretta ad abbracciare la fidanzata. Una studentessa del Rubén Darío è morta assassinata. Sembra un brutto sogno. La verità è che l'intero paese è appena sprofondato in un incubo.

6

Sabato 20 maggio 2017

Emilio si mescola alla folla accorsa davanti al Rubén Darío. È molto incuriosito da quanto è accaduto, e dire che lui stesso ha criticato i ficcanaso che si accalcano davanti alla scuola in cerca di pettegolezzi. Non è cosa da tutti i giorni ritrovarsi così vicini alla scena di un crimine. Sebbene possa sembrare morboso e la vittima sia una sua compagna di classe, la vena giornalistica ha la meglio e lo spinge a voler saperne di più. Dopo le superiori vuole studiare giornalismo. Si augura soltanto di avere una media abbastanza alta.

In ogni caso l'intera vicenda è molto strana. Il ragazzo fatica a credere che la vittima sia Aurora. Se fosse accaduto qualche anno prima ne avrebbe sofferto tantissimo. L'amava. Era innamorato di quella ragazza dai capelli castani lisci, con gli occhi azzurri e il sorriso intelligente. Ma lei non ricambiava. E non era stata per niente gentile il giorno in cui lui le aveva rivelato i propri sentimenti. Da lì in poi tra loro era cambiato tutto. L'amore aveva lasciato il posto all'odio e poi all'indifferenza. A Emi non interessava più Aurora e a Aurora non interessava più Emi; anzi, a lei non interessava più niente, dopo che suo padre se n'era andato di casa. Aveva staccato la spina ed era diventata invisibile.

«Sembra che sia successo qualcosa di molto grave» dice una signora a un'altra proprio lì accanto. «Non è normale che ci sia tutta questa polizia.»

«Ci sarà stato un furto nella scuola?»

«Sembra qualcosa di più serio.»

«Un omicidio?»

«Dio santissimo e santa Vergine Maria! Mi auguro di no» dice la donna facendosi il segno della croce. «Sarebbe una tragedia.»

Emilio ascolta la conversazione tra le due ma non interviene. Non può dire che a scuola è morta una ragazza del paese. Anche se è convinto che la notizia non impiegherà molto a diffondersi, come le fiamme in un mobilificio: è soltanto questione di tempo.

All'improvviso si sente un gran chiasso. Tutti i presenti si voltano verso destra. In mezzo alla strada compaiono due donne. Una di loro indossa un paio di occhiali da sole, cammina incespicando, con le braccia strette al petto; l'altra cerca di sorreggerla. Sono accompagnate da un agente della Guardia Civil.

«Ma quella non è Vera?» chiede la signora che prima si faceva il segno della croce. «Sì, è lei. E l'altra è Alicia Martos, la psicologa.»

Gli agenti davanti alla porta aiutano la madre di Aurora e l'altra donna a entrare a scuola e impediscono a chiunque di avvicinarsi troppo. Quando le donne sono all'interno i presenti scambiano le proprie impressioni con i vicini. Tutti avanzano ipotesi simili.

«È chiaro. È per Aurora. Tutto questo è per Aurora» assicura un anziano scuotendo la testa angosciato.

«Sicuro che c'entra il padre» sottolinea un altro anziano.

«Quando se n'è andato l'aveva detto che un giorno o l'altro si sarebbe vendicato» insiste il primo.

«È stato lui. Ha ucciso la figlia» aggiunge una signora, che continua a farsi aria con il ventaglio. Il caldo che opprime la folla è soffocante.

Il malessere cresce a ogni minuto. La maggior parte della gente ritiene che il colpevole della presunta morte di Aurora sia suo padre. Emilio inizia a sentirsi male. Gli manca l'aria. Ha bisogno di andarsene di lì, di respirare. Si fa largo a spintoni e riesce ad abbandonare quel posto. Si allontana di qualche metro dalla folla ed entra in un bar. Ordina un bicchiere di acqua fredda e ne beve metà in un sorso. Poi, controlla il cellulare. Nel gruppo Whatsapp della classe Ámbar ha appena scritto che Aurora è stata trovata morta. La notizia diventerà virale in un batter d'occhio. Presto lo saprà tutto il paese.

«Paco, versami un whisky con ghiaccio, per favore» dice una voce roca e spenta alle sue spalle. Sa di chi si tratta.

Emilio si volta e vede Lázaro Martínez, il preside del Rubén Darío. Ha l'aria stanca. Ha cinquantacinque anni, ma ne dimostra settanta. Dalle occhiaie gonfie e scure si direbbe che abbia passato una nottataccia.

L'uomo afferra il bicchiere che gli porge il cameriere, fa girare il ghiaccio e butta giù un sorso. L'alcol gli brucia in gola e lo fa tossire.

«Sta bene, preside?» chiede Emilio, premuroso, all'uomo che è anche il suo insegnante di francese.

Lázaro guarda l'allievo e annuisce. Poi ordina al cameriere un bicchiere d'acqua e beve per rinfrescarsi la laringe, che continua a bruciare.

«Viñales, non riesco a liberarmi di te nemmeno nel weekend» commenta forzando un sorriso.

«Se vuole la prossima settimana non vengo a lezione. Così non mi dovrà sopportare.»

«Ma no, figurati. Guarda che i test finali sono dietro l'angolo.»

«Eviti di ricordarmelo» dice Emi, che sbuffa e indica con il mento il bicchiere di whisky. «Non è un po' presto per quello? Non preferisce un caffettino?»

«Avevo bisogno di qualcosa di più forte del caffè. Sono sveglio da parecchie ore.»

«Per la faccenda di Aurora?»

L'uomo inarca un sopracciglio e osserva molto seriamente il ragazzo, che ha menzionato di proposito la compagna morta. È il preside della scuola, di sicuro ha qualche informazione in esclusiva. Magari riesce a carpirgli qualcosa.

«E tu come fai a saperlo?»

«Ormai lo sa mezzo paese. È incredibile quello che è successo.»

«Sì, incredibile.»

Lázaro afferra di nuovo il bicchiere e beve un sorso di whisky. L'alcol gli brucia di nuovo in gola, ma questa volta lo sopporta meglio. Guarda in avanti e fa girare il ghiaccio. Anche Emilio si beve il bicchiere d'acqua mentre decide se mettere o meno tutta la carne sul fuoco.

Alla fine si lancia.

«Si sa chi è stato?» si azzarda a chiedere dopo qualche secondo di silenzio.

«Chi è stato a far cosa?»

«A uccidere Aurora. Si dice in giro che potrebbe essere stato suo padre.»

«Sono affari della polizia» replica deciso il preside. «Non ficcare il naso, Viñales. È una faccenda molto seria.»

«Lo so. Non era mia intenzione...»

«Una ragazza è morta. Lasciamo a chi di dovere il compito di scoprire la verità. Non possiamo accusare le persone a casaccio: evitiamo di diffondere pettegolezzi.»

«Sono d'accordo con lei.»

«Bene.»

L'uomo beve un ultimo sorso e lascia una banconota da cinque euro sul bancone. Dice a Paco di tenere il resto e si alza. Poi saluta il ragazzo e si dirige verso la porta con passo incerto.

Emilio, che resta a osservarlo mentre esce dal bar, è seccato di non essere riuscito a ottenere ulteriori informazioni oltre a quelle che già possiede. Julia avrà qualche novità? Tira fuori il cellulare e registra un messaggio vocale su Whatsapp:

Julia, sono al bar di Paco. Ho appena parlato con il preside, con Lázaro, e non mi ha detto niente di particolare. È piuttosto colpito. Tu hai qualche novità? Hai parlato ancora con i tuoi genitori? Sembra che tutto il paese ne sia al corrente. Molti accusano Bernardo, il padre di Aurora.

Il ragazzo invia l'audio all'amica. Ma non ha finito. Preme di nuovo il microfono e registra un nuovo messaggio.

E scusami se sono così impulsivo. Accuso le persone di essere pettegole e poi sono io il primo a voler sapere tutto. Lo sai, voglio diventare giornalista. Non riesco a controllarmi. D'accordo... dove ci vediamo? Ti aspetto qui?

La risposta di Julia arriva dopo qualche minuto. In un altro messaggio vocale dice di aspettarla pure lì, che sta per arrivare. Emilio le risponde un "ok, a tra poco" e chiede a Paco un altro bicchiere di acqua fredda. È assetato. Non si è ancora del tutto ripreso dall'angoscia provata in mezzo alla folla accalcata davanti alla scuola.

Mentre aspetta l'amica controlla se su Internet sia già apparsa qualche notizia sull'omicidio di Aurora. Non trova niente. Forse è ancora troppo presto perché i media ne parlino.

Invece sul gruppo sono tutti agitati e non parlano d'altro. Ha dovuto silenziare la suoneria per non sentire di continuo gli squilli delle notifiche. Legge gli ultimi commenti:

Ricardo: Ma è confermato che sia morta proprio Aurora?

Yi: Esatto. Qualcuno lo può affermare con certezza?

Ricardo: Ámbar, come l'hai scoperto?

Laura Gómez: Già. Chi te l'ha detto?

Ámbar: Mi ha telefonato mia zia, che è davanti a scuola. L'ha sentito dire da un poliziotto. Ieri mi ha telefonato sua madre per chiedermi se sapevo dov'era. Sua madre e la mia si conoscono da tempo.

Patri: Ha telefonato anche a me.

Yi: Cazzo. Questo è un incubo. Non ci posso credere.

Jason: Povera Aurora.

Sara: Sì, poverina. Non dava fastidio a nessuno.

Yi: Sto piangendo.

Dunia: Anch'io. È allucinante che sia morta.

Ricardo: È davvero triste. Anche se non avevo rapporti con lei, mi mancherà.

A Emilio scappa un sorrisino ironico e scuote la testa. Non riesce a credere a quello che sta leggendo. Adesso Aurora fa pena a tutti? E quando era viva, allora? Nessuno la calcolava. Anzi, peggio: molti le parlavano alle spalle. Nemmeno lui si salva, ma non intende essere ipocrita come i suoi compagni di classe. Non molti giorni prima ha sentito una conversazione tra Ricardo e Jason, nei bagni di scuola: "È la tipa più strana che abbia mai visto" aveva assicurato il primo. "È figa, ma non farei mai niente con lei. Secondo me è diventata pazza."

Mette il cellulare nella tasca dei pantaloni e sbuffa, di malumore. E Julia ha ancora il coraggio di chiedergli perché non sopporta i suoi compagni di classe?

In quel momento la porta del bar si apre e si sente chiamare. Emilio si volta e vede l'amica che si avvicina. Non è da sola. È insieme a un ragazzo di quarta. È il fidanzato di Vanesa, una da cui è meglio stare alla larga.

Non ha mai parlato con quel tizio. Julia gli ha raccontato di essere rimasta chiusa con lui nell'ascensore del supermercato. Ma da quando sono amici?

7

Sabato 20 maggio 2017. Qualche minuto prima…

«Tu lo sapevi» dice Vanesa a Julia, dopo qualche secondo in cui nessuno è stato in grado di proferire parola. Il suo tono non è affatto gentile. «Sapevi tutto per via dei tuoi genitori.»

«Che cazzo è successo? Come l'hanno uccisa?» interviene adesso Ingrid, anche lei piuttosto antipatica.

Julia abbassa la testa senza rispondere. Continuano ad arrivare messaggi sui cellulari delle tre ragazze. Nel gruppo Whatsapp i commenti si succedono senza sosta. Tutti discutono e avanzano ipotesi.

«Perché non rispondi? Aurora è morta! Abbiamo il diritto di sapere cos'è successo» insiste Vanesa, gesticolando esageratamente e sempre più su di giri.

«So quello che sapete anche voi» risponde Julia timidamente. «Non ho parlato di questa storia con i miei genitori.»

«Non ti credo. Di sicuro sai molto di più di quello che racconti. Sei una bugiarda.»

L'insulto ferisce Julia, che non vede l'ora di andarsene di lì. Non ha motivo di dover sopportare tutto questo.

«Adesso smettila, Vane» le chiede Iván, sorreggendo la fidanzata per un braccio. «Andiamo a fare un giro e diamoci una calmata.»

«Lasciami stare. Ti ripeto che non ho voglia di fare nessun giro. Voglio che Julia mi dica quello che sa sulla morte di Aurora.»

«Ti ha già detto che non sa niente. Lasciala in pace.»

«Perché la difendi?»

«Non la difendo.»

«È quello che stai facendo.»

La ragazza si scosta dal fidanzato, si mette davanti a Julia e avvicina la faccia alla sua. La guarda fissa negli occhi, con aria di sfida.

«Non prendermi in giro. Tuo padre sa già chi è il colpevole?»

«Non lo so.»

«Qualcuno del paese?»

«Non so niente di quello che è successo. È un'indagine di polizia. Né lui né i suoi colleghi ne possono parlare.»

Vanesa si innervosisce ancora di più e brontola un insulto a denti stretti. Si volta e cerca l'appoggio di Ingrid. L'amica si stringe nelle spalle.

«D'accordo, Julia. Se non vuoi dirci niente, non farlo. Ma se succede qualcos'altro...»

«Se succede qualcos'altro non sarà colpa sua» interviene di nuovo Iván. «Di cosa la vuoi accusare?»

«Continui a difenderla! Basta! Non ce la faccio più!»

Vanesa emette un grugnito e si dilegua. Le due ragazze scompaiono nell'arco di pochi secondi e lasciano Julia da sola con Iván. Il ragazzo sbuffa e alza gli occhi al cielo. Si massaggia le tempie con le dita e cerca di ritrovare la calma perduta.

«Quando fa così è insopportabile. Si comporta come una bambina viziata e bisogna fare come vuole lei» commenta Iván. Si intuisce che non è la prima volta che ha dovuto far fronte a una situazione del genere.

«La capisco. È nervosa per quello che è successo.»

«Ma non vuol dire che debba parlare in quel modo. Ti chiedo scusa. Vanesa è una brava ragazza.»

«Non importa, davvero.»

Julia arrossisce quando lui sorride e, con entrambe le mani, si mette i capelli dietro le orecchie. È da tempo che desidera stare da sola con il ragazzo che le piace. Ma si rende subito conto che la situazione non è quella adatta e diventa subito seria. Nota che ha il polso bendato e ricorda l'incidente con la bicicletta.

«Come va dopo l'incidente di ieri?» chiede al ragazzo indicandogli il polso.

«Bene. Faccio fatica a muovere il braccio destro. Ma per fortuna non c'è niente di grave.»

«Ti ha investito una macchina?»

«Sì, non mi ha visto e mi ha preso in pieno. È un miracolo che non sia successo nulla. Ho solo qualche graffio da poco.»

La ragazza annuisce e sospira. Meno male. La morte di Aurora è stata dolorosa, figuriamoci se a fare quella fine fosse stato Iván.

«Hai sporto denuncia?»

«No.»

«No?»

«Preferisco evitare i casini. Sia io sia il tizio che guidava la macchina stiamo bene. Ed è la cosa più importante. Ho le verifiche finali tra qualche giorno e non voglio altri problemi.»

Julia si stupisce della risposta di Iván, ma non ribatte; continuano a parlare delle condizioni del suo braccio destro. Mentre chiacchierano il suo cellulare continua a ricevere notifiche di messaggi. Alla fine decide di guardarlo e si accorge che, a parte quelli del gruppo Whatsapp della classe, ha anche due messaggi di Emilio. Sono due vocali. Si avvicina il telefono all'orecchio e li ascolta.

«Va tutto bene?» chiede il ragazzo nel notare l'aria preoccupata di Julia.

«È il mio amico Emilio. Non so se lo conosci.»

«Di vista. Uno con gli occhiali e i capelli blu, no?»

A Julia sfugge un sorriso. Emi non parla con molte persone e non sta simpatico quasi a nessuno. Tuttavia si fa notare e in paese non passa certo inosservato.

«Esatto. È lui.»

«È un ragazzo molto particolare. State insieme?»

«Insieme?»

«Sì, cioè... siete fidanzati? Ti vedo sempre con lui.»

«No! No! Io e Emi siamo solo buoni amici» chiarisce Julia, nervosa. «Aspetta, gli rispondo.»

La ragazza registra un vocale per dirgli che lo raggiunge al bar.

«Devo andare. Emilio mi sta aspettando.»

«Posso venire con te? Non ho voglia di studiare. Questa faccenda mi ha un po' sconvolto e non credo di riuscire a concentrarmi. Ti spiace?»

«Ehm. Ma no, figurati» risponde Julia, sorpresa.

Non se lo aspettava. Credeva che Iván sarebbe subito corso a cercare Vanesa per fare pace il prima possibile.

Si avviano insieme verso il bar di Paco. I primi secondi passano in silenzio, cosa che mette Julia a disagio. Vuole sentire la voce di Iván, tornare a quel giorno in cui erano rimasti chiusi nell'ascensore del supermercato. A quell'istante in cui il suo cuore si era attivato, mettendo in moto la macchina dei sentimenti. Ha mille pensieri per la testa. Pensa in fretta, centinaia di idee le attraversano la mente. A differenza di quanto accade di solito, però, si ammucchiano le une sulle altre, si accalcano senza una logica. Non riesce a pensare a mente lucida. Quanto le farebbe bene potersi rilassare con il suo cubo di Rubik.

«Come sei messo con la preparazione per i test?» è l'unica cosa che le viene da chiedergli per spezzare il silenzio che è piombato tra di loro.

«Sono un po' sotto pressione.»

«Hai bisogno di un voto alto?»

«Abbastanza. Voglio studiare interpretariato e traduzione. Quindi, fai tu i tuoi conti...»

«Hai una buona media?»

«Per ora sì, anche se per poco non me la sono rovinata con la verifica di storia. Comunque è andata. O almeno credo. Non sapremo i risultati fino alla settimana prossima.»

Iván si è incupito. E Julia ha la sensazione che preferisca cambiare argomento. Ma non le viene in mente nient'altro di cui parlare. Di nuovo un silenzio imbarazzante. Finché è lui a prendere l'iniziativa.

«Vanesa mi ha detto che sei la ragazza più in gamba di tutta la scuola, che sei una specie di genio superdotato.»

Julia arrossisce di nuovo. Non è mai andata in giro a sbandierare il suo quoziente intellettivo superiore, né la sua memoria fotografica. La imbarazza molto. Sì, è intelligente, e allora? Lei non ha fatto nulla per essere così. Non ha alcun merito, con quelle capacità ci è nata.

Ci impiega un po' a reagire, e non sa bene cosa dire. Non è nemmeno sicura di cosa Vanesa abbia spiegato a Iván né del modo in cui l'ha fatto. Julia è ben consapevole che a volte si parla delle persone intelligenti con palese disprezzo.

«Non senti una grande pressione?» le chiede Iván anticipandola. «I tuoi genitori sanno che puoi avere ottimi voti. E anche tu lo sai. Non ti senti in obbligo di soddisfare le aspettative di tutti?»

«Be'... io faccio quel che posso. Mi sforzo. Non ci penso troppo.»

«No? Non ti senti bloccata dalle aspettative altrui?»

«Non direi che i miei pretendano troppo da me.»

«Sei molto fortunata.»

Il ragazzo pronuncia quell'ultima frase a bassa voce e il suo tono tradisce una certa tristezza. I suoi genitori invece gli stanno molto addosso? A Julia piacerebbe approfondire la questione. Incoraggiarlo. Ma ormai sono arrivati al bar di Paco. Non appena apre la porta individua Emilio, seduto su uno sgabello davanti al bancone. Lo chiama e lui si volta. Si accorge che l'amico squadra Iván con sospetto, chiedendosi cosa ci faccia lì.

«Hai visto il preside?» chiede subito a Emilio, sorvolando sulla diffidenza che il suo accompagnatore sembra aver risvegliato nell'amico.

«Sì, ci ho parlato. Se n'è appena andato.»

«A scuola?»

«Immagino di sì.»

«Ti ha raccontato qualcosa?»

«Niente che non sapessi già.»

Julia ha l'impressione che la presenza di Iván impedisca a Emilio di esprimersi liberamente.

«Conosci Iván, vero?»

«Sì, di vista. Ciao.»

I due si scambiano una forte stretta di mano e subito, come fossero sincronizzati, guardano Julia. Lei accenna un sorriso teso. Dopo qualche secondo il cellulare di Iván inizia a squillare. Lui si allontana di qualche passo per rispondere.

«E quello cosa ci fa qui?»

«Abbassa la voce. Può sentirti. Nemmeno lui ti è simpatico?»

«Sai già cosa penso della sua fidanzata.»

«Lui non è come Vanesa. Sono molto diversi.»

«Se escono insieme non saranno poi così diversi» azzarda Emilio, continuando a mostrarsi sospettoso. «Non mi hai risposto. Perché è con te?»

«Ha discusso con Vanesa perché mi ha difeso e lei l'ha mollato su due piedi.»

«Ti ha difeso?»

«Più o meno.»

Julia racconta a Emi l'episodio di qualche minuto prima. La fine della spiegazione coincide con il ritorno di Iván. La ragazza percepisce subito che qualcosa non va.

«Devo andare. Vanesa mi vuole parlare.»

«D'accordo. Ci vediamo lunedì a scuola.»

«Non ci sarò. Per noi di quarta le lezioni sono già sospese, così abbiamo più tempo per preparare i test. Ci sono i tutor a disposizione per ogni materia, se vogliamo, ma non so quanto ne avrò bisogno. Vedrò.»

«Be', allora... ci vediamo.»

«Ci vediamo.»

Iván accenna un sorriso e saluta Julia con la mano. Più serio, fa lo stesso con Emilio. I ragazzi non dicono nulla finché non è scomparso del tutto dal loro campo visivo.

«Non lo invidio. Non vorrei proprio essere al suo posto» commenta Emilio prima di alzarsi dallo sgabello.

«Non sarà così grave.»

«Sembra che tu non conosca Vanesa. Quella è tremenda.»

«Iván dice che non è una cattiva ragazza. Parleranno e sistemeranno tutto.»

«E questo ti darebbe fastidio?»

«Cosa?»

«Che sistemino tutto.»

«A me? No! Ovviamente no! Perché non dovrei volere che Iván e Vanesa facciano pace?»

Emilio sta per risponderle, ma viene interrotto dalla voce di un uomo che chiede di fare silenzio. Paco ha appena alzato il volume della televisione. Tutti i clienti del locale, compresi i due ragazzi, prestano attenzione allo schermo. La tv locale sta annunciando, in diretta, l'omicidio di Aurora Ríos. La telecamera intercetta a distanza le immagini della cassa di zinco con il corpo, caricata sul carro funebre che la porterà in città, perché la madre di Julia possa eseguire l'autopsia.

La voce del giornalista è commossa:

«Questa, signore e signori, è di sicuro la notizia più triste che io abbia mai dovuto dare negli oltre vent'anni in cui lavoro per questa emittente».

8

Sabato 20 maggio 2017

Ormai a casa, con il cubo di Rubik in mano, Julia ascolta attentamente Roberto Méndez, l'onnipresente giornalista della tv locale. Il marcantonio – peserà cento chili, e non esattamente di muscoli – con i capelli bianchi e tutto abbronzato, piazzato davanti all'ingresso del Rubén Darío, continua a ripetere la notizia della morte di Aurora Ríos. Anche se le informazioni sono poche e non ci sono novità. Il corpo della ragazza è stato trasferito all'istituto di medicina legale della capitale, perché Aitana proceda con i controlli post mortem e verifichi quanto possibile sull'accaduto.

Julia si sente invadere dall'angoscia. Chi può aver fatto una cosa del genere? Prova una profonda tristezza per la ragazza, ma ancor più per sua madre. Il giornalista dell'emittente locale ha provato a intervistarla mentre usciva dalla scuola, ma la donna non ha voluto rilasciare dichiarazioni. Aveva un'aria distrutta. La vita è ingiusta con alcune persone. E con Vera, nello specifico, è stata immensamente crudele.

Del padre di Aurora, Bernardo Ríos, non si sa ancora nulla. O così almeno ha detto Roberto Méndez. Molti lo accusano già dell'omicidio di sua figlia, sulla base di pettegolezzi e illazioni su quanto si dice sia accaduto tre anni prima.

«Ciao! Julia?»

La voce di Miguel Ángel irrompe all'improvviso in casa. La ragazza era così immersa nei suoi pensieri che non lo ha sentito arrivare. Corre da suo padre e lo abbraccia forte. Non è facile trovare una consolazione quando il dolore è così grande, ma comunque la conforta un po'. Poi entrano insieme in cucina. L'uomo apre il frigorifero e prende una lattina fredda di Coca Cola. Ne beve metà in un sorso solo.

«Mamma mi ha detto di avvisarti che non viene a pranzo» dice l'ispettore di polizia appoggiando la schiena alla parete, con in mano la bibita.

«Immaginavo. E tu? Mangi con me?»

«No, tesoro. Mi dispiace davvero tanto, ma devo tornare al lavoro. Sono solo venuto a vedere come stavi e a fare una doccia. Ho appena mezz'ora.»

«Hai l'aria stanca.»

«Lo sono. Sono state ore davvero difficili. Mi dispiace molto per la tua amica.»

Julia annuisce con la testa e non contraddice il padre. In realtà lei e Aurora non erano amiche, soltanto compagne di classe. Ma ora che importanza ha? La notizia della sua morte l'ha colpita molto ed è strano pensare di non vederla più a scuola.

«Vado sopra a farmi una doccia veloce, fa troppo caldo. Vediamo se mi riprendo. A dopo.»

L'uomo rimette in frigorifero la lattina di Coca Cola che ha lasciato a metà. Dà un bacio sulla fronte alla figlia e sale in fretta al piano di sopra. La ragazza resta in cucina e si accorge che il padre ha dimenticato sul tavolo una cartellina blu. Sopra c'è un'etichetta bianca su cui è scritto, con il pennarello nero, "CASO RÌOS". Julia sa che la polizia dà un nome in codice a ogni operazione. In questo caso pare che abbiano scelto il primo dei due cognomi di Aurora per indicare l'indagine sulla morte della studentessa del Rubén Darío.

Sa che non deve guardare. Sa che non deve toccare quella cartellina. Si tratta di documenti riservati. Ma la curiosità è tanta e le sembra quasi un peccato non dare un'occhiata. Accidenti a Emilio! È lui che le ha attaccato quella voglia di indagare. Che fare? Cosa potrà mai succedere se legge un paio delle moltissime pagine che di certo sono contenute nella cartellina? Non ne parlerà a nessuno, nemmeno al suo migliore amico.

Ma chi vuol prendere in giro? Lo sa benissimo, sta infrangendo le regole, ma si fa coraggio e alla fine prende la cartellina. Nervosa, assalita dai sensi di colpa, si sistema su una sedia della cucina e dà un'occhiata ai documenti.

Quel che trova la lascia senza parole. Nella cartellina non ci sono soltanto i rapporti della polizia. Ci sono anche decine di fotografie dello spogliatoio, scattate da tutti gli angoli, che ritraggono il corpo inerte della ragazza. I primi piani del viso sono sconvolgenti.

Julia chiude di scatto la cartellina, profondamente turbata da quel che ha visto e con il cuore che batte all'impazzata. Ci impiega un attimo a riprendere a respirare. Avrebbe dovuto immaginare che in un dossier della polizia potessero esserci immagini di quel tipo.

Lascia i documenti sul tavolo e si alza. Apre il frigorifero e prende una bottiglia d'acqua minerale. Se ne versa un bicchiere e lo beve tutto d'un sorso. Chi gliel'ha fatto fare di essere così curiosa?

Eppure, nonostante lo spavento causato dalle immagini di Aurora, Julia non è ancora soddisfatta. Adesso, un po' più calma, ripensa a ciò che ha visto e le vengono alcuni dubbi. Uno in particolare: perché era truccata? A scuola non lo era mai.

La ragazza tamburella con le dita sul tavolo, osservando la cartellina con la coda dell'occhio. Ha bisogno di dare ancora un'occhiata. La prende di nuovo e ne esamina il contenuto, ormai consapevole di ciò che vi troverà.

Scruta una foto dopo l'altra per constatare ciò che prima le è parso di vedere. Confermato: Aurora ha il mascara, il rossetto rosa e il fard sulle guance. Indossa abiti diversi da quelli che aveva la mattina a scuola. È come se si fosse preparata per un appuntamento. Doveva vedere qualcuno? A scuola? Nello spogliatoio?

Le pare tutto molto strano.

Aurora è supina e ha gli occhi chiusi. C'è sangue intorno alla testa. Julia non ne capisce molto e di certo sua madre darà una spiegazione logica alla posizione del corpo, ma se l'hanno colpita da dietro, come sembra, a giudicare dalla ferita e dal punto da cui proviene il sangue, non ha molto senso che si trovi in quella posizione. Dovrebbe essere prona. È come se l'avessero spostata e messa così per qualche ragione.

Perché mai l'assassino avrà girato il corpo? Per assicurarsi che la ragazza fosse morta? Per farlo sarebbe stato più sensato sentire le pulsazioni dalla giugulare o dal polso.

Accantona le fotografie e si appresta a leggere i documenti. Deve fare in fretta perché non sente più lo scrosciare dell'acqua nella doccia. Suo padre starà per scendere.

Ecco le dichiarazioni di Fermín, il bidello, che ha trovato il cadavere. Stando a quanto racconta l'uomo, non è stato lui a chiamare la polizia bensì il preside, Lázaro Martínez. È stato quest'ultimo a precipitarsi a scuola e a denunciare il ritrovamento del corpo. Nella sua dichiarazione spiega che né lui né il bidello hanno toccato o modificato alcunché nel luogo in cui è stata rinvenuta la ragazza.

Ma ad attirare l'attenzione di Julia è la sezione inerente alle prove. Ogni elemento indicato ha un cartellino con un numero:

- Dente. Presumibilmente della vittima.
- Laccio di scarpa.
- Elastico per capelli.
- Carta di caramella.
- Bussola.

Una bussola? Cosa ci fa una bussola accanto al corpo di Aurora? L'oggetto è alla sua destra, a meno di un metro di distanza. Anche questo non ha alcun senso.

Julia confida nella sua memoria, in genere non dimentica ciò che vede o legge. Scatta comunque col cellulare qualche fotografia della pagina in cui vengono indicati i cinque elementi trovati accanto al cadavere e di un'immagine dello spogliatoio così com'era quando è arrivata la polizia.

Ci sono un altro paio di cose che la ragazza nota. Qualche appunto di suo padre scritto in grassetto.

NON È STATO RINVENUTO, NÉ SULLA SCENA DEL CRIMINE NÉ NEI PARAGGI, IL CELLULARE DI AURORA RÍOS.

NON ABBIAMO TROVATO NÉ IDENTIFICATO L'OGGETTO CON CUI È STATA COLPITA AURORA RÍOS.

Julia sente i passi di suo padre sulle scale e posa immediatamente la cartellina sul tavolo. Si alza in piedi e finge di essere al telefono.

«Sì, Emi. Il capitolo diciassette va studiato.» In quel preciso istante Miguel Ángel entra in cucina e guarda la figlia. Con la mano lei gli fa cenno di aspettare. «D'accordo, ti chiamo dopo. Studia!»

La ragazza finge di riagganciare e infila il cellulare nella tasca dei pantaloncini. Odia mentire a suo padre, ma non ha avuto alternative. Spera che la sua messinscena sia stata convincente. Pare di sì.

«Riuscite a concentrarvi sullo studio con tutto quello che sta succedendo?» chiede l'uomo a sua figlia mentre apre il frigorifero. Prende la lattina di Coca Cola lasciata a metà e la finisce.

«No. Ma non possiamo fare altro. I test finali sono alle porte.»

«Lunedì di sicuro non ci sarà lezione. Dobbiamo parlare con gli alunni e con i professori della scuola.»

«Ci interrogherete?»

«Parleremo semplicemente con alcuni di voi» chiarisce Miguel Ángel, mentre butta la lattina vuota nel secchio della plastica. «Bene, ora devo andare.»

«Torni a scuola?»

«No. Vado a casa di Aurora, dobbiamo fare alcuni controlli.»

«Ci sarà Vera?»

«Sì. Abbiamo appuntamento lì con lei.»

«Povera donna. Mi fa moltissima pena.»

L'uomo appoggia una mano sulla spalla della figlia, che china la testa, desolata.

«La sua amica Alicia, che è psicologa, si sta occupando di lei. Non possiamo riportarle Aurora viva, ma faremo tutto il possibile perché possa star bene. E anche per trovare chi gliel'ha... ammazzata.»

«Ha... ha visto... sua figlia... morta?»

«No, non l'abbiamo permesso. Lei avrebbe voluto, ma è meglio che passi qualche ora perché possa iniziare a metabolizzare quello che è successo. Non era il momento adatto. Quando tua madre avrà finito con l'autopsia, se vorrà, l'accompagneremo all'istituto di medicina legale» spiega l'uomo prima di baciare sua figlia sulla testa e prendere la cartellina del caso Ríos. «Tesoro, mi stanno aspettando. Poi parliamo. Coraggio.»

«Grazie, papà. Stai attento.»

Miguel Ángel saluta Julia ed esce di casa. La ragazza lo vede andar via con la cartellina blu sottobraccio.

Non aveva mai fatto caso prima d'allora al silenzio. Un silenzio duro, amaro e complicato da gestire. Le viene da piangere, ma deve reagire. Non è il momento di crollare.

Si dirige pensierosa in sala. Sul divano riprende il cellulare dalla tasca. Cerca l'immagine del documento che ha fotografato. Sospira mentre la analizza minuziosamente. Aurora truccata, incomprensibilmente supina, accanto a lei una bussola; non è stato rinvenuto il suo cellulare e nemmeno identificato l'oggetto con cui è stata colpita. Troppi tasselli da incastrare. Ai suoi genitori resta ancora molto lavoro da fare.

Tuttavia qualcosa attira la sua attenzione. Qualcosa che vede in fondo alla fotografia. È possibile che…? Sente un formicolio scuoterle lo stomaco. La sua può essere un'intuizione corretta? Zooma sulla parte posteriore dello spogliatoio. Non riesce a descriverlo, ma ha un presentimento così forte che scommetterebbe il suo cubo di Rubik che sia azzeccato. Conta e… undici! Lo sapeva. Ma vuole assicurarsi di non aver commesso nessun errore. Conta di nuovo, ed è giusto… Di nuovo undici!

Undici. Non c'è alcun dubbio.

Sospira e si passa nervosa una mano sulla fronte. È possibile che abbia scoperto l'oggetto con cui hanno colpito Aurora Ríos?

9

Sabato 20 maggio 2017

I commenti, nel gruppo Whatsapp della classe, si succedono senza sosta. Anzi, si sono addirittura intensificati da quando i media hanno confermato l'omicidio di Aurora Ríos. Quasi tutta la classe ne parla e si dispiace per l'accaduto. Emilio invece preferisce tacere. I suoi compagni sono dei grandissimi ipocriti. È convinto che siano solo in pochi a essere davvero dispiaciuti per la morte della ragazza, invisibile per la maggior parte di loro. Forse non dispiace a nessuno.

Il ragazzo con i capelli blu entra in casa e se ne va dritto in camera sua. Non saluta nemmeno i genitori, che sente chiacchierare in sala. Prende il portatile e si sdraia sul letto. Ha la tentazione di chiedere a Julia di sentirsi su Skype, ma non vuole sembrare noioso. Si sono appena visti e non vuole pressarla. Che poi, perché mai dovrebbe pressarla? Sono semplicemente amici. Dovrebbe dirle che...?

«Emilio.» Sua madre è appena entrata in camera senza bussare. Dietro di lei c'è anche suo padre. «Hai saputo quello che è successo? In televisione hanno detto che è stata trovata una bambina morta al Rubén Darío.»

«Non era una bambina, mamma. Aveva diciassette anni. E si chiamava Aurora Ríos. Era la figlia di Vera e Bernardo.»

«Oh, santo cielo! Qualche anno fa quella coppia era sulla bocca di tutti. Eravate amici?»

Il ragazzo sbuffa alla domanda del padre. Non gli va di parlarne con loro. Non sono interessati al suo rapporto con lei e nemmeno si domandano se quella notizia possa averlo ferito. È evidente che lo chiedono per la morbosa curiosità di sapere qualcosa di più della vittima.

«Eravamo compagni di scuola» si limita a rispondere il ragazzo, senza staccare gli occhi dallo schermo.

«Era in classe con te?»

«Sì, papà, era in classe con me.»

«Quindi eravate amici?»

Emilio inizia a spazientirsi. Durerà a lungo quell'interrogatorio? È da tempo che i rapporti con i suoi genitori non sono dei migliori. Parlare con loro lo mette a disagio così cerca di evitare qualsiasi conversazione che duri più di un minuto. Tuttavia, data la situazione, per non rispondere in malo modo al padre, conta mentalmente fino a dieci e si sforza di essere gentile.

«C'è stato un periodo in cui andavamo abbastanza d'accordo. Ma ormai non ci rivolgevamo quasi la parola.»

«Eravate in cattivi rapporti?»

«Non ho detto questo. Né buoni né cattivi, mamma. Aurora era una ragazza molto strana. Praticamente non aveva rapporti con nessuno.»

I genitori di Emilio si scambiano un'occhiata. Almudena si china verso Antonio e gli sussurra qualcosa all'orecchio.

L'uomo annuisce. Il ragazzo non capisce molto bene ciò che sta accadendo... finché la madre non parla di nuovo.

«Hai litigato con Aurora, di recente?»

«Cosa?»

«Hai avuto qualche problema con lei?»

«No! Certo che no!» sbotta il ragazzo, fuori di sé. «State insinuando che l'abbia uccisa io?»

«Ovviamente no, Emilio» cerca di tranquillizzarlo Antonio. «Ma siamo i tuoi genitori. E siamo anche avvocati. Vogliamo sapere tutto.»

«Non ci capisco niente.»

«Ci stiamo solo preoccupando per te, Emilio. Come sempre.»

«Non ci posso credere che i miei genitori pensino... Certo che non... Siamo arrivati a questo punto... non è possibile.»

Il ragazzo si impappina. Le parole non gli escono dalla bocca. Guarda il padre e poi la madre. Hanno entrambi un'espressione dura e lo osservano con freddezza.

«Dov'eri all'ora in cui è morta Aurora?» chiede Antonio sedendosi sul letto, accanto al figlio. «Dobbiamo preparare un alibi, in caso di necessità.»

«Non so neanche a che ora è morta! Non l'ha detto ancora nessuno!»

«Di certo eri in camera tua. Come sempre. Anche se questo complicherà le cose. Non c'è modo di dimostrarlo.»

«Ma è una cosa da pazzi.»

«Tutti commettiamo qualche pazzia, Emilio. Se è successo qualcosa con quella ragazza sarà meglio che ce lo racconti, e noi prepareremo una buona difesa in caso la polizia ti dovesse accusare.»

«Ma di cosa mi dovrebbero accusare?» urla lui, sempre più fuori di sé.

«Di omicidio premeditato, di omicidio preterintenzionale, di omicidio passionale... Dipende.»

«Io non ho fatto niente.»

«Sono sicuro che è così» dice suo padre, poco convinto. «Ma non ci hai ancora detto se hai discusso con lei nelle ultime settimane e se qualcuno vi ha visto.»

Il ragazzo chiude gli occhi e fa cenno di no con la testa. Ma perché insistono? Perché sono così certi che abbia discusso con Aurora? Come l'hanno scoperto? Sì, è vero, hanno discusso. E no, non li ha visti nessuno. O almeno così crede. Non c'era nessuno intorno. Erano soltanto lei e lui nello spogliatoio.

«Io... non posso dirvi niente.»

A quel punto Emilio sente un suono molto familiare. Apre gli occhi e vede sullo schermo del computer che Julia lo sta videochiamando su Skype. Si guarda intorno e non vede i suoi genitori. È da solo.

Si passa le mani fra i capelli e accetta la richiesta dell'amica.

«Ciao» la saluta, mentre continua a pettinarsi i capelli blu. «Stavi dormendo?»

«No» mente.

«Be', hai la faccia inebetita. Come mai quello sguardo inquietante?»

«Non è che tu sia messa meglio, eh? Ti ho vista in versioni migliori.»

«Ho passato la notte in bianco» protesta Julia, che non capisce come mai l'amico stia sulla difensiva con lei. «Lo sai.»

«Scusa, sì, mi ero addormentato» ammette. «Mi ha svegliato la tua chiamata.»

«Cavoli, mi dispiace.»

«Non preoccuparti. Meglio così, stavo facendo un incubo.»

«Cosa stavi sognando?»

«Che...»

A Emilio torna subito in mente la conversazione con i genitori. Lo accusavano di avere a che fare con la morte di Aurora. Insistevano per fargli confessare di aver litigato con lei. E lui dal canto suo negava, pur sapendo che avevano ragione loro.

Stupida Aurora. Persino da morta gli disturba il sonno.

Non può raccontare nulla a Julia. Quindi finge di non ricordare cosa stava sognando.

«Ma ci credi che non me lo ricordo già più? Me lo sono dimenticato» spiega, cercando di essere convincente. E cambia subito argomento. «Hai parlato con i tuoi? C'è qualche novità?»

«È per questo che ti ho chiamato.»

«Davvero? Cos'hai saputo?»

«Non volevo dirti niente, ma ho visto qualcosa che non avrei dovuto vedere. E se non ne parlo con qualcuno impazzisco. Quindi promettimi che tutto quello che ti dirò rimarrà tra noi.»

«Cazzo, Julia, certo che te lo prometto. Ma racconta. Mi fai preoccupare.»

Conoscendo l'amica, Emilio sa che ha tra le mani qualcosa di molto serio. La tradiscono i suoi occhi.

«Non ti mentirò. Se te lo racconto è solo perché non riesco a tenerlo tutto per me. E per ora non intendo dire nulla ai miei genitori.»

«O la smetti di girarci intorno o la prossima volta che ci vediamo ti rubo il cubo di Rubik. Eddai, parla!»

La ragazza si guarda attorno e poi si avvicina alla telecamera. Emilio distingue nitidamente sullo schermo tutte le efelidi sul viso di Julia e il suo nasino piccolo alla francese. Guarda le ciglia lunghe e gli occhi marroni, trasparenti e spalancati. Quando gli parla vede denti perfetti, bianchissimi. Ha i capelli corti spettinati, che le danno un aspetto divertente. Non è la ragazza più bella del mondo, ma a lui piace. La adora. Ne è innamorato. Da tempo. Ma non sa se lei ricambia quel sentimento.

«Ho letto il rapporto della polizia sul caso di Aurora» sussurra Julia come se avesse qualcuno intorno e non volesse farsi sentire.

«Davvero? E come hai fatto?»

«Mio padre l'ha lasciato sul tavolo della cucina mentre si faceva la doccia. Non sono riuscita a trattenermi dal buttare un occhio.»

«Esattamente quello che avrei fatto io!»

«Lo so. Stai esercitando una brutta influenza su di me.»

A Emilio scappa una piccola risatina. Sicuramente Julia ha avuto mille dubbi e si è sentita molto in colpa nell'infrangere così le regole.

«Be', e cos'hai letto?»

«Cosa ho visto... soprattutto. La cartellina era piena di fotografie dello spogliatoio e del corpo di Aurora.»

«Hai visto Aurora?»

«Purtroppo sì.»

La ragazza abbassa un attimo la testa e sospira. Di nuovo in preda all'angoscia, scoppia a piangere. Le sarà impossibile cancellare dalla memoria l'immagine della compagna di classe stesa supina e... morta.

«Ci sono diverse cose che hanno attirato la mia attenzione» dice dopo essersi ripresa. «E altre che non ho capito.»

Julia espone a Emilio le sue impressioni sul caso Ríos. Il ragazzo l'ascolta attentamente e di tanto in tanto fa qualche domanda, a cui l'amica prova a rispondere. Parlano della posizione del corpo di Aurora, degli oggetti trovati accanto a lei, dell'assenza del cellulare e del fatto che stranamente era truccata. Dopo avergli detto che non è stato trovato l'oggetto con cui è stata colpita, gli manda su Whatsapp la fotografia dello spogliatoio.

«Lo vedi?»

«Cosa dovrei vedere?»

«Ce ne sono undici, e dovrebbero essere dodici» commenta Julia con un tono di voce molto deciso.

«Dodici cosa?»

«Mazze da baseball! Contale! Ce ne sono soltanto undici. Sono quasi sicura che l'abbiano colpita con quella che manca e poi se la siano portata via.»

La loro classe nell'ora di educazione fisica ha scelto di fare baseball. La scuola ha comprato dodici mazze, perché sono in ventiquattro e giocano a coppie. Uno lancia e l'altro batte. Ma nella foto che Julia ha visto nella cartellina del padre si vedono soltanto undici mazze da baseball, messe in fila e appoggiate sul muro in fondo.

«È vero, ne manca una.»

«Scommetto che è quella l'arma del delitto» commenta Julia, eccitata dalla scoperta. «Ma non posso dirlo a mio padre, perché non avrei dovuto aprire la cartellina con quei documenti.»

«Capisco. E se mandiamo un messaggio anonimo alla polizia?»

«Figurati. Quelli indagano, ci scoprono e finisce che ci cacciamo in un casino megagalattico.»

«Allora cosa proponi di fare?»

La ragazza si appoggia all'indietro, pensierosa. Di colpo sorride e schiocca le dita. Si avvicina di nuovo allo schermo e sussurra soddisfatta:

«Credo che farò un colpo di telefono a un certo medico legale».

10

Martedì 7 marzo 2017

«Non rispondi?» chiede Virginia a Aurora vedendola lasciar squillare il suo telefono.

La ragazza non può dire alla prof di matematica che è suo padre a chiamarla.

«È... Patri, la mia compagna di classe. La richiamo dopo» mente.

«Anche se sono la tua insegnante puoi parlare con lei davanti a me» le spiega Virginia sorridente. «Non dovrei sconvolgermi, non è passato poi così tanto tempo da quando sono stata adolescente.»

«Non importa, la sento dopo. Sarà per qualcosa di scuola.»

«Come preferisci.»

La ragazza rivolge un sorriso alla prof e silenzia il cellulare. Apre lo zaino e lo mette via. Non vuole altre interferenze di suo padre mentre è lì. In teoria nessuno deve sapere che ogni tanto si vedono.

«È buono il ristorante La posada de Gala? Pensavo di andare a mangiare lì. Me ne hanno parlato molto bene.»

«Penso di sì... io non ci sono mai stata.»

«No? Vivi lì accanto.»

«Già. Ma con mia madre non vado mai a pranzo o a cena fuori.»

Il tono di voce di Aurora è spento, Virginia lo nota e si volta un attimo a osservare la ragazza: ha gli occhi tristi. Durante gli intervalli la vede sempre sola e isolata, non ha amici. Per certi professori è soltanto una ragazza asociale, ma a lei fa pena e le piacerebbe poterla aiutare in qualche modo. Ha sempre avuto un debole per gli incompresi, forse perché da bambina lo è stata anche lei.

«Ti va di venire a pranzo con me?» dice improvvisamente la professoressa. «Offro io.»

L'invito coglie di sorpresa la ragazza, che guarda stupita Virginia. Da quanto qualcuno non le propone una cosa del genere? Forse da quando Emilio Viñales l'ha invitata a fare merenda nel suo bar preferito. Ricorda perfettamente il gusto del frullato di fragole e dell'ottima torta al mango che ha ordinato quella volta. Sono passati tre anni, è stato il pomeriggio prima del suo compleanno. Un bel giorno, quello. Andavano molto d'accordo lei e Emilio, peccato che poi si sia rovinato tutto.

«Non preoccuparti, mi preparo qualcosa a casa. Grazie.»

«Mangi da sola?»

«Sì, mia madre lavora fino a sera. Oggi ha il doppio turno.»

«Be', ma allora non si discute! Vieni con me! E se mi dici di no, ti avverto, avrai parecchi problemi con la matematica quest'anno!»

Aurora abbozza un sorriso timido e alla fine accetta l'invito dell'insegnante. Ultimamente non sta volentieri con la gente, ma lei le sta simpatica.

Parcheggiano il più vicino possibile e camminano insieme fino al ristorante. Arrivate lì davanti, Aurora dice a Virginia di iniziare a prendere posto: lei deve prima telefonare a Patricia. La donna annuisce ed entra da sola. Aurora si guarda intorno e, quando è certa di non avere nessuno intorno che la possa sentire, tira fuori il cellulare dallo zaino e richiama il numero di poco prima. Al terzo squillo risponde la voce profonda di un uomo.

«Perché prima non mi hai risposto?» chiede Bernardo. È seccato e ha un'intonazione che a Aurora suona familiare.

«Scusa, papà. Stavo tornando da scuola e avevo il telefono nello zaino. Non l'ho sentito.»

«Tua madre è lì con te?»

«No, mamma è al lavoro. Ha il doppio turno.»

«Bene. Ci vediamo oggi? È parecchio che non ci vediamo» dice l'uomo, biascicando.

Aurora sospira. Conosce quel comportamento, quel modo di dire le cose. Non ha il minimo dubbio che suo padre abbia ripreso a farsi.

«Mi dispiace, non posso. Devo studiare.»

«Fanculo lo studio. È più importante tuo padre o un mucchio di libri?»

«Papà, non posso. C'è in ballo la promozione.»

«Ti ho comprato un regalo per il compleanno.»

«Non era necessario.»

«Cazzo! Sono tuo padre!» urla Bernardo, che però subito dopo addolcisce il tono di voce, rendendosi conto di essere stato troppo aggressivo. «Tesoro, domani compi diciassette anni e passerai il compleanno con la mamma e i tuoi amici. Ma non hai un buco oggi per me? Per favore. Solo un paio d'ore.»

Aurora si commuove nel sentire il padre pregarla così. Anche lui è solo al mondo. Lei almeno ha sua madre, anche se certi giorni la vede a malapena. Il problema è che non sempre lui si comporta come dovrebbe. A volte diventa troppo violento, e lei ha quasi paura. Per fortuna non è mai successo niente e Bernardo finisce sempre per pentirsi e chiederle scusa.

«Non lo so, papà. Ho davvero tanto da studiare.»

«Per favore, tesoro. Facciamo presto. Ho risparmiato per comprarti il regalo e mi farebbe piacere dartelo. Prometto che mi comporterò bene. Non farò come l'ultima volta. Davvero.»

L'ultima volta: dicembre, prima di Natale. Anche in quel caso c'era stata una telefonata simile. Bernardo aveva comprato un pensiero alla figlia e glielo voleva consegnare. L'aveva supplicata e lei aveva accettato di vederlo. Si erano dati appuntamento alla periferia del paese e il padre era passato a prenderla in macchina. Non appena l'aveva visto si era accorta che non era in sé. Aveva ripreso a farsi della polverina bianca che gli aveva rovinato l'esistenza. All'inizio era stato gentile; forse fin troppo affettuoso. Ma subito dopo aver parcheggiato in un autogrill sull'autostrada era squillato il telefono di Aurora: era sua madre. La telefonata era durata poco, ma abbastanza perché lui perdesse il controllo. Di nuovo. Le aveva urlato contro, l'aveva insultata e minacciata. Era il loro momento, perché cazzo doveva parlare con quell'arpia della sua ex moglie che tanto male gli aveva fatto? Aurora aveva sopportato la scenata finché Bernando, poco a poco, si era calmato. Avevano bevuto un caffè, le aveva regalato un anello che lei non aveva mai messo e l'aveva riportata in paese. Da quel momento c'erano state diverse telefonate, ma non si erano più visti.

«D'accordo, papà. Ci vediamo a La Curva alle sei. Ma potrò stare soltanto fino alle otto.»

«Fantastico! Vedrai che bel regalo ti ho fatto!»

«Ne sono sicura. Adesso ti devo salutare. Sono con... un'amica.»

«Bene, tesoro. Ho tanta voglia di vederti.»

«Anch'io. A dopo.»

«A dopo, Aurora. E grazie mille. Ti voglio bene.»

Aurora attacca e resta per circa un minuto con il cellulare in mano, pensierosa. Non è certa che quella che sta per fare sia la cosa giusta. Ma è suo padre e, per quanto sia stato un coglione nella vita, ha il diritto di vederla, ogni tanto.

Quella merda di droga lo ha trasformato. È un uomo buono e generoso ma perde di frequente il controllo. Le ha promesso di farsi aiutare e di smettere talmente tante volte che ormai ha perso il conto. Non ha più nessuna speranza che mantenga la parola. Nessuna.

Rassegnata, entra nel ristorante. Virginia si è seduta a un tavolo per due in fondo al locale, che è quasi pieno.

La donna la vede e alza la mano, sorridente, per attirare la sua attenzione. Aurora la raggiunge e si siede.

«Tutto bene?» le chiede la prof, notando subito dalla sua espressione che è successo qualcosa.

«Sì, tutto okay.»

Virginia non vuole insistere, né mettere a disagio la sua allieva. È una ragazza che in classe non parla quasi, praticamente nessuno la conosce. Nei mesi trascorsi hanno parlato soltanto un paio di volte fuori dall'aula. Un passo alla volta.

«Preferisci carne o pesce?» le chiede dopo qualche secondo con il menù in mano.

«Non lo so. Entrambi, forse.»

«Vuoi che dividiamo? Possiamo ordinare qualcosa di carne e qualcosa di pesce e mangiamo metà a testa. Che ne dici?»

La ragazza annuisce e accenna un sorriso. Scelgono insieme spigola e filetto al pepe verde. Virginia ordina un bicchiere di vino bianco e Aurora una limonata. Mentre aspettano chiacchierano di lezioni, scuola e di quel poco che manca alla fine dell'anno. Eppure, ogni volta che spunta un riferimento personale, la ragazza si mette sulla difensiva e si chiude a riccio. La professoressa prova a parlare di se stessa per rompere il ghiaccio.

«Io sono sposata da poco più di sei anni» dice Virginia dopo aver bevuto un sorso di vino. «È stata una pazzia. Avevo appena compiuto ventiquattro anni e uscivo con Fernando da poco più di un anno. Ma quando me l'ha proposto non ho avuto dubbi e gli ho detto di sì, che lo sposavo.»

«Cavoli. È stato tutto molto veloce.»

«Sì, molto. Abbiamo organizzato una cerimonia semplice, solo con i parenti stretti. Un matrimonio civile, perché né io né lui siamo credenti. È stata una giornata incredibile. Splendida. Ero così innamorata...»

«Eri? Non lo sei più?» si azzarda a chiedere Aurora.

«Be'. Non so come risponderti.»

Arriva il cameriere con la spigola, per Virginia, e il filetto, per Aurora.

«Amo Fernando» prosegue la professoressa quando sono di nuovo sole e dopo aver bevuto un sorso di vino. «Ma non come sei anni fa. L'intensità non è la stessa. Credo sia normale, no?»

Aurora si stringe nelle spalle. Abbassa lo sguardo e infilza la carne con la forchetta. Poi taglia un pezzo di filetto e se lo porta alla bocca. Mentre mangia ascolta Virginia che parla del rapporto con il marito. Le racconta come si sono conosciuti e come hanno deciso di andare a vivere in quel paese quando lei ha ottenuto la cattedra al Rubén Darío.

Quando entrambe hanno finito metà della loro porzione si scambiano i piatti. La donna ordina un altro calice di vino e Aurora un bicchiere d'acqua.

A Virginia pare più rilassata: le sembra un buon momento per cercare di farla aprire un po'. Forse ha bisogno di sfogarsi.

«E tu ce l'hai un fidanzato? Ti piace qualche compagno di classe? Qualcuno della scuola?»

La domanda della professoressa fa arrossire Aurora, che non risponde subito. Beve un po' d'acqua e tossisce un paio di volte per schiarirsi la gola e perché la sua voce sia cristallina nel risponderle. Virginia però la precede.

«Scusami, non volevo metterti in imbarazzo. Sono affari tuoi. Non dirmi nien…»

«La verità?» la interrompe Aurora. «Ho un gran casino in testa. Non so bene quello che provo.»

11

Sabato 20 maggio 2017

Dopo averla chiamata inutilmente per tre volte, finalmente alla quarta sente la voce di sua madre all'altro capo del telefono.

«Dimmi.»

«Ciao, mamma. Puoi parlare?»

«Sto lavorando. Ero nella sala delle autopsie. Sto per iniziare...» Aitana si zittisce di colpo, non vuole ferirla menzionandole Aurora. «Ti chiamo tra un po', d'accordo?»

«Aspetta. È questione di un secondo» le dice Julia, un po' nervosa.

«Dimmi, cosa succede?»

«Prima mi hai detto che Aurora è stata uccisa con un colpo in testa, vero?»

«Meglio non parlare di questa faccenda. Non avrei dovuto raccontarti nulla. Mi è sfuggito, non so a cosa stessi pensando.»

«Sai qual è l'arma del delitto?» insiste la ragazza ignorando le parole di sua madre.

«Julia, per favore, non pensarci più.»

«Non preoccuparti, mamma. Sto bene. È che mi sono ricordata di una cosa e... volevo parlartene.»

«Di cosa ti sei ricordata?» chiede Aitana. Julia ha risvegliato la sua curiosità.

«Sai che quest'anno facciamo baseball come sport a educazione fisica, vero?»

«Sì, certo che lo so.»

«Bene. Forse è assurdo, ma il professore ci ripete spesso di usare con cautela le mazze da baseball, di fare attenzione a non colpire qualche compagno per non rischiare di "aprirgli la testa".»

Qualche secondo di silenzio e la ragazza prosegue:

«L'assassino potrebbe aver colpito Aurora con una mazza da baseball?». Il tono di voce di Julia non ne nasconde l'impazienza.

«Possibile. Non lo sappiamo ancora. Sto analizzando il...»

«Ma è una possibilità, no?»

«Una possibilità tra le tante.»

«La verificherete?»

«Questo spetta alla polizia» risponde Aitana, stupita dall'insistenza della figlia. «Devo andare a lavorare. Ci sentiamo dopo.»

«D'accordo, mamma.»

«E, per favore, smetti di pensarci.»

Troppo tardi. A cosa vuole che pensi? Sa che sta cercando di proteggerla, ma il suo cervello ormai si è messo in moto.

Spera di essere stata utile. Non poteva raccontarle di aver visto le fotografie nella cartellina di suo padre. Nello spogliatoio c'erano soltanto undici mazze. È convinta che quella mancante sia l'oggetto che stanno cercando. Deve esserlo!

Julia torna in camera sua. Sullo schermo del computer, collegato via Skype, c'è ancora Emilio.

«Allora?» chiede l'amico non appena la vede.

«Gliel'ho detto. Le ho suggerito che Aurora potrebbe essere stata uccisa con una mazza da baseball.»

«Lo verificheranno?»

«Credo di sì.»

«Bene. Ti ha raccontato qualche novità?»

«No. E non credo che lo farà. Ho la sensazione che stia cercando di proteggermi perché soffra il meno possibile per questa faccenda.»

«La capisco, ma non hai sette anni.»

«Non sono una bambina, certo. Ma è comprensibile che non voglia coinvolgermi nel caso più del dovuto. È pur sempre mia madre.»

Il ragazzo annuisce e poi si volta, messo in allerta da alcune voci. Sono i genitori che stanno parlando davanti alla porta socchiusa della sua stanza. Si alza e, senza dire una parola, la chiude a chiave.

«Bene, e ora?» chiede Emilio, di nuovo davanti alla videocamera del computer.

«Immagino che dovremo aspettare e vedere come si evolvono i fatti. Mia madre si sta occupando dell'autopsia e mio padre e la scientifica stanno andando a casa di Aurora per perquisire la sua stanza in cerca di prove.»

«Tu ti sei già fatta un'idea di chi può essere stato?»

«Non voglio fare ipotesi, Emi» risponde lei, toccandosi il mento. «Non credo che sia un omicidio premeditato, visto che il responsabile ha usato la mazza trovata nello spogliatoio. È stato un gesto irrazionale, imprevisto. E se il cellulare è sparito forse è perché contiene qualcosa di incriminante. Sembra che possa averlo fatto qualcuno di vicino a lei. Qualcuno che la conosceva bene.»

«Suo padre?»

«Non lo so. Forse.»

«E la bussola? Una firma?»

«Non ne ho idea. Non ha senso. Se è stato qualcosa di non premeditato non si capisce perché il crimine sia firmato.»

«E il trucco di Aurora?»

«Anche quello è molto strano. Lei non si truccava mai» commenta Julia cercando di ricordare se l'abbia mai vista truccata. «Forse aveva un appuntamento con qualcuno.»

«Un appuntamento romantico? Nello spogliatoio della scuola? Ha tutta l'aria di essere qualcosa di clandestino.»

«Forse non voleva che si sapesse che stava uscendo con qualcuno. O quel qualcuno non voleva che si sapesse che stava uscendo con Aurora.»

«Non riesco a immaginare Aurora fidanzata. Se ne stava sempre da sola. Praticamente non aveva nemmeno amici.»

Si sente bussare. Emilio guarda di nuovo alla sua destra e sente la voce di suo padre che lo sta chiamando per nome. Non si alza.

«Non apri?»

«No. Non ho voglia di parlarci.»

«Emi, non per farmi gli affari tuoi, ma...»

La voce di Antonio si fa più forte. Emilio inizia a innervosirsi. Si toglie gli occhiali e si sfrega gli occhi. Quando sente di nuovo la voce del padre sbotta.

«Che cazzo vuoi? Sono occupato!» esclama molto arrabbiato.

Poi Julia sente un colpo forte sulla porta della camera dell'amico. Emilio si alza e scompare dal suo campo visivo. Improvvisamente spariscono l'immagine e l'audio: ha scollegato Skype.

Aspetta un paio di minuti, ma il ragazzo non torna. Si vede che stanno discutendo. Le dispiace per Emilio. Purtroppo situazioni come quella sono piuttosto frequenti, e Julia sa che lui ne soffre. Ne soffre più di quanto sia disposto a riconoscere. Ma non cerca nemmeno di trovare una soluzione. Se si sedesse a tavolino con i genitori per trovare un modo di capirsi e gli spiegasse come si sente, di sicuro il loro rapporto migliorerebbe.

Se non dà segni di vita tra un po' gli telefonerà.

Le brontola lo stomaco. Guarda l'orologio e si accorge che è già ora di pranzo. Mette il cellulare nella tasca posteriore dei pantaloncini e scende in fretta le scale. Va direttamente in cucina. Apre il frigorifero e lo trova quasi vuoto. Ci sono soltanto uova, bibite e una bottiglia di acqua minerale. Non c'è nulla di commestibile nemmeno nella dispensa. Sua madre ieri ha detto che sarebbe andata a fare la spesa, ma gli eventi hanno stravolto ogni piano. Nemmeno suo padre ha avuto tempo. Sono entrambi troppo occupati.

Fuori fa caldo e non ha voglia di uscire, tantomeno di farsi una frittata. Così decide di andare al supermercato a comprare qualcosa da mangiare. Prima di uscire prende dei soldi da un barattolo di Nesquik in cui i suoi tengono le monete.

In effetti fa molto più caldo di prima. Devono esserci più di trenta gradi. Julia cammina pensando a mille cose.

Si chiede se sua madre abbia detto al padre della mazza da baseball. E non riesce a non pensare alla bussola e al trucco. Cosa ci sarà stato nel cellulare di Aurora da indurre l'assassino a farlo sparire? Messaggi? Telefonate? Qualche foto?

«Ciao, Julia» sente alle sue spalle, proprio prima di entrare al supermercato. Si volta e vede un uomo grassoccio, dall'incarnato olivastro, con indosso una giacca grigia che gli sta un po' stretta.

Roberto Méndez è il giornalista della televisione locale. Nell'emittente fa un po' di tutto: dal commento della partita di calcio a quello della seduta del consiglio comunale. Da parecchi anni è a capo dell'unico mezzo di comunicazione del paese, che resta in piedi grazie alla squallida pubblicità sovvenzionata dai commercianti.

È anche vicino di casa di Julia, ma a lei non è mai andato molto a genio.

«Ciao, Roberto.»

«Hai un minuto?» chiede il giornalista e, senza lasciarle il tempo di rispondere, continua a parlare: «Hai saputo di Aurora?».

«Sì» risponde, esitante. Non capisce bene quali siano le intenzioni dell'uomo.

«Eravate compagne di classe?»

«Sì.»

Roberto tira fuori un taccuino e una Bic nera e annota qualcosa.

«Ho il mio cameraman nella via qui dietro. Ti spiacerebbe raccontarci qualcosa di lei?»

«Di Aurora?»

«Sì. Qualcosa di bello che possa commuovere le persone che le volevano bene.»

La ragazza è sorpresa dalla richiesta dell'uomo. Sa perfettamente che è minorenne e che per riprenderla ha bisogno dell'autorizzazione dei suoi genitori. E poi lo sta facendo soltanto per la sua viscida curiosità.

«Mi dispiace, Roberto. Non sono la persona adatta» rifiuta educatamente.

«Capisco. Senti, tua madre ha finito l'autopsia? Si sa già com'è morta la ragazza?»

«Lo devi chiedere a lei.»

«Non mi risponde al cellulare. Dev'essere molto occupata. E tuo padre? Dov'è? L'ho visto uscire dalla scuola, ma poi l'ho perso.»

«Non lo so.»

L'uomo annuisce e rimette via il taccuino. Al suo posto tira fuori un fazzoletto di stoffa e si asciuga il sudore dalla fronte, con un sorriso esagerato.

«Se parli con tua madre o con tuo padre, puoi dirgli di telefonarmi? Ho bisogno di dati concreti. Dobbiamo calmare gli animi e fornire al paese tutte le informazioni possibili sull'Assassino della bussola.»

Quelle parole raggelano la ragazza che, impietrita, osserva il giornalista allontanarsi con un sorriso enigmatico e sgradevole disegnato sulle labbra. L'Assassino della bussola? Come ha fatto a scoprire che nello spogliatoio, accanto al corpo di Aurora, c'era una bussola? Chi gliel'ha raccontato?

12

Sabato 20 maggio 2017

Già nel primo pomeriggio tutti i telegiornali parlano del ritrovamento del corpo senza vita di Aurora Ríos al Rubén Darío. E tutti parlano già dell'Assassino della bussola come responsabile del delitto.

Mentre cerca di calmarsi, Julia morde una fetta del melone che ha comprato al supermercato. Alla fine si è accontentata di una Ceasar salad confezionata e un po' di frutta. Le si è chiuso lo stomaco e non avrebbe mangiato nulla, ma si è costretta a farlo.

Chi avrà diffuso il dettaglio della bussola trovata nello spogliatoio, e come?

Di sicuro a suo padre, agli altri poliziotti e al pubblico ministero la cosa non ha fatto per niente piacere. In situazioni del genere la discrezione è fondamentale. Se scoprono chi ha parlato troppo gliene faranno vedere delle belle.

La ragazza ha telefonato un paio di volte a Emilio, ma niente. Il cellulare dell'amico è spento. Non si è nemmeno più collegato a Skype e non ha scritto nulla sui social. Teme che la litigata con i genitori sia stata così seria da farlo sparire per qualche ora. E la cosa la preoccupa davvero: un altro problema da aggiungere all'elenco.

Troppi fronti aperti, troppe incertezze. Le cose in sospeso la agitano, la rendono nervosa. Ha bisogno di risposte, di soluzioni. Anche se in quel momento può fare ben poco.

Finisce la fetta di melone e si pulisce la bocca con un tovagliolo. Si alza e porta in cucina i piatti, le posate e il bicchiere che ha usato. Li sciacqua e li infila in lavastoviglie. Nel frattempo non può fare a meno di pensare a quanto accaduto nelle ultime ore. Cerca nella sua memoria fenomenale un ricordo che possa fornirle qualche altra tessera da aggiungere al puzzle.

Una bussola... non ha alcun senso.

E poi le viene in mente qualcosa. Solo un'immagine, una semplice e banale immagine di un po' di tempo fa. Marzo. Pioveva. Durante l'intervallo si era rifugiata con Emilio nel bar della scuola. Lì avevano conosciuto un gruppetto di ragazzi più piccoli di loro di un anno. Ha il telefono di qualcuno?

Ma certo! Nicolás Neri! Più noto agli amici come EnneEnne, anche se Julia l'ha sempre chiamato Nico. Era in classe con lei l'anno prima, ma è stato bocciato. Quest'anno non si sono quasi parlati, se non per salutarsi qualche volta incrociandosi nei corridoi della scuola. E non è che le dispiaccia poi tanto, quel tipo non le è granché simpatico. Ma è l'unico che può darle l'informazione di cui ha bisogno.

La ragazza recupera il numero tra i contatti della rubrica e lo seleziona. Passa qualche secondo prima che il suo ex compagno di classe le risponda.

«Julia?»

«Ciao, Nico. Come va?»

«Sorpreso.»

E ci crede. Di tutta la gente che ha conosciuto in quei tre anni da cui vive in paese, Nicolás Neri sarebbe nella top five delle ultime persone a cui telefonerebbe. E non solo perché ci ha provato con lei – come con tutte le ragazze della scuola, più grandi e più piccole – con parole e modi inadeguati. Ma anche per il suo atteggiamento maschilista e prepotente. EnneEnne è convinto che gli basti schioccare le dita perché tutte le donne del mondo cadano ai suoi piedi. Il peggio è che a volte questo atteggiamento funziona.

«Ti ho telefonato solo per farti una domanda.»

«Ci hai pensato meglio?»

«Cosa? Di cosa parli?»

«Di uscire con me. Sarà una notte indimenticabile...» sussurra Nico, che cerca di usare un tono suadente. «E sai a cosa mi riferisco.»

Julia alza gli occhi al cielo. Sta per riagganciargli lì su due piedi. Viscido schifoso! Sbuffa scostando il cellulare dalla faccia perché non si senta il fiato che espira. Si arma di santa pazienza e cerca di essere gentile.

«Al momento sono molto presa da test e verifiche. Magari quest'estate.»

«Perfetto. Chiamami o whatsappami quando ti va e ti farò spazio in agenda. Sei sempre stata una delle mie preferite.»

«Quale onore. Grazie» dice Julia con voce ironica. «Comunque, ho chiamato per chiederti conferma di una cosa.»

«Dimmi, bellezza.»

«Quest'anno avete fatto orienteering a educazione fisica?»

«Sì, due palle spaziali. Non sono passato. Ma è che Montero ce l'ha con me.»

Ci avrebbe scommesso. Quel tipo non prende niente sul serio. Non è stato in grado nemmeno di superare una prova così semplice. Sarà almeno capace di distinguere il nord dal sud?

«Avete usato la bussola, vero?»

«Certo. Anche se non ho la più pallida idea di come funzioni» dice prima di scoppiare a ridere. «Sei sicura che non possiamo vederci la settimana prossima?»

«Assolutamente sicura. Grazie, Nico. Ci vediamo a scuola.»

«Ai tuoi ordini, principessa.»

Julia si affretta a riagganciare. Sospira e si massaggia gli occhi con le dita. Ma davvero quel tizio può piacere a qualcuno?

Ad ogni modo è valsa la pena sopportarlo. Ha ottenuto l'informazione di cui aveva bisogno ed è proprio come sospettava: i ragazzi di seconda hanno fatto orienteering nelle ore di educazione fisica con Alberto Montero. La sua memoria si è rimessa in funzione. Ricorda quel gruppo di ragazzi che giocherellavano con una bussola nel bar della scuola durante l'intervallo. E ciò significa che molti studenti di seconda ne hanno una. Prof compreso. Sarà il caso di quella trovata accanto al cadavere di Aurora?

Più cose Julia scopre sul caso Ríos più si sente confusa.

Pensa al prof Montero. Fa lezione anche alla sua classe. È un tipo burbero, dai modi poco delicati. Non ha nessun problema a dire qualche parolaccia, se un allievo fa qualcosa che non va, e nemmeno a tirarne in ballo la famiglia, se necessario. Sarebbe capace di colpire Aurora con una mazza da baseball? Se dovesse commettere un crimine lo farebbe di certo in un modo così violento. Senza pensarci su. Ma cosa poteva avere contro di lei?

La ragazza riflette per qualche minuto sulle ragioni per cui il professore di educazione fisica avrebbe potuto fare una cosa del genere a Aurora. Ma non trova nessun collegamento tra loro, salvo il normale rapporto professore-allieva.

La suoneria del cellulare interrompe le sue elucubrazioni. Quando vede che è Emilio Julia risponde subito al telefono.

«Ciao, Emi! Come va?»

«Male. I miei sono uno schifo.»

«Cos'è successo? Avete litigato tanto?»

«Più che mai. Fino ad adesso. Ci siamo detti di tutto» dice il ragazzo, nervoso. «Ho bisogno di uscire di qui. Mi offri un caffè?»

«Non c'è caffè in casa, dobbiamo fare la spesa. Ci vediamo in piazza e prendiamo qualcosa in un bar?»

«Sì, va bene. Tra cinque minuti?»

«Perfetto.»

La piazza principale è un punto di ritrovo abituale per molti abitanti del paese, soprattutto i giovani. Lì intorno ci sono una dozzina di bar e ristoranti. Tra questi c'è la caffetteria La Comarca, ed è lì che Julia e Emilio decidono di andare. I ragazzi si siedono a uno dei tavolini vicini alla vetrata: da lì possono osservare i passanti che passeggiano per strada. Ordinano entrambi un *café con leche* alla cameriera.

«Non ne posso più. Sono arrivato al capolinea, non voglio nemmeno che mi parlino» commenta Emilio, che va dritto al sodo, mentre si versa lo zucchero. «Se potessi me ne andrei di casa.»

«Sono i tuoi genitori, Emi. Non puoi avere questo rapporto con loro.»

«Tu non vivi in quell'inferno» risponde seccato il ragazzo. «Ormai non solo pensano e mi ripetono di continuo che sono un nerd e che non faccio niente di sensato nella vita; adesso hanno iniziato a dirmi che vivo come un principe a scrocco e che devono lavorare un sacco per mantenermi. Cosa vogliono che faccia? Che lasci la scuola e mi metta a lavorare? Non sono stato io a scegliere di nascere. A volte penso che se non esistessi gli farei un favore.»

«Non dire così. Sai che non è vero.»

«E perché mi rendono la vita così difficile? Non sono come loro mi vorrebbero. D'accordo, mi dispiace tantissimo. Ma non ho il diritto di avere una mia personalità?»

«Ma certo che ne hai il diritto. Tutto il diritto del mondo.»

Julia lo osserva con tristezza. Emilio è un tipo particolare, e i suoi genitori non lo capiscono. Non gradiscono che ogni sei mesi si tinga i capelli di un colore diverso, non condividono le sue passioni, né il suo modo di essere. Lui, d'altro canto, ci mette del suo e salta su per qualsiasi cosa. Il suo carattere si è inasprito a mano a mano che è cresciuto e le discussioni in casa si sono fatte incessanti.

«Sai cosa mi hanno detto?» continua Emilio. «Che mi faranno partecipare a quel programma là, Fratello Maggiore. Per farmi dare una raddrizzata. Ma ti pare possibile?»

A Julia scappa una piccola risata. L'amico, seccato, fa cenno di no con la testa e fissa il caffè.

«Non prendertela, dai. Mi ha solo fatto sorridere.»

«Be', io non lo trovo divertente.»

«Lo so. Scusami» dice la ragazza, prima di posare una mano su quella dell'amico. «Ci manca solo che ti arrabbi anche con me. Non avrei dovuto ridere di una cosa così seria. Scusami.»

Il ragazzo alza di nuovo lo sguardo e s'imbatte negli splendidi occhi di Julia e nel suo bel sorriso dolce. Gli vengono i brividi sentendo le sue dita accarezzargli affettuosamente la mano. Percepisce una sorta di solletico che dallo stomaco risale fino al petto. Sente le guance in fiamme. Si augura solo che lei non se ne renda conto. Anche se non sa fino a quando riuscirà a nasconderle i suoi sentimenti.

«È tutto a posto» dice Emilio, che scosta la mano da quella di lei e afferra la tazza. Poi, prima di bere un sorso, cambia argomento. «Sai qualcosa di nuovo sull'Assassino della bussola?»

«Anche tu lo chiami così, adesso?»

«È così che l'ha chiamato la stampa, no? L'ho sentito al telegiornale.»

Julia fa schioccare la lingua e poi beve il suo caffè. Di sicuro al padre la cosa non ha fatto per niente piacere. È andato tutto troppo in fretta. Sono passate solo alcune ore da quando il corpo di Aurora è stato trovato nello spogliatoio. E in pochissimo tempo la notizia è stata data dalla stampa nazionale: qualcuno ha persino affibbiato un nome all'assassino rivelando dettagli che sarebbero dovuti rimanere confidenziali.

«La faccenda della bussola è notevole, ma non ha senso» afferma Julia dopo aver posato la tazza sul tavolino. «Sai che quelli di quarta hanno fatto orienteering quest'anno? Hanno tutti una bussola. Compreso Montero.»

«Montero non mi è per niente simpatico. Ha l'aria cattiva.»

«Sì. E il suo modo di fare non è adatto a un professore.»

«Credi che potrebbe averla uccisa lui?» dice Emilio alzando un sopracciglio.

Julia si stringe nelle spalle, si appoggia allo schienale della sedia e continua a cercare tra i ricordi qualcosa che possa collegare il professore di educazione fisica a Aurora. Una discussione o uno scambio di idee troppo acceso. Ma non le viene in mente nulla di utile. Nemmeno un piccolo indizio che conduca a un motivo convincente per cui quel tizio potesse voler disfarsi della sua allieva.

«L'oggetto con cui è stata colpita è una mazza da baseball di quelle che usiamo durante le sue lezioni» pensa Emilio ad alta voce. «E nello stesso luogo in cui hanno trovato il corpo, lo spogliatoio che usiamo per educazione fisica, salta fuori una bussola che, curiosamente, è collegata alle lezioni di Montero. Se io fossi un poliziotto e mi occupassi del caso farei un bel po' di domande al nostro "gentile" e "amato" professore. Tu che ne pensi?»

La ragazza annuisce, anche se non è molto convinta. Sì, l'uomo è un possibile sospettato. Tuttavia non riesce a trovare la ragione per cui avrebbe potuto uccidere la ragazza. E, in mancanza di un motivo chiaro, si rifiuta di colpevolizzare qualcuno. Nonostante questo è d'accordo con Emilio: suo padre dovrebbe andare subito a parlare con Alberto Montero e fargli qualche domanda sulla sua defunta alunna, Aurora Ríos.

13

Sabato 20 maggio 2017

Apre la porta di casa e va verso la scrivania. Raggiunge la sedia più vicina e si siede. O meglio, ci si abbandona. La stanchezza si è impossessata di tutto il suo corpo. Si tratta soprattutto di una stanchezza mentale, psicologica. Accende il portatile e, mentre si avvia, chiude gli occhi. Da quanto tempo è che non dorme per quattro ore di seguito?

Fino ad adesso ha cercato di mantenere una certa calma apparente, ma la verità è che dentro è un ribollire di tensione. Letteralmente. Ha persino vomitato un paio di volte, e non crede saranno le ultime. Aurora non sarebbe dovuta morire. Si è fatto tutto troppo complicato. Troppo.

«Cazzo. Porca puttana» mormora prima di aprire di nuovo gli occhi. Il computer è pronto.

Muove il cursore sullo schermo e lo porta fino alla cartella "Fraternità". Dentro ci trova altre cinquanta sottocartelle. Clicca su quella chiamata "Doveri". Altre cento sottocartelle. Sceglie quella che si chiama "Tempesta". All'interno, dei centocinquanta archivi che contiene, seleziona "Oceano". Clic. Conosce quel percorso a memoria. Ultimo passo, ultima scelta. Dieci sottocartelle finali. Va con il cursore fino alla cartella "Saggezza" e la apre.

Lì dentro c'è un intero arsenale. Decine di cartelle piene di immagini classificate per corso e anno. Ha il cuore a mille. Come sempre. Ma questa volta è diverso. Perché deve disfarsi di tutto? Perché deve eliminare il lavoro di tanto tempo e su cui ha faticato tanto?

La polizia è troppo vicina, è in agguato. Potrebbe fare ricerche e imbattersi in quelle fotografie. Quelle immagini, che non fanno male a nessuno, potrebbero però rappresentare la fine di tutto. La sua fine. Non capirebbe nessuno. Nessuno starebbe a sentire. La società condanna questo tipo di cose. È il male. Roba da persona malata.

Fanculo alla società e al puritanesimo! Sono solo istinti, e non si può lottare contro i propri istinti. È impossibile. Sbuffa e si copre gli occhi con le mani, che sudano copiosamente. Osserva lo schermo tra un dito e l'altro e fissa la cartella "3B, 16/17". È la classe che frequentava Aurora. Ora per colpa sua sarà tutto diverso. Prova rabbia, tanta rabbia. Tanta da non riuscire a contenersi. Dà un pugno sulla scrivania ed emette un grugnito furioso.

«Ma porca puttana!»

Seleziona tutte le cartelle e schiaccia il tasto destro del mouse. Elimina? Non ha alternative. Si deve rassegnare. Quanti anni di galera potrebbe ritrovarsi a fare? Cazzo. Non ci vuole andare, in galera. Deve cancellare quelle foto. Foto delle loro scollature, dei loro culi, dei loro volti belli e giovani. Foto di qualche fortunata disattenzione. Foto che ha guardato decine di volte e da cui ha tratto grandi soddisfazioni. Foto proibite di tutte le studentesse che sono passate dal Rubén Darío negli ultimi anni. Foto che hanno rappresentato la felicità e che adesso potrebbero diventare una condanna.

14

Sabato 20 maggio 2017

È sabato, e per tutto il pomeriggio Julia non osa telefonare ai genitori per chiedergli come procedono le cose. Non li vuole disturbare. Sa che non avranno avuto nemmeno un attimo per tirare il fiato. Di certo l'ultima cosa di cui hanno bisogno è una figlia impicciona che vuole immischiarsi in faccende che non la riguardano. Anche se muore dalla voglia di sapere se suo padre ha indagato sulla questione della mazza da baseball o se c'è qualche novità sul caso.

Dopo essersi vista con Emilio e aver chiacchierato un po' con lui, è tornata a casa per mettersi a studiare. Nonostante abbia già ricevuto dalla scuola l'avviso che quel lunedì le lezioni saranno sospese, gli esami non sono stati rimandati e quindi deve concentrarsi. Con tutto quello che è accaduto nelle ultime ore, non ha proprio la testa per equazioni, sintagmi o scrittori della generazione del '27. Niente da fare, si è messa a leggere tutto quello che è uscito online in merito alla morte di Aurora. In realtà dicono quasi tutti la stessa cosa. Alcuni provano a infiorettare gli articoli con frasi che non sono altro che farina del loro sacco, ma l'informazione di base è praticamente identica. Il soprannome del colpevole ormai è dappertutto "l'Assassino della bussola". Julia continua a chiedersi chi possa essere l'autore della soffiata. La polizia lo chiama "caso Ríos"; l'ha visto scritto sulla cartellina lasciata da suo padre sul tavolo della cucina. Quindi qualcuno è riuscito ad avere accesso a quella stessa cartellina e adesso se ne va in giro a spifferare il contenuto.

Sono le otto di sera passate, quando sente la porta di casa aprirsi. La ragazza, che è seduta davanti al computer, esce dalla sua stanza e si precipita verso le scale. Dal primo piano osserva i suoi genitori nell'ingresso. Li saluta affettuosamente, baciando entrambi sulle guance. Entrano tutti e tre in sala e si siedono: Aitana e Miguel Ángel sul divano a tre posti e Julia su una poltrona. Dalle loro espressioni intuisce che sono a pezzi.

«Non mi aspettavo che arrivaste insieme» confessa Julia.

«Quando mamma ha finito è passata a prendermi in commissariato. Ho bisogno di riposare. È stata una giornata parecchio lunga.»

Eccome. Suo padre è andato via all'alba, quando l'hanno informato della scomparsa di Aurora, e si è fermato soltanto mezz'ora per una doccia. Il peso fisico ed emotivo della giornata deve farsi davvero sentire.

«Sie... siete stati da Vera?» azzarda Julia, guardando prima il padre e poi la madre.

«Sì» risponde la donna. «È stata con me all'istituto di medicina legale. Con me e Alicia, la sua amica psicologa. È stato molto difficile, ma ha trovato la forza.»

«Povera donna.»

A Julia vengono le lacrime agli occhi e un nodo in gola al pensiero della donna e del suo dolore. Non riesce nemmeno a immaginare cosa possa voler dire perdere una figlia, la propria unica figlia, e restare sole al mondo.

«È anche stata con me quando abbiamo perquisito la stanza di Aurora» dice Miguel Ángel. Si percepisce la sua stanchezza persino dalla voce. «Non so se si riprenderà mai. Anche se, come dice tua madre, è una donna molto forte.»

«Avrà bisogno di stimoli. E, una volta passato il lutto, dovrà trovare una ragione per continuare a vivere.»

«Per ora vuole soltanto che troviamo la persona che ha ammazzato sua figlia» aggiunge l'ispettore di polizia.

«E a che punto siete?»

«Ce ne stiamo occupando» è l'unica risposta.

Julia vorrebbe continuare a fare domande e a insistere sull'indagine. Ma conosce bene l'atteggiamento protettivo della madre. Non le dirà nulla. Ecco perché guarda il padre e si lancia.

«Avete controllato la storia della mazza da baseball?»

Prima di rispondere l'uomo guarda la moglie. Lei sospira e fa una smorfia di cui Julia non riesce a cogliere il significato.

«Come facevi a sapere della mazza da baseball?» risponde infine Miguel Ángel mentre si spinge in avanti sul divano.

«Io... non lo sapevo.»

«Dai, Julia. Non raccontare bugie.»

«Non racconto bugie, papà» insiste la ragazza, nervosa. «Ho solo detto a mamma una cosa che mi è venuta in mente.»

«Non ti sembra una strana coincidenza che una cosa che ti viene in mente risulti essere giusta?»

«Allora avevo ragione? La mazza da baseball è l'arma del delitto?»

Aitana e Miguel Ángel si scambiano un altro sguardo. Julia ha l'impressione che lei gli rimproveri di rivelare troppe informazioni sul caso. È evidente che sua madre è la più restia dei due a continuare quella conversazione.

«Sì, avevi ragione.»

«Miguel! Non possiamo coinvolgere Julia! È morta una sua compagna di classe!»

«Non è una bambina. Ha diciassette anni. Sono abbastanza perché possa assimilare certe cose. Ed è grazie a lei se abbiamo scoperto l'arma del delitto» replica l'uomo con un mezzo sorriso soddisfatto. «Tesoro, la verità: come hai fatto a scoprirlo?»

Julia arrossisce. Si accarezza le guance e sente che stanno andando a fuoco. Non è abituata a mentire ai suoi genitori e nemmeno al fatto che loro non si fidino della sua parola. Ma in questo caso stanno accadendo entrambe le cose.

«Sì... no, io...» tentenna la ragazza. Non è facile ammettere di aver mentito. «L'ho dedotto da una fotografia.»

«Una fotografia? Quale fotografia?» chiede Aitana, confusa.

Julia tira fuori il cellulare e mostra la foto scattata all'immagine dentro la cartellina di suo padre.

«Questa foto.»

«Ma è lo spogliatoio! E c'è Aurora stesa a terra! Dove l'hai presa?»

«Dal rapporto della polizia, papà. L'hai lasciato sul tavolo della cucina quando sei andato a farti la doccia e io l'ho guardato. Scusa, non sono riuscita a trattenermi.»

«Julia! Non posso credere che tu abbia fatto una cosa del genere!» esclama turbata la madre. «Non è da te!»

«Lo so, mi dispiace. Non ce l'ho fatta a resistere.»

«Quel rapporto è riservato! Nessuno lo deve vedere, a parte gli inquirenti! Si tratta di un'indagine su un crimine, non è un gio...!»

«Certo, Aitana. Ora calmati» la interrompe Miguel Ángel. «Lei sapeva benissimo che quella cartellina non doveva aprirla. Ma l'ha fatto e ci ha aiutati a identificare più in fretta l'oggetto con cui è stata colpita Aurora.»

Julia abbassa lo sguardo e non sa se sorridere o scoppiare a piangere per la tensione che si respira in quella stanza. Guarda di sottecchi la madre che pian piano recupera la calma. Di solito non ha discussioni con lei, soprattutto non di quel genere, non alza mai la voce così. Ed è la stessa Aitana, pochi secondi dopo, più calma, a chiedere alla figlia di chiarirle qualcosa che ancora le sfugge.

«E come hai fatto a capirlo dalla foto?»

«Ho contato le mazze da baseball che c'erano nello spogliatoio. Ne manca una. In classe siamo ventiquattro e abbiamo una mazza ogni due. Ma nella foto ce ne sono soltanto undici, mentre dovrebbero essere dodici.»

«Grande spirito d'osservazione» commenta Miguel Ángel con un sorriso. «Quando tua madre mi ha raccontato quello che le hai detto al telefono siamo subito andati a scuola e siamo giunti alla tua stessa conclusione. Le prove lo hanno confermato.»

«Le prove?»

«Sì. Grazie all'autopsia tua madre ha scoperto che nella ferita che ha causato la morte di Aurora ci sono minuscole tracce di legno e vernice. Evidentemente le mazze che usate non sono di buona qualità e, nel colpo, sono saltate alcune schegge rimaste poi addosso alla ragazza.»

«Non è necessario che tu le dia altri dettagli, Miguel» protesta di nuovo Aitana, sospirando.

«Anche se siamo assolutamente convinti che la mazza mancante sia l'arma del delitto, non abbiamo idea di dove possa essere.»

«Non l'avete trovata?»

«No. Forse l'assassino l'ha portata via, tenendola sotto i vestiti, e poi se n'è disfatto. Oppure l'ha nascosta da qualche parte. Da quando è avvenuto l'omicidio a quando è stato ritrovato il corpo della ragazza sono trascorse diverse ore, il colpevole ha avuto tutto il tempo di fare quello che voleva.»

«A che ora è stata uccisa?»

«Tra le otto e un quarto e le nove di ieri.»

Aitana schiocca la lingua e si mette a braccia conserte. Non le piace che suo marito dia a Julia tante informazioni sull'accaduto. Ma si rassegna e preferisce tacere.

«Posso fare ancora una domanda?» dice la ragazza, sempre più interessata a ciò che le sta raccontando il padre.

«Avanti.»

«Se, in base alla ferita, Aurora è stata colpita da dietro, sulla nuca, il corpo non dovrebbe essere del tutto o almeno parzialmente prono?»

«Sarebbe la cosa più logica, ma può anche aver barcollato ed essere caduta di schiena.»

«L'ha girata» interviene di nuovo Aitana decisa. «Sai che sono certa al cento per cento che l'assassino abbia girato il corpo. Forse per assicurarsi che il colpo fosse andato a buon segno. Oppure per prenderle il telefono che magari era caduto sotto di lei o che aveva in una tasca e che era impossibile prendere senza muoverla.

«Hai sentito come la pensa tua madre. Se lo dice lei... è la miglior anatomopatologa del mondo.»

Julia annuisce. I sospetti che le erano venuti guardando le foto sono appena stati confermati. Aurora deve essere caduta a pancia in giù e poi l'assassino, per qualche ragione, l'ha girata lasciandola supina.

«E sulla bussola avete scoperto qualcosa?» insiste Julia, che ormai non si fa più problemi a fare domande.

«La bussola non ha molto senso. Ma ci sono delle impronte. La scientifica sta controllando di chi sono» spiega Miguel Ángel. Adesso anche lui si sente più a suo agio nel rispondere alla figlia. Di certo non è solo una ragazza molto intelligente, ma sta anche dimostrando una grande maturità. «Un grosso problema è quello che sta uscendo sulla stampa. Il fatto di chiamarlo l'Assassino della bussola può scatenare il panico, perché la gente potrebbe pensare che si tratti di un serial killer che lascia una bussola accanto alle sue vittime per firmare il proprio crimine.»

«E non è così, vero?»

«Secondo noi no. Le caratteristiche di questo omicidio ci fanno pensare che il colpevole sia qualcuno che conosceva la ragazza.»

Anche Julia la pensa così. Un colpo d'impulso da dietro, con un'arma occasionale, in un luogo d'incontro – come l'aveva ben definito prima Emilio – quasi clandestino, non sembra proprio di qualcuno che uccide in serie.

«Io per ora non scarterei nulla. È ancora molto presto» commenta Aitana, più cauta. «Anche se non bisogna suscitare allarmismi, ma la stampa in questo è specializzata.»

«Si sa chi ha informato i giornalisti?»

«Abbiamo qualche sospetto.»

La suoneria del cellulare di Miguel Ángel si intromette nella conversazione. L'uomo si scusa e risponde, è la Guardia Civil. Julia e Aitana lo osservano incuriosite. La conversazione dura appena trenta secondi.

«Fine del riposo. Devo andare» annuncia quando riaggancia, senza grande entusiasmo. Si passa le dita fra i capelli, per sistemarli. «Hanno appena trovato Bernardo, il padre di Aurora. Lo stanno portando in commissariato. Da quanto mi hanno detto non è in condizioni ottimali.»

15

Martedì 7 marzo 2017

Alle sei meno un minuto del pomeriggio Aurora raggiunge il punto del paese che tutti chiamano La Curva. Si tratta di uno spiazzo incolto dove un tempo c'era un benzinaio con lo stesso nome, attribuitogli perché sorgeva su una curva della strada. Ora ci sono solo i resti della stazione di servizio, chiusa da tempo. Ormai nessuno si avventura da quelle parti, è un punto quasi sempre deserto, ed è per questo che Bernardo ha dato appuntamento lì alla figlia.

Aurora si siede su un mucchio di pietre e aspetta l'arrivo del padre. La puntualità non è una delle sue virtù. In realtà l'uomo non ha grandi pregi, ma è suo padre e lei gli vuole bene. O almeno, è quello di cui cerca di convincersi. Spesso si costringe persino a farlo, e inganna se stessa perdonandogli tutti gli errori del passato. Alcuni dei quali davvero gravi. Anche se non c'entrano niente con quanto insinuato dai suoi compaesani quand'è scoppiata la tempesta. Quei pettegolezzi l'hanno ferita talmente tanto che il suo meccanismo di difesa si è attivato con una tale forza da farle passare la voglia di parlare con chiunque. Come potevano dire che suo padre aveva abusato di lei? O che aveva picchiato sua madre? Qualcuno era persino arrivato a dire che le aveva minacciate di morte.

Non era mai successo niente del genere.

Bernardo era sempre stato un brav'uomo, fino a quando ha conosciuto gente che l'ha trascinato sulla peggiore delle strade: quella della droga. Cattive compagnie che hanno distorto la sua realtà e l'hanno fatto cambiare completamente. A pagarne le conseguenze sono state la moglie e la figlia. Sembrava scomparso per sempre dal paese e si pensava che non lo si sarebbe mai più visto in giro, ma le cose non stanno proprio così. Da poco più di due anni Bernardo vede occasionalmente Aurora in segreto, senza che nessuno lo sappia. Perché in quel posto di merda non è ben accolto. Ma a lui non importa, si accontenta di poter vedere ogni tanto la sua piccola. Meno di quanto vorrebbe, ma almeno la vede.

Bernardo sa di non essere stato un buon padre. Non ha nemmeno lottato per la custodia di Aurora. Non era pronto. Se non era capace di badare a se stesso, come avrebbe potuto occuparsi di sua figlia? Però aveva bisogno di vederla. Ed ecco perché, nel febbraio del 2015, dopo essere sparito per un po', aveva deciso di telefonarle.

«Sì?» aveva chiesto stupita Aurora, guardando quel numero sconosciuto.

«Tesoro, sono io. Papà.»

«Papà! Dove sei?»

«Non ha importanza. Tua madre è lì?»

«No. È uscita.»

«Bene» aveva detto l'uomo, che la figlia sentiva singhiozzare all'altro capo del telefono.

«Papà, dove sei?» aveva insistito Aurora, senza ottenere risposta. I singhiozzi del padre si erano trasformati in pianto a dirotto. «Papà, ti senti bene?»

«No» aveva sussurrato Bernardo a fatica. «Voglio vederti.»

La ragazza si era innervosita. Era da tanto che non aveva più sue notizie, da quando era andato via di casa. Sentire di nuovo la sua voce le risvegliava una miriade di sensazioni, positive e negative.

«Vieni qui?» aveva chiesto Aurora, tremante.

«No, in paese non posso venire. Ma possiamo vederci da qualche altra parte.»

«Papà, non so se...»

«Tesoro, ho bisogno di vederti. Mi sei mancata tanto. Per favore. Solo un po'.»

Le suppliche di Bernardo avevano dato i loro frutti e Aurora aveva accettato di vederlo. Da quel giorno di febbraio del 2015 fino al marzo di due anni dopo, si sono visti otto volte. Nessun altro è al corrente di quegli incontri furtivi tra padre e figlia.

La ragazza guarda di nuovo il cellulare. Sono già le sei e un quarto. Sbuffa impaziente. Dovrebbe essere a casa a studiare e non lì a perdere tempo. Se tra dieci minuti non arriva se ne andrà via.

Mentre aspetta le vengono in mente i due incontri di quel giorno. Il primo con Jonathan Vila, il professore di filosofia e suo tutor, che voleva sapere se stesse per caso partecipando a quello stupido gioco. Ha sentito parlare della balena blu, ovvio, come tutti i ragazzi della sua età. È su Internet, gira in rete su un'infinità di pagine, ma non la seduce affatto. Eppure Jona non era del tutto fuori strada. Aurora si alza un po' la felpa e passa i polpastrelli su una ferita che non si è ancora completamente cicatrizzata, sulla parte sinistra dell'addome. Per fortuna al suo tutor interessavano soltanto le braccia. Non è orgogliosa di quei tagli; anzi, li detesta. E allora perché se li fa? La prima volta è stata lo scorso novembre, per essere precisi il giorno diciassette, un gesto inconsapevole. Era nuda e piangeva davanti allo specchio del bagno e poi di colpo si era ritrovata a tagliarsi la pelle con un rasoio. Aveva provato dolore, ma anche un certo sollievo. Per qualche secondo aveva dimenticato la sua stupida esistenza e si era concentrata sulla ferita da cui sgorgava sangue caldo. Era quello il piacere? Gli assomigliava. Ma sapeva di sbagliare e si era ripromessa di non reagire più in quel modo dinanzi a un momento di debolezza. E invece una settimana dopo l'aveva rifatto; e questa volta in modo deliberato.

In quei mesi la ragazza ha preso l'abitudine di autolesionarsi due o tre volte alla settimana. Sempre nella zona addominale, perché nessuno se ne possa accorgere. Certe ferite ormai cicatrizzate si sono riaperte quando ci ha ripassato la lametta. E, sebbene ogni volta giuri a se stessa che quella sarà l'ultima volta, non è mai così. Ne segue sempre un'altra.

Il tesissimo incontro nell'ufficio di Jonathan è stato completamente diverso dal pranzo con Virginia. La professoressa di matematica l'ha fatta ridere e Aurora si è sentita a suo agio. Era da tempo che non chiacchierava così piacevolmente con qualcuno. La donna le ha parlato di quando studiava, del rapporto col corpo docente del Rubén Darío e persino del suo matrimonio, che non sta attraversando uno dei momenti migliori. La sua sincerità l'ha colpita, tanto che Aurora si è lasciata andare e si è aperta a sua volta. In quel clima di confidenza reciproca ha portato alla luce sentimenti di cui non aveva mai parlato con nessuno. Sensazioni molto personali che ha descritto alla prof avvolte in un velo di imbarazzo e pudore.

Si pente di quelle confessioni? No, assolutamente no.

Le sei e venticinque. Tempo scaduto. Si è stufata di aspettare. Si alza in piedi e scuote via la polvere dai pantaloni. Proprio mentre sta per andarsene sente il motore di una macchina. Guarda verso la strada: si sta avvicinando una vecchia Ford Escort rossa. Quando l'auto la raggiunge inchioda e si ferma di botto. La testa di un uomo calvo, magrolino e con la barba incolta si affaccia dal finestrino del guidatore.

«Tesoro, scusami, sono in ritardo» dice Bernardo, che biascica e ha gli occhi rossi. «Sali.»

«Meglio se scendi tu. Non sei in condizioni di guidare.» La ragazza, seccata, si mette a braccia conserte.

Si è subito accorta del deplorevole stato in cui è suo padre. Non è la prima volta che si presenta così. Almeno la metà delle volte in cui si sono visti era sotto l'effetto della droga.

«Sto bene. Sali in macchina. Voglio portarti in un posto dove… dove fanno… dei frullati buonissimi.»

«Papà, in macchina con te non ci salgo.»

«Ma dai, sto benissimo.»

«Ho detto di no. Non sei in condizione di guidare.»

«Porca puttana, Aurora! Vuoi salire su questa merda di macchina una cazzo di volta?»

All'improvviso il braccio sinistro di Bernardo esce dal finestrino della Ford Escort. L'uomo afferra bruscamente la figlia per il gomito e la strattona con violenza. La ragazza urla e si libera dalla stretta con un movimento rapido. Fa due passi indietro, mentre il padre scende dall'auto. È terrorizzata. Non l'ha mai picchiata, anche se a volte si è mostrato aggressivo nei suoi confronti. Questa volta supererà il limite?

Aurora sta per scappare di corsa. Glielo ordina il suo istinto di sopravvivenza. Ma non lo fa. Resta ferma. Non fugge, anche se sta tremando di paura. Suo padre è lì, e lei si aspetta il peggio. Bernardo invece abbassa lo sguardo e respira a fondo, più volte. Si passa le mani sul viso, poi osserva costernato la figlia.

«Hai ragione. Non sono in condizioni di guidare» afferma e intreccia le mani dietro la nuca. «Hai ragione.»

La ragazza tira un sospiro di sollievo. Si sforza di sorridere, ma ci riesce solo a metà. Indica al padre il mucchio di pietre su cui prima si è seduta ad aspettarlo e insieme vanno in quella direzione.

«Non puoi andare avanti così» dice Aurora non appena si sono seduti. «Me l'avevi promesso.»

«Lo so, tesoro. Te l'ho promesso, hai ragione. Ma non è così facile. Ogni volta che ci vediamo decido di farlo. Voglio cambiare. Te lo giuro, Aurora.»

La ragazza sente che le parole del padre sono sincere, soprattutto quando, rivolgendosi a lei, Bernardo inizia a piangere. Non ha un bell'aspetto, non sembra in salute. È dimagrito molto negli ultimi anni. Gli zigomi sono molto evidenti e le orbite degli occhi sono scure e scavate. Le tracce delle droghe che lo stanno consumando sono sempre più visibili.

«Papà, devi smettere per te stesso, non per me. Se continui così può andare a finire male. Molto male.»

«Forse sarebbe la cosa migliore. Farla finita, una volta per tutte. Non porto niente di buono al mondo.»

«Non dire stupidaggini.»

«Non sono affatto stupidaggini. Se morissi, non dispiacerebbe a nessuno.»

«Non è vero» lo contraddice Aurora. E così, senza averla cercata, ecco che si presenta l'occasione per dirgli che gli vuole bene e che sentirebbe la sua mancanza, proprio come quando quasi tre anni prima è andato via di casa. Un'occasione che però non sfrutta, perché non è così sicura di ciò che prova nei confronti del padre. Preferisce cambiare discorso e portare la conversazione su altri argomenti. «Ma tu non mi avevi preso un regalo di compleanno?»

L'uomo annuisce in silenzio e si asciuga le lacrime con la manica della giacca. Si alza e va verso la macchina. Sale e prende un pacchettino dal vano portaoggetti. Torna dalla figlia e glielo consegna.

«Tanti auguri in anticipo» dice Bernardo, mentre Aurora lo scarta.

«Grazie, papà.»

Tolta la carta regalo, Aurora trova una scatolina nera. La apre con cura e vi trova uno splendido anello d'argento, con la sua data di nascita incisa.

«È stato il giorno più felice della mia vita» confessa l'uomo scoppiando di nuovo a piangere, commosso. «Ti piace?»

«Sì, grazie mille, papà. È molto bello.» Aurora infila l'anello all'anulare della mano destra. Poi accenna un sorriso e abbraccia il padre. Restano uniti in quell'abbraccio per qualche secondo. E allora anche a lei scende qualche lacrima. Sarebbe stato tutto diverso se Bernardo non si fosse perso nel mondo della droga. Per sua madre, per lei e per lui. Una vita pulita e piena di opportunità. Ma la realtà è un'altra ed è ben diversa. Una realtà crudele e spietata. Una realtà in cui quell'anello finirà dritto nel piccolo scrigno in cui tiene i regali che suo padre le ha fatto in quegli ultimi anni di incontri clandestini.

Uno scrigno che la polizia scoprirà due mesi e mezzo dopo, nascosto nella stanza della ragazza trovata morta al Rubén Darío.

16

Sabato 20 maggio 2017

«Va bene, Miguel Ángel. Tranquillo… A dopo. Un bacio.»

Aitana riaggancia e mette il cellulare nella tasca posteriore dei jeans consunti che si è appena infilata dopo una doccia rigenerante. Julia la osserva: è inquieta. Suo padre ha appena telefonato per parlarle di Bernardo che, da quanto ha capito, è stato trovato sotto l'effetto di qualche droga. Da ciò che è riuscita a captare della conversazione, l'uomo è chiuso in una cella del commissariato della Guardia Civil e sarà interrogato a breve. Ma la ragazza vuole saperne di più.

«Cosa ti ha detto papà?» chiede Julia, impaziente. «Ha confessato qualcosa?»

«Tesoro, non credo che dovremmo parlare ancora di questa faccenda. Ti abbiamo già detto troppo.»

«Ma Aurora era una mia compagna di classe. La vedevo tutti i giorni! Vorrei provare a rendermi utile.»

«Sei già stata molto utile. Adesso ti devi concentrare sullo studio e lasciare che la polizia faccia il suo lavoro.»

«Non è giusto!» protesta Julia, che apre il frigorifero e, trovatolo vuoto, lo richiude sbattendo con forza. «Non è per niente giusto!»

Aitana si stupisce della reazione della figlia. Di solito non risponde così, né protesta con quell'energia. Non l'aveva mai vista sbattere qualcosa. Sta per riprenderla, ma si ferma in tempo. È normale che Julia si comporti in modo diverso. Pur avendo sedici anni, è una ragazza molto sveglia e abbastanza matura. Ed è morta una sua compagna di classe, è logico che sia nervosa.

«Vuoi che andiamo a cena fuori? Tuo padre mangia qualcosa con i colleghi, appena ha un attimo.»

«Non mi va di uscire.»

«Non hai fame?»

«Sto bene.»

«Intendi andare a dormire senza aver mangiato neanche un boccone?»

«A quanto pare.»

La donna respira a fondo e cerca di accarezzare i capelli della figlia, che però si scosta.

«Dai, Julia. Non prendertela con me.»

«E allora non trattarmi come se avessi cinque anni» risponde la ragazza alzando di nuovo la voce. «So già che Aurora è morta. Qualcuno l'ha brutalmente uccisa con una mazza da baseball di quelle che usiamo a educazione fisica. Ho visto i suoi occhi senza vita e il sangue sul pavimento dello spogliatoio. Da cosa mi vuoi proteggere, mamma? Non c'è nient'altro che mi possa turbare. E voglio rendermi utile.»

La donna si fa pensierosa, mentre riflette su ciò che sua figlia le ha appena detto. Ha ragione. La sua professione le ha insegnato a essere tenace, a cercare alternative. Ad ammettere gli errori, quando ci sono. Niente è completamente esatto, niente è del tutto definitivo. O quasi. Forse il suo atteggiamento è davvero troppo protettivo. Julia ha dimostrato di essere una ragazza seria e molto matura.

«Se ti invito a mangiare qualcosa di molto buono, e meno carbonizzato della lasagna di ieri sera, mi perdoni?» chiede Aitana dopo quasi un minuto di silenzio.

«Non devo perdonarti niente, mamma.»

«Quando una persona capisce di aver sbagliato deve chiedere scusa. Forse ho esagerato: ho voluto proteggerti troppo.»

«L'hai fatto. Hai esagerato.»

«Il fatto è che non mi rendo conto che cresci e diventi grande. O forse non voglio rendermene conto.»

«Be' allora svegliati, mamma!» esclama Julia, questa volta accennando un sorriso.

La donna annuisce e abbraccia la figlia. Siglano così la pace e decidono di uscire a cena insieme. Optano per un locale vicino a casa. Non è molto sofisticato e l'odore di cibo filtra irrimediabilmente nella saletta buia in cui si siedono. Ma in quel buco fanno i migliori – e più giganteschi – panini con lonza arrosto e formaggio di tutta la regione. E sono entrambe affamate.

Ordine al volo e cena servita: il famoso panino e due aranciate. Non hanno più parlato di Aurora e non hanno nemmeno più menzionato il caso Ríos. Ma la televisione del posto è sintonizzata sull'emittente locale. Roberto Méndez sta dando le ultime notizie sull'Assassino della bussola in un piccolo studio televisivo molto anni Ottanta: «Stando alle nostre fonti il padre di Aurora, Bernardo Ríos, è agli arresti nel commissariato locale della Guardia Civil. Al momento nessuno ha confermato ufficialmente il nome dell'Assassino della bussola, sebbene possiamo considerare l'uomo uno dei principali sospettati. Vi ricordiamo che questa mattina è stato rinvenuto il cadavere della diciassettenne Aurora Ríos, nello spogliatoio della scuola superiore Rubén Darío. Come al solito vi terremo aggiornati, minuto per minuto. Secondo per secondo. C'è un assassino tra gli abitanti di questo tranquillo paese?».

«Questo è scemo. Vuole solo fare del sensazionalismo da quattro soldi» brontola Aitana, parlando a bocca piena.

«Sì, infatti. L'ho incontrato a mezzogiorno e voleva intervistarmi, una specie di omaggio a Aurora.»

«Davvero?»

«Sì. Ovviamente mi sono rifiutata. Poi mi ha chiesto di voi e mi ha detto che non riusciva a contattarvi. E di dirvelo appena vi vedevo, cosa che non ho fatto perché ho immaginato le sue intenzioni. Ci avete parlato?»

«Io no. E credo nemmeno tuo padre.»

«Sapeva della bussola. È stato Roberto a dare il soprannome all'assassino e a renderlo virale?»

«Secondo noi sì» dice Aitana dopo aver bevuto un sorso per mandare giù il pezzo di panino che stava masticando. «Da quanto ha raccontato a tuo padre il giornalista di Televisíon Española, è stato Roberto il primo a parlargli dell'Assassino della bussola, ed è probabile che abbia fatto lo stesso anche con gli organi di stampa nazionali. È evidente che è alla ricerca del suo momento di gloria.»

«E lui come ha fatto a scoprirlo?»

«Non ne siamo sicuri, ma Roberto e il bidello della scuola Fermín, che ha trovato il corpo di Aurora, erano compagni di classe, ai tempi. Non mi stupirei se per pochi soldi gli avesse passato qualche informazione su quello che ha visto. Informazioni che dovrebbero essere confidenziali.»

È così che funziona in paesi come quello: tutti si conoscono e tutti sanno chi è chi. È molto difficile mantenere segreto qualcosa. E Roberto Méndez è un giornalista, per giunta. Sa dove andare a scovare le storie, anche se il modo in cui le ottiene e la sua etica sono tutt'altro che integerrimi.

«Questa soffiata può compromettere le indagini?»

«Speriamo di no. Anche se potrebbe creare una sorta di psicosi tra la gente. Non vogliamo allarmare nessuno.»

«Secondo te il padre di Aurora è colpevole?»

«Non lo so, Julia» ammette Aitana, dando un altro morso al panino. «Ci sono molte cose che non tornano. E, finché non ci vedremo più chiaro, è meglio non dare nulla per scontato.»

Anche la ragazza ha parecchi dubbi sul caso e sul fatto che Bernardo possa essere l'assassino di Aurora. Perché mai darsi appuntamento nello spogliatoio della scuola, se potevano farlo in qualsiasi altro posto più discreto? Era un rischio eccessivo e inutile. E la ragione? Perché avrebbe dovuto uccidere sua figlia? Per vendetta? Per ferire Vera? Tre anni dopo? Può essere, ma non la persuade.

«Se Bernardo avesse voluto uccidere Aurora, non l'avrebbe fatto nello spogliatoio della scuola» afferma Julia convinta.

«Forse non era quella la sua intenzione. Magari stavano discutendo e lui l'ha colpita a morte con la prima cosa che gli è capitata sottomano.»

«È una teoria possibile» dice Julia senza quasi aprire la bocca.

«Tu cosa ne pensi? Ti viene qualche idea?»

La ragazza inarca le sopracciglia, confusa. La madre le sta davvero chiedendo un parere? Solo mezz'ora prima non poteva nemmeno accennare alla questione.

«Io credo che non sia stato Bernardo.»

«Sembri molto sicura.»

«Il fatto è che, se io non avessi l'abitudine di truccarmi, non lo farei certo per incontrare mio padre.»

«In effetti...»

«E Bernardo è una persona che il paese non vede di buon occhio. Lo spogliatoio della scuola è il luogo meno indicato per incontrare la figlia. Avrebbe scelto un posto fuori, isolato, dove nessuno li potesse vedere.»

Aitana concorda con la figlia. Dà un morso al panino e intanto riflette. Non è certa di volerne parlare con Aurora. Deglutisce, beve un sorso di aranciata e decide che, ormai, tanto vale farle qualche domanda.

«La conoscevi bene Aurora?»

«No, sinceramente non tanto. Era una ragazza abbastanza asociale e non aveva rapporti con nessuno. Io e Emilio la chiamavamo "la ragazza invisibile".»

«Si faceva carico da sola di tutti i suoi problemi, vero?»

«Sì, credo di sì.»

Julia si sente invadere da un forte senso di colpa. Forse avrebbe potuto fare qualcosa per cercare di avvicinarsi a quella che era stata una sua compagna di classe. Povera Aurora. Si può dire che sia morta praticamente da sola.

«Questo spiega quello che ho trovato sul suo corpo.»

«Cos'hai trovato?»

«Tagli. Su tutto l'addome. Aveva la pelle piena di cicatrici.»

«Aurora era autolesionista?» chiede Julia impressionata.

«Sì. Anche se tutte le ferite erano cicatrizzate» risponde Aitana dopo aver bevuto l'ultimo sorso della sua aranciata. «Sono certa che abbia smesso di farlo due o tre mesi fa. Verso febbraio, marzo, Aurora ha smesso di ferirsi l'addome. Hai qualche idea del perché?»

17

Domenica 21 maggio 2017

Il padre di Aurora viene trattenuto in commissariato per tutta la notte, in stato di fermo. La mattina dopo, all'alba di quella domenica di maggio, Bernardo si sente un po' meglio. Abbastanza da poter parlare con la polizia. Dichiara che quel venerdì, nel lasso di tempo in cui sua figlia è stata assassinata, tra le otto e un quarto e le nove di sera, lui stava dormendo. Nessuno può confermarlo perché era solo. Come sempre. Come mai aveva il cellulare spento quando gli agenti l'hanno chiamato per chiedergli notizie della scomparsa di Aurora? Aveva la batteria scarica. Se n'è accorto al risveglio, alle quattro del pomeriggio del giorno dopo. Ha dormito quasi ventiquattro ore di seguito? Sì, erano praticamente quattro giorni che non riusciva a chiudere occhio. Si è alzato soltanto due o tre volte per andare in bagno o per bere un po' d'acqua, ma non ha fatto caso al cellulare. Perché non ha aperto la porta agli agenti quando sono andati a cercarlo a casa? Non li ha sentiti. Ha il sonno molto profondo e dorme sempre con la porta della camera da letto chiusa. E perché non ha avvisato nessuno quando è venuto a sapere quel che era successo a sua figlia? Quando ha acceso la televisione e scoperto l'accaduto, vedendo anche quante chiamate perse aveva sul cellulare, si è spaventato. Non era molto lucido. Per cui si è vestito e si è messo alla guida senza una meta precisa. Verso le otto di sera un gruppo di escursionisti l'ha trovato in un bosco a circa dieci chilometri da lì, steso a terra, tremante e con lo sguardo perso. Ha anche ammesso di aver fatto uso di cocaina il pomeriggio e la sera del giorno prima.

«Sta dicendo la verità?» chiede Julia a suo padre a colazione.

«Stiamo cercando di verificarlo attraverso le registrazioni di alcune telecamere del traffico vicine a casa sua. Anche se non sarà facile e ci porterà via del tempo. Stiamo anche esaminando quelle di sorveglianza dei negozi vicini alla scuola. Se Bernardo non fosse il colpevole, comunque, risolvere questo caso sarebbe come cercare un ago in un pagliaio. Non avremmo un chiaro obiettivo da cercare nelle registrazioni.»

«Capisco.»

La ragazza guarda il cellulare e vede che sono quasi le dieci del mattino. Ieri sera, dopo aver cenato con la madre, è rimasta d'accordo con Emilio che si sarebbero visti a casa sua più o meno a quell'ora. Non è stata una notte facile. Ha cercato di dormire e ci è riuscita, ma gli incubi si sono succeduti a cascata. E in tutti c'era Aurora.

«Bernardo ha confessato che da due anni a questa parte si vedeva saltuariamente con sua figlia, di nascosto. Ma nega nel modo più assoluto di averla uccisa» commenta

Miguel Ángel, scartando una *magdalena* per immergerla nel caffè. È la quarta della mattina, ma ieri non ha mangiato quasi niente. «Si davano appuntamento a La Curva e poi andavano in qualche bar della città oppure restavano in macchina a chiacchierare. Ha anche ammesso che le faceva dei regali.»

«Che genere di regali?»

«Ieri nella stanza di Aurora abbiamo trovato un piccolo scrigno con un anello, un paio di orecchini e un braccialettino. Tutti di buona fattura.»

In quel preciso momento Aitana entra in cucina. Ha sentito le ultime parole del marito. Non è ancora aggiornata. La notte prima è arrivato quasi all'una e lei stava già dormendo, e quella mattina ha dovuto fare un salto in commissariato di buon'ora. Non hanno ancora parlato della dichiarazione di Bernardo. Ma qualcosa ha attirato la sua attenzione.

«Tra i regali che le ha fatto c'era per caso una cavigliera?»

«No. E non ne abbiamo trovata nessuna tra le sue cose.»

«Molto strano. Sulla caviglia destra aveva il segno di una di quelle catenelle. L'ho scritto sul referto dell'autopsia, anche se non gli ho dato alcuna importanza. Mi sono concentrata soprattutto sulla ferita alla testa e sulle cicatrici dell'addome.»

A quel punto a Julia viene in mente un ricordo di circa un paio di settimane prima. Lei sì che aveva visto quella catenella alla caviglia di Aurora. Era argentata. Ed era successo mentre la ragazza si allacciava le scarpe da ginnastica prima della lezione di educazione fisica. La tuta si era sollevata leggermente e aveva il calzino un po' abbassato. Allora l'aveva vista, ma non gli aveva dato peso.

«Ce l'aveva qualche giorno fa» dice Julia ai suoi genitori. E descrive la scena registrata dalla sua memoria.

«Chiederò a Bernardo e a Vera se gliel'avesse regalata uno di loro» commenta il padre.

«Comunque sia, dov'è andata a finire?» chiede Aitana. «L'avrà presa qualcuno oppure l'avrà persa?»

Julia si accarezza il mento. Le è appena venuta in mente un'eventualità che farebbe combaciare parecchie tessere di quel puzzle.

«E se gliel'avesse tolta l'assassino? La stessa persona per cui si è truccata e con cui si è data appuntamento nello spogliatoio della scuola? Magari è stato proprio l'assassino a regalargliela e, per nascondere la prova, gliel'ha strappata via. Proprio come ha fatto con il cellulare.»

«Ha una sua logica» riconosce il padre.

«Mamma, ieri mi hai detto che Aurora ha smesso di tagliarsi due o tre mesi fa, giusto?»

«Sì, l'ho scritto anche sul referto.»

«Magari ha smesso di farsi del male perché ha iniziato a frequentare qualcuno? Qualcuno che vedeva di nascosto, per cui si truccava e che le ha regalato quella cavigliera.»

Miguel Ángel e Aitana si scambiano uno sguardo. Le deduzioni di Julia sono molto sensate. Hanno un'ipotesi e ora devono seguire quella pista. L'uomo sorride e dà una pacca sulla schiena alla figlia.

«Bisogna scoprire chi è quella persona. L'hai vista con qualche ragazzo? Sai se le piaceva qualcuno? Qualche ex?»

«Che io sappia, no. Non l'ho mai vista con un ragazzo.»

«Se si frequentavano in segreto, è normale che nessuno li abbia visti» dice Aitana, preparandosi un *café con leche*. «Ma perché nascondersi?»

Suona il campanello di casa. Si voltano tutti e tre verso la porta d'ingresso, che si vede dalla cucina.

«È Emilio. Andiamo a studiare insieme in qualche bar in piazza» dice Julia, affrettandosi per andare ad aprire.

«Emilio... studiare. Bene.»

«Mamma, non cominciare!»

La ragazza abbozza un sorrisetto e scuote la testa in risposta alle insinuazioni della madre. Apre immaginando di trovarsi davanti l'amico. Puntuale, una volta tanto. Ma si sorprende davvero quando vede chi c'è dall'altra parte della soglia.

«Cia... ciao, Iván.»

«Buongiorno, Julia. Posso parlarti? Ti rubo solo dieci minuti.»

«Adesso? È che devo vedere Emilio. Starà per arrivare.»

«Non mi fermo molto. Ho bisogno del tuo aiuto.»

«Il mio aiuto?»

«Sì!» esclama impaziente. «Vieni un attimo così ne parliamo, per favore.»

Julia annuisce, socchiude la porta dietro di sé ed esce in strada con Iván. Sembra molto teso, e quella situazione rende nervosa anche lei. Cosa vorrà da lei?

Sono soli. Di solito non c'è un gran viavai da quelle parti, ancor meno la domenica mattina. Fanno un paio di passi verso destra. Il ragazzo fa un gran respiro e inizia a parlare.

«Hanno telefonato a Vanesa. La polizia. L'hanno convocata per farle qualche domanda su Aurora» dice Iván incespicando nelle parole.

«Vanesa?»

«Sì. Le hanno detto che faranno lo stesso con tutti voi che eravate in classe con lei e con qualche altro allievo della scuola. Immagino che parleranno anche con i suoi professori.»

«Mio padre me l'ha accennato. Stanno raccogliendo tutte le informazioni possibili.»

«Per ora io non ho ricevuto nessuna chiamata» spiega Iván toccandosi nervosamente il piercing al sopracciglio. «Anche se forse arriverà. Per questo ho bisogno di una mano.»

«Come posso aiutarti?»

«Te lo spiego. Ma per favore non giudicarmi. E non fare domande, d'accordo?»

«Be', non so se potrò...»

A quel punto dall'altra parte della strada compare un ragazzo non tanto alto, con i capelli tinti di blu e uno zaino nero in spalla. Cammina con lo sguardo basso e le mani in tasca. Julia e Iván vedono Emilio e anche lui li vede, appena alza lo sguardo.

«Merda» dice a bassa voce Iván. «Devi andare?»

«Ho appuntamento con lui.»

«Quando possiamo parlare?»

«Be'...»

Julia non fa in tempo a rispondere. Emilio è troppo vicino. Sembra costernato: di certo non si aspettava di trovare lì il fidanzato di Vanesa.

«Devo andare. Ci vediamo» dice Iván, che non saluta nemmeno Emilio. «A dopo.»

E, accelerando il passo, quasi correndo, si allontana lasciandosi alle spalle la sensazione di incertezza che ha invaso Julia e lo sguardo perplesso di Emilio.

«E quello cosa voleva?» chiede quest'ultimo, togliendosi e pulendo gli occhiali.

«A essere sincera non saprei.»

«Stai scherzando?»

«No. Mi voleva parlare di qualcosa. Ma non mi ha detto di cosa.»

Julia non mente. Se Iván le avesse spiegato di cosa aveva bisogno, probabilmente non avrebbe confidato la cosa a Emilio. Dato che non è andata così, ha potuto raccontare la verità all'amico.

«Quel tipo non mi piace.»

«Perché? È un bravo ragazzo.»

«Uno che esce con Vanesa non può esserlo.»

«Nessuno dei due è così cattivo come pensi, fidati» recrimina Julia mentre si incamminano verso casa sua. «Prendo la mia roba e andiamo, okay?»

«Okay. Ti aspetto qui.»

La ragazza apre la porta e lascia l'amico sulla soglia. Non ha idea di quanto Emilio sia rimasto male vedendola insieme a Iván, per la seconda volta in quel weekend. Gli si è stretto lo stomaco: ci sarà qualcosa tra loro?

Julia sale in fretta in camera sua e scende subito con una cartellina. Saluta i genitori e raggiunge l'amico.

Sulla strada per il bar della piazza parlano del caso Ríos. Emilio le chiede se ci sono novità e Julia racconta quello che ha saputo nelle ultime ore. Ma ha la testa da un'altra parte.

Cosa voleva Iván? E perché gli serviva il suo aiuto?

18

Domenica 21 maggio 2017

«Emi, non abbiamo concluso assolutamente niente da quando siamo arrivati» protesta Julia mentre picchietta con una matita sul tavolino del bar in cui sono andati a studiare. «E sono passate quasi due ore!»

«Sono già passate due ore?»

La ragazza annuisce e gli mostra l'orologio sul cellulare. In effetti è mezzogiorno e sono lì seduti dalle dieci e dieci. I caffè che hanno ordinato si sono raffreddati e la pagina degli esercizi di matematica che avevano intenzione di fare è sempre la stessa. Non hanno nemmeno provato a risolvere il primo problema.

Il fatto è che non hanno smesso un secondo di parlare del caso Ríos.

«Credo che, finché le acque non si saranno calmate un po', non riusciremo a concentrarci su altro che non sia la morte di Aurora» dichiara Emilio. Poi tira fuori una biro blu da un vecchio astuccio e gira la pagina degli esercizi, che è bianca. «Allora, ripassiamo.»

«Ripassiamo cosa?»

«I dati che abbiamo sull'omicidio.»

«Ma basta! Ancora?»

«Sì, ancora. Voglio segnare tutto. Per te è facile ricordare i dati e ordinarli nella tua testolina brillante. Ma per noi mortali è tutto più complicato.»

«Mi sembri un pelino ossessionato da questa faccenda.»

«Tu no?»

«Io... io cerco solo di dare una mano ai miei genitori.»

«D'accordo, andiamo al sodo. Cosa abbiamo?»

Julia inizia a snocciolare a memoria tutto quel che sa del caso, mentre Emilio prende appunti sul foglio. Imposta un grafico con frecce che partono da due cerchi. Nel primo scrive "Assassino della bussola" e nell'altro "Aurora". Quando gli pare di aver segnato tutto inizia a leggere ad alta voce.

«Bene. Allora, dell'Assassino della bussola sappiamo che: uno, ha usato una mazza da baseball dello spogliatoio, che non è ancora stata trovata; due, ha lasciato una bussola accanto al corpo di Aurora; tre, l'omicidio è avvenuto tra le otto e un quarto e le nove di venerdì sera (secondo il referto del medico legale); quattro, ha girato il cadavere, e non sappiamo perché; cinque, Bernardo è l'indiziato numero uno, anche se non ci pare sia lui l'assassino della figlia; sei, ha portato via il cellulare di Aurora e probabilmente anche una cavigliera. Perché? Gliel'aveva regalata lui? Sette, se l'Assassino della bussola non è suo padre, chi può essere? Chiunque.»

«Be', proprio chiunque no» protesta Julia, che ha ascoltato attentamente l'amico.

«Scarto te e i tuoi genitori.»

«Credo ci siano parecchie altre persone che puoi scartare dai sospettati.»

«Non così tante» insiste Emilio, pronto a leggere le frecce che partono dall'altro cerchio. «Cosa sappiamo di Aurora? Uno, quando l'hanno uccisa era nello spogliatoio della scuola; due, probabilmente aveva appuntamento lì con qualcuno. Con l'assassino? Tre, l'hanno colpita da dietro e sulla testa; quattro, era truccata, cosa non abituale per lei; cinque, si vedeva di nascosto con il padre, che le ha fatto diversi regali, ritrovati in camera sua (un anello, un paio di orecchini e un braccialetto); sei, durante l'aggressione ha perso un dente; sette, a quanto pare non era così invisibile come pensavamo e usciva con qualcuno, forse di nascosto. Ecco tutto. Mi manca qualcosa?»

«Che è stata trovata da Fermín ieri mattina e che ad avvisare la polizia è stato il preside, Lázaro.»

«Lo segno. Qualcos'altro?»

Julia si accarezza il mento e si accorge che non hanno ancora parlato di una questione importante.

«I tagli.»

«Quali tagli?»

«Aurora si faceva dei tagli sull'addome. Mia madre li ha visti durante l'autopsia. Aveva un sacco di ferite cicatrizzate su ventre e costato. A quanto pare era autolesionista.»

Il ragazzo aggrotta la fronte e guarda da un'altra parte, come se stesse cercando di ricordare qualcosa. Tutto d'un tratto cambia espressione.

«Che ti prende, Emi?»

«Avevo visto quei tagli e mi ero arrabbiato con lei.»

«Cosa? Quando?»

«Non ricordo bene. Più o meno un mese fa. Nello spogliatoio, guarda caso.»

«Nello spogliatoio?»

«Sì. Non sapevo che Aurora fosse lì. Sono entrato e l'ho vista... nuda. Be', indossava la biancheria intima. Si è messa a urlare come una matta. E anche io.»

«Non ci capisco niente, puoi spiegarmi meglio?»

Il ragazzo sospira di nuovo, si sistema bene gli occhiali e inizia a raccontarle ciò che ricorda di quel giorno.

Venerdì 21 aprile 2017

«Emilio! Vieni un attimo!»

La voce stridente della madre gli perfora di nuovo i timpani. È la terza volta che lo chiama urlando, quel pomeriggio.

«Cosa vuoi ancora?»

«Vieni!»

Il ragazzo mette in pausa la partita di *Final Fantasy XV* e lascia il telecomando della Playstation sul letto. Sua madre è assillante, più del solito. Si è presa un giorno libero e ha deciso di rivoltare la casa come un calzino. Ha già spostato i mobili della sala, ha appeso due quadri all'entrata e ha riordinato tutti gli armadi di casa. Quando le prende quella smania non c'è speranza di fermarla. Dice che le serve a combattere lo stress accumulato in ufficio, ma l'unica cosa che ottiene è stressarsi di più e stressare lui.

«Dove sei?»

«In lavanderia!» urla Almudena con tutto il fiato che ha nei polmoni.

Ed è lì che va il ragazzo continuando a brontolare. Che bel pomeriggio gli sta facendo passare sua madre. Prima l'ha spedito a comprare un martello, poi gli ha fatto mettere in ordine le cravatte di suo padre in base al colore... e adesso?

«Cosa c'è?»

«Sto facendo una lavatrice di colorati. Hai qualcosa da lavare a parte quello che c'è nel cesto della roba sporca?»

«No.»

«E la maglia della tuta con cui sei andato a scuola? Ho trovato soltanto i pantaloni.»

Emilio sta per risponderle che non lo sa e che la cercherà, ma le direbbe una bugia. Si dà un colpo sulla fronte: «L'ho lasciata a scuola!».

«Cosa? Hai dimenticato a scuola metà di una tuta che mi è costata sessanta euro?»

«Sì, faceva caldo, l'ho tolta e poi...»

«Non voglio sentire scuse! Vai subito a prenderla!»

Lui non esita un secondo e obbedisce all'ordine della madre. Non ha alternative. Esce in fretta e furia da casa in direzione della scuola. Gli pare di aver dimenticato la maglia nello spogliatoio, sui materassini. Gli conviene ritrovarla, se vuole sopravvivere.

Per fortuna la scuola è vicina e non ci impiega molto ad arrivare. La porta è aperta e così entra. Non passa dall'edificio principale, va direttamente all'entrata sul retro. Se non trova la maglia chiederà in segreteria.

In quel pomeriggio di aprile il cielo è nuvoloso e iniziano a cadere alcune gocce di pioggia, nonostante ci siano più di venticinque gradi. Emilio allunga il passo per non bagnarsi troppo. Vede la porta dello spogliatoio chiusa, ma sa che è semplicemente accostata: è da tempo che la serratura è rotta e nessuno ha pensato di farla aggiustare. Apre e non riesce a credere ai suoi occhi.

«Cosa fai, cretino?»

Aurora urla terrorizzata e si copre il petto con le mani. Indossa soltanto un reggiseno bianco e un paio di slip dello stesso colore.

«Cosa faccio io? Cosa ci fai tu qui?» esclama a sua volta Emilio, che contempla attonito il corpo seminudo della ragazza.

Il suo sguardo si sofferma sui segni che ha sul costato e sull'addome. All'inizio pensa siano smagliature. Ma poi non ha dubbi, sono ferite cicatrizzate.

«Sono venuta a... ad allenarmi» risponde Aurora, che recupera la sua maglietta blu appoggiata su una delle panchette e si copre in fretta.

«Ad allenarti? Di venerdì pomeriggio? A scuola?»

«Sì, stupido! Sì! E smettila di guardarmi!»

«Non ti sto guardando! E tu piantala di insultarmi!»

La ragazza mugugna tra sé e prende i pantaloni da terra, sotto la stessa panca. Si siede e se li infila. Nel frattempo Emilio scopre che la maglia della sua tuta è esattamente dove l'aveva lasciata: sul mucchio di materassini. La recupera subito.

«Vedo che continui ad avere la testa altrove» commenta Aurora, sorridendo maliziosa.

Lui decide di non rispondere. Si lega in vita la maglia della tuta e si dirige verso la porta. Non vuole tornare indietro nel tempo e rimettersi a litigare con lei. Ma quando sta per uscire inizia a diluviare.

«Cazzo. Ci mancava anche questo» mormora Emilio. Si gira e decide di aspettare che spiova. Si siede accanto a Aurora che si sta infilando delle scarpe da ginnastica bianche. «E com'è andato l'allenamento?»

«Bene.»

«Per cosa ti sei allenata? Se è lecito sapere.»

«Ehm... baseball. Gioco malissimo e mi devo allenare, se non voglio essere rimandata. Ho chiesto il permesso a Montero.»

«E sei venuta da sola? Difficile giocare a baseball così.»

«Per gli imbranati come te è impossibile» replica la ragazza. «Lancio la palla in alto e la colpisco con la mazza quando scende. Contento?»

No. La mazza va afferrata con entrambe le mani. È impossibile fare quello che dice. Emilio sa che gli sta raccontando una balla. Non ha idea di cosa ci faccia lì, ma di certo Aurora non è andata a giocare a baseball. E poi cosa ci faceva mezza nuda nello spogliatoio? Non ha un cambio. Non ha senso che si sia tolta quello che indossava per poi rivestirsi allo stesso modo.

«Come ti pare.»

«D'accordo. Allora non fare altre domande. Mi soffochi.»

La ragazza finisce di infilarsi le scarpe e sbuffa. Si alza in piedi e osserva la pioggia dalla finestra.

«Che merda. Speriamo smetta presto.»

«Non credo che durerà molto. Tra poco schiarirà.»

Invece, cinque minuti dopo, la pioggia continua a cadere con forza sul Rubén Darío. E in quel lasso di tempo nessuno parla. Guardano i rispettivi cellulari e aspettano il momento di andarsene. Di tanto in tanto Emilio osserva di sottecchi la compagna di classe. Ricorda il periodo in cui era innamorato di lei. Erano grandi amici, ma poi tutto era andato in frantumi. Era da tempo che non passavano un po' di tempo insieme, da soli. Emilio, diventato di colpo nostalgico e sentimentale, si trova a sentire la mancanza di quei momenti.

«Senti, e come va?» chiede Emilio senza scostare lo sguardo dal telefono.

«Perché me lo chiedi?» risponde Aurora, anche lei con lo sguardo fisso sul cellulare. «Ti riferisci a qualcosa in particolare?»

«No. Dicevo in generale. Ultimamente non parliamo molto.»

La ragazza mette il cellulare in tasca e si alza dalla panca. Guarda fuori e si assicura che finalmente stia smettendo di piovere.

«Lo chiedi per via di quello che hai visto, vero?»

«Non so a cosa ti riferisci.»

«Ma certo che lo sai, Emi. Comunque ho smesso. Non mi taglio più.»

La freddezza con cui parla stupisce Emilio. Aurora solleva un po' la maglietta e gli mostra il lato destro del costato.

«Vedi? È soltanto una cicatrice. Una semplice e stupida cicatrice» commenta, sorridendo e indicando altri segni. «Per favore, non parlarne a nessuno. Mai. Mai.»

«Ma...»

«Emi, se hai mai tenuto a me o mi hai voluto bene, non parlare mai con nessuno di quello che hai visto. Devi giurarmelo.»

«Non lo dirò a nessuno.»

«Giuramelo.»

«Tranquilla. Ti puoi fidare di me. Te lo giuro.»

E la promessa fatta da Emilio a Aurora in quel piovoso pomeriggio d'aprile è stata mantenuta, fino a quando, un mese dopo, l'argomento non è stato tirato fuori da Julia. Ormai mantenere quel segreto non ha alcun senso. Anche se adesso c'è un'altra domanda che gira nella testa dei due amici: cosa ci faceva allora Aurora nello stesso spogliatoio in cui venerdì sera è stata uccisa?

19

Domenica 21 maggio 2017

L'Assassino della bussola continua a occupare le prime pagine dei giornali online e i notiziari di quella domenica di maggio. Sono molti i giornalisti, sia nazionali sia stranieri, che si sono trasferiti in loco per coprire la notizia. A Julia sembra strano e morboso che si parli di un serial killer quando c'è stata una sola vittima. Danno per scontato che ci saranno altri crimini? Stanno approfittando della faccenda della bussola. Se non fosse stata trovata accanto al cadavere, o non ci fosse stata una soffiata, la notizia non avrebbe fatto tanto scalpore. Sì: un'adolescente è stata trovata morta in una scuola e quello è già uno scoop sufficientemente interessante perché la stampa parli di quell'omicidio e non di altri; ma la presunta firma dell'assassino rappresenta un succulento valore aggiunto. È questo che cerca l'assassino? Notorietà? Importanza? Far parlare di sé?

«È incredibile quanto ai media piaccia il sensazionalismo» dice Julia, controllando le notizie sul cellulare mentre passeggia con Emilio.

«Il sensazionalismo piace a tutti. Basta pensare alla folla di pettegoli che si sono riuniti ieri mattina a scuola. La stampa in questo caso sta solo facendo il suo lavoro.»

«Il suo lavoro è speculare sulla morte di qualcuno e raccontare tutto nel modo più morboso possibile? Sono loro che si sono inventati la storia dell'Assassino della bussola!»

«Danno informazioni su un fatto realmente accaduto. Non è colpa dei giornalisti se accanto al corpo di Aurora c'era una bussola. Non è forse più grave che la polizia abbia lasciato trapelare un dettaglio del genere?»

«Stai dando la colpa a mio padre e alla sua squadra?»

«No! Ma tu non accusare i giornalisti! Si limitano a dare informazioni sul caso, sono dalla parte dei buoni. Non sono stati loro a commettere il delitto.»

La spiegazione di Emilio non convince Julia. Capisce perché difende i mezzi di comunicazione. Vuole fare il giornalista. Ma lei non è d'accordo sul "tutto è permesso" che impera negli ultimi tempi. Non c'è alcun indizio che confermi che quello di Aurora possa essere il primo di una serie di crimini. Anzi, l'impressione è che si tratti di qualcuno vicino alla ragazza che si è lasciato traportare da un fatale impulso. La stampa invece sta vendendo il caso come meglio le conviene, senza avere alcuna prova.

«Per fortuna non sono venuti a sapere dei tagli» sottolinea la ragazza. «Chissà a che conclusioni sarebbero arrivati.»

«Quella faccenda non ha niente a che vedere con l'omicidio di Aurora.»

«Non lo sappiamo. Forse è tutto collegato. I tagli, il trucco, il luogo dell'appuntamento, l'oggetto con cui l'hanno colpita...»

«Credi davvero che quei tagli possano essere in qualche modo collegati alla sua morte?»

«Non si può scartare niente, Emi. Ma se la stampa scopre che Aurora era autolesionista di sicuro sfrutterà la cosa a proprio beneficio e farà ancora più sensazionalismo.»

«Un bravo giornalista non lo farebbe.»

«Immagino che per la maggior parte siano bravi giornalisti. Ma si devono attenere ai mezzi di comunicazione per cui lavorano: sono pur sempre imprese che hanno bisogno di trarre profitto da quel che pubblicano.»

«Non si può generalizzare, Julia.»

«Sono d'accordo, non bisogna generalizzare. Anche se, sfortunatamente, di solito sembra che la cosa più importante sia vendere la notizia a qualsiasi prezzo. Che sia vera o meno.»

Sono così presi dalla discussione che arrivano a casa di Julia senza nemmeno rendersene conto. La ragazza saluta l'amico, lo chiamerà più tardi. Ma Emilio se ne resta immobile in mezzo alla strada: controlla l'ora, sbuffa e abbassa la testa. Lei si volta e si accorge che qualcosa non va. Lascia la porta socchiusa e si avvicina all'amico.

«Che ti prende, Emi? Stai bene?»

«Non voglio tornare a casa.»

«Hai di nuovo litigato con i tuoi?»

«In realtà non ci parliamo più» ammette lui togliendosi gli occhiali per pulirli con la maglietta. Li inforca di nuovo e prosegue: «Oggi non gli ho rivolto la parola per tutta la mattina. Non parliamo dalla litigata di ieri».

A Julia dispiace per la situazione sempre più tesa che l'amico sta vivendo in casa. Vorrebbe tanto aiutarlo, ma sa di poter fare davvero poco. È lui a dover trovare una soluzione. Parlare a lungo con i genitori e chiarire la situazione.

«Vuoi mangiare con me?»

«Qui? Con i tuoi?»

«Non so se sono a casa. Ultimamente sono sempre molto occupati.»

«Be', io...»

«Ah, ovviamente è proibito fare qualsiasi riferimento alla questione Aurora. Non sanno che ti sto raccontando tutti i dettagli del caso.»

«Tranquilla, non aprirò bocca. Sicura che non è un disturbo?»

«Ma va, figurati! Dai, entriamo che ho una fame da lupi.»

A Emilio spunta un enorme sorriso sul volto e accetta con gioia l'invito di Julia. Lo imbarazza un po' mangiare con lei e con i suoi genitori, ma non gli va di tornare a casa. Fino a quando riuscirà a sopportare quella guerra?

Quando entrano scoprono subito che non c'è nessuno. E trovano un biglietto sul frigorifero, in cucina.

TESORO, IO E PAPÀ SIAMO ANDATI A LAVORARE.
ABBIAMO FATTO IN TEMPO A FARE UN PO' DI SPESA.
NEL MICROONDE C'È UNA TORTILLA. DI QUELLE CHE
TI PREPARA PAPÀ, UN PO' CRUDA E CON LA CIPOLLA,
COME PIACCIONO A TE. DOPO TI TELEFONO.
NON VOLEVAMO DISTURBARTI MENTRE STAVI "STUDIANDO"
CON IL TUO "AMICO".
UN BACIO. MAMMA.

Julia diventa rossa come un pomodoro quando legge quello che le ha scritto sua madre e si accorge che Emilio ha letto a sua volta. Prende il foglio e lo appallottola per poi buttarlo nel cestino della carta.

«Ti piace la tortilla?» chiede a Emilio mentre apre il microonde per fargli vedere quella che ha preparato il padre. È ancora calda. «Ha la cipolla.»

«A me la *tortilla* piace in tutti i modi.»

«Perfetto. Da bere?»

«Mi va bene un bicchiere d'acqua.»

Emilio osserva Julia mentre tira fuori dal frigo una bottiglia d'acqua e la posa in mezzo alla tavola. Cosa insinuava la madre della ragazza con quelle virgolette? Pensa che lui e Julia siano qualcosa di più? Ha un casino in testa. Non vuole farsi strane illusioni. Avrà parlato di lui con Aitana? Dei suoi sentimenti? Le piacerà?

No, non è possibile. Non è possibile!

«Ci sediamo?» chiede Julia, che percepisce qualcosa di strano nel comportamento del ragazzo. Sarà per il biglietto sul frigorifero? Chissà cosa starà pensando! Quelle virgolette... Ah, appena le capita sua madre sottomano!

«Certo.»

La ragazza gli passa un bicchiere, una forchetta, un tovagliolo e si siede sul lato destro della tavola. Emilio si siede a sinistra. Poi Julia taglia la *tortilla* a metà e distribuisce le porzioni in due piatti. Ne passa uno all'amico e poi gli versa l'acqua.

«Buon appetito.»

«Grazie, anche a te.»

Mangiano in silenzio. Praticamente non scambiano una parola. Non fanno alcun riferimento all'Assassino della bussola e nemmeno alla stampa. Non parlano nemmeno dei genitori di Emilio. Un paio di commenti sul pranzo e sulle doti culinarie dell'ispettore di polizia, niente di più. A guardarli in quel momento, nessuno sospetterebbe che hanno trascorso oltre quattro ore insieme senza mai smettere di parlare.

La suoneria del cellulare di Emilio spezza il silenzio che si è impossessato della cucina. Il ragazzo si affretta a controllare di chi si tratta, ma quando vede il nome della persona che lo sta chiamando preferisce non rispondere e lascia squillare.

«Che palle, è mia madre!»

«Vorrà sapere dove sei. Il fatto che non parli con loro non significa che non siano preoccupati per te. Mandagli almeno un Whatsapp per dire che sei qui da me.»

«Preferisco di no.»

«Ma dai, Emi. Non essere crudele. È appena morta una ragazza del paese. Sono certa che sono molto agitati perché non ti hanno visto a pranzo.»

Il ragazzo ci riflette un attimo e si rende conto che l'amica ha ragione. Ascolta il suo consiglio e manda un messaggio alla madre per avvisarla che sta mangiando con Julia. La donna risponde subito con un semplice e secco "OK".

«Non sembrava molto preoccupata» Emilio mostra all'amica il messaggio della madre. «Comunque, scusa l'interruzione.»

Taglia con rabbia un pezzo di *tortilla* e se lo porta alla bocca. È fuori di sé. La sua arrabbiatura è palese, anche se Julia, al di là di quella sensazione momentanea, capta sul viso dell'amico tristezza e frustrazione.

Non parlano molto fino al dolce, due yogurt alla banana che hanno trovato in frigo.

«Andiamo in camera mia e proviamo a studiare un po'?» propone Julia mentre riempie la lavapiatti.

«Va bene.»

Anche se è da oltre tre anni che si conoscono e sono amici da quando lei è arrivata in paese, Emilio è entrato in camera di Julia soltanto quattro o cinque volte. E ormai è passato tanto tempo.

Deve riconoscere che la cosa lo innervosisce un po'. Anzi, parecchio.

Salgono le scale fino al piano di sopra ed entrano in camera. È abbastanza cambiata dall'ultima volta che il ragazzo c'è stato. Prima era arredata in modo più colorato, più infantile. Ricorda peluche, fotografie su una lavagna di sughero e pareti color rosa confetto. Adesso sono color ambra pallido e su una di queste campeggia un poster, a grandezza naturale, di un ragazzo con i capelli arruffati che gioca a scacchi.

«Quello è Magnus?»

«Sì! Magnus Carlsen! Il miglior giocatore di scacchi di tutti i tempi!»

Senza sapere bene il perché, Emilio è geloso di quel tizio. Il campione norvegese è l'idolo di Julia e uno dei suoi punti di riferimento. Ma lo ammira semplicemente, non è un amore platonico. O almeno, che lui sappia. In realtà non hanno mai parlato di amore. Sarà innamorata? Di chi? E gli tornano di nuovo in mente le parole virgolettate sul frigorifero. Cosa intendeva dire la madre con "amico"?

«Studiamo matematica?» chiede la ragazza, aprendo la cartellina con i suoi appunti.

«Come vuoi.»

«Ma dobbiamo concentrarci per risolvere questi problemi, okay?»

«Ci proverò.»

Anche Emilio tira fuori gli appunti dal suo zaino nero e li mette sulla scrivania. Julia gli cede la sedia e va a cercarne un'altra nella camera degli ospiti.

«Mando un Whatsapp ai miei per avvertirli che metto il cellulare in silenzioso. Così non ci saranno interruzioni e potremo concentrarci su mate.»

«Ottima idea.»

La ragazza sorride e scrive anche lei alla madre. Non fa riferimento a Emilio per evitare che si faccia strane idee. Poi copia e incolla il messaggio e lo spedisce anche al padre. Tuttavia, mentre sta digitando, la suoneria del cellulare la avvisa che qualcuno le ha inviato un'immagine. È Iván. Senza che Emilio se ne renda conto, la ragazza la apre e scopre qualcosa di incredibile. Il ragazzo è al commissariato della Guardia Civil e sullo sfondo si vede suo padre, inconsapevole di essere fotografato. Subito dopo arriva un'altra notifica dal ragazzo con il piercing al sopracciglio. Questa volta è un messaggio di testo.

Per favore, aiutami. Ho bisogno che ti fidi di me.
È questione di vita o di morte.

20

Domenica 21 maggio 2017

Julia non si era dimenticata che Iván le voleva parlare per chiederle qualcosa di importante. Ma aveva avuto molto da fare con Emilio e quindi aveva rimandato. Non immaginava fosse così urgente!

Non vuole rischiare che il suo amico se ne renda conto, quindi si allontana e manda un Whatsapp a Iván.

Cosa ci fai in commissariato con mio padre?
Ci sentiamo? Posso chiamarti adesso?

Cosa sarà successo? Julia aspetta la risposta, è agitata. Non ha la più pallida idea di cosa possa essere successo e del perché il ragazzo sia lì. L'hanno arrestato? È accusato di qualcosa? La risposta non tarda ad arrivare.

Gli dico che devo andare in bagno. Due minuti
e ti chiamo io. Grazie mille.

La ragazza risponde "OK".

«Arrivo subito. Inizia a preparare» dice a Emilio, senza altre spiegazioni. Non gli vuole mentire, ma non può nemmeno dargli ulteriori dettagli su ciò che sta accadendo. In realtà non lo sa nemmeno lei.

Esce dalla stanza e scende in tutta fretta le scale fino all'ingresso. Entra in sala da pranzo e si siede su una poltrona in attesa della telefonata di Iván, che arriva da lì a qualche secondo.

«Non ho molto tempo» le dice il ragazzo a bassa voce. Si percepisce la sua agitazione.

«Che succede? Cosa ci fai in commissariato?»

«Mi vogliono chiedere cos'ho fatto venerdì sera. La sera in cui hanno ammazzato Aurora.»

«Eh? E perché?»

«Qualcuno ha detto alla polizia di avermi visto uscire dalla scuola in bici e a tutta velocità.»

«Davvero? Eri a scuola?»

«Allora, Julia, non posso spiegarti» la interrompe Iván sempre più nervoso. «Almeno non adesso. Non c'è tempo da perdere. Ti chiedo solo di aiutarmi e di fidarti di me. Ho bisogno del tuo aiuto.»

La ragazza non sa cosa rispondergli. Non può rispondergli fin quando non le avrà raccontato cosa sta succedendo.

«Dimmi che succede. Come posso aiutarti?»

«Dirò alla polizia che non è vero quello che hanno raccontato. Che non ero io quello che hanno visto uscire da scuola.»

«Ma eri tu?»

«Non importa» risponde il ragazzo molto teso. «Eri sola venerdì sera tra le otto e un quarto e le nove meno un quarto?»

«Sola? Sì, a quell'ora stavo studiando in camera mia.»
«E i tuoi genitori? Quando sono tornati a casa?»
«Mia madre un po' dopo le nove e mio padre è rientrato molto tardi.»
«Perfetto. Perfetto... Julia, so che ti sto per chiedere davvero tanto, ma ho bisogno che tu dica alla polizia che ero con te tra le otto e un quarto e le nove meno un quarto di venerdì. Proprio prima del mio incidente in bicicletta.»
«Mi stai chiedendo di mentire?»
«A te crederanno, Julia. Tuo padre è un poliziotto e sei la migliore alunna del Rubén Darío. Nessuno dubiterà di te.»
«Ma... non posso mentire alla polizia!»
«Ti prego, devi solo dirgli che sono stato con te in quella mezz'ora. Nient'altro. È l'unico modo per...»
A quel punto Iván smette di parlare. Julia pronuncia il suo nome diverse volte, ma il ragazzo non risponde. Eppure non è caduta la linea. Circa trenta secondi dopo, ecco di nuovo la voce nervosa del ragazzo.
«Julia, l'unico modo per uscirne è che tu sia il mio alibi. Sei la mia unica possibilità di salvezza. Ti prego, digli che in quella mezz'ora ero con te. È assolutamente credibile. Se non lo fai non so cosa mi capiterà. Ti supplico. Aiutami.»
«Iván. Non posso ingannare mio padre e i suoi colleghi...»
La frase di Julia resta a metà. Iván ha riagganciato. La ragazza resta a fissare il telefono, confusa e piena di dubbi. Ha il cuore a mille e sente una forte pressione al centro del petto. Non sa davvero cosa fare. Che decisione deve prendere?

Se Iván racconta alla polizia di essere stato con lei venerdì sera, ha soltanto due opzioni: o mentire e confermare la sua versione o negare e piantarlo in asso, con tutte le conseguenze del caso.

Resta oltre cinque minuti seduta a riflettere sulla poltrona. Ha voglia di urlare. È la situazione più difficile in cui si sia mai trovata. Se non si trattasse di Iván probabilmente non avrebbe alcun dubbio. Ma ciò che prova per quel ragazzo la porta a domandarsi se sia capace di mentire e diventare così il suo alibi. Che stupida!

E poi c'è una questione che non può ignorare: cosa ci faceva Iván a scuola venerdì, all'ora in cui Aurora è stata assassinata?

Sente cedere le gambe al pensiero che il ragazzo di cui è innamorata possa avere qualcosa a che fare con la morte della sua compagna di classe. Se mente e dice di essere stata con lui, nel caso in cui risultasse colpevole, lei sarebbe sua complice!

«Julia, che fine hai fatto? Tutto bene?»

Emilio la osserva dalla porta della sala. Da quanto è lì? Spera che non abbia sentito la conversazione con Iván.

«Sì, tutto a posto» risponde cercando di nascondere la tensione che l'attanaglia. «Hai già preparato gli appunti di mate?»

«Mi dispiace.»

«Ti dispiace? Cosa ti dispiace?»

Emilio raggiunge l'altra poltrona e si siede. Imbarazzato e senza girarci intorno, evitando di guardarla negli occhi, dice chiaramente:

«Non ho voglia di studiare. Al momento ho la testa presa da mille pensieri».

Julia sospira sollevata. Temeva che l'amico avesse sentito la telefonata. Sa che Iván non gli è simpatico. Di sicuro avrebbe provato a convincerla a non mentire a suo padre e alla polizia.

«Ti capisco, è un weekend davvero strano. Facciamo dopo?»

«O magari domani. O magari meglio ancora martedì.»

«D'accordo, ma che sia martedì. Affare fatto?»

La ragazza allunga il braccio destro e invita l'amico a stringerle la mano. Emilio aspetta un attimo, ma alla fine sigla il patto con Julia. Si scambiano un sorriso timido e si alzano contemporaneamente.

«Sul gruppo della classe hanno scritto che domani ci saranno i funerali di Aurora» le spiega il ragazzo mentre risalgono al primo piano.

«Chi lo ha detto?»

«Pare l'abbiano annunciato in televisione. Sarà alle dieci e ci andranno tutti.»

«Ci sarà tutto il paese, al cimitero» commenta Julia prima di entrare in camera sua.

«Sono una banda di ipocriti. La maggior parte non sapeva nemmeno dell'esistenza di Aurora. Per non parlare di quelli che la criticavano alle spalle. I peggiori. Mi sono trattenuto parecchio in questi giorni per non affrontarne alcuni e ricordargli cosa pensavano davvero di lei.»

Le parole di Emilio sono sincere, Julia se ne rende conto. Sebbene lui e Aurora non andassero d'accordo, si percepisce che un tempo ha provato per lei qualcosa di speciale.

«La gente è fatta così.»

«Be', non lo capisco. Non dico che non sia giusto dispiacersi per la morte di qualcuno. Ma che senso hanno tutte queste lacrime e questo falso affetto se quando era viva non la sopportavi o ne ignoravi l'esistenza?»

«Bisogna dire che non era facile entrare in confidenza con Aurora. Almeno da quando sono arrivata io.»

«Perché ne aveva viste tante, Julia. In paese, a suo tempo, sono girate tante bugie su di lei e sulla sua famiglia. Ma Aurora non è sempre stata così. Certo, non era la persona più socievole del mondo. Non aveva molti amici. Era un po' come me, eravamo due extraterrestri. Ma quando è successo tutto il casino di suo padre e la gente ha iniziato a sputare sentenze lei ha chiuso con tutti. Quelli che un tempo erano suoi amici hanno smesso di esserlo e quelli che erano semplici conoscenti sono diventati perfetti sconosciuti. Nessuno si è sforzato di far andare diversamente le cose. Nemmeno io.»

Julia ascolta attentamente l'amico, le sue parole sono cariche di rabbia. Lo invita a sedersi sul letto, accanto a lei, e gli passa una mano sulla schiena. Due pacche di consolazione, mezzo sorriso gentile e uno sguardo di complicità. Ma i suoi gesti affettuosi non sortiscono alcun effetto e Emilio continua ad avere un'espressione addolorata.

«Forse avrei potuto fare di più per evitare che si sentisse così sola» prosegue. «Mi sento in colpa. Sono come tutti gli altri, anche se stavo dalla parte di Aurora.»

«Dai, Emi, non è vero.»

«Invece sì. Quando mi ha rifiutato tra noi è finito tutto!» sbotta il ragazzo, a pezzi. «Il mio orgoglio è stato più forte della nostra amicizia. Me la sono presa. Sono stato un egoista. E, invece di preoccuparmi per lei e cercare di aiutarla, mi sono allontanato e non ne ho voluto sapere niente dei suoi problemi. E adesso... adesso è morta.»

Emilio si copre il volto con le mani e, per la prima volta da quando ha saputo quel che è successo alla ragazza, tira fuori quello che ha dentro.

«Tranquillo, Emi. Non sei responsabile di quello che è successo.»

«Non potrò mai perdonarmelo.»

«Non c'è nulla che tu ti debba perdonare» insiste Julia, che afferra le mani del ragazzo e gliele toglie dal viso. Sono l'uno davanti all'altra, a mezzo metro di distanza. «Ascoltami. Le cose sono andate così. Non si può tornare indietro. Ma non devi prenderti la colpa di quello che è successo. Capisci? Non sei tu ad aver ucciso Aurora.»

Il ragazzo fa cenno di no, finché l'amica lo abbraccia. Emilio sente il calore del corpo di Julia. Lo rasserena. E il suo cuore viene invaso da mille sentimenti. Uno di questi molto intenso. Incontrollabile. Devastante.

Si scosta da lei e, senza dire nulla, la guarda negli occhi come non aveva mai fatto prima. La sua bocca si avvicina in fretta a quella di lei e le loro labbra si uniscono in un bacio inaspettato.

21

Domenica 21 maggio 2017

Patricia Herrera non è più la stessa da quando è venuta a sapere della morte di Aurora. Non solo perché la ragazza che ieri è stata trovata morta a scuola era una sua compagna di classe e la conosceva fin da quando erano piccole; la sua angoscia è dettata da altre ragioni.

Avrebbe dovuto denunciare quello che sa? Se l'avesse fatto, Aurora sarebbe ancora viva?

È da tutto il weekend che queste due domande le martellano il cervello. Si ritrova ad affrontare una questione molto seria, non si tratta di uno di quei giochi che le piacciono tanto. Anche se non è sicura che ci sia una relazione tra quanto sa e quanto è accaduto. Come può verificarlo?

La ragazza, che in molti chiamano Aria per via della sua somiglianza con l'attrice della serie *Pretty Little Liars*, prende il cellulare e si siede sul letto. Nel gruppo Whatsapp della classe continuano a parlare di Aurora. Pare che il funerale sarà domani mattina alle dieci, e che ci andranno tutti. Lei non ha ancora deciso. Non ci ha nemmeno pensato. In questo momento ha altre priorità.

La porta della sua stanza si spalanca di colpo ed entra correndo una bambina castana con un nastro rosso tra i capelli.

«Patri, vieni a fare merenda?»

«Bely! Quante volte ti ho detto di bussare, prima di entrare?»

«Un sacco. Mi dimentico» si scusa la piccola, senza perdere l'entusiasmo con cui è entrata nella stanza della sorella. «Papà ha fatto la torta di mele!»

«Immaginavo. Si sente il profumo.»

«Vero che ha un profumo buonissimo? Allora, vieni?»

«Dopo. Adesso sono molto occupata.»

La bambina non riesce a nascondere la delusione. Storce la bocca e si fa molto seria. Fa un saltello e si siede sul letto accanto alla sorella.

«Sei triste?»

«Perché me lo chiedi?»

«Perché da ieri sei diversa. È per quella ragazza? Quella che è morta?»

Patri resta a bocca aperta nel sentire le parole della sorellina. Ha soltanto sette anni, anche se a volte sembra più grande. Sta crescendo molto in fretta.

«E tu come fai a saperlo?»

«L'ho visto alla tele. Mamma mi ha spiegato che è caduta e ha picchiato la testa. Era tua amica?»

«Eravamo in classe insieme» spiega Patricia, che preferisce non parlare più della questione con Bely. «Com'è venuta la torta?»

«Buonissima!»

«Dammi due minuti e arrivo. Prima di far merenda devo fare una cosa molto importante.»

«Va bene. Te ne tengo una fetta grande.»

«Grazie, Bely.»

E, dopo averle dato un bacio sulla guancia, la bambina se ne va tutta contenta e di nuovo entusiasta. Il sorriso con cui Patricia ha salutato la sorellina invece scompare subito. Riprende il cellulare, che aveva abbandonato sul materasso, e va ai contatti. Non ha mai digitato quel numero di telefono. Lo deve fare adesso? È sicuro? Se quella persona ha a che fare con la morte di Aurora, forse sta per commettere una grave imprudenza.

Ma deve agire. Non può più restarsene con le mani in mano.

Digita il numero di telefono e aspetta ansiosa una risposta.

Niente. Né alla prima né alla seconda telefonata. E nemmeno alla terza.

La voce di Bely che la chiama arriva impaziente fin dal tinello.

«Arrivo!»

La ragazza fa un quarto tentativo, ancora a vuoto. Non risponde nessuno. Come lo deve interpretare? Non vuole risponderle, forse? Patricia non ha idea di quel che sta accadendo. L'unica cosa di cui è certa è che avrebbe dovuto agire quando ha scoperto tutta la faccenda. Adesso ha paura. Paura di parlare. Paura che Aurora possa aver sofferto le conseguenze del suo silenzio. Paura che questo sia solo l'inizio.

E se la prossima fosse lei?

Ma... se invece si sbagliasse e le due cose non c'entrassero niente l'una con l'altra?

In ogni caso nella sua vita è calato il buio. Un buio profondo.

Il telefono squilla quattro volte. È Patricia Herrero, classe terza B. Non si sogna neanche di rispondere. Non può, sarebbe una vera idiozia.

Negli ultimi giorni quella ragazza ha creato solo problemi. Se non avesse ficcato il naso, ora non avrebbe tutte queste preoccupazioni.

Eliminare la collezione non sarà sufficiente.

Sa perché chiama. È evidente: Aurora. Quella stupida viziata ha collegato tutto. Se rivela il suo segreto, allora sarà davvero nei guai. Guai grossi.

Dovrebbe parlare con Patricia. Ma non al telefono. Forse a scuola, anche se domani le lezioni sono state sospese.

Porca puttana. Che cazzo fa adesso? E se quella va alla polizia e spiffera tutto?

«Ma deve proprio andare tutto storto? Mi merito tutto questo?» mormora tra sé strofinandosi gli occhi con forza.

No. No! Non è colpa sua! La colpa è della società. Se la gente sapesse come stanno davvero le cose e accettasse il fatto che gli istinti non si possono controllare, la realtà sarebbe completamente diversa. Molte di quelle ragazze hanno già avuto rapporti sessuali con compagni imberbi e immaturi!

Maledetta Aurora.

Aurora. Non è mai stata la sua preferita. Non era nemmeno tra le prime dieci. Però per colpa sua ha dovuto cancellare le foto. E adesso si dovrà occupare di Patricia.

Cazzo, ma perché deve essere tutto così complicato?

Ha di nuovo voglia di vomitare. Si deve rilassare. O si tranquillizza o finisce male.

Si sdraia sul divano e accende la televisione. È sintonizzata sull'emittente locale. Riconosce la voce. È di quel ciccione insopportabile.

«... anche se Bernardo Ríos è ancora in carcere, sembra che la polizia giudiziaria e Juan Otamendi, il pubblico ministero incaricato del caso, stiano seguendo altre piste che non sono state rivelate. L'Assassino della bussola sarà il padre di Aurora? Secondo l'umile giornalista che vi parla, considerato quel che sappiamo finora, è piuttosto improbabile. Ma chi può saperlo? Un po' di interessante pubblicità dei nostri sponsor e torniamo subito in diretta da voi. Restate qui.»

Che tipo imbarazzante! Ha detto "umile"? Ha sentito bene? Quel cretino di Roberto Méndez non ha un briciolo di umiltà in tutto il corpo. Certo, il tizio ci sguazza. E finalmente sta attirando anche un po' di attenzione. Fino a quel weekend nessuno la guardava, la televisione locale. Tre vecchiette annoiate e altri quattro gatti. Adesso di sicuro sono in tanti a sintonizzarsi per ascoltare le novità. E chi mai potrebbe essere più informato del giornalista del paese?

Dopo otto pubblicità di imprese locali Roberto compare di nuovo sullo schermo, in quello squallido studio. Ma stavolta non è da solo. C'è qualcuno seduto accanto a lui.

«... chi era Aurora Ríos? Vogliamo parlarne con una persona che la conosceva bene: il suo professore di filosofia e tutor al Rubén Darío. Buon pomeriggio, Jonathan, grazie mille di essere con noi in questi momenti così difficili.»

Patricia si siede al tavolo da pranzo con la sorellina e i genitori. Bely le mette davanti una fetta enorme di torta di mele.

«Vuoi il frappè alla fragola?» le chiede la bambina, che regge come può la bottiglia.

«Sì, grazie.»

Mentre la piccola le versa la bibita nel bicchiere, Patri controlla il cellulare. Qualcuno nel gruppo dice di sintonizzarsi sull'emittente locale. Stanno per intervistare Jonathan Vila, il suo tutor. La ragazza prende il telecomando e accende la televisione. Cambia fino ad arrivare al dieci. Vede sullo schermo Roberto Méndez e, seduto accanto a lui, Jona. Il professore di filosofia, con le gambe accavallate e una mano sul mento, sta ascoltando il giornalista:

«Non è un segreto che i genitori di Aurora tre anni fa abbiamo avuto dei problemi in seguito ai quali l'uomo ha lasciato il paese» commenta Roberto, in modo sobrio. «Questo ha avuto delle ripercussioni sulla ragazza?»

«Be', Aurora era piuttosto introversa. È ovvio che gli adolescenti risentano di ciò che succede a casa. Si stava formando e qualsiasi accadimento nella sua vita poteva colpirla e condizionare la sua personalità.»

«A scuola com'era? Era una brava studentessa?»

«Sì. Decisamente. Non eccelleva, ma prendeva sempre bei voti e non restava indietro. Non ha mai causato problemi. Forse non era molto comunicativa e non partecipava molto, ma era una brava ragazza e la rispettavamo tutti, sia i professori sia i compagni.»

«La scuola come gestirà la situazione? Parlerete con gli allievi? Organizzerete un tributo a Aurora? Cosa c'è in programma?»

«Ancora non lo sappiamo. È stata una disgrazia che ha colto tutti di sorpresa. Sicuramente dobbiamo tranquillizzare i ragazzi e le loro famiglie. Non bisogna avere paura. Siamo tutti disposti a collaborare in ogni modo con la polizia perché si chiarisca al più presto l'accaduto. In ogni caso il nostro preside, Lázaro Martínez, potrà darti tutte le informazioni sulle misure che la scuola intende prendere, meglio di quanto possa farlo io.»

«Abbiamo provato a parlarci, ma non ci siamo riusciti.»

«Sono stati giorni molto difficili per Lázaro. È da ieri che non si ferma. Starà prendendo fiato.»

«Bene. Non lo colpevolizzo di certo. È un momento molto complicato. Ed essere il preside di una scuola in cui è stata trovata morta una ragazza non deve essere affatto piacevole.»

«Ovviamente no, non lo è. Né per lui né per nessun altro abitante di questo paese, a cui sono grato per l'accoglienza che mi ha riservato quando sono venuto a vivere qui.»

Patricia ne ha abbastanza e spegne la tv.

«Aurora è in cielo?» chiede Bely, che ha le labbra rosa. Nel suo bicchiere non c'è più nemmeno una goccia di frappè.

I suoi genitori si scambiano uno sguardo e non rispondono. E nemmeno Patricia. Poi la ragazza si alza senza aprire bocca ed esce dalla sala da pranzo. Ha bisogno di stare da sola in camera sua. Si siede sul letto, chiedendosi cosa può fare. Non lo sa. E, qualunque cosa sia, non ridarà la vita alla sua compagna di classe. Però forse può collaborare affinché non ci siano altre vittime. Ecco perché deve riflettere bene sulla prossima mossa. Non è un gioco, di questo è certa. Adora i giochi, ma questa situazione va presa sul serio. Un passo falso potrebbe essere determinante, e molto pericoloso.

22

Domenica 21 maggio 2017

Seduta in sala da pranzo, con la televisione accesa e lo sguardo perso nel vuoto, Julia prova a capire cos'è accaduto poco prima. Emilio, il suo affettuoso e sincero amico, l'ha baciata. Un minuto dopo, assolutamente confuso, si è scusato e se n'è andato di corsa a casa. Non si sono più sentiti.

Da quando gli piace? O si è trattato di un impulso improvviso?

È evidente che la sua intelligenza non l'aiuta a distinguere quel genere di sentimenti. Non dicono che le ragazze certe cose le percepiscono?

Lei no.

Ha preso in mano il cellulare ben tre volte, per chiamarlo, ma poi ha sempre cambiato idea.

Sospira e prende il cubo di Rubik dal tavolo. Mentre lo gira da una parte e dall'altra pensa a tutto quello che è successo durante la giornata. Mamma mia, che razza di domenica. Prima la storia di Iván e poi il bacio di Emilio. Cos'altro deve ancora succedere? Impossibile prevederlo, quel che è certo è che prima o poi dovrà affrontare le questioni rimaste in sospeso.

Nel gruppo Whatsapp della classe tutti parlano dell'intervista di Roberto Méndez a Jonathan Vila su Aurora. Il suo tutor è stato in gamba. Tranquillo. Non ha prestato il fianco al giornalista e ha evitato brillantemente le domande scabrose. Si è semplicemente limitato a onorare la memoria della ragazza e a non gettare altra benzina sul fuoco: «L'importante è che venga individuato il colpevole e il paese possa tirare un sospiro di sollievo. Ecco perché dobbiamo rispettare e lasciar lavorare le forze dell'ordine. Noi possiamo solo essere collaborativi e portare sempre Aurora nei nostri cuori».

Sono state queste le ultime parole del prof prima di abbandonare lo studio. È stato impeccabile e ha dato una lezione su come si dicono e si fanno certe cose. Esattamente l'opposto di Roberto Méndez, sempre alla ricerca di titoli sensazionalistici e pettegolezzi fuori luogo.

Julia si alza in piedi, spegne il televisore e sale in camera sua. I genitori non l'hanno cercata per tutto il pomeriggio. Sa che la prossima volta che parleranno le chiederanno di Iván. Sarà ancora in commissariato? Avrà già raccontato alla polizia quello che le ha accennato?

Si siede sul letto e chiude gli occhi. Ha bisogno di riflettere su ciò che ha vissuto nelle ultime ore. Nella sua testa ci sarà una soluzione? Un qualche ricordo utile registrato nella sua memoria?

Per prima cosa ragiona sui suoi sentimenti. Cosa sentiva quand'è arrivata in paese, quando provava ciò che provava per Emilio, e ciò che sente dentro di lei ora, ogni volta che vede Iván o che pensa a lui. Se Emi l'avesse baciata quando lei aveva una cotta per lui le cose sarebbero andate diversamente. Non è nemmeno sicura di quale sia stata la sua reazione nel trovarsi le labbra di lui sulle sue. Forse è stata troppo brusca a scostarsi così, di colpo. Può aver mandato all'amico qualche segnale che l'ha spinto a lanciarsi? Avrà frainteso qualcosa? Dovrebbe essere arrabbiata con lui? E con Iván? Quest'ultimo le ha chiesto di mentire, di essere il suo alibi per la sera in cui Aurora è stata uccisa. Così, senza altre spiegazioni. Senza condividere le ragioni per cui lei avrebbe dovuto aiutarlo.

Julia apre gli occhi e si guarda attorno. Non si sente nulla. Quel silenzio la turba. È fastidioso. Un silenzio pieno di tensione che le ribolle nelle tempie e le preme sulla mandibola. Tira su con il naso e scopre che sta sanguinando. Corre in bagno stupita e si infila un po' di cotone nella narice destra. Quando il sangue smette di uscire si lava la faccia e torna in camera.

Ma cosa le sta succedendo?

Aria. Ha bisogno di respirare.

Mette via il cellulare nella tasca posteriore dei pantaloncini che indossa ed esce di casa. Il sole è ancora al centro di un cielo completamente azzurro, sebbene non faccia così caldo. Julia cammina piano per strada, senza una meta. Vuole solo dimenticare tutto per qualche minuto e riprendere il controllo della situazione. È stata la pressione a ridurla in quello stato per lei insolito.

Arriva nella piazza principale del paese; essendo domenica ci sono meno persone del solito. O sarà una conseguenza dell'omicidio di Aurora? Immagina che dopo l'accaduto molti genitori abbiano paura a lasciar uscire da soli i propri figli. Continua a camminare e resta ferma accanto al grande lampione al centro della piazza. Le panchine lì davanti sono tutte occupate: una mamma con un passeggino, una coppia di fidanzati che si baciano, un gruppetto di anziani che chiacchierano e una ragazza che legge un libro di Megan Maxwell. Ma, quando si gira, nota che dall'altra parte della piazza soltanto una panchina è occupata. Riconosce subito l'uomo che vi è seduto.

Alberto Montero non gode di una grande reputazione a scuola. Un quarantenne in carne, divorziato, non proprio gradevole, che impartisce le sue lezioni di educazione fisica con un fischietto, senza sforzarsi troppo. Di quelli che di solito non danno il buon esempio e preferiscono un paio di urlacci, quando un esercizio non viene eseguito bene. Sta guardando il cellulare e continua a sbuffare.

La ragazza si sposta dal centro della piazza e cammina verso di lui per sederglisi accanto. L'omone la osserva sconcertato. Julia si accorge che ha gli occhi rossi, irritati, come se avesse pianto. Non le era mai neanche passato per la testa che quel grezzo potesse piangere.

«Julia Plaza, cosa ci fai da queste parti?» le chiede il prof con la sua voce cavernosa da oltretomba.

«Sono uscita a fare un giro.»

«Sola? Non dovresti» la riprende l'uomo. «I tuoi genitori ti hanno avvisato che le ragazze non devono girare per strada da sole?»

I suoi genitori non vivono nella preistoria, pensa Julia. Ma preferisce non discutere con il professore. Sa che non lo dice con cattive intenzioni, ma comunque sia non è d'accordo con lui.

«Tra poco rientrerò a casa. Sto solo facendo un giro per prendere un po' d'aria.»

«La strada non è un posto sicuro per una ragazza come te. Guarda cos'è successo a Aurora. In giro ci sono tanti pazzi a piede libero.»

«Crede che Aurora sia stata uccisa da un pazzo?»

«Non so chi l'abbia... uccisa» risponde nervoso. «Ma se fosse rimasta a casa sua di sicuro adesso sarebbe viva.»

«Non possiamo starcene chiuse in casa ventiquattr'ore al giorno.»

«E allora continueranno a esserci vittime. Quel maniaco della bussola è lì in agguato a scegliere la prossima. Non si fermerà. Non si fermerà finché non l'avranno preso.»

Montero parla con una tale sicurezza che fa spavento. Sembra certo che l'assassino di Aurora colpirà di nuovo.

«Di sicuro lo prenderanno presto» commenta Julia, meno decisa di quanto è sembrato Alberto. «Non possiamo avere paura di uscire di casa.»

«Sei molto ingenua, Julia Plaza.»

«Forse. Ma ho fiducia nella polizia e so che lo prenderanno.»

«È tuo padre a condurre le indagini, no?»

«Sì, è uno dei responsabili.»

«Lo vedrò domani. Devo rilasciare una deposizione in commissariato. Hanno convocato tutti i professori di Aurora dopo il funerale.»

Mentre parla, a Alberto Montero trema l'occhio sinistro. Julia non aveva mai notato quel tic nervoso. Forse è qualcosa di recente, altrimenti si ricorderebbe quella vibrazione oculare.

«Sai qual è la cosa più divertente di tutte?» prosegue il prof. «Che non trovo la mia bussola. L'ho cercata dappertutto e non c'è verso. Ti immagini se fosse quella usata dall'assassino per firmare il crimine?»

«L'ha già detto alla polizia?»

«No. Me ne sono appena accorto. Lo dirò domani. L'ho cercata ovunque, ma non la trovo.»

Se la bussola è di Alberto, e considerando che Aurora è stata colpita da una mazza da baseball di quelle usate nelle ore di educazione fisica, l'uomo dovrà rispondere a parecchie domande. Anche se nessuna delle due cose lo rende colpevole dell'omicidio. E nemmeno un sospettato. O sì?

«Non è finita: io ero a scuola, venerdì pomeriggio. In giro c'erano parecchi professori. Alcuni facevano lezione agli allievi maggiorenni, altri facevano tutoraggio o preparavano i test finali di giugno. Immagino sia per questo che hanno convocato tutti domattina. Il personale sta iniziando a innervosirsi.»

«Chi non ha nulla da nascondere può stare tranquillo.»

«Abbiamo tutti qualcosa da nascondere, Julia» dice alzandosi, con aria decisa. «Per favore, torna a casa. In questo momento le strade non sono sicure.»

L'uomo la saluta con un lieve cenno della mano e scompare in una delle vie che si diramano dalla piazza. Julia non dà retta al professore e resta seduta sulla panchina. Non ha ancora voglia di rincasare.

Non sapeva che la maggior parte dei professori fosse a scuola venerdì. Di sicuro la squadra di suo padre avrà verificato dove si trovasse ognuno di loro nella fascia oraria in cui Aurora è stata uccisa. Quanto vorrebbe leggere quel rapporto! Le piacerebbe anche essere presente alle deposizioni che avranno luogo domani mattina in commissariato. Anche se nessuno è colpevole o sospettato, la polizia potrebbe comunque ottenere qualche informazione utile per il caso. A volte un semplice dettaglio, apparentemente di nessuna importanza, diventa la pista fondamentale per la risoluzione di un enigma.

C'è un'altra cosa che lascia Julia perplessa: se c'era così tanta gente a scuola, come ha fatto l'assassino a uscire dallo spogliatoio con una mazza da baseball in mano senza farsi notare? Dove l'ha nascosta? E se invece qualcuno l'avesse visto senza collegarlo al crimine?

Lo squillo del cellulare la fa saltare sulla panchina, spaventata. Chi sarà? Emilio? Iván? Uno dei suoi genitori? Fino a che non verifica, passa qualche secondo di incertezza e nervosismo. Si tranquillizza quando vede, sullo schermo dello smartphone, la scritta "cellulare mamma".

«Sì?»

«Julia, dove sei?»

«Sto facendo un giro in paese» risponde la ragazza alzandosi in piedi e iniziando a camminare in circolo. «In questo momento sono in piazza.»

«Avresti potuto lasciare un biglietto o mandare un Whatsapp. Mi sono preoccupata quando sono tornata a casa e non ti ho trovata.»

«Hai ragione. Scusa.»

«Non importa. Stai arrivando?»

«Sì, cinque minuti e sono lì. E papà?»

«È ancora in commissariato. Ma mi ha detto che torna presto. Domani l'aspetta una giornata molto lunga e complicata.»

«Immagino. Okay, a tra poco.»

«Julia, una cosa» dice Aitana. Julia teme il peggio. Adesso le chiederà di Iván e dell'alibi.

«Dimmi, mamma.»

«Compra il pane. Il forno della piazza dovrebbe essere aperto. Stasera per cena preparo dei panini. Se non hai i soldi dietro di' a Begoña che domani passo io a pagare.»

La ragazza fa un sospiro di sollievo e guarda verso il forno. In effetti non ha ancora chiuso. Infila una mano in tasca e scopre di avere una banconota da dieci euro.

«I soldi li ho, non preoccuparti. Vado subito. Ciao.»

Julia riaggancia e mette il cellulare in tasca. Poi fa in fretta il giro della piazza e raggiunge il forno di Begoña. Oltre al pane, in quel negozio fanno anche certi dolci buonissimi. Ecco perché sono aperti al pomeriggio nei giorni festivi. Quante volte ha fatto merenda, di domenica, con i dolci di quel posto! Prima era una specie di tradizione. Lei è golosa, ma i dolci artigianali di Begoña sono incredibili.

Sta per attraversare quando, a pochi metri da lei, vede fermarsi una macchina. I freni stridono. È una Hyundai i30 color ciliegia. Una donna scende come una furia dalla parte del passeggero e sbatte forte la portiera. Anche il guidatore scende, ma si limita a osservarla mentre si allontana. Non c'è dubbio, sono Virginia e il marito. Lui l'ha visto soltanto in un paio di occasioni, quando è andato a prendere la moglie a scuola. Non sembrano molto contenti. Anzi, sembra che abbiano appena litigato. Una discussione importante. È difficile da credere perché la prof di matematica non si scompone mai, e non le saltano mai i nervi. E le ragioni non le mancherebbero: alcuni dei suoi compagni di classe mettono a dura prova la pazienza di chiunque. Non soltanto in aula, anche nei corridoi. Il fatto è che Virginia è diventata l'oggetto del desiderio di allievi, genitori e colleghi.

23

Mercoledì 8 marzo 2017

Il sole sorge anche oggi, come tutti i giorni. Non è un giorno speciale e lei non desidera nemmeno che lo sia. È da tempo che per Aurora compiere gli anni non è più una cosa emozionante. Non ha previsto nulla di speciale e non intende nemmeno festeggiare.

Si affaccia alla finestra della camera e vede che il cielo è grigio. Non potrebbe essere altrimenti. La sua vita è ogni giorno più insipida. Si lascia vivere. Fino a quando sopporterà se stessa?

Esce dalla stanza e va in bagno. Sua madre probabilmente sta ancora dormendo, dato che la casa è immersa nel silenzio. Si ricorderà che giorno è, una volta sveglia? Forse no. L'anno scorso non le ha fatto gli auguri fino alla sera, quando è rincasata. Poverina, è molto occupata e lavora tanto per poter tirare avanti.

Si spoglia ed entra nella doccia. Regola l'acqua finché non esce molto calda. Appende il doccione al supporto in alto e lascia che il getto le colpisca la testa. Quello è l'unico momento della giornata che si gode e che le dà un po' di piacere. Ma ha preparato qualcos'altro. Scosta la tenda e allunga il braccio per raggiungere un piccolo oggetto che si è portata dietro, nascosto tra i vestiti. Aurora esamina la lama del rasoio e se l'appoggia sul ventre. L'acqua calda continua a cadere con forza sulla pelle. Chiude gli occhi e si lascia andare. Non le fa effetto, l'ha già fatto molte altre volte. Quel minuto in cui stacca dal mondo e dalla realtà è il suo autoregalo di compleanno.

Quando esce dal bagno s'imbatte nella madre. In realtà ci va quasi a sbattere contro. La donna ha in una mano una tazza di caffè e nell'altra una brioche.

«Tanti auguri, tesoro!» dice Vera dando un bacio sulla fronte alla figlia. Ebbene sì, si è ricordata.

«Grazie, mamma.»

«Ormai sono diciassette. Guardati, sei diventata grande.»

La ragazza si sforza e sorride; cerca di nascondere l'apatia con cui si è svegliata. E chi vuole crescere sentendosi così? Non è facile alzarsi ogni mattina e vedere che nulla è cambiato. Che è tutto uguale. E avere la certezza che non ci sia margine di miglioramento.

«Be', una non diventa grande dall'oggi al domani.»

«No, certo. Ma ricordo quando non mi arrivavi nemmeno alla vita e volevi che ti regalassi un pony per il compleanno» dice la donna. Le brillano gli occhi. «Eri molto cara.»

E felice, soprattutto era felice. Senza preoccupazioni e con una famiglia unita che l'amava e che lei adorava. Aveva paura soltanto dei ragni e l'unico sangue che avesse mai visto era quello delle sbucciature che si faceva quando cadeva a terra correndo in cortile. Un bacio della mamma, uno del papà, un cerotto e la ferita non c'era più. Adesso il dolore è permanente, costante. E non c'è cerotto o bacio che possa alleviarlo.

«Vado a prepararmi. Non credo che mi lascino arrivare in ritardo a scuola, anche se è il mio compleanno.»

«Aspetta! Ho qualcosa per te! O pensavi che mi fossi dimenticata?»

Vera finisce la brioche e si pulisce la mano sui pantaloni, prima di sparire. Dopo qualche secondo riappare con un pacchetto, avvolto nella carta colorata.

«Buon compleanno» le dice e, dopo averle dato un bacio sulla guancia, le consegna il regalo.

La ragazza entra in camera sua, insieme alla madre, per aprirlo. Si siedono sul letto e Aurora inizia a scartare il pacchetto. All'inizio senza grande entusiasmo. Pian piano però si sente invadere dalla curiosità. Sua madre l'ha preparato con cura: una scatola dentro l'altra, tutte incartate. E così via fino ad arrivare a sette. Come matrioske. L'ultima è molto piccola.

«Mamma! Ma questo... questo è troppo!» esclama la ragazza nello scoprire di cosa si tratta. Sono due biglietti per il concerto di Ed Sheeran, il suo cantante preferito. «Ti saranno costati un occhio della testa. Non ce li possiamo permettere!»

«Non ti preoccupare di questo. Allora, ti piace il regalo?»

«Lo adoro! Grazie mille!»

Aurora si lancia sulla madre e le dà due sonori baci sulle guance. Vera si emoziona per la reazione della figlia. Era da tanto tempo che non la vedeva sorridere così. Sa che da tre anni non è più felice. Non sono state fortunate, ma spera che un giorno la vita le restituisca la gioia che le ha strappato via.

«Mi dispiace che non sia un pony.»

«Ma chi lo vuole un pony quando posso andare a vedere Ed dal vivo!? Ci vieni con me, vero?»

«Be'... non lo so. È l'otto aprile, di sera. Probabilmente dovrò lavorare.»

«E con chi ci vado?»

«Con chi vuoi. Dillo a qualche tuo compagno di classe. Emilio? È un ragazzo molto in gamba.»

Un ragazzo con cui non ha più nessun rapporto da quasi tre anni. Ormai non può nemmeno più considerarlo un amico. Né lui né nessun altro. È vero, un tempo andavano molto d'accordo, ma alla fine sono riusciti a rovinare tutto.

«Non penso che Ed Sheeran gli piaccia» si giustifica Aurora. Non ha la minima intenzione di spiegare a sua madre che a scuola non ha nessun amico. «Credo che in classe mia non ci siano suoi fan.»

«Be', se nei prossimi giorni non trovi nessuno cercherò di venire io con te. E adesso muoviti o davvero finirai per arrivare tardi a scuola.»

La donna si alza e, dopo averle dato un altro bacio sulla testa, esce dalla stanza della figlia. Anche Aurora si alza. Mette via i biglietti in un cassetto pensando a chi potrebbe accompagnarla al concerto. Sua madre ha speso molti soldi per comprarli. Soldi che non abbondano e che di sicuro ha fatto un grande sforzo per mettere da parte. Ma lei non ha bisogno di nessuno per godersi il concerto. Comunque sia, ha ancora qualche giorno per decidere il da farsi. E si è fatto terribilmente tardi!

Aurora fa il più in fretta possibile per arrivare in tempo. Alla prima ora ha matematica e, se non si sbriga, troverà la porta della classe chiusa. Virginia è un tesoro, ma è anche ossessionata dalla puntualità e non permette che nessuno entri in classe dopo di lei. Tre assenze ingiustificate o dovute al ritardo e non puoi sostenere il test finale. E lei ne ha già accumulate un paio.

La ragazza è a cento metri dal Rubén Darío quando suona la campanella. Merda. Il giorno del suo compleanno arriverà in ritardo e perderà matematica. Non vorrebbe deludere Virginia, che il giorno prima è stata così carina con lei, e accumulare un'altra assenza.

Entra a scuola e corre verso la sua aula. Il corridoio è già deserto. In fondo però c'è ancora una porta aperta. È quella della terza B. Aurora non crede ai suoi occhi e corre il più in fretta possibile. Proprio prima di arrivare, compare una donna con un elegante vestito blu marine che la riceve all'entrata. Virginia non sembra seccata; anzi, al contrario. Sorride e la abbraccia.

«Tanti auguri, Aurora» dice l'insegnante di matematica mentre la stringe.

La ragazza arrossisce e cerca di riprendere il fiato perso durante la corsa. Era convinta che sarebbe rimasta fuori dalla classe, ma Virginia l'ha aspettata.

«Grazie.»

«Ti ho visto dalla finestra e non potevo permettere che il giorno del tuo compleanno ci fosse un contrattempo simile. Ma che non si ripeta, eh?»

«Grazie ancora. Non si ripeterà.»

«Ne sono certa. Tra l'altro, nell'intervallo passa dal mio ufficio. Ti ho comprato un pensierino per il compleanno.»

Questo sì che non se l'aspettava. La ragazza annuisce sorpresa e le due entrano insieme in classe, dove tutti gli altri sono già seduti. Aurora va verso il suo banco, senza che nessun altro le faccia gli auguri. Non le importa. I biglietti per il concerto di Ed Sheeran e il breve incontro con la professoressa le hanno rallegrato la giornata. E, nonostante sia solo l'inizio, è comunque ben più di quanto si aspettasse.

L'ora di matematica scorre in fretta. Non fa che fantasticare sul regalo di Virginia. Invece le ore di filosofia e di educazione fisica sono eterne. Perché hanno scelto baseball? Oggi sono dispari – Julia è assente – e così lei non ha la coppia. Quindi gioca col professore, Alberto Montero. Non colpisce nemmeno una volta la palla con la mazza. Quel tizio non fa altro che urlarle contro, chiedendole di continuo di concentrarsi. Impossibile. Lo sport non fa per lei, e men che mai il baseball. Quell'assurdo pezzo di legno pesa un sacco e non riesce a coordinarsi.

«La palla! Aurora! Guarda la cazzo di palla!»

Per fortuna le lezioni durano solo cinquantacinque minuti. E dopo educazione fisica c'è un intervallo di mezz'ora. La ragazza esce dallo spogliatoio il prima possibile e va spedita verso l'ufficio dell'insegnante di matematica. La porta è aperta. Non appena Virginia la vede la invita a entrare e le fa cenno di chiudere. Aurora obbedisce.

«Per favore, siediti» le dice la donna indicandole la sedia davanti al suo tavolo.

La professoressa apre un cassetto e tira fuori una scatolina impacchettata in una carta simile a quella usata dalla madre di Aurora per il suo regalo.

«Non dovevi comprarmi niente, Virginia.»

«Ma certo, sciocca! È il tuo compleanno. E poi è solo un pensiero. Tieni. Spero che ti piaccia.»

È il secondo regalo del mattino e deve riconoscere che entrambi la emozionano. Forse quello della professoressa anche di più, perché è del tutto inaspettato. Non importa cosa contiene il pacchetto. Anche se adesso è curiosa di scoprirlo.

Aurora cerca di non sembrare ansiosa e prova a non rompere la carta. La toglie con cura e trova una piccola scatolina rossa.

«Aprila. Vediamo se ti piace.»

È una catenina argentata con inciso il suo nome con una grafia che sembra elfica. La ragazza la tira fuori e l'ammira, la trova splendida.

«Mio Dio! È stupenda!»

«È una cavigliera. Spero che tu non ne abbia già una. Anche se puoi sempre metterla all'altro piede.»

«Non ne ho nessuna. Grazie mille, Virginia. Anche se mi… mi sembra troppo. Non me la merito.»

«Non dire stupidaggini. Tutti meritano di ricevere regali il giorno del compleanno.»

«Ma questo…»

«Non ti piace?»

«Certo che mi piace! Te l'ho detto, è stupenda. La adoro!»

«Bene, perfetto» conclude Virginia alzandosi in piedi e passando dall'altra parte del tavolo. Si avvicina a Aurora e le chiede la catenina. «Caviglia destra o sinistra?»

La ragazza si stringe nelle spalle e lascia la scelta alla professoressa, che si china e opta per la caviglia destra.

«Grazie ancora, Virginia. Davvero.»

«Non ripeterlo più. Mi auguro solo che questa catenina ti serva da amuleto e ti porti tutta la fortuna del mondo.»

24

—

Domenica 21 maggio 2017

Colleziona idiozie, è vero. Come quella di questo pomeriggio, però, poche. Nessuna. Solo a lui può venire in mente di baciare la sua migliore amica, così, a caso. Emilio sa di aver commesso un grave errore e che rimediare sarà impossibile. Julia non l'ha più chiamato e nemmeno lui ha fatto il primo passo. Non saprebbe cosa dirle, come spiegarle. L'unica cosa chiara è che il bacio non è stato reciproco. Lei si è scontrata con le sue labbra e, quando si è accorta di quel che stava accadendo, si è allontanata. Cosa si aspettava? Che andasse come nei film? Ragazzo bacia ragazza e ragazza confessa di avere aspettato quel momento da tutta la vita e risponde al bacio in modo appassionato e sincero?

No, nel suo film quella scena è tagliata. Il bacio con l'attrice protagonista tocca a un altro attore.

Da quando è uscito da casa di Julia non ha fatto altro che girovagare per il paese. L'ha percorso da nord a sud, da est a ovest. Non che siano poi tanti chilometri, ma inizia ad avere male alle gambe. Emilio decide di sedersi sul bordo di una fontana e riposare un po'. Si toglie gli occhiali e li pulisce con la maglietta. In quel momento squilla il cellulare. È un messaggio Whatsapp. Inforca gli occhiali e controlla il telefono sperando sia Julia. Ma no. È sua madre.

Emilio, a che ora hai intenzione di cenare? Ti stai comportando in modo immaturo. Ma io e tuo padre ti perdoniamo. Rientra presto.

Il ragazzo resta basito davanti a quelle parole. Lo perdonano? Davvero? I suoi genitori non capiscono proprio niente. Pensano solo a se stessi e non fanno il minimo sforzo per provare a capirlo. Se potesse, se ne andrebbe di casa all'istante.

Valuta la possibilità di non rispondere alla madre e farla soffrire un po' con il suo silenzio. Ma dopo qualche minuto, che gli serve per ritrovare la calma, decide di rispondere.

Tra poco arrivo.

Prima che metta via il cellulare sua madre gli invia un nuovo messaggio con un semplice "OK", che gli fa di nuovo saltare i nervi. Quello sta diventando un weekend da dimenticare. Nella vita dovrebbe esistere un bottone per cancellare le giornate. Se esistesse davvero cancellerebbe le ultime tre. Si sarebbe risparmiato gli ultimi litigi con i genitori, non avrebbe baciato Julia e… Aurora sarebbe ancora viva. Il ricordo del suo primo amore gli fa provare un senso di vuoto che aumenta con il passare dei giorni. Continua a chiedersi se avesse potuto fare qualcosa per renderla un pochino più felice. Non l'ha sostenuta nei momenti difficili, non le ha mai detto di contare su di lui in caso di bisogno ed è diventato uno tra i tanti. Uno tra i tanti che l'hanno ignorata. Adesso non potrà più dirle ciò che prova.

Gli si sono di nuovo appannati gli occhiali. Li toglie, si asciuga gli occhi umidi con le dita e pulisce di nuovo le lenti con la maglietta. Alla fine li rimette e li sistema sul naso. A quel punto dall'edificio di fronte vede uscire un ragazzo e due adulti. Non si è accorto di essersi seduto davanti al commissariato della Guardia Civil. Il ragazzo è Iván e con lui sembrano esserci i suoi nonni. Ma cosa ci sarà andato a fare lì? Quel tipo non gli è mai piaciuto.

Iván si accomiata dai due anziani e si incammina nella direzione opposta alla loro. Emilio decide di seguirlo. Lo fa con cautela, per non farsi scoprire. Non sa dove abita e quindi non è certo se stia andando a casa o da qualche altra parte.

Dopo cinque minuti Emi inizia a chiedersi quale sia la vera ragione per cui lo sta pedinando. Nessuna. Non c'è proprio motivo. Sta giocando al detective privato senza sapere su cosa sta indagando o perché. È l'istinto a guidarlo?

Si dirigono verso la parte nuova del paese, molto lontano da casa sua. Se continua a seguire Iván ci metterà tantissimo a rincasare. Ed è già stanco per aver camminato tutto il pomeriggio. Quindi si ferma e si prepara a tornare da dov'è venuto. Ma con lui si ferma anche il ragazzo che sta seguendo. Si volta e i loro sguardi si incontrano. Emilio deglutisce. Lo ha scoperto?

Per diversi secondi sembra di assistere a un duello. Di quelli del vecchio West, con i pistoleri alle estremità opposte della strada. La sfida.

Lo scambio di sguardi si interrompe quando Iván inizia a camminare verso di lui. Emilio non si muove. Resta inchiodato nello stesso punto finché l'altro lo raggiunge. Ormai l'uno davanti all'altro, riprendono a guardarsi negli occhi.

«Mi stai seguendo?» chiede Iván senza girarci attorno.

«No. Stavo semplicemente passando di qui. È stato un incontro casuale.»

«Menti davvero male. E pedinare le persone ti riesce ancora peggio. È un quarto d'ora che ti ho scoperto. Cosa vuoi?»

Emilio si gratta nervoso la nuca. Cosa vuole? Come se lo sapesse! Gli risponde che l'ha seguito perché non lo convince per niente e ha deciso di seguire il proprio istinto? Non solo suonerebbe male, sarebbe proprio ridicolo.

«Ti ho visto uscire dal commissariato» dice il ragazzo dai capelli blu. «Cosa ci facevi lì?»

«Non sono affari tuoi.»

«Hai qualcosa da nascondere?»

Iván è scuro in volto. Emilio deglutisce di nuovo. Sembra che il suo commento gli abbia dato molto fastidio. Se il ragazzo volesse potrebbe stenderlo anche solo soffiandogli in faccia. Lui non ha mai fatto a botte con nessuno. Finirebbe KO al primo colpo.

«Julia ti ha detto qualcosa?» chiede Iván, e contemporaneamente allenta la tensione dei suoi gesti.

«Julia? E lei cosa c'entra?»

«Allora non avete parlato?»

«Siamo stati insieme. E abbiamo parlato. Anche se non so a cosa ti riferisci esattamente.»

«D'accordo. Non ti ha detto nulla.»

Emilio continua a non capire. Julia ha parlato con Iván di qualcosa. Forse è successo quando era da lei e ci ha impiegato tanto a tornare in camera? Quando era sceso a cercarla era diversa, come fosse preoccupata per qualcosa. Le aveva persino chiesto se andava tutto bene e lei aveva subito cambiato discorso. Poi avevano deciso di rimandare lo studio e tutto il resto a martedì.

Quindi lui non è il suo unico confidente.

«Non mi hai ancora risposto: cosa ci facevi al commissariato della Guardia Civil?»

«Sì che ti ho risposto. Ti ho detto che non sono affari tuoi.»

L'odio che Emilio prova verso l'altro aumenta secondo dopo secondo. Adesso non solo non si fida di lui, ma ha anche scoperto che ha dei segretucci con Julia. Troppa complicità. A quel punto gli balena in mente un pensiero terribile. E se la sua amica fosse innamorata di lui?

«D'accordo. Allora telefono a Julia per chiederglielo. Ho il sospetto che lei abbia la risposta. Me lo dirà di sicuro.»

«Lascia stare in pace Julia. Non la stressare. Se non ti ha raccontato nulla è perché sa essere discreta. Che razza di amico sei?»

«Stai mettendo in discussione il nostro rapporto?»

«Le stai sempre addosso, sembri il suo cagnolino da

compagnia. Perché la tieni così sotto controllo? Hai paura che qualcuno te la porti via? Se non ti racconta qualcosa è perché evidentemente non ti riguarda.»

Quelle parole feriscono profondamente Emilio, che si sente davvero offeso. Quello stupido ignorante non è nessuno per parlargli in quel modo, tantomeno per dirgli come deve comportarsi con la sua amica.

«Sei geloso di me?» contrattacca furioso Emi. «Forse la tua amata Vanesa non ti piace più e ti sei innamorato di una ragazza vera?»

«Io innamorato di Julia? Non è che stai parlando di te stesso?»

«Tra noi c'è una grande amicizia che dura da tre anni ormai. Tu quante volte ci hai parlato? Tre? Quattro?»

«Abbastanza da poterle chiedere il favore di mantenere un segreto.»

Touché. Il tipo non è così stupido come pensava. Sa quel che fa e riesce sempre ad avere l'ultima parola. Emilio deve ammettere che l'ha sorpreso.

«Guarda, non ho voglia di discutere con te. È tardi e mi stanno aspettando a casa per cena.»

«Bene, capelli blu. Ti conviene smettere di seguirmi.»

«Tranquillo. Non sei così importante.»

«Non sono importante, ma ti ho fatto camminare fin qui. Sei molto lontano da casa, o mi sbaglio?»

«Non c'è niente di lontano in questo paese, non preoccuparti.»

«Non mi preoccupo. Nemmeno tu sei così importante.»

Iván fa un mezzo sorriso e a Emilio ne scappa un altro. Senza salutarsi, entrambi si girano e si incamminano in direzioni opposte. Quando ormai si sono allontanati di qualche metro Iván pronuncia il nome dell'altro ragazzo, che si volta.

«Se accetti un consiglio, abbi cura di quello che c'è tra te e Julia. È una ragazza incredibile e molto speciale.»

«Lo so, non ho bisogno che me lo dica tu.»

«Perfetto. Ah! Ancora una cosa. Hai ragione: in un certo senso sì, sono geloso di quello che c'è tra voi. Qualsiasi cosa sia.»

«Siamo solo amici. Grandi amici.»

«Be', allora ti auguro che questa amicizia duri a lungo. Ci vediamo, capelli blu.»

Adesso Iván lo saluta. Lo fa con una specie di riverenza, chinando la testa in avanti.

Emi si sistema bene gli occhiali e si incammina verso casa. Alla fine quel tipo non è poi così male come pensava, anche se continua a odiarlo profondamente. Certo gli è sembrato molto più intelligente di quanto pensasse. Può essere che si sia sbagliato sul suo conto. Comunque sia, non intende fidarsi. C'è qualcosa che non lo convince. E poi lui e Julia hanno un segreto di cui lei non gli ha voluto parlare. Il che è molto seccante.

E, altra questione importante che non ha chiarito: cosa diavolo ci faceva in commissariato? C'entrerà qualcosa con la morte di Aurora?

25

Domenica 21 maggio 2017

Sulla via di casa Julia ripensa alla discussione a cui ha assistito tra Virginia e suo marito. Cosa avrà fatto perdere le staffe in quel modo alla sua insegnante? Dal punto in cui era non è riuscita a sentire cosa dicevano, ma lo scambio era piuttosto acceso. Nonostante tutto la professoressa ha mantenuto il controllo. Nemmeno in una situazione del genere ha perso la sua abituale eleganza.

Apre la porta di casa e vede subito sua madre seduta al tavolo della cucina. Ha il cellulare in mano e sta leggendo qualcosa, è molto concentrata. La comparsa della figlia la riporta alla realtà. Aitana si alza in piedi e la abbraccia forte. La ragazza si stupisce di quel benvenuto inusuale.

«Non mi avevi mai ringraziata così per aver comprato il pane» scherza Julia.

«È che ti voglio tanto bene, amore mio. E quel pane ha un gran buon profumo.»

«Be', ti confesso che ho comprato anche qualche dolcetto. Mi hai quasi asfissiata con questo abbraccio.»

Aitana ride e dà due sonori baci alla figlia. La donna si accorge di averle lasciato il segno del rossetto, ma fa finta di niente.

«Adoro quando parli e ti comporti come me. È una delle poche volte in cui dimostri di essere figlia di tua madre. Che dolci sono?»

«Cioccolato e panna.»

«Tuo padre si leccherà le dita. Sono i suoi preferiti. Poveretto, gli farà bene un po' di zucchero, dopo questo weekend così intenso.»

«Viene a cena?»

«Sì, mi ha scritto per dire che arriverà presto. Ha finito il lavoro che aveva da sbrigare in ufficio.»

Julia si domanda se quel lavoro avesse a che fare con Iván. Suo padre le avrà detto qualcosa circa ciò che il ragazzo le ha chiesto prima al telefono? Se è così, lo nasconde molto bene. A meno che il suo modo di fare così affettuoso non dipenda proprio da quello. Comunque sia, se ne devono parlare, preferisce che sia lei a tirare fuori il discorso. Magari sua madre sta aspettando che torni a casa il marito per farlo.

«Cosa stavi leggendo sul cellulare quando sono arrivata? Sembravi molto presa.»

«Tuo padre mi ha mandato diversi link in cui si parla dell'Assassino della bussola. Uno più sensazionalista dell'altro. Abbiamo paura che si diffonda un allarme sociale e la gente inizi a vedere serial killer dappertutto. Io stessa mi sono preoccupata molto quando sono tornata a casa e non c'eri.»

«Avrei dovuto avvisarti.»

«Sì, ma non è nemmeno così strano che tu vada a farti un giro in paese di domenica pomeriggio e ti dimentichi di lasciarmi un biglietto o di scrivermi. Ma per un attimo mi sono messa nei panni della mamma di Aurora e mi è crollato il mondo addosso, immaginando che potesse esserti successo qualcosa. Mi è scesa persino qualche lacrima quando abbiamo finito di parlare al telefono. Se io, che sono aggiornata su tutto e ho informazioni di prima mano sul caso, mi sento così, non voglio immaginare come possano sentirsi i genitori di altri ragazzi del paese nel leggere le notizie che circolano.»

«E non si può fare niente? Fare una conferenza stampa oppure far in modo che la polizia rilasci una dichiarazione in cui si chiarisce tutto?»

«Julia, non siamo in un film americano. Qui non abbiamo un ufficio stampa che possa convocare i mass media. E non abbiamo nemmeno le idee molto chiare su quanto è accaduto. Se si fa un passo falso può essere ancora peggio.»

«Capisco.»

«Quel che la gente legge nei romanzi o vede nei film e nelle serie tv è molto diverso dalla vita vera. Qui siamo pur sempre in un piccolo paese, con i suoi grandi limiti. Di fatto, sai bene che io lavoro in città e facciamo lì tutte le prove necessarie. È stata una coincidenza che mi abbiano affidato il caso di Aurora, perché avrebbero potuto affidarlo a qualsiasi altro anatomopatologo del dipartimento.»

«Non ha influito il fatto che abiti qui?»

«Possibile, ma non determinante. Non siamo noi a scegliere. Ci sono dei responsabili, i miei capi, che si occupano di assegnare i casi. Anche se è stato difficile fare l'autopsia a una ragazza che conoscevo e parlare con sua madre, sono contenta di poter aiutare tuo padre e la sua squadra. È essenziale che ci sia fiducia tra noi e la polizia quando c'è tutta questa pressione in mezzo.»

Julia ascolta sua madre e annuisce. Né lei né suo padre possono commettere errori sul lavoro. Spesso è in gioco la vita delle persone e il loro compito è verificare tutto ciò che è collegato alla loro morte e indagare per trovare il responsabile del crimine. Per fortuna non sono tanti i casi come quelli di Aurora. Non ci sono omicidi tutti i giorni. E nemmeno tutti i mesi. Quando è così, tuttavia, la tensione si percepisce a fior di pelle e la pressione aumenta su tutti coloro che si occupano delle indagini. Il paese è in attesa di sapere.

«Tu e papà siete i migliori nel vostro campo. Le persone devono stare tranquille.»

«Facciamo del nostro meglio. Anche se ho l'impressione che abbiamo ancora tanto lavoro da fare su questo caso.»

«Tu non hai finito? Il funerale di Aurora è domani.»

«Ho finito il lavoro sul corpo di quella povera ragazza. Ma ho chiesto di fare degli esami in laboratorio e anche di analizzare vari campioni di capelli, sangue, pelle, unghie... per confermare alcune cose e assicurarmi che non mi sia sfuggito nulla. Pare evidente che la morte sia stata causata dall'impatto sulla testa di un oggetto contundente di legno, mentre Aurora dava le spalle al suo aggressore, più o meno verso le otto e mezza di venerdì sera. Questo lo sappiamo. Ma non ci accontentiamo. Non possiamo farlo.»

«Della mazza da baseball non si sa niente, vero?»

«No. Ma deve pur essere da qualche parte.»

«Venerdì a scuola era pieno di professori. E c'erano anche gli studenti maggiorenni. E una mazza da baseball non è propriamente... piccola. E poi pesa molto. È difficile che qualcuno con una mazza da baseball in mano sia passato inosservato.»

«Avrà avuto fortuna, oppure forse è una persona prudente e l'ha nascosta molto bene uscendo dallo spogliatoio. O forse qualcuno l'ha visto, ma non ci ha fatto caso. Considera che la stampa non ha specificato che l'arma del delitto è una mazza da baseball. Quindi soltanto noi e l'assassino sappiamo com'è stata uccisa Aurora. Anche se non possiamo esserne certi al cento per cento finché non la troviamo. Ho anche richiesto che vengano analizzate le schegge di legno che ho estratto dalla ferita, in modo da poter confermare la nostra teoria.»

«E il dente trovato nello spogliatoio? È sicuro che fosse di Aurora?»

«Sì. L'ho esaminato e a lei mancava. Coincide. Forse si muoveva già un po' e le è caduto. Comunque sia, il fatto che le sia caduto indica che il colpo è stato brutale. Da dietro e a sorpresa. Inoltre non ci sono segni di una colluttazione o una lotta prima dell'impatto. O quantomeno non ho trovato prove in tal senso.»

La modalità del delitto è stata ricostruita. Manca la parte più importante: scoprire il colpevole e il movente. E finora c'è un unico sospettato. Il padre di Aurora è ancora in stato di fermo, ma domani sarà a disposizione del pubblico ministero, per l'udienza di convalida. Il piemme Otamendi deciderà se lasciare libero Bernardo, con o senza cauzione, o se confermare la carcerazione preventiva.

«Ho saputo che domani, dopo il funerale, i professori andranno a rilasciare le loro deposizioni al commissariato.»

«Sì, questa settimana verranno sentiti tutti quelli che avevano un qualche tipo di rapporto con lei. Non per accusarli, ma per vedere se riescono a ricavare qualche informazione utile per le indagini.»

La ragazza visualizza mentalmente i volti dei suoi nove professori, gli stessi che facevano lezione alla ragazza uccisa. Lázaro Martínez, oltre che preside è anche l'insegnante di francese. Jonathan Vila, insegna filosofia ed è anche il loro tutor. Alberto Montero, professore di educazione fisica, e Virginia Ayuso, di matematica; ha visto entrambi, oggi, nella piazza del paese. Ci sono poi Diego Soler, prof di lingua e letteratura; Nuria Almagro, di economia; Ana López, di storia; Santiago Mantovani, di religione, e Scarlett Smith, di inglese. Quanti di loro erano a scuola venerdì? Qualcuno ce l'aveva così tanto con Aurora da volerle togliere la vita?

Sinceramente non immagina nessuno di loro come colpevole. Nemmeno Montero, con cui ha parlato poco prima. È il più grezzo, quello con il carattere peggiore, ma perché avrebbe voluto uccidere Aurora? Non le viene in mente nessuna possibile ragione.

«A cosa stai pensando, tesoro?» le chiede Aitana, dopo qualche secondo in cui Julia resta in silenzio.

«Al fatto che nessuno dei miei professori mi sembra in grado di commettere un crimine tanto grave.»

«Logico. Nessuno può pensare di convivere quotidianamente con una persona capace di fare una cosa del genere. Purtroppo la vita può stupirci, a volte.»

«Ma stiamo parlando di un omicidio, mamma! Hanno tolto la vita a una persona! A un'adolescente che non dava fastidio a nessuno! Com'è possibile che uno dei professori o dei miei compagni sia responsabile di un'azione così terribile? Colpendola alle spalle, a sangue freddo!»

«Qualcuno l'ha fatto, Julia. Non so chi e nemmeno se davvero sia della tua scuola, ma qualcuno ha ucciso Aurora. Proprio come non bisogna accusare nessuno, tantomeno in assenza di prove, non bisogna nemmeno scartare nessuno a priori solo perché in apparenza non ha il profilo da assassino.»

La ragazza sbuffa e si mette a braccia conserte. Se il colpevole frequenta la sua scuola, in qualche momento lei deve pur aver notato qualcosa di strano. La parte difficile è identificare quel preciso momento. Tuffarsi tra i ricordi e rimettere insieme i pezzi nel modo giusto. Per quanto sia intelligente e abbia una memoria prodigiosa, non è infallibile e non dispone di superpoteri. Ma le dà fastidio non trovare la soluzione a una faccenda che ha tutta l'aria di essersi consumata sotto il suo naso.

Anche se c'è sempre la possibilità che non abbia nulla a che fare con il Rubén Darío e la terza B.

«Preparo qualche panino per cena. Fettina e pomodoro?»

«Va bene» risponde Julia, ancora pensierosa.

«Tesoro, non pensarci più. Non spetta a te. Continuo a ritenere che ti stiamo coinvolgendo troppo in questa storia e forse è meglio se non ne parliamo più.»

«Sto bene, mamma. Non ti preoccupare.»

La risposta non convince la donna, che dà un altro bacio alla figlia. È inevitabile che si preoccupi per lei e per il peso emotivo che sta sopportando in quei giorni.

Sono appena passate le nove. Aitana prepara la cena mentre Julia passa al setaccio i suoi ricordi. Finalmente arriva Miguel Ángel, che si dirige verso le due donne più importanti della sua vita e dà loro un bacio. A sua moglie sulle labbra e alla figlia sulla guancia.

«Julia, come mai hai la faccia piena di rossetto?» chiede sorridendo.

«Colpa mia» ammette Aitana, alzando una mano. «Era solo un piccolo scherzo. E così è adorabile...»

«Mamma, sei un disastro» protesta la ragazza pulendosi con un tovagliolo.

Miguel Ángel sorride e si siede in cucina. Si slaccia il colletto della camicia e allunga le gambe. È stravolto. Julia lo guarda, aspettandosi che da un momento all'altro le dica qualcosa di Iván. Ma i minuti passano e il padre non fa alcun riferimento al ragazzo e a ciò che in teoria dovrebbe avergli raccontato usando lei come alibi.

La ragazza non ci capisce niente. Non ha intenzione di verificare se erano insieme quando Aurora è morta?

La risposta arriva durante la cena, con un messaggio di Iván:

Alla fine non ho detto alla polizia che ero con te venerdì. Ho semplicemente smentito di essere stato a scuola a quell'ora. Non so se mi hanno creduto. Siccome non ero agli arresti ed era solo una deposizione mi hanno lasciato andare. Ma prima o poi mi interrogheranno di nuovo.

E forse mi arresteranno addirittura. Mi dispiace averti coinvolta in questo casino. Non te lo meritavi.

Tutto chiaro. Julia sbuffa, ma è ancora preoccupata per Iván. Quel pasticcio si è risolto solo parzialmente, ci sono ancora troppe questioni in sospeso. Questioni che non la fanno dormire molto quella notte: sogna Iván chiuso in carcere, e il bacio di Emilio.

Emilio...

Per tutto il resto della giornata non ha avuto sue notizie. Forse entrambi hanno bisogno di un po' di tempo per chiarirsi le idee su ciò che è accaduto tra loro.

È stato solo un bacio? Un impulso?

Lei non ha le idee così chiare. Ed Emilio? Cosa prova?

26

Lunedì 22 maggio 2017

Se fosse un lunedì qualsiasi ora si starebbe preparando per andare a scuola. Sono gli ultimi giorni prima degli esami di fine anno, e delle tanto attese vacanze estive.

Ma questo non è un lunedì qualsiasi, né per Julia né per alcun altro abitante del paese.

Niente scuola: alle dieci ci sarà il funerale di una sua compagna di classe. Non erano amiche e lei la conosceva a malapena. Non sa quale fosse il suo colore preferito, né se seguisse qualche serie televisiva. Non sa se le piacesse qualche ragazzo o se volesse andare all'università. Se preferisse il tè o il caffè, se fosse cattolica o non pregasse alcun dio. Eppure Aurora è sempre presente nei pensieri di Julia da quando Vera le ha telefonato, venerdì sera, per chiederle se avesse sue notizie. Da quell'istante si è preoccupata della ragazza invisibile più di quanto non abbia mai fatto nei tre anni in cui hanno condiviso aula, compagni e professori.

La ragazza guarda dalla finestra della sua stanza: il cielo è di un grigio poco amichevole. Si affaccia e percepisce una strana calma nell'aria. È tutto più silenzioso del solito. Le macchine non circolano e gli uccelli non cinguettano.

Nessun vicino urla al figlio che arriverà tardi a scuola e non si sente fischiare il vento del nord.

Questo è un lunedì diverso da tutti gli altri.

Julia scende le scale e trova la madre in cucina che fa colazione. La saluta con un bacio e si serve del *café con leche*.

«Papà è già uscito?»

«Sì, oggi ha parecchio lavoro. Lo aspetta una giornata molto lunga. Penso che non tornerà a casa nemmeno per pranzo.»

«Non viene al funerale di Aurora?»

«Sì, verrà con i suoi colleghi della Guardia Civil» risponde Aitana, offrendo una *magdalena* alla figlia. Lei la prende e la scarta. «Anche se ci sarà molta gente devono controllare i presenti, in caso succeda qualcosa di strano.»

«Povero papà, lavora sempre.»

«Pazienza. Un ispettore della polizia ha parecchio lavoro da svolgere sul campo e ha sulle spalle molte responsabilità. Deve dirigere una squadra e, al tempo stesso, riceve ordini da superiori che hanno fiducia in lui e che di solito pretendono parecchio.»

Julia immerge la sua *magdalena* nel caffè e la mangia lentamente, mentre si chiede se l'assassino di Aurora sarà presente al funerale. Ha letto che alcuni criminali partecipano ai funerali delle loro vittime per godere del dolore delle famiglie.

«Tu ci andrai con Emilio?»

«Be'...» la domanda coglie di sorpresa Julia, che si mette a cercare un'altra *magdalena*. «Non ci siamo dati appuntamento, e non credo nemmeno che lo faremo.»

«Come mai? Avete litigato?»

«Più o meno. Ma non è niente di grave, non preoccuparti.»

«Chi s'accapiglia si piglia.»

«Mamma!»

Aitana si schiarisce la voce e sorride guardando da un'altra parte. A Julia dà fastidio l'atteggiamento della madre. Perché insiste così? Scocciata, morde la merendina e quasi soffoca per via del boccone troppo grande.

«Vuoi che ci andiamo insieme? Altrimenti io ci vado da sola.»

La ragazza è arrabbiata per le continue insinuazioni della madre sul suo rapporto con Emilio. Gliel'ha già detto che tra loro non c'è niente! Per fortuna non sa cos'è successo ieri pomeriggio. Ma, se non ci va con lei, le toccherà andarci per conto suo. E non se la sente di affrontare quel brutto momento senza nessuno accanto.

«D'accordo. Però tu piantala.»

«Cosa?»

«Mamma! Non fare la finta tonta, lo sai perfettamente!»

La donna si stringe nelle spalle e, abbozzando un sorrisetto malizioso, infila la tazza nella lavapiatti, saluta Julia e sale al primo piano. Alla ragazza seccano quelle battutine, a maggior ragione adesso, dopo la faccenda del bacio. Si è alzata con una strana sensazione. Sicuramente al funerale di Aurora incontrerà Emilio. E allora, cosa succederà?

Finita la colazione sale a farsi una doccia. Prima va in camera e controlla i social, poi Whatsapp. Sul gruppo della classe ci sono un sacco di notifiche, ma nessun intervento di Emi. Forse non si sente bene, o magari ha bisogno di riprendersi e stare da solo. Comunque sia, preferisce affrontarlo di persona e non al telefono.

Lascia il cellulare sul letto e si avvicina all'armadio. Lo apre e resta più di un minuto a osservarne il contenuto. Le sue compagne di classe si vestiranno tutte di nero, l'hanno annunciato su Whatsapp. Ma lei ha soltanto due capi di quel colore e nessuno dei due è adatto a un funerale. Magari può prendere qualcosa di sua madre. Vestono praticamente la stessa taglia. Se non trova niente dovrà accontentarsi di un vestito grigio scuro che ha indossato soltanto una volta e non le piace tanto. Un regalo di compleanno di una zia che non conosce i suoi gusti.

Il cellulare squilla proprio mentre sta per uscire dalla stanza per parlare con Aitana. Si lancia subito a rispondere, pensando possa essere Emilio. Non è lui, ma l'altro ragazzo con cui ha dei conti in sospeso.

«Ciao, Iván» dice Julia, che ieri sera ha preferito non rispondere al messaggio Whatsapp.

Perché no? Era esausta per via di quella domenica piena di sorprese. Se gli avesse risposto avrebbe corso il rischio che lui replicasse, e la conversazione sarebbe proseguita chissà fino a che ora. Sapeva già come mai suo padre non le aveva fatto domande su Iván, e questo le bastava. Almeno per il momento.

«Ciao, Julia. Come stai?»

«Bene, per quanto è possibile. E tu?»

«Uguale. Ieri è stata una giornata complicata. Non ho dormito granché, stanotte.»

«Nemmeno io.»

Non intende raccontargli di averlo sognato. Nell'incubo che aveva fatto Iván era in prigione, vestito da carcerato e con una palla di ferro alla caviglia, e lei non sapeva nemmeno la ragione per cui era stato arrestato. Iván urlava di lasciarlo andare, non l'avrebbe fatto più, ma nessuno gli dava retta. Nemmeno lei, che lo osservava dall'esterno attraverso una specie di oblò. Surreale.

«Sei arrabbiata con me? Se è così, posso capire.»

«No. Più che altro sono preoccupata per te e per quello che nascondi.»

«Non ne voglio parlare, Julia. Ti ho telefonato soltanto per chiederti scusa per averti messa in difficoltà. Non avrei dovuto farti pressioni. E non ti ho telefonato ieri sera perché non mi sembrava il caso, è stata una domenica molto dura per tutti.»

«D'accordo. Se non vuoi raccontarmi nulla, non farlo.»

La stessa Julia si stupisce del proprio tono, diretto e deciso. Non è da lei essere così autoritaria a parole. E anche il ragazzo è colpito dal suo modo di parlargli. Tanto che per qualche secondo tace.

«È normale che tu sia scocciata» prosegue poi. Si percepisce che è colpito. «Ma per me la situazione non è per niente facile. È andato tutto storto. Forse avrei dovuto...»

E si ferma. Tace, proprio quando sembrava sul punto di rivelare il suo segreto.

«Avresti dovuto... cosa, Iván?» Julia lo incoraggia a finire la frase. «Dimmi cosa ci facevi a scuola venerdì pomeriggio.»

«Io, io... l'ho vista. Lei.»

«Aurora?»

«No... lei. È entrata nello spogliatoio. L'ho vista. Chiaramente.»

«Chi hai visto, Iván? Dio santo! Dimmelo!»

Ma il ragazzo non risponde. Julia insiste perché continui a parlare. Ma poco dopo la telefonata si interrompe.

«No, no, no. No!»

La ragazza impreca contro Iván che ha riagganciato, e lo richiama immediatamente. Ma non riesce a prendere la linea. Il ragazzo ha spento il cellulare. Frustrata, lancia lo smartphone contro il cuscino e si massaggia la fronte.

Adesso sì che non ci capisce niente. Lei? Una donna?

Julia si siede sul letto e cerca di riprendersi. È come attaccare i pezzi di un vaso rotto. Nell'assassinio di Aurora è coinvolta una donna? O Iván se l'è inventato? Può davvero fidarsi di lui?

«Sei ancora lì?» Sua madre si è appena affacciata alla porta della stanza. «Sono le nove e dieci. La messa inizia alle dieci.»

«Lo so. Ma non trovo niente da mettermi. Le mie compagne di classe si vestiranno tutte di nero e io non ho niente, lo sai, a parte i vestiti degli ultimi due capodanni.»

«Già. E non stiamo andando esattamente a brindare.»

«Tu non hai niente da prestarmi?»

«Non so. Mi mantengo in forma, è vero» si vanta Aitana mettendosi le mani sui fianchi simulando la silhouette di un'anfora. «Ma il mio corpo non è proprio quello di una giovincella. Ho i fianchi più larghi, il seno più grosso e la schiena più larga della tua. Ma vediamo...»

Madre e figlia cercano qualcosa che possa soddisfare Julia. E, dopo qualche minuto passato a scostare una gruccia dietro l'altra, trovano un vestito nero, che ha già qualche annetto e tutti i requisiti necessari. La ragazza lo prova e, anche se le va un po' grande, decide di metterlo.

«Sembro Mercoledì Addams, ma va bene.»

«Sei splendida, tesoro. E adesso muoviti o faremo tardi.»

Julia si fa una doccia e si veste il più in fretta possibile, e alle dieci meno venti sono entrambe pronte. Escono di casa e salgono sulla Citroën Picasso rossa che di solito Aitana usa per andare a lavorare in città.

La messa è nella chiesa di San Pedro. Non è molto spaziosa, per cui in tanti andranno direttamente al cimitero. Julia e sua madre, invece, presenziano al funerale. Salutano varie persone, finché non trovano posto in un piccolo spazio sulla quarta panca a sinistra.

La chiesa è gremita e qualcuno resta in piedi.

Nella prima panca sulla destra Julia vede Vera, la madre di Aurora, completamente vestita di nero. Indossa un paio di occhiali da sole e ha in mano un fazzoletto bianco con cui continua ad asciugarsi le lacrime. Accanto a lei c'è una signora anziana che le circonda le spalle con un braccio. Immagina che sia la madre.

Bernardo non è in chiesa. Non gli hanno permesso di assistere?

Ci sono invece alcuni professori del Rubén Darío. Il preside, Lázaro, il suo tutor Jonathan, Virginia – quella di matematica –, Nuria – l'insegnante di economia – e Santiago – quello di religione – sono seduti tutti insieme nella terza fila di destra.

A un certo punto della messa Julia si volta in cerca di Emilio, del quale continua a non avere notizie da ieri pomeriggio. Nelle ultime ore il suo amico non ha scritto né sui social né su Whatsapp. Non è nemmeno in chiesa e la ragazza inizia a essere seriamente preoccupata per lui. Se non lo vedrà al cimitero, decide, gli telefonerà.

Il sacerdote non si dilunga molto. Dedica le ultime toccanti parole a Aurora e prega Dio di aiutare la polizia a trovare il colpevole.

«Vuoi fare le condoglianze a Vera o preferisci fargliele al cimitero?» sussurra Aitana alla figlia, dopo essersi alzata.

La ragazza guarda in direzione della madre di Aurora. È circondata da venti, forse venticinque persone. Alcune le stringono la mano, altre la baciano sulle guance. Quanto dev'essere difficile per una madre affrontare un dolore del genere. In un momento in cui probabilmente vorrebbe solo essere lasciata in pace, per poter piangere insieme agli affetti più cari o da sola nella sua stanza.

«Preferisco non assillarla. Ne avrà già abbastanza adesso e dopo.»

Aitana annuisce comprensiva. La abbraccia e insieme escono dalla chiesa. Si incamminano in direzione della macchina, lentamente. Sanno che ci vorrà un bel po' prima che tutti arrivino al cimitero.

«Mamma, secondo te l'assassino di Aurora potrebbe essere una donna?» La domanda di Julia sorprende sua madre.

«Una donna? Perché lo pensi?»

«Non è che lo penso. È soltanto un'ipotesi alternativa. Una possibilità in più.»

«Uhm. Sai qualcosa che noi non sappiamo, forse?»

Julia scuote la testa e non svela alla madre la fonte di quell'informazione. Vuole parlare di nuovo con Iván perché le chiarisca chi è la donna che ha visto a scuola.

«No. Lascia perdere. Non ha molto senso, giusto?»

«Considerata la forza con cui è stata brandita la mazza da baseball, il colpo sembra sferrato da un uomo; ricordati che Aurora ha addirittura perso un dente. Però è vero che in determinate circostanze – per odio, rabbia, autodifesa – alcune donne possono acquisire una forza inaudita. Quindi non possiamo scartare neanche questa ipotesi.»

27

Lunedì 22 maggio 2017

Il cimitero è a quasi due chilometri dal centro del paese. Julia e Aitana parcheggiano e scendono dalla Citroën Picasso. Non sono le prime ad arrivare. Molti hanno deciso di non andare alla messa e si sono riuniti davanti all'ingresso del camposanto, in attesa dell'arrivo di Vera e del carro funebre, per accompagnarli fino alla tomba in cui verrà sepolta Aurora.

«Sono certa che se la poverina fosse morta soffocata da un nocciolo di oliva non sarebbe venuta tutta questa gente» sussurra Aitana alla figlia.

«Già. Nemmeno un decimo.»

In mezzo alla folla Julia non scorge Emilio. Il suo amico è uno dei pochi che hanno davvero sofferto per la morte della compagna di classe e Julia sa per certo che vorrebbe darle l'ultimo saluto. Forse il ragazzo dai capelli blu non vuole vedere lei, dopo il loro bacio. Perché si vergogna, o perché ha paura. Perché è deluso. Non lo sa. Anche se, a ogni minuto che passa, sente più forte il bisogno di risolvere la questione il prima possibile. Emilio le manca, ma è soprattutto preoccupata per il suo silenzio.

«Guarda un po' chi sta arrivando» sussurra Aitana alla figlia, indicandole con un cenno della testa un uomo in giacca e cravatta, con la barba, che cammina mano nella mano con una ragazza.

Si tratta di Pedro Soria González, il chiacchierato sindaco del paese, in carica da poco più di due anni. La ragazza che lo accompagna è la sua attuale fidanzata, di vent'anni più giovane, per la quale dopo le ultime elezioni ha lasciato la moglie. La loro relazione ha causato un gran subbuglio e una valanga di pettegolezzi. Ma ciò che ha davvero messo in cattiva luce il sindaco è stata l'imputazione in un caso di presunte molestie sessuali il cui processo è ancora in corso. Una dipendente del municipio l'ha accusato di aver esagerato verbalmente in più occasioni, di averla guardata in modo inopportuno e di essersi addirittura strusciato contro di lei in modo consapevole e lascivo. Uno scandalo di proporzioni enormi che è finito in secondo piano dopo l'omicidio di Aurora.

L'uomo chiede alla fidanzata di fermarsi proprio davanti al medico legale e a sua figlia. Nonostante la tristezza del momento e il luogo in cui si trovano, il sindaco sfoggia un sorriso a trentadue denti.

«Ciao, Aitana» la saluta l'uomo baciandola sulle guance. «Buongiorno, Julia. Mi dispiace molto per la tua amica.»

«Grazie» si limita a rispondere la ragazza. Il sindaco non le è mai piaciuto.

Ricorda bene il giorno in cui era venuto a scuola. Non le era piaciuto ciò che aveva detto, né il modo in cui lo aveva detto. Pretendeva che quegli adolescenti convincessero i propri genitori del grande lavoro svolto dal Comune per l'istruzione: le migliorie alle strutture, gli stipendi più alti per gli insegnanti e le aule rinnovate. Tra il serio e il faceto, aveva chiesto di ricordare tutto questo quando anche loro avrebbero raggiunto l'età per votare.

«Tuo marito è in zona, Aitana? Vorrei parlargli un attimo.»

«Non l'ho visto, ma verrà. In servizio, ma verrà.»

«Molto bene. Sta facendo un grande lavoro. Sono molto soddisfatto di lui e dei suoi uomini.»

Il sindaco sorride e guarda Julia in cerca di una complicità che non ottiene. Lei non fa una piega. Non si sogna neanche di ingraziarsi quel signore.

«Mamma, vado a salutare i miei compagni di classe. Ho visto che è già arrivato qualcuno. Torno subito.»

Aitana annuisce e Julia si allontana senza salutare la coppia. In realtà non ha visto nessun compagno di classe, ma preferisce togliersi di mezzo e non dover sopportare gli sguardi languidi di Pedro Soria.

Al cimitero intanto continua ad arrivare gente. Julia conosce qualcuno perché ogni tanto ci ha scambiato due parole; qualcun altro solo di vista. In un paese tutti si incrociano qualche volta per strada, al supermercato o al bar mentre si beve il caffè. E se uno di loro fosse l'assassino o l'assassina di Aurora?

Di Emilio ancora nessuna traccia, e neppure di Iván. Vanesa invece è lì e sta chiacchierando con Jonathan Vila. Il professore di filosofia è a braccia conserte e ascolta la ragazza. Non sembra molto entusiasta, ma in quanto tutor il suo compito è sentire quello che hanno da dirgli i suoi alunni. In questo Jona è il migliore.

«Ciao.» Julia viene sorpresa da una voce femminile alle sue spalle. Si volta e vede Patricia Herrero, una sua compagna di classe.

«Ciao, Aria. Come stai?» Quella ragazza assomiglia ogni giorno di più alla protagonista di *Pretty Little Liars*, anche se stamattina il suo aspetto non è granché.

«Così. La morte di Aurora mi ha colpito più di quanto immaginassi.»

«È stata una mazzata pazzesca.»

«Allucinante. Quando venerdì mi ha telefonato sua madre ho intuito che c'era qualcosa che non andava. Anche se non ho mai sospettato che... che potesse essere morta. Ha chiamato anche te, vero?»

«Sì. Mi ha telefonato per chiedermi se avevo notizie.»

Era stata proprio Patricia a passare a Vera il numero di Julia. Loro due e Yi Lin, un'altra compagna di classe, erano in gruppo con Aurora, a inizio anno, per un lavoro di storia.

«Non riesco a togliermelo dalla testa. Ma te ne rendi conto? Siamo al funerale di una nostra compagna. Aveva solo diciassette anni.»

«È una cosa tristissima.»

«Poteva essere una qualunque di noi.»

A quel punto due uomini si inseriscono nel discorso delle due ragazze. Uno è il preside, e insegnante di francese, Lázaro Martínez. L'altro il professore di lingua e letteratura, Diego Soler.

«Ciao, ragazze» le saluta il preside. «Come state?»

«Siamo molto tristi, preside» risponde subito Julia. «Non riusciamo ancora a crederci. È difficile da superare.»

La ragazza osserva entrambi. Il preside sembra davvero addolorato. Si percepisce l'accumulo di stanchezza degli ultimi giorni. Ha occhiaie profonde, è spettinato, non si è fatto la barba e Julia giurerebbe che puzza di alcol. Diego, invece, dà l'impressione di avere la situazione più sotto controllo. È molto elegante, con completo, camicia e cravatta total black. Ha il solito aspetto, sebbene si colga una certa tristezza nell'espressione del volto e il prof non si conceda neppure lontanamente un sorriso.

«Daremo ancora un giorno di lutto» continua il preside biascicando un po'. «Domani non ci saranno lezioni. E mercoledì vi sarà offerta la possibilità di colloqui riservati, perché possiate sfogarvi e raccontarci come vi sentite. Se avete bisogno di aiuto siamo a vostra disposizione. Che ne pensate?»

«È una buona idea» risponde Julia.

«In un momento del genere bisogna essere più uniti che mai» interviene Diego. «Quella che è successa è una vera tragedia, ma la vita va avanti. E bisogna tornare il prima possibile alla normalità.»

Julia sta per rispondere, ma Patricia la precede.

«Dite che dobbiamo parlare con voi se abbiamo bisogno di qualcosa. Ma non è meglio farlo con la polizia?»

«Be', dipende da quel che si ha da dire» riconosce Lázaro.

«Julia, tuo padre è uno degli investigatori che si stanno occupando della morte di Aurora, vero?»

«Sì.»

«Se io sapessi qualcosa su... se avessi qualche pista sull'Assassino della bussola, è con lui che dovrei parlare?»

«Se sai qualcosa sulla faccenda devi raccontarlo a mio padre o a chiunque sia di turno. Saranno felici di ascoltarti.»

«Anche se non ne fossi sicura?»

«Devi dire qualsiasi cosa tu creda di sapere, Patricia» le dice il preside. «La polizia è lì per quello. Se ti sbagli non succede niente. Tutti possiamo sbagliare.»

La ragazza ci riflette per qualche secondo, poi guarda Diego Soler. Quest'ultimo annuisce per confermare le parole del preside. A loro si uniscono tre alunni di terza B e le professoresse di storia e di economia. Julia vede da lontano che sua madre è di nuovo da sola e decide di abbandonare il gruppetto. Sta iniziando ad angosciarsi: la domanda di Aria l'ha fatta preoccupare. Davvero la ragazza sa qualcosa di importante sul caso o si tratta soltanto di sue fantasie? Patricia ha una mente brillante, ma è ossessionata dai giochi e dal mistero. Quanto ci sarà di vero sulla morte di Aurora nella sua testa?

«So chi votare alle prossime elezioni» dice Aitana quando sua figlia la raggiunge.

«Spero non sia Pedro Soria.»

«Scherzi? Chiunque sia il suo rivale, fosse anche una giraffa, avrà un voto assicurato. Il mio!»

La ragazza sorride. Non si aspettava niente di diverso dalla madre. Condivide in pieno la sua opinione. Se non ci saranno elezioni anticipate e le amministrative si terranno quando sarà maggiorenne, farà esattamente la stessa cosa. In quel caso non si può certo applicare il detto: "Chi lascia la strada vecchia per la nuova sa quello che perde ma non quello che trova".

La mattina avanza e, sebbene il cielo sia ancora grigio, la temperatura continua a salire: alle undici e mezza ha già raggiunto i trenta gradi. Julia non si allontana dalla madre. Alle due si avvicinano amici di famiglia, alunni della scuola e alcune persone del paese a cui ha malapena rivolto la parola in tre anni. A nessuno sfugge che Aitana è il medico legale che ha esaminato il corpo di Aurora. Starle accanto e parlarle sembra quasi esotico.

«Sei la stella del momento, mamma» le dice Julia sottovoce.

«Per poco.»

Aitana indica alcune donne che scendono da un furgone nero. Sono Vera, sua madre e Alicia, l'amica psicologa che non l'ha lasciata un attimo da quando è morta Aurora. Come mosche attirate dal miele, le persone si precipitano da loro, spudoratamente, in massa.

Subito dopo arriva il carro funebre. E allora all'ingresso del cimitero cala un silenzio devastante, plumbeo e pesante come una lastra di marmo.

Un silenzio che dura poco. Il brusio fra gli astanti riprende appena appare un mezzo della polizia. Ne scendono diversi agenti in divisa e un uomo. L'abito che hanno prestato a Bernardo gli va troppo grande, ma a lui non interessa. Come non gli interessano le urla e gli insulti di alcuni presenti, che lo chiamano assassino.

Juan Otamendi, il pubblico ministero del caso, ha deciso che quel padre ha il diritto di dire addio alla figlia. Che piaccia o meno agli arrabbiatissimi e rumorosi abitanti del paese.

28

Lunedì 22 maggio 2017

Quando la Guardia Civil riesce a contenere e a controllare la reazione all'arrivo di Bernardo Ríos, i presenti seguono il carro funebre e Vera fino al punto in cui verrà sepolta Aurora. Julia e Aitana sono più o meno al centro della processione. La ragazza continua a pensare che tutta quella gente sia lì per una forma di curiosità morbosa. Quanti conoscevano davvero Aurora? Quanti avevano mai parlato con lei? Pochi, molto pochi. Ma di una cosa è assolutamente certa: tutti sanno cos'è accaduto tre anni prima nella sua famiglia e hanno espresso la loro opinione in merito.

La tomba è in fondo al cimitero. Non sono nemmeno cinquecento metri, ma vanno così piano che la strada si fa lunga e pesante.

«Ma... Emilio? Non l'ho visto...» dice Aitana a bassa voce, «non è venuto?»

«Non lo so, mamma.»

«Era amico di Aurora?»

«Lo erano stati. Ultimamente Aurora non faceva amicizia con nessuno.»

«Una ragazza poco socievole.»

«Esatto.»

Madre e figlia seguono il carro funebre. Julia osserva la donna che cammina davanti a loro: Virginia porta un paio di occhiali da sole e si soffia il naso di continuo. Il marito non è con lei; di sicuro sono ancora ai ferri corti per via della discussione del pomeriggio prima. Ma non resta sola a lungo: arriva Jonathan, che le circonda la vita con un braccio, e procedono così, a testa bassa. Molto vicino a loro c'è Roberto Méndez, accompagnato da un cameraman dell'emittente locale. Il giornalista saluta il professore di filosofia con un cenno della mano e avanza in fretta per raggiungere la testa del corteo. Di certo sta cercando un buon posto dal quale registrare, dalla prima linea, la discesa del feretro dal carro funebre.

«Tesoro, posso farti una domanda?» Aitana torna alla carica. «Però prometti che non ti arrabbi.»

«Vediamo, spara.»

«Non ti arrabbiare, d'accordo?»

«Non mi arrabbio.»

«Posso chiederti perché tu e Emilio avete litigato?»

Julia respira a fondo e sbuffa bruscamente. Quando vuole sua mamma sa essere davvero noiosa. Perché insiste nel tirare fuori l'argomento?

«Per una sciocchezza.»

«Se fosse davvero una sciocchezza, me l'avresti già raccontata. Quindi non deve essere una cosa così stupida. E lui non è nemmeno venuto al funerale. L'ha fatto per non vederti?»

«Anche se non si direbbe, non sono mica venuti tutti gli abitanti del paese.»

«Già, ma lui era amico di Aurora, non è strano che non ci sia?»

«Mamma, siamo a un funerale. Non possiamo parlarne in un altro momento?»

«D'accordo. Scusa. Ma voglio che tu sappia che puoi raccontarmi qualsiasi cosa. Persino questioni che hanno a che fare con amori e dissapori.»

«Grazie.»

Ovvio, non ha intenzione di raccontarle proprio niente di Emilio, del bacio, di Iván, né di qualsiasi altra cosa relativa alla sua vita sentimentale. Anzi, non-sentimentale. Ma questo non è il momento di pensarci. Avrà modo di affrontare tutto poi. Sarà la prima cosa che farà appena concluso il funerale. Telefonerà a Emilio e risolveranno la faccenda da adulti. Poi cercherà di mettersi in contatto con Iván, vuole vederlo. E stavolta lui non potrà scappare prima di averle rivelato i suoi segreti. Perché era a scuola il pomeriggio in cui hanno ucciso Aurora? Chi è la misteriosa donna che ha visto a scuola? Cos'è che sta nascondendo e che non può dire a nessuno?

«Tesoro, questo rumore... non è la vibrazione del tuo cellulare?» Aitana indica la borsetta che Julia ha in mano, nera e bruttina, anche quella presa in prestito da lei.

La ragazza la apre e scopre che sua madre ha ragione: aveva messo in silenzioso per non disturbare la funzione. Il cuore le balza in gola quando, sullo schermo, legge il nome del migliore amico. Tira fuori lo smartphone dalla borsa e risponde cercando di non parlare a voce troppo alta.

«Emi? Dove sei?»
«In strada.»
«In strada?»
«Sì, vicino alla piazza» risponde lui, che sembra scoraggiato.
«E cosa ci fai lì? Perché non sei venuto al funerale di Aurora?»
«Sono successe delle cose. Troppe cose.»
«A cosa ti riferisci, Emi? Se lo dici per ieri, ne possiamo parlare. Mi hai colto di sorpresa e, non so, è stato strano.»
Julia sente l'amico sospirare. Lo fa per tre volte in meno di cinque minuti.
«Me ne vado per qualche giorno. Sto andando alla fermata dei pullman.»
«Cosa? Te ne vai?»
«Sì, ho bisogno di scappare da qui.»
«Scappare? Per quanto?»
«Non lo so. Un paio di settimane. Un mese. Non ne ho idea.»
«Ma perché? La settimana prossima ci sono gli esami. Così ti giochi l'anno.»
Julia alza un po' la voce e attira l'attenzione di sua madre e di chi le sta intorno. Si scusa e si concentra su quanto le sta dicendo Emilio.
«Ieri sera ho litigato con i miei. È stata la peggiore litigata che abbiamo mai fatto» le spiega il ragazzo, che sembra sull'orlo delle lacrime. «Siamo quasi... quasi arrivati alle mani.»
«Cosa stai dicendo, Emi? Cos'è successo?»

«Non so bene. Abbiamo litigato e all'improvviso mi sono ritrovato attaccato al bavero della camicia di mio padre.»

«Oh, mamma mia. Vi siete picchiati?»

«No. Ma quasi. Lui mi ha dato uno spintone per liberarsi e abbiamo continuato a insultarci» dice Emilio, profondamente scosso. «Be', ti ho chiamata per salutarti. Sarei voluto venire al funerale di Aurora, ma... non... non è stato possibile.»

«Non sai quanto mi dispiace per quello che è successo, Emi. Dove vai?»

«Alla casa al mare. Ho pregato mia madre e alla fine mi ha dato il permesso. Ho cinquecento euro da parte. Me li farò bastare. Adesso sono contento di non aver speso i soldi che ricevo per il mio compleanno e per Natale. Meno male che la mia famiglia è così venale e ha sempre preferito darmi i soldi piuttosto che comprami dei regali.»

Julia immagina, pur non vedendolo, il sorriso triste di Emilio mentre si sistema gli occhiali sul naso, nel suo tipico gesto nervoso. E non sbaglia: durante la conversazione il ragazzo l'ha già fatto diverse volte. Si è fermato in mezzo alla strada per parlare con l'amica. Ha una valigia blu scuro e uno zainetto con dentro un panino.

«Emi, non c'è modo di farti cambiare idea? La scuola sta per finire. Se te ne vai ti bocciano. Perderai l'anno.»

«Recupero gli esami a settembre. Non resisto un giorno di più.»

«Ma puoi venire a stare da me. Parlerò con i miei genitori e gli spiegherò la situazione. Abbiamo una stanza in più. Sarai il benvenuto, come sempre.»

Il ragazzo non risponde subito e cala un lungo silenzio. Julia guarda sua madre, che le chiede a gesti se va tutto bene. Non risponde, si limita a stringersi nelle spalle. Sono praticamente arrivati alla fine del percorso. La gente si sta posizionando intorno alla tomba di Aurora. Ecco lì suo padre, che la saluta con un sorriso. È in giacca e cravatta, elegantissimo. Con lui ci sono diversi suoi colleghi della polizia giudiziaria e altri della Guardia Civil e della polizia locale, concentrati su quel che sta accadendo.

«Grazie, Julia» dice infine Emilio. «Ma ho preso una decisione. Starò bene nella casa al mare. Mi racconterai com'è andato il funerale. A presto.»

«Emi, aspetta...»

Troppo tardi. Il ragazzo ha riagganciato. E lei viene invasa da una sensazione di assoluta impotenza. Le fa male il fatto che l'amico debba andarsene di casa, non sostenga gli esami e probabilmente sia costretto a ripetere l'anno. Non se lo merita! Non hanno nemmeno accennato al bacio. Non appena l'ha menzionato Emilio ha subito cambiato argomento.

«Stai bene?» le chiede Aitana, preoccupata.

«No, per niente.»

Ma non c'è tempo perché madre e figlia continuino a parlare. La fossa in cui caleranno Aurora è pronta. Si sentono singhiozzi e preghiere. La bara viene calata lentamente con le corde. Pianti. Qualche gemito. Vera cade in ginocchio e la sua amica psicologa l'aiuta a rialzarsi. Bernardo, affiancato da due agenti, si copre il volto con le mani. In quel momento nessuno si ricorda più di lui.

Tutti hanno gli occhi puntati su quella cassa di legno che sta scendendo nelle profondità della terra.

«Non ce la faccio» dice una voce alla destra di Julia.

Virginia porta le braccia sul ventre e se ne va camminando di fretta e nascondendo le lacrime dietro agli occhiali da sole. Jonathan la segue. Pochi prestano attenzione ai due. Anche se Julia si accorge di una persona che segue entrambi con lo sguardo, finché i due insegnanti scompaiono dal suo campo visivo. Perché la fidanzata del sindaco li ha osservati con tanta attenzione mentre si allontanavano? Julia ha le visioni oppure quella ragazza ha accennato un sorriso?

Milena Bolado ha appena compiuto venticinque anni. Non va a genio a molti, e alcuni abitanti del paese la prendono in giro chiamandola la "First Lady". Ha iniziato a uscire con Pedro Soria quando questo ha vinto le ultime elezioni comunali. O almeno è stato allora che la relazione è diventata ufficiale. Ma le dicerie locali sostengono che l'attuale sindaco frequentasse la ragazza da oltre quattro anni. Figlia di una coppia che gestisce l'unica agenzia di viaggi della zona, Milena si è diplomata in turismo e adesso lavora con i genitori.

Quella ragazza ha davvero sorriso? Forse Julia ha visto male. Può succedere. In fondo che motivo aveva di sorridere? Non soltanto è fuori luogo in un momento del genere, è anche molto strano. Ci sarà forse qualcosa in sospeso tra Milena e Virginia? O è stato per via di Jonathan? E se sono soltanto sue fantasie?

La ragazza si sfrega gli occhi con le mani e scuote la testa. È da quel sabato che non smette di porsi domande, non trova pace. Le pare che tutti abbiano un secondo fine e continua a fare congetture su qualunque cosa. Osserva ogni dettaglio e lo analizza con scrupolo. Sta diventando paranoica? E se la sua ossessione stesse iniziando a prendersi gioco di lei? Cos'è reale e cosa non lo è?

Quando scosta le mani dal viso, senza sapere perché, guarda il suo professore di religione che è proprio di fronte a lei. Anche Santiago Mantovani la sta fissando. La ragazza arrossisce e distoglie lo sguardo, non prima di avere letto il labiale. Un brivido le corre lungo la schiena mentre la terra copre il feretro con dentro il corpo di Aurora. Per ore Julia non potrà evitare di pensare alle parole che quell'uomo ha sussurrato al vento:

«Polvere sei e polvere ritornerai».

29

Martedì 14 marzo 2017

Oggi è di buon umore. A scuola sembra un'altra, si è persino concessa qualche sorriso e ha risposto con gentilezza al saluto di un compagno di scuola. Peraltro uno dei ragazzi più carini della seconda, per cui impazziscono tutte le sue compagne di classe: begli occhi azzurri, non c'è che dire. Comunque non è che la situazione sia cambiata molto. Ma... c'è sempre un ma. In questo caso, positivo. Oggi ha una missione che spera di portare a termine con successo: finalmente si è decisa.

Come sempre, Aurora va in bagno alla fine dell'intervallo per non trovarlo affollato. Bene, non c'è nessuno. Davanti allo specchio si vede più bella del solito. Non si è truccata, non lo fa mai. Ma ha dormito bene, si è svegliata presto e ha fatto in tempo a fare colazione con calma. Quindi, a quell'ora del mattino, è piena di energia e di buon umore.

Sta per uscire, ma sente dei sussurri in uno dei gabinetti. Poi baci e gemiti. A quanto pare non è sola come credeva. Una coppia si è nascosta nel bagno delle ragazze per... quello. Be', buon divertimento. Non sono affari suoi.

Si dirige verso l'uscita in punta di piedi, per non disturbare e non farsi sentire. In quel preciso momento suona la campanella: fine dell'intervallo. Prima che Aurora riesca a uscire in corridoio una delle porte si apre e spunta Ingrid, una sua compagna di classe. Non sono propriamente amiche. Qualche volta, in passato, hanno avuto dei battibecchi. Anche se da tempo a Aurora non interessano né lei né quelle come lei.

Le due ragazze si scambiano uno sguardo esterrefatto.

«Che cazzo ci fai qui?» sibila Ingrid, che con un colpo d'anca chiude subito la porta del bagno da cui è uscita.

«Questa è la toilette delle ragazze. Non un motel da quattro soldi» risponde Aurora secca. È la prima cosa che le è venuta in mente.

«Ma sta' zitta, cretina. Non impicciarti di cose che non ti riguardano.»

Aurora non vuole problemi, e fa per andarsene. Ma nello specchio, con la coda dell'occhio, involontariamente, nota che la porta del gabinetto occupato non si è chiusa del tutto. C'è una fessura abbastanza larga da permettere di vedere chi c'è dentro. E resta letteralmente a bocca aperta nel vedere Vanesa seduta sul wc con le mani appoggiate sulle ginocchia, in attesa che lei se ne vada per poter uscire. È una frazione di secondo, ma entrambe si rendono conto della situazione. Ne è consapevole anche Ingrid, che trattiene Aurora per un braccio.

«Lasciami. Non voglio entrare in aula in ritardo.»

«No, cara, tu te ne vai quando lo dico io.»

Vanesa esce e le raggiunge. Sistema il vestito stropicciato e si ravvia i capelli con le mani. Quando ha finito osserva la compagna con aria di sfida.

«Non è come credi.»

«Non credo niente.»

«Non m'importa. Qualsiasi cosa tu creda, qualsiasi cosa tu stia immaginando, non lo racconterai a nessuno. Chiaro?»

«Guarda che quello che fate delle vostre vite a me interessa meno di niente. Adesso posso andare?»

«Vattene. E stai zitta e brava. O...»

Ma Aurora non permette che Vanesa continui a minacciarla. Si libera da Ingrid con uno strattone ed esce. Percorre rapida il corridoio fino a raggiungere l'aula in cui ha lezione di matematica con Virginia. Le due ragazze camminano dietro di lei. La superano e Vanesa la scosta con uno spintone, facendola sbattere contro la parete.

«Hai capito? Silenzio. Come se fossi morta» le dice la bionda dai capelli ricci con aria minacciosa. Poi entra in classe insieme a Ingrid.

Aurora sospira rassegnata. Non ha paura di nessuna delle due. Vanesa e Ingrid non le sono mai andate a genio e le loro minacce le entrano da un orecchio e le escono dall'altro. E poi non le interessa che abbiano una storia. Le dispiace per il ragazzo di quarta che esce con Vanesa, ma non è un problema suo. La sua vita è già abbastanza complicata, non si sogna neanche di impicciarsi in quella altrui.

Entra in classe e si dirige al banco in attesa dell'arrivo di Virginia. L'ora di matematica ormai è la sua preferita. La prof è diversa, la migliore che abbia mai avuto a scuola. Dal giorno del suo compleanno non si è più tolta la cavigliera che le ha regalato. La fa sentire al sicuro. Ovviamente né sua madre né nessun altro sanno di quel regalo.

Sono già passati dieci minuti dall'ora in cui sarebbe dovuta iniziare la lezione e la professoressa non si è presentata. I suoi compagni sono felicissimi, ma Aurora inizia a spazientirsi. Voleva parlare con Virginia. Proporle una cosa per ringraziarla del regalo di compleanno. Accetterà?

La delusione della ragazza raggiunge l'apice quando sulla porta appare Santiago Mantovani, il professore di religione, che chiede silenzio e, con il tono calmo e sobrio che gli è abituale, si rivolge alla classe:

«Ragazzi, la professoressa Ayuso oggi non riuscirà a venire. Quindi abbiamo due possibilità: o andiamo avanti con religione oppure avete l'ora libera».

Inutile dire che, quando lo mette ai voti, la maggioranza degli alunni opta per l'ora libera. Santiago dice che, se non fanno casino, possono andare in cortile o nel bar della scuola. L'alternativa è restare in aula.

Decidono tutti di uscire, tranne Aurora, che resta seduta al suo banco. Tira fuori un quaderno e inizia a scarabocchiare. È triste e arrabbiata. Che Virginia non sia a scuola proprio oggi la fa imbestialire.

«Ciao, Aurora» le dice Santiago, avvicinandosi. «Tu non vai?»

«No, preferisco stare qui.»

«Bene. Io devo restare in classe fino al cambio d'ora. Ti farò compagnia.»

L'uomo si siede nel banco accanto, tira fuori dalla tasca della giacca una piccola Bibbia e la apre.

«Sa come mai la professoressa Ayuso non è venuta?»

«No, non me l'hanno detto. Sarà raffreddata. In questo periodo gira parecchia influenza.»

«Ieri stava bene.»

«Questi raffreddori sono imprevedibili. Stai benone e dopo dieci minuti tremi, muori di freddo e l'unica cosa che hai voglia di fare è infilarti a letto.»

«Già. Se è così, spero si rimetta presto» commenta Aurora delusa.

«Avevi bisogno di qualcosa da Virginia?»

«Be'... no. Sì. Dovevo parlarle di una faccenda.»

«Vuoi che le mandi un messaggio sul cellulare?»

«No, non si preoccupi. Non è urgente.»

«Perfetto. Comunque sia, le scrivo per sapere come sta» dice Santiago tirando fuori un vecchio cellulare, uno di quelli che non si fabbricano nemmeno più.

Aurora annuisce. Si concentra di nuovo sul suo quaderno, anche se con la coda dell'occhio osserva il prof premere i tasti di quel pezzo da museo. Mantovani non le è mai piaciuto: ha idee arcaiche e del tutto superate. Per lui Dio è il principio di ogni cosa, mentre lei da tempo non crede più in niente. Com'è possibile che un dio permetta ciò che è accaduto alla sua famiglia?

«Le ho mandato un messaggio. Vediamo se mi risponde.»

«Okay.»

Professore e allieva si scambiano un sorriso tiepido e riprendono a fare quello che stavano facendo.

I minuti passano e Virginia non risponde. Aurora osserva costantemente Santiago, che pare molto concentrato nella sua lettura. A un tratto lui si accorge che la ragazza lo fissa e così si gira verso di lei.

«Hai mai letto la Bibbia?»

«Non intera. Solo le parti che leggiamo in classe.»

«Non ti ispira? È un libro molto interessante.»

«È un libro di fantascienza. Niente di quello che c'è scritto è vero.»

Il prof inarca le sopracciglia e sorride ironico. Chiude la Bibbia e la appoggia sul banco. Mentre parla accarezza la copertina del libro.

«Credi che non ci sia scritto nulla di vero?»

«Esatto. Io la vedo così.»

«E se ti dicessi che ti sbagli?»

«Prego, si accomodi. Non mi farà comunque cambiare idea.»

«Ti ritenevo una persona più intelligente, Aurora. Molto più intelligente.»

Quel commento offende la ragazza, che aggrotta la fronte e si incupisce. Le sembra già troppo dover scegliere religione come materia opzionale. Un'opzione obbligata, peraltro, visto che la scuola non offre alternative. Da quando credere o non credere a ciò che dice la Bibbia c'entra con l'intelligenza? Pensava che fosse più una questione di fede. Ma non intende mettersi a discutere. Sceglie di stare zitta e prende da sotto il banco la cartellina con gli appunti per preparare la lezione dell'ora successiva: lingua e letteratura, con Diego Soler. Ma Santiago Mantovani insiste.

«Va di moda dire o pensare che tutto ciò che ha a che fare con Dio o con la Bibbia sia falso. I giovani parlano di tutto ed esprimono la propria opinione su questo e quello solo per sentito dire. Io lo definisco un comportamento da pecoroni. Un'infinità di prove dimostrano che la Bibbia è un libro piuttosto fedele alla storia e che Gesù è esistito.»

Aurora avrebbe la tentazione di controbattere, ma si trattiene. Calca con la biro sul foglio su cui sta continuando a scarabocchiare ghirigori senza senso e si morde la lingua. Credere in Dio, in Gesù o nella Bibbia non è forse la conseguenza di un passaparola che si è sviluppato con la Chiesa nelle vesti di intermediaria? Non è forse questo il vero comportamento da pecoroni, piuttosto che mettere in discussione una storia con così pochi elementi di verità?

«La cosa che più mi diverte di tutto ciò è che per secoli praticamente nessuno ha avuto niente da dire contro la Bibbia. Si sbagliavano tutti? Milioni, milioni e milioni di persone. I giovani di oggi sono gli unici ad avere ragione? Sono quelli che...»

La suoneria del cellulare interrompe il monologo. Il prof legge il messaggio ad alta voce.

«Ciao, Santiago, ho un po' di febbre. Nulla di grave. Grazie mille per l'interessamento. Dai il mio numero di cellulare a Aurora e dille di chiamarmi quando ha finito le lezioni. Spero di essere di ritorno domani. Un bacio.»

La ragazza ascolta molto attentamente. Bene: valeva la pena sopportare quell'uomo e le sue teorie infondate. Una volta uscita da scuola potrà parlare con Virginia. È la migliore notizia di quella giornata grigia.

«Tieni, questo è il suo numero di telefono» le dice Santiago, porgendole un foglietto con il numero di cellulare della professoressa di matematica. «E dammi retta, non emulare san Tommaso.»

«Non posso credere a qualcosa che non è reale.»

«Mi deludi, Aurora. Mi deludi molto» dice l'uomo scuotendo la testa. Prende la Bibbia, si alza e va alla lavagna, trova un gessetto e scrive:

DOMANI VERIFICA DI RELIGIONE. CAPITOLI 7, 8, 9, 10, 11 E 12. STUDIATE MOLTO E CHE DIO VI TROVI CONFESSATI.

Una verifica non programmata. Quando i suoi compagni la vedranno si arrabbieranno parecchio. Aurora ha la sensazione che sia una piccola vendetta del professore. Sarà a causa della loro conversazione?

Quella scuola le sembra sempre peggio, giorno dopo giorno. Prima la faccenda di Ingrid e Vanesa, e adesso l'attacco di egocentrismo di Mantovani. Si sente frustrata. Anche se almeno ha il numero di cellulare di Virginia, a cui telefonerà non appena uscirà da scuola. Aurora sorride al solo pensiero.

Dal canto suo, il prof di religione se ne va dalla classe con la sensazione che ogni giorno ci siano sempre più ingrati sulla faccia della Terra, che non meritano l'aria che respirano. Se non ti affidi al Creatore di ogni cosa o addirittura non ci credi, cosa ci fai al mondo?

«Magari Dio mandasse un altro diluvio universale» mormora tra sé Santiago, che per domani ha in mente di preparare la verifica più difficile di sempre. E che tutti questi giovani continuino pure a credere che Dio non esiste. Bastardi.

30

Lunedì 22 maggio 2017

Iván continua ad avere il cellulare spento. Julia gli ha telefonato diverse volte dopo il funerale di Aurora e ha sempre ottenuto lo stesso risultato.

È serissima quando sale sulla Citroën Picasso e apre il finestrino. Sua madre la osserva preoccupata.

«Prima ti ho chiesto se stavi bene e mi hai risposto di no. È stata una domanda stupida. Come altro puoi stare, tesoro? Non sei mica di pietra. Anzi, sei una persona dal cuore d'oro. Cosa posso fare per tirarti un po' su?»

«Niente, mamma. Non preoccuparti.»

«Ti dispiace aver discusso con Emilio, vero?» chiede la donna mettendo in moto l'auto.

Questa volta Aitana non fa alcun sorrisetto malizioso e non ha nessuna intenzione di innervosire la figlia. Non sta scherzando. Sa che Julia non sta bene, ed è una cosa piuttosto insolita. È sempre stata una ragazza sorridente, allegra ed estroversa. Affronta ogni problema con ottimismo. Anche se è vero che finora non ne ha mai avuti di tali dimensioni.

«Emi se n'è andato di casa.»

«Cosa? E dove?»

«In un appartamento che i suoi genitori hanno sulla costa. Non so esattamente dove. Starà lì per qualche settimana.»

«Ma salterà gli esami di fine anno!»

«Gliel'ho già detto, ma a quanto pare non cambierà idea. Credo abbia già preso il pullman.»

«E perché se ne va?»

«I suoi genitori» risponde decisa.

E il bacio? Quanto ha influito il bacio che si sono scambiati ieri pomeriggio? Julia ci ha pensato a lungo da quando hanno parlato al telefono. Che Emilio se ne sia andato proprio il giorno dopo le fa venire qualche dubbio. È stato davvero solo per la discussione con i suoi?

La ragazza spiega alla madre i problemi che l'amico ha a casa. Aitana ascolta la storia in silenzio, mentre guida. Quando Julia finisce, sospira.

«Che situazione complicata. Forse farà bene a tutti e tre stare un po' lontani per riflettere e rendersi conto dei reciproci errori.»

«Perderà gli esami e probabilmente sarà bocciato.»

«Lo so, tesoro. Ma a volte è necessario fare certi sacrifici. Quello che può sembrare un passo indietro magari con il tempo si rivela un grande passo in avanti.»

Julia non ne è così convinta. I genitori di Emi sono piuttosto intransigenti e non apprezzano il modo di essere del figlio. Lui, poi, è un testone. Per raggiungere un accordo e dare un taglio alle discussioni dovrebbero mettercisi di impegno tutti e tre. E secondo lei allontanarsi e scappare non è di grande aiuto.

«Allora voi due avete fatto pace?»

«Sì, mamma. Abbiamo risolto. Gli ho persino offerto di venire da noi qualche giorno per non perdere gli esami.»

«E ha rifiutato?»

«Sì. Ormai aveva preso la sua decisione.»

«È un ragazzo molto particolare. Mi avrebbe fatto piacere averlo qualche giorno da noi. Credo che non sarebbe stato un problema nemmeno per tuo padre. Peccato.»

Peccato, sì. Perché avrebbe parlato con lui del bacio e avrebbero cercato di risolvere la questione. Ora come ora non ha ben chiara la situazione. Né se ne parleranno mai o se resterà per sempre un discorso tabù. Influirà sul loro rapporto, quando Emilio rientrerà? Oppure ripartiranno da zero?

«A proposito, papà non mangia a casa nemmeno oggi. Ci sono gli incontri con i professori della scuola. Sarà una cosa lunga» continua Aitana. «Quindi saremo noi due sole. Andiamo al supermercato e compriamo qualcosa per prepararci un bel pranzetto?»

«D'accordo. Tu ti sei presa il giorno libero?»

«Sì. Devo rivedere alcune relazioni, ma lo farò poi a casa. Quindi, per qualsiasi cosa di cui tu abbia bisogno o voglia parlare, oggi sono a tua disposizione... full time!»

Alla ragazza sfugge un sorrisetto. È incredibile come la madre, nonostante tutto il carico emotivo del suo lavoro, riesca sempre ad avere quello spirito allegro e pieno di energia. Ha appena partecipato al funerale di una ragazza a cui ha fatto l'autopsia ed è lì a pensare a come trascorrere il tempo con lei e a tirarle su il morale. Anche se a volte sa essere molto pesante, è una donna eccezionale. Ecco perché le vuole così bene.

Parcheggiano vicino a casa e vanno a piedi al supermercato. Fanno la spesa per la settimana e tornano cariche di sacchetti. Lungo la strada incrociano Vanesa e Ingrid che stanno camminando in direzione opposta sull'altro marciapiede. Si guardano ma non si salutano. Le ha viste al funerale di Aurora, anche se non ci ha parlato. Iván non era con loro e non c'è nemmeno adesso.

«Vai avanti, mamma» dice Julia, che si ferma e posa i sacchetti a terra. «Quelle ragazze sono mie compagne. Voglio parlarci un attimo.»

«D'accordo. Ma fai in fretta, sto morendo di fame.»

La ragazza riprende le buste da terra e allunga il passo. Attraversa in fretta e raggiunge Vanesa e Ingrid. Le altre due si stupiscono di ritrovarsela davanti ansimante e con in mano i sacchetti della spesa. Li posa con cura a terra e respira sollevata.

«Ciao, ragazze.»

«Cosa vuoi, Julia?» chiede Vanesa, visibilmente infastidita.

«Hai notizie di Iván? Ho bisogno di parlare con lui.»

«Non ho idea di dove sia e non lo voglio nemmeno sapere» risponde la ragazza con i capelli ricci dopo aver guardato un attimo Ingrid. «Abbiamo rotto.»

«Caspita... mi dispiace.»

«Ma chissene. Il mare è pieno di pesci, decisamente migliori.»

Julia si accorge che Vanesa, anche se fa la dura, ha gli occhi lucidi, e le tremano le mani. Non è una roccia come vuole far credere ed è ovvio che le dispiace di aver rotto con Iván.

«Ma certo che ce ne sono altri! Moltissimi altri!» esclama Ingrid prendendo l'amica per mano. «E tu ti meriti il migliore di tutti. Quello non era alla tua altezza. È lui che ci perde.»

«È lui che ci perde.»

Da come parlano sembrerebbe che sia stato lui a lasciare Vanesa e non il contrario, come credeva Julia all'inizio. Quando sarà successo? Prima o dopo essere stato in commissariato? E quale sarà stato il motivo?

«Be', devo andare. Ci vediamo.»

«Tu sei stata chiamata per rilasciare la tua deposizione?» chiede Vanesa quando Julia sta per andarsene. «O siccome tuo padre è responsabile delle indagini sei diversa da tutti gli altri?»

«Noi ci andiamo oggi pomeriggio» aggiunge Ingrid. «Non so perché, non abbiamo niente da dire. Che rottura di palle.»

«Sarà una perdita di tempo. A malapena rivolgevamo la parola a Aurora.»

Se a deporre ci dovessero andare soltanto i compagni che avevano un qualche tipo di rapporto con Aurora, non verrebbe chiamato nessuno. Julia immagina che la polizia stia cercando di farsi un'idea della personalità di Aurora attraverso le testimonianze di compagni e insegnanti, nella speranza di trovare qualche pista che possa condurre al colpevole.

«Non mi hanno ancora detto nulla, ma mi chiameranno di sicuro.»

«Staremo a vedere» dice Ingrid abbozzando un sorriso sarcastico. «In questo paese di raccomandati...»

Sì, e anche pieno di persone come lei che esprimono giudizi senza cognizione di causa. Ma Julia preferisce non portare avanti quella conversazione. Ha già abbastanza pensieri, le manca solo di combattere contro Ingrid e Vanesa. Prende di nuovo i sacchetti della spesa, si gira e, dopo averle salutate con un semplice "ciao", si incammina verso casa.

«Se vedi o parli con Iván digli che può andarsene affanculo! Non gli darò un'altra opportunità.»

«Che se ne cerchi un'altra che lo sopporti!»

È l'ultima cosa che sente uscire dalle bocche di Vanesa e di Ingrid quando ormai è a una certa distanza. Sono fatte l'una per l'altra, quelle due. Non capisce cosa possa aver fatto loro il mondo da spingerle a comportarsi così. Come avrà fatto Iván a sopportarla? L'amore è un mistero, per lei. Anche se non può negare di essere contenta che il ragazzo abbia rotto con Vanesa. Adesso non le resta che trovarlo per congratularsi, cosa che di certo non farà, benché ci siano diversi motivi per festeggiare.

Riprova a chiamarlo, ma il cellulare è ancora spento. Inizia a preoccuparsi. Che gli sia successo qualcosa? Ma no, è soltanto che non vuole parlare con lei. Iván sa che Julia insisterà perché le racconti cosa sta succedendo e non vuole scocciature. Almeno non adesso. Comunque non può stare tutta la vita con il cellulare spento senza dare spiegazioni. Il mondo va avanti, ma lei deve avere pazienza. A quel punto Julia si ricorda del suo idolo, Magnus Carlsen. Lui sì che, in ogni partita, ha la pazienza di trovare il punto debole del rivale e fare la mossa giusta!

Deve seguire l'esempio del miglior giocatore di scacchi al mondo.

Arriva a casa col sorriso sulle labbra: pensare a Magnus la rende particolarmente felice. Alcuni hanno come modello Cristiano Ronaldo o Messi; altri un cantante pop o i rapper alla moda. Certi suoi compagni di classe farebbero di tutto per passare un po' di tempo con un concorrente del *Grande Fratello*. Ma per lei il campione norvegese è il massimo. Magari potesse parlarci, un giorno! Realizzerebbe uno dei suoi sogni.

Julia apre la porta di casa pensando a Carlsen. Entra carica dei sacchetti della spesa che lascia cadere a terra. Spalanca gli occhi e la bocca nel vedere la madre insieme alla persona che meno si sarebbe aspettata di trovare lì.

«Guarda chi c'è! Alla fine non ha più preso il pullman!» esclama felice Aitana. «Emilio, mettiti comodo. Fai come fossi a casa tua.»

31

Lunedì 22 maggio 2017

«Tranquillo, puoi restare con noi per tutto il tempo che ti serve.»

«Grazie davvero, Aitana. Saranno al massimo un paio di settimane.»

«Quanto vuoi. Non preoccuparti. Se hai bisogno di qualsiasi cosa, chiedi senza problemi. Adesso ti porto gli asciugamani puliti.»

«Grazie ancora. Cercherò di non essere di troppo disturbo.»

La donna sorride e dà a Emilio una piccola pacca sulla spalla. Poi lo lascia con Julia nella camera degli ospiti e chiude la porta. Il ragazzo non sa molto bene come comportarsi. Si siede sul letto e dondola le gambe nervoso.

«Benvenuto» sussurra Julia, anche lei piuttosto incerta. Decide di restare in piedi. «Sono felice che tu ci abbia ripensato.»

«Allora non ti dà fastidio se resto qualche giorno con voi?»

«Ricordi chi te l'ha proposto?»

Emilio sorride con timidezza. Si sistema gli occhiali e dà un'occhiata alla stanza. Non è più piccola della sua.

Le pareti sono dipinte di azzurro e ha una grande finestra da cui entra molta luce. C'è anche un piccolo televisore e il wi-fi funziona alla perfezione. È sicuro che lì starà molto bene. Anche se questo dipende soprattutto dal suo rapporto con Julia.

«L'hai detto ai tuoi che alla fine non sei andato al mare?»

«No, non ancora. È stato tutto così veloce. Ero già sul pullman, quando mi sono reso conto di avere un'alternativa migliore. Sono sceso di corsa, ho fatto aprire il bagagliaio all'autista e sono venuto a casa tua. Quando sono arrivato non c'eravate, ma ho preferito non telefonarti per non disturbare ancora.»

«È la scelta più intelligente. Potrai sostenere gli esami e non perderai l'anno.»

«Julia, se devo essere sincero, ora come ora non m'importa.»

«Be', invece ti dovrebbe importare, Emi» brontola lei, che continua a starsene in piedi, anche se un paio di passi più vicina al ragazzo. «Ti sei impegnato molto per tutto l'anno. Se non ti presenti mandi tutto a monte, e non sarebbe giusto perché hai studiato! E se ti bocciano io a chi romperò le scatole l'anno prossimo in classe?»

Emilio annuisce e sorride. Julia non gli ha mai rotto le scatole in classe. Anzi, se c'è uno che parla quando non si dovrebbe e distrae l'altro, quello è lui. Julia è sempre molto attenta. E, se per qualche ragione si perde, riesce subito a riprendere il filo della spiegazione.

«Devo ancora superarli, e non è cosa da poco.»

«Ti aiuto io. Come sempre, lo sai.»

«Grazie.»

L'iniziale nervosismo di entrambi e la tensione accumulata in quei giorni svanisce. Poco a poco ritrovano la fiducia l'uno nell'altra e nelle rispettive parole. Non serve molto: bastano un paio di battute, un po' di tempo a tavola tutti insieme e quattro frasi scherzose di Aitana perché tutto torni al suo posto. Anche se sono entrambi consapevoli di avere un argomento in sospeso di cui dovranno parlare. Il prima possibile.

Dopo il dolce e un caffè Emilio telefona alla madre e le spiega la situazione. Dopodiché i ragazzi vanno in camera di Julia. Si siedono ognuno a un lato della stanza e, in silenzio, controllano i social e le ultime notizie su ciò che è accaduto nel mondo. Finiscono praticamente in contemporanea e si guardano. Un sorriso nervoso e il bisogno di trovare una soluzione.

«Emilio.» Julia si rivolge a lui con il nome completo solo quando c'è di mezzo qualcosa di importante. «Perché mi hai baciato?»

Il ragazzo arrossisce e si sistema i capelli blu. Poi aggiusta gli occhiali sul naso. Anche se la domanda non lo coglie del tutto di sorpresa, una nuvola gli attraversa i pensieri.

«Non lo so.»

«Dai, Emi. Ci conosciamo bene, io e te. Siamo amici inseparabili da almeno tre anni. Mi pare che siamo abbastanza in confidenza.»

«Lo so, Julia. Ma... è stato un impulso. Non so cosa mi sia passato per la testa. La scorsa settimana è stata la peggiore della mia vita e... faccio cose senza sapere perché, senza riflettere.»

«Quindi si è solo trattato di un impulso momentaneo?»

«Sì.»

La ragazza guarda l'amico, visibilmente emozionato. Si alza per avvicinarglisi. Capisce il suo stato d'animo e immagina che la tensione degli ultimi giorni l'abbia spinto a comportarsi in quel modo.

Questa è la versione ufficiale, e la prende per buona. Ma sa che c'è dell'altro. Lo percepisce negli occhi di Emilio e nel suo modo di esprimersi. Tuttavia non può fare nulla per aiutarlo. Non può offrirgli niente di più della sua amicizia. Non può innamorarsi di nuovo di lui, non ora. E le dispiace, le dispiace davvero.

Julia si chiede se abbracciarlo oppure no. Emilio sembra molto vulnerabile e illuderlo è l'ultima cosa che desidera. Ma l'amicizia è al di sopra di tutto. Si china verso di lui e lo stringe forte: gli starà accanto, anche se non gli può voler bene nel modo in cui Emilio ne vuole a lei.

«Be', mi devi aggiornare sull'Assassino della bussola e su Aurora» le ricorda il ragazzo appena si separano. «Sono stato scollegato un po' da tutto.»

È grato all'amica per il suo appoggio, nonostante il dolore per l'amore non ricambiato lo stia divorando dentro. Ma prima riuscirà a recuperare l'equilibrio emotivo prima potrà affrontare i giorni che seguiranno con serenità. Gli tocca ingoiare il rospo, insomma.

«Al funerale di Aurora c'era tantissima gente» gli spiega la ragazza, tirandosi su e andando a sedersi. «I prof c'erano tutti, e della classe mancavi solo tu. C'era mezzo paese, forse di più.»

«Ovvio. È la cosa più morbosamente intrigante che sia mai accaduta in questo posto negli ultimi quarant'anni.»

«C'erano persino televisioni nazionali e media stranieri.»

«E di sicuro c'era anche Roberto Méndez, no?»

«Sì, con un cameraman dell'emittente locale. Anche se non gli hanno permesso di registrare il momento della sepoltura, e lui se l'è presa parecchio. Diceva che voleva fare un tributo a Aurora, ma sappiamo tutti qual era il suo obiettivo.»

«Che razza di personaggio. Quello non è giornalismo. Non rispetta nemmeno i morti. Non credo che l'omicidio di Aurora l'abbia particolarmente colpito.»

«Quella che invece mi è sembrata molto colpita è Virginia» spiega Julia, ripensando alle scene del mattino. «Non è nemmeno rimasta fino alla fine. Se n'è andata quando hanno calato il feretro. Era a pezzi.»

«È singolare che l'ultima insegnante arrivata sia quella che soffre di più.»

«Le ho viste parecchie volte insieme, a chiacchierare nei corridoi di scuola. Sembravano molto in sintonia.»

«È difficile che Virginia non stia simpatica a qualcuno. È una donna splendida» commenta Emilio, che considera l'insegnante di matematica una delle migliori della scuola.

«Sono d'accordo con te. Adoro Virginia. Certo, è strano che sia riuscita ad avvicinarsi così a Aurora.»

«Era la sua professoressa. Non mi sembra così strano. L'ho vista parlare diverse volte anche con Jonathan e con Mantovani.»

Quando Emilio menziona l'insegnante di religione, Julia ricorda lo scambio di sguardi al funerale. Quell'uomo non la convince affatto. Hanno idee molto diverse. E, così come ha visto Virginia colpita e sofferente per la morte della sua alunna, Mantovani le è parso l'esatto opposto. Sul suo viso era dipinta un'indifferenza spaventosa, come se la cosa non gli importasse.

«Altri comportamenti significativi al funerale?»

«Sì, quello di una persona che non raccoglie grandi consensi in paese. Sai se la fidanzata del nostro amato sindaco ha qualcosa contro Virginia o Jonathan?»

«Milena? C'era anche lei?»

«Sì, in compagnia dell'illustrissimo Pedro Soria.»

«Wow! La povera Aurora si starà rivoltando nella tomba» commenta Emilio con le mani appoggiate alla nuca. «Perché me lo chiedi?»

«Boh. Magari è la mia fantasia che galoppa. Ma quando Virginia se n'è andata, Jona l'ha seguita. A quel punto, per puro caso, ho guardato Milena che li stava osservando e sorridendo in modo sibillino. Anche se, come ti ho detto, non so più se si sia trattato di un'illusione ottica o me lo sia solo immaginato.»

«Quella sta insieme a Soria. Niente che abbia a che fare con lei può stupirmi.»

«Non bisogna giudicarla per questo.»

«Non la giudico perché è la fidanzata di un sindaco, né per la differenza di età e nemmeno perché sta insieme a un uomo sposato. Lei era libera quando hanno iniziato ad andare a letto insieme, quello impegnato era Pedro. Se proprio volessimo indicare un colpevole sarebbe lui, non lei. La giudico per il suo pessimo gusto in fatto di uomini.»

«Su questo ti do ragione, amico. Un gusto tremendo.»

Scoppiano entrambi a ridere e continuano per un bel po' a scambiare opinioni su Pedro Soria e Milena Bolado. La chiacchierata abbatte definitivamente il muro che il bacio del giorno prima aveva innalzato tra di loro.

«C'è un'altra cosa che ti devo raccontare, Emi.»

«Sorprendimi.»

«Non so se è così importante, quindi va presa con le pinze. Però, mentre aspettavamo il carro funebre davanti al cimitero, Aria si è avvicinata per chiedermi se doveva rivolgersi a mio padre nel caso avesse qualche informazione sull'Assassino della bussola.»

«Davvero? E che informazioni sarebbero?»

«Non me l'ha detto. È iniziata ad arrivare gente e io sono tornata da mia madre, che si era liberata del sindaco. Non ho nemmeno parlato con mio padre per sapere se poi sia andata a fare qualche rivelazione.»

«Perché non le telefoni? Così lo scopriamo.»

«Non voglio farle pressioni.»

«È una semplice telefonata per chiederle se è andata o meno a parlare con qualcuno. E già che ci sei magari riesci a tirarle fuori qualcosa su quello che pensa di sapere.»

«Emi! Non lo posso fare!»

«Preferisci che la chiami io? Dai, sono curioso come una scimmia!»

Julia schiocca la lingua e prende il cellulare. Seleziona il numero di Patricia. Le risponde un messaggio disperatamente familiare.

«Il telefono della persona chiamata potrebbe essere spento o non raggiungibile» ripete Julia ad alta voce, stanca di ascoltare la stessa solfa da tutto il giorno.

Perché tutti quelli con cui ha bisogno di parlare hanno il cellulare spento?

Nel caso di Patricia Herrero, che gli amici chiamano Aria, la risposta non tarderà ad arrivare. Qualche ora dopo la ragazza di terza B verrà trovata a scuola, senza vita. Accanto a lei una bussola, unica testimone della sua morte.

32

Lunedì 22 maggio 2017

È sua madre a darle la notizia per telefono. L'hanno chiamata perché andasse subito al Rubén Darío. Sono le venti e sette minuti. Non è ancora buio e l'aria è sgradevolmente calda e appiccicosa. Emilio la osserva preoccupato a meno di due metri di distanza, nella camera degli ospiti. Sono lì a chiacchierare da ore, recuperando il tempo perduto.

Quando Julia riaggancia, gli occhi le si riempiono di lacrime.

«Hanno trovato Aria morta a scuola» dice a bruciapelo.

Emi non apre bocca. La abbraccia e insieme si siedono sul letto. La gamba destra di lei sfiora la sinistra di lui e le loro braccia sono a contatto. Ma adesso questo non importa a nessuno dei due.

«Era nell'ufficio del preside. Stesa a... a terra. Sembra che l'abbiano colpita in testa. E... c'era una bussola vicino a lei.»

«Oddio. Di nuovo. Si sa qualcos'altro?»

«Non lo so. Mia madre mi ha detto solo questo. A scuola ci sono la scientifica, la giudiziaria e Otamendi, il pubblico ministero.»

«È un incubo. Tra gli abitanti di questo maledetto paese c'è un assassino.»

Julia si asciuga le lacrime con le mani e ci pensa su. Qualcuno sta ammazzando ragazze adolescenti e firma i crimini con una stupida bussola. Un serial killer? O una persona che aveva una ragione per uccidere Aurora e Patricia?

«Emi, non sono così sicura che sia un serial killer.»

«Ha ucciso due ragazze della stessa età, allo stesso modo e lasciando la stessa firma.»

«Sì, però ricorda che Aria credeva di avere informazioni sul primo crimine. E se davvero sapeva qualcosa e l'assassino di Aurora è venuto a saperlo?»

«È una possibilità, ma...»

Il cellulare della ragazza interrompe Emilio. È suo padre. Julia risponde subito.

«Ciao, papà.»

«Ciao, tesoro. Come stai?»

«Molto triste.» Julia tira su col naso e si accorge che Emilio la tiene per mano. Si guardano e sorridono. «Sei a scuola, papà?»

«Sì. Siamo ancora qui. Mi dispiace molto per... per Patricia. So che eravate amiche.»

Julia sente lo stomaco stringersi e un nodo in gola. Praticamente non riesce a parlare. Evita a fatica i conati di vomito. Con grande sforzo si calma e riprende la conversazione col padre.

«Papà, Aria era venuta a parlare con te o con qualcuno in ufficio?»

«Aria?»

«Sì, chiamavamo così Patricia. Si era messa in contatto con qualcuno di voi?»

«Non che io sappia. Perché? Ti aveva detto qualcosa?»

«Sì, al funerale. Pensava di sapere qualcosa sull'Assassino della bussola, anche se non ne era certa. Le ho consigliato di venire da voi.»

«Con me non ha parlato. Adesso chiedo ai ragazzi, ma se fosse venuta in ufficio l'avrei saputo. A te ha detto qualcos'altro?»

«No, niente.»

«Indagheremo» le assicura il padre. Sua figlia percepisce la stanchezza nella sua voce. È da diversi giorni che dorme poco ed è sottoposto a una grande pressione, che ora aumenterà dopo la morte di Patri. «Julia, ho saputo che Emilio si fermerà per un po' da noi. Me l'ha detto la mamma.»

«Sì. Non è un problema per te, vero?»

«No, anzi. Preferisco che tu non stia da sola. Non sappiamo che intenzioni abbia l'assassino. L'omicidio di Patricia è stato praticamente un calco di quello di Aurora. Quindi, per favore, se esci fai molta attenzione.»

«La farò. Non preoccuparti, papà.»

«Fino a lunedì tutte le scuole resteranno chiuse. Ce l'hanno appena comunicato.»

«Ovvio. I genitori si preoccuperanno parecchio appena si saprà quello che è successo.»

«Roberto Méndez è già qui in zona, quindi la notizia sarà resa pubblica nel giro di poco tempo. Anche se stavolta saremo noi a dare l'informazione. Dunque non potrà specularci sopra.»

«Farà di tutto pur di avere più ascolti.»

«Certo.»

Emilio dà una leggera gomitata a Julia e le mostra il proprio cellulare. Roberto Méndez ha appena annunciato su Twitter che a scuola è stata trovata un'altra ragazza morta. Julia avvisa suo padre e legge ad alta voce il tweet del giornalista.

«"Sono al Rubén Darío. Un'altra ragazza morta. Per ora non sappiamo di chi si tratti. Tra dieci minuti saremo in diretta" e chiude il tweet con l'*hashtag* #lassassinodellabussola.»

«Cazzo. Quello non ci dà tregua. Adesso mando uno dei ragazzi a parlarci, prima che inizi a dire cose che non deve e a farsi strani film. Ci sentiamo dopo. E per favore, se esci di casa, fai attenzione, mi raccomando.»

«Tranquillo, papà. In bocca al lupo.»

«Grazie, tesoro. Ci vediamo più tardi.»

Miguel Ángel riaggancia e la ragazza ha un *déjà vu*, come se avesse già vissuto quella situazione. In effetti è molto simile a quella di sabato, quando ha saputo della morte di Aurora.

«Allora?» chiede Emilio, vedendo che Julia non dice nulla.

«È contento che tu sia qui con me. E mi ha chiesto di fare attenzione.»

«Ha ragione. Se si tratta di un serial killer continuerà a uccidere finché non lo prenderanno. Non si fermerà.»

Le parole di Emilio le ricordano quelle dette il giorno prima da Montero, il prof di educazione fisica: «Non si fermerà. Non si fermerà finché non l'avranno preso».

Lei continua a non vederci chiaro. Julia non vuole discutere con l'amico, insistendo sul fatto che non è ancora certo si tratti di un serial killer. Non è nemmeno provato che l'assassino sia un uomo. La possibilità che la colpevole sia una donna continua a ronzarle in testa.

«Emi, vorrei parlarti di un'altra cosa. Anzi, di un'altra persona.»

«Di chi?»

La ragazza non vuole che ci siano segreti fra loro. Nei prossimi giorni trascorreranno molto tempo insieme, meglio che Emi sappia il più possibile.

«Iván.»

«Ma che problemi ha quel tipo? Tra l'altro, ieri l'ho visto uscire dal commissariato. Mi ero dimenticato di dirtelo.»

«L'hai visto?»

«Sì. Ero andato a fare un giro e l'ho trovato lì. Credo che fosse con i suoi nonni.»

«So che è andato a rilasciare la sua deposizione. Me l'ha detto. È proprio di questo che volevo parlarti.»

«C'entra con la morte di Aurora?»

Julia si avvicina alla scrivania, fa un piccolo salto e ci si siede sopra. Appoggia le mani sulle ginocchia e si protende leggermente in avanti.

«Allora, niente di quello che ti dirò deve uscire da qui. Deve restare tra di noi.»

«D'accordo. Anche se non so a chi potrei raccontare questo segreto. Non ho molti amici, in pratica parlo soltanto con te.»

«Non si sa mai, magari ti fai una fidanzata via Internet.»

«L'ultima mi ha lasciato» scherza Emilio, cercando di nascondere il tuffo al cuore che quella frase gli ha provocato. «Smettila di girarci intorno, cosa devi dirmi?»

«Troppe cose.»

Nei successivi dieci minuti Julia lo aggiorna su tutto. Gli spiega dell'incidente in bicicletta di Iván e della sua richiesta di fargli da alibi per l'ora in cui Aurora è stata assassinata. Racconta anche della donna che Iván ha visto entrare nello spogliatoio, poi conclude con la notizia che lui e Vanesa si sono lasciati.

«E da questa mattina ha il cellulare spento» aggiunge Julia, sospirando. «Se devo essere sincera, non so cosa pensare di lui.»

«È un tuo amico?»

«Amico? Be', sì. Non lo so. Mi è simpatico.»

«Ti è solo simpatico?»

«In che senso?»

«Non... non ti piace? Adesso che non esce più con Vanesa è libero.»

Emilio sa che la risposta di Julia può allargare la ferita che gli si è aperta nel petto, sulla sinistra. E i tre secondi che le servono per rispondere gli paiono eterni.

«Non voglio altri casini. Ne ho abbastanza fra questa storia e la fine della scuola, non credi?»

Il ragazzo si stringe nelle spalle. Julia non ha risposto alla sua domanda. Almeno, non in maniera diretta. Che non lo abbia né ammesso né negato significa che prova qualcosa per Iván. Comunque sia, a lui non dovrebbe interessare. Non è la sua fidanzata e non lo sarà mai.

«Non so se Iván c'entri in qualche modo con la faccenda di Aurora» osserva Emilio, cercando di ignorare i suoi sentimenti e di concentrarsi sugli avvenimenti degli ultimi giorni. «Ma è chiaramente sospetto. Magari la storia della donna nello spogliatoio se l'è inventata.»

«E perché dovrebbe?»

«Non lo so. Però era a scuola la sera in cui hanno ucciso Aurora, e il giorno stesso in cui è stata ammazzata Aria è scomparso e ha il cellulare spento.»

«Ma il movente?»

«E chi lo sa. Un pazzo ha bisogno di un movente per uccidere qualcuno? Non conosco il passato di Iván. Magari si sta vendicando per qualcosa che è accaduto quand'era bambino, oppure ha un problema mentale.»

«Non ne sono così convinta, Emi. Non ha molto senso.»

«E allora cosa ci faceva a scuola? Una strana coincidenza, non ti pare?»

Julia continua a pensarci e a ripensarci. Non crede che Iván possa essere un assassino. Anche se si trovava sul luogo del delitto all'ora in cui è stato perpetrato. E anche se è scomparso da qualche ora, nel momento in cui è stata uccisa la povera Aria.

«Devo parlarci» conclude la ragazza, prendendo il cellulare e digitando di nuovo il suo numero. La risposta è la stessa di sempre. «Non può tenere il cellulare spento per sempre.»

«Sai dove abita?»

«Be'… sì. Credo.»

«E perché non andiamo a casa sua?»

«Non possiamo andarci.»

«Perché no?»

La ragazza sta per rispondere, ma non lo fa. Non c'è davvero nessun motivo per cui non potrebbe andare da Iván. Forse è arrivato il momento che il ragazzo dei suoi sogni – letteralmente – chiarisca tutti i loro dubbi.

33

Lunedì 22 maggio 2017

L'appartamento in cui vive Iván è nella parte nuova del paese: una manciata di strade che sembrano tutte uguali, con blocchi di edifici allineati e ordinati simmetricamente. Julia sa esattamente dove abita il ragazzo. Nel corso di quest'anno, innamorata com'è, ha fatto in modo di scoprire dettagli come quello, e non solo. Nonostante non si siano parlati per mesi, la ragazza l'ha seguito sui social e ha immagazzinato mentalmente un sacco di dati che lo riguardano. La via e il numero civico di casa sua li ha scoperti grazie a una conversazione tra Vanesa e Ingrid ascoltata per caso. E ne ha avuto conferma da una fotografia che il ragazzo ha postato su Instagram, in cui posava proprio accanto all'edificio in cui abita. Nonostante sia un assiduo frequentatore dei social, negli ultimi tre mesi non ha messo nulla su Intenet: nessuna immagine, nessun commento.

«Ci hai fatto caso?» chiede Emilio una volta raggiunta la zona nuova del paese.

«A cosa?»

«Non c'è nessuno per strada.»

«Normale, Emi. Hanno appena ucciso un'altra ragazza. Fanno due in quattro giorni. La gente ha paura.»

«Questo paese è così pettegolo che mi stupisce che la paura abbia la meglio sulla curiosità. Saranno tutti davanti a scuola a fare la guardia.»

«Ormai avranno già portato il corpo all'istituto di medicina legale per l'autopsia. Lì non c'è più niente da vedere e non ha senso stare a curiosare.»

Il ragazzo annuisce e continuano a camminare. È quasi buio e si è alzata una leggera brezza fresca: un vero sollievo dopo una giornata così calda. L'estate si annuncia infernale.

«Non ti sembra strano che i crimini siano avvenuti entrambi a scuola? Ci sarà un motivo?»

«Non lo so, Emi. Più che strano mi sembra orribile.»

«Forse è perché non ci sono telecamere di sicurezza e l'assassino si può muovere come vuole.»

È vero, e non ce ne sono nemmeno nei dintorni, visto che l'edificio più vicino è a trecento o quattrocento metri di distanza. La scuola è stata costruita sul terreno dove un tempo c'era il vecchio mulino, isolato da tutto il resto.

«Sappiamo che Aurora aveva appuntamento con qualcuno. Ma cosa ci faceva oggi Patri a scuola? Le lezioni erano sospese. Aveva appuntamento con un professore? Con qualcuno dei nostri compagni o qualche altro studente?» insiste Emilio, che ha sempre più dubbi.

«Tutto può essere. La scuola era il luogo perfetto per un appuntamento segreto proprio perché non c'erano lezioni e quindi non c'era nessuno.»

«Nell'ufficio del preside? Dai, è troppo strano.»

«Gli uffici non sono chiusi a chiave. Ci può entrare chiunque, non ci hai mai fatto caso?»

«Davvero? Non hanno la serratura?»

«No. Mi sono sempre chiesta come mai. La sicurezza a scuola lascia davvero a desiderare. Né telecamere né serrature. In generale, poi, in questo paese c'è una certa fiducia.»

«Certo. Perché non succede mai niente.» Emilio allarga le braccia, scoraggiato. «Ma d'ora in poi dovranno fare attenzione. Domani stesso dovrebbero installare dieci telecamere di sorveglianza a controllare ogni corridoio del Rubén Darío.»

«Credi che questo fermerebbe l'assassino, o l'assassina?»

«Come minimo eviterebbe altre morti all'interno della scuola. O almeno il crimine verrebbe registrato e si riuscirebbe a scoprire il colpevole.»

«Speriamo che non ci siano altre morti da nessuna parte e che questa macabra faccenda si concluda presto.»

Le parole di Julia risuonano nella testa dei due amici, in quell'imbrunire silenzioso e pesante. Non è un gioco: sono morte due ragazze che entrambi conoscevano, che vedevano ogni giorno in classe. E c'è un mostro in circolazione, che ha tolto loro la vita. Ci saranno altre vittime? Quanto impiegherà la polizia a scovare l'assassino? Quale movente può esserci dietro questi crimini? Hanno davvero a che fare con un serial killer?

«L'assassinio di Aria ha chiarito una cosa» prosegue Julia mentre controlla il numero civico del palazzo che ha davanti. Diciassette. Iván abita al ventitré di quella via.

«Cioè?»

«Che possiamo cancellare Bernardo, il padre di Aurora, dalla lista dei sospetti. È in stato di fermo, non può aver ucciso lui Patricia. Potrà essere imputato solo per la faccenda della droga.»

«Giusto. Non ci avevo pensato.»

«Al funerale molti gli hanno urlato "assassino!"»

«Poveraccio. Non solo ha perso la figlia, ma ha anche dovuto sopportare di essere accusato della sua morte. Questo paese è allucinante. Nessuno gli chiederà scusa, poco ma sicuro.»

Anche Julia la pensa così. Nessun abitante del paese si scuserà con Bernardo o gli farà le condoglianze. Molti continuano a pensare che abbia maltrattato Vera e abusato della figlia, prima di sparire. E, nonostante il suo alibi inattaccabile, qualcuno continuerà comunque a pensare che sia stato lui a uccidere le ragazze.

«Eccoci» dice la ragazza quando arrivano al ventitré.

Si tratta di un edificio a tre piani dai mattoni a vista color ocra. Gli appartamenti che si affacciano sulla strada hanno ampi balconi. Iván abita in uno di quelli. Secondo piano, interno B.

La porta dell'edificio è aperta. I due ragazzi entrano e, nel vederli, un portinaio bassino e con i capelli rasati esce ad accoglierli da un bugigattolo a vetri.

«Tutto bene, ragazzi? A che piano andate?» chiede gentilmente l'uomo.

«Al secondo, interno B» risponde Julia, un po' nervosa.

«Siete qui per Iván?»

«Sì, siamo suoi compagni di classe. Possiamo salire?»

«Certo. Un attimo.»

L'uomo li accompagna fino alla porta dell'ascensore e con un sorriso li invita a entrare. Una volta dentro schiaccia il bottone del secondo piano e chiude, restando nell'ingresso.

«Molto simpatico, l'omino» commenta Emilio. Gli è piaciuto il modo in cui li ha trattati. «Ha l'aria di un folletto o è stata solo una mia impressione?»

«Stai zitto, può sentirti.»

«Aria da folletto non è un insulto.»

«Dipende da come lo dici» replica Julia proprio prima di arrivare al secondo piano.

Quando l'ascensore si ferma sente un formicolio allo stomaco. Sta per rivedere Iván e lui le dovrà spiegare cosa sta succedendo. La cosa la innervosisce parecchio. Non avranno esagerato ad andare a cercarlo a casa?

Fuori dall'ascensore, l'appartamento 2B è a destra.

«Se apre il padre o la madre ci parli tu?» chiede Emi.

«D'accordo.»

Il ragazzo suona il campanello e si scosta, lasciando Julia davanti alla porta. Un tacchettio annuncia che qualcuno si sta avvicinando alla porta. Aprono e si ritrovano davanti una donna di quaranta e passa anni, elegante e pettinata come se fosse appena uscita dal parrucchiere.

«Buongiorno» li saluta, sorpresa. «Cosa volete?»

«Buongiorno, signora. Siamo qui per Iván. Siamo suoi amici» risponde Julia. Le trema la voce. «Lei è sua madre?»

«Sì, sono sua madre. Ma lui non è in casa.»

«E quando torna?»

«Domenica. A meno che quegli stupidi poliziotti non lo convochino di nuovo per rilasciare una deposizione. Ci hanno già fatto perdere abbastanza tempo» risponde la donna, a braccia conserte. «L'hanno costretto a lasciare la città insieme a suo cugino per potersi concentrare sullo studio. Tra pochi giorni ha gli esami e tutte le cose che stanno succedendo lo distraggono troppo.»

Julia sbuffa. Questa proprio non se l'aspettava. Le parole della donna la scoraggiano.

«L'abbiamo cercato al cellulare, ma è sempre spento» interviene Emilio, vedendo che tace. «Sa come potremmo metterci in contatto con lui?»

«Non potete. Ha lasciato il cellulare a casa. Si è portato dietro soltanto il telefono che usa per parlare con la famiglia. Questa settimana non c'è per nessuno. Mi dispiace, ragazzi, ma è in gioco il suo futuro. E se non prende un bel voto agli esami finali non potrà frequentare la facoltà che abbiamo scelto per lui.»

Emilio e Julia si scambiano uno sguardo. Nessuno dei due sa come continuare. Forse la cosa migliore è andarsene e rincasare prima che diventi troppo buio. Tuttavia al ragazzo viene in mente un'ultima domanda.

«Signora, ce ne andiamo subito. Ma potrebbe dirci a che ora Iván è andato via con suo cugino? È passato a prenderlo lui?»

«Suo cugino non è potuto venire. Quindi ha dovuto prendere il pullman. E mi pare fossero le sette.»

L'ora del decesso di Patricia non è ancora nota, ma di sicuro è successo molto prima delle sette di sera. E a nessuno dei due quel dettaglio passa inosservato.

«E, prima di andare a prendere il pullman, Iván è sempre stato a casa?»

«No, ha fatto un giro dopo pranzo. Per schiarirsi un po' le idee... ma perché tutte queste domande?»

La donna sembra irritata dall'insistenza dei ragazzi. Questi si scusano per il disturbo e decidono di tagliare corto. La salutano e rientrano nell'ascensore.

«Chiaramente sospetto» dice Emilio schiacciando il pulsante del pianoterra. «E in più è scappato. Bella la scusa degli esami.»

Julia non risponde. Deve pensarci su, chiarirsi le idee. Le vengono in mente troppe possibilità per poter emettere così in fretta una sentenza. Né per accusarlo né per scagionarlo. È evidente che Iván ha fatto qualcosa che non vuole e non può dire. Quel qualcosa è l'assassinio di Aurora? Speriamo che la risposta sia no.

I ragazzi salutano di nuovo il portinaio e abbandonano l'edificio. Devono fare un bel po' di strada, ed è diventato buio.

«Davvero non è un problema che resti da te?» chiede il ragazzo dopo qualche minuto di silenzio.

«Basta, Emi, non chiederlo più. Siamo tutti molto felici che tu stia da noi, non continuare a scusarti.»

«O mi ucciderai e mi metterai una bussola accanto.»

«Non scherzare su questa cosa, per favore» lo riprende molto seria la ragazza. «Zero battute su questa faccenda.»

«Mi dispiace. Hai ragione, non fa affatto ridere. Sono davvero scemo in questi giorni.»

«Non preoccuparti.»

«Non hai la sensazione che tutto questo ti stia schiacciando? Perché a me succede di continuo. Da quando mi hai detto della scomparsa di Aurora vivo come se avessi costantemente un enorme nuvolone sulla testa. Non mi comporto in modo normale.»

«Emi, tu non sei mai stato normale.»

Il mezzo sorriso che Julia rivolge all'amico lo solleva. Adora quando sorride così. Ma non deve cedere nuovamente al magnetismo della ragazza con i capelli corti e gli occhi che brillano. Sta per trascorrere parecchio tempo con lei e deve essere in grado di controllare le sue emozioni. Se no andrà a finire male. Deve essere forte mentalmente e non disturbare. Suo padre è incaricato della più importante indagine nella storia del paese. E, se lui può dare in qualche modo una mano, quella strana situazione sarà valsa la pena. Anche se gli dispiace che a Julia lui non interessi e che sia innamorata del principale sospettato degli omicidi di Aurora e di Patricia. Perché, per Emilio, Iván ha scritta in fronte la parola colpevole. Anche se lei non lo vuole riconoscere.

34

Lunedì 22 maggio 2017. Qualche ora prima

Dopo il funerale di Aurora Patricia torna a casa. Quello che è accaduto alla sua compagna di classe la fa soffrire molto. È quasi svenuta quando ha visto la bara calata nella fossa, e ha pianto come mai prima. Non riesce a scrollarsi di dosso un certo senso di colpa. La sensazione che forse avrebbe potuto evitare che tutto ciò accadesse.

Tuttavia lui le ha giurato e spergiurato di non essere il responsabile della morte di Aurora.

Gli deve credere?

«Se racconti quello che sai mi rovinerai la vita. Posso aver sbagliato, ma non sono un assassino. Patricia, ti giuro che non farei male a una mosca. Come avrei potuto uccidere la povera Aurora?»

Quelle parole le rimbombano in testa mentre è a tavola con i genitori e la sorella minore. Si sono parlati di nascosto, dietro i cipressi. Lontani da tutti, perché nessuno li vedesse. Ma non era il luogo adatto. Al cimitero c'era troppa gente. Perché non vedersi dopo? A scuola? Oggi non c'è nessuno, le lezioni sono sospese. Potranno parlare con calma e chiarire le cose.

«Per favore, non andare alla polizia. Ti do la mia parola d'onore che non sono stato io. Se sveli il mio segreto mi suicido.»

Gliel'ha ripetuto in varie occasioni. Fin dal giorno in cui hanno parlato e lei gli ha detto di sapere tutto. Ha minacciato di buttarsi giù da un ponte. Un'altra volta di tagliarsi le vene. E forse se morisse sarebbe la cosa migliore. Ma quel tipo spregevole è pur sempre un essere umano, una persona malata. E ha promesso di non farlo mai più. Anche Aurora era al corrente di quello che faceva ed è questo il motivo per cui l'ha uccisa? Lui le ha assicurato di avere persino un alibi per l'ora in cui la compagna di classe è stata assassinata, ma perché mai dovrebbe fidarsi?

«A cosa stai pensando?» le chiede Bely, masticando una polpetta che si è infilata in bocca tutta intera.

Le guance gonfie della sorella le strappano una piccola risata. Le riempie il bicchiere d'acqua e le dice di bere e deglutire piano. Belinda obbedisce. Quando ormai la polpetta non rappresenta più un problema, la bambina torna all'attacco.

«Perché hai la testa tra le nuvole?»

«Non sono su nessuna nuvola.»

«Be', quando io mi distraggo e guardo in alto, mamma mi dice che ho la testa tra le nuvole.»

La madre sorride nel sentire la figlia piccola: benedetta ingenuità. Le sorelle vanno molto d'accordo tra di loro, sono delle figlie modello. Ma anche lei ha notato Patri un po' assente negli ultimi giorni. La morte di Aurora l'ha profondamente colpita. Forse nel weekend andranno tutti insieme a fare un picnic in campagna per staccare un po' da tutta quella situazione angosciante. Respirare aria fresca fa sempre bene e rilassa.

«Dopo pranzo mi vedo con Yi e Sara per fare un lavoro» mente Patricia, mentre apre uno yogurt alla fragola.

«Un lavoro? Proprio oggi?» interviene a quel punto suo padre. «Avete appena seppellito una vostra compagna di classe. Non potete prendervi qualche giorno libero?»

«La prossima settimana ci sono gli esami e dobbiamo consegnare parecchie cose. Siamo indietro con letteratura.»

«Vi sta tanto addosso Diego?»

«Sì, papà. Troppo.»

Diego Soler, il professore di lingua e letteratura della terza B, e Agustín, il padre di Patricia Herrero, sono amici di vecchia data. Giocano insieme a padel tennis. Hanno la stessa età e il prof è spesso ospite a cena a casa loro, soprattutto da quando un paio di anni fa si è separato dalla moglie. È un tipo attraente, elegante ed è sempre molto curato. Fa lezione in giacca, e a volte si mette persino la cravatta.

«Gli parlo io, gli dico di non esagerare.»

«Non è il caso. Grazie» dice la ragazza, che lascia lo yogurt a metà. «Vado di là a prepararmi.»

Dà un bacio sulla fronte alla sorella minore, che sta ancora lottando con le polpette, e se ne va in camera sua. Si siede alla scrivania e resta a guardare dalla finestra, pensierosa. Fa bene ad andare da sola a quell'appuntamento a scuola? È proprio lì che venerdì Aurora è stata uccisa.

Se quello fosse un thriller, lei stessa starebbe urlando alla protagonista di non essere così stupida e ingenua da andare da sola sulla scena del crimine a parlare con il probabile assassino. Pensandoci, sorride. Non è un thriller, è la vita vera. E ha bisogno di parlare con lui. Ha bisogno di conoscere il suo alibi e valutare se, anche fosse innocente, denunciarlo comunque alla polizia per le sue altre attività illecite... Certo, se fosse sicura che non è stato lui a uccidere Aurora si toglierebbe di dosso il grande peso che ora la opprime.

Ma se invece scoprisse di avere a che fare con l'assassino...

Le è venuta in mente una cosa forse un po' troppo pittoresca. Anzi, da film. Non dovrebbe guardare tutte quelle serie poliziesche su Netflix. Anche se è un'idea interessante, e lei adora i giochi.

Apre il portatile e accede a Google. Scrive un nome e fa delle ricerche. Trova tutto quello di cui ha bisogno. Prende carta e penna e per mezz'ora si dedica a elaborare il piano. Se le succede qualcosa la sua amica troverà la soluzione. Ne è convinta.

Alla fine piega il foglio a metà e lo infila in una busta che chiude dopo averne leccato la colla. Sul retro scrive: "Per Julia Plaza".

Adesso non deve far altro che metterla in un posto sicuro e nasconderla perché non la trovi sua sorella. Sa che Bely entra in camera sua a rovistare, quando lei non è in casa. Questa volta, se anche la piccola la dovesse trovare, non riuscirà a decifrare il contenuto di quella busta. E nemmeno i suoi genitori. Soltanto Julia sarà in grado di farlo.

Anche se si augura che l'amica non la riceva mai: vorrebbe dire che è andato tutto bene e che nessuno le ha fatto del male.

Ore dopo Patricia Herrero sarà trovata morta nell'ufficio del preside della scuola Rubén Darío. Sarà lo stesso Lázaro Martínez ad avvisare la polizia.

35

Sabato 11 febbraio 2017

Sei ragazze fanno merenda in una bella caffetteria del centro. Offre Patricia Herrero, che compie diciassette anni. Si godono degli ottimi dolci e grandi bicchieri di frappè. Anche se il pezzo forte del compleanno di Aria arriva più tardi. Dopo aver bevuto un sorso della sua bevanda e aver mandato giù l'ultimo pezzetto di un tortino al lampone, Patri racconta alle cinque compagne di classe il programma per il pomeriggio.

«Come sapete, adoro i giochi, gli enigmi e tutte quelle cose lì. Quindi ho prenotato due *escape room*!»

«Due cosa?» chiede Yi, che non sa di cosa stia parlando.

«*Escape room*. Non ne avete mai sentito parlare?»

Sara, Julia e Dunia sanno di cosa si tratta, ma Yi e Ana non ne hanno la più pallida idea. La festeggiata glielo spiega.

«Un'*escape room* è una stanza in cui si viene rinchiusi e da cui bisogna cercare di uscire seguendo una serie di piste, attraverso la risoluzione di alcuni enigmi. Hai un'ora di tempo e l'ambientazione è roba di omicidi, misteri e cose del genere. Io ci sono stata una volta con i miei cugini ed è super divertente!»

Julia ha già sentito parlare di questo nuovo gioco interattivo che si sta diffondendo. Le brillano gli occhi: per un po' potrà essere come il suo amato Hercule Poirot o come l'affascinante Miss Marple, i personaggi di Agatha Christie, la sua scrittrice preferita. Aria ha avuto un'idea fantastica!

«Ci divideremo in due squadre da tre. Faremo a gara tra di noi, e vediamo chi riuscirà a uscire prima dalla stanza. Così sarà più divertente» commenta Patricia. Si percepisce che è molto emozionata. «Se volete possiamo fare i gruppi tirando a sorte.»

Sono tutte d'accordo. La festeggiata prende quindi un tovagliolo di carta, lo strappa in sei pezzetti e, con una biro presa in prestito da un cameriere, ci scrive sopra il suo nome e quello delle cinque amiche. Piega i sei bigliettini e li appoggia sul palmo delle mani, che tiene a mo' di ciotola.

«Una mano ingenua?»

«Io!» urla subito Yi, entusiasta per la proposta dell'*escape room*. «Sono la più ingenua tra noi, giusto?»

Le altre sorridono. Non c'è dubbio: Yi è una brava ragazza, ma sembra avere quattro o cinque anni meno del resto del gruppo, anche se frequentano tutte la terza B del Rubén Darío.

«Perfetto. Allora scegli tre bigliettini. Le prime tre andranno nella stanza *L'assassinio del dottor Márquez*. Le altre tre andranno in quella *L'omicidio del giocatore di carte*. Sono entrambe di livello medio, quindi ci dovremo dare parecchio da fare per uscire.»

«Uff. Se deve dipendere da me, non usciremo prima dell'anno prossimo.»

«Non essere pessimista, Ana. Vedrai che sarai bravissima.» Patricia incoraggia quella che considera una delle sue migliori amiche fin da quando erano bambine. Si sono conosciute all'asilo. «D'accordo, Yi, prendi tre bigliettini e lasciali sul tavolo.»

Yi sceglie un biglietto alla volta, con una certa suspense, come se stesse cercando di indovinare il nome che c'è scritto. La guardano tutte ansiose fin quando non finisce.

«Il dado è tratto» dice Dunia. «Spero di essere in squadra con Julia, che è la più sveglia di tutte noi.»

«Anche io lo spero!» afferma Ana. «Team Plaza!»

Julia arrossisce per le parole delle amiche e si agita un po'. Da una parte è lusingata, ma dall'altra si sente molto sotto pressione. Quelle che saranno in gruppo con lei le daranno la responsabilità di risolvere gli enigmi per poter avanzare in fretta. Ma è un gioco! Lei vuole divertirsi! Non le interessa competere e non vuole nemmeno che le amiche pendano dalle sue labbra in attesa delle soluzioni!

«Lasciate in pace la povera Julia» protesta protettiva Patricia, mettendo un braccio intorno alle spalle dell'amica. «È importante che ognuna faccia del suo meglio cercando di risolvere il maggior numero possibile di quesiti. Lavorate in squadra!»

E, senza aggiungere altro, inizia ad aprire i bigliettini. Legge i nomi ad alta voce, uno per uno. Alla fine ricontrolla i gruppi che si sono formati. Patricia, Ana e Sara dovranno trovare il colpevole de *L'assassinio del dottor Márquez*. E Julia, Yi e Dunia proveranno a risolvere *L'omicidio del giocatore di carte*.

«Pronte?» chiede alla fine Patricia.

«Sì!» urla Yi, felice di essere in squadra con Julia.

Il resto delle ragazze non si pronuncia, ma nessuna si lamenta.

L'appuntamento è per le sei. Nell'attesa scherzano tra di loro e finiscono di fare merenda. Yi si lancia persino nella pianificazione di una strategia che fa ridere le altre: "Fare quello che dice Julia".

«Io sarò la tua dottoressa Watson» le dice, cacciandosi in bocca metà di un dolcetto alla mela. «E poi assomiglio alla protagonista di *Elementary*, no? Siamo entrambe mezze orientali.»

«Ma se sei nata ad Albacete!»

Le risate vanno e vengono con le uscite di Yi, finché le ragazze si alzano e si dirigono verso l'*escape room*, poco distante da lì.

«Ma ci credi che sono nervosa?» sussurra Julia a Patricia quando entrano nell'edificio.

«Ma dai! Davvero?»

«Sì. E se mi blocco e non riesco a risolvere un bel niente?»

«Non preoccuparti. Ti salverà Yi» dice Aria con un sorriso. «A parte gli scherzi: se vi bloccate, c'è un game master che controlla il gioco da fuori e vi darà una mano. Comunque sono convinta che sarete bravissime e ti divertirai un sacco.»

Le parole dell'amica tranquillizzano Julia. Patri è stupenda: un po' matta, e ossessionata dai giochi. Ricorda il giorno in cui le ha confessato chi le piaceva servendosi di un poema acrostico. Unendo la prima lettera di ogni verso usciva fuori il nome di Alfonso Setién, un tipo carinissimo della classe accanto.

«Benvenute, ragazze!» le saluta calorosamente un ragazzo con i capelli color giallo canarino e gli occhiali dalla montatura rossa. A Julia ricorda subito Emilio. Anche se questo deve avere una decina di anni più di lui ed è un po' più alto. «Spero che vi divertiate e riusciate a lasciare in tempo la stanza. Adesso vi spiego come funzionano le nostre *escape room* e cosa dovete fare per uscire. Nel caso ci impiegaste un po' troppo potete anche cenare dentro.»

La battuta del sosia di Emilio fa sorridere tutte. In pochi minuti il ragazzo spiega il gioco e alle sei accompagna nelle rispettive stanze le ragazze, che si dividono nei gruppi sorteggiati. Le porte si chiudono e l'indagine ha inizio. Hanno un'ora per risolvere il mistero e uscire di lì.

Che il gioco abbia inizio!

36

Lunedì 22 maggio 2017

I media non ci impiegano molto a diffondere la notizia dell'omicidio di Patricia Herrero. Alcuni notiziari la danno come *breaking news*. Vengono diffusi dettagli che la polizia non è riuscita a tenere riservati. A quanto pare, alla diciassettenne sono stati inferti diversi colpi alla testa con un oggetto contundente che non è stato trovato né identificato. Come nel caso di Aurora. Il corpo è stato rinvenuto nell'ufficio del preside, che ha avvisato la polizia verso le sei e mezza del pomeriggio. Accanto al cadavere c'era una bussola. Le lezioni sono state sospese fino al lunedì della settimana successiva.

«Twitter è pieno di ipotesi e di hashtag #lassassinodellabussola» dice Emilio, che non stacca gli occhi dal cellulare. Continua a scorrere con il dito e legge un messaggio dietro l'altro: "Questo è solo l'inizio. La polizia spagnola non è preparata a una cosa del genere. Quante altre morti ci saranno?"

Julia scuote la testa. È crollata la diga. Il popolo dei social network inizierà a cercare responsabilità e responsabili, senza alcun criterio. La giungla del "vale tutto".

«Facile scrivere comodamente seduti in poltrona, nascosti dietro uno schermo, così non ti vede in faccia nessuno» sbotta la ragazza, che pensa al duro lavoro dei suoi genitori. Nessuno dei due è ancora rincasato.

«Come se fosse semplice trovare quel disgraziato. Guarda cosa dice quest'altro leone da tastiera...»

«Emi, ti supplico, non leggermi altri tweet o mi scoppia la testa.»

Lui si scusa e mette via il telefono. Osserva l'amica, che ha le mani appoggiate sul viso, con aria piuttosto abbattuta. È così da quando sono usciti da casa di Iván. Non è abituato a vedere Julia così giù. Non sa bene cosa fare per tirarla su di morale.

«Guardiamo un film? Ho Netflix.»

«Non mi va, Emi.»

«E una partita a scacchi? Di sicuro vinci tu, ma così ti allenerai un po'!»

«No, grazie.»

«FIFA? Trivial? Rummikub?»

La ragazza fissa l'amico e cambia espressione. Abbozza un timido sorriso e si alza. Lo prende per mano e si alza anche lui.

«Dai, andiamo a preparare qualcosa per cena. Non credo che i miei torneranno presto.»

«Vuoi che cucini io? Sono bravino.»

«Meglio se facciamo qualcosa insieme. Sono certa che sei un grande chef, ma non mi fido.»

«Davvero non ti fidi di me?»

«Mah... Già mia madre l'altra sera ha bruciato la cena. Non voglio replicare e trovarmi a ordinare un'altra pizza.»

Emilio sospira e si finge disperato per quel commento. Entrano insieme in cucina e guardano quello che c'è in frigo e nella dispensa. Dopo qualche tentennamento decidono di preparare degli spaghetti alla carbonara. Semplici, veloci e piacciono a entrambi.

Julia prepara la pasta e Emilio pensa al condimento. Dopo qualche minuto di silenzio, in cui ciascuno si occupa della sua parte, lei si avvicina e gli parla a bassa voce.

«Grazie per aver cercato di tirarmi su il morale. Sono contenta che tu sia qui.»

Emi arrossisce e si aggiusta gli occhiali. Sente un formicolio in tutto il corpo. Bello, troppo bello. Ma il nervosismo gli gioca un brutto scherzo e si taglia il dito medio della mano sinistra con il coltello con cui sta affettando la pancetta. Il ragazzo lancia un urlo. Il sangue zampilla.

«Cazzo, che imbranato!» brontola, prima di posare il coltello sul ripiano. Raggiunge il lavandino e mette il dito sotto il getto di acqua fredda. Gli gira la testa. Non sopporta la vista del sangue.

«Fa' vedere.»

«Non è niente, un taglietto del cavolo.»

Ma Julia non si fida, lo vede pallido. Quindi gli controlla il dito dopo avergli preso la mano delicatamente. Il ragazzo sente un altro fremito. Nonostante il sangue, è il più bel momento della giornata.

«Ti sei fatto un bel taglio. Ma non credo ci sia bisogno di punti. Andiamo in bagno, c'è l'armadietto dei medicinali.»

«Non è il caso.»

«Emi! Non fare il duro e vieni con me che ti disinfetto la ferita. Adesso.»

Il ragazzo obbedisce e si dirigono al bagno del pianoterra. È piccolo, funzionale. Non c'è né doccia né vasca da bagno. Sulla parete c'è un armadietto con le ante in vetro. Julia lo apre ed estrae cotone, acqua ossigenata, alcol e un cerotto. Ritornano in sala e si siedono sul divano.

«L'acqua ossigenata è sufficiente. Non è il caso che usi l'alcol.»

«Ma certo che lo uso, va disinfettato. Non fare il fifone.»

La ragazza vi imprime il cotone idrofilo e afferra la mano di Emilio. Lui non vuole guardare, c'è ancora sangue e proprio non ce la fa. Si scioglie invece al contatto morbido con le dita dell'amica. Altre farfalle, altri brividi. Anche se quello che segue non è così piacevole.

«Brucia!» urla il ragazzo facendo un balzo e chiudendo gli occhi. «Brucia tantissimo!»

«Ho quasi finito. Guarda che è un bel taglio, eh?»

Julia pulisce la ferita con cura. Emilio la lascia fare, ormai più calmo, anche se continua a tenere gli occhi chiusi. Adora il contatto fra le loro mani. Vorrebbe che durasse per tutta la vita.

Dopo l'alcol la ragazza prende un altro batuffolo e lo bagna di acqua ossigenata.

«D'ora in poi ai coltelli ci penso io, tu ti occupi di cose meno pericolose» dice Julia con un sorrisetto sarcastico.

«Non trattarmi come un bambino.»

«Quando ho messo l'alcol hai strillato come un bambino dell'asilo.»

«Guarda che brucia un sacco!»

«Lagna.»

Julia apre la scatola dei cerotti. Ne estrae uno e toglie l'adesivo. Alza lo sguardo e s'imbatte in quello di Emilio che la sta fissando intensamente. Pupille che brillano. Sono molto vicini. Le loro bocche a pochi centimetri. La situazione è simile a quella del giorno prima, quando si sono baciati. E ne sono consapevoli entrambi. Ma stavolta lui si gira in fretta e fa finta di niente. Julia gli mette il cerotto e si assicura che sia ben stretto intorno al dito.

«Fatto. Non stringe troppo, vero?»

«No. Va bene, grazie.»

«Figurati. E cerca di fare attenzione d'ora in poi. Ancora un po' e ci toccava andare al pronto soccorso a farti ricucire.»

«Non esageriamo.»

Sorridono entrambi, ancora seduti sul divano. Finché Emilio si accorge che qualcosa non va.

«Tu non senti puzza di bruciato?»

«Gli spaghetti! No!»

Julia balza in piedi come una molla e corre in cucina. Emilio la segue di corsa. Quando arrivano si ritrovano in una densa coltre di fumo. Londra in un giorno di nebbia. La ragazza si lancia sul piano in vetroceramica e spegne il fuoco. Controlla con orrore la pentola in cui stava cuocendo la pasta ed è subito consapevole della tragedia.

«Si sono bruciati. Completamente.»

«A quanto pare non sono l'unico casinista in cucina.»

«Se non ti fossi tagliato non sarebbe successo.»

«Certo, certo. Adesso dai la colpa a me. Hai superpoteri che ti permettono di memorizzare interi libri, ma che non servono a ricordarti che hai messo gli spaghetti sul fuoco?»

«Scemo! Io non ho nessun superpotere.»

«Hai un po' della Superchicca, tu…»

Julia storce la bocca e spalanca gli occhi prima di scoppiare a ridere. Anche Emilio ride ed è contento di rivederla allegra come al solito. Le piacerebbe farla sorridere ogni minuto del giorno.

«Lolly, Dolly o Molly? A quale assomiglio?» chiede la ragazza, che accende la cappa della cucina.

«Ora che mi ci fai pensare… la pettinatura è simile a quella di Molly.»

«Ma pensa. Io sono sempre stata più tipa da Lolly. E tu?»

«Io da *Holly e Benji*.»

«Ma se è un cartone degli anni Novanta!»

«Me lo facevano vedere da bambino! Mio padre ha la serie completa in DVD!»

Dopo aver nominato suo padre Emilio cambia espressione. Ricorda il motivo per cui è a casa di Julia e rimpiange i tempi in cui andava d'accordo con i genitori. I dissidi con loro sono arrivati a un punto tale da non riuscire nemmeno più a vivere sotto lo stesso tetto. Come hanno fatto a essere così ottusi da arrivare a una situazione del genere? Quando ha avuto inizio quella follia?

«Stai bene? Di colpo sei diventato molto serio.»

«Mi sono venuti in mente ricordi d'infanzia e mi è presa la malinconia. Mi mancano certe cose.»

«Tipo *Holly e Benji*?»

«Anche... anche.» Il ragazzo cerca di riprendersi e sorride come può. «Bene, allora? Ordiniamo una pizza?»

Julia si dà un colpo sulla fronte e annuisce. Non le va di mettersi a cucinare qualcos'altro, né di continuare a respirare il fumo che ha invaso la cucina. L'odore di bruciato non è affatto gradevole.

Mentre aspettano la cena accendono la televisione e la sintonizzano sull'emittente locale. Non ci sono novità sulla morte di Patricia Herrero, anche se Roberto Méndez dice di avere in serbo una notizia bomba per la fine del programma. Si tratta di un'intervista in esclusiva a Bernardo Ríos, il padre di Aurora.

«Sarà domani sera» spiega il giornalista, che trasuda arroganza e autocompiacimento da tutti i pori. «Bernardo oggi è stato scagionato e ci racconterà in esclusiva quello che ha provato in questi giorni.»

Nel sentire Roberto la ragazza fa schioccare la lingua, infastidita. Sembra che quell'uomo sia dappertutto, a tutte le ore. Come se ce ne fosse più d'uno. Si sarà fatto clonare?

«Questo tizio sta facendo il diavolo a quattro per essere al centro dell'attenzione e rubare la scena agli stessi omicidi» commenta indignato Emilio. «Mi sembra uno capace di tutto pur di far parlare di sé.»

Capace di tutto. Quell'espressione fa tornare in mente a Julia una storia che le ha raccontato una volta suo padre, su un giornalista che aveva sempre l'anteprima esclusiva di tutto ciò che succedeva nei crimini da lui coperti per la sua testata. Persino l'assassino gli scriveva direttamente. Alla fine si era scoperto che il colpevole era proprio il giornalista e che l'aveva fatto per farsi conoscere e perché la gente sapesse chi era. La cosa gli era sfuggita di mano, tanto che aveva finito per ammazzare sette persone. Fino a dove si spingerebbe Roberto Méndez per diventare famoso a livello nazionale?

Mentre i ragazzi commentano l'esclusiva del giornalista, la porta di casa si apre. Miguel Ángel entra in sala stanchissimo. Saluta Emilio con una stretta di mano e poi bacia la figlia sulla guancia. Il suo viso scavato e le occhiaie chilometriche dimostrano quanto è stata lunga e pesante la giornata. Ma c'è dell'altro. Una busta.

«Tieni, Julia. È per te» dice consegnandogliela. «L'abbiamo trovata nella stanza di Patricia Herrero. È indirizzata a te. L'abbiamo già analizzata dentro e fuori e non ci abbiamo trovato nulla di strano. Ho chiesto al pubblico ministero un'autorizzazione speciale per portartela. Non ero sicuro che me lo permettesse, ma ha accettato. Juan Otamendi è la persona con più buon senso che conosco. Puoi aprirla.»

La ragazza obbedisce sorpresa. Tira fuori il foglio piegato all'interno della busta e lo osserva stupita. Sulla parte inferiore del foglio c'è disegnata una scacchiera. In ogni casella c'è una lettera. La trova sconcertante perché a una prima occhiata non sembra seguire un ordine logico e non forma nessuna parola o frase.

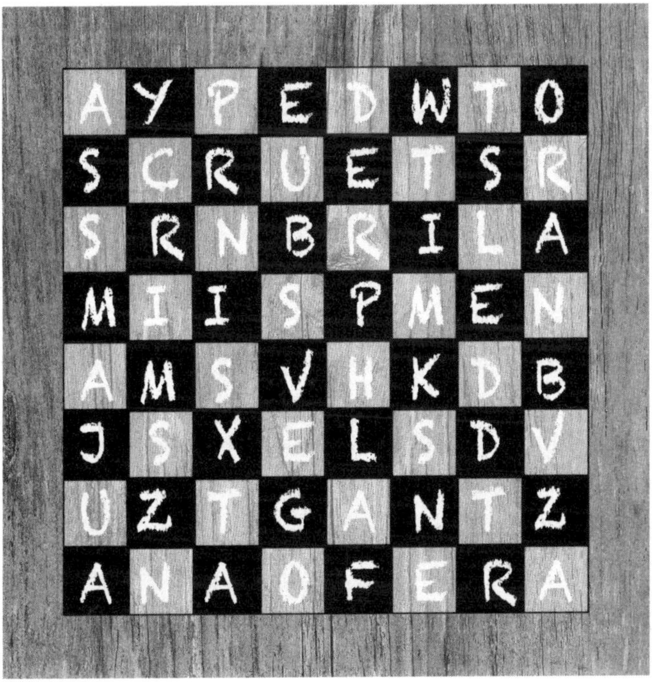

Ma Julia resta ancora più sconvolta quando legge quello che c'è scritto sulla parte superiore del foglio, in Times New Roman, corpo dodici e interlinea singola.

> Se ti arriva questa lettera vuol dire che mi è successo qualcosa.
> Aurora ed io, chi ci ha uccise? qui troverai la risposta. O almeno credo.
> Perché sono stata così criptica? A volte mi piace, lo sai. Un po' matta lo sono, me lo dicono tutti. La verità però è che non posso correre il rischio che mia sorella o i miei genitori trovino questa lettera prima del dovuto e

accusino una persona di un delitto che non ha compiuto. O magari sarà solo una coincidenza, io lo spero; anche se ormai non sono più sicura di niente.

Be', Julia, ho fiducia in te. Impressionaci ancora una volta. L'abbiamo visto tutte quello che sai fare: il giorno del mio compleanno sei stata incredibile. Benedetta intelligenza, la tua. Almeno stavolta so di essere in buone mani. Oh capitana, mia capitana!

Mi raccomando: i miei genitori e Bely sono ciò che di più bello ho al mondo, di' loro che gli voglio molto bene e che non piangano per me, per favore. Anche fosse una sola lacrima.

Grazie di tutto, amica.

P.S. Non posso concludere questa lettera senza dire alla Patricia che ci sarà tra un paio d'ore di piantarla di fantasticare e giocare e di concentrarsi sullo studio. Una signorina con troppa immaginazione, questa Patricia: deve decisamente maturare. Sicuro che ti uccideranno, tonta, ma perché se continui così non supererai gli esami!

37

Venerdì 11 febbraio 2017

«Cazzo! Sembra tutto vero!» esclama Yi mentre cammina nell'*escape room* guardandosi attorno.

Le ragazze alle prese con *L'omicidio del giocatore di carte* si ritrovano in una grande stanza arredata, e la prima cosa che notano è una gigantesca libreria che occupa tutta la parete di destra. A sinistra della grande scaffalatura c'è una vetrina con dei trofei e accanto, nell'angolo, una lampada da terra. Al centro del locale una scrivania – con carte e documenti appoggiati sul piano di legno – e una poltrona di pelle su un bel tappeto persiano. Sulla parete più lontana dalla porta, a sinistra, c'è un grande quadro che raffigura una rosa. Subito sotto un mobile bar con alcolici e bicchieri.

«E quello?» chiede Dunia avvicinandosi a una zona delimitata da un nastro nero e giallo, come quelli usati dalla polizia.

«Lì è stato commesso il crimine» dice Julia avvicinandosi.

C'è un tavolo da gioco. La ragazza osserva con attenzione. Sul tappeto verde ci sono carte da poker e fiches. Da quel che può intuire i giocatori erano quattro. E uno di loro è la vittima, di cui resta soltanto un contorno disegnato con la vernice bianca, che ripropone fedelmente la posizione in cui è rimasta in seguito all'omicidio.

«L'hanno assassinato mentre giocava a poker?» chiede Yi, che con la coda dell'occhio osserva l'orologio a muro, sulla parete sopra al tavolo: indica che stanno giocando da un minuto e mezzo.

«Così pare» risponde Julia. «Ragazze, ci dobbiamo organizzare. Come vedete, il mobile bar e la vetrina con i trofei sono chiusi con dei lucchetti: dobbiamo trovare il modo di aprirli. Io voglio provare a fare una cosa. Voi cercate nella stanza per vedere se trovate qualche oggetto che ci indichi come dobbiamo procedere.»

Yi e Dunia obbediscono all'amica e si mettono subito a frugare nella libreria. Nel frattempo Julia osserva attentamente il tavolo. A ogni giocatore sono state distribuite cinque carte che sono allineate a faccia in giù. Ha un'intuizione. Si abbassa e osserva il lucchetto del mobile bar. Ha una combinazione a cinque cifre. Bene, lo sospettava. Di sicuro quei cinque numeri corrispondono a una delle giocate. Ma quale? Prova con quella del morto. Ma il lucchetto non si apre.

«Qui c'è uno schema con le giocate del poker!» esclama Yi mostrando un foglio che ha trovato sulla scrivania.

«Perfetto. Mi hai appena dato la pista che mi serviva.»

Julia controlla di nuovo le carte sul tavolo e stabilisce che a vincere la partita è stato il giocatore alla sinistra della vittima, con un full di sette e cinque. Si abbassa di nuovo e inserisce nel lucchetto la combinazione 77755.

«Si è aperto! Ragazze, siamo riuscite ad aprire il mobile bar!»

Yi e Dunia corrono verso l'amica e le fanno i complimenti. Non sono trascorsi nemmeno quattro minuti e Julia è già riuscita a risolvere la prima prova. All'interno del mobile ci sono un portachiavi con oltre cinquanta chiavi e una fotografia che ritrae quattro persone.

«Una di queste chiavi apre il lucchetto della vetrina» dice Julia, che aveva già notato quel dettaglio.

«E la foto?» chiede Dunia.

«Sono i quattro giocatori di poker. Sicuramente ci servirà a qualcosa. Intanto dobbiamo riuscire ad aprire la vetrina dei trofei.»

«Bisogna provare tutte le chiavi?»

«Ci impiegheremmo troppo tempo. Di sicuro da qualche parte nella stanza c'è un'indicazione su qual è la chiave da usare.»

Julia è molto concentrata. Su ogni chiave c'è un simbolo. Quale sarà quella giusta?

«Qui c'è qualcosa!» urla Dunia, che è accanto alla lampada. «Una torcia!»

E all'improvviso la luce si spegne. Yi fa un urlo che spaventa Julia. La ragazza reagisce in fretta e corre verso il punto in cui si trova Dunia. Le chiede la torcia e l'accende. Illumina la parete su cui c'è la vetrina dei trofei e lì, come per magia, appare un simbolo, che riconosce subito: la lettera gamma dell'alfabeto greco. Controlla e vede che su una delle chiavi è inciso lo stesso simbolo. Sorride e la infila nel lucchetto. La porta di vetro si apre e la luce si riaccende.

«Julia, sei incredibile!» urla Yi emozionata. «Batterai il record di velocità delle *escape room*!»

Ma Julia non perde tempo a godersi i complimenti. In una di quelle coppe deve esserci l'indizio successivo.

«Ragazze, aiutatemi a cercare. Guardate dentro e sotto i trofei. Di sicuro il nuovo oggetto che dobbiamo trovare è da queste parti.»

Dunia e Yi si mettono al lavoro. Ci sono parecchi trofei da controllare, ma loro sono in tre. E una è Julia, che pensa alla velocità della luce. Non ci impiega molto a capire dove cercare. Si tratta di una specie di cilindro dorato. La ragazza lo prende e lo mostra alle amiche.

«Questa coppa è il primo premio di una regata fatta a Mykonos, un'isola greca. Greca come la lettera che c'è sulla chiave» dice Julia, che mostra alle amiche l'etichetta del trofeo. «Scommetto che...»

E, accortasi che il cilindro non è attaccato alla base, tira verso l'alto, senza un grande sforzo.

«Cazzo! Cos'è?» chiede Yi, osservando sorpresa un piccolo tubicino che era all'interno del cilindro dorato.

«Un laser.»

«Un laser! Ma questi qui sono allucinanti!»

Julia sorride nel sentire Yi così emozionata e al tempo stesso stupita dal risultato ottenuto.

«E cosa ce ne facciamo di un laser?»

«Di sicuro lo dovremo puntare da qualche parte e così troveremo un altro indizio» risponde Julia a Dunia, esaminando il piccolo oggetto.

«E dove lo puntiamo?»

Julia ci pensa un attimo, con il laser in mano. Dove bisogna puntarlo? A quel punto guarda Yi Lin, che ha in mano la base del trofeo. Fa attenzione all'etichetta e si rende conto che un lembo è leggermente staccato.

«Yi, puoi provare a staccare l'etichetta del trofeo?»

La ragazza esegue, grattando l'etichetta con le unghie. Ci riesce subito e inizia a salterellare tutta contenta. Sotto c'è un piccolo disegno.

«È la rosa del quadro!» urla Dunia sconvolta.

«Ecco dove bisogna puntare» dice Julia, che accende il laser e lo rivolge verso il quadro lì davanti.

Sul gambo della rosa appaiono a quel punto sette lettere maiuscole: MOBEURT.

«Cosa significa?»

«Non lo so, Yi. Ma lo scopriremo.»

Julia controlla l'orologio e vede che sono passati quindici minuti dall'inizio del gioco. Poi corre verso la scrivania e prende carta e penna. Scrive le lettere che ha visto sul quadro della rosa e ci inizia a giocare. Impiega meno di due minuti a scoprirne il senso. Guarda le sue compagne e abbozza un sorriso.

«Umberto. È quella la parola» dice soddisfatta. «E sapete questo dove ci porta?»

«No» rispondono Yi e Dunia all'unisono.

«Una rosa, Umberto...» ma le due ragazze continuano a scuotere la testa. «*Il nome della rosa*! Di Umberto Eco! Uno dei libri più belli che abbia mai letto!»

Julia guarda la libreria sulla parete di destra. Si avvicina in fretta e trova subito il romanzo che ha appena menzionato. Le sue amiche si avvicinano e le fanno di nuovo i complimenti. Ma Julia ormai è lanciata. Estrae la copia de *Il nome della rosa* dalla libreria e sulla parete vede un interruttore. Lo schiaccia e si sente un lieve cigolio. Nello stesso momento la libreria inizia a girare, come se fosse la porta di un garage che si apre lateralmente.

«È un'altra stanza!» esclama Yi. «C'è un'altra camera!»

Le tre ragazze, stupite, vi entrano. Adesso si ritrovano in una specie di ufficio. Sulla parete di fronte a loro campeggia un grande schermo, su cui è scritto "Premi Enter". Sulla parete di destra c'è una lavagna di sughero con diversi articoli di giornale. Nella stanza ci sono anche una scrivania con un computer e un armadio aperto, pieno di vestiti.

«Quella è l'uscita, no?» chiede Dunia indicando una porta blindata.

«Sì. E immagino che per aprirla dovremo digitare un codice» dice Julia, che ha già individuato un tastierino numerico simile a quelli che si usano per le casseforti.

«E come si apre?»

«Credo che parte della soluzione sia nel computer» dice Julia a Yi. Preme il tasto Enter e appare uno screensaver in cui c'è un enorme sole brillante con una sbarra bianca al centro. «Bisogna inserire una password perché funzioni.»

«Quale password?»

«Non lo so.»

Julia riflette per qualche secondo. Cosa dovrebbe scrivere per attivare il computer? Si guarda intorno e s'imbatte nella lavagna di sughero. Nella parte superiore c'è un simbolo musicale e sotto sei ritagli di giornale disposti in orizzontale. La ragazza si avvicina e osserva meglio. Dunia e Yi le stanno accanto.

«Parlano delle regate vinte da un tale Joseph Rémy» dice Dunia. «Sono scritti in francese e sono stati redatti in varie città del mondo.»

«C'è una chiave di sol» aggiunge Yi, che da anni fa solfeggio al conservatorio.

«Una chiave di sol! Certo!» esclama Julia emozionata. «La soluzione della password del computer è qui sulla lavagna.»

«Come fai a saperlo?»

«Questa volta, Yi, è abbastanza ovvio. Sullo screensaver del computer c'è un sole. Chiave di sol... non è che ci sia da pensarci tanto.»

«Troveremo la password in quei ritagli di giornale?»

«A quanto pare...»

Julia esamina una alla volta le notizie puntate sul sughero. Come Dunia ha già notato, sono scritte in francese e ciascuna appartiene a una regata vinta da Joseph Rémy in città diverse: Pescara, Aomori, Rotterdam, Ibiza, Genova e Imperia.

«Vedi qualcosa?!» chiede Yi. Lei e il francese non vanno molto d'accordo.

Ma Julia non risponde. Per oltre due minuti osserva i ritagli del giornale senza quasi batter ciglio. Le due amiche sono più attente a lei che a quello che c'è sulla lavagna. È come se fosse entrata in trance, finché...

«Capito!» urla Julia, prima di dirigersi velocemente verso il computer. «La password è... Parigi.»

Scrive il nome della capitale francese e preme Enter. Lo screensaver con il sole scompare e si apre una nuova pagina, che viene proiettata sulla parete di fronte.

Appare quindi una domanda: "Chi è l'assassino?". E quattro opzioni: 1) Antoine Ginola. 2) Joseph Rémy. 3) Fabian Rigaudeau. 4) Alan Fignon. C'è anche un avvertimento scritto dopo un asterisco: «Premi Enter solo quando avrai la soluzione. Uno di tre».

«Come hai capito che era Parigi?» chiede Dunia, ancora allibita.

«Molto semplice: era un acrostico. Unendo la prima lettera di ciascuna città in cui è stata scritta ogni notizia, messe nello stesso ordine secondo cui le pagine sono allineate sul sughero, viene fuori la parola "Parigi". Non era difficile.»

«Cazzo se lo era!» esclama Yi portandosi le mani alla testa. «Io non mi accorgo di niente! Se dipendesse da me non usciremmo da qui fino a Pasqua! Che fortuna essere in squadra con te, Julia!»

«Ma davvero non era difficile. E poi, se ci fate attenzione, ogni lettera è in maiuscolo e in grassetto. Bastava farci caso.»

Le amiche continuano a lodare la capacità di Julia di risolvere enigmi. Ma la ragazza si sta spremendo le meningi sulla sfida successiva. Chi è l'assassino? Ci sono quattro opzioni. Probabilmente quella cifra è la prima che bisogna digitare sul pannello numerico della porta blindata. "Uno di tre" legge sullo schermo.

«Avete sottomano la foto che abbiamo trovato prima con i quattro ragazzi? Credo che sia arrivato il momento di usarla» chiede Julia dopo qualche secondo di riflessione.

«È nell'altra stanza» dice Yi Lin. «Vado a prenderla.»

La ragazza di origini asiatiche, ma nata vicino ad Albacete, corre nella stanza accanto e ricompare subito con la foto. La consegna a Julia che la studia attentamente. Sono quattro ragazzi sorridenti in giacca e cravatta, e sembra stiano festeggiando qualcosa. Istintivamente guarda verso l'armadio aperto... ed eccola lì.

«Dunia, mi puoi passare quella cravatta gialla?»

L'amica la prende e gliela passa. Julia sorride nel vedere le due lettere sulla stoffa che, nella fotografia, uno dei ragazzi copre con le braccia. Sono la F e la R.

«L'assassino è Fabian Rigaudeau. È chiarissimo. Questa è la cravatta che appare nella foto, anche se lì le iniziali ricamate sono coperte. Quindi il numero è il tre. Segnatevelo!» dice Julia precipitandosi verso il computer. Schiaccia Enter e compare la domanda seguente: "Come l'ha ucciso?". Accanto alla domanda ci sono un cerchio e una freccia rivolta verso il basso. E vedono anche lo stesso avvertimento di prima, con l'asterisco davanti: "Premi Enter solo quando avrai la soluzione. Non si può tornare indietro. Due di tre".

«Cosa significa quel simbolino?»

«Non ne ho idea» risponde Dunia a Yi.

Nemmeno Julia capisce. In quella stanza non c'è molto altro. Si dirige verso l'altra camera e si siede su una delle sedie attorno al tavolo da poker. A cosa si riferiva quel disegno? L'orologio indica che mancano venticinque minuti alla scadenza del loro tempo. Sono a cavallo, ma quel penultimo enigma può rovinare tutto quello che hanno ottenuto finora.

«Come l'ha ucciso?» dice Yi Lin ad alta voce. «Un cerchio e una freccia. Con un arco?»

«Un arco?» chiede Dunia disorientata.

«Per via della freccia.»

«E dove c'è un arco? A che numero equivale?»

«Non lo so. All'uno?»

Julia cerca di astrarsi dalla conversazione tra le due amiche e si guarda attorno. Lì da qualche parte c'è la soluzione. Ma dove? Si alza e osserva di nuovo la libreria. Un cerchio e una freccia rivolta verso il basso...

«E se il cerchio indicasse qualcosa di circolare?» chiede Yi semplicemente per rompere il silenzio che è calato nella stanza da qualche minuto.

«Mi sembra una sciocchezza» risponde Dunia.

Invece Julia reagisce e non trova così sciocco quello che ha appena detto l'amica. Qualcosa di circolare, come il tavolo delle carte. E una freccia rivolta verso il basso. È possibile che la soluzione sia proprio lì? Si volta e inizia a tastare sotto il tavolo, finché non trova una bustina fissata al legno. La stacca e ne estrae un foglio piegato e una carta: l'otto di fiori. Ecco il secondo numero.

«Questo è stato grazie a me!» urla Yi emozionatissima. «Ci manca solo un passaggio, giusto?»

Julia annuisce. Sì, sono riuscite a rispondere a due delle tre domande. Anche lei sorride molto contenta. Le sta piacendo un sacco quella sfida. Patri ha avuto un'idea geniale a portarle lì. Manca soltanto un ultimo passaggio. Un numero che di sicuro ha a che fare con il foglio piegato dentro la busta. Lo apre nervosa e constata che si tratta di una lettera scritta a mano. L'autore è l'ispettore Hazard, il responsabile dell'indagine. La ragazza legge ad alta voce.

Alle autorità responsabili:
Fabian era in carcere da vent'anni. Tutte le prove erano contro di lui, l'assassino del giocatore di carte. Odiava il suo vecchio amico Joseph, che avvelenò mentre giocavano a carte. Lo conosceva così bene da sapere che si bagnava le dita con la saliva, prima di ogni partita. Per ucciderlo fu sufficiente mettere del veleno sui quattro angoli dell'otto di fiori e dargli la carta, che nascondeva sotto il tavolo. Fabian era ossessionato da Joseph. Era invidioso di lui. Un'invidia insopportabile. E, quando non riuscì più a trattenersi, decise di ucciderlo.
Caso chiuso. Era quello che pensavamo tutti e così venne condannato: ergastolo.
Fabian è appena morto nella sua cella. Più magro che mai e pentito di ciò che ha fatto. Tuttavia, negli ultimi minuti della sua esistenza, ha rivelato qualcosa che non avremmo mai immaginato: non aveva commesso da solo il reato. A organizzarlo e a pianificarlo fu una donna. So soltanto che il suo nome inizia con la lettera R. Nell'agonia finale, Fabian non ha avuto le forze per aggiungere altro.
Chi è la misteriosa donna complice dell'omicidio di Joseph Rémy e il cui nome inizia con la R?
Io non lo so. Spero che voi troviate la risposta.
Cordialmente,
Didier Hazard

«Wow! La cosa si fa sempre più interessante!» dice Yi al limite della frenesia. «Bisogna premere Enter sul computer perché ci faccia l'ultima domanda?»

«Sì, andiamo.»

Le tre ragazze tornano nella seconda stanza. Schiacciano il tasto e sull'enorme schermo che hanno di fronte viene proiettata la domanda finale: "Chi è la donna misteriosa?". E sette opzioni: 1) Renate. 2) Rose. 3) Ronela. 4) Rachel. 5) Rosette. 6) Régine. 7) Roxanne. Infine un'altra frase con l'asterisco: "Ultima prova. Tre di tre".

«E come facciamo a saperlo?» chiede Dunia con gli occhi spalancati.

«Esatto! Come? Bisogna rimettersi a cercare nelle stanze?» si domanda Yi, agitata.

«Forse» risponde Julia, che sembra molto tranquilla. «Di sicuro se cerchiamo nelle due stanze troviamo l'indizio che ci darà la soluzione e l'ultimo numero del codice. Ma non c'è bisogno: la risposta è la 1, Renate.»

Le espressioni incredule di Yi e Dunia fanno ridere Julia che si dirige subito al pannello dei numeri della porta blindata e digita tre, otto e uno. Si sente un suono metallico e la porta si apre. La ragazza esce dalla stanza e guarda l'orologio. Trentasette minuti e diciotto secondi.

«Incredibile!» le urla il sosia di Emilio avvicinandosi a lei, con tanto di fischio. Le stringe la mano: «Credo che abbiate battuto il record di quest'*escape room*!».

Yi e Dunia raggiungono l'amica, tra applausi e salti di gioia. Anche Julia è molto felice. Ha capito qual era la risposta giusta appena ha visto il nome di Renate sulla lista. Non poteva essere altrimenti: Renate Ramge è la vedova di Umberto Eco. Oltre mezzo secolo di matrimonio. È stata una fortuna che la sua memoria abbia immagazzinato l'informazione quando, dopo aver divorato *Il nome della rosa*, ha letto anche la biografia dello scrittore.

«Sono ancora sconvolto» commenta il ragazzo dell'*escape room*. «Ma cosa sei? Una specie di Einstein con i capelli corti?»

«Non esageriamo. Senza le mie amiche non sarei riuscita a risolvere tutto così in fretta. È stato un lavoro di squadra.»

Julia ringrazia Yi e Dunia per la collaborazione. Qualche minuto dopo ringrazia anche Aria per averla invitata a partecipare a quell'avventura. Patricia è sconvolta dall'impresa dell'amica, anche se da lei c'era da aspettarselo. Julia è senza dubbio la persona più intelligente che conosca. Qualche mese dopo lo dovrà dimostrare nella prova più difficile che abbia mai dovuto affrontare. Una prova che la stessa Patricia Herrero le sottoporrà, il giorno in cui il suo cuore smetterà di battere.

38

Alba di martedì 23 maggio 2017

Sbuffa per l'ennesima volta e sbatte il palmo della mano sulla scrivania. Si fa male, anche se le fa più male quell'inusuale incapacità di trovare la soluzione.

«Non torturarti, Julia. Ce la farai» dice Emilio all'amica. «Se Aria ha preparato tutto questo per te, è perché era convinta che saresti riuscita a risolverlo.»

Lei non lo guarda nemmeno, mentre parla. Sono due ore che è nella sua stanza a esaminare la scacchiera piena di lettere, ma non è riuscita ancora a intuire il meccanismo che la porterà alla soluzione. Sarà per colpa della pressione che si sente addosso? Lì è nascosto il nome della persona che ha ucciso Aurora e Patricia! Perché l'amica non le ha reso le cose più facili? Quell'enigma sembra impossibile! Non sa nemmeno da dove cominciare. Ci sono milioni di combinazioni diverse! Dov'è la chiave? Cosa deve cercare?

«Toc. Toc. Posso entrare?» chiede Aitana dalla porta socchiusa della stanza.

«Avanti.»

La donna, che è appena arrivata a casa, entra nella camera della figlia e le si avvicina. Julia non la guarda nemmeno; ha gli occhi fissi sul foglio che le ha dato suo padre.

«Da quando è così?» chiede la madre a Emilio, che è sdraiato di fianco, sul letto. Parla come se Julia non fosse lì.

«Da molto. Oltre due ore. Non ha nemmeno staccato per cena. Si è mangiata la pizza senza alzare lo sguardo da quel foglio.»

«Pizza? Adesso capisco. Ho visto che avete bruciato qualcosa. Deve essere la maledizione di questa famiglia.»

Il ragazzo sorride ammettendo la sua parte di colpa e spiega alla padrona di casa quello che è successo con gli spaghetti.

«Non capiterà più» le promette.

«Non preoccuparti. Ora come ora ci sono questioni che mi preoccupano ben più di un incendio nella mia cucina» risponde Aitana con il suo particolare senso dell'umorismo. Appoggia la mano sulla spalla della figlia e la stringe delicatamente. «Papà mi ha raccontato tutto. Mi dispiace per Patri e mi dispiace che tu abbia una tale responsabilità.»

Julia scosta finalmente lo sguardo dalla scacchiera e guarda sua madre. Ha gli occhi stanchi, vitrei.

«Dovrei già averlo risolto. Lei aveva fiducia in me.»

«Non metterti così tanta pressione, tesoro. Anche se non dovessi riuscire a trovare la risposta all'enigma, lo prenderemo. Siamo vicini.»

«Quanto vicini?»

La donna si stringe nelle spalle. Fa un piccolo balzo e si siede sulla scrivania. Prende il foglio, legge in silenzio la lettera di Patricia e poi dà un'occhiata alla scacchiera disegnata. Sbuffa e si ravvia nervosamente i capelli con le mani.

«Che razza di rompicapo.»

«Non ha senso!» protesta Julia mentre le strappa di mano il foglio. «Le lettere non seguono nessuna sequenza logica. Sono del tutto in disordine. Ho provato a formare delle parole, ma quello che ne esce non ha senso. E quello che ha senso non ha niente a che fare con un omicidio.»

«Forse dovresti riposare e provarci domattina, quando ti alzi. A mente fredda, più lucida. Tu che ne pensi, Emilio?»

Il ragazzo, che ha ascoltato attentamente la conversazione tra madre e figlia, si gratta la testa indeciso. Non vuole dire nulla che possa offendere l'amica. Sa che è tesa e quella è la sfida più grande che abbia mai dovuto affrontare. Aria l'avrà fatto apposta? Non c'è mai stata rivalità tra di loro. Anzi, erano buone amiche. Julia è senza dubbio la studentessa più brillante della scuola. Ma anche Patri era una ragazza intelligente. Ed era un'appassionata di ogni genere di gioco. È stato forse un modo per giocare l'ultima partita della sua vita con un degno avversario?

«Io tra poco vado a dormire» risponde Emilio, diplomatico.

«Proprio quello che dovresti fare anche tu, tesoro: dormire.»

«Non ho sonno.»

«Riposa e domani ti sembrerà tutto più chiaro.»

«Ti ho già detto che non ho sonno.»

«Sei uguale a quella testona di tua madre» dice Aitana con una carezza affettuosa sulla testa. «Be', io vado a dormire, sono esausta.»

«Non mi dici niente dell'autopsia di Patricia?»

La donna fissa la figlia con le mani sui fianchi e un'aria poco amichevole. Emilio si accorge di essere di troppo e si alza. Augura loro buona notte ed esce dalla stanza. Aitana e Julia sentono chiudersi la porta della camera degli ospiti.

«Puoi parlare davanti a lui. Praticamente sa tutto» dice la ragazza quando è certa che l'amico non la possa sentire.

«Nel senso che gli hai raccontato i dettagli di un'indagine che è strettamente confidenziale?»

«Mamma, è Emilio. Il mio migliore amico da tre anni.»

«Parliamo di materiale ufficiale. Non è autorizzato a conoscere informazioni sul caso.»

«Siamo sempre insieme e può dare una mano. Come ho fatto io. È un ragazzo molto sveglio.»

«Non ne dubito, ma non avresti dovuto raccontargli nulla. E lo sai.»

«Be', l'ho fatto. Ecco. Scusa.»

«E se fosse stato lui a fare le soffiate a Roberto Méndez?»

«Ma va... Emilio odia Roberto Méndez. Non lo sopporta. Crede che sia il simbolo dell'antigiornalismo. Sono disposta a mettere la mano sul fuoco per lui.»

«Tesoro, nella vita non si può mettere la mano sul fuoco per nessuno.»

«Mi dispiace, ma ormai non si può tornare indietro. E io ho piena fiducia nel mio amico.»

Aitana si passa una mano sulla faccia, si sfrega gli occhi e cerca di calmarsi. Quella sera non ce la fa ad andare oltre. Ha lavorato molte ore di seguito. Si avvicina di nuovo a Julia, le dà un bacio sulla testa e la prega di riposare. Non è il momento per mettersi a discutere con sua figlia. D'altronde nemmeno Julia ha voglia di battibeccare con la madre. È sollevata quando questa esce dalla stanza.

Emilio l'informatore di Roberto Méndez? Che sciocchezza!

La ragazza abbassa la testa e controlla di nuovo il criptico messaggio di Patricia. Ma non riesce a concentrarsi, pensa alle parole di sua madre. Emi uno spione?

Impossibile. Non può credere a una cosa del genere. Anche se l'ha detto lui stesso: «Roberto Méndez mi sembra uno capace di tutto pur di far parlare di sé». Si riferiva a qualcosa di specifico? Il suo amico sarebbe capace di vendersi per... per cosa?

Quell'idea la turba. Si sente mentalmente esausta, come se il suo cervello fosse in cortocircuito. Cosa le sta succedendo?

Deve andare a dormire. No. Deve risolvere la scacchiera. Patri ha detto a lei, soltanto a lei, chi è il maledetto Assassino della bussola... e ora non è in grado di trovare la soluzione.

«Aria, non ti capisco» sussurra mentre si china e, usando le mani come cuscino, appoggia la faccia sulla scrivania. Le si chiudono gli occhi. «Non so chi ti ha ucciso. Non lo so... Perdonami.»

Apre gli occhi. Dov'è? La luce della stanza è ancora accesa e lei è seduta sulla sedia, davanti alla scrivania. Sente una fitta di dolore al collo. Si stira, ma le fa ancora più male. Ha anche male alla spalla destra. Che ore sono? E dov'è il foglio con la scacchiera? Si spaventa, anche se scopre subito che è caduto a terra. Si china a prenderlo e sente un'altra fitta. Proprio quello che ci mancava: una pessima posizione che le ha fatto venire il torcicollo.

Appoggia il foglio sul tavolo e guarda l'ora sul cellulare. Le tre e venticinque del mattino! Non pensava potesse essere così tardi. La stanchezza ha avuto la meglio su di lei. Resta a osservare la scacchiera per qualche secondo e desiste, ha troppo male al collo. Meglio sdraiarsi a letto e dormire. Ma prima ha bisogno di andare a bere un bicchiere d'acqua in cucina. È assetata. Ogni volta che mangia la pizza poi di notte le viene una gran sete.

Esce piano dalla stanza, cercando di non fare rumore. La camera degli ospiti è chiusa. Spera che Emilio riposi bene e non abbia nostalgia del suo letto. Si chiede se abbia più parlato con i suoi genitori o almeno mandato un Whatsapp. Domani gliene parlerà, la questione va risolta.

Scende i gradini piano, senza accendere la luce delle scale, appoggiando soltanto la punta delle pantofole. Quando arriva alla fine sente dei passi in cucina. Una lucina impedisce che il piano di sotto sia sprofondato nel buio totale.

Julia si affaccia e vede suo padre con il naso nel frigorifero. L'uomo si volta nell'avvertire la presenza della figlia.

«Cosa ci fai in piedi? Sono quasi le quattro del mattino. Non dirmi che stai ancora cercando la soluzione della scacchiera.»

«No, mi sono appena svegliata. Sono solo scesa a prendere un bicchiere d'acqua. La pizza ai quattro formaggi mi ha fatto venire sete.»

«Io ne ho mangiata una alle acciughe in ufficio, figurati. Ma lo sai, è la mia preferita.»

Julia sorride. Sembra impossibile, ma con tutto quello che sta succedendo suo padre riesce ancora a farla sorridere. È da venerdì che non è quasi mai a casa e dorme una media di tre o quattro ore a notte.

L'uomo sposta una sedia e ci si siede sopra a cavalcioni con una lattina di Coca Cola in mano. Beve un lungo sorso e poi giocherella con l'anello della lattina. Julia tira fuori dal frigo una bottiglia d'acqua e si riempie un bicchiere. Prende un'altra sedia e si siede davanti al padre. Sono praticamente al buio, illuminati solo dalla luce del lampione che entra dalla porta sulla strada.

«Prima non te l'ho detto, ma tu e Emilio questa settimana dovrete venire a rilasciare la vostra deposizione. Domani vi comunicheranno il giorno esatto. Io sarò lì con te» dice l'uomo, molto serio. «E sua madre o suo padre dovranno andare con lui. Deve essere presente un maggiorenne. Sono le regole.»

Julia annuisce. Immaginava che prima o poi sarebbe dovuta andare anche lei a parlare delle compagne di classe uccise.

«Non preoccuparti, papà. È normale che ognuno di noi racconti quello che sa.»

«La situazione si è molto complicata con l'uccisione di Patricia Herrero. Da domani verranno a darci una mano quelli della UCO. Anche se io nutro ancora parecchi dubbi, ai piani alti pensano che tra noi ci sia un serial killer. Pensano che per sveltire i processi abbiamo bisogno di una mano da parte di gente abituata a questo tipo di casi.»

«E tu cosa ne pensi?»

«Non importa cosa ne penso io. È un ordine e va accettato.»

La ragazza beve un sorso d'acqua. Percepisce un certo disagio in suo padre. La presenza della UCO – l'Unità Centrale Operativa – riduce il suo potere decisionale nelle indagini. Se lei riuscisse a risolvere il mistero della scacchiera sarebbe tutto diverso.

«Oggi abbiamo parlato con i professori. Alcuni erano a scuola quando Aurora è stata uccisa, ma nessuno ha notato nulla di strano» dice Miguel Ángel grattandosi la barba di un paio di giorni. «Che mi dici di Jonathan Vila, il professore di filosofia?»

«Jona? È uno dei nostri migliori prof. Perché?»

«Non lo so, l'ho trovato un po' sopra le righe.»

«Be', diciamo che è un po' pesante quando attacca a parlare. Ma è sempre dalla parte di noi alunni. Fa il suo lavoro per passione e con grande devozione.»

«Vi ha mai raccontato la storia di sua sorella?»

«No. Di cosa si tratta?»

«Aveva una sorella maggiore che si è suicidata. All'epoca lui aveva quindici anni e lei diciassette. È accaduto diciotto anni fa e non qui, nel paese in cui viveva con i genitori. Ce l'ha raccontato lui. Dice che quell'avvenimento gli ha cambiato la vita. Ecco perché si occupa così tanto dei suoi studenti. Non vuole che a qualcuno di loro possa capitare quello che è capitato a lei.»

Adesso Julia capisce perché Jona è così preso dai suoi studenti. Deve essere stato molto doloroso perdere una sorella in quel modo. E adesso la morte delle due ragazze di cui era tutor e professore deve averlo distrutto.

«Ci ha anche raccontato di aver parlato con Aurora della balena blu. Sai cos'è?»

«Certo. Lo sanno tutti quelli della mia età.»

«Temeva che lei fosse coinvolta. Ma Aurora gli ha fatto vedere le braccia e non aveva alcuna ferita. Hanno discusso nel suo ufficio per questa faccenda. Lui non poteva sapere che i tagli se li faceva sul ventre e sui fianchi, e non sulle braccia.»

«Gliel'avete detto?»

«No. Non vogliamo che la cosa venga fuori.»

Julia annuisce di nuovo. Capisce che ci siano alcune cose che la polizia non vuole divulgare. Un'indagine richiede discrezione e grande responsabilità perché il colpevole non disponga di informazioni sui progressi degli agenti. Ecco perché ogni fuga di notizie è così dannosa per loro.

«Non conoscevo personalmente Santiago Mantovani» confessa Miguel Ángel. «Ma ne avevo sentito parlare. È un personaggio singolare, un po' surreale.»

«Ha idee medievali.»

«L'ho notato. Anche lui era a scuola venerdì sera: stava facendo lezione di religione. E Diego Soler, Alberto Montero, Scarlett Smith, Virginia Ayuso, Ana López...»

Alcuni avevano le ore di tutoraggio e altri stavano dando lezioni pomeridiane ai maggiorenni. Dei suoi nove professori, sei erano a scuola nel lasso di tempo in cui Aurora è stata uccisa. Soltanto Nuria Almagro, l'insegnante di economia, e il preside nonché professore di francese, Lázaro Martínez, non erano nell'edificio tra le otto e un quarto e le nove di venerdì.

«È difficile pensare che qualcuno di loro possa aver fatto del male a Aurora e a Patricia.»

«Anch'io ho dei dubbi, ma non si sa mai» commenta il padre prima di bere un altro sorso. «Abbiamo anche parlato con alcuni studenti. Iván Pardo è un tuo amico?»

Un brivido percorre il corpo di Julia dalla testa ai piedi. Non si aspettava di sentire il suo nome e nemmeno che suo padre le chiedesse di lui.

«È il fidanzato di una mia compagna di classe» si limita a rispondere, sforzandosi di non lasciar trapelare il suo coinvolgimento nei confronti del ragazzo con il piercing al sopracciglio.

«Ci ha mentito. Ieri ci ha giurato che venerdì pomeriggio non era a scuola. Tuttavia un testimone ci ha detto di averlo visto uscire dal Rubén Darío in bici, prima che facesse l'incidente con una macchina. Oggi un'altra persona ci ha assicurato la stessa cosa. Domani lo convocheremo di nuovo. Non so cosa ci facesse lì quel ragazzo, ma è certo che era scuola all'ora in cui hanno ucciso Aurora.»

Julia si finge sgomenta. Iván sarà costretto a rientrare a casa, quando lo convocheranno per interrogarlo. Dovrà metterci la faccia. E non si sa se sia un bene o un male.

Quel che è certo è che il ragazzo ha un'informazione che deve dare alla polizia. Se ha visto entrare una donna nello spogliatoio deve rivelare di chi si tratta. Forse è lì la soluzione del caso. Ma... e se invece ha mentito e non esiste nessuna donna? E se si scopre che ha a che fare con la morte delle due ragazze? Non vuole nemmeno pensarci. Le spezzerebbe il cuore.

La stessa notizia farebbe invece sorridere il ragazzo nascosto dietro la porta della cucina intento a origliare la conversazione tra padre e figlia. Perché a Emilio non dispiacerebbe affatto che arrestassero Iván, per lui il sospettato numero uno. Forse, con quel tizio fuori dai giochi, Julia finirebbe per notare il ragazzo con i capelli blu e gli occhiali che per qualche giorno dormirà a casa sua, nella stanza degli ospiti.

La speranza è l'ultima a morire, anche se le sue chance sono molto poche.

39

Alba di martedì 23 maggio 2017

Ha pianto senza sosta tutto il pomeriggio. Sola, nella sua stanza, rannicchiata sul letto. Un letto matrimoniale in cui però non c'è lui, l'uomo di cui si è innamorata durante l'ultimo anno di università.

Virginia non ne può più.

Troppe disgrazie in troppo poco tempo. Disgrazie che non sa come riuscirà a superare, che non è sicura di poter mai superare.

Deve reagire. Ma come?

L'orologio a cucù ereditato da suo padre annuncia che sono le cinque del mattino. Quanto le mancano i suoi genitori! Adesso Aurora sarà insieme a loro, ovunque siano. E ci sarà anche la povera Patricia Herrero, una delle sue alunne preferite; anche se Aurora era speciale. Molto speciale.

La prof di matematica si volta e guarda il comodino. Il cellulare, in modalità silenziosa da ore, si è illuminato. Crede di sapere chi è. Allunga il braccio e lo prende. Ha indovinato, è un Whatsapp di Jona.

Vi, come stai? Sai che, se hai bisogno di parlare, sono

qui a qualsiasi ora. Non riesco a dormire. Spero che tu sia riuscita a riposare un po'. Un bacio.

Il messaggio dell'amico le fa abbozzare un timido sorriso. Jona è molto preoccupato per lei. Dopo il funerale è stato lui a portarla in macchina a rilasciare la sua deposizione alla Guardia Civil e, una volta finito, sono andati a mangiare insieme. Hanno parlato per ore delle loro vite attuali e di quelle passate. Al pranzo è seguita la merenda e poi la cena. Sono tornati ognuno a casa propria alle dieci passate. Nonostante quella sensazione orribile e persistente che la affligge, lui è riuscito a farla sentire un po' meglio.

Nemmeno io riesco a dormire. Mio marito non è tornato, non so nemmeno se è in paese. Ma non voglio tediarti ancora con i miei problemi. Grazie di esserti preoccupato per me, Jona. È stata una giornata molto difficile. Buona notte o forse buongiorno.

Il fatto è che al funerale di Aurora e alla morte di Patricia si è aggiunto il brutto periodo che sta vivendo con Fernando. La situazione è diventata insostenibile e il loro matrimonio sta arrivando al capolinea. Domenica pomeriggio si sono confessati la reciproca infedeltà durante la più brutta litigata che abbiano mai fatto.

Il cellulare si illumina di nuovo.

Ci vediamo a colazione? Non rispondermi. Tra mezz'ora sono da te. Tu metti su il caffè e io porto il resto. Biscotti al cioccolato o *magdalenas*?

Cosa? Sta arrivando a casa sua? Certo non è il problema più grave, ma c'è un disordine... E lei è in condizioni disastrose. Ha trenta minuti per mettere un po' a posto e almeno sistemarsi e cambiarsi. Ma prima Virginia risponde con un altro messaggio.

Biscotti al cioccolato. Ci vediamo tra mezz'ora.

Il professore di filosofia arriva puntuale. Dopo ventinove minuti esatti si presenta da Virginia. Lei lo riceve con un bel vestito bianco e un mezzo sorriso. A colazione mangiano un pacchetto di biscotti, bevono *café con leche* e riprendono la conversazione dal punto in cui l'avevano interrotta qualche ora prima.

«Credi che la polizia ci convocherà ancora?» chiede la donna dopo essersi pulita le labbra dal cacao.

«Per la morte di Patricia? È possibile.»

«Sono a pezzi. Niente sarà più come prima, Jona.»

Virginia posa la tazza sul tavolo e si copre il volto con le mani. Ha di nuovo voglia di piangere. Jonathan le cinge le spalle con un braccio e la attira a sé. Cerca di calmarla con dolcezza.

«Dobbiamo superare questo momento. La vita continua, continua sempre. Te lo dico per esperienza. Sai cos'ho vissuto quando mia sorella si è suicidata. È stata una tragedia. Ma bisogna andare avanti. Perché non proviamo a staccare per un po'?»

«Come facciamo a staccare da tutto questo?»

«Non si può staccare del tutto, è impossibile. Ma bisogna riprendere fiato. Dobbiamo essere forti, Vi. Per i ragazzi. Per noi stessi.» L'uomo infila una mano in tasca e tira fuori una chiavetta USB. Gliela mostra e sorride. «Posso collegarla al tuo computer? È *Un uomo in prestito*, il mio film preferito.»

Virginia non sa cosa rispondere. Non ha voglia di vedere un film. Ma forse le farà bene staccare dalla realtà per un paio d'ore. Si alza e va in camera a prendere il computer. Accesolo, osserva l'immagine sullo schermo che la ritrae insieme al marito. Sono a New York, hanno alle spalle la Statua della Libertà e si stanno baciando. L'angoscia fa di nuovo capolino e gli occhi le si riempiono di lacrime. Sa che non ci saranno mai più baci come quello. Hanno entrambi sbagliato e sono responsabili della situazione. L'amore è scomparso, e sono sopraggiunte altre persone. Ma ciò non significa che il ricordo del passato non faccia male. Presto dovranno darsi l'addio definitivo perché ognuno di loro inizi una nuova vita. Anche se, in questo momento, la sua non ha alcun senso.

Pedro Soria si alza molto presto, intorno alle sei e mezza, come ogni giorno. Anche se questo martedì è speciale. Deve metter su la sua faccia migliore e sorridere davanti alle telecamere. Non può avere dubbi o tentennamenti. Il suo discorso deve essere deciso e incisivo. Condannare i fatti e trasmettere la sua fiducia nelle forze dell'ordine. Antena 3, Telecinco e laSexta lo intervisteranno sul caso delle ragazze assassinate. In agenda ha anche un'intervista con un giornalista di *El Mundo*, un'altra con *La Razón* e un'ultima con una redattrice di *El País*. Anche se inizierà la giornata parlando con quella palla al piede di Roberto

Méndez per l'emittente locale. Hanno appuntamento tra poco in municipio per parlare dell'Assassino della bussola e di tutto ciò che concerne il caso sulle prime pagine di molta stampa nazionale e internazionale. Inoltre oggi arriveranno quelli della UCO e deve accoglierli. Ma prima farà quel che fa ogni mattina, da quando è diventato sindaco: si prepara una spremuta, canticchiando a fior di labbra una canzone di Dani Martín. Ne prepara soltanto una, perché questa notte Milena non ha dormito a casa sua. Si sarà già svegliata?

Ieri era strana. Sarà stato per via del funerale di Aurora e di tutta quella storia. La gente, al funerale, non faceva altro che guardarli, come se fossero bestie rare. Stupidi. Gli abitanti del paese muoiono d'invidia. Gli uomini non si capacitano che un ultraquarantenne possa uscire con un bocconcino come Milena: vorrebbero tanto essere al suo posto, anziché dover sopportare i loro trent'anni di matrimonio. E le donne... le donne hanno sempre l'ansia di potere. Non sopportano che una ragazza di una ventina d'anni stia insieme all'uomo più potente del paese. La invidiano e al tempo stesso la detestano.

Quando scopriranno che sta per chiederle di sposarlo, le chiacchiere si diffonderanno nel raggio di cinquecento chilometri. Pedro sorride davanti allo specchio, mentre si veste, immaginando la faccia di tutti quei beoti quando la notizia sarà pubblica e ufficiale.

Non sa ancora come chiederà a Milena di sposarlo. L'idea che più lo stuzzica è invitarla a fare un giro in mongolfiera e sorprenderla in volo. Sarebbe incredibile che gli dicesse "sì, lo voglio" tra le nuvole! Ha persino già scelto l'anello. Ma deve andarci con i piedi di piombo perché questo non è il momento più adatto. Se annunciasse adesso il fidanzamento il paese gli andrebbe contro e lo criticherebbe per la mancanza di tatto. Sono appena state uccise due adolescenti e gli toccherà osservare diverse settimane di lutto. Quindi non può far altro che preparare il tutto nei dettagli e aspettare.

Si abbottona la felpa della tuta e si guarda un'ultima volta nello specchio del bagno. Ha un bell'aspetto. Oggi non correrà molto, per non stancarsi troppo. Due o tre chilometri al massimo. Giusto per rispettare la routine.

Non fa sempre lo stesso percorso. Ne ha quattro o cinque diversi e sceglie in base all'energia e a come sente le gambe quando si alza. Stavolta sceglie uno dei più brevi: l'itinerario che percorre le vie centrali della zona vecchia del paese. Non è il suo preferito, ma di solito a quell'ora non c'è molta gente e potrà correre tranquillo.

Mentre corre pensa a tutte le foto che gli scatteranno oggi e alla quantità di gente che lo vedrà in televisione. È molto emozionante. Sì, oggi sarà una grande giornata.

Come immaginava, le strade sono vuote. Non incrocia nessuno lungo il percorso, finché non s'imbatte in un uomo che cammina ricurvo vicino alla piazza principale. È il preside del Rubén Darío. Pedro lo saluta con un semplice "Buongiorno, Lázaro", senza fermarsi quando gli passa accanto. Il professore lo osserva come se fosse uno zombie. È ubriaco? Al sindaco dà questa impressione. È molto presto per alzare il gomito. Forse invece è in fase post sbornia e ha passato tutta la notte a tracannare whisky. Sa che Martínez è un appassionato di Cardhu con ghiaccio. È capitato che si incontrassero in qualche pub del paese.

Ogni volta che va a correre Pedro Soria si ferma un paio di minuti per riprendere le forze e fare un po' di stretching. Deve stare attento, lo sa che non è un ragazzino. Si ferma su una panchina della piazza a fare una pausa. Invece di fare i soliti esercizi, però, tira fuori il cellulare dalla tasca della tuta. Anche Milena di solito si sveglia presto, per cui immagina sia già in piedi. Digita il numero e aspetta di sentire la sua voce all'altro capo del telefono.

«Pedro?»

«Tesoro, stavi dormendo?»

«No, ma quasi.»

L'uomo di stupisce nel sentire la voce un po' roca della sua fidanzata. Di sicuro si è appena svegliata, anche se non lo ammette.

«Scusami, pensavo fossi già in piedi.»

«Non preoccuparti. Che ore sono?»

«Le sette e mezza.»

«Dove sei?»

«Sono venuto a fare una corsa in centro. Non voglio stancarmi troppo, oggi in municipio mi aspetta una giornata dura.»

Pedro si accorge che Milena ha allontanato il telefono di qualche centimetro dalla bocca per sbadigliare.

«Ieri sera sei andata a letto molto tardi? Sembri stanca.»

«Non riuscivo a dormire. Mi sono messa a vedere un film e si sono fatte le tre del mattino.»

«Perché non mi hai mandato un Whatsapp? Avremmo potuto… fare qualcosa per stancarti un po' e farti venire sonno.»

La ragazza non risponde. Pedro sente un altro sbadiglio, più lungo del precedente. In quel momento sono su dimensioni e sintonie diverse.

«Tesoro, riaggancio e ti lascio dormire. Torno a casa di corsa, mi faccio una doccia e do inizio a questa intensa giornata che mi aspetta. Ti manderò via via messaggi per dirti su quale canale mi stanno intervistando.»

«Perfetto. Non metterti una camicia a righe, vengono malissimo in televisione.»

«Tranquilla. Camicia bianca e cravatta blu. E abito appena stirato.»

«Bellissimo. Ottima idea.»

«Grazie. Ci sentiamo. Ti amo.»

Senza rispondergli con un "anch'io", Milena considera conclusa la conversazione. Pedro scuote la testa inquieto, ripone il cellulare e riprende la corsa più lentamente. Cerca di dimenticare la telefonata e la sensazione sgradevole che gli ha lasciato. Continua a ripetersi mentalmente che deve smettere di farsi tante paranoie, che la sua fidanzata non era strana ed era così solo perché si era appena svegliata. A chi non è mai capitato di alzarsi con la luna storta? Lei lo ama, lui la ama: su questo non ci sono dubbi.

In un altro luogo, a qualche chilometro di distanza da dove Pedro Soria sta correndo, Milena scosta il lenzuolo che la copre e sorride. È completamente nuda. Come la persona che ha accanto.

«Era il tuo fidanzato?» chiede l'uomo, senza distogliere lo sguardo dalle sue curve strepitose.

«Sì, era Pedro.»

«Non lo sopporto.»

«Nemmeno io, da qualche tempo a questa parte.»

«Quando lo molli?»

«Quando tu lasci tua moglie.»

«Mi stai mettendo alla prova?»

«No. Ma se vuoi una prova che ti amo, io ho bisogno di una prova che tu ami me. Ne abbiamo già parlato altre volte. Non voglio essere solo la tipa figa che ti scopi di nascosto.»

«Sai che non è così.»

«Dimostralo. Lascia una volta per tutte la tua signora moglie.»

«D'accordo. Accetto la sfida. E ti prometto, quant'è vero che mi chiamo Fernando Castellanos, che questa mattina chiederò il divorzio a Virginia.»

40

Martedì 23 maggio 2017

All'alba i giornali, la stampa digitale, le televisioni e le radio annunciano che l'Assassino della bussola ha colpito ancora: ha ucciso un'altra ragazzina. La maggior parte dedica parecchio spazio alla notizia nella cronaca, e alcuni addirittura l'annunciano in prima pagina, nei piccoli riquadri in cui compare quella che per molte redazioni è la notizia del giorno.

In rete e sui social network è un brulicare di opinioni, critiche e congetture. Sembra che tutti ne sappiano di più rispetto alla polizia che si sta occupando del caso, e persino gli *influencer* ne parlano e traggono le proprie conclusioni.

Julia è sveglia dalle sette del mattino. È scesa a bersi un caffelatte per svegliarsi un po' e si è subito immersa nella scacchiera disegnata da Patricia.

È stata l'ennesima notte movimentata. Ha avuto un incubo dopo l'altro, molti dei quali indecifrabili, anche se tutti collegati alla situazione che sta vivendo. La maledetta scacchiera piena di lettere non mancava mai. Purtroppo, però, nemmeno nel sonno Julia è riuscita a trovare la soluzione.

Ha già memorizzato le sessantaquattro caselle e ha provato combinazioni di ogni tipo. Ha formato parole come "assassino", "criminale", "crimine", "morte", "bussola"... e anche i nomi di alcuni abitanti del paese. Con tutte quelle lettere, d'altronde, è possibile ad esempio comporre il nome e cognome di ciascun insegnante della scuola. Ci sono persino il suo e quello di Emilio. E quelli dei suoi genitori. Deve esserci qualcosa che dia un senso al rompicapo. Ma cosa?

Sono da poco passate le nove quando bussano alla porta della sua stanza. Lei risponde senza grande entusiasmo. Emilio apre e rimane sulla soglia. Ha in mano un asciugamano a fiorellini e vestiti puliti e ben piegati.

«Buongiorno, Julia. Posso fare una doccia?»

«Certo. Vuoi farla nel mio bagno?»

Il ragazzo non sa cosa rispondere. Ci pensa un istante e accetta. Entra nella stanza e quando passa accanto all'amica vede un foglio sulla scrivania. C'è scritta un'infinità di parole e nomi. Compreso il suo.

«Hai cercato il mio nome nella scacchiera?» chiede, sgomento.

«Non è che l'ho cercato, è comparso. Come molti altri. Mi sto segnando tutte le parole che vengono fuori con queste lettere. Dev'esserci un qualche collegamento sensato, ma non riesco a trovarlo.»

«D'accordo.»

«Ti sei arrabbiato?»

«No. Ma mi auguro non pensi che io c'entri in qualche modo con le morti di Aurora e di Aria.»

Julia si volta e osserva Emilio con aria molto seria. Poi sorride e si alza. Gli posa le mani sulle spalle e lo scrolla delicatamente.

«Fatti una bella doccia fredda, va'. E poi andiamo a fare colazione in piazza, va bene?»

«Va bene, anche se non mi hai risposto.»

«Emi, ovvio che non penso che tu possa fare una cosa del genere. Sulla scacchiera c'è il tuo nome proprio come quello di mezzo pianeta. Sono sessantaquattro lettere. Sto semplicemente cercando di trovare la combinazione corretta e mi segno tutte le parole che hanno un senso. Okay?»

Anche se non sembra molto convinto, il ragazzo annuisce. Preferisce evitare una discussione che non porterebbe da nessuna parte. Chiede a Julia di dargli un quarto d'ora e va a fare la doccia.

Lei torna a concentrarsi sulla scacchiera: inizia a non poterne più di quel miscuglio di lettere. Le farà bene andare a fare colazione con Emilio, anche se continua a sentire una tremenda responsabilità perché è l'unica ad avere la soluzione a portata di mano. Fa una pausa e guarda fuori dalla finestra. C'è un sole splendido e il cielo è azzurro; e adesso, prima che la temperatura si alzi, per strada si starà bene. Proprio in quel momento vede sua madre uscire di casa. La donna si accorge che la figlia la sta osservando e la saluta con la mano. Poi Aitana le urla qualcosa che non riesce a sentire.

«Cos'hai detto?» chiede Julia, aprendo la finestra.

«Che ti voglio bene e ti auguro una buona giornata!»

Ridono entrambe. Dopo lo scontro della sera prima sono entrambe contente di riprendere la normalità. Aitana continua a non essere contenta che Emilio abbia tutte quelle informazioni sul caso, e a Julia dà fastidio che la madre non si fidi del suo migliore amico. Ma sono consapevoli che ci sono questioni più importanti di cui preoccuparsi. Discutere in questo momento non serve a nulla.

«Anch'io ti voglio bene! Torni per pranzo?»

«Poi ti telefono e ti dico. Oggi ho tanto lavoro. Probabilmente no. Se cucinate voi fate attenzione a non bruciare niente.»

«Faremo il possibile! In bocca al lupo, mamma!»

«Grazie, tesoro. A dopo.»

«Ciao!»

Aitana la saluta con la mano e si incammina verso la macchina. Julia la segue con lo sguardo finché sale sulla Citroën Picasso e il veicolo scompare dal suo campo visivo. Va in città a finire di esaminare il corpo di Patricia Herrero. È molto probabile che oggi la salma sia riconsegnata alla famiglia e che domani o dopodomani si celebri il funerale. Non hanno parlato dell'autopsia. Non hanno parlato di nulla che abbia a che fare con quell'omicidio. Lei non ne ha parlato nemmeno con suo padre. Sa soltanto ciò che ha detto la stampa. Patri è stata trovata morta ieri, verso le sei e mezza di sera, a scuola, nell'ufficio del preside. È stata colpita alla testa con un oggetto contundente, e c'era una bussola accanto al suo corpo.

Julia lascia la finestra aperta ed esce da camera sua. Emilio è ancora sotto la doccia e ci impiegherà qualche minuto prima di essere pronto. Scende le scale e si imbatte in suo padre che esce dalla cucina con il cellulare in una mano e una tazza di caffè nell'altra. Sembra alterato.

«Ciao, papi» lo saluta Julia, avvicinandosi. Miguel Ángel, che non si era accorto della presenza della figlia, le dà un bacio, poi beve un sorso di caffè. «Tutto bene? Mi sembri teso.»

«Ho appena ricevuto un messaggio dall'ufficio. Sono arrivati i risultati di alcuni test fatti sulla bussola, sulla carta di caramella e sull'elastico per capelli trovati nello spogliatoio.»

«E... si... può sapere quali sono questi risultati?»

L'uomo si guarda attorno, come abbia paura che qualcuno li possa sentire. Julia ha l'impressione che suo padre non sia così propenso a parlargliene.

«Papà, se non puoi dirmi niente lo capisco.»

«Ieri ho parlato con la mamma e mi ha detto di non raccontarti più nulla del caso, perché tu riferisci tutto a Emilio. E, anche se quel ragazzo ci è molto simpatico, non abbiamo la certezza che non lo racconti a qualcun altro.»

«Di Emi ci si può fidare, te lo assicuro. Comunque sia, adesso glielo chiedo se ne ha parlato con qualcuno.»

L'uomo si guarda di nuovo attorno per essere certo che nessuno senta ciò che sta per dire alla figlia.

«Ieri abbiamo fatto un'analisi di impronte e capelli ai professori. Su base volontaria e in presenza del piemme Otamendi, ovviamente. Hanno accettato tutti, senza problemi. In questo modo abbiamo potuto determinare che la bussola è di Alberto Montero, il professore di educazione fisica, e l'elastico per capelli di... Scarlett Smith, la professoressa d'inglese.»

Scarlett! Cosa ci faceva il suo elastico nello spogliatoio? Sarà lei la donna di cui le ha parlato Iván? Per quale motivo c'era entrata? Doveva vedere Aurora?

«E la carta di caramella?»

«C'erano le impronte di Aurora. Quindi la caramella era sua e l'ha mangiata mentre aspettava qualcuno.»

«Scarlett?»

«Non lo sappiamo. Glielo chiederemo. Lei e Montero sono appena stati riconvocati.»

Proprio non si riesce a trovare il capo del filo per sbrogliare la matassa. Saranno Scarlett o Alberto ad aver ucciso Aurora e Patricia? Il prof di educazione fisica gliel'aveva già anticipato quando si erano visti in piazza, la domenica: non trovava più la bussola ed era a scuola quando Aurora è stata uccisa. Che fosse una confessione?

«Abbiamo un sacco di lavoro» continua suo padre. «Sta arrivando la UCO e dobbiamo parlare con Iván Pardo. Anche se di lui si occuperanno domani, credo.»

Domani. Quindi Iván tornerà in paese oggi. O forse domattina. Le piacerebbe potergli parlare prima che la polizia lo interroghi. Ma non è così sicura che lui voglia parlare con lei.

«Io e Emilio quando dobbiamo venire a testimoniare?»

«Non lo so tesoro, ora le indagini passano ad altri. Saranno loro a prendere le decisioni importanti. Noi ci metteremo a disposizione e cercheremo di dare una mano.»

«Capisco.»

«Ah! Dimenticavo. Mi dovresti ridare la lettera e la busta di Patricia. Me le hanno chieste.»

«Ne hai bisogno subito?»

«Sì, vado via tra cinque minuti. Otamendi mi ha chiesto se hai scoperto qualcosa. Niente, vero?»

«Purtroppo no. Mi dispiace.»

«Non preoccuparti» la tranquillizza dandole una rapida carezza sulla testa. «Fai in fretta e copia tutto. Sono certo che riuscirai a trovare la soluzione.»

Lei non ne è così convinta, ma è grata a suo padre per la fiducia. Sale in fretta le scale ed entra in camera. Non si aspettava di ritrovarsi davanti Emilio, di schiena e completamente nudo. Il ragazzo è appena uscito dalla doccia e, quando si accorge che Julia è lì, si copre in fretta dalla vita in giù con l'asciugamano a fiorellini. Si scambiano uno sguardo in silenzio, imbarazzati.

«Scusa, ho guardato e ho visto che non c'era nessuno. Sono stato imprudente. Mi vesto in bagno.»

La ragazza annuisce e, senza volere, abbozza un sorriso nervoso mentre Emilio si rinchiude in bagno. Non aveva mai immaginato l'amico così. E... non è niente male. Certo, non che lei abbia visto tanti ragazzi nudi. In effetti è il primo. Ma che razza di pensieri! Deve copiare in fretta la lettera di Patricia, prima che suo padre la porti via!

Potrebbe fotografarla ma, per qualche strana ragione, preferisce copiarla a mano.

Seduta alla scrivania, disegna su un foglio una scacchiera e copia in ogni casella la lettera corrispondente. Poi, sempre a mano, trascrive il messaggio che Aria le ha lasciato. Dopodiché infila il foglio originale nella busta e si alza. Deve restituirla a suo padre. Prima però ha una curiosità. Controlla il foglio su cui ha copiato la scacchiera e… non ci mette molto a scoprire che con quelle lettere è possibile formare la frase che le è passata per la testa: "L'assassina è Scarlett Smith".

41

Martedì 23 maggio 2017

Non sono abituati a fare colazione fuori, men che meno il martedì quando, in teoria, dovrebbero essere a scuola. Ma fino a lunedì non ci saranno lezioni e il locale ha fama di essere uno dei migliori in quanto a *chocolate con churros*. Si chiama El Mirador ed è in piazza.

Julia e Emilio si siedono all'unico tavolino rimasto libero all'aperto. È una giornata splendida e il caldo non è ancora esploso. Ordinano entrambi la stessa cosa: una porzione di quelle deliziose frittelle e una tazza di cioccolata.

«Sono anni che non mangio *churros* a colazione» dice il ragazzo sistemandosi gli occhiali.

«Mio padre ogni tanto li porta a casa, nel weekend, e ci abbuffiamo tutti e tre.»

«Cose che fanno le famiglie felici.»

«Cose che fanno le famiglie mangione» lo corregge Julia, con un sorriso. «Hai sentito i tuoi?»

«No, non ne ho voglia. Magari dopo mando un Whatsapp a mia madre per dirle che sto bene e che non mi mancano per niente, a parte Casper. Ci credi che alla fine mi sono affezionato a quel bastardino? Com'è che si dice? Più conosco le persone e più amo il mio cane?»

«Dai, Emi, non fare così. Sono sicura che i tuoi non se la stanno passando così bene.»

«Ma figurati! Saranno sollevati di non avermi tra i piedi per un po'. Però cambiamo argomento, per favore. Non mi va di parlarne.»

La ragazza concorda e annuisce. Le dispiace che Emilio non stia bene, perché è evidente che quella situazione lo addolora molto, benché faccia finta di nulla. Però non lo vuole nemmeno stressare insistendo a oltranza sull'argomento. Nel periodo in cui resterà a casa loro proverà a convincerlo che è meglio cercare una soluzione e arrivare a degli accordi di convivenza con i suoi genitori.

Appena finiscono di parlare arriva il cameriere. L'uomo ha un vassoio con due piatti pieni di frittelle di considerevoli dimensioni, e due tazze stracolme di cioccolata.

«Questa sì che è una colazione come si deve!» esclama il ragazzo spalancando gli occhi e lanciandosi sul primo *churro*, non appena il cameriere se ne va. «Buon appetito.»

«Anche a te. E non mangiare troppo in fretta che ti fanno male.»

«Tranquilla. Qui ne avremo almeno per mezz'ora.»

I due immergono il dolce nella tazza contemporaneamente e poi danno un bel morso. Quasi all'unisono le loro bocche si macchiano di cioccolata, come se si fossero messi un rossetto nero. Si guardano e scoppiano a ridere. Finiscono il primo *churro* quasi allo stesso tempo e fanno una pausa.

«Senti, Julia, hai detto ai tuoi genitori che mi hai raccontato quello che sai sull'omicidio di Aurora, vero?» butta lì il ragazzo dopo qualche secondo di silenzio.

Lei si stupisce di quella domanda. Dovrebbe confessargli la verità? Deve farlo, basta bugie con lui. Così aveva deciso e così farà.

«Sì. Se starai qui con noi per un po', può darsi che tu senta cose che hanno a che fare con il caso. Non voglio che i miei si zittiscano quando arrivi o che tu debba uscire da una stanza se si parla dell'argomento.»

«Non voglio che tu abbia dei problemi con i tuoi a causa mia.»

«Tranquillo, nessun problema» assicura Julia, con un ampio sorriso. Anche se in verità quel sorriso serve a preparare il terreno a ciò che sta per dirgli. «Quindi adesso non prendere male quello che ti sto per dire, d'accordo? Ma hai parlato con qualcuno di quello che ti ho raccontato in questi giorni?»

«Parlare con qualcuno? Julia, io parlo solo con te.»

«Lo so. Ma non hai dato informazioni a nessun altro, giusto?»

«No. Non ne ho parlato nemmeno con i miei. I tuoi pensano che abbia spifferato qualcosa, vero?»

La ragazza prende un altro dolcetto e lo immerge nella cioccolata, senza rispondere. È il suo modo di annuire.

«Okay, da questo momento se vuoi non parleremo più dell'Assassino della bussola né di qualsiasi cosa legata ai delitti.»

«È impossibile, Emi, lo sai benissimo. E comunque non mi va.»

«Non mi va che i tuoi se la prendano con te. L'ultima cosa che voglio è che si creino complicazioni anche a casa tua. Mi basta e mi avanza quello che succede nella mia.»

«Sono abbastanza grande da scegliere cosa dire e cosa non dire a chi ritengo di poterlo fare. Quindi continuerò a parlare con te della questione finché mio padre e la UCO non avranno scoperto chi c'è dietro gli omicidi delle nostre compagne. Chiaro?»

E, dopo quella dichiarazione, Julia dà un bel morso al *churro* e si sporca di nuovo la bocca di cioccolata. Mastica in modo esagerato davanti allo sguardo attonito di Emilio.

«Perfetto. Non intendo contraddirti. Ma devi mettere tu i limiti.»

«Quedo è queddo che debi fare. Non contraddirbi» dice la ragazza con la bocca piena.

Manda giù e chiama in tutta fretta il cameriere per farsi portare un bicchiere d'acqua. L'uomo arriva subito e Julia beve come se stesse morendo di sete.

«Un po' pesantina la colazione? Sei un po' imbranata ultimamente, eh?»

«Non farmi arrabbiare o non ti racconto di... Scarlett e Montero!» lo minaccia Julia, pronunciando i nomi dei professori a voce bassa.

«Cosa c'entrano Scarlett e Alberto? Non dirmi che hanno una storia.»

«Una storia? Che io sappia no.»

«E allora? Che succede?»

Dopo averlo riempito di cioccolata, Julia dà un morso al secondo *churro*, un po' più piccolo stavolta, e racconta all'amico quello che il padre le ha raccontato pochi minuti prima. Quando finisce, Emilio è pensieroso.

«Riguardo a Montero non mi stupirei di nulla, anche se non ce lo vedo a uccidere due adolescenti senza farsi beccare nel giro di dieci minuti. È troppo grezzo. Ma di Scarlett mi stupirei eccome. Evidentemente il fatto che l'elastico sia suo non significa nulla. Ma cosa ci faceva sul pavimento dello spogliatoio? È chiaro che non poteva essere lì da molto tempo.»

«Infatti. Lo puliscono tutti i giorni» aggiunge Julia.

«Ciò significa che venerdì Scarlett Smith è stata lì.»

La donna, capelli castani e occhi azzurri, vive in Spagna da dieci anni. Originaria di Exeter, se n'è andata dal suo paese per amore. In Inghilterra, in un bar dell'aeroporto di Heathrow, aveva conosciuto un attraente pilota dell'Iberia mentre aspettava il volo per Sidney che era in ritardo. Lì avevano intrattenuto una prima conversazione molto coinvolgente, e lei se n'era innamorata all'istante. Si erano scambiati i numeri di telefono e, quando Scarlett era rientrata dopo essere stata in visita dalla sua famiglia australiana, si erano visti diverse volte nel Regno Unito finché avevano formalizzato la loro relazione. Allora aveva fatto una follia e se n'era andata a vivere con lui in Spagna. La storia era durata due anni. Una volta conclusa questa, Scarlett ormai si era adattata così bene al nuovo paese da decidere di restare, cercando lavoro come insegnante d'inglese. A settembre inizierà il suo ottavo anno al Rubén Darío. A trentasette anni Scarlett continua a cercare di migliorare il suo spagnolo. Non ha più avuto un fidanzato fisso, le piacciono gli hamburger di pollo e trascorre il tempo libero guardando serie Netflix e HBO in compagnia dei suoi tre gatti. In aula è abbastanza severa e non sta simpatica proprio a tutti. Ai suoi alunni è vietato parlare spagnolo quando c'è lei.

«A volte Scarlett sa essere molto rigida» dice Julia, che ricorda varie discussioni tra lei e alcuni suoi compagni di classe. «Ma... un'assassina?»

«Ti ricordi se ha mai discusso con Aurora o con Aria?»

La ragazza afferra il terzo *churro* e, mentre lo immerge nella tazza, cerca nella sua memoria. Non impiega molto a ricordare un paio di momenti delicati tra l'insegnante d'inglese e le due studentesse morte.

«All'inizio dell'anno ha avuto una discussione pesante con Aurora. A novembre, mi pare. Ti ricordi?»

«No, perché avevano litigato?»

«Aurora era alla lavagna a fare degli esercizi e non ne azzeccava uno. Si è innervosita molto e ha iniziato a parlarle in spagnolo. Scarlett l'ha ripresa più volte e alla fine era così esasperata che se n'è andata dall'aula cinque minuti prima che suonasse la campanella. Eravamo rimasti tutti allibiti.»

«Ah, sì, me lo ricordo! Era stato per Aurora?»

«Sì. E lei c'era rimasta molto male. È stata triste per tutto il giorno. La guardavo con la coda dell'occhio e aveva sempre gli occhi lucidi.»

«Poverina. Io non me ne ero accorto.»

Julia sì, e aveva pensato di avvicinarsi tra una lezione e l'altra per chiederle se si sentiva bene, ma non l'aveva fatto. Più che altro perché non sapeva come l'avrebbe presa. La conosceva a malapena, anche se erano nella stessa classe da due anni. Una settimana dopo hanno dovuto fare un lavoro di gruppo insieme e questo le ha permesso di conoscerla un po' di più. Non molto, ma un po' sì.

«E con Aria? Anche con lei c'è stato qualche problema?»

«Che io sappia... hanno discusso un paio di volte. Una in classe, ma per una sciocchezza, un esercizio. Patri diceva di non averlo fatto perché la prof non l'aveva spiegato in classe e lei non sapeva come risolverlo. Scarlett insisteva invece che l'avevamo visto insieme, ma aveva ragione Aria, quella parte dell'unità quattro non l'avevamo ancora fatta. Una stupidaggine, in realtà. Però un mesetto fa le ho viste davanti alla porta dell'ufficio di Scarlett. Non discutevano, litigavano proprio. Non so perché. Sembravano molto tese. Sai che a volte Aria perdeva le staffe e anche la prof di inglese ha un caratterino... strano.»

«Un paio di discussioni non sono una buona ragione per ammazzare qualcuno.»

«Non c'è mai una ragione per ammazzare qualcuno, Emi. Ma, per qualche motivo, ci sono due ragazze morte.»

«Continui a non voler pensare a un serial killer?»

«Ormai non so più cosa pensare. Ma faccio fatica a crederci. La morte di Aurora continua a sembrarmi una cosa non premeditata. Nonostante la bussola e le prime pagine dei giornali. E, anche se parliamo sempre al maschile, non sappiamo se a ucciderla sia stato un uomo o una donna. Ricorda che venerdì, all'ora in cui Aurora era lì, Iván ha visto uscire una donna dallo spogliatoio.

«Io di quel tizio non mi fido. Per me le sue parole non contano.»

Julia sospira. Non intende discutere con lui. Vuole solo che Iván torni in paese per poter chiarire le cose una volta per tutte. Immerge l'ultimo pezzetto di *churro* nella cioccolata e lo addenta. Mentre mastica vede Vanesa e Ingrid:

si sono appena sedute nel dehors del bar accanto. Fa un cauto cenno con la testa a Emilio e gli sussurra di voltarsi. Lui obbedisce. Le due ragazze non li vedono, si sono sedute l'una accanto all'altra, di schiena.

«A volte maledico quant'è piccolo questo paese. Vuoi o non vuoi ti ritrovi a incontrare sempre tutti» mugugna il ragazzo. «Paghiamo e andiamo via?»

«Sì. Vado a chiedere il conto.»

Quando la ragazza si alza, tuttavia, nota qualcosa di curioso e inaspettato. Ingrid ha allungato il braccio e la sua mano sinistra sta accarezzando dolcemente la mano destra di Vanesa da sotto il tavolo. Lo dice a Emilio e anche lui osserva quel gesto affettuoso. Ma le compagne di classe non si fermano lì. La mano di Ingrid scivola sulla gamba di Vanesa e, con la stessa dolcezza di prima, la accarezza fino al ginocchio.

«È quello che penso?» chiede Emilio, che si è alzato e sta andando con Julia dentro il bar a pagare.

«Credo di sì. A quanto pare non sono più solo le migliori amiche del mondo. Adesso sono qualcosa di più.»

«Be', viva l'amore, no?»

«Sì, viva l'amore... o qualsiasi cosa ci sia tra quelle due.»

42

Mercoledì 15 marzo 2017

«Tempo scaduto. Fogli e penne sui banchi.»

Mantovani si inumidisce con la saliva le labbra asciutte e screpolate e inizia a raccogliere i compiti banco per banco. Qualche allievo continua a protestare per la difficoltà della prova e il poco preavviso che il prof di religione ha dato per prepararla. Li ha avvisati ieri! Non hanno avuto nemmeno ventiquattr'ore di tempo! Nemmeno le parole del rappresentante di classe sono servite a fargli cambiare idea.

A Aurora non è andata così male. Crede che la supererà. Ma in quel momento non le importa molto. Ieri pomeriggio ha telefonato a Virginia e sono rimaste d'accordo di vedersi oggi dopo la fine dell'ultima lezione. La professoressa di matematica le ha detto che si sentiva meglio e che di sicuro il giorno dopo sarebbe stata bene. Ecco perché la ragazza ha preferito aspettare e parlarle di persona e non al telefono.

Quando Mantovani esce dall'aula, soddisfatto e con le verifiche in una cartellina, Aurora mette via in fretta le sue cose e corre fuori. Ha un grande sorriso dipinto sul volto. Spera solo che lei accetti.

Nervosa, si dirige nella zona degli uffici. Quello di Virginia ha la porta aperta. Quando Aurora si affaccia, constata che non è da sola. Accanto a lei c'è un uomo bruno, alto e molto bello. Non appena si rendono conto della sua presenza, si voltano entrambi verso di lei.

«Ah! Ciao, Aurora! Entra!»

La ragazza obbedisce ed entra con passo incerto. Non sapeva che la prof sarebbe stata in compagnia.

«Ti presento Fernando, mio marito.»

«Piacere, Aurora» dice l'uomo chinandosi verso di lei e dandole due baci sulla guancia.

«Piacere mio.»

È davvero un tipo affascinante. Ha occhi molto scuri e il mento affilato. Quando sorride mostra denti bianchissimi e perfettamente allineati. Non è stempiato e non ha un solo capello bianco. È senza dubbio uno degli uomini più affascinanti che abbia mai visto. Non c'è da stupirsi che Virginia si sia innamorata di lui.

«Stavo giusto parlando di te a Fernando e gli stavo dicendo che avevamo un appuntamento.»

«Vir mi ha detto che sei una delle sue alunne migliori.»

«Be', io... Esagera. Sono una ragazza normale.»

«In questo mondo essere normali vuol dire essere speciali» commenta l'uomo, prima di sfoggiare i denti bianchissimi e spettacolari.

Il sorriso di Fernando intimidisce Aurora. Nell'espressione del marito di Virginia c'è qualcosa che la ipnotizza. La sua insegnante le ha raccontato parecchie cose su di lui quando hanno pranzato insieme la settimana scorsa, il giorno prima del suo compleanno. E, quanto al seducente magnetismo che l'aveva conquistata, aveva proprio ragione.

«Bene, tesoro, mi aspetti a casa? Finisco con lei e arrivo.»

«Scaldo una lasagna vegetariana e friggo qualche peperone?»

«Perfetto. Grazie, amore.»

La coppia si scambia un bacio sulle labbra e, dopo aver salutato anche Aurora, Fernando esce dall'ufficio della moglie. La professoressa si siede su una poltrona e invita la ragazza a fare lo stesso sulla sedia dall'altra parte del tavolo.

«Le cose non vanno sempre così bene come può esserti sembrato adesso» le spiega Virginia, che si sporge in avanti, appoggia i gomiti al tavolo e unisce le mani. «Oggi ci hai presi in una giornata sì. Fernando è il direttore commerciale di un'importante azienda informatica in città e ha appena chiuso un grande contratto. Ti ho già accennato qualcosa del suo lavoro, vero?»

Aurora annuisce. Sì, gliel'ha spiegato il giorno in cui hanno pranzato insieme. Quel giorno ha conosciuto molto meglio la sua professoressa.

«Scusa. Non voglio essere noiosa. Fatto sta che ha firmato il contratto ed è corso qui a dirmelo. Era molto contento. E anche io lo sono per lui. Dedica tantissimo tempo al suo lavoro. È il migliore, se lo merita.»

La ragazza ascolta in silenzio Virginia che si affanna a parlare del marito. Si tocca di continuo i capelli, attorcigliando le punte. Ma quello che più attira l'attenzione di Aurora è che i suoi occhi sembrano vitrei, come se stesse per scoppiare a piangere da un momento all'altro. È un monologo a cui la ragazza non prende parte, anche perché il motivo per cui le ha chiesto di vedersi è che vuole chiederle qualcosa.

Quando la donna finisce si tocca la fronte, che scotta, e abbassa lo sguardo verso il tavolo. Sono solo tre secondi, ma molto significativi. Quando alza di nuovo lo sguardo, osserva Aurora e confessa:

«In realtà non ero raffreddata, sono rimasta a casa per un'altra ragione».

«Un'altra ragione?»

«Sì, ho passato la notte scorsa a litigare con Fernando. Credo che mi tradisca» confessa. Le tremano le labbra e il mento. «È da tempo che sospetto abbia un'amante. Anche se lui nega. Sono solo mie ipotesi, basate più che altro su sensazioni e stupidi dettagli, non su prove reali. Comunque sia la nostra relazione sta attraversando un momento difficile. Questo è poco ma sicuro.»

«Cavoli, mi dispiace.»

È tutto quello che a Aurora viene da dire su due piedi. Vorrebbe saper essere più incisiva, più matura. Ma sa di essere soltanto una diciassettenne, senza esperienza in questo tipo di cose. Le può soltanto dispiacere. Nient'altro.

«Dispiace a me, scusami» dice Virginia, che cerca di recuperare l'aplomb. Respira a fondo e prova a sorridere. «Non dovrei raccontarti queste cose. Sono problemi miei. Di solito non mi apro in questo modo... è che mi trasmetti ottime vibrazioni. Scusami, davvero. Tu hai già abbastanza pensieri.»

«Non ti preoccupare. Mi fa piacere che ti fidi di me.»

«Mi è facile parlare con te. Ma non voglio assillarti oltre.»

«Stai tranquilla, non mi assilli.»

«Grazie, Aurora. Sei una ragazza in gamba... Be', di cosa volevi parlarmi?»

Improvvisamente Aurora arrossisce e si ritrova di colpo davanti lo sguardo fisso e il sorriso della professoressa. Divorata dal nervoso, le chiede un attimo e apre il taschino dello zaino. Tira fuori una busta che posa sul tavolo.

«Allora... non voglio costringerti a niente. E nemmeno che tu ti senta obbligata» dice, estraendo qualcosa dalla busta. «Ti piace Ed Sheeran?»

«Certo. E a chi non piace?» chiede Virginia, che osserva allibita quello che Aurora ha appena estratto dalla busta. «Sono biglietti per il concerto?»

«Sì, è il regalo di compleanno di mia madre.»

«Che fortuna! È impossibile trovarli! Sono esauriti da un sacco di tempo!»

«Vuoi venirci con me?» le propone la sua allieva, morta di vergogna e senza guardarla negli occhi. «Solo... se ti va... Ma... se no... va bene lo stesso.»

Virginia resta senza parole. Confusa. Ma reagisce subito e sorride.

«Sarebbe splendido. Ma sei sicura che io sia la persona adatta perché tu ti goda il concerto?»

«Ne sono sicura. Assolutamente sicura.»

«Allora ci andremo insieme. Grazie mille per l'invito. Ma sappi che questo non ti garantirà voti più alti in matematica, eh?»

Aurora esce da scuola sprizzando felicità da tutti i pori e con un sorriso che riflette la sua grande gioia. Temeva che

Virginia le rispondesse di no, ma non è stato nemmeno necessario insistere. Adesso ha qualcuno con cui andare al concerto del suo rosso preferito!

Per ora non dirà nulla a sua madre. Non vuole farle pensare che è così sola e disperata da chiedere a una professoressa di andarci con lei.

Non vede l'ora che arrivi l'otto aprile!

Ma mancano ancora parecchi giorni. Quella sarà solo un'oasi in un immenso deserto. Anche se è abbastanza stimolante da aiutarla a sopravvivere. Ed Sheeran e la sua prof preferita: un programma perfetto.

Continua a sorridere mentre cammina verso casa, finché a un angolo vede una coppia che si bacia. Lui ha le mani intorno alla vita e lei gli circonda il collo con le braccia. Vanesa e il suo fidanzato si stanno salutando in modo appassionato. A Aurora quel ragazzo fa pena. Di certo non sa di non essere l'unico ad avere il permesso di assaporare quelle labbra. E le viene subito in mente quello che Virginia le ha appena raccontato sul marito. Ma non c'è nessuno in grado di essere fedele? Se lei uscisse con qualcuno non riuscirebbe a fargli le corna. Come si fa a baciare un'altra persona e continuare ad avere la coscienza pulita se si è fidanzati?

Comunque non sono affari suoi. Passando loro davanti, accelera e li ignora. Ma Vanesa percepisce la presenza di Aurora e la guarda. Dà un ultimo rapido bacio a Iván e le corre dietro. Quando la raggiunge, le si para davanti per impedirle di proseguire. Nonostante cerchi di schivarla, la manovra funziona e Aurora cede.

«Voglio parlarti» dice Vanesa, nervosa.

«Sì? Be', io no.»

«Ho bisogno che mi ascolti, voglio chiarire le cose» insiste la bionda dai capelli ricci, ammorbidendo il tono. «Per favore.»

Aurora non ha voglia di sentire ciò che Vanesa le vuole raccontare, ma alla fine accetta. Si dirigono verso una strada vicina, di solito tranquilla e poco trafficata, e lì riprendono la conversazione.

«Dimmi. In fretta perché non ho molto tempo. Mia madre mi sta aspettando per mangiare.»

«Sarà questione di un minuto» le dice Vanesa, più nervosa del solito. La sua abituale sicurezza svanisce. «Non hai detto a nessuno quello che è successo ieri in bagno, vero?»

«Vi ho già detto che non mi importa quello che fate.»

Vanesa guarda a terra e batte i tacchi sull'asfalto, agitata. Non le piace parlare di quella faccenda. La fa soffrire. Ma questa volta non ha alternative.

«Allora. Io amo tantissimo Iván. Sono innamorata di lui. Ma mi sta succedendo la stessa cosa con Ingrid. Ho un gran casino in testa. Non sono lesbica. Mi succede solo con lei.»

«Sono affari tuoi.»

«Lo so. Ma tu ci hai viste.»

«Semmai vi ho sentite. Non ho visto proprio niente.»

«D'accordo, non hai visto niente. Hai solo sentito, ma il risultato è lo stesso. Sai che tra me e Ingrid c'è qualcosa in più di una grande amicizia.»

«Ti ripeto che non mi interessa se esci con uno, con due o con cinque persone, o se sei lesbica, bisessuale, etero o pansessuale. Non me ne importa niente!»

«Bene. E non lo racconterai a nessuno.»

«No.»

Vanesa annuisce soddisfatta. Sembra un po' più tranquilla. Non sa se si può fidare di quella sua strana compagna di classe, anche se non le pare che stia fingendo. Tuttavia la ragazza cambia improvvisamente espressione. Sorride in modo strano, come le fosse venuto in mente qualcosa.

«Non lo racconterò a nessuno» afferma Aurora con un sorriso cinico. «Ma voglio qualcosa in cambio del mio silenzio.»

«Stai scherzando? Cosa vuoi?»

«Immunità. Né tu né Ingrid dovrete prendervela più con me. Né voi né nessun altro. Non ne posso più dei pettegolezzi alle mie spalle. Sono tre anni che li sopporto.»

«E come faccio? Non posso controllare tutto quello che dicono gli altri.»

«Sei una delle ragazze più popolari e più temute della scuola. Trova un modo. Se vuoi che mantenga il tuo segreto, fa' in modo che nessuno mi stressi più l'anima. Così stanno le cose: se mantieni la tua parola nessuno saprà di te e Ingrid. Affare fatto?»

43

Martedì 23 maggio 2017

Mentre Emilio guarda in televisione l'intervista che Roberto Méndez sta facendo a Pedro Soria, Julia studia la scacchiera di Patricia. Non riesce a trovare la soluzione o, per essere più precisi, è riuscita a formare molte frasi con quelle lettere, ma nessuna segue un ordine determinato o obbedisce a qualche successione logica. L'ultima che sta provando è la famosa mossa del cavallo partendo da diverse caselle.

«In cosa consiste di preciso?»

«Sai che il cavallo si muove a elle, vero?»

«Fin lì ci arrivo.»

«Bene. Allora, c'è una formula secondo la quale puoi portare il cavallo in tutte le caselle della scacchiera senza ripassare su nessuna, seguendo un movimento a elle. Ho pensato che magari Aria ha usato questo metodo per lasciarmi il messaggio. Sto cercando di trovare una frase di sessantaquattro lettere facendo iniziare il movimento del cavallo da diversi punti. Capisci?»

«Più o meno. Ogni casella in cui passa il cavallo ha una lettera diversa. Unendo questi sessantaquattro movimenti, ovvero quelle sessantaquattro lettere, si dovrebbe ricavare il messaggio che rivela il nome dell'assassino.»

«Esatto. Ma non so nemmeno se è il modo giusto di cercare» protesta Julia, che sposta il cavallo bianco in D4 e constata che nemmeno in quel modo otterrà qualcosa di sensato.

Disperata, scosta lo sguardo dalla scacchiera e prende il cubo di Rubik che è sopra il tavolo. Lo gira velocemente, arrabbiata con se stessa. Lo risolve in meno di un minuto. Magari l'enigma ideato da Patricia fosse così semplice.

«Alla fine odierò gli scacchi. Questa sfida va al di là delle mie capacità.»

«Non puoi darti per vinta. La soluzione è lì e prima o poi la troverai, fidati.»

Ma Julia inizia ad avere seri dubbi. Il vero problema è che non ha idea delle intenzioni di Aria. Non c'è nessuna chiave o formula che le indichi cosa deve trovare. Non sa nemmeno da dove parte il gioco. Una scacchiera ha sessantaquattro caselle, ci sono milioni di possibilità! Su cosa si è basata Patricia per mettere le lettere in quell'ordine?

La ragazza posa il cubo e guarda verso la televisione. Sullo schermo il sindaco continua a parlare con il giornalista rivolgendosi a tutto il paese.

«Allora, don Pedro, la UCO si sta occupando delle indagini.» Non è una domanda. Roberto Méndez lo dà per scontato. A Julia vengono i conati a sentire quel "don" così ossequioso con cui il giornalista si rivolge al sindaco.

«Sì. Da oggi la nostra grande squadra di professionisti avrà l'appoggio della Unidad Central Operativa della Guardia Civil.»

«Ciò significa che ai piani alti stanno prendendo parecchio sul serio il caso dell'Assassino della bussola.»

«Si tratta di una priorità assoluta. Sono state uccise due ragazze del nostro amato e rispettato paese. Non può succedere ancora. Stiamo prendendo tutte le misure necessarie perché quella persona deprecabile non agisca di nuovo.»

«Significa che possiamo dormire tranquilli?»

«Ovviamente, Roberto. L'unico che non deve dormire tranquillo è l'assassino. La paura si può trasformare nel nostro peggiore nemico. Non bisogna avere paura. Le indagini procedono bene e speriamo di avere presto buone notizie. Ho piena fiducia nei nostri agenti e nella UCO.»

Perlomeno Pedro Soria non parla male di suo padre e dei suoi colleghi della polizia giudiziaria. Nonostante quell'uomo non le piaccia, sta lanciando il messaggio giusto. Julia se ne stupisce, per quanto siano parole che ogni sindaco dovrebbe pronunciare: appoggio incondizionato alla polizia e serenità per i cittadini.

«Parla come un politico» dice Emilio. «Un politico in piena campagna elettorale. Non mi fido di lui nemmeno quando ha ragione. Ed è grave.»

«Tra un paio d'anni potremo decidere se rinnovargli il mandato.»

«Le nostre prime elezioni. Stiamo diventando grandi.»

Stanno diventando grandi e per fortuna lo possono raccontare, pensa Julia, a cui sono venute in mente Aurora e Patricia. Loro non potranno mai andare a votare, e non potranno fare tante altre cose che di sicuro avevano previsto di fare nel corso della vita. Questo pensiero la ferisce. Ancor di più osservando il foglio che ha davanti. Deve riuscire a trovare la soluzione, per quanto possa essere complicata.

«Don Pedro, ancora una cosa, prima che scappi a un altro dei suoi tanti appuntamenti in questa giornata così fitta di impegni. Questa sera intervisteremo Bernando Ríos che è stato scagionato, senza cauzione, da Otamendi. Scartato il padre di Aurora, che piste sta seguendo la polizia? Abbiamo saputo che ieri hanno raccolto le deposizioni degli insegnanti del Rubén Darío. Sospettano di qualcuno di loro?»

Il viso di Pedro Soria è un vero spettacolo mentre ascolta la domanda di Méndez. Prima dell'intervista si erano accordati: nessuna ipotesi sull'identità dell'Assassino della bussola e nessun sospetto. Il sindaco si gratta un orecchio e accavalla le gambe. Poi cerca le parole adatte per rispondere senza essere troppo brusco e nascondendo l'irritazione.

«Non possiamo parlare di sospetti. Non lo sono né i professori né le persone chiamate per rilasciare le deposizioni. Insisto: bisogna avere fiducia nei nostri agenti e rispettare la presunzione d'innocenza di tutti gli abitanti del paese.»

«Insisto anch'io: una fonte, che ovviamente non possiamo svelare, ci ha informati che sia l'elastico per capelli sia la bussola, rinvenuti nello spogliatoio la sera in cui Aurora è stata uccisa, appartengono a insegnanti della scuola. È vero?»

Pedro Soria ha gli occhi fuori dalle orbite. Anche Julia resta a bocca aperta sentendo la domanda del giornalista.

Come ha fatto a scoprirlo se a suo padre l'hanno detto soltanto un paio di ore fa? La ragazza guarda Emilio, che sembra stordito. Aspettano entrambi impazienti la risposta del sindaco, che deglutisce e ci impiega un attimo a trovare le parole.

«Non posso dire nulla sulle indagini. Inoltre il caso riguarda la polizia giudiziaria e la UCO. Io sto in disparte. Mi informano semplicemente dei passi avanti nell'investigazione.»

«Quindi non intende confermare al pubblico, ai suoi elettori, che l'elastico e la bussola appartengono a due professori? Preferisce nascondere loro la verità?»

Quella è la goccia che fa traboccare il vaso. Pedro Soria, molto innervosito, si alza dalla poltrona, vacilla e, dopo aver stretto la mano a Méndez, sparisce dallo schermo.

«Se n'è andato!» urla stupito Emilio. «Sindaco in fuga!»

Ma Julia non trova molto divertente quello che è appena successo in diretta nello studio della televisione locale. Il giornalista annuncia la pubblicità, si scusa per la precipitosa fuga del sindaco e promette al pubblico massima trasparenza per ciò che riguarda l'Assassino della bussola. Che nessuno si alzi dal divano!

È evidente che qualcuno sta passando all'uomo le informazioni sul caso e lo sta facendo praticamente proprio mentre la polizia le scopre. Suo padre sarà già al corrente di quello che è appena successo?

«Questo è un incosciente» dice la ragazza, preoccupata. «Ha appena messo il paese contro i professori.»

«Poveracci. Spero che la gente non sia così stupida da prendersela con loro.»

«Ma chi avrà rivelato a Méndez la faccenda dell'elastico e della bussola?»

Julia guarda l'amico, che si stringe nelle spalle. Quello che sta succedendo è molto pericoloso. L'informazione confidenziale delle forze dell'ordine arriva alla stampa, nello specifico a Roberto Méndez, che a sua volta non si fa alcun problema a darla in pasto all'opinione pubblica.

«E se fosse stata la stessa polizia?» chiede il ragazzo, togliendosi gli occhiali appannati e pulendoli con la maglietta.

«Ma a che scopo?»

«Non lo so. Magari vogliono vedere come reagisce la gente. Individuare qualche movimento strano.»

«La polizia non fornisce mai alla stampa notizie che potrebbero danneggiare qualcuno. La faccenda dell'elastico e della bussola mette i professori tra l'incudine e il martello. Roberto Méndez ha pescato l'informazione da qualche altra parte. Di sicuro qualcuno spiffera di nascosto, in cambio di qualcosa.»

«Nei paesi piccoli tutti sanno sempre tutto di tutti. Prima o poi si viene a sapere. L'importante è che scoprano al più presto chi ha ucciso Aurora e Patricia e che non ci siano altri omicidi.»

Quando Roberto Méndez ricompare dopo la pubblicità accenna di nuovo all'incidente con il sindaco e parla delle ultime scoperte collegate alle morti delle due ragazze. E rivela anche qualcos'altro: i cellulari non sono stati trovati. Nessuna delle due l'aveva sulla scena del crimine e gli apparecchi non sono stati trovati nelle loro camere.

«Questo non lo sapevamo» commenta stupito Emilio. «Nemmeno Aria aveva il cellulare quando l'hanno trovata?»

«I miei non mi hanno detto nulla.»

«Ci sarà stato qualcosa nei loro cellulari che poteva portare all'assassino?»

«Non ne ho la più pallida idea, Emi. Come si fa a saperlo? Bisognerebbe poter accedere alla memoria di quei telefoni. Anche se dubito che li trovino.»

«Un cellulare si trova con la triangolazione del segnale. E si può sapere se si sposta da un posto all'altro. Le compagnie telefoniche possono dare questi dati alla polizia.»

«Sì, ma il telefono deve essere acceso» precisa Julia, che ci ha già pensato. «E non credo che l'assassino sia così stupido da tenere accesi i cellulari delle vittime, lasciandosi dietro una traccia così evidente.»

«Hai ragione.»

«Non li avrà nemmeno con sé. Li avrà presi e distrutti, per poi lasciarli in qualche terreno abbandonato. O magari li ha a casa sua, spenti.»

«Rappresenterebbe un grande rischio per lui.»

«Sì, ma chi lo sa che valore hanno quei cellulari per l'assassino? Magari ne ha bisogno per qualcosa e non se ne può liberare. E poi se li lascia da qualche parte, da qualsiasi parte, correrebbe comunque il rischio che qualcuno li trovi per caso. O che qualcuno lo veda.»

Emilio annuisce. Poi controlla il suo, di cellulare. Nel gruppo Whatsapp della classe continuano a commentare quello che Roberto Méndez ha annunciato sull'Assassino della bussola. Alcune ragazze, come Yi e Ana, dicono che non intendono uscire di casa fin quando non l'avranno preso. Jason, dal canto suo, chiede se qualcuno sa di chi sono l'elastico e la bussola apparsi nello spogliatoio. Cosa a cui nessuno sa rispondere con certezza, anche se si fanno i nomi di diversi professori. Quello più nominato è Alberto Montero.

«Questa roba diventerà una caccia alle streghe» dice Emilio, dopo aver letto a Julia gli ultimi commenti del gruppo.

«Non ci possiamo cascare.»

«Ovvio, ma chi lo può impedire?»

Julia sospira e sente sulle spalle il peso della responsabilità. La responsabilità che Patricia le ha dato quando era ancora in vita, e che lei sta facendo tanta fatica ad assumersi dopo la sua morte.

Chi lo può impedire?

Lei. È lei che può mettere fine a tutta questa follia.

Prende il telecomando, spegne la televisione e si rimette ad analizzare la scacchiera. La risposta è lì.

Emilio si alza dalla poltrona e si mette accanto a lei.

«Magari ti posso aiutare. Quattro occhi vedono meglio di due, anche se non ho mai vinto una partita con te.»

«Grazie, Emi» dice Julia, sorridendo. E mette il foglio davanti a entrambi. «Vediamo se riesci a vedere qualcosa che io non vedo.»

A quel punto il foglio le scivola tra le gambe. Come per magia vola a terra e cade sull'altra facciata, dove ci sono le parole di Patricia. Julia sospira e si china per prenderlo. Poi lo posa sul tavolo. E allora ricorda qualcosa. È possibile che...

Legge di nuovo il messaggio di Aria. Promette di farle trovare il suo assassino su una scacchiera piena di lettere. Ma in quelle parole c'è dell'altro. Ovvio che c'è dell'altro!

«Cazzo! Era questo! Era questo!» urla a squarciagola. Si alza in piedi e mostra il foglio a Emilio, che non ci capisce niente. «Ci siamo! Abbiamo la pista di cui avevamo bisogno!»

«Cosa? Spiegati! Mi stai facendo agitare!»

«Non era così difficile! Patri era la regina degli acrostici. Come ho fatto a non pensarci prima!»

«La regina degli acrostici?»

«Sì! È così che mi ha confessato il nome del ragazzo che le piaceva. E così mi ha detto cosa devo fare per trovare il suo assassino.»

«E cosa devi fare?»

«Cercare a São Paulo e Bilbao, non vedi?»

«Non vedo niente! Cosa c'è a São Paulo e Bilbao? Non capisco!»

La ragazza si alza dal divano e raggiunge in fretta una delle mensole della sala. Prende da una tazza una biro blu e cerchia la prima lettera di ogni frase del messaggio di Aria. Unendole tutte si formano le parole "São Paulo" e "Bilbao". E una terza: "Magnus".

Julia sorride soddisfatta. Prende Emilio per mano e salgono di corsa in camera sua. Accende il portatile e, mentre Windows si carica, guarda emozionata il poster del suo idolo. Patricia, in effetti, non avrebbe potuto lasciare la soluzione di quell'enigma in mani diverse da quelle di uno dei migliori giocatori di scacchi di tutti i tempi: il magnifico genio norvegese Magnus Carlsen.

44

Martedì 23 maggio 2017

Virginia e Jonathan l'intervista di Roberto Méndez a Pedro Soria non l'hanno vista. Uno accanto all'altra, sdraiati sul letto matrimoniale della professoressa di matematica, stanno dormendo dopo una nottata insonne e un risveglio molto strano.

Era ancora notte quando Jona è arrivato a casa dell'amica, con un pacchetto di biscotti al cioccolato e una chiavetta USB. Hanno fatto colazione e poi hanno guardato *Un uomo in prestito*. Tra una scena e l'altra hanno chiacchierato di cose belle, momenti bui, ricordi di periodi più felici e altri in cui tutto sembrava più facile. Hanno persino parlato di Aurora e di Patricia e della stima che entrambi avevano delle due ragazze. Finché è arrivata la scena hot del film. Quella in cui Janeane Garofalo e Ben Chaplin si lasciano andare e fanno sesso telefonico; una sequenza decisamente light, ma trasgressiva e molto coraggiosa trattandosi di una produzione degli anni Novanta.

Prima silenzio. Poi risatine. Virginia e Jonathan si sono guardati fissi negli occhi, quasi imbarazzati. Ed è stato lui a fare il primo passo: si è chinato su di lei e l'ha baciata. Dolcemente. Un bacio apparentemente dolce e semplice, che si è subito trasformato in un fiume di passione sfrenata. Hanno camminato incespicando fino alla camera da letto, senza smettere di baciarsi. Ansimando l'uno nell'orecchio dell'altra. La professoressa di matematica ha spogliato il professore di filosofia e viceversa, lasciando cadere a terra i vestiti. Senza controllo. Improvvisamente si sono ritrovati a sfogarsi sul letto matrimoniale, scaricando così la tensione degli ultimi giorni. Sesso intenso e irrazionale. Una cura per il dolore, alternativa all'aspirina. Poi, sfiniti, sono crollati sotto le lenzuola. E si sono addormentati, stanchi di realtà.

Qualche ora dopo li sveglia il telefono di Virginia. La donna corre in sala a cercare il cellulare: è il preside.

«Buongiorno, Lázaro.»

«Hai visto la televisione?»

«No, cosa è successo?»

«Siamo nella merda per colpa di un coglione.»

Lázaro Martínez le riassume l'intervista di Roberto Méndez a Pedro Soria. Le spiega che il giornalista ha parlato di prove che dimostrano che l'elastico per capelli e la bussola trovati nello spogliatoio appartengono a professori della scuola.

«Hanno detto a chi?» chiede Virginia, nervosa.

«No. Non possono accusare direttamente nessuno. Quel tizio sembra scemo, ma sa bene quello che fa» riconosce il preside. «Ci vediamo tutti a mezzogiorno a scuola per parlarne.»

«A scuola?»

«Lo so che forse ora come ora non è il posto migliore, ma ci stiamo tutti e almeno potremo stare tranquilli.»

Virginia controlla l'orologio a muro della sala e vede che sono le undici e un quarto. Deve sbrigarsi, se vuole arrivare in tempo.

«D'accordo. Ci vediamo lì fra tre quarti d'ora.»

«Se ti chiamano, non parlare con nessun giornalista. Risposta ufficiale: no comment.»

«Mi chiameranno?»

«Non lo so, potrebbero farlo. Non rilasciare nessuna dichiarazione finché non sapremo come affrontare la situazione. Mi raccomando.»

La professoressa riaggancia, molto preoccupata. Va in camera sua, dove Jonathan si sta abbottonando i jeans.

«Che succede? Hai una faccia...»

«Era Lázaro. Immagino che adesso telefonerà anche a te. Siamo rimasti che ci vediamo a mezzogiorno con tutti i professori.»

«Perché?»

«Riunione d'emergenza.»

Virginia riassume a Jonathan la conversazione avuta con il preside. L'uomo l'ascolta attentamente mentre finisce di vestirsi. A differenza sua non sembra particolarmente in ansia.

«Roberto Méndez è uno stupido, ma non credo che la cosa ci possa danneggiare più di tanto.»

«Come no? Ha chiesto al sindaco se secondo lui possiamo essere sospettati di omicidio. È da poco che vivo in questo paese, ma so come vanno le cose qui. Ci guarderanno male per strada. Basta pensare a come hanno trattato il padre di Aurora al funerale. Chissà quanta gente pensa già che sia un'assassina!»

Jona si avvicina e la calma con un bacio sulle labbra. Poi la stringe forte e le sussurra di non preoccuparsi. Adesso sono insieme e di sicuro la polizia smaschererà presto l'Assassino della bussola e quell'incubo sarà finito. Le parole del professore di filosofia fanno effetto e Virginia si tranquillizza.

«Vado a casa a farmi una doccia e a cambiarmi» le dice Jonathan dopo un altro bacio. «Ci vediamo tra un po' a scuola.»

«D'accordo. Grazie... grazie mille di tutto. Di cuore.»

A quel punto inizia a squillare il cellulare di Jonathan. Lo sta chiamando il preside. L'uomo saluta Virginia e risponde al telefono scendendo a piedi i quattro piani dell'edificio.

Di nuovo da sola.

La donna si dirige pensierosa in camera sua. Ha anche lei bisogno di una doccia. Forse l'aiuterà a rilassarsi un po'.

Un elastico per capelli...

Cosa saprà e cosa non saprà la polizia?

Accende la televisione per vedere se dicono qualcosa sull'Assassino della bussola. Si sintonizza sul canale locale, ma stanno trasmettendo una replica della partita del weekend scorso della squadra di calcio del paese. Scopre che hanno perso due a zero. Cambia e si sintonizza su Antena 3. Forse nel programma *Espejo Público* diranno qualcosa, visto che ieri hanno affrontato l'argomento. Lascia la tele accesa e va in bagno.

La doccia, a differenza di quanto si aspettava, non le fa così bene. Troppo tempo per pensare, per ricordare il passato recente. Resta oltre dieci minuti sotto l'acqua tiepida;

in quel lasso di tempo scoppia di nuovo a piangere, si sente sfortunata. Mentre si sta asciugando la porta si apre. Fernando non bussa nemmeno prima di entrare.

Si ritrova davanti sua moglie nuda, che lo osserva timorosa. L'ha tradito di nuovo, ma ormai non ha importanza. Anche lui dev'essere appena stato con un'altra. Tutto sta per finire.

«Possiamo parlare?» chiede lui, deciso.

«Devo andare a una riunione a scuola» risponde Virginia mentre si infila la biancheria intima. «Puoi aspettare fino al mio ritorno?»

«No, non posso aspettare. Ma sarò breve, non preoccuparti.»

«D'accordo. Allora dimmi. Parliamo.»

«Non è facile. Ci ho pensato per qualche giorno e...»

«Fernando, per favore, vai al sodo.»

«Sai che ti ho amata tanto. E che per molti anni sei stata la cosa più importante per me.»

«Lo so» risponde Virginia vestendosi. Osserva da vicino i suoi ipnotici occhi scuri. Quegli stessi occhi che l'avevano fatta innamorare. «E so anche che vuoi lasciarmi per un'altra.»

L'uomo china il capo e tutta la sicurezza con cui aveva iniziato il suo discorso si scioglie come neve al sole. Virginia percepisce i suoi dubbi, ma preferisce che sia lui a parlare. Fernando la prende per mano e la guida fino in camera da letto, quella stessa camera da letto dove lei poche ore prima ha fatto l'amore con Jonathan. Ma non è pentita. Anzi: andare a letto con il suo collega le è servito a liberarsi. È un brav'uomo, un tipo in gamba. Le è piaciuto fin dalla prima volta che l'ha visto, ma allora era felicemente sposata. Non pensava nemmeno lontanamente di avere un'avventura con qualcuno.

«Voglio chiudere nel migliore dei modi, Vir.»

«Non esiste un modo "migliore", Fernando. Non prendiamoci in giro.»

Lui annuisce e guarda verso la televisione accesa in camera da letto. È una tele piccola che lui aveva comprato perché la sera, dopo cena, potessero guardare insieme le loro serie preferite. Virginia si addormentava sempre a metà episodio.

«Non possiamo mantenere un buon rapporto?» chiede l'uomo cercando di non alterarsi.

«Con il tempo, forse. Per ora desidero solo che passi il tempo e mi possa lasciare tutto alle spalle. Sto male, Fernando. Molto male.»

«Già. Non è il momento migliore per chiederti il divorzio.»

La parola "divorzio" colpisce come una cannonata il cuore di Virginia, che si sente le gambe molli. Una cosa è intuire che si sta avvicinando la fine di una relazione, un'altra ben diversa è sentire dire a tuo marito che vuole il divorzio. Lui nemmeno si scusa per aver dato inizio a quel cumulo di spropositi che è diventato il loro matrimonio. Se non le fosse stato infedele, lei avrebbe resistito alle tentazioni. O forse no. Non lo saprà mai. Sono entrambi colpevoli.

Virginia si siede sul letto, desolata, e si accorge che sullo schermo della televisione c'è un viso noto. Una giornalista di *Espejo Público* è in paese e sta addirittura per intervistare Roberto Méndez, il re delle esclusive sull'Assassino della bussola. Quell'uomo grasso e compiaciuto si dà arie da protagonista. Partecipare a un programma di Antena 3 è il massimo a cui può aspirare nella sua carriera. Chissà se questo lo farà arrivare a qualche grande emittente nazionale.

Susanna Griso chiacchiera con lui dallo studio di Madrid e gli pone diverse domande sulla storia di cui si sta occupando.

«Affitterò un appartamento in città» dice Fernando, vedendo che Virginia non parla. «Tu puoi restare qui quanto vuoi.»

Ma lei non lo sta ascoltando. Una domanda che la presentatrice ha appena rivolto a Méndez l'ha sconvolta.

«Non intendi dire altro? Sei d'accordo? Una volta finita la scuola, se vuoi, possiamo vendere l'appartamento e...»

«E stai zitto, cazzo!» lo interrompe l'urlo della professoressa di matematica. «Chiudi quella bocca per un cazzo di minuto!»

Virginia è agitatissima. Ascolta attonita, senza staccare gli occhi dal televisore, quello che Méndez sta dicendo. Trema e si passa entrambe le mani sul viso, lasciandoci i segni delle dita. Fernando non l'ha mai vista in quello stato.

«Vir, che cazzo ti prende?»

A quel punto gli avvenimenti precipitano. Tutto accade molto in fretta, nel giro di pochi secondi. Quella storia, iniziata a marzo, si conclude in questa mattina di maggio nel modo più tragico e inatteso.

45

Martedì 23 maggio 2017

São Paulo, Bilbao e Magnus. Sono i termini che si formano con l'iniziale delle prime parole delle frasi del messaggio che Aria ha lasciato scritto nella lettera a Julia. Uno di quegli acrostici che piacevano tanto a Patricia.

«Che cretina a non notarlo prima» continua a mugugnare la ragazza mentre digita sul suo portatile.

Emilio ha il foglio in mano e controlla ancora una volta quello che l'amica gli ha appena spiegato. Effettivamente, se legge soltanto le iniziali maiuscole che seguono un punto, escono quelle quattro parole. Non c'è alcun dubbio sulla combinazione. Ma lui ancora non capisce cosa significhi.

«E questo dove ci porta?» chiede sempre più incuriosito.

«Adesso vedrai. Ci vuole un po' di pazienza.»

Ma la pazienza non è proprio il suo forte. Tutto quel mistero e quell'incertezza lo innervosiscono e controlla lo schermo del computer da sopra la schiena di Julia.

«Ecco qui. Ce l'ho» dice lei allegramente.

«Hai capito chi ha ucciso Aurora e Patricia?»

«Temo, caro mio, che per quello ci voglia ancora parecchio.»

«Davvero? Ma allora che cos'è che hai trovato che ti rende così felice?»

«Dove. So dove andare a cercare la soluzione all'enigma di Aria.»

«A São Paulo e a Bilbao? Non ci capisco niente.»

Julia sorride e gli chiede di portare lì la sedia che è nella camera degli ospiti. Emilio obbedisce e poi si siede accanto all'amica che gli spiega cosa sta controllando.

«São Paulo e Bilbao sono le città in cui sono state organizzate, in collaborazione, la quarta e la quinta edizione della finale del Grande Slam di scacchi dei maestri. Si sono svolte rispettivamente nel 2011 e nel 2012 e sono stati due tornei appassionanti, tra i migliori mai visti. In quei due anni una fase della gara è stata disputata in Brasile e un'altra in Spagna, per essere precisi a Bilbao.»

«Come fai a ricordartene?»

«Emi, riesco a ricordare quasi tutto. E ancor più se l'argomento mi appassiona.»

«Lo so, ma la cosa continua a sconvolgermi. Altro che Superchicca, tu.»

La ragazza arrossisce e cerca di non dare troppa retta alle battute di Emilio. Non è affatto una Superchicca e non ha alcun merito per la sua dote. Il suo cervello riesce a immagazzinare informazioni, immagini, date... e poi, se lo decide, riesce a ricordarli. È nata così, punto.

«Fatto sta che sono sicura che Patri si riferisca a quei tornei. Immagino che li avrà googlati e abbia deciso di nascondere il nome del suo assassino in qualcosa che avesse a che fare con le partite giocate in quei due campionati.»

«E perché avrebbe scelto proprio quel torneo e non altri?»

«Penso che tu possa arrivarci da solo» gli dice la ragazza, girandosi e indicandogli con il mento il poster appeso alla parete. «Sai chi li ha vinti?»

«Magnus! Il tuo amore platonico!»

«Il mio idolo. Non sono innamorata di lui! Lo ammiro soltanto come giocatore di scacchi e come persona.»

«D'accordo. Nessun amore platonico. Ti piace solo come muove gli scacchi.»

«Ecco, quel che si dice semplificare» protesta Julia, che finge di arrabbiarsi. «Adesso ci concentriamo sul torneo e cerchiamo la soluzione all'enigma di Aria?»

«Hai ragione. Scusa.»

La ragazza osserva di nuovo lo schermo del computer e mostra a Emilio l'elenco delle partite di Magnus Carlsen.

«Non ne sono molto sicura, ma l'istinto mi dice che troveremo la soluzione in qualcuna delle partite giocate da Magnus nei tornei di São Paulo-Bilbao del 2011 e 2012.»

«Quante sono in totale?»

«Ventiquattro. Dodici per ogni torneo.»

«E come procediamo?»

«Non ne ho idea» risponde Julia, sfoggiando un sorriso enorme e stupendo agli occhi di Emilio. «Ma ora sappiamo dove cercare. Bisognerà studiare le ventiquattro partite giocate da Magnus. La risposta che cerchiamo è lì, ne sono sicura.»

Il ragazzo sbuffa e si appoggia allo schienale della sedia. Gli pare incredibile che Patricia abbia organizzato tutto ciò nell'eventualità che non fosse tornata a casa. Ma trova ancora più incredibile che Julia possa riuscire a scovare la risposta a quella sfida. Sembra un libro di Dan Brown. Sembra di stare nel *Codice da Vinci*!

«Stampo le ventiquattro partite di Magnus e le gioco sulla scacchiera. Poi avrò bisogno del tuo aiuto.»

«E in che modo?»

«Io muovo gli scacchi di Magnus, e tu gli altri.»

«E questo ci farà scoprire qualcosa?»

«Forse sì e forse no. Lo dobbiamo verificare.»

«Ci porterà via tantissimo tempo. E stiamo quasi andando alla cieca.»

«Io eliminerei il "quasi". Ma il nome che stiamo cercando è lì, Emi. Non vale la pena provarci?»

«Immagino di sì. A parte studiare per gli esami, non ho niente di meglio da fare.»

La ragazza seleziona via via le partite di Carlsen e le salva in una cartella per poi stamparle tutte insieme. Ne ricorda alcune più di altre: quelle giocate contro il numero uno dell'epoca, Viswanathan Anand, quelle contro il giocatore spagnolo Paco Vallejo, e quelle veloci dello spareggio con Fabiano Caruana nel 2012. Emilio, dal canto suo, resta un po' a osservare il poster del campione norvegese sulla parete. È quello il tipo che piace a Julia? È un ragazzo attraente e sembra anche simpatico. In quella foto ha i capelli scompigliati e la frangetta. Non è la classica immagine che ci si aspetta da un giocatore di scacchi professionista. Magnus sembra piuttosto una persona vivace, inquieta, lontana dal prototipo dell'intellettuale e del cervellone che molti si potrebbero aspettare. Il suo sguardo è persino divertente, è quello di chi non si sente sotto pressione, anche se perennemente sotto osservazione e giudicato.

Gli piacerebbe essere come Magnus Carlsen, altroché. Non per dove è arrivato o per quel che rappresenta per molte persone, ma perché Julia lo guarderebbe con altri occhi. Anche se si sentirebbe molto in imbarazzo se la sua migliore amica avesse in camera un poster di lui a grandezza naturale.

«Oh? Ti sei incantato. A cosa stai pensando?» chiede Julia, piazzandosi davanti a Emilio.

«A quanto deve essere difficile avere una vita normale per questo ragazzo.»

«Ci è abituato. L'anno scorso era nell'elenco delle cento persone più influenti del mondo. Anche se in realtà la stampa lo rispetta molto e il lavoro "sporco" lo fanno suo padre e l'agente. Lui è concentrato solo sugli scacchi e sulle cose utili che fa. Non è al centro di pettegolezzi, non vende la sua vita privata e raramente perde il sorriso.»

«E poi è bello, elegante, intelligente e ricco. Il ragazzo perfetto.»

«La perfezione non esiste. Anche se Magnus ci va abbastanza vicino.»

Emilio scorge una luce speciale negli occhi di Julia quando parla di Magnus Carlsen. Il che gli provoca una certa invidia, ma al tempo stesso è contento che l'amica abbia un esempio come quello in cui specchiarsi.

Julia raccoglie dalla stampante i fogli con le ventiquattro partite del giocatore norvegese.

«E adesso?» chiede Emilio grattandosi la testa. «Cosa facciamo?»

«Adesso prepariamo tutto.»

Sul ripiano più in alto dell'armadio di camera sua la ragazza tiene una scacchiera e una scatola di legno. Le afferra e le posa sulla scrivania. Poi prende una matita e la lettera di Patricia.

«Cosa fai?»

«Scrivo sulla scacchiera le lettere così come sono sulla scacchiera di Aria. E poi giocheremo le partite di Magnus. Può essere che la chiave sia in qualche movimento.»

«Ottima idea, Superchicca.»

«Smettila di chiamarmi così» protesta Julia, prima di passare il foglio all'amico. «Coraggio, dettami le lettere. Le so a memoria, ma non vorrei sbagliare.»

«Tu non sbagli mai.»

«Emi, piantala! Dettami le lettere!»

Il ragazzo obbedisce e inizia a dettare dall'alto in basso e da sinistra a destra, colonna dopo colonna. Quando finiscono Julia mette gli scacchi in posizione d'inizio. Prima i bianchi, poi i neri.

«Da quale partita cominciamo?»

«E lo chiedi a me? Sei tu l'esperta di scacchi e di Magnus Carlsen.»

«Perfetto. Allora andremo in ordine: la prima del 2011. Quella in cui ha usato i neri contro Anand. L'hanno giocata a São Paulo.»

La ragazza controlla il foglio su cui è segnata la prima partita del norvegese in quel campionato di maestri e chiede a Emilio di muovere e4. A quel punto le squilla il telefono. Sullo schermo compare la scritta "Papà cellulare".

«Ciao, papà. Come va?»

«Ciao, Julia. Sei a casa?»

«Sì, ho appena scoperto una cosa sulla scacchiera che mi ha lasciato Patri e sto facendo delle prove.»

«Non dirmi che sai già chi è l'assassino.»

«Purtroppo no. Ma è possibile che ci sia vicina.»

«Buon lavoro, tesoro» la incoraggia il padre. «Emilio è con te?»

La ragazza non è sicura che quella domanda non abbia secondi fini. È importante che sia lì? La rimprovererà perché il suo amico la sta aiutando? Tentenna, prima di rispondere, ma decide di dire la verità.

«Sì, mi sta aiutando.»

«Bene, allora digli di chiamare i suoi genitori. Uno di loro lo deve accompagnare dalla Guardia Civil.»

«Adesso?»

«Sì. La UCO vuole parlare con lui. E anche con te, Julia. Ci sarò io insieme a te, non preoccuparti.»

«Dobbiamo rilasciare le nostre deposizioni per la morte di Aurora e Patricia?»

«Sì, è ora che raccontiate tutto quello che sapete sulle vostre compagne uccise. Ma stai tranquilla, sono soltanto colloqui informativi. È evidente che tu non sei sospettata di niente.»

«E Emilio?»

«Emilio… nemmeno lui, credo.»

46

Martedì 23 maggio 2017

A mezzogiorno solo sei dei nove professori convocati da Lázaro Martínez sono presenti nell'aula della terza B. Con gli altri docenti della scuola il preside parlerà più tardi. Essendo morte due ragazze della stessa classe, ha preferito riunire innanzitutto i loro insegnanti. Quelli che saranno nel mirino dell'opinione pubblica.

«Dove sono gli altri?» chiede Diego Soler, il professore di lettere, mentre controlla l'orologio.

È molto elegante, come sempre, indossa una camicia bianca con le maniche rimboccate e una cravatta nera. Ha gli occhi gonfi. Senza dubbio la morte di Patricia Herrero l'ha toccato nel profondo. Lui e il padre della ragazza sono amici da tempo, e la conosceva molto bene.

«Accomodatevi. Ora vi spiego» dice Lázaro sedendosi sulla sedia dietro la cattedra. Ha un'espressione grave e pare che anche lui non abbia dormito molto.

Gli altri sei obbediscono al preside e si accomodano nella parte sinistra dell'aula, nelle prime due file di banchi. Quando tutti si sono seduti, Martínez tossisce per schiarirsi la voce e inizia a parlare.

«Colleghi, vi ho convocati qui perché dobbiamo prendere delle decisioni importanti insieme. Come sapete, la stampa locale e quella nazionale hanno comunicato che nello spogliatoio sono apparsi due oggetti, un elastico per capelli e la famosa bussola che, stando alle prove, appartengono ad alcuni di noi» commenta l'uomo, che fa una pausa per respirare profondamente. Sembra esausto. «Bene. Ho ricevuto una telefonata da Alberto Montero che è al commissariato con Scarlett per rilasciare una deposizione. Alberto mi ha confermato che la bussola trovata accanto al corpo di Aurora è la sua.»

«E quindi?» interviene Ana López, la professoressa di storia. «L'Assassino della bussola è Alberto?»

«No. Significa solo che la prima bussola trovata è quella che Montero usava per le lezioni di orienteering. Non è accusato di niente. E nemmeno Scarlett. Come avrete già immaginato, l'elastico dei capelli è suo. Ma nessuno dei due è stato arrestato o fermato dalla polizia. Stanno riferendo alla polizia giudiziaria ciò che sanno in modo libero e volontario.»

Nell'aula cade un silenzio di qualche secondo, in cui ognuno dei presenti assimila, a suo modo, l'informazione appena ricevuta.

«E Virginia? È anche lei al commissariato?» chiede Nuria, la professoressa di economia.

«No, lei dovrebbe essere qui» risponde il preside. «Qualcuno ha sue notizie?»

Subito, e come fosse un allievo interrogato, Jonathan alza la mano. Non può certo spiegare che erano insieme meno di un'ora prima, è evidente. Non confesserà nemmeno che ha fatto colazione con lei, hanno guardato un film e poi hanno fatto l'amore appassionatamente.

«L'ho sentita alle undici e un quarto e mi ha detto che faceva una doccia e ci raggiungeva.»

«Sì, è più o meno l'ora in cui l'ho avvisata» dice Lázaro, mentre controlla il cellulare. «Be', avrà avuto qualche contrattempo. Arriverà.»

A Jonathan tuttavia sembra strano che Virginia non sia ancora lì. Lui ha fatto in tempo a tornare a casa, fare una doccia, cambiarsi e arrivare a scuola alle dodici meno cinque, e più o meno, in macchina, la distanza è la stessa.

«La scuola farà un comunicato in cui dirà chi sono i professori a cui si riferisce la stampa?» si informa Ana López.

«Non ci avevo pensato. Immagino che sarà la stessa stampa a verificare e controllare l'informazione in giornata. O magari domani.»

«E se non lo fa? O finché non lo fa?» insiste l'insegnante di storia. «Dovremo andarcene in giro con tutti gli occhi puntati addosso?»

«Si potrebbe preparare una dichiarazione in cui comunichiamo il nome dei due colleghi e il nostro appoggio incondizionato nei loro confronti. Così prendiamo due piccioni con una fava: evitiamo di mettere gli altri sotto pressione e al tempo stesso dichiariamo di essere certi dell'innocenza di Scarlett e Alberto» propone Diego, che si è dovuto allentare il nodo alla cravatta.

«Questo significa venderli, però. Non sono accusati di nulla.»

«Lo so, Lázaro, ma è l'unico modo per evitare situazioni sgradevoli agli altri. E non mi riferisco solo a noi sette che insegniamo in terza B, ma a tutti i professori del Rubén Darío. La maggior parte della gente non sa quali classi seguiamo; sa solo che lavoriamo in questa scuola. E ciò vale non solo per noi, ma per tutti quelli che ci lavorano.»

Le parole del professore di lettere fanno riflettere il preside, e anche il resto dei presenti.

«Io sarei dell'idea di non fare il nome di nessuno e lasciare che gli eventi seguano il loro corso. Non parlare con la stampa e aspettare che tutto torni alla normalità.»

«Normalità? Sono state ammazzate due nostre alunne e la stampa ci ha rovesciato addosso tutta la merda del mondo. Non possiamo sperare che le cose tornino alla normalità! Non succederà mai!» sbotta, alterata, la professoressa di economia.

«Ti capisco, Nuria. Anche io penso che nulla tornerà come prima. E se vi ho riuniti qui è per prendere insieme una decisione. Cosa volete fare?»

I professori si guardano tra loro. Santiago Mantovani, che non ha ancora detto nulla, si alza in piedi e si rivolge al resto dei suoi colleghi.

«La cosa migliore è mettere la decisione ai voti. Per alzata di mano. Così non ci sarà più motivo di discutere. Bisognerà accettare il risultato, che ci piaccia o no, e la decisione verrà comunicata agli altri professori della scuola.»

«Votare mi sembra una buona idea» dice Jonathan. «Ma prima chiamo Virginia per sapere se sta per arrivare o no.»

Gli altri acconsentono e il professore di filosofia tira fuori dalla tasca il cellulare. Si alza e va in corridoio. Si appoggia alla parete e telefona alla professoressa di matematica. Dopo qualche squillo a vuoto risponde la segreteria telefonica. Jona aggrotta la fronte stupito e digita di nuovo il numero di Virginia. Ma ottiene lo stesso risultato. Dove sarà finita?

«Non risponde» dice, rientrato in classe. «È molto strano.»

«Starà facendo qualcosa di importante.»

Ma il professore di filosofia è preoccupato. Quando è uscito da casa sua sembrava star bene. Abbastanza bene. Si sarà pentita di quello che è successo tra di loro e starà cercando di evitarlo?

«Allora? Votiamo?» chiede Ana López.

«Sì, per alzata di mano. Per qualcuno è un problema e preferisce che il voto sia segreto?»

Nessuno si oppone. Il preside chiede chi ritiene necessario un comunicato stampa con i nomi dei due insegnanti in questione e l'appoggio incondizionato nei loro confronti. Alzano tutti la mano, tranne lui.

«Bene. Direi che non ci sono dubbi. Diego, ci pensi tu a scrivere il testo?»

Il professore di lettere annuisce. Il preside sta per dichiarare conclusa la riunione, quando gli squilla il cellulare. Quello da cui lo chiamano è un numero fisso del paese, ma sconosciuto.

«Sì? Chi parla?»

L'uomo ascolta attentamente ciò che gli dicono all'altro capo del telefono. I professori osservano il preside, che lentamente cambia colore ed espressione. Dopo aver riagganciato strizza gli occhi e serra le labbra. Non riesce quasi a parlare.

«Cos'è successo, Lázaro? Chi era?» chiede Jona, nervoso. Ha un brutto presentimento.

«Era la Guardia Civil... Virginia si è buttata dal balcone del suo appartamento. Non... non hanno potuto fare nulla. La nostra collega... è morta.»

47

Martedì 23 maggio 2017

Due auto della polizia passano a tutta velocità davanti a lui. Dev'essere successo qualcosa di grosso. Ma Emilio non si scompone. Sta andando a casa, lo aspettano. Quando Julia l'ha informato che era atteso al commissariato e che uno dei suoi genitori lo avrebbe dovuto accompagnare, ha chiamato sua madre.

«Non mi hanno accusato di niente, mamma» la tranquillizza. «Vogliono semplicemente parlare con me di Aurora e Patricia. E, siccome sono minorenne, o tu o papà dovete presenziare alla mia deposizione.»

«Lo so, Emilio. Faccio l'avvocato, conosco la legge. Ma a casa non è arrivata nessuna convocazione.»

«Perché l'hanno chiesto direttamente al padre di Julia. Hanno convocato anche lei.»

«Ci sono delle procedure da rispettare. Se non c'è una notifica ufficiale non devi andare a deporre.»

«Mamma, invece ci vado così mi tolgo subito questo peso di dosso. Devi solo venire con me. Oppure dobbiamo litigare ancora perché una volta nella vita mi diate retta?»

Alla fine Emilio riesce a convincerla. La donna gli chiede di raggiungerla a casa.

Un'ambulanza attraversa veloce la strada che Emilio sta percorrendo, nella stessa direzione verso cui prima si sono dirette le due auto della polizia. Sì, deve proprio essere successo qualcosa di molto grave. Si augura che non abbia niente a che fare con l'Assassino della bussola. Un altro omicidio sarebbe terribile per il paese.

Preoccupato, pochi metri prima di arrivare a casa, tira fuori il cellulare e telefona a Julia. La ragazza risponde subito.

«Emi? Tutto okay con i tuoi?» chiede l'amica, dalla cui voce traspare una certa preoccupazione.

«Non sono ancora arrivato a casa.»

«Uff. Mi ero spaventata. Io sto per uscire, mio padre mi aspetta in ufficio da lui.»

«Sai se è successo qualcosa?»

«In che senso?»

«Mi sono appena passate davanti un'ambulanza e due macchine della polizia. Andavano a tutto gas.»

«Davvero? Oddio, no!»

«Non c'è nessuna novità sull'Assassino della bussola, vero?»

«Non che io sappia. I miei non mi hanno chiamata per dirmi nulla. Adesso che vedo mio padre, glielo chiedo.»

«Passiamo da uno spavento all'altro.»

«Speriamo che trovino presto il colpevole così chiudiamo con questa storia.»

«Sì. Be', ti chiamavo solo per questo» mente il ragazzo con un timido filo di voce. Ma poi non riesce a trattenersi e le rivela subito il vero motivo per cui voleva parlare con lei: «Julia, sono nervoso. Mi tremano le gambe».

«È normale. Ma stai tranquillo, non ti chiederanno niente di strano. Vorranno solo sapere in che rapporti eri con Aurora e con Aria e che gli racconti qualcosa su di loro. Magari qualcosa di quello che gli diremo potrà servire come pista.»

«Non sono nervoso per quello. È perché sto andando di nuovo a... a casa mia e sto per vedere mia madre e... mio padre.»

Le parole del ragazzo arrivano spezzate. Ha persino tentennato quando ha pronunciato "casa mia".

«Capisco, Emi. Ma sono i tuoi genitori. Ti devi rilassare e dimenticare i brutti litigi degli ultimi tempi. Loro saranno tesi quanto te. Sei il loro unico figlio e sono sicuramente dispiaciuti per quello che sta accadendo tra di voi.»

«È una situazione molto sgradevole. E dire che sto così bene con te, a casa tua, con la tua famiglia, a bruciare la cena in cucina» dice Emilio scherzando e facendo sorridere l'amica. «Hai scoperto qualcosa sulle partite di Magnus?»

«No. Quando te ne sei andato ho smesso. Lo risolveremo insieme. Più tardi riprendiamo da dove abbiamo interrotto.»

Il ragazzo sorride alle parole di Julia. Poi sente una fitta al cuore. Non può non amarla. E gli torna in mente il bacio che si sono scambiati.

Insieme. Magari potessero fare tutto insieme.

Ma adesso non è il momento di pensare a queste cose. Né adesso né mai. Se ne deve dimenticare. Ma è così difficile...

«Bene. Dai, ti lascio andare. Ci vediamo tra poco al commissariato.»

«Sì. E stai tranquillo, Emi. Coraggio. Andrà tutto bene. Parola di Superchicca.»

«Credevo non ti piacesse essere chiamata così...»

«Dipende dall'ora del giorno. Ma sono come Lolly, mai come Molly. D'accordo?»

«Ma allora dovresti farti crescere i capelli e tingerli di rosso.»

«No! Adoro i miei capelli corti e neri. Non li cambierei per nulla al mondo!»

Emilio sente la stupenda risata di Julia, che gli infonde coraggio e gli dà la forza di andare avanti. Senza volere, la sua amica l'ha aiutato. Ma quello che succederà ora dipende da lui. Riaggancia, dopo aver ringraziato mentalmente Julia di esistere, e si ritrova davanti alla porta di casa sua. Ha le chiavi, ma preferisce suonare il campanello. Qualche secondo dopo arriva sua madre con indosso un tailleur beige, molto elegante. Appena lo vede gli sorride.

«Ciao, Emilio» lo saluta Almudena baciandolo sulle guance. Il ragazzo non si ritrae ed entra in casa.

Va in sala. A ogni passo si guarda attorno.

«Tuo padre è uscito. Aveva un impegno urgente in ufficio» lo anticipa Almudena, che intuisce ciò che Emilio sta cercando. «Magari dopo, se fa in tempo, passa in commissariato. Ti manda il suo in bocca al lupo.»

In bocca al lupo? Non ci crede. Sua madre se l'è inventato per non far fare una figuraccia al padre. Dopo quello che è successo non si stupisce che se ne sia andato per non vederlo. In un momento così difficile, invece di stare accanto a suo figlio, lascia vincere l'orgoglio. Non dice una parola, e cerca di non farsi ferire. Tuttavia l'assenza del padre lo abbatte un po' e gli fa cadere il morale sotto i piedi.

«Prima di andare, siediti. Voglio darti qualche suggerimento per la deposizione.»

«Non ho bisogno di consigli, mamma» risponde Emilio senza saper bene a cosa si riferisca.

«Certo che ne hai bisogno. Non fare il testone e ascoltami. Sono un avvocato e so di cosa parlo.»

Il ragazzo sbuffa, ma si siede con sua madre sul divano. Per un quarto d'ora Almudena gli spiega come si svolgerà la deposizione e chiarisce che non è costretto a rispondere a ogni domanda. Si tratta di una semplice chiacchierata volontaria con la polizia, su una faccenda per cui non è accusato, sospettato e nemmeno testimone.

«Capito? Se c'è qualche domanda a cui non vuoi rispondere, lo dici e basta. Comunque sia, io sarò lì con te. Quindi qualsiasi cosa ti sembri fuori luogo, qualsiasi argomento di cui non vuoi parlare, che abbia o meno a che fare con le indagini, mi guardi e io intervengo.»

«Grazie, ma non credo che ci sarà bisogno di arrivare a tanto.»

«Tu non sai come agisce a volte la polizia. Possono essere molto insistenti, per ottenere quello che vogliono. E considera che sarà presente qualcuno della UCO. Loro sono a un altro livello e non vivono qui. Non gli importa chi sei. Fanno soltanto il loro lavoro per ottenere quello che vogliono il prima possibile.»

Invece di tranquillizzarlo sua madre lo sta facendo agitare. Non ha paura delle domande che gli faranno, anche se qualcuna potrebbe essere compromettente. Perché se tirano le varie fila magari arrivano a punti della storia che lui preferisce non raccontare: la discussione di un mese fa con Aurora e la promessa che le ha fatto, ciò che un tempo ha provato per lei, ma anche il fatto che grazie a Julia è al corrente di tutto ciò che riguarda il caso. Be', sì, forse non avrà altra alternativa che farsi aiutare da sua madre.

Mentre Almudena finisce di spiegare al figlio le varie possibilità che potrebbero verificarsi durante la sua deposizione, Julia entra nel commissariato. Suo padre, molto serio, sta parlando con tre persone. Ma non appena vede la ragazza fa un ampio sorriso e le va incontro. La abbraccia e la bacia.

«Nervosa?»

«Un po'. Ma non preoccuparti.»

«Vedrai che sarai bravissima. Vieni, ti presento le persone con cui parlerai.»

Lei annuisce e lo segue. Tornano dagli altri tre uomini, che hanno continuato a chiacchierare tra loro. Quando Julia e Miguel Ángel li raggiungono si interrompono e si concentrano sulla ragazza, che accolgono sorridenti.

«Questo è Arturo Peñaranda, ispettore della UCO» dice il padre indicandole un uomo oltre la quarantina, bruno e con i baffi. Poi passa al secondo, un po' più giovane e più alto del precedente. «Lui è il suo secondo David Ortiz. Invece Jesús Ordóñez, della nostra polizia giudiziaria, lo conosci già.»

Salutano tutti Julia, stringendole gentilmente la mano. Quello che più la intimorisce è Peñaranda. Quell'uomo sorride, ma ha uno sguardo freddo e penetrante. Ha l'impressione che la stia studiando fin dal primo momento.

«Ciao, Julia, piacere. Tuo padre e la sua squadra ci hanno messo al corrente di tutto. Purtroppo c'è stato un imprevisto, poco fa, e mi devo assentare. Tornerò il prima possibile» le spiega Peñaranda. «Ordóñez, Ortiz, posso parlarvi un attimo? Plaza, ci vediamo dopo. E anche con te, Julia.»

I tre uomini si allontanano da padre e figlia e cominciano a parlottare a pochi metri da loro. Miguel Ángel e la ragazza si dirigono verso una panca nell'anticamera del commissariato e si siedono.

«Stai bene?»

«Sì, sono stati molto gentili.»

«Non ti ha un po' intimorita Peñaranda?»

«Un po' sì, a dirti la verità. Anche se non mi pare una cattiva persona.»

«Non lo è. È uno degli agenti con la migliore reputazione di tutto il corpo. Anche se può sembrare freddo e calcolatore. E quei baffi... me li farò crescere così anche io.»

«Papà, no, non ci pensare nemmeno. Mamma non ti rivolgerebbe più la parola.»

Lui sorride e si alza. Accarezza i capelli della figlia e di colpo si fa molto serio. Julia si accorge subito che è successo qualcosa.

«Vado a salutare Peñaranda. Arrivo subito.»

«Papà, è successo qualcosa? Emilio pochi minuti fa ha visto due macchine della polizia e un'ambulanza che andavano a tutta velocità. E adesso Peñaranda deve assentarsi per via di un'urgenza. Ha qualcosa a che fare con gli omicidi? Non è che è morto... qualcun altro?»

L'uomo fa schioccare la lingua e guarda da un'altra parte. Non voleva dire nulla a sua figlia per non innervosirla ulteriormente. Pensava di parlargliene dopo la deposizione. Si era accordato così con Ordóñez, Peñaranda e Ortiz. Ma Julia è molto sveglia, certe cose non gliele puoi nascondere.

«Sì. È successo qualcosa.»

Un secondo prima che l'uomo riveli alla figlia la morte di Virginia Ayuso, tuttavia, entra nel commissariato un ragazzo con il piercing al sopracciglio. Appena Julia vede Iván, dimentica del tutto ciò che ha appena chiesto a suo padre. E dire che lei non dimentica mai niente.

48

Martedì 23 maggio 2017

Iván è insieme a sua madre e a un tizio magro, in abito grigio e cravatta, alto quasi un metro e novanta. Gli occhi del ragazzo incrociano rapidi quelli di Julia, anche se altrettanto rapido lo sguardo si scosta. La ragazza si stupisce di vederlo lì. Sapeva che avrebbe dovuto rilasciare un'altra deposizione – gliel'aveva detto suo padre –, ma non immaginava lo facesse contemporaneamente a lei.

«Papà, cosa ci fa Iván qui?» chiede sottovoce al genitore, che sembra sorpreso quanto lei.

«Non ne ho idea. Aspetta, vado a sentire.»

Miguel Ángel si dirige verso il bancone dove Iván, sua madre e l'uomo altissimo dall'abito grigio stanno aspettando di essere ricevuti. L'ispettore della polizia inizia a parlare con l'uomo: Julia intuisce che si tratta di un avvocato. Di tanto in tanto il ragazzo con il piercing dà un'occhiata verso di lei, anche se Julia non riesce a capire cosa significhino quegli sguardi.

Un paio di minuti dopo la comparsa del ragazzo, di cui continua a essere innamorata, si rende conto che alla fine suo padre non le ha ancora detto cos'è successo. Deve trattarsi di qualcosa di grave e probabilmente collegato agli omicidi delle sue compagne di scuola. Un altro crimine?

Guarda il gruppo Whatsapp della classe per vedere se c'è qualche aggiornamento in merito. Vanesa e Ingrid hanno visto quello che ha visto Emilio: due auto della polizia e un'ambulanza che percorrevano a tutta velocità le strade del paese. Ma nessuno sa né dove fossero dirette né cosa sia accaduto. Ciononostante tutti hanno iniziato a fare congetture sul ritorno dell'Assassino della bussola.

Julia vorrebbe chiederlo a suo padre, che però continua a parlare con l'uomo che è arrivato insieme a Iván. Di tanto in tanto interviene anche la madre del ragazzo, gesticolando con eccessivo slancio. Quella donna non le è simpatica. Pensa a ciò che lui le ha confessato qualche giorno fa. Alla forte pressione dei suoi genitori perché si diplomi con voti molto alti e possa così seguire gli studi universitari che loro hanno scelto per lui. Gli esami si avvicinano: dev'essere terrorizzato.

Finalmente finiscono di parlare. Suo padre rimane in piedi, fa una breve telefonata e torna dalla figlia, sempre senza sedersi.

«Iván ci vuole dire una cosa molto importante» afferma l'uomo senza girarci attorno. «È venuto insieme a sua madre e a un avvocato.»

«E cosa vi vuole dire?» chiede Julia, molto sorpresa. Finalmente confesserà cosa ci faceva a scuola venerdì sera e chi ha visto entrare nello spogliatoio?

«Non lo so. Gli ho chiesto di aspettare il rientro di Peñaranda. Ho chiamato Arturo e abbiamo deciso di posticipare a domani la tua deposizione e quella di Emilio.

Abbiamo parecchio lavoro da sbrigare. Vai a casa. Adesso telefonerò alla madre del tuo amico per dirle che non è il caso che vengano oggi.»

La ragazza annuisce, anche se non sta nella pelle dalla curiosità di sapere cos'abbia Iván da raccontare. Si alza per andare, ma non intende farlo prima di scoprire cos'è successo in paese e dove stavano andando le macchine della polizia e l'ambulanza.

«Papà, prima mi hai detto che stava succedendo qualcosa. Che cosa, di preciso?»

«Poi ne parliamo.»

«No. Per favore, dimmelo, o non farò altro che pensarci.»

L'uomo sospira e alla fine cede e racconta alla figlia la tragedia. Julia ascolta con il cuore a mille. Cerca di trattenere le lacrime, ma le è impossibile. Non riesce a credere che Virginia si sia buttata dal balcone dell'appartamento in cui viveva.

«Avevamo pensato di non dirti nulla. Non volevamo agitarti ulteriormente» le spiega suo padre abbracciandola.

L'uomo sa che quella notizia è un grande colpo per lei e per tutti quelli che conoscevano la professoressa. Allentato l'abbraccio le dice che, prima di chiamare la madre del suo amico, deve andare dove abitava Virginia per verificare se l'accaduto può essere collegato alle morti di Aurora e Patricia. La UCO, il piemme Otamendi e la scientifica sono già sul posto e sua madre li sta raggiungendo. Non appena finito tornerà insieme a Peñaranda per parlare con Iván.

«Ti chiamo più tardi, Julia. Mi dispiace per tutto quello che sta succedendo.»

Miguel Ángel consola di nuovo la figlia con un altro bacio sulla guancia e le chiede di tornare a casa e provare a staccare la spina da tutto.

La ragazza saluta il padre e con un cenno del mento anche Iván, che la sta guardando, seduto un po' più in là. Ha assistito all'abbraccio tra padre e figlia senza sapere cosa sia accaduto.

Nessuno dei due ha osato avvicinarsi all'altro. Meglio così, pensa lei. Non è il momento giusto per parlare.

Intristita per la notizia della morte della sua insegnante, esce e si dirige lentamente verso casa. Continua a sembrarle impossibile che Virginia si sia tolta la vita. Perché mai l'avrebbe fatto? L'hanno ferita così tanto le morti delle sue allieve? O il suicidio ha a che fare con la discussione con il marito a cui ha presenziato domenica? Ieri, al funerale di Aurora, sembrava una delle persone più sofferenti. Se n'era persino dovuta andare prima che calassero la bara nella fossa. Come si legano tutti questi elementi tra di loro?

«Julia! Aspetta!»

Il richiamo arriva da dietro. La ragazza si ferma e, voltandosi, vede Iván correre verso di lei. Quando se lo ritrova davanti, guarda il suo viso e le pare diverso. È l'espressione di una persona esausta. L'immagine di qualcuno che sta soffrendo e che porta addosso un grande peso. Per un attimo a Julia fa pena. Ma poi il tono con cui gli si rivolge sembra più quello di una persona arrabbiata.

«Cosa vuoi, Iván?»

«Parlarti.»

«Parlare di cosa?»

Il ragazzo percepisce una certa ostilità nelle parole di Julia. E capisce che deve iniziare dal principio: chiederle scusa.

«Ti chiedo ancora una volta scusa. Ieri non avrei dovuto riagganciarti il telefono in faccia, e poi spegnerlo. Sono stato un vigliacco.»

«Avrai le tue ragioni. Ma non avresti dovuto evitarmi in questo modo.»

«È vero. Ma sono giorni terribili. Anche se non è una giustificazione. Possiamo parlare cinque minuti? Voglio raccontarti la verità. Meriti che ti racconti quello che racconterò alla polizia. Non riesco più a tenerlo per me. Spero solo che non mi giudicherai e che capirai perché ho fatto quel che ho fatto.»

49

Venerdì 19 maggio 2017

Oggi ha preferito lasciare la bicicletta a casa e andare a scuola a piedi. Il ritorno sarà interminabile. Iván si trascina per strada e si lamenta, non è affatto contento. È furioso con se stesso per non averla presa davvero sul serio. In storia è sempre andato bene. Cosa cavolo gli è successo? La peggiore verifica della sua vita. E proprio quella decisiva. E se non la passa e non può accedere agli esami finali? I suoi lo uccidono.

All'improvviso sente qualcuno che arriva di corsa alle sue spalle e gli salta sulla schiena.

«Tesoro! Perché non ci aspetti?»

Vanesa si è messa a cavalluccio su di lui e lo sta riempiendo di baci sul collo. Ma Iván non è proprio dell'umore. La sera prima è rimasto fino a tardi a guardare un film a casa della sua fidanzata. Lei non voleva che se ne andasse e lui non ha opposto una grande resistenza. Non è facile resistere a quella ragazza, quando decide di essere affettuosa. E poi all'inizio la verifica di storia era sotto controllo... purtroppo ora sa che la doveva affrontare in altro modo. Era l'ultima del suo percorso scolastico, l'ultima prima dell'esame per l'accesso all'università. E non avrebbe potuto farla peggio. Che stupido! Nell'ora che Ana López gli ha dato per rispondere alle cinque domande aperte si sentiva stanco e apatico. A tratti la mente si svuotava e le idee sparivano. Lo scherzo potrebbe costargli l'anno. La quarta liceo, la facoltà di traduzione e interpretariato e il suo futuro: tutto buttato nel cesso per colpa di una giornataccia. È così che funziona.

«Povero Iván» dice Ingrid, che ha appena raggiunto la coppia. «Gli farai male alla schiena.»

«Ehi, cosa stai insinuando? Mi stai dando della cicciona?» chiede Vanesa arrabbiata, scendendo dalla schiena del suo fidanzato. «Ti piacerebbe, eh, avere il mio fisico? Invidiosa.»

«Invidiosa io? Ma non farmi ridere.»

Le due ragazze si impegolano in una discussione in cui alla fine non vince nessuno. Entrambe elogiano l'altra e ammiccano alla loro amicizia tra le risate. Iván invece non trova così divertente la situazione.

«Vuoi che oggi pomeriggio andiamo in città?» gli chiede Vanesa, prendendolo sottobraccio. «Ho visto su Internet che hanno aperto un locale in cui si fuma il narghilè a buon prezzo.»

«Per me okay» dice Ingrid, soddisfatta del programma.

«Io passo. Devo studiare.»

«Studiare? Ma se hai appena finito l'ultima verifica!»

«Sì, ma gli esami di fine anno sono dietro l'angolo. Voglio accedere all'università, devo prepararmi bene» risponde, anche se in questo momento dubita che potrà farcela. In realtà è soltanto una scusa per starsene da solo. Non ha voglia di andare in centro.

«Ma dai, amore! Mancano più di due settimane!»

«Due settimane passano in fretta.»

«Ma devi pur divertirti un po'! Non fare il palloso!»

«Ho detto di no!» esclama lui, seccato da quell'insistenza.

Le due ragazze lo guardano in silenzio. È raro che Iván si alteri tanto. Vanesa si accorge che qualcosa non va e gli accarezza il viso con le mani.

«Che ti prende? Sei molto teso. La verifica di filosofia non è andata?»

«Era storia» la corregge lui, mentre retrocede di qualche passo per allontanarsi un po' da lei. «E no, non è andata per niente bene. Anzi, sicuro che non la passo.»

«Non ci credo. Avrai preso nove, come minimo» dice Ingrid sorridendo.

Vanesa incenerisce con un'occhiataccia l'amica, che si scusa a bassa voce. Dopo averla rimproverata si avvicina di nuovo al fidanzato e gli dà un bacio sulle labbra. Lui se lo fa dare senza alcun entusiasmo e si allontana di nuovo.

«Me ne vado a casa. Ci sentiamo dopo» dice avviandosi a testa bassa.

«Ti chiamo tra un po'! Su col morale!»

Le parole di Vanesa non sortiscono un grande effetto. Anzi. Il ragazzo ha la sensazione che la fidanzata non lo stia prendendo sul serio. E questo lo fa arrabbiare perché lei è al corrente della sua situazione. Se non dovesse passare la verifica di storia e non potesse poi accedere agli esami finali, e quindi all'università, a casa sua la tensione andrà alle stelle. Per i genitori il suo futuro universitario è la cosa più importante. E quel futuro dipende da tutti i suoi voti. Una verifica malfatta impedirebbe di sostenere le prove a giugno e gli precluderebbe la possibilità di seguire il corso di laurea che loro hanno scelto per lui. Non vede una soluzione. Disperato, prova a dormire un po', ma non ci riesce. Troppi pensieri. Sono le quattro passate quando Vanesa gli telefona. Il ragazzo percepisce subito il suo tono conciliante.

«Amore, scusami se prima ti ho dato fastidio. Non stai bene, vero?»

«No, per niente.»

«Ma è andata così male?»

«Sì, Vane. Malissimo. Sicuro che non l'ho passata. Sono a pezzi.»

Per diversi minuti Iván si sfoga. A un certo punto si mette persino a piangere. Vanesa lo ascolta in silenzio. Le dispiace che stia così. E le cose non possono che peggiorare, se la verifica è davvero andata male e lo scoprono i suoi.

«Non so come fare.» Iván tira su con il naso.

«C'è qualche possibilità che tu ti stia sbagliando e che invece sia andata bene?»

«Poche. Un cinque per cento.»

«Be', allora non hai altre alternative che imbrogliare» dice Vanesa, convinta. «Mi è venuta un'idea.»

Iván ascolta incredulo il piano. Non può fare quello che lei gli sta suggerendo. Non è solo scorretto, è una vera follia.

Tuttavia, mentre lei gliene parla, mano a mano che passano i minuti, l'idea non gli sembra più così assurda. Ci sono varie lacune e alcune parti un po' azzardate. Ma con un po' di fortuna potrebbe funzionare.

Alle sette Iván prende una decisione: darà retta a Vanesa. È molto rischioso e immorale, ma non ha altra scelta. Come sosteneva Machiavelli: "Il fine giustifica i mezzi". Riaggancia e si mette all'opera.

Mentre prepara il necessario sente il tipico nervosismo di chi sta infrangendo una regola. Non ha mai fatto una cosa del genere. A scuola non ha mai copiato né imbrogliato in alcun modo. Certo, non si è nemmeno mai trovato in una situazione del genere. Sopravvivenza nuda e cruda.

Se non fosse per Vanesa non starebbe per fare quel passo. La sua ragazza è una cattiva influenza per lui? Forse lo scoprirà quando sarà tutto finito.

Alle otto di sera è pronto. Saluta sua madre, senza dirle dove va, si mette in spalla lo zaino con dentro tutto ciò che gli serve e prende la bicicletta. Potrebbe andare a piedi, ma non sa se dovrà filarsela in tutta fretta.

Iván pedala fino quasi al Rubén Darío. Non impiega nemmeno dieci minuti ad arrivare. Ma la cosa non sarà affatto semplice. Soprattutto perché ha una fifa blu. Se il piano non funziona, non solo non passerà la verifica e non potrà sostenere gli esami finali; probabilmente verrà espulso da scuola. Vale la pena di correre il rischio? Pensa a come reagiranno i suoi quando li informerà del voto di storia, e decide di sì, che deve andare avanti.

Non ha alternative.

Cerca un posto sicuro dove lasciare la bici, in modo che non sia in vista. Il retro della scuola, vicino allo spogliatoio, è il punto perfetto. Di solito lì a quell'ora non c'è nessuno. Entra, gira intorno all'edificio e la lascia dietro un albero.

Ripercorre il tragitto a piedi ed entra dall'ingresso principale. Supera la porta d'entrata e controlla se c'è il bidello. Per fortuna non è lì. Ne approfitta per raggiungere rapidamente la zona degli uffici. Sembra deserta, quindi allunga il passo fino a quello di Ana López. Fin lì tutto procede secondo i piani. Adesso inizia la parte difficile. Busserà alla porta: se la professoressa di storia c'è, la saluterà, dirà che si è sbagliato e dovrà nascondersi finché non la vedrà uscire. Se non c'è, entrerà, dovrà trovare i fogli delle verifiche e sostituire la sua. Nello zaino ha due fogli con le cinque risposte, praticamente perfette, che sostituirà con quelle che ha scritto qualche ora prima. Spera che la prof non abbia ancora corretto il suo compito. Se l'ha fatto, dovrà cambiare il voto a mano oppure entrare nel suo computer e controllare se l'ha già trascritto nel registro informatico. Tutte le opzioni sono una vera follia e ci sono altissime probabilità che nulla di quanto pianificato funzioni. Ma deve fare un passo alla volta.

Il ragazzo bussa con le gambe che gli tremano. Sa che la prof di storia nel pomeriggio ha lezione con gli studenti maggiorenni dell'ultimo anno e a volte fa il servizio di tutoraggio, in caso qualcuno ne abbia bisogno. Non risponde. Non sa se entrare o meno. Ma tutti i dubbi scompaiono nel momento in cui si apre la porta dell'ufficio di un altro professore. Il ragazzo non vede di chi si tratta, perché per non essere scoperto entra subito in quello di Ana, dove in effetti non c'è nessuno.

Iván respira a fondo e cerca di calmarsi. È molto nervoso, ma non c'è tempo da perdere. Meno resta lì dentro meno possibilità ci sono che lo scoprano.

Per prima cosa deve riuscire a trovare i compiti. E la fortuna lo bacia ancora una volta. Sono sul tavolo, divisi in due gruppi. Da una parte quelli corretti, dall'altra quelli da correggere. Da dove iniziare? È ottimista e opta per quelli che non hanno ancora il voto scritto sopra. E... bingo! Il quinto è il suo orrendo compito di storia. Sbuffa fuori l'aria che ha nei polmoni e gli viene da piangere. Senza dubbio la fortuna stavolta si è alleata con lui. Prende dallo zaino i due fogli che ha preparato a casa con le risposte corrette, e fa lo scambio. Sa che sta commettendo un reato, e che i sensi di colpa lo perseguiteranno per sempre. Ma non è giusto che la sua vita se ne vada al diavolo per colpa di uno stupido compito. Sostituisce. Ormai non può più tornare indietro.

Infila l'originale nello zaino e lo rimette in spalla. Deve ancora uscire dall'ufficio senza farsi vedere. Apre la porta con cautela e controlla che il corridoio sia deserto. Ma qualcuno c'è. Diego Soler, il prof di lettere, sta controllando il cellulare davanti alla porta del suo ufficio. Non sembra di buonumore. Iván richiude con cautela e cerca di non far sentire nemmeno il respiro. Dovrà aspettare che l'altro se ne vada.

Nel minuto successivo si affaccia un paio di volte, ma Diego è sempre lì. Iván si fa prendere dalla paura. Sono le otto e mezza e non riesce ancora ad andarsene. Il rumore di porte che si aprono e si chiudono lo innervosisce ancora di più. Sono cinque minuti esasperanti. Riconosce la voce di Virginia Ayuso che saluta dei genitori, sente i passi di altri professori e sente Scarlett Smith che parla in inglese al cellulare andando avanti e indietro in corridoio. Ana López starà per tornare. Deve andarsene subito di lì. Si affaccia ancora e constata, sollevato, che non c'è più nessuno: è il momento. Senza pensarci esce dall'ufficio e, dopo essersi chiuso la porta alle spalle, corre il più in fretta possibile. Sono tre o quattro secondi di paura, tensione e adrenalina. Sfida superata! È salvo!

Una volta fuori dalla zona degli uffici si dirige verso l'entrata. Il bidello non c'è e lui lo ringrazia tra sé e sé. La sua agonia sta per finire. Non gli resta che allontanarsi dalla scuola.

Nel percorso fino al retro del Rubén Darío non incrocia nessuno. Ha il cuore in gola. Raggiunge la bicicletta, afferra il manubrio e si prepara a partire. Tuttavia sorge un ultimo e inaspettato ostacolo. Una donna si avvicina al punto in cui si trova. Non è possibile. Resta immobile. Magari lei non lo vede... E se lo vedesse cosa potrebbe accadere? Ha già fatto quello che doveva fare. Di cos'ha paura? C'è modo che qualcuno scopra che ha sostituito la verifica?

La donna però non lo vede ed entra in fretta nello spogliatoio. Iván non capisce cosa ci vada a fare, ma non sono affari suoi. L'unica cosa che gli interessa è che lei non l'abbia visto. Meglio passare inosservato, non si sa mai. Sale in bici, fa il giro dell'edificio ed esce dal cancello della scuola in tutta fretta. Così in fretta da non accorgersi che qualcuno lo sta osservando. Ingrid gli ha scattato una fotografia e sorride tra sé. La ragazza apre Whatsapp e invia la foto a Vanesa aggiungendo un commento.

Il tuo stupido fidanzato è più coraggioso di quanto pensassi. Complimenti.

Iván è ancora molto nervoso e continua a pedalare alla cieca. L'ha fatto. Ci è riuscito! Deve essere contento? No, non c'è niente da festeggiare. Ma almeno si è salvato da un autogol. Agli esami di fine anno non potrà ripetere lo stesso errore. Non deve capitare più. Deve dimenticare tutto il prima possibile e lasciarsi alle spalle quella strana sera di maggio. Mentre pedala, però, qualche secondo prima che la macchina lo investa, si domanda incuriosito: "Come mai Virginia Ayuso stava entrando nello spogliatoio?".

50

Martedì 23 maggio 2017

«Sei sicuro che fosse proprio Virginia?»

«Assolutamente sicuro, quanto è vero che mi chiamo Iván.»

Julia si copre la bocca con la mano, sconvolta, ma prova a concentrarsi. Quello che l'amico le ha appena raccontato non chiarisce nulla. Anzi, complica ancora di più le cose. È stata la sua insegnante di matematica a uccidere Aurora e Patricia? È per questo che si è buttata dal balcone di casa sua? Senso di colpa? Questo cambia tutto.

Diventerà matta. La sua mente sta andando a mille all'ora. Ma Iván è lì davanti a lei, distrutto, con gli occhi pieni di lacrime e un visibile tremore al labbro superiore. Ora è lui che merita tutta la sua attenzione.

«Grazie per esserti fidato di me e avermi raccontato questa storia» dice Julia, che apprezza l'enorme sforzo fatto dal ragazzo. «I tuoi genitori sanno cos'è successo?»

«No. Lo sapete solo tu e Vanesa. E purtroppo anche Ingrid. Mia madre lo scoprirà adesso, quando parleremo con la polizia.»

«Ma ti fanno così tante pressioni da averti costretto a fare una cosa del genere?»

«Sì, Julia. La pressione dei miei è tremenda. Però la cazzata l'ho fatta io. E sono io a doverne pagare il prezzo.»

«Ti espelleranno da scuola?»

«Probabile.»

A Julia Iván fa incredibilmente pena. Come ha potuto dubitare di lui? In certi momenti aveva persino sospettato che potesse essere lui l'assassino. Pensava di essere stato fortunato quella sera a scuola, e invece era nel posto sbagliato al momento sbagliato.

«Sei molto coraggioso a venire a confessare la verità alla polizia. Non tutti l'avrebbero fatto. Devi essere molto orgoglioso di te.»

«Non ho nulla di cui essere orgoglioso. Ieri ho ricevuto un Whatsapp di Ingrid in cui mi diceva che sia lei sia Vanesa avevano detto alla polizia di avermi visto uscire da scuola in bicicletta venerdì sera. Mi ha anche mandato la foto. Guarda.»

Il ragazzo mostra l'immagine a Julia, che afferra il telefono e lo osserva attentamente. Non ci sono dubbi che si tratti di Iván.

«Quando ho rotto con Vanesa mi ha avvertito che non sarebbe finita lì.»

«Ti ha minacciato?»

«Sì. Non le è andata giù che abbia deciso di lasciarla. E ho preferito venire io a raccontare personalmente la verità, prima di ricevere a casa un mandato di comparizione ed essere costretto a testimoniare.»

Julia annuisce. Decide di non dirgli che sarebbe accaduto nel giro di poche ore, perché la UCO aveva intenzione di parlare con lui. Non è del tutto certa che siano state

Vanesa o Ingrid le testimoni, ma qualcuno aveva già avvisato la polizia del fatto che Iván stava mentendo ed era a scuola la sera in cui Aurora era stata uccisa.

«Mi dispiace che tu debba affrontare tutto questo. Davvero.»

«Be', è così. Mi sono tolto un peso di dosso, raccontandotelo. Non era giusto nei tuoi confronti. Sei stata leale con me in questi giorni, ti meritavi una spiegazione.»

«Adesso capisco perché non volevi dirmelo. Non era facile.»

«No, infatti.»

Per la prima volta da quando hanno iniziato a parlare, Julia e Iván restano in silenzio, senza sapere cosa dirsi, evitando di guardarsi negli occhi.

«Torno dentro» afferma infine il ragazzo, prendendo fiato ed espirando con un forte sbuffo. «Mia madre e l'avvocato si staranno chiedendo dove sono finito. Ho detto che avevo bisogno di uscire a prendere una boccata d'aria.»

«D'accordo. Coraggio. Se... se hai bisogno... sai dove trovarmi.»

«Grazie, Julia. Sei un tesoro.»

La ragazza arrossisce. In un gesto istintivo si tocca le guance con le mani: le bruciano come se fosse da tutto il giorno sotto il sole.

«Dai, vai. E in bocca al lupo.»

«Ti posso chiamare dopo?»

«Certo. Quando vuoi.»

«Non fare come me e non spegnere il cellulare.»

«Tranquillo, non lo farò.»

«Bene. Allora vado. Ancora grazie. Non hai idea di quanto mi hai aiutato.»

Il sorriso di Iván contagia Julia, che ricambia col migliore dei suoi. Due sorrisi che li liberano dalla morsa che li opprime da giorni.

Nonostante abbia annunciato di andarsene, il ragazzo non si muove. E, mentre sorride, continua a guardare Julia.

«Non riesco a staccarti gli occhi di dosso» le dice, facendo un passo in avanti per avvicinarsi a lei. Julia dal canto suo sostiene, confusa, quello scambio di sguardi e di sorrisi. «È così che dice la canzone.»

«Quale canzone?»

Il ragazzo con il piercing ride e canticchia la versione spagnola di *Can't Take My Eyes Off Of You*. Julia la riconosce, benché lui non canti affatto bene. Ma non le importa. In quel momento non le importa niente.

«Sai perché ho rotto con Vanesa?»

Julia scuote la testa, senza pronunciare una parola. Ma attende con ansia la risposta.

«Perché mi sono reso conto di non essere innamorato di lei. Mi piace un'altra persona» ammette mentre le prende le mani. «Da quando siamo rimasti chiusi nell'ascensore di quel supermercato ho pensato molto a te. Tutti i giorni, anzi.»

Davanti a quella confessione Julia resta di sasso. Non riesce a reagire. Il ragazzo di cui è innamorata da quasi un anno le ha appena confessato che pensa a lei tutti i giorni. Ci sono soltanto due possibilità: sta sognando oppure c'è una telecamera nascosta da qualche parte. Ma quell'istante sembra reale. Molto reale.

«In questi mesi ho cercato di evitare di incrociarti a scuola» continua lui. «Ti vedevo e guardavo da un'altra parte. Ho anche deciso di non seguirti sui social.»

«Davvero? Perché?»

«Perché stavo con Vanesa. E soprattutto perché non avevo il coraggio di dirti nulla. Hai presente "occhio non vede, cuore non duole"?»

«Sì. Ma non capisco.»

«Julia, sono innamorato di te. Molto semplice.»

Il tempo si ferma sulla sua bocca e le parole le ricordano una canzone dei Beatles. Non riesce ad assimilare ciò che crede abbiano sentito le sue orecchie. Batte le ciglia guardando a terra e, quando rialza lo sguardo, le pupille si imbattono negli occhi più belli del mondo.

«Io... non so cosa dire.»

«Nemmeno io. Ho già detto tutto.»

Julia non riesce a pensare. Non riesce ad attivare i neuroni. Cosa dovrebbe fare adesso? Sono l'uno di fronte all'altra. Immobili. Con un mezzo sorriso scemo sul viso e l'espressione dei bambini che hanno appena visto Babbo Natale. La magia si riflette sulle labbra.

Allora per la ragazza tutto si fa chiaro. Incredibilmente chiaro. Fa un passo verso di lui, chiude gli occhi e lo ringrazia per il coraggio con un bacio. Quel bacio che tante volte ha immaginato e che quel martedì di maggio diventa realtà. Il bacio di una ragazza innamorata.

51

Martedì 23 maggio 2017

La stampa non impiega molto a comunicare la brutta notizia. I giornali online sono i primi ad annunciare che verso le undici e quarantacinque del mattino la professoressa Virginia Ayuso, trent'anni, si è lanciata dal quarto piano dell'edificio in cui viveva, togliendosi la vita. Ciò che nessuno si azzarda a fare è mettere in relazione il suo suicidio con l'Assassino della bussola, anche se molti sottolineano che la professoressa insegnava nella stessa scuola frequentata dalle ragazze morte. Ma Emilio ha le idee molto chiare.

«Se è lei quella che è entrata nello spogliatoio, non ci sono altre possibilità. È Virginia l'assassina di Aurora e Aria. Non è riuscita a sopportare il peso del senso di colpa e si è lanciata dal balcone di casa. Caso chiuso.»

Per Julia invece quella conclusione fa acqua da tutte le parti. Perché lei ha visto Virginia distrutta al funerale di Aurora. Anche quelle lacrime erano dovute ai sensi di colpa? Non ci crede. Quel sentimento era sincero, era vera tristezza. E con quello stato d'animo sarebbe poi riuscita a uccidere Patri a sangue freddo?

«Io non ne sono così sicura, Emi. Per quale ragione le avrebbe uccise?»

«Non ne ho idea. Ma il tuo amico ha detto di averla vista entrare nello spogliatoio, no? Oppure adesso non ti fidi più di lui?»

Sì che si fida. Ovvio che si fida di Iván. Come potrebbe essere il contrario? Nonostante la situazione e i tremendi accadimenti degli ultimi giorni Julia continua ad avere la testa tra le nuvole. Si sente persino in colpa perché sta così bene, quando invece dovrebbe piangere la morte della prof di matematica e delle due compagne.

Non risponde a Emi. Abbassa lo sguardo per concentrarsi sul foglio sulla scrivania. Controlla ancora una volta, sulla scacchiera disegnata da Aria, che anche la frase "L'assassina è Virginia Ayuso" sia possibile. Sono soltanto lettere che unisce senza alcun criterio, ma la possibilità c'è.

«Dovremmo giocare le partite di Magnus del torneo di São Paulo-Bilbao» suggerisce a Emilio. «La soluzione di tutto continua a essere nella scacchiera.»

«Perché? Ormai abbiamo l'assassina.»

«Non correre, è soltanto un'ipotesi.»

«È soltanto questione di tempo perché tuo padre e la UCO lo comunichino. Che senso ha andare avanti con questo allucinante rompicapo?»

«Se non mi vuoi aiutare lo faccio da sola. Tranquillo.»

Nel sentire queste parole il ragazzo si sistema gli occhiali e serra le labbra. Julia si rende subito conto di essere stata un po' antipatica. Non è d'accordo con Emilio, ma non è un buon motivo per parlargli così. Sta attraversando un brutto momento anche lui e risposte come quelle non sono propriamente di aiuto.

«Scusa, sono stata scortese» gli dice pentita. «Se non vuoi andare avanti con le partite non preoccuparti. Mi ci metto io più tardi. Ho bisogno di trovare la soluzione, anche se questa dovesse portarmi direttamente a Virginia.»

«Ti aiuterò a muovere le pedine» assicura deciso l'amico.

«Non è il caso, Emi. Davvero. Forse hai ragione ed è una perdita di tempo.»

«Allora perderò tempo con te. Iniziamo subito?»

Julia lo guarda e sorridono entrambi. All'improvviso sente una profonda sensazione di tristezza. Sa che, se venisse a sapere ciò che è successo tra lei e Iván, Emilio ne soffrirebbe molto. Quando gli ha raccontato della loro conversazione ha preferito omettere la parte del bacio e della dichiarazione d'amore. In quel momento non è un'informazione necessaria. Se le cose vanno avanti e la loro relazione si consolida, comunque, bisognerà che gliene parli. Non vuole che venga a saperlo da altri o lo scopra per caso.

Tutto a tempo debito.

«Bene. Allora giochiamo un po' a scacchi. Vediamo se troviamo una volta per tutte la maledetta soluzione.»

Julia prende la scacchiera su cui quella mattina ha scritto a matita le lettere e scende in sala con Emilio. In circa mezz'ora i ragazzi riproducono le prime tre partite di Magnus Carlsen nel torneo São Paulo-Bilbao del 2011. Gli avversari erano Anand, Levon Aronian e Paco Vallejo, e le partite si sono giocate in Brasile. È finita patta con i primi due, mentre il norvegese ha perso con i neri contro lo spagnolo. Dopo quel brutto inizio nessuno poteva immaginare che avrebbe vinto il campionato.

Julia fa attenzione a tutti i movimenti dei giocatori e cerca di scoprire se spostando le pedine sulla scacchiera si formano delle parole. Non ha successo. Forse bisogna usare soltanto quelle di Magnus. Ma non funziona nemmeno in questo modo.

«Stiamo di nuovo andando alla cieca» brontola Emilio, che rimette le pedine in posizione d'inizio per ricreare la quarta partita di Carlsen a São Paulo 2011.

«Non siamo messi peggio di ieri, Emi. Bisogna avere pazienza. Se c'è una cosa indispensabile negli scacchi è la pazienza.»

«Bene. Proprio quella che mi manca.»

«Ma io ne ho in abbondanza, te ne presto un po' della mia.»

Julia mente. In realtà è quasi al limite. La esaspera continuare a provare senza nessun risultato. Aria le ha davvero reso le cose difficili. Non le ha dato abbastanza informazioni perché sia solo una questione di intelligenza o deduzione. Sembra che l'enigma vada risolto con altri elementi. E tra questi c'è anche la fortuna. Come nella favola dell'asino e del flauto.

E poi è agitata e non fa che controllare il cellulare. È rimasta d'accordo con Iván che l'avrebbe chiamata non appena uscito dal commissariato. Sono passate diverse ore e non ha ancora nessuna notizia del ragazzo. Non sa neanche se hanno già iniziato a interrogarlo. Nemmeno i suoi l'hanno chiamata e lei non ha voluto disturbarli. L'intuito le dice che quel silenzio è simile alla calma prima della tempesta. Calma carica di tensione. E non si sbaglia.

I ragazzi iniziano a giocare la quarta partita, quella tra Magnus e Hikaru Nakamura terminata in pareggio. Quando squilla il telefono Julia ha in mano l'alfiere bianco della regina, pronta a spostarlo in g5. La ragazza posa la pedina sulla scacchiera e osserva lo schermo dello smartphone. La stupisce vedere il nome di Vanesa. Guarda Emilio, perché anche lui se n'è accorto. Sono entrambi sorpresi.

Julia risponde un po' incerta.

«Sì?»

«Non ha aspettato nemmeno tre giorni. Ne aveva proprio voglia, eh?»

«Scusa?»

«Non fare la finta tonta» sbotta l'altra, inferocita. «Evitate almeno di dare spettacolo in mezzo alla strada. Vi hanno visti e mi hanno chiamata per chiedermi se io e Iván ci siamo lasciati. Che razza di umiliazione. Che umiliazione!»

«Lui non è più il tuo...»

«Sì che lo è. Lo considero ancora il mio ragazzo. Allora? Avremmo sistemato le cose! Esistono le seconde occasioni! Le coppie litigano! Cazzo! Speravo di mettere tutto a posto! E tu ci hai messo lo zampino.»

Le parole di Vanesa sono velenose. È davvero furiosa e muore dalla voglia di farle una scenata. Julia decide di non rispondere e lasciarla sfogare.

«Come ti senti a baciare la mia saliva? Hai idea di quante volte abbiamo limonato? Di quante volte l'abbiamo fatto? Scopiamo quasi tutti i giorni. Così tante volte che ormai da mesi ho perso il conto!»

Julia deglutisce e sta per riagganciare. Ma sa che questo farebbe andare Vanesa ancora di più su tutte le furie e la telefonata successiva sarebbe ancora peggio. Quindi decide di sopportare quella valanga di insulti.

«È un coglione. Lascia me per mettersi con te? Coglione! Ha il caviale e si accontenta di un panino. Ecco... ecco.»

Vanesa si ammutolisce. Julia resta in silenzio, pronta a incassare la prossima scarica di munizioni, invettive e insulti. Pensa che forse ne ha diritto, ma poi ricorda a se stessa che Iván e Vanesa non stanno più insieme e che né lei né lui hanno fatto niente di male.

«Che succede?» le chiede Emilio, che ha sentito la voce stridula della sua compagna di classe ma non è riuscito a capire cos'ha detto.

Julia gli sussurra che poi glielo spiegherà. Ma cosa dirgli? Ci deve pensare mentre è al telefono. Anche se tra una cosa e l'altra le esploderà la testa. È sfinita, accidenti. Se gli racconta la verità c'è il rischio che Emi non la prenda bene e si creino altri problemi.

«Non è giusto» protesta Vanesa, cambiando completamente tono. Singhiozza e tira su col naso. La ragazza scoppia a piangere mentre parla. «Perché mi ha lasciato? Perché è corso da te? Io lo amavo. Lo amavo molto. Moltissimo. E l'ho aiutato. L'ho salvato da...»

L'ex ragazza di Iván si interrompe e non finisce la frase. Anche se Julia sa perfettamente a cosa si riferisce. L'ha salvato da una bocciatura in storia, dal rischio di non potere sostenere l'esame a giugno. E l'ha anche salvato dai suoi genitori e dalla scenata che gli avrebbero fatto. È stata lei a ideare il piano convincendolo a sostituire i compiti.

«D'accordo, l'ho denunciato io alla polizia. Ma perché è stato un cretino! E... perché al commissariato dovevano sapere che lui era stato lì. Lo sapevi? Sapevi che Iván era a scuola la sera in cui hanno ammazzato Aurora?»

«Sì, lo so.»

«Certo. Come no! Immaginavo che te l'avrebbe raccontato. Quello stronzo ti ha raccontato tutto, vero?»

«Non lo so, Vanesa. Non lo so.»

Un altro silenzio. Un silenzio di cui Julia approfitta per alzarsi e uscire dalla sala. Se la ragazza continua a urlare è probabile che Emilio capisca quello che sta succedendo. E poi con lui davanti non è libera di parlare come vuole.

«Be', in realtà aveva tutti i diritti di raccontartelo. Anch'io ne ho parlato con Ingrid e Aria.»

«Hai parlato con Aria?»

«Sì, al funerale di Aurora. Le ho detto che ero molto preoccupata perché il mio ragazzo era sul luogo del delitto proprio a quell'ora. Che da allora lo trovavo molto strano. E poi, caso vuole, hanno ammazzato la povera Patri. Che coincidenza, vero?»

Quell'affermazione di Vanesa raggela il sangue a Julia. Anche Aria sapeva che Iván era stato al Rubén Darío il venerdì sera?

«Stai dicendo che...»

«Che Iván è l'Assassino della bussola? Pensaci su» la interrompe Vanesa, che sembra recuperare l'energia di inizio conversazione. «Iván va a sostituire la sua verifica di storia, Aurora lo scopre e lui la uccide perché non lo riveli a nessuno. Poi muore Patricia, e guarda caso anche lei sapeva che lui era a scuola in un momento in cui non doveva esserci. Curioso, no? Movente e occasione, dicono nei polizieschi.»

«Quello che stai dicendo non ha senso.»

«Certo che ce l'ha. Ma trai le tue conclusioni. Non sei forse super intelligente?»

E, dopo averle lanciato la sfida, Vanesa scoppia in una risata sardonica e riaggancia.

Julia trema. Non si sente bene, ha lo stomaco in subbuglio e le viene da vomitare. Sale le scale in tutta fretta ed entra in bagno.

Emilio arriva poco dopo, allertato dai conati. Vede l'amica inginocchiata davanti alla tazza del water e si avvicina. Con un gesto della mano lei gli chiede di stare lontano.

«Ti è rimasto qualcosa sullo stomaco?» la interroga preoccupato, fuori dal bagno. «Vuoi che telefoni a tua madre?»

Julia gli fa cenno di no e rimette ancora. Poi si alza e si sciacqua la bocca. Quando si guarda allo specchio si rende conto che non aveva quella faccia da quando si era abbuffata di torrone, tre Natali prima.

«Sicura che non vuoi che avvisi i tuoi?»

«No, non preoccuparti. Ora sto bene.»

Non è vero. Ha ancora il voltastomaco. Alla fine l'agitazione ha avuto la meglio su di lei. Le insinuazioni di Vanesa sono state il colpo di grazia. Iván l'Assassino della bussola? Non è possibile. Anche se, come ha detto lei, ci potrebbero essere sia il movente sia l'occasione.

Non deve perdersi d'animo. Deve assicurarsi che il ragazzo che ama non sia colpevole. Ma se invece lo fosse? In quel caso qualcosa dentro di lei si spezzerebbe, e sarebbe molto difficile rimettere insieme i pezzi.

Lo deve scoprire. Subito. Deve scoprire una volta per tutte cos'è nascosto nella scacchiera di Patricia. Un nome. E, ora più che mai, Magnus è la sua grande speranza.

52

Martedì 23 maggio 2017

Nonostante abbiano controllato tutte le partite di Magnus Carlsen nel torneo di São Paulo-Bilbao del 2011, Julia e Emilio sono sempre al punto di partenza. Non riescono a trovare il codice che permette di scoprire il nome nascosto nella scacchiera.

«Ho bisogno di una Coca Cola o di qualcosa che mi aiuti a star sveglio» dice il ragazzo sfregandosi con forza gli occhi.

«Le ultime due le abbiamo finite a pranzo.»

«Usciamo a bere qualcosa?»

«No, non ho voglia. Preferisco andare avanti qui.»

«D'accordo. Allora esco io e vado a comprare un paio di bibite. Così prendo un po' d'aria e mi sveglio. Vedo tutto a quadretti bianchi e neri. Mezz'ora di pausa?»

Julia forza un sorriso e dice all'amico che lo aspetta lì seduta. Emilio la saluta ed esce di casa in cerca dell'agognata caffeina.

La ragazza si toglie le scarpe e si sdraia sul divano, sul fianco. Lo stomaco va meglio, ma lei continua a sentirsi uno straccio. Chiusa in se stessa, osserva la scacchiera con le pedine nella posizione finale dell'ultima partita di quel torneo tra Magnus e Vassily Ivanchuck. Il norvegese, che giocava con i neri, ha sconfitto contro tutti i pronostici il grande scacchista ucraino vincendo così il campionato a Bilbao.

Mentre fissa la scacchiera le viene un'idea. E se la chiave fosse nel risultato finale e non nei movimenti? Avrebbe senso. Si siede e mette alla prova la sua idea con quella partita. Ma nemmeno ora esce qualcosa di comprensibile. Tuttavia un sesto senso le dice che dovrebbe continuare a mettere in pratica quell'intuizione. Quando giocherà con Emilio le partite del 2012 terrà in conto la posizione finale.

Guarda il cellulare e vede che le ore sono volate. Iván non l'ha ancora chiamata. Cosa starà accadendo in commissariato?

Da quando ha parlato con Vanesa ha provato a non pensare a lui e a concentrarsi sugli scacchi. E a tratti c'è riuscita. In altri momenti invece è stato impossibile. Lo è stato soprattutto non pensare alle labbra di lui sulle sue e all'ineguagliabile sensazione che si prova baciando la persona di cui si è innamorati.

No. Non può essere lui l'assassino di Aurora e Aria. Si rifiuta di crederlo. E lo dimostrerà. Al mondo, a Vanesa e a se stessa.

La porta di casa si apre. Emilio ha fatto proprio in fretta. Ma subito Julia ricorda che l'amico non ha le chiavi.

«Papà? Mamma?» urla dalla sala sperando di veder comparire uno dei due. Ci sono entrambi.

Miguel Ángel e Aitana entrano in sala e salutano la figlia con un'espressione, se possibile, ancor peggio della sua. Sembrano esausti. Si lasciano cadere su due poltrone e osservano la scacchiera.

«Qualche progresso?» chiede il padre che, come sempre appena torna a casa, slaccia il primo bottone della camicia.

Julia annuisce e ricorda che, anche se quel mattino gli ha anticipato di avere forse trovato una buona pista, nelle ultime ore sono successe talmente tante cose che alla fine non ne hanno più parlato. E gli spiega la faccenda dell'acrostico che Patricia ha lasciato nella lettera e quello che ha fatto nel resto del pomeriggio.

«Stai cercando la soluzione nelle partite di Magnus Carlsen?» chiede sua madre che lancia i tacchi a terra.

«Sì, mamma. La chiave di tutto è quella, secondo me.»

«Pensavo che mia figlia avesse dei gusti particolari... e invece scopro che Patricia era ancora più strana.»

«Mamma! Per favore!»

«Scusami, Julia. Sono così stanca che non so quello che dico. Senti, ma Emilio?»

«È uscito a comprare da bere. Poveretto, l'ho costretto a giocare per ore.»

Miguel Ángel e Aitana si scambiano uno sguardo. È la donna a fare un cenno al marito, dandogli il via libera per parlare. Vogliono aggiornare la figlia su diverse questioni.

«Abbiamo parecchie cose da raccontarti» annuncia il padre, piegandosi in avanti sulla poltrona. «È stato un pomeriggio molto intenso e pieno di novità.»

Julia sente di nuovo lo stomaco sottosopra. È in preda all'agitazione, perché sa che le parleranno di Iván.

Il ragazzo non ha ancora chiamato e lei teme il peggio. Vuole davvero sentire ciò che i suoi hanno da dirle?

«Tanto per cominciare, volevamo chiederti scusa.»

L'affermazione stupisce la ragazza, che non se l'aspettava. Scusa per cosa?

«A te e a Emilio» interviene la madre. «Anche se lui non è qui e magari non ne sa nulla.»

«Abbiamo scoperto che le soffiate alla stampa venivano da un mio collega che aveva accesso a tutti i documenti dell'indagine» ammette Miguel Ángel, abbastanza provato. «Ovviamente non ti posso dire il nome. Ma l'ha ammesso. Tutto ciò che è uscito dal microfono di Roberto Méndez arrivava dalla stessa fonte. Abbiamo già preso le opportune misure.»

Quelle parole emozionano Julia. Emilio è innocente! Lo sapeva. Sapeva di potersi fidare di lui.

«Ve l'avevo detto. Emi non farebbe mai una cosa del genere. Può essere un tipo strano e complicato da capire, ma non mi tradirebbe mai» dice la ragazza con un gran sorriso. «Ci saranno conseguenze per il tuo collega?»

«Lo deciderà il comitato disciplinare.»

«L'importante è aver scoperto da dove filtravano le informazioni riservate sul caso. Questo però non significa che ci ha fatto piacere che tu abbia raccontato certe cose a Emilio. Ma, insomma, lo possiamo capire. Trascorrete molto tempo insieme e formate una sorta di intrepido duo di investigatori. Mi ricordate Amy e Lince.»

«Chi?»

«I protagonisti dei gialli che leggevo da piccola, in cui due ragazzi risolvevano misteri. In fondo a ogni libro c'era la soluzione della storia, scritta al contrario. Per poterle leggere avevi bisogno di uno specchio.»

«Anche a me piacevano molto, come tutto quello che aveva a che fare con i detective» aggiunge suo padre.

Julia non ha mai sentito parlare di quei libri, ma la incuriosiscono. Magari su Internet si trovano, anche se adesso non è il momento di pensarci.

I suoi genitori divagano tra i ricordi della loro infanzia per un paio di minuti. La ragazza non li vuole interrompere, ma è impaziente: sarà meglio che continuino ad aggiornarla. Quando le spiegheranno com'è andata con Iván?

«Okay, andiamo avanti? Che altro mi dovete raccontare?»

In quel preciso istante il suo cellulare si mette a squillare. Iván! Il cuore va a mille e sente un formicolio in tutto il corpo. E adesso cosa fa? Risponde o aspetta che i genitori le raccontino gli ultimi avvenimenti?

Emilio cammina per strada con le mani in tasca. Ha mal di testa: maledetto gioco degli scacchi. È un dolore pungente, su entrambi i lati, che gli dà fastidio soprattutto alle tempie. Da quelle parti c'è la farmacia. Di sicuro Julia ha un antidolorifico in casa, ma sta già scroccando abbastanza in questi giorni. E poi, probabilmente, non sarà l'unico mal di testa che gli verrà mentre vive da lei. Quindi, prima di andare a comprare le bibite, decide di fermarsi a prendere una scatola di analgesici.

In farmacia c'è coda. Ha davanti sette persone. L'ultimo della fila è Jonathan. Lo riconosce da dietro, dalla stazza e dal taglio di capelli a scodella. Ma non si è accorto della sua presenza. Emilio lo tocca sulla schiena per salutarlo. Quando Jona si volta il ragazzo resta colpito dal suo aspetto. Ha un evidente rigonfiamento sulla fronte e l'orbita degli occhi violetta. Sembra uno zombie, come se non avesse più un filo di energia: il volto di un uomo senza vita.

«Ciao, Emilio. Come va? Cosa ti fa male?»

«La... la testa» risponde il ragazzo, sorpreso dall'aspetto del suo professore preferito, che sembra uscito da un episodio di *The Walking Dead*.

«Anche a me fa male, un dolore insopportabile. Qui» mormora Jonathan e si indica il centro della fronte, dove c'è il bernoccolo.

«Sei stato dal medico? Quella roba ha un aspetto terribile.»

«Ma no, non è così grave. Un paio di aspirine e domani sarò come nuovo.»

Il ragazzo non la pensa così. Quell'ematoma durerà parecchi giorni e non basteranno due aspirine a fargli passare il dolore. Ma non intende contraddirlo. Saprà bene quel che fa.

«Hai saputo di Virginia, vero?» butta lì l'uomo, che continua a parlare a voce molto bassa, tanto che Emilio fatica a capire.

«Sì. L'ho saputo. Un'altra tragedia.»

«È più di una tragedia. Lei era la persona migliore che fosse mai arrivata in questo paese. Non meritava di morire. Non lo meritava. Io non riesco ancora a crederci.»

Jonathan fa un sorriso che a Emilio pare sinistro. Il sorriso di una persona che ha perso il senno.

«Nessuno merita di morire» dice Emilio, avanzando di un passo nella fila. «Ma lei ha deciso di togliersi la vita. Se qualcuno decide di imboccare una strada simile, immagino sia molto difficile fermarlo, no?»

L'uomo guarda fisso il ragazzo. È uno sguardo strano, accompagnato dallo stesso sorriso di prima. Lo spaventa. Non può credere che il professore che più ammira e che in questi anni gli ha trasmesso più fiducia adesso gli faccia addirittura paura. Emilio sta per indietreggiare e andarsene dalla farmacia. Ma non lo fa. Resta inchiodato dov'è e ascolta Jonathan.

«Sei molto ingenuo, Emilio Viñales. Credi davvero che Virginia si sia suicidata? No, amico mio. Lei non si è lanciata dal balcone del suo appartamento. Virginia è stata spinta. E io non ho il minimo dubbio su chi sia stato.»

53

Martedì 23 maggio 2017

Julia si alza dal divano per rispondere. Vuole parlare con Iván. Esce dalla sala e risponde non appena inizia a salire le scale.

«Ciao!» esclama, forse con troppo entusiasmo. «Com'è andata?»

«Be'... tuo padre non ti ha raccontato niente?»

«È appena arrivato. Stavo parlando con lui quando hai chiamato. Non mi ha detto nulla di te. Perché? È andata tanto male?»

«Almeno non mi hanno arrestato. Anche se abbiamo parlato e riparlato per ore. Il tizio della UCO mi ha innervosito parecchio. Uno coi baffi.»

«Peñaranda?»

«Sì, quello. È stato pesante, mi ha messo alle strette.»

«Mio padre dice che è uno dei migliori.»

«Non ho dubbi. Garantito che quello riesce a far confessare i veri criminali.»

Julia si accorge che Iván ha volutamente sottolineato "veri criminali". Lui ha solo sostituito una prova di verifica, non ha mica ucciso nessuno. Giusto?

«Alla fine cosa gli hai raccontato?»

«Tutto. Esattamente quello che ho raccontato a te.»

Il ragazzo riassume in due minuti la deposizione che ha rilasciato. In pratica è una replica della storia che le ha raccontato qualche ora prima. Come se ormai la sapesse a memoria e la dovesse ripetere spesso. Quando finisce, le riferisce le questioni più importanti che la polizia giudiziaria e la UCO gli hanno comunicato. Julia lo ascolta e ripensa alla conversazione con Vanesa, cercando il momento migliore per dire a Iván di quella telefonata.

«Non so se mi hanno creduto o meno» conclude il ragazzo, che pare molto tranquillo. «Però io ho detto la verità. E adesso la sanno anche i miei. Non ho più niente da nascondere. Domani andrò a parlare col preside e confesserò che ho sostituito la verifica di storia.»

La versione di Iván sembra credibile. Venerdì sera è andato a scuola soltanto per quello. Non ha visto Aurora, non è entrato nello spogliatoio e men che meno l'ha uccisa con una mazza da baseball. Non ha nemmeno fatto nulla a Aria, nonostante sapesse quello che Vanesa le ha raccontato. Il ragazzo all'altro capo della linea è innocente e lontano da tutte le accuse che la sua ex fidanzata gli ha mosso contro.

E se invece stesse mentendo? Se quella storia fosse tutta un'invenzione? Un modo per nascondere una terribile verità... incolpandosi di un delitto minore che può avere soltanto conseguenze a breve termine?

«I tuoi genitori si sono arrabbiati tanto?»

«Tantissimo, ma me l'aspettavo. Dicono che, in base a quello che la scuola deciderà di fare, agiranno di conseguenza. Magari mi rinchiuderanno nella mia stanza per sempre oppure mi spediranno in una qualche città russa a spaccare il ghiaccio. Chi lo sa.»

«Non esageriamo.»

«Dipende da loro. Ma di certo sarà una punizione esemplare. Devo pagare per l'errore che ho commesso.»

Anche se di sicuro non è un bel momento, Julia percepisce calma nella voce di Iván. Tranquillità forse sommata a una certa rassegnazione. Come lui stesso ha detto, confessare forse gli ha tolto un peso di dosso. Quello non sembra essere il momento migliore per parlargli della telefonata di Vanesa.

«Mi piacerebbe vederti, prima che le cose si complichino ancora di più. Ti va di fare colazione insieme domattina?»

La domanda coglie di sorpresa Julia, che infatti impiega un attimo a elaborarla. Ultimamente le capita spesso. L'amore è indescrivibile, splendido, incredibile... ma ti blocca la capacità di reagire. Almeno a lei. Si sente più goffa, più lenta, come se avesse una parte del cervello troppo occupata per farla funzionare.

«Non so se è una buona idea.»

«Perché? Ti sei pentita di quello che è successo prima?»

«Ti riferisci al... al bacio? No, certo che no. È stato stupendo» afferma la ragazza, che percepisce di nuovo un imbarazzante aumento della temperatura delle sue guance.

«E allora? Non hai voglia di vedermi?»

Julia sospira. Ma certo che ha voglia di vederlo! Tantissima. Non vede l'ora. Ma ci sono troppi elementi che la frenano: deve risolvere l'enigma di Aria; se Vanesa lo scopre tornerà alla carica; ha ancora dubbi su Iván; e poi c'è... Emilio. Soprattutto Emilio.

«Meglio un altro giorno. Ora come ora le cose sono troppo complicate.»

«Forse un altro giorno non potrò più. Dai, Julia. Solo un caffè e una brioche. Cosa c'è di male?»

«Niente» risponde la ragazza, dubbiosa. Ha voglia di vederlo. Solo un caffè e una brioche. Ma... «Non è il momento, Iván. Cerca di capire.»

«Non lo capisco. Ma lo rispetto. Ci sentiamo. Ciao, Julia.»

Il ragazzo riaggancia e lei resta a fissare il cellulare triste e pensierosa. Quella situazione la disturba. Iván sembrava scocciato dal suo rifiuto. Forse non c'è niente di male se fa colazione con lui. È un loro diritto. Perché non possono vedersi come amici, o come coppia, o come vogliono?

Torna in sala a capo chino. I suoi genitori sono ancora lì seduti. Hanno acceso la televisione e l'hanno sintonizzata sull'emittente locale, dove Roberto Méndez ha appena annunciato che a breve intervisterà Bernardo Ríos, il padre di Aurora. La ragazza si siede sul divano, cercando di nascondere la frustrazione.

«Tutto bene, Julia?» le chiede sua madre, cogliendo un velo di angoscia sul volto della figlia.

«Sì, non preoccuparti. Cosa stavamo dicendo?»

«Sicura? Ti vedo strana. C'entra la telefonata che hai appena ricevuto?» insiste Aitana.

«Ti ho già detto che è tutto a posto. Possiamo parlare d'altro, per favore?»

Quella risposta sulla difensiva è indice che qualcosa non va, se ne rende conto da sola. Ma sua madre non torna sull'argomento e il padre fa lo stesso.

«Abbiamo parlato con il tuo amico Iván» le dice Miguel Ángel abbassando il volume della televisione. «E ci ha raccontato parecchie cose interessanti.»

Julia ascolta il padre come se fosse all'oscuro di tutto, quando in realtà è la terza volta che sente quella storia. La stessa versione, ma da una bocca diversa. Ovviamente la racconta a modo suo, ma è comunque un resoconto piuttosto simile a quello di Iván.

«I suoi genitori sono molto rigidi, stando a quanto lui stesso ci ha raccontato. Ha fatto questa stupidaggine di sostituire la verifica perché aveva paura della loro reazione se non l'avesse passata. Hanno idee molto precise su ciò che dovrà fare in futuro» dice l'ispettore di polizia. «Avresti dovuto vedere la faccia di sua madre quando ce l'ha raccontato.»

«Immagino.»

«Abbiamo steso il poveretto di domande. Soprattutto Peñaranda. Ma secondo me Iván dice la verità e non ha niente a che fare con la morte di Aurora Ríos. E non abbiamo nemmeno trovato alcuna ragione per cui avrebbe dovuto voler uccidere Patricia Herrero. Comunque sia, la sua deposizione sarà visionata dal piemme Otamendi e sarà lui a decidere se muovere qualche accusa.»

Le parole di suo padre risollevano un po' Julia. Non sospettano di lui. È positivo. Ma c'è qualcosa di cui non sono al corrente né la polizia né la UCO. Secondo Vanesa Aria sapeva che Iván era stato a scuola venerdì sera, e quello potrebbe essere un motivo per volerla mettere a tacere. Glielo deve raccontare?

«C'è dell'altro» prosegue l'uomo. «Prima di andarsene da scuola in bicicletta, Iván ha visto entrare qualcuno nello spogliatoio. Si tratta di Virginia.»

Julia si finge sorpresa. Ma in realtà anche quella parte della storia non le è nuova. Continua a non sapere come mai la sua insegnante di matematica sia andata lì. Questo la trasforma forse nella sospettata numero uno?

«E questo non è tutto su Virginia» aggiunge suo padre. L'uomo guarda sua moglie, che gli fa un cenno affermativo perché continui a parlare. «Crediamo che la tua insegnante di matematica...»

All'improvviso si ferma e si concentra sullo schermo del televisore. E così fanno anche Julia e Aitana. Sul canale locale Roberto Méndez sta salutando Bernardo Ríos, invitandolo a sedersi. Il padre di Aurora sembra star meglio rispetto al giorno del funerale della figlia. L'abito nero che indossa pare nuovo e si è fatto la barba. I suoi occhi invece sono ancora irritati, vitrei e con occhiaie che nemmeno il trucco è riuscito a nascondere.

«Per prima cosa voglio ringraziarti per aver accettato di concederci questa intervista. Non è un momento facile per te. Nemmeno per noi, dopo gli ultimi avvenimenti. Questo paese non si merita tanta sofferenza. Come non te la meriti tu, Bernardo. Raccontaci: come sono stati questi giorni?»

Il padre di Aurora si prende il suo tempo prima di rispondere. Si nota che è compunto, emozionato, e quando parla sembra privo di forze.

L'uomo spiega quanto sta male da quando ha saputo della morte della figlia e quanto il dolore sia cresciuto nel vedere che tutti lo credevano l'assassino.

«Nel caso qualcuno avesse ancora il dubbio: io non ho ucciso Aurora, e spero che la polizia riesca a trovare il colpevole al più presto. Che non continuino ad arrestare innocenti e lavorino più che possono per scoprire chi è questo Assassino della bussola.»

«Pensi che la polizia non stia facendo bene il suo lavoro?»

«Hanno arrestato la persona sbagliata e chi ha ucciso mia figlia è ancora a piede libero. Tu cosa ne pensi, Roberto?»

Istintivamente Julia e Aitana si voltano verso Miguel Ángel, che scuote la testa. Afferra il telecomando e spegne il televisore.

«Non vi dispiace, vero?»

Madre e figlia dicono di no. Anche loro sono un po' stufe di Roberto Méndez, anche se a tutti e tre sembra normale che Bernardo Ríos possa essere arrabbiato. È comprensibile.

Julia approfitta del silenzio che è calato in sala per invitare suo padre a proseguire con il racconto:

«Cosa stavi per dirmi di Virginia?».

Miguel Ángel si appoggia allo schienale della poltrona e accavalla le gambe. Si carezza il mento e guarda di nuovo sua moglie. Si volge verso Julia con fare complice e svela il mistero.

«Abbiamo trovato il cellulare di Aurora e la cavigliera a casa sua.»

«Come? A casa di Virginia?»

«Sì, erano nascosti nel cassetto della biancheria intima del suo armadio. Inoltre abbiamo scoperto che sull'elastico di Scarlett, la quale assicura di non trovarlo da giorni e di non entrare nello spogliatoio da settimane, ci sono anche i capelli di qualcun altro.»

«Potrebbe averlo preso Virginia?»

«Sì, è molto probabile. Magari l'aveva in tasca e venerdì le è caduto nello spogliatoio. Abbiamo mandato a far analizzare il capello per fare un confronto con quelli di Virginia. E stiamo controllando il contenuto dei cellulari, il suo e quello della ragazza. Abbiamo motivo di credere che la tua insegnante di matematica e Aurora avessero una specie di relazione sentimentale.»

«Una relazione sentimentale?»

«Esatto. Siamo certi che si vedevano spesso nello spogliatoio del Rubén Darío, di nascosto. I messaggi che si scambiavano non lasciano dubbi.»

54

Venerdì 17 marzo 2017

Guarda dalla finestra dell'aula. La pioggia cade con forza sul selciato della scuola: va avanti così dall'alba, senza tregua. Il rumore delle gocce che colpiscono con violenza le finestre l'attira più delle spiegazioni dell'insegnante di filosofia, che per tutta l'ora non ha fatto altro che parlare del mito della caverna di Platone. Jonathan non l'ha più convocata nel suo ufficio, ma ha la sensazione che la tenga d'occhio. Lui i tagli sull'addome non li ha visti, perché si è concentrato sulle braccia. Sospetterà qualcosa o sono soltanto sue fantasie?

La lezione per fortuna finisce in fretta, segue la ricreazione e poi c'è matematica, la materia preferita di Aurora. Da quando Virginia ha accettato di andare con lei al concerto di Ed Sheeran non ha quasi pensato ad altro. Quella donna è incredibile. Bella, simpatica, intelligente… e la tratta come nessun altro lì a scuola. Ogni volta che la vede le viene la pelle d'oca e ha la sensazione che le manchi il fiato. Cosa le sta succedendo? Lo sa. O almeno crede di saperlo.

«Qualche domanda?» dice Jonathan Vila rivolgendosi a tutta la classe. I suoi occhi si soffermano su Aurora, che ignora il professore e riprende a guardare fuori dalla finestra. Sta continuando a piovere intensamente. «Niente? Allora vi auguro un buon weekend, e non fate troppe pazzie.»

La campanella suona contemporaneamente alle ultime parole di Jona. L'uomo raccoglie le sue cose mentre gli allievi escono il più in fretta possibile. Aurora non ha fretta. Non ha intenzione di muoversi dall'aula durante la ricreazione.

«Resti qui, Aurora?» le chiede il professore di filosofia dalla cattedra.

«Sì.»

«Non è proprio tempo da passeggiate.»

«Esatto.»

«Ce l'hai con me? Sembri arrabbiata.»

Aurora non ha piacere di intrattenere quella conversazione con Jona. Non è evidente che ce l'ha con lui? Perché diamine glielo chiede!? Dalla chiacchierata della scorsa settimana nel suo ufficio vede l'insegnante con altri occhi. Le ha detto che si trattava di un controllo di routine che stava facendo a tutti gli allievi per la faccenda della balena blu. Ma lei ha il sospetto che non sia vero. Anche lui la vede come tutti gli altri: la tipa strana, la ragazza che se ne sta da sola e non fa amicizia con nessuno. La vittima perfetta di quell'assurdo gioco, secondo lui.

«Guarda, quasi quasi esco un po'» dice Aurora, alzandosi. Va alla porta ed esce, senza salutare Jonathan. Non lo guarda nemmeno passandogli accanto.

Non permetterà a nessuno di rovinarle quel momentaneo stato di felicità. Né ai professori né ai compagni. Ma il tutor non si dà per vinto, e segue la ragazza.

«Che c'è?» chiede Aurora, prima di voltarsi.

«Parliamone. Non voglio essere in rotta con nessun alunno.»

«Non ho voglia di parlare. Voglio stare sola.»

«Ti lascerò sola dopo che avrai parlato con me. Sarà questione di un paio di minuti. Chiariamo quello che non va nel mio ufficio.»

«Non intendo tornare nel tuo ufficio.»

«Bene. Allora qui. Possiamo parlare tranquilli.»

Aurora sbuffa, stanca di quell'insistenza. Appoggia la schiena alla parete e accetta di parlare con lui.

«Di cosa vuoi parlare?»

«Non mi piace che tu stia sempre sola» dice l'insegnante, consapevole di dover andare dritto al sodo. «Perché ti isoli dal resto dei tuoi compagni?»

«Parli sul serio? Davvero non la sai la risposta?»

«Spiegamelo tu. Non mi piace fare congetture.»

«Be', mi pare che tu le abbia fatte tranquillamente l'altro giorno, quando mi hai costretta a rimboccarmi le maniche della maglia per vedere se mi facevo dei tagli sulle braccia.»

«Era solo un controllo di routine. L'abbiamo fatto a diversi dei tuoi compagni. Te l'ho già detto.»

Aurora continua a non crederci, ma non intende approfondire. Non le va di portare la conversazione su quell'argomento. Non ha mai preso parte alla balena blu, ma sul suo corpo ci sono comunque segni di tagli. Ferite causate da un rasoio di cui nessuno sa nulla. Anche se l'ultima volta è stato il giorno del suo compleanno.

«Non è una grande idea stare da soli e non avere amici, Aurora.»

«Molto meglio che stare insieme a gente che sparla di te e della tua famiglia senza avere idea di quello che dice.»

«E perché invece non spieghi la verità a questa gente?»

«Perché spesso la verità è meno credibile e affascinante delle bugie. E non ho voglia di dover stare lì a convincere nessuno.»

L'affermazione della ragazza prende Jonathan di sorpresa, e non sa cosa dire. Aurora guarda a terra e sospira.

«Professore, apprezzo il tentativo di aiutarmi. Ma la mia vita è così. Non è colpa di nessuno. È semplicemente quella che mi è toccata. Tutto qui.»

«Devi dare una svolta a questa vita.»

«Non è così facile, sai?»

«Non ti arrendere. Le cose possono cambiare. Te lo dico per esperienza.»

In quell'istante la porta del corridoio si apre e davanti a loro compare una donna con una cartellina stretta al petto e uno splendido sorriso. Virginia raggiunge la sua allieva e il collega e li saluta allegra.

«Riunione improvvisata? Non starai cercando di convincerla che i presocratici sono più interessanti delle derivate, vero?»

«Tranquilla. Niente è meglio di una buona derivata» risponde Jonathan sorridendo. «C'è ancora qualche minuto di ricreazione. Ti va un caffè?»

«No, grazie. L'ho appena preso. Vado in aula. Devo preparare un paio di esercizi prima che arrivino i ragazzi.»

«Bene, ci vediamo dopo in aula professori?»

«Certo, a dopo.»

Jonathan saluta Virginia e rivolge un ultimo sguardo a Aurora. La ragazza non dice nulla; sta pensando soltanto all'ultima frase che le ha detto: "Le cose possono cambiare". Riconosce che è un bravo professore e si augura soltanto il meglio per lei: si preoccupa dei suoi studenti. Ma sa anche che le teorie sono più semplici della loro messa in pratica.

Non è possibile cambiare tutto.

«E tu cosa fai? Vieni in classe o esci a bagnarti un po' sotto la pioggia?» le chiede Virginia, che sembra molto più contenta di un paio di giorni prima, quando si è confidata su suo marito.

Potendo scegliere, Aurora uscirebbe in cortile con lei e lascerebbe che l'acqua la infradiciasse dalla testa ai piedi. Non tornerebbe in aula e passeggerebbe mano nella mano con la professoressa, senza paura che qualcuno le vedesse o giudicasse. E la bacerebbe sotto il primo lampione acceso nel buio di quella mattina invernale.

«Terra chiama Aurora. Ci sei?»

«Sì, scusa» risponde la ragazza, imbarazzata. «Vengo in classe.»

«Allora andiamo.»

Le due camminano fino all'aula della terza B, in silenzio. La professoressa resta accanto alla cattedra e la ragazza si dirige al suo banco.

«Jonathan è molto preoccupato per te» commenta Virginia mentre sceglie l'esercizio che copierà alla lavagna. «Sai quanto ci tiene a vedervi tutti felici. Crede che tu sia arrabbiata con lui. È vero?»

«No. Be', forse...»

L'insegnante sceglie un problema e lo estrae dalla cartellina. Poi prende un gessetto per iniziare a scriverlo sulla lavagna. Aurora la osserva fissa, come se l'immagine di quella donna la ipnotizzasse.

«Non prendertela con lui. È una brava persona. È attento a tutto ciò che vi capita.»

«Mi ha controllato le braccia per vedere se mi tagliavo.»

«Lo so. Me l'ha detto. E mi ha detto anche che non hai un graffio.»

La ragazza abbassa la testa e, per la prima volta da quando sono entrate in aula, non guarda Virginia. La professoressa continua a copiare l'esercizio in silenzio. Una volta finito si volta e osserva Aurora. La ragazza sta giocherellando con il tappo della penna con cui si sta punzecchiando i polpastrelli. La donna intuisce subito che qualcosa non va. Lascia il foglio e il gessetto e va dalla sua alunna. Le si siede accanto e sorride.

«Vuoi parlare di quello che ti preoccupa?» le chiede Virginia. Allunga un braccio e accarezza la mano di Aurora.

A quel contatto la ragazza sobbalza. E riecco lì quei sintomi: la pelle d'oca, i battiti del cuore accelerati e la mancanza d'aria. Guarda la professoressa negli occhi, ma non troppo a lungo. Ora la sua attenzione si sposta sulle labbra della donna. Si chiede come sarebbe sfiorare quella bocca con la sua.

«Aurora, a me puoi raccontare qualsiasi cosa. Siamo compagne di concerto! Andremo a vedere insieme il grande rosso!»

Il sorriso di Virginia è contagioso, e alla fine sorride anche lei. Dentro di lei, tuttavia, sta crescendo con un'intensità smisurata una sensazione incontrollabile. Non ce la fa più. Quando riprende a parlare ha gli occhi che brillano e le mani sudate.

«Non so se ti posso dire quello che mi sta passando per la testa in questo momento.»

«Certo che puoi! Insieme risolviamo tutto.»

«Non credo.»

«Fai una prova. Coraggio, Aurora, che ti prende? Parlamene.»

E la ragazza, non riuscendo più a trattenersi, si alza. Si china sull'insegnante e, goffa, emozionata e molto nervosa, le dà un bacio sulle labbra. Non chiude nemmeno gli occhi. Non è il bacio perfetto della fine di un film. È un bacio semplice e veloce che rappresenta il più bel momento della sua vita.

Quando si scosta non vuole guardarla. Non vuole che Virginia la giudichi né che si metta a ipotizzare le ragioni per cui l'ha fatto. Più avanti non ricorderà se le ha chiesto scusa o se per strada pioveva quando le loro labbra si sono unite per la prima volta. Si ricorderà soltanto del "ti amo" sussurrato all'orecchio della prof dopo che questa ha ricambiato il bacio.

55

Martedì 23 maggio 2017

«Te l'avevo detto. La colpevole è Virginia. Di quali altre prove hai bisogno?»

Emilio è sdraiato a pancia in su sul letto della stanza degli ospiti, con le mani dietro la nuca. Julia gli ha appena raccontato quello che poco prima le hanno detto i suoi genitori. Sono stati loro a darle il permesso, sapendo che prima o poi la ragazza l'avrebbe comunque raccontato al suo amico. E poi ormai non credono più che sia lui ad aver causato le fughe di notizie riservate. E Julia ha detto anche questo a Emilio, che ha accolto la notizia con grande sollievo. Lei tuttavia non trova così palese la colpevolezza della sua insegnante di matematica.

«Continuo a non vederci così chiaro, Emi. Perché mai Virginia avrebbe dovuto uccidere Aurora e poi Patricia?»

«Ho una teoria.»

«E cosa aspetti a espormela?»

«Da quando in qua sei così impaziente?» risponde lui, sarcastico. «Ormai è stato dimostrato che Virginia e Aurora avevano una storia. Tu lo sapevi che erano lesbiche?»

«Lesbiche o bisessuali. Comunque no, non ne avevo idea.»

«Nemmeno io.»

Il ragazzo fa una pausa e valuta di nuovo quello che hanno appena detto. Da quando Julia gli ha parlato della relazione tra la professoressa e la sua allieva, Emilio non fa che chiedersi da quando Aurora sapesse di essere attratta dalle ragazze. Era quello il motivo per cui l'aveva rifiutato tre anni prima?

«Ti prego, vai avanti.»

«Credo che si siano date appuntamento nello spogliatoio per vedersi di nascosto. Non era la prima volta. Era il posto in cui si trovavano per stare sole. Da lì nel pomeriggio passa poca gente, è il luogo adatto per un incontro clandestino. Venerdì scorso ne avevano uno, ecco perché Aurora era truccata. Si era fatta bella per Virginia. A quel punto, una volta lì, hanno litigato per qualche motivo, qualcosa di grave, e Aurora ha minacciato di rendere pubblica la loro relazione. Bisogna considerare che era minorenne e il rischio che correva Virginia se l'informazione fosse arrivata alle orecchie dell'opinione pubblica. Inoltre Virginia era sposata. Quindi si è arrabbiata moltissimo e, al culmine della lite, l'ha colpita con la mazza da baseball che aveva in mano. E senza volere, oppure no, l'ha uccisa. Si è spaventata e ha portato via la cavigliera e il cellulare della ragazza, per non lasciare tracce. È verosimile, no?»

«E Aria? Perché l'avrebbe ammazzata?»

«Immagina che Patri in qualche modo abbia scoperto tutto. Non so come. Ricorda che l'ha insinuato lei stessa al funerale di Aurora. Aria ha ricattato Virginia e le ha chiesto qualcosa in cambio. Lei si è rifiutata e, per farla stare zitta, ha eliminato pure lei. Ho sempre sentito dire che la cosa difficile è uccidere la prima volta. Poi il senso di colpa e i rimorsi sono meno forti e, nel caso in cui fosse necessario, lo puoi rifare. Non dico che sia facile ammazzare qualcuno, ma era un questione di sopravvivenza: o Aria o lei.»

«Se fosse così, Emi, non avrebbe senso il suicidio. È sopravvissuta e ha eliminato la persona che sapeva della sua relazione con Aurora. Perché suicidarsi? Perché si sentiva in colpa? Non ha senso.»

Il ragazzo si siede sul letto e si sistema gli occhiali con una tale forza da piantarseli sul naso. Si lamenta e li toglie. Li pulisce con la maglietta e li rimette, questa volta con più delicatezza.

«Non ti ho raccontato della farmacia.»

«Sei stato in farmacia?»

«Sì, sono andato a comprare una scatola di analgesici. Mi faceva così male la testa che mi sembrava di avere dentro una scimmia col tamburo.»

«Non era il caso di comprarli. Li abbiamo in casa.»

«Non importa, non voglio abusare della vostra ospitalità. Fatto sta che prima di andare a comprare la Coca Cola, visto che era sulla strada, sono passato in farmacia. E ho incontrato Jona.»

«Ci hai parlato?»

«Sì. E non immagini quanto fosse strano» commenta Emilio, descrivendo all'amica il terribile aspetto del professore di filosofia. «Sembrava avesse sbattuto la fronte contro una parete o qualcosa del genere. Aveva un bernoccolo grosso come una pallina da golf.»

«Povero Jona. Lui e Virginia erano molto legati. Starà soffrendo tantissimo per il fatto che si sia tolta la vita.»

«Ci arrivo. Jonathan pensa, anzi ne è sicuro, che Virginia non si sia suicidata, ma sia stata spinta dal balcone.»

«Cosa? Crede questo?»

«Sì. Ne è convinto. E ha anche azzardato il nome di chi l'avrebbe spinta nel vuoto.»

«Oh mio Dio! Di chi sospetta?»

«Del marito» spara Emilio. «Questo significherebbe che Virginia non si è suicidata per il senso di colpa, ma è stata scaraventata dal balcone di casa sua. Forse perché il marito ha scoperto che lo tradiva e non gliel'ha perdonato. In questo caso tutto si incastrerebbe alla perfezione e il caso dell'Assassino della bussola sarebbe risolto. Virginia ha ucciso Aurora e Patricia, e il marito di Virginia ha agito per vendicarsi del tradimento di sua moglie. Chiusa la questione. Manca solo che tuo padre e la UCO interroghino quel signore, che non so come si chiama, tirino le fila e lo mettano con le spalle al muro fino a farlo confessare.»

Julia resta senza parole. Tutto ciò che dice Emi ha senso. Quantomeno lo scheletro della trama. Ciò significa che il puzzle è risolto? Emilio è riuscito a mettere insieme tutte le tessere? Fine dell'incubo? Non ci saranno più morti in paese?

«Allora? Cosa ne pensi? Sono stato bravo? Questa volta Watson ha superato Sherlock Holmes?»

56

Mercoledì 24 maggio 2017

Contro ogni pronostico, la sera Julia riesce ad addormentarsi presto e si sveglia soltanto un paio di volte durante la notte. È chiaro che sta accusando la tensione e la stanchezza degli ultimi giorni. Il suo cervello lavora intensamente e senza interruzione ogni secondo in cui è sveglia ed è molto stanca, soprattutto a livello mentale. Continua ad avere molti dubbi ed è convinta che qualcosa non quadri nella soluzione proposta da Emilio.

Ieri sera l'ha convinto a non raccontare la teoria che ha formulato ai suoi genitori durante la cena. Il suo pensiero è logico e ci sono possibilità che sia anche corretto. Ma lei continua a vederci delle lacune. Alcune molto significative. Se a casa di Virginia sono stati trovati la cavigliera e il cellulare di Aurora, come mai allora non c'era anche il cellulare di Patricia? Il suo dov'è? Perché la professoressa sembrava così triste al funerale della ragazza, se in realtà è stata lei a ucciderla? Fingeva? Cos'è accaduto di così grave tra Aurora e Virginia da portare quest'ultima a colpirla con una mazza da baseball? E che senso hanno le bussole in tutto ciò?

Emilio ha risposto a tutte le sue domande, ma lei non ne è soddisfatta: non ritiene affatto chiuso il caso.

E poi c'è un'altra faccenda che stride in quella storia: il profilo di Virginia. Quella donna aveva una pazienza infinita, sopportava di continuo commenti e sguardi inopportuni, e non l'ha mai vista reagire in modo aggressivo né ha mai avuto l'impressione che potesse arrivare a farlo. Persino domenica, quando l'ha vista discutere con il marito, si comportava in modo controllato, nonostante la grande rabbia che aveva dentro. È possibile che abbia perso le staffe al punto da arrivare a colpire la ragazza con cui aveva una relazione fino ad ammazzarla? E poi uccidere Aria perché sapeva troppo? E se Virginia avesse avuto un disturbo di qualche tipo? Se fosse stata bipolare, per esempio, o avesse avuto una doppia personalità?

Forse quel che troveranno nel suo cellulare e in quello di Aurora potrà svelare finalmente il mistero.

Se la notte di martedì è stata tranquilla, il mercoledì mattina la sprofonda nella tristezza più assoluta. Il funerale di Patricia è un vero e proprio dramma. A Julia spezza il cuore vedere i genitori e la sorella minore di Aria. Lacrime, dolore e un'insostenibile sensazione di impotenza permeano l'intera cerimonia funebre della ragazza, che le ha lasciato l'ingrato compito di scoprire il nome del suo assassino in una scacchiera piena di lettere disordinate. Un machiavellico rompicapo che non è ancora riuscita a risolvere e che continua a stare in agguato lì, nel salotto di casa sua.

Dopo il funerale i genitori di Julia non possono riaccompagnare a casa lei e Emilio. Hanno entrambi molto lavoro da sbrigare. Quindi i ragazzi decidono di tornare a piedi. Non appena escono dal cimitero, tuttavia, una macchina accosta accanto a loro.

«Volete un passaggio?» chiede dal posto di guida, dopo aver abbassato il finestrino, un uomo in abito nero e cravatta.

Diego Soler emana un inebriante odore di dopobarba. È molto ben pettinato, con una riga di lato che sembra tracciata col righello. Il professore di lettere accenna un sorriso per nascondere quanto è stato male al funerale di Patricia.

Non è solo. In macchina con lui c'è Lázaro Martínez, il preside. Quest'ultimo ha un'aria completamente diversa. Indossa anche lui un abito scuro, ma non ha la cravatta. Il leggero vento di quel giorno gli ha scompigliato i pochi capelli rimasti e Julia e Emilio giurerebbero che puzza d'alcol.

I ragazzi salgono sui sedili posteriori. Lei dietro Diego, Emilio dietro il preside. La macchina riparte immersa in un silenzio di tomba, poi interrotto dall'uomo al volante.

«Pensate di andare al funerale di Virginia, domani? Non è qui. Verrà celebrato nel paese dei suoi genitori. Noi due andremo; ve lo dico nel caso vi servisse un passaggio.»

Prima di rispondere Julia guarda Emilio. Il ragazzo si stringe leggermente nelle spalle.

«Non lo sappiamo ancora. Non ne abbiamo ancora parlato con i nostri genitori. Non sapevamo fosse domani. A che ora?»

«Alle undici. Appena decidete fatemi sapere. Potete venire con me. È più o meno a un'ora di macchina da qui.»

«Grazie, Diego.»

«Spero che per un bel po' sia l'ultimo funerale a cui dobbiamo assistere. La vita non sarà la stessa, dopo tutto quello che è accaduto, ma abbiamo bisogno di recuperare un po' di normalità.»

«Questo è impossibile. Non accadrà» dice Lázaro scuotendo bruscamente la testa. «In tutta la nostra esistenza non ci sarà mai più un briciolo di normalità!»

Il preside parla a voce un po' più alta del dovuto, e non pronuncia chiaramente le parole. Non ci sono dubbi che quell'uomo abbia affogato il dispiacere nell'alcol.

Nessuno dei due ragazzi ha il coraggio di contraddire il preside e così restano in silenzio. Diego, invece, approfittando di una sosta davanti a un semaforo rosso, lo guarda con disprezzo.

«Non puoi dire una cosa del genere ai ragazzi» protesta, tenendo il volante con entrambe le mani. «È molto doloroso quello che è successo in questo paese. Per tutti. Con Aurora non avevo un rapporto così stretto, per via del suo carattere, ma Patri per me era come una nipote. E Virginia... Be', stimavo molto Virginia. Era una donna fantastica.»

Julia nota, dallo specchietto retrovisore, che a Diego si inumidiscono gli occhi. Gli è quasi sfuggito un singhiozzo quando ha definito "fantastica" la collega deceduta. Provava qualcosa per lei? Non la stupirebbe affatto. In quanti erano innamorati della professoressa di matematica?

«Ma dobbiamo farci coraggio e andare avanti. Quando tutto questo sarà finito, quando avranno preso l'Assassino della bussola e l'avranno rinchiuso, le nostre vite andranno avanti.»

«Le nostre vite in questo paese sono già una merda. Non c'è niente che abbia senso» dice il preside, che scuote la testa e la appoggia sul finestrino. «Né i più giovani né noi che abbiamo già una certa età potremo mai dimenticare quello che è successo qui. Nessuna delle persone coinvolte, nessuno di noi che le conoscevamo... potremo... dimenticare. Capite? Queste morti ci perseguiteranno per sempre! Cazzo! Per sempre!»

La macchina di Diego riparte, ma solo per accostare subito in doppia fila. Inserisce le quattro frecce e si rivolge molto serio al preside:

«Lázaro, è meglio che tu scenda e prosegua a piedi. Casa tua non è lontana».

Julia e Emilio restano stupefatti davanti alla decisione di Diego Soler. Il professore sta buttando fuori dalla sua macchina il preside. Quest'ultimo lo guarda con aria di sfida, ma non lo contraddice. Non risponde nemmeno. Fa una smorfia, seccato, e apre la portiera dopo essersi slacciato la cintura di sicurezza. Scende goffamente, inciampando sul marciapiede. Non cade, ma fa fatica a reggersi in piedi. Dopo aver rivolto un'ultima occhiata all'interno della macchina, saluta i ragazzi con un cenno della mano e si allontana lentamente.

Quando lo perdono di vista, Diego rimette in moto.

«Mi dispiace che abbiate dovuto assistere a questo imbarazzante spettacolo» si scusa il professore. «Lázaro non pensa davvero quello che ha detto. È sconvolto e non controlla quello che fa e nemmeno quello che dice. Non giudicatelo. Sicuramente anche lui andrà avanti con la sua vita, quando il tempo ce lo permetterà.»

«Era ubriaco?» si azzarda a chiedere Emilio, a cui Julia rifila una leggera gomitata su un fianco.

«È ovvio, no? È da un po' che è così. Anche se bere per dimenticare o per combattere il dolore non è la soluzione. La passeggiata fino a casa gli servirà a schiarirsi le idee. A proposito, vi va bene se vi lascio in piazza?»

«Sì, grazie» risponde la ragazza. Le dispiace per il preside.

L'uomo ha la responsabilità della scuola in cui sono state trovate morte due sue allieve. Una di loro proprio nel suo ufficio. E come se non bastasse Virginia Ayuso, una delle insegnanti, si suicida; o, secondo Jonathan Vila e la teoria di Emilio, viene spinta giù dal balcone del quarto piano. È normale che adesso Lázaro veda tutto nero e pensi che la vita non sarà mai più come prima per chiunque abbia avuto a che fare con le vittime.

«Ragazzi, fin quando non prenderanno l'Assassino della bussola dovete fare molta attenzione. Cercate di non andare in giro da soli e di uscire il meno possibile di sera.»

«Non preoccuparti, Diego. Staremo attenti.»

«A che punto è tuo padre con il caso? Gli sono state utili le informazioni che abbiamo fornito lunedì?»

«Non lo so. Mio padre non mi parla delle indagini» mente Julia, colta di sorpresa dalla domanda del suo professore.

«Certo. Sono informazioni confidenziali. Scusami. Immagino che con la UCO tutto andrà più in fretta e presto troveranno l'assassino.»

«Spero di sì.»

All'improvviso Julia si sente un po' sotto pressione. Ma sarà sempre così? Continueranno tutti a farle domande sul lavoro dei suoi genitori finché non verrà trovato il colpevole?

Emilio si accorge che l'amica si è innervosita. Di solito quando capita arrossisce, ed è quello che è appena successo. La conosce come le sue tasche. Ci sono gesti che fanno parte della sua personalità e che lui ormai conosce a memoria. Gesti che la rendono unica e dei quali è assolutamente innamorato.

«Scusa, Diego, gli esami di fine anno sono sempre previsti per la prossima settimana oppure verranno posticipati più avanti?» chiede il ragazzo, cambiando appositamente argomento per dare una mano a Julia.

«Il consiglio dei docenti deve ancora discuterne. Ma è possibile che vengano posticipati di una settimana. Ora come ora le condizioni non sono certo le migliori. Anche se per le quarte i test per l'ammissione all'università sono proprio dietro l'angolo.»

Per diversi minuti il ragazzo dai capelli blu e il prof parlano della questione. Julia si mantiene in disparte. In silenzio. Pensierosa. Si arrovella ancora sulle questioni che le girano in testa: la possibile colpevolezza di Virginia, i nodi irrisolti, la scacchiera di Aria... Non ascolta la conversazione tra l'amico e Diego. Non le interessa sapere quando ci saranno gli esami o se gli argomenti che non hanno potuto affrontare in classe rientreranno o meno nel test finale. L'unica cosa che le interessa è che tutto finisca. Che suo padre, la UCO o chiunque altro portino a termine le indagini e che sia arrestato il responsabile degli omicidi. Non desidera altro.

Quando stanno per raggiungere la piazza, il suono che segnala l'arrivo di un messaggio mette fine alle sue elucubrazioni. Apre e legge:

Com'è andato il funerale della tua amica? Io ho preferito non venire, su consiglio dell'avvocato. A scuola non ho ancora detto niente dello scambio di verifiche. Ana non ci ha ancora dato i risultati. Con tutto quello che è successo è normale che sia in ritardo. Ti va di mangiare insieme? Ho bisogno di vederti. Per favore. Anche per poco. Pensaci.

Julia sospira, in dubbio su cosa rispondere a Iván. Lui è un altro dei pensieri che non riesce a togliersi dalla testa. Anche lei ha bisogno di vederlo, ma come fare con Emilio? Non può mollarlo così e andare a mangiare con un altro. E poi come glielo spiega? "Senti, Emilio, vado a mangiare con il tipo che tu odi e di cui io sono innamorata da quasi un anno. Ah! Dimenticavo, ieri ci siamo baciati."

No. Non può dargli una simile pugnalata alle spalle.

Senza che abbia nemmeno il tempo di rispondere, il cellulare squilla di nuovo. Stavolta è una telefonata. Vanesa! L'ha vista al funerale di Aria, insieme all'inseparabile Ingrid e ad altri compagni di classe, ma ha preferito non avvicinarsi. Per fortuna nemmeno lei ha raggiunto Julia e Emilio e non si sono salutate. E adesso cosa vuole? Non lo sa e non è nemmeno sicura di volerlo sapere. E poi quello non è il posto migliore per mettersi a parlare. Perciò mette in silenzioso e non risponde.

«Erano i tuoi?» sussurra Emilio piegandosi verso di lei.

«No, Vanesa.»

«Che rompipalle. Fai bene a non risponderle.»

Non sa se fa bene o male; di sicuro la chiamerà più tardi. Quello che sa è che la macchina di Diego, con accanto Emilio, non è il luogo adatto per quella chiacchierata. Soprattutto dopo tutto quello che le ha vomitato addosso ieri.

Vorrà di nuovo mettere in dubbio l'innocenza di Iván?

Un minuto dopo, quando Diego Soler parcheggia nella piazza del paese, lo scopre da un Whatsapp di Vanesa.

Chiamami. Non urlo e non ti insulto, promesso. Ma dobbiamo parlare. È urgente. Ci sono cose che devi sapere.

57

Mercoledì 24 maggio 2017

Se Vanesa voleva instillarle nuovamente dubbi e incertezze, c'è decisamente riuscita. Julia ormai non è più sicura di nulla, anche se si fida di Iván. Non intende parlare più con la sua ex ragazza, nemmeno via Whatsapp. Almeno per adesso. Non ha voglia di discutere.

Cammina insieme a Emilio verso casa. In quei cinque minuti lui insiste ancora con la sua teoria sulla colpevolezza di Virginia. Continua anche a credere che Virginia sia stata spinta giù dal balcone, proprio come sostiene Jonathan. Julia finge di ascoltarlo, ma non gli presta molta attenzione. Sa già come la pensa e non è del tutto d'accordo. E poi deve decidere cosa fare con Iván. Cosa gli risponde? Va o non va a mangiare con lui? E non può aspettare ancora perché è quasi l'una e mezza.

«Vuoi che ci mettiamo un po' alla scacchiera?» chiede Emilio, una volta in casa.

La ragazza lo guarda sconcertata. Ieri sera, dopo cena, hanno chiacchierato un po' con i suoi genitori e se ne sono andati a letto presto. Non hanno nemmeno preso in considerazione l'ipotesi di giocare qualche partita.

«Davvero?»

«Certo. Per me è evidente che la colpevole è Virginia. Ma so che tu non ne sarai certa fin quando non troverai la sequenza che lo confermerà sulla scacchiera. Per te è una sfida, giusto?»

Emilio ha ragione. E poi, per certi versi, sente che lo deve a Patricia. Lei ha creato quell'enigma perché Julia lo risolvesse, forse più come un gioco che non come qualcosa di reale. Sebbene avesse il dubbio di stare andando nella tana del lupo, era impossibile che immaginasse di scrivere le sue ultime parole. Forse un giorno, più in là, una volta finita tutta quella storia, Patri aveva in mente di mostrarle la scacchiera per vedere se riusciva a risolverla. Una grande sfida per la ragazza più intelligente della scuola. Così si sarebbe vendicata della sconfitta subita nell'*escape room* il giorno del suo compleanno. E alla fine si sarebbero messe entrambe a ridere e a cercare un altro rompicapo da risolvere.

Povera Aria. Il suo enigma è arrivato troppo presto nelle mani della destinataria.

Julia entra in sala e ricorda i volti distrutti dei genitori di Patri e di Bely, la sorellina. Un dolore indescrivibile la travolge. Osserva la scacchiera e la posizione finale dell'ultima partita di Magnus nel torneo São Paulo-Bilbao del 2011, quella che gli ha regalato la vittoria. È l'ultima che hanno analizzato ieri. Lì dentro è ancora nascosto il nome dell'assassino di Patricia Herrero e Aurora Ríos. Deve scoprirlo, che sia o meno quello di Virginia Ayuso.

Sì, lo deve alle ragazze assassinate, alle loro famiglie e a se stessa.

«Se vuoi prepariamo qualcosa in cucina e mentre pranziamo giochiamo la partita successiva. È la prima del torneo del 2012, vero?»

Julia annuisce, pur senza entusiasmo. Forse è la cosa migliore da fare: rifiutare l'invito di Iván e pranzare con il caro e leale Emilio. Questa volta è il sorriso dell'amico a contagiarla.

«Non preferisci che ordiniamo a domicilio? Non vorrei rischiare di dare fuoco alla cucina.»

«Ammettilo: non ti va di cucinare.»

«Zero.»

«E se ci preparassimo due panini? Rapido, indolore e non dobbiamo nemmeno accendere il fuoco. I vegetariani mi vengono alla grande.»

«Quelli vengono bene a tutti, Emi» commenta Julia, che sorride divertita. «Dai, prepara i panini mentre io mi cambio e chiamo i miei per vedere dove sono. Forse oggi dovremo andare a deporre.»

«Perfetto. Ma non ci metto il pomodoro. Sai che lo odio.»

Il ragazzo gesticola come se il solo pensiero lo disgustasse, cosa che gli capita fin da quando era piccolo. Detesta il pomodoro, più o meno quanto Voldemort detesta Harry Potter. Poi apre il frigorifero per cercare gli ingredienti necessari a preparare due panini vegetariani.

Julia approfitta del fatto che sia impegnato per qualche minuto e sale in camera. Chiude la porta, si toglie in fretta il vestito nero – ormai già definito da tutti "il vestito di Mercoledì Addams" – e si infila un paio di pantaloncini corti e una maglietta.

Si siede sul letto con il cellulare in mano. Sospira rassegnata. Prima di chiamare i genitori deve spiegare a Iván che non pranzerà con lui. Seleziona il numero e aspetta che risponda. Niente. Ci riprova una seconda volta, con lo stesso risultato. Una terza? Al terzo squillo sente la voce del ragazzo di cui è innamorata.

«Ciao! Non vedevo l'ora di avere tue notizie!» esclama Iván entusiasta. La sua emozione le rende le cose più difficili.

«Ti disturbo?»

«No. Scusa se non ho risposto subito. Stavo parlando con i miei.»

«Tutto bene?»

«No. Tutto male. Ma non importa. Ormai lo sanno. Quest'anno non potrò sostenere i test di accesso all'università e probabilmente sarò espulso dalla scuola. Devono farsene una ragione.»

«Mamma mia. Che roba. E tu? Te ne sei fatto una ragione?»

«In parte. Preferisco prepararmi al peggio e che vada come deve andare. Ma quando parlerò con il preside e la prof di storia dirò la verità. Fine delle bugie.»

Fine delle bugie? Per tutto? È come se stesse rispondendo in maniera indiretta ai dubbi che Vanesa le ha instillato di nuovo. Iván non mente. Iván è innocente. È quello che vuole che elabori il suo cervello o è semplicemente un caso che abbia detto quella frase proprio in un momento in cui lei è piena di incertezze?

«Ti sento bene» gli dice Julia, che cerca di staccare dal suo cervello. «Mi fa piacere.»

«Anche se non ci credi, pensare a te mi tira su il morale e mette in secondo piano i conflitti con i miei genitori. Ormai non mi importa più così tanto né della verifica di storia né di tutte le conseguenze.»

Julia si scioglie. Si passa una mano sugli occhi e non sa se scoppiare a ridere, dirgli che la vada a raccontare a un'altra o riagganciare e correre a casa sua a riempirlo di baci. Comunque sia, non conosce abbastanza Iván da poter capire se è sincero o se la sua sia un'interpretazione da Oscar.

«Scommetto che questo lo dicevi anche a Vanesa e a tutte le tue altre fidanzate» si azzarda a commentare Julia, mentre si tocca la faccia che le sta andando a fuoco.

«Mi dispiace che la pensi così.»

Non gli dispiace. È sicura che non gli dispiaccia davvero. Anzi, al contrario. Gli piace giocare, flirtare; lo percepisce dal suo tono di voce. È una parte di lui che non conosceva, che non aveva colto. Né al supermercato né dalle loro chiacchierate degli ultimi giorni. Sarà per via della sua liberazione? Si è tolto un peso di dosso e ora si comporta in modo più spontaneo?

«Perché non ci vediamo per pranzo, per merenda, per cena... quello che vuoi, così ti dimostro che ora conti solo tu?»

È pazzesco. Una dichiarazione d'intenti bella e buona. Fa parte del gioco a cui sta giocando oppure ha davvero tanta voglia di vederla?

La ragazza non sa cosa fare. Perché una cosa è ciò che desidera, un'altra ciò che fa, e una terza è ciò che deve fare: desiderare, fare e dovere di solito non coincidono.

«A pranzo non posso. Che ceni fuori non farebbe per niente piacere ai miei, considerato come stanno le cose ora come ora. Merenda? Uhmm. Forse.»

«Passo a prenderti alle sei.»

«No. Ti chiamo io o ti scrivo e ti dico dove vederci e a che ora. Non sono ancora sicura di potere.»

«D'accordo. Provaci. Ho davvero voglia di vederti.»

Se fosse fatta in altro modo gli direbbe che su Instagram ci sono alcune sue foto in cui è venuta più o meno bene e che può guardare quelle. Ma lei non è fatta così. Si limita a rispondere che ci proverà. Iván è soddisfatto ed entrambi considerano conclusa la telefonata.

Julia si tira i capelli indietro, nervosa. È seduta sul letto e vorrebbe urlare. Si sente satura. Confusa. L'amore le sta mandando in cortocircuito i neuroni e la sta trasformando in una persona tremendamente insicura. La cosa la preoccupa e la spaventa. Adesso non sta più fantasticando sul ragazzo di cui da mesi è innamorata; adesso quel ragazzo le sta chiedendo di vedersi e sostiene che pensa di continuo a lei. Non c'è quoziente intellettivo, memoria eidetica o cubo di Rubik che tengano!

Scombussolata, esce dalla camera e scende in cucina. Emilio ha quasi finito di preparare i panini, che non hanno un brutto aspetto. Sono due fette di pan carré farcite, a occhio, con insalata, avocado, olive, cetrioli e maionese.

«Pensavo di aprire questa lattina di asparagi che ho trovato nella dispensa. Non li ho ancora messi perché non ero sicuro ti piacessero.»

«Sì, mi piacciono. Procedi.»

Il ragazzo alza il pollice e finisce di riempire i due panini. Nel frattempo chiede all'amica cosa le hanno detto i suoi.

«Alla fine non ci ho parlato» improvvisa Julia portandosi le mani alla testa per rendere la cosa più credibile. «Prima mi sono cambiata, poi mi sono messa a guardare i social e alla fine mi è passato di mente. Li chiamo mentre pranziamo.»

Alla ragazza dispiace continuare a mentirgli, ma è per il suo bene. Lo fa solo perché non vuole che soffra. Perché non stia male per ciò che sta iniziando tra lei e Iván. Di certo ci sarà un momento migliore per affrontare la questione.

«Mentre finisci preparo la tavola.»

«D'accordo. Ho quasi finito. Hanno un bell'aspetto e stavolta non abbiamo bruciato niente.»

«E non ti sei tagliato.»

«Già, un altro dettaglio importante.»

Ridono entrambi a quello scambio di battute. La ragazza prende un paio di bicchieri e due tovaglioli e porta tutto in sala. Li appoggia sul divano, toglie la scacchiera e mette la tovaglia sul tavolo. Quindi fissa la scacchiera, assorta. Come se in quella stanza esistessero soltanto lei e la partita di Magnus Carlsen. Chiude gli occhi, si concentra e libera la mente. Le torna in mente quello che ha pensato ieri: la chiave non è nei movimenti, ma nella posizione finale delle pedine. Deve essere così. Il cuore riprende a battere all'impazzata quando riapre gli occhi. Qualcuno sta suonando alla porta di casa. Non può essere Iván!

«Hanno suonato!» urla Emilio dalla cucina.

«Vado io!» risponde lei, affrettandosi.

Se è Iván, non sa come farà e nemmeno se riuscirà a nascondere a Emilio quello che sta succedendo tra di loro.

Apre la porta, tremante. Ma non è il ragazzo con il piercing. Vanesa ha gli occhi rossi di pianto. È vestita come sempre in modo impeccabile, ma c'è qualcosa di diverso in lei. Qualcosa che Julia non riesce a indovinare, anche se lo percepisce. Insicurezza? Paura? Impotenza?

«Ciao» sussurra la sua compagna di classe. «Siccome non rispondi al telefono e nemmeno ai miei messaggi, sono passata. Ti devo parlare. È molto importante.»

58

Sabato 8 aprile 2017

Il grande giorno è arrivato. Il tanto atteso sabato del concerto in cui Ed Sheeran farà scoppiare la passione tra i suoi fan. Ascoltare dal vivo il suo cantante preferito ed essere accompagnata dalla persona che più ama al mondo fa sì che quel pomeriggio di aprile sia il più bello di tutta la vita di Aurora.

«Sei nervosa?» le chiede Virginia dopo aver bevuto un sorso e aver posato la tazza sul tavolo.

Aurora fa no con la testa, ma cambia subito idea e annuisce timidamente. Certo che è nervosa. Tantissimo! Magari quel sabato d'aprile non finisse mai! Per la prima volta dopo tanto tempo sorride ed è davvero emozionata.

Manca ancora un bel po' all'inizio del concerto. Ecco perché hanno deciso di andare a far merenda in una caffetteria. La ragazza ha ordinato un frappè alla fragola e la professoressa un *café con leche*. Si dividono una fetta di torta alle mele, che in quel locale è una delizia.

«Chiamo mia madre per dirle che siamo arrivate.»

«Perfetto. Io intanto mando un Whatsapp a mio marito.»

Ogni volta che pronuncia la parola "marito" il cuore di Aurora va in mille pezzi. Non lo lascerà mai? Eppure è lei che ama! O almeno, è quello che dice. Ma capisce che non è una situazione facile. Una professoressa che esce con un'alunna minorenne. Se a scuola lo venissero a sapere avrebbero entrambe grossi problemi. Per non parlare dello scandalo che scoppierebbe in paese. La gente se la prenderebbe con Virginia e Aurora finirebbe di nuovo sulla bocca di tutti, come quando suo padre se n'è andato di casa.

Eppure quel giorno non c'è stato bisogno di mentire. Entrambe hanno detto che sarebbero andate al concerto insieme all'altra. Aurora ha spiegato a sua madre che la prof di matematica è una fan sfegatata di Ed Sheeran e che nessuno dei suoi compagni di classe è voluto andare con lei. Anche se a Vera è parso strano che la figlia desse a un'insegnante il biglietto che le ha regalato, è stata comunque contenta di sapere che l'avrebbe accompagnata Virginia e che poi l'avrebbe riportata a casa in macchina. È incredibile quanto la presenza di un adulto possa tranquillizzare i genitori.

Nessuno sospetta quello che sta accadendo tra di loro. Non ne hanno dato motivo e sono state estremamente prudenti. Non si sono quasi mai incontrate al di fuori dall'orario scolastico. Solo tre venerdì pomeriggio in cui l'insegnante prestava servizio come tutor e faceva lezione ai ragazzi maggiorenni. Clandestinamente, nello spogliatoio della palestra, dove Aurora non si cambia mai davanti alle sue compagne, perché nasconde qualcosa che non intende mostrare a nessuno.

Invece Virginia i suoi tagli li conosce. È successo la seconda volta in cui si sono viste nello spogliatoio. La ragazza era molto eccitata. Era così concentrata a baciare le labbra e il corpo della donna che non si era accorta di come quest'ultima avesse abbassato le mani fino all'inizio del suo maglione. Quando l'aveva tirato su, scoprendole l'addome, quello che avrebbe dovuto essere il loro primo contatto sessuale si era così trasformato in una chiacchierata intensa e rasserenante. Una chiacchierata libera, in sincerità e totale fiducia. Quel pomeriggio non avevano fatto l'amore – cosa che è invece accaduta sette giorni dopo –, ma si era concluso con una promessa: Aurora non si sarebbe mai più tagliata.

«Divertiti. Immagino che arriverai tardi a casa, quindi penso di cenare fuori.» Virginia sta leggendo ad alta voce la risposta di Fernando al suo Whatsapp. «Cenerà con quella che si sta facendo, dopo averci scop...»

La donna si trattiene. Guarda Aurora, che la sta fissando, e schiocca la lingua, irritata. Ma chi vuole prendere in giro? Lei si sta comportando esattamente come suo marito. Anzi, peggio. Perché quella che ha davanti è soltanto un'adolescente che non ha nemmeno raggiunto la maggiore età. Quante volte l'ha rimproverato a se stessa nelle ultime settimane... E quindi di cosa si lamenta? D'accordo, se non fosse stata convinta che Fernando ha una storia con un'altra non avrebbe ceduto alla tentazione... Anche se non lo sta facendo per dispetto o vendetta: Aurora le piace davvero tanto. Con lei sta scoprendo sensazioni e sentimenti che non aveva mai sperimentato prima. Sospettava di essere bisessuale, ma non ci aveva voluto credere davvero fin quando la sua allieva non l'ha baciata. Comunque vada tra loro, ringrazierà sempre quella ragazza per averle aperto gli occhi aiutandola a scoprire un altro aspetto di se stessa.

«Scusa. Questa serata è solo per noi» commenta Virginia, che ha già recuperato la calma. «Niente marito, niente scuola e niente che non abbia a che fare con il rosso, con te e con me, d'accordo?»

Aurora annuisce, anche se sente come se una forza invisibile l'avesse appena colpita a un fianco, lasciandola senza fiato. Fernando è spesso un argomento di conversazione. Lei ascolta sempre e permette a Virginia di sfogarsi, ma non le piace che parli tanto di lui. Le basta già essere la sua amante segreta. Teme che da un momento all'altro la prof possa porre fine alla storia. Che pronunci un "non possiamo andare avanti" e che tutto finisca. La troverebbe una cosa ragionevole, ma la ferita sarebbe profonda.

«Cos'ha detto tua madre?» chiede Virginia che vuole stendere il prima possibile un velo pietoso.

«Niente. Di godermi il concerto e di darti un bacio da parte sua.»

«Fantastico! Voglio quel bacio. Ma sulla bocca.»

«Cosa? Qui?»

«Siamo in città. Non ci conosce nessuno» commenta Virginia guardando da una parte e dall'altra. «Dai, uno piccolino.»

«Mi imbarazza» sussurra Aurora.

«Be', allora vorrà dire che lo faccio io.»

La professoressa si alza in piedi e si mette accanto alla sua studentessa. Prende il tovagliolino, si china su di lei e finge di pulirle la maglia. Quando si tira su, a metà strada, i loro volti si trovano a pochi centimetri di distanza. È a quel punto che la donna ne approfitta per dare un bacio sulle labbra alla ragazza. Molto breve, dolce e proibito. Ma stupendo. La cosa eccita entrambe, che pensano di proseguire la merenda nel bagno delle donne.

«Invece di farti maturare, sono io che a trent'anni suonati torno all'adolescenza. Siamo due ragazze che non riescono a tenere sotto controllo gli ormoni!»

Aurora ridacchia. Sono appena uscite dal bagno, dove si sono carezzate a vicenda, e si stanno incamminando verso il luogo del concerto.

«Tu sei ancora molto giovane.»

«Be', inizio ad avere i miei annetti. Ci sono cose che cominciano a cadere, altre a diventare più molli...» scherza. «Ma non mi posso lamentare.»

«Vir, ma guardati. Sei splendida» dice la ragazza guardandola da capo a piedi. «Lo dicono tutti. Sei la più figa della scuola. Sei in tutte le stupide top ten che fanno i miei compagni di classe, al primo posto, superi qualsiasi ragazza delle superiori.»

«Davvero? Ma figurati, hanno un secondo fine, quelli.»

«Ma non lo senti quello che dicono i maschi? A volte mi fanno ingelosire.»

La donna sorride e, con un gesto inconsapevole, prende la mano di Aurora. È la prima volta che camminano in pubblico mano nella mano. Lei si stupisce, ma non si sottrae.

«Non m'importa niente. Io sono qui con te, no?»

«Non riesco a capire cosa ci trovi in me» sussurra la ragazza, abbassando per un attimo lo sguardo. «Io non valgo la terra su cui cammini.»

La professoressa si blocca di scatto. Lascia la mano di Aurora e la guarda seria dritto negli enigmatici occhi azzurri.

«Non dire mai più una cosa del genere. Se c'è qualcuno a dover essere grato, quel qualcuno sono io» assicura Virginia senza quasi prendere fiato. «Tu sei una ragazza incredibile. Hai una personalità straordinaria e mi affascina perdermi nei tuoi occhi chiari. Adoro come parli e come mi baci. E che cazzo... sei così bella! Renditene conto una volta per tutte! Mi ecciti da morire, lo sai?»

Aurora spalanca gli occhi incredula. Non riesce a credere che quella donna eccezionale e irresistibile le stia rivolgendo tutti quei complimenti. Arrossisce, ma sorride. Si riprendono per mano e continuano a camminare.

«Grazie di essere venuta con me al concerto. Non potrei avere migliore compagnia.»

«Grazie a te per avermi invitata e aver fatto sì che oggi sia un po' più felice.»

Ed entrambe sentono di nuovo il bisogno di un altro bacio. Ma questa volta resistono e decidono di non entrare in un nuovo locale per rinchiudersi in bagno. Non manca tanto all'apertura dei cancelli del palazzetto che ospita la prima data spagnola dell'anno di Ed Sheeran.

Per ascoltarlo è arrivata gente da tutti gli angoli del paese. Fan e ammiratori muniti di biglietto, altri che ne sono sprovvisti, e semplici curiosi che si avvicinano per capire cosa stia succedendo. Tra quei curiosi ci sono due ragazze che hanno avvistato la coppia da lontano e si sono avvicinate in modo circospetto, come fanno i leoni quando puntano la preda. Non riescono a credere ai loro occhi.

Vanesa e Ingrid affilano gli artigli e si leccano le labbra nel vedere Aurora e Virginia mano nella mano. Potrebbe non essere come sembra, ma loro colgono perfettamente quello che sta accadendo. L'hanno vissuto sulla propria pelle. Quando lo scopri non puoi tornare indietro. È la tua natura. Legge di vita e sentimenti. Niente di più e niente di meno.

Ora devono decidere cosa fare di quell'informazione e come sfruttarla al meglio. Perché devono trarne profitto, poco ma sicuro.

59

Mercoledì 24 maggio 2017

Il racconto di Vanesa di ciò che lei e Ingrid hanno visto il giorno del concerto di Ed Sheeran non coglie Julia di sorpresa. Ha già saputo da suo padre che Virginia e Aurora avevano una relazione segreta.

«E ora sono entrambe morte. Coincidenza? Io non credo» sentenzia la ragazza bionda incrociando le braccia.

Su richiesta di Julia, preoccupata che Emilio si intromettesse nella conversazione venendo così a sapere del bacio con Iván, le due ragazze sono andate a parlare fuori. Non poteva immaginare che la sua compagna di classe le avrebbe raccontato un'altra storia che non aveva nulla a che vedere con l'ex fidanzato.

«Tu cosa ne pensi? Secondo te la relazione tra Aurora e Virginia può essere la causa della loro morte?»

«Sei tu quella intelligente. Trai le tue conclusioni» dice molto decisa Vanesa. «Te l'ho raccontato perché tu lo dica a tuo padre. Io non voglio altri casini. Non voglio fare un'altra deposizione, già l'altro giorno è stato molto difficile. Ma considerato quello che è successo, mi sembra un'informazione che la polizia deve avere.»

Julia sta per dire che sono già al corrente di tutto, ma evita e si limita ad annuire. Eppure le sembra che ci sia dell'altro. Qualcosa che Vanesa fa fatica a confessare, ma che alla fine le dice. Dopo averci provato due o tre volte senza successo, prende fiato, respira a fondo e ricomincia a parlare.

«Riconosco che ultimamente non mi sono comportata molto bene, anche se non so perché» afferma guardando a tratti verso l'alto e a tratti verso il fondo della strada. «Tu non puoi capire. Ti conosco da tre anni e non ti ho mai nemmeno vista arrivare a scuola con cinque minuti di ritardo, dire una parolaccia o litigare con qualcuno.»

«Anche io ho i miei momenti, non credere che sia così brava.»

«Sono certa, però, che te ne vai a letto tutte le sere con la coscienza tranquilla. E a me questo non succede. È da tempo che ho incubi e che fatico a prendere sonno.»

La ragazza sospira quando confessa i suoi problemi di sonno. Julia la osserva con stupore e incredulità: non se lo aspettava da Vanesa, e adesso prova persino empatia nei suoi confronti.

«Non so se è per via delle insicurezze, dei complessi o dell'amicizia con Ingrid. A lei sì che piace il nostro modo di comportarci. "Siamo cattivelle con classe" dice.» Sorride e scuote la testa. «Ma io mi sono stancata. Non lo so, ma non sono soddisfatta di me stessa. Soprattutto negli ultimi mesi. E in particolare per quello che è successo in queste settimane.»

Si ferma, e stavolta lo fa per guardare dritta negli occhi Julia, che ha la sensazione che stia per confessarle qualcosa di importante. E non si sbaglia.

«Proprio come a Aurora e a Virginia, anche a me piacciono le ragazze» ammette. È arrossita, ma cerca di far sì che le sue parole suonino il più possibile decise. «E i ragazzi. Non so se sono strana o meno. O se mi piace soltanto Ingrid. Se sono bisessuale o che cazzo sono. Non mi interessano le etichette. Il fatto è che Aurora aveva scoperto che io e Ingrid avevamo una storia, e ha sfruttato la cosa a suo beneficio.»

«Lei lo sapeva?»

«Sì, e ci aveva minacciate di dirlo a tutti se non avessimo fatto qualcosa per lei.»

E Vanesa racconta a Julia l'episodio di marzo in cui Aurora le aveva scoperte nel bagno della scuola e della protezione che aveva chiesto in cambio del silenzio.

«Non sapevo cosa fare. Noi la potevamo lasciare in pace e non parlare più di lei. Ma come facevamo a controllare il resto della scuola?»

«E che cosa avete fatto?»

«Abbiamo sperato che nessuno le desse fastidio. Se si fosse sentita offesa da qualcosa avrebbe potuto rivelare il nostro segreto. E io stavo ancora con Iván! Ti assicuro che lo amavo... amo Iván, anche se ho iniziato una storia con Ingrid. So che non sembro molto convincente e che non capisci come possa amare due persone contemporaneamente. Ma è così, Julia. Ti giuro che li amo entrambi.»

Lei non vorrebbe giudicarla, ma non riesce a evitarlo. Ritiene impossibile che qualcuno ami due persone allo stesso modo e allo stesso tempo. Inoltre stava anche tradendo Iván con la sua migliore amica. Questo non ha alcuna giustificazione.

«Sono stati giorni complicati. Temevamo il peggio e che Aurora potesse raccontare di noi due da un momento all'altro. Finché quel sabato d'aprile l'abbiamo vista in città, mano nella mano con Virginia. Ingrid, che è sempre pronta, ha scattato diverse foto che poi abbiamo usato per ricattare a nostra volta Aurora. Se lei svelava quello che c'era tra noi due, noi avremmo fatto lo stesso con lei.»

«Un do ut des.»

«Esatto. Lei aveva il suo segreto e noi il nostro. A quel punto il suo potere su me e Ingrid era annullato. Pari.»

«E Virginia cos'ha detto?»

«Non ne ho la più pallida idea. So che era al corrente delle nostre intenzioni perché Aurora me l'ha fatto intuire. Con Aurora ho parlato soltanto una volta. Era all'inizio di maggio e mi ha detto che per colpa nostra la sua relazione stava traballando. Che la prof temeva che si venisse a sapere e che la cacciassero dalla scuola. Ma le ho ribadito che io e Ingrid non avremmo detto una parola se lei non avesse detto nulla di noi. Quel patto aveva senso e l'abbiamo assolutamente rispettato. Conveniva a tutte.»

Che tensione. Julia immagina quanto deve essere stato difficile per Virginia vivere con addosso una tale spada di Damocle. Aveva una relazione con una sua allieva, tradiva il marito e due persone ne erano al corrente e avrebbero potuto raccontarlo. Eppure non si percepiva nulla. Teneva lezione con la sua solita allegria. Si divertiva a spiegare equazioni e derivate e sprizzava l'energia tipica di chi ama ciò che fa.

«E adesso sono morte entrambe» ripete Vanesa portandosi le mani alla testa. «Sono morte.»

Julia ha la sensazione che quella ragazza abbia sofferto molto, nonostante l'apparente corazza di superficialità e sicurezza. E crede anche che abbia bisogno di un abbraccio sincero. Quindi si avvicina a lei e la stringe. Per un attimo pensa che si scosterà, che la manderà al diavolo, ma è esattamente l'opposto. Vanesa la abbraccia a sua volta e si stringe forte a lei, appoggiandole la testa sulla spalla.

«Mi dispiace di averti insultato» mormora la ragazza mentre si abbracciano. «Voglio cambiare. Voglio lasciarmi alle spalle la Vanesa di ieri. E per farlo... devo essere sincera con te.»

La ragazza si stacca da Julia e, dopo aver deglutito ed essersi presa qualche secondo per ritrovare le forze, continua con le sue confessioni.

«Ci sono altre cose che devi sapere. Questa volta su una questione che ha a che fare direttamente con te. E... con Iván.»

Julia rabbrividisce, appena sente il nome del ragazzo di cui è innamorata. La terrorizza ascoltare ciò che Vanesa ha da dirle. Spiazzata da quello slancio di sincerità sulla porta di casa, è probabile che finisca per credere a tutto ciò che sentirà. Che sia vero oppure no.

«Che succede?»

«Niente di bello, amica. Niente di bello» risponde Vanesa sbuffando. «Quando l'altro giorno mi ha lasciata ci sono rimasta malissimo. Non l'aveva mai fatto nessuno finora. Ero furiosa, delusa, mi sentivo tradita e terribilmente triste.»

«È logico che tu ti sia sentita così.»

«Lo so. Le rotture sono dolorose. Soprattutto se ami molto la persona con cui rompi e se non sei tu a prendere la decisione.»

A Julia non è mai successo, perché per ora non è mai uscita con nessuno. Non riesce ancora a capire il dolore di Vanesa.

«Ero fuori di me, e l'unica cosa che mi è venuta in mente è stata di fare del male a Iván. Volevo che soffrisse quanto stavo soffrendo io. Non volevo essere l'unica ad addormentarmi in lacrime. E… e allora… allora, ieri… qualcuno mi ha detto che… vi aveva visti. Siete stati proprio stupidi a baciarvi in mezzo alla strada. In paese è pieno di pettegoli e le cose si vengono a sapere!»

«Mi dispiace. Io non…»

«Non dispiacerti. So che Iván ti piace da tempo. Mi accorgevo di come lo guardavi quando ti passavamo accanto. Ma non ti vedevo come una rivale. Scusami se sono così diretta. Ma è la verità. Non sei il suo tipo e non penso nemmeno che lui sia il tuo.»

Julia inarca le sopracciglia. Non si sente offesa da quelle parole. Più che altro la preoccupa che si siano notati così chiaramente i suoi sentimenti.

«Io ti vedevo più insieme al nerd… Scusami, a Emilio. Siete una bella coppia. Davvero. Proprio una bella coppia» dice Vanesa con un sorriso e Julia non riesce a capire se sia sarcastico o sincero. «Ma quando ho saputo che avevate una storia ho subito spostato il bersaglio della mia rabbia. E mi sono concentrata su di te. Mi devi perdonare. Quello l'ha fatto la Vanesa di ieri, la Vanesa crudele. La Vanesa che ha cercato di farti credere che Iván potesse essere coinvolto nelle morti di Aurora e di Patricia. Ecco perché ti ho raccontato che Aria sapeva che lui era stato a scuola la sera in cui hanno ammazzato Aurora. Non è vero.»

«Te lo sei inventato?»

«Sì, Julia. Patri non sapeva nulla» ripete Vanesa, che continua a gesticolare, muovendo le mani in alto e in basso molto velocemente. «Quindi Iván non aveva motivo di ucciderla. E nemmeno di uccidere Aurora. Di fatto con lei non aveva mai parlato. Me l'ha assicurato e io gli credo al cento per cento perché lo conosco bene e so che non è entrato nello spogliatoio venerdì sera. Ha solo sostituito la sua verifica di storia, ha preso subito la bicicletta ed è scappato a tutta birra. Volevo solo instillarti il dubbio, perché tu mettessi in discussione la sua innocenza. Che stupida sono, come può una persona come me ingannare la più intelligente del mondo?»

Be', ci era riuscita. Vanesa era riuscita a mettere in discussione la credibilità del ragazzo dei suoi sogni. Ora può tirare un sospiro di sollievo: Iván è innocente.

«Sono contenta che tu abbia cambiato idea e sia venuta a raccontarmi tutto questo» dice Julia sollevata. Non è arrabbiata con lei, anche se avrebbe parecchie ragioni per esserlo. «Non sono arrabbiata. Per me questione dimenticata.»

«C'è dell'altro.»

«Ancora?»

Ancora dell'altro? Quella ragazza è una bomba a orologeria! Come fa una persona a tenersi dentro così tante cose?

«Sì. Anche se Iván è innocente e non ha niente a che fare con gli omicidi delle nostre due compagne di classe, non è propriamente un santo.»

«Cosa intendi?»

«Ieri, dopo essere uscito dal commissariato, è venuto a chiedermi spiegazioni. Sapeva che eravamo state io e Ingrid a dire alla polizia che lui mentiva. Era a scuola quando hanno ucciso Aurora e io ero molto arrabbiata con lui per quello che mi aveva fatto... Be', insomma è venuto a casa mia senza preavviso. Non volevo farlo entrare, ma alla fine ho ceduto. Lo odiavo. Lo odiavo con tutte le mie forze. Abbiamo litigato. Molto forte. Abbiamo urlato, ci siamo detti un sacco di cose e...»

Vanesa si morde il labbro e si passa le mani sulla testa. Julia inizia a spazientirsi. Cosa le deve dire?

«E...?»

«E ci siamo ritrovati nel mio letto a farci la più bella scopata che io ricordi. Sì, Julia, Iván è venuto a letto con me poche ore dopo averti baciata in mezzo alla strada.»

60

Mercoledì 24 maggio 2017

Da quando è rientrata in casa se ne sta a testa bassa, con l'aria triste. Emilio le ha chiesto più volte se va tutto bene, ma Julia gli ha ripetuto che è tutto a posto, è solo che Vanesa l'ha un po' innervosita.

Mentre mangiano la ragazza gli racconta la loro conversazione, salvo le parti direttamente collegate a Iván. Quelle le tiene per sé.

«Ma che tipa! Non cambierà mai, per quanto ti abbia detto di volerlo fare» commenta Emilio, che si pulisce la bocca sporca di maionese. «Di sicuro tra poco troverà qualche altra vittima a cui rendere la vita impossibile. È la sua natura.»

«A me è sembrata sincera.»

«Non credo a nulla che provenga dal quel triangolo degli orrori. Vanesa, Ingrid e Iván sono il peggio del peggio.»

Julia non dice nulla. Addenta l'ultimo pezzo di panino vegetariano e beve un sorso d'acqua. Stavolta non difenderà Iván. La ferita è stata terribile. Che sia andato a letto con Vanesa poche ore dopo averla baciata le ha davvero fatto male. Non si può fidare di lui. No, ormai non può.

Non intende nemmeno telefonargli, non se lo merita. Deciderà cosa fare dopo che avrà messo ordine nella sua testa.

«Bene, prendiamo la scacchiera?» le chiede Emilio dopo essere andato in cucina a mettere nella lavastoviglie il piatto e il bicchiere che ha usato.

«Perfetto. Torniamo nell'universo Magnus.»

La ragazza sistema la scacchiera sul tavolo della sala. Rimette le pedine nella posizione d'inizio e verifica la partita sui cui devono lavorare: Carlsen contro Fabiano Caruana, giocata nella giornata iniziale della finale del Grande Slam 2012. Il campione norvegese ha perso con i neri contro l'avversario di origine italiana.

«Non ti ho raccontato una cosa che mi è venuta in mente ieri» dice Julia passando il foglio all'amico perché le dica le varie giocate. «Ho pensato che la soluzione dell'enigma potrebbe essere nella posizione finale delle pedine e non nei loro movimenti.»

Emilio ragiona, e trova che ciò che dice l'amica abbia senso: è un'eventualità che non hanno ancora preso in considerazione.

«Quindi, da adesso in poi, prima di tutto controlleremo se c'è qualche possibilità di formare delle parole con il risultato finale di ogni partita.»

«E dovremo tornare alle mosse precedenti se non troveremo il risultato nella situazione finale?»

«Sì, non ci costa nulla. Dovremo solo mettere le pedine in posizione e controllare se ci dicono qualcosa oppure no. Bisogna provare tutto, Emi.»

«Bene. È un'opzione interessante. Iniziamo! Su col morale!»

Julia sorride e si lascia trasportare dall'entusiasmo di Emilio. Quanto le fa bene averlo accanto, dopo la delusione di Iván! Ma non intende più pensarci. Deve astrarsi e concentrarsi sulle partite di Magnus. Quella storia le ha già fatto perdere troppo tempo.

La finale del 2012 è davvero interessante. Julia si diverte tantissimo a giocare le partire del suo idolo, mentre le analizza sulla scacchiera. Scacchi di alto livello.

In poco più di due ore controllano le prime otto partite e parte della nona, quella tra Magnus e Anand, un duello leggendario, un classico degli scacchi moderni. Sono quasi le cinque del pomeriggio quando squilla il telefono di Emilio. Al ragazzo viene quasi un colpo nel vedere sul cellulare il nome di suo padre. Lo mostra a Julia mentre si sistema gli occhiali. Si alza e inizia a camminare avanti e indietro.

«Rispondi, Emi.»

«Non posso. Non so cosa vuole.»

«Se non rispondi non lo saprai mai.»

«Ho paura. L'ultima volta che ci ho parlato ci siamo quasi picchiati.»

Mentre Emilio si dibatte tra i dubbi la chiamata termina. Il ragazzo continua a fissare lo smartphone chiedendosi perché suo padre gli voglia parlare. E se fosse successo qualcosa di brutto?

Qualche istante dopo, giusto cinque o dieci secondi, il telefono riprende a squillare. È sempre lui.

«Emi, se non lo fai tu rispondo io. Devi parlare con tuo padre!»

«E se mi vuole cazziare di nuovo?»

«Non importa. Rispondi.»

Questa volta il ragazzo ascolta l'amica. Sbuffa come se avesse un uragano nei polmoni e preme il pulsante verde.

«Ciao, papà. Come stai?» azzarda, incerto, mentre si sposta per uscire in cortile. Preferisce che Julia non lo senta parlare. Non vuole che lo veda nel caso dovesse perdere le staffe o scoppiare a piangere.

La ragazza resta seduta sulla poltrona. È nervosa quanto Emilio. Non conosce il motivo di quella chiamata, ma teme niente di buono. Ultimamente non succede proprio nulla di buono, in effetti. La cosa la abbatte profondamente perché fino a qualche giorno prima la sua vita era stata sempre all'insegna della positività e dell'ottimismo, nonostante il lavoro duro e spesso crudo dei suoi genitori. È così che si diventa adulti?

Da lì non sente quello che Emilio e suo padre si dicono, e non vuole avvicinarsi per non disturbare. Le racconterà poi lui. Quindi continua la partita tra Carlsen e Anand. Ricorda com'era finita perché, secondo gli esperti, è stata una delle migliori partite di scacchi del secolo. La strategia con cui Magnus ha sconfitto il campione indiano è stata sublime.

Emilio non impiega molto a tornare. Julia cerca di intuire come è andata dall'espressione della sua faccia, ma è piuttosto neutra.

«Allora? Cosa ti ha detto?»

«Vuole parlare con me.»

«Quando?»

«Adesso. Mi aspetta al bar in piazza.»

«Non ti ha detto perché?»

«No. Solo che dobbiamo parlare» dice il ragazzo. Gli tremano ancora le ginocchia. «Quindi ora vado a sentire cos'ha da dirmi.»

«Sei sicuro?»

«Certo che no. Ho paura, Julia. Non so come reagirà. E non so come reagirò io. Però... devo andare.»

La ragazza annuisce. Sì, Emi deve andare a parlare con suo padre. La tranquillizza il fatto che sia un luogo pubblico: per quanto la situazione possa degenerare, nessuno dei due arriverà a perdere del tutto il controllo.

Emilio saluta l'amica, che lo osserva dalla soglia di casa finché svolta a sinistra e scompare. Julia rientra e prega che tutto vada bene. Di ritorno in sala, osserva la scacchiera, anche se questa volta non ci vede nulla. È preoccupata per quel ragazzo dai capelli blu a cui vuole tanto bene. Il suo ragazzo. Poi pensa a Iván; quello che dovrebbe essere il suo vero ragazzo, quello che ha baciato, quello di cui si è perdutamente innamorata dopo una conversazione nell'ascensore di un supermercato. Perché la vita complica così le cose? Va sempre tutto storto.

Ed ecco di nuovo quel senso di scoraggiamento. Prova nostalgia dei tempi migliori, quelli in cui il cubo di Rubik e la scacchiera erano le uniche grandi sfide. Ogni tanto leggeva qualche libro di Agatha Christie e cercava di scoprire l'assassino, prima che la scrittrice svelasse la soluzione del mistero. All'inizio non ci azzeccava mai, ma piano piano aveva imparato i suoi trucchi. E si arrabbiava con lei perché non riusciva più a ingannarla. Voleva romanzi che non le permettessero di scoprire in anticipo come sarebbe andata a finire. E fantasticava di scrivere un giorno un libro in cui al lettore fosse impossibile scoprire il colpevole fino all'ultima pagina. Un giorno...

In salotto il cellulare, l'inopportuno cellulare, inizia a squillare. Sorride nel constatare che è suo padre. Le mancano le loro chiacchierate e quelle con la mamma, a pranzo o a cena. Quelle chiacchierate...

«Ciao, papi. Da dove chiami?»

«Sembri la conduttrice di un concorso televisivo. Sono Miguel Ángel e chiamo da Villanueva» risponde lui, trattenendosi dal ridere. «Sono ancora in ufficio. Abbiamo appena parlato con Fernando, il marito di Virginia.»

«Ah! E cosa ha detto?»

«Ci ha spiegato come si sono svolti i fatti. In modo piuttosto dettagliato. È colpito, ma non quanto dovrebbe. O almeno, questa è l'impressione che ci ha dato. È un tipo piuttosto freddo.»

A Julia torna in mente la teoria di Emilio sul ruolo dell'uomo e sul suo possibile coinvolgimento nella morte della prof. Forse è il momento di parlarne a suo padre.

«Papà, ma è stato davvero un suicidio? Si è buttata da sola dal balcone del suo appartamento?»

«Sì, perché me lo chiedi?»

«Non è proprio possibile che l'abbiano spinta?»

«No. Assolutamente» risponde lui, deciso. «Ci sono due testimoni oculari che erano sotto, in strada, e l'hanno vista lanciarsi.»

«L'hanno vista?»

«Sì. Anche noi avevamo valutato l'ipotesi che il marito c'entrasse con la morte, visto che era con lei nel momento in cui si è buttata. Ma una coppia di turisti ci ha assicurato che, quando si è buttata, Virginia era sola. E poi la mamma non ha trovato segni di colluttazione sul corpo. E se l'avesse lanciata dal balcone dovevano esserci per forza, il parapetto è troppo alto perché sia sufficiente una semplice spinta. Lei si sarebbe difesa e ci sarebbero stati segni di lotta, su di lei e sul marito. Lui non l'abbiamo controllato, ma non presenta graffi visibili né sulle braccia né sul viso.»

«Quindi è sicuro che si tratti di un suicidio.»

«Al novantanove virgola nove per cento.»

Quell'affermazione così decisa fa crollare la teoria di Emilio. Senza quell'elemento la sua versione dei fatti non regge. Virginia non è stata uccisa dal marito. È stata lei che, per qualche ragione, si è lanciata nel vuoto. E Julia non crede sia stato per il senso di colpa di aver ucciso le sue allieve. La cosa non quadra. Non è stata lei. Ne è convinta, anche se venerdì sera era nello spogliatoio. Ci era andata per incontrarsi con Aurora, come facevano spesso, ma l'aveva trovata morta. Ricorda perfettamente la sua faccia al funerale della ragazza. Le lacrime erano sincere. La morte della sua allieva l'aveva distrutta. L'amava. Di certo l'amava molto.

«Papà, il marito di Virginia l'ha vista buttarsi?»

«Sì. Ha visto tutto. E non è riuscito a reagire in tempo per fermarla. Le aveva appena chiesto il divorzio. Forse è stato questo a spingerla a suicidarsi. Ma non ne siamo sicuri.»

«Il marito le aveva chiesto il divorzio?»

«Esatto. Forse è stato questo il motivo scatenante. Anche se ci ha detto che le cose fra loro non andavano bene da tempo. A suo parere la separazione non era una cosa inaspettata.»

Se era prevedibile, non poteva essere la ragione che l'aveva spinta al suicidio. E poi Virginia aveva una relazione con Aurora, per cui quella richiesta avrebbe potuto anche farle comodo, a medio o lungo termine. Ma forse il divorzio era stata soltanto la goccia che aveva fatto traboccare il vaso.

«È tutto molto strano. Le ha chiesto il divorzio e lei si è buttata. Così e basta? Senza discutere?»

«Dice di no. Non in modo accalorato. Fernando ci ha spiegato che lui sarebbe andato a vivere in un appartamento in affitto e lei sarebbe potuta restare lì. Virginia aveva la televisione accesa e stava guardando *Espejo Público*, su Antena 3. Sai chi stava intervistando Susanna Griso?»

«No, chi?»

«Il nostro amico Roberto Méndez, che le stava giusto raccontando le sue ultime esclusive sull'Assassino della bussola e giocava a fare il giornalista più chiacchierone sulla piazza.»

«Quell'uomo sembra il prezzemolo, spunta dappertutto. Che incubo.»

«Sì, è molto pesante» commenta Miguel Ángel, sbuffando. «Con la voce del nostro amato giornalista in sottofondo, Fernando stava parlando alla moglie dei passi da compiere. Ma di colpo lei si è irrigidita e gli ha urlato di stare zitto. Si è alzata dal letto su cui era seduta e ha iniziato a dire cose senza senso.»

«Cose senza senso?»

«Sì. Parole a caso o brevi frasi che suo marito non ha ben capito. Adesso non ricordo; sono segnate sul verbale della deposizione» le spiega l'uomo, rimanendo poi in silenzio. Poi, dopo pochi secondi, torna. «Julia, mi stanno chiamando. Devo andare. Tutto bene?»

«Sì, papà. Tranquillo. Sono qui con la scacchiera di Aria» dice osservandola con la coda dell'occhio. «Sto provando una cosa. Vediamo...»

E all'improvviso la vede. Nella sua testa sente la colonna sonora di *A Beautiful Mind*, che a volte canticchia mentre fa il cubo di Rubik. Non ci può credere. Eccola lì. Ecco la fine! La soluzione dell'enigma di Aria! Come la w nel film *Questo pazzo, pazzo, pazzo, pazzo mondo*, che tanto le piaceva da bambina e che ogni anno a Natale guardava con i suoi genitori.

Le pedine sul lato sinistro della scacchiera indicano la parola "assassino" e dall'altra parte...

«Julia? Sei ancora lì? Mi senti? Ehi, mi senti?» chiede insistentemente suo padre, non ricevendo risposte dalla figlia. «È caduta la linea?»

«No, papà. Sono ancora qui» risponde emozionata e allo stesso tempo sconvolta dalla scoperta, mentre si asciuga una lacrima che le scende lungo la guancia. «Ci sono riuscita! Finalmente ci sono riuscita. L'ho appena scoperto... So chi è l'assassino di Aurora Ríos e di Patricia Herrero!»

61

Mercoledì 24 maggio 2017

Da casa di Julia alla caffetteria in cui hanno appuntamento, Emilio non fa che pensare a cosa si diranno lui e suo padre. Trema come una foglia. Gli ultimi mesi sono stati molto complicati, pieni di discussioni e di esagerazioni da una parte e dall'altra. E sua madre non ha certo contribuito ad alleggerire la situazione. Il ragazzo la considera altrettanto responsabile. Sebbene con lei non siano passati dalle parole ai fatti, come invece è quasi successo lunedì sera con il padre. Ha ancora impressa negli occhi l'ultima discussione durante la quale per poco non si sono messi le mani addosso. Ogni volta che ci ripensa sta male e si pente di ciò che ha fatto. Non riesce a capacitarsi di come sia potuto diventare così aggressivo. Troppe tensioni in casa ultimamente.

Emilio raggiunge la piazza principale del paese. Il locale in cui ha appuntamento con suo padre è proprio dalla parte opposta rispetto a dove si trova. Sceglie di raggiungerlo passando da destra. Ogni passo è sempre più faticoso: una specie di miglio verde alla cui estremità Emilio ha l'impressione che lo attenda la sua condanna.

Tuttavia a metà strada, passando davanti a un altro bar della piazza, qualcosa attira la sua attenzione. Nel dehors di Casa Julián, sedute allo stesso tavolino, ci sono tre persone che conosce molto bene. Sono due uomini e una donna: i suoi professori Scarlett Smith e Alberto Montero in compagnia di Roberto Méndez, che sembra condurre la chiacchierata. Il giornalista parla in modo plateale, mentre gli altri due lo ascoltano molto seri. Cosa starà raccontando?

Emilio passa e li saluta.

«Viñales, cosa ci fai da queste parti?» chiede il professore di educazione fisica, l'unico ad alzarsi per dargli una piccola pacca sulle spalle.

«Vado... a fare merenda con mio padre.»

«Fantastico. È da tanto che non vedo Antonio.»

«È sempre molto occupato. È sempre in ufficio.»

«Il suo lavoro è così. Salutalo da parte mia.»

«Lo farò.»

Il ragazzo saluta con un cenno del capo e prosegue per la sua strada. Ma non si allontana molto. Finge che gli si sia slacciata una scarpa e si china dietro una sedia. Da lì riesce a sentire perfettamente la conversazione. Ed ecco che spunta di nuovo il giornalista che c'è in lui.

«Come vi stavo dicendo» prende di nuovo la parola Roberto Méndez, «so che la bussola trovata nello spogliatoio è tua, Alberto. E l'elastico per i capelli è tuo, Scarlett. Ieri ho soltanto dato la notizia, senza menzionarvi, ma ho la responsabilità di informare la gente di tutto ciò che so.»

«Se fai i nostri nomi ci distruggi.»

«Non è mia intenzione, Alberto. E lo sai» assicura il giornalista, agitandosi sulla sedia. «Ecco perché vi do la possibilità di difendervi. Di spiegare la verità, considerando che il Rubén Darío non ha fatto dichiarazioni in merito.»

Perché alla fine, dopo aver saputo della tragica morte di Virginia Ayuso, la scuola non ha reso pubblico nessun testo ufficiale. Il suicidio della collega si è imposto su tutto il resto e così l'idea del consiglio docenti è caduta nel dimenticatoio.

«E cosa dobbiamo fare?» interviene Scarlett angosciata. «Abbiamo già parlato con la polizia. L'elastico è mio, l'ho riconosciuto. Ma non lo trovavo da giorni. E mi hanno creduto, o almeno così mi hanno detto.»

«Ecco, è esattamente quello che devi dire in televisione.»

«Non mi piacciono le telecamere. Mi innervosisco e non riuscirei a parlare bene spagnolo.»

«Ti semplificherò io le cose, Scarlett, tranquilla. Vale anche per te, Alberto. Dovete solo dire la verità. Io vi aiuterò, se ne avrete bisogno, e non vi farò nessuna domanda tranello. Giuro.»

Il giornalista fa un grande sorriso lasciando intravedere i denti irregolari, alcuni mancanti. Poi guarda verso Emilio, che si sta ancora legando la scarpa. Il ragazzo si rende conto che Méndez lo sta osservando e così accelera. Si alza e se ne va. Ha già sentito abbastanza. Sa quali sono le intenzioni dell'uomo e perché si è incontrato con i suoi prof: carne da macello televisivo. Non lo stupisce.

Méndez non è certo un modello da prendere a esempio. Quando lui diventerà un giornalista cercherà di comportarsi in altro modo. Sì, l'audience è importante, ma non è tutto. Negli ultimi giorni in paese sono morte tre persone e sembra che a quel tizio interessi solo il più viscido sensazionalismo.

Mentre riflette sull'etica giornalistica e sul brutto esempio che Roberto Méndez rappresenta per la professione più bella del mondo, arriva alla caffetteria in cui suo padre lo aspetta. Emilio lo vede seduto nel dehors. Ha davanti una tazza fumante e sta controllando il cellulare. Di sicuro sta lavorando. Sta sempre lavorando. L'uomo non percepisce la sua presenza fin quando il figlio è a meno di cinque metri da lui. Non si alza in piedi e non sorride. Si limita ad allungare la mano destra e a fargli cenno di sedersi sulla sedia libera. Il ragazzo obbedisce e si accomoda.

«Vuoi bere qualcosa?»

«No, grazie. Sto bene così.»

La tensione è palpabile. A Emilio sudano le mani e inizia a tremargli stranamente la gamba destra senza che riesca a fermarla. Anche se il padre gli sembra tranquillo e sa che da lui si può aspettare qualsiasi cosa, ha l'impressione che sia nervoso a sua volta.

«Come stai, Emilio?» gli chiede Antonio, la cui espressione del viso cambia completamente. All'improvviso è meno rigida, più gentile. Gli ricorda quella dell'uomo con cui giocava da piccolo e con cui guardava e riguardava i DVD di *Holly e Benji*. «Ti trattano bene a casa della tua amica?»

«Molto bene. Julia, Miguel Ángel e Aitana sono molto gentili con me.»

«Mi fa piacere che tu ti trovi a tuo agio. Poi scriverò al padre di Julia per ringraziare.»

Il ragazzo annuisce e osserva il genitore in silenzio, pur senza guardarlo negli occhi. L'uomo invece lo guarda dritto in faccia.

«Emilio, torna a casa. Io e la mamma vogliamo che torni oggi stesso. Non è un ordine, è una richiesta.»

Le parole dell'uomo sembrano sincere. Non sono affatto un'imposizione, anzi, al ragazzo paiono più una preghiera. Ma non si fida.

«Sai che se torno riprenderemo a discutere per ogni sciocchezza. E io non ne posso più.»

«Nemmeno io. Siamo stati ingiusti nei tuoi confronti, me ne sono reso conto. Ecco perché mi volevo scusare. Mi dispiace se sei stato male per colpa mia. Un padre desidera sempre il meglio per il proprio figlio, ma a volte capita di perdere un po' il senno.»

Emilio si stupisce di nuovo per ciò che gli sta dicendo suo padre e per il modo in cui lo fa. Gli sta chiedendo scusa! Lui che non chiede mai scusa a nessuno ed è convinto di avere sempre la verità in tasca! Non sa cosa rispondergli. Ma sta succedendo davvero?

«Papà, io...»

«Anche tu devi fare la tua parte» lo interrompe Antonio. «Riconosco di non essere stato il migliore dei padri con te. Avrei dovuto rispettare di più i tuoi gusti, il tuo modo di essere... le tue idee un po' folli.» Sorride indicando col mento la testa del ragazzo, un chiaro riferimento al colore dei capelli. «Sopporteremo anche quella musica cinese che ascolti.»

«È J-pop, papà. Ed è giapponese.»

«Va bene, Emilio. Faremo del nostro meglio per migliorare la convivenza. Ma io e la mamma abbiamo bisogno che anche tu faccia la tua parte. Non puoi fare sempre tutto quello che vuoi. Ci sono una serie di regole che devi rispettare. Se vuoi ne possiamo discutere a casa e vedere come organizzarci.»

A casa. A casa sua. Tornare: non era nei suoi piani. Non ancora. Non è nemmeno sicuro che la proposta di suo padre sia realizzabile. Ma è già un passo. Un passo enorme basato sul rispetto. E seguito a delle scuse inaspettate.

«Papà, non so se è una buona idea che torni.»

«Perché non è una buona idea?»

Il ragazzo sta per rispondergli che ha paura possa accadere di nuovo quello che è accaduto negli ultimi mesi. Per quanto si desideri risolvere le cose, una situazione del genere non cambia dall'oggi al domani. Ma a dire il vero la ragione è un'altra: farebbe davvero fatica a lasciare Julia. Dormire nella stanza accanto alla sua, godersi ogni pasto insieme a lei, passare così tanto tempo insieme... Se tornasse a casa dai suoi tutto questo scomparirebbe. Ma sa anche che non può durare in eterno e forse è meglio interrompere tutto prima di abituarsi troppo. E poi Julia non lo ama come lui ama lei. Finerebbe per soffrirne. Lo sa. Perché è impossibile non sentire ciò che sente quando è così vicino alla ragazza di cui è innamorato.

«Ci penso, okay?» dice il ragazzo dopo qualche secondo di indecisione in cui analizza le varie possibilità. «Ti chiamo stasera e ti dico cosa decido di fare. Può andare?»

L'uomo apre le braccia e beve un sorso di caffè. Poi prende il cellulare e fa una telefonata.

«Ciao, Almudena.» Antonio saluta la moglie non appena risponde. «Sì, ci ho parlato... Non sa ancora. Ci dice qualcosa stasera. Sì, sta bene. Tutto tranquillo.»

Emilio lo osserva attentamente mentre parla al telefono con sua madre. Loro sì che vanno d'accordo. Molto d'accordo. È curioso che tutti gli scontri siano stati col padre. Raramente ha visto i suoi genitori litigare, si capiscono al volo e, dopo quasi vent'anni di matrimonio, sembrano ancora innamorati. Nel loro caso la faccenda dei poli opposti che si attraggono non funziona. I suoi sono molto simili, eppure si attraggono ugualmente.

«No, non gliene ho parlato» commenta Antonio guardando il figlio. «Sì, ora gliene parlo... D'accordo... Bene, a tra poco. Un bacio. Ti amo anch'io.»

L'uomo riaggancia e posa il cellulare sul tavolo. Beve ancora un sorso e cerca lo sguardo del cameriere per chiedere il conto. Emilio ha sentito la fine della loro conversazione e lo guarda agitato. Che cos'altro deve ancora raccontargli?

«C'è altro di cui dobbiamo parlare?» gli chiede un po' ansioso.

«Sì. Io e la mamma ci abbiamo pensato a lungo, e crediamo che la cosa migliore sarebbe che l'anno prossimo andassi via dal paese. Ovviamente solo se per te va bene. Come ti ho detto prima, non ti imporremo nulla. Te lo proponiamo soltanto.»

«Andarmene da qui? E dove?»

«Dove vuoi. Londra, Madrid, Barcellona, Stoccolma... qualsiasi città che ti possa ispirare. Questo posto è sempre più complicato. Sarà molto difficile che si riprenda, dopo quello che è successo. Adolescenti assassinate, una professoressa che si suicida, un sindaco che passa da uno scandalo all'altro, stampa sensazionalistica... Tutto questo, in futuro, sarà difficile da gestire. Il paese sarà segnato per sempre. Persino noi stavamo pensando di aprire un ufficio altrove.»

«Sposterete l'ufficio?»

«Probabilmente sì. E il fatto che tu parta dipenderà solo da te, Emilio. Puoi decidere se frequentare la quarta all'estero.»

62

Mercoledì 24 maggio 2017

Non vede l'ora di arrivare a casa per guardare le foto con calma. Un gruppo di ragazze della scuola – cinque studentesse di quarta – erano sedute in una delle caffetterie della piazza, a godersi il caldo pomeridiano. Ormai non mettono più giacche e jeans lunghi. Indossano abiti sempre più succinti. Non fanno che provocare. Ma non se ne rendono conto?

Non ha saputo resistere.

Senza farsi notare ha scattato diverse foto col cellulare. È una vera pacchia che i telefoni siano ormai tutti dotati di una fotocamera ad alta definizione.

Sì, certo: dopo la morte di Aurora Ríos, si è ripromesso che non sarebbe mai più caduto in tentazione; la polizia è troppo vicina ed è meglio correre meno rischi possibili. Anche se, con Patricia Herrero fuori combattimento, non ha nulla da temere. O almeno è ciò che crede.

Ad ogni modo quelle immagini lo tengono in vita. E non fanno male a nessuno, soddisfano soltanto un suo istinto. È pericoloso se le carica sul computer? Sicuramente no. Ormai non c'è nulla da temere… anche se qualche dubbio ce l'ha. Teme di essere hackerato. D'altronde sul cellulare non le vede così bene, anche se zooma su certe parti del corpo. E lui vuole vedere alla perfezione. No, non deve avere paura, non c'è motivo.

Cerca il cavetto USB nella sua stanza, che è una bolgia. Sono secoli che non rifà il letto e c'è una sedia sommersa dalla roba accumulata nel tempo. Urge un bucato. Ma dopo, quando avrà finito. Ultimamente fa fatica ad arrivare alla fine, oppure ci arriva subito. Non riesce a controllarsi. Sarà una questione di età? La tensione? Non ne è certo, ma spera che le foto di questo pomeriggio lo aiutino.

Sì, scaricherà le foto sul computer. Sullo schermo vedrà i dettagli in modo più nitido.

Non trova il cavetto da nessuna parte.

«Merda, ma dove ti sei cacciato?» sbotta. Inizia a disperare.

Se non lo trova non potrà scaricare le fotografie né ingrandirle. E se si accontentasse di guardarle sullo smartphone? No, cazzo! No! Già pregustava l'idea di guardarle sullo schermo del computer!

E se fosse un segno? Il destino che lo sta avvisando di non correre rischi? Forse dovrebbe cancellare le foto dal cellulare ed evitare ogni pericolo.

Col cazzo! Ha già cancellato la sua fantastica collezione, che aveva impiegato tanto a sistemare negli ultimi anni. Non intende disfarsi delle immagini di quel pomeriggio! Dovranno passare sul suo cadavere! Si angoscia al pensiero della parola "cadavere", ma ormai non si può tornare indietro. Ha delle cose da fare. Quindi continua a cercare il cavetto finché finalmente lo trova in bagno.

Con un sospiro di sollievo si mette al lavoro. È molto nervoso. Torna in camera e prende il portatile. Si sdraia sul letto, collega il cellulare al computer e inizia a scaricare le foto.

«Non sono malato. È soltanto istinto» mormora nel tentativo di autoconvincersi, mentre osserva lo schermo. «È soltanto un istinto animale. Perché la società non mi capisce? Dio mi perdonerà di sicuro. Solo Lui mi può giudicare.»

63

Mercoledì 24 maggio 2017

> Emi, sono in commissariato per la deposizione. Se vai a casa, ho lasciato la chiave sotto lo zerbino. Spero che stia andando tutto bene con tuo padre. Poi ti racconto.

Julia invia il Whatsapp all'amico e si dà un'occhiata intorno. È seduta nella sala riunioni della Guardia Civil. Suo padre ha chiesto che la portassero lì, invece che nella fredda stanza in cui di solito si fanno gli interrogatori e si raccolgono le dichiarazioni dei testimoni. Questa è più accogliente. Ed è anche più luminosa e spaziosa, non opprimente... L'arredamento è semplice. Ci sono soltanto un tavolo e dodici sedie intorno. Davanti a ciascuna fogli bianchi, una biro e un bicchiere di vetro. Alle pareti sono appesi quattro quadri sobri, tutti paesaggi, che sembrano messi lì solo per non lasciarle del tutto spoglie.

La porta si apre e la ragazza vede entrare un giovane in uniforme che ha in mano un vassoio con alcune bibite e una caraffa d'acqua. È un agente della polizia locale, Marcos Martín, che entra e appoggia tutto sul tavolo.

«Ciao, Julia. Cosa vuoi bere?» le chiede sorridendo. «Abbiamo anche il caffè.»

«Un po' d'acqua, grazie. Ma non preoccuparti, me la verso poi io quando iniziamo.»

Il ragazzo non le dà retta e gliene riempie mezzo bicchiere. Lo porge a Julia e osserva la scacchiera che porta con sé. Le pedine sono collocate nella posizione finale della partita tra Carlsen e Anand, partita del girone numero nove del torneo dei maestri del Grande Slam 2012.

«Mi piace giocare a scacchi, ma non sono per niente bravo» commenta Marcos chinandosi a osservare con più attenzione la scacchiera. «Perché ci sono delle lettere scritte sulle caselle?»

Evidentemente a lui non hanno spiegato nulla della faccenda. Julia non sa se può dirgli o meno qualcosa, per cui prende tempo prima di rispondere.

«Davvero ti piace giocare?» chiede al ragazzo, che non dimostra più di venticinque o ventisei anni. Può essere un modo per iniziare una conversazione ed evitare di dargli spiegazioni.

«Sì, mi ha insegnato mio padre quando ero piccolo. Ma non molto bene.»

«È solo questione di pratica. Come tutto.»

«Immagino. Anche se credo si debba possedere talento ed essere molto intelligenti per diventare dei bravi giocatori. E non è il mio caso.»

«Secondo me negli scacchi serve molta intuizione» commenta Julia, che prende la caraffa e si versa ancora un po' d'acqua. «E di previsione. È molto importante sia quello che pensi tu sia quello che pensa il tuo avversario. Se riesci a indovinare le sue mosse avrai parte della vittoria in tasca.»

«Uff. Per queste cose bisogna essere molto svegli» dice Marcos grattandosi la testa. «Come te e tuo padre. È evidente: tale padre, tale figlia. Lo stimiamo molto.»

Julia sorride emozionata, come se il complimento fosse rivolto a lei. È orgogliosa di ciò che Marcos Martín le ha appena detto. Entrambi i genitori godono di un'inattaccabile reputazione nei rispettivi lavori. Com'è possibile che qualcuno li abbia messi in discussione nel caso dell'Assassino della bussola? Per fortuna ora è tutto finito. Ormai sanno chi è il cattivo del tremendo film che ha sconvolto il paese da cui sono stati accolti quasi tre anni fa. La fine è vicina.

Il poliziotto saluta Julia e la lascia di nuovo sola nella sala riunioni. Per diversi minuti non compare nessuno. Quel silenzio la innervosisce un po'. Non vede l'ora di raccontare tutto e andarsene di lì. Ma deve portare pazienza. In questo momento suo padre sta parlando con i superiori e deve seguire gli ordini. Lui sa già chi è l'assassino delle due compagne di classe di Julia. Ma quello che ora deve fare non è affatto semplice, stando a quanto le ha spiegato prima al telefono. Il primo passo è che lei spieghi ai responsabili del caso cosa ha scoperto e come.

Ho già parlato con mio padre. Tutto bene. Meglio di quanto mi aspettassi. Anch'io ti racconto dopo. Sto andando verso casa tua. Poi ne parliamo. In bocca al lupo.

Il Whatsapp di Emilio la tranquillizza. Almeno non sembra che la chiacchierata con il padre sia stata un disastro.

Dopo si aggiorneranno reciprocamente. Perché lui non sa ancora nulla delle sue scoperte e non conosce ancora l'identità dell'assassino. Quando gliela rivelerà resterà senza parole, proprio come è successo poco fa a lei dopo aver risolto l'enigma di Aria.

I minuti passano e sono quasi le cinque e mezza del pomeriggio. Julia non ha dimenticato che Iván le aveva proposto di fare merenda insieme alle sei. Era lei a doverlo chiamare per confermare il posto e l'orario definitivo. Ma dopo la chiacchierata con Vanesa e la sua rivelazione la voglia di vedere il ragazzo con il piercing è del tutto svanita.

Lo deve chiamare? Se non lo fa lei lo farà lui. Sì, la cosa più educata sarebbe parlare con Iván e porre fine a quella storia senza senso.

Quando avvicina all'orecchio il cellulare e sente suonare libero, non è sicura di cosa stia per accadere. Ascoltare la sua voce le pare molto strano e subito vorrebbe riattaccare. Ma resiste e lo saluta con gentilezza. Cercando di controllare le emozioni.

«Allora? Dove vuoi andare? Prendiamo il bus e ce ne andiamo a fare un giro in città?»

«Iván, non intendo venire con te.» La voce di Julia è seria, decisa. Non è facile, ma riesce a reprimere la voglia di mandarlo a quel paese e dirgli che se ne cerchi un'altra.

«No? Perché? Cos'è successo?»

Gli deve delle spiegazioni? Lo deve mandare a farsi fottere o deve dirgli di piantarla di essere così ridicolo?

«Prima è venuta a trovarmi Vanesa.»

«Sì? E cosa ti ha detto?»

La ragazza si morde con forza le labbra, fino a farsi male. Gli risponde o riaggancia subito? Pensa molto in fretta. Sì, quella storia deve finire. Iván deve capire che non può prenderla in giro così.

«Iván, voglio essere chiara: tu mi piaci molto, ma non tollero che...»

«Non girarci attorno, Julia. Cosa ti ha detto?» la interrompe il ragazzo. «Che bugia ti ha raccontato stavolta Vanesa perché tu adesso ce l'abbia tanto con me?!»

«Ieri pomeriggio sei andato da lei?»

«Sì, sono andato a chiederle spiegazioni. Sapevo che era stata lei a denunciarmi alla polizia.»

«E... siete... siete andati a letto insieme?»

Il silenzio viaggia lungo la linea telefonica per secondi che a Julia paiono eterni. Quando il ragazzo parla, la sua voce sembra diversa. Come se avesse appena visto la fine di *Le pagine della nostra vita*.

«Le hai creduto? Hai dato per certo che fossimo andati a letto insieme?»

«Sembrava molto sicura.»

«Molto sicura. Certo.»

«È vero o no? Voglio solo che tu me lo dica» gli chiede Julia, molto confusa.

«No. Ovviamente no. Sono stato a casa sua. Abbiamo parlato. E me ne sono andato senza che fosse successo niente. È la verità. Non siamo andati a letto insieme. Te lo giuro.»

La sicurezza del suo tono la fa dubitare di nuovo. Vanesa si è inventata tutto? Una persona può essere capace di una cosa del genere solo per ferire qualcun altro? Voleva far male a lei o al suo ex ragazzo?

Julia non sa più cosa pensare e di chi fidarsi. Comunque sia, non ha tempo per analizzare la cosa e dare una risposta a Iván. Suo padre e altre quattro persone sono appena entrate nella sala riunioni. Senza salutare Iván riaggancia, spegne il cellulare e lo posa sul tavolo. Non è una brava attrice, ma cerca in tutti i modi di nascondere l'angoscia. Fa un sorriso e si alza in piedi per dare un bacio a suo padre. Poi saluta tutti gli altri, a uno a uno.

Sono lì per ascoltare ciò che lei ha da dire: Arturo Peñaranda, della UCO, il suo collega della Central Operativa della Guardia Civil, David Ortiz, e il collega di Miguel Ángel nella polizia giudiziaria Jesús Ordóñez. Li conosce già. L'unico mai visto prima è un signore sulla cinquantina, alto più o meno un metro e ottanta, rasato a zero e con gli occhi azzurri. Se Peñaranda e i suoi baffi intimidiscono, quell'uomo non è certo da meno. Sinceramente non le farebbe piacere trovarselo davanti di notte in una strada deserta. Almeno non in borghese.

«Sono il tenente Evaristo Monteagudo. Piacere di conoscerti, Julia.»

La ragazza stringe la mano a uno dei capi del padre. Una mano fredda e forte, con dita lunghe e decise, che stringe con delicatezza la sua.

È lo stesso Monteagudo a chiedere gentilmente alla ragazza di sedersi. Lui è alla sua destra e Miguel Ángel alla sua sinistra. I due uomini si scambiano uno sguardo prima di dare inizio alla riunione in cui Julia spiegherà chi ha ucciso Aurora Ríos e Patricia Herrero. Quando tutti si sono accomodati, il tenente prende la parola.

«Bene, il tempo è prezioso e prima troveremo il modo di mettere in galera quel delinquente prima avremo concluso il nostro lavoro. Julia, racconta: come hai fatto a scoprire l'identità del criminale?»

La ragazza prende fiato e guarda di nuovo suo padre, che le fa un cenno affermativo con la testa. La presenza di quegli uomini la mette a disagio, ma è arrivata l'ora di rinchiudere il colpevole.

«È stato tutto merito della mia cara amica Aria... la mia compagna di classe Patricia Herrero, la seconda vittima dell'assassino» chiarisce. «Ha lasciato un enigma nascosto perché io lo risolvessi. Ha nascosto il nome di questa persona in una scacchiera piena di lettere e sono finalmente riuscita a decifrare il suo messaggio soltanto oggi pomeriggio» dice Julia tutto d'un fiato, senza fermarsi. «La verità si trova in questa partita di Magnus Carlsen, il mio giocatore di scacchi preferito.»

La ragazza spiega nei dettagli com'è arrivata al nome dell'Assassino della bussola. Dall'acrostico di Aria nella lettera dove aveva anche disegnato la scacchiera fino alla risoluzione finale nella partita tra Magnus e Anand.

«Se osservate, ogni pedina è posizionata su una lettera. Se uniamo tutte quelle che sono sulle caselle occupate, dall'alto in basso e da sinistra a destra, tenendo come riferimento le pedine bianche, che sono quelle con cui giocava Magnus, avremo la risposta.»

A quel punto Julia prende un foglio e la biro che ha davanti. Decisa, pensando alle due ragazze uccise, scrive su un foglio ciò che le ventuno pedine sulla scacchiera indicano ora con estrema chiarezza.

ASSASSINO È PRESIDE LÁZARO

64

Giovedì 25 maggio 2017

Anche se ciò che è scritto sulla scacchiera lasciata da Patricia Herrero prima di morire è evidente, mettere in moto il meccanismo per arrestare Lázaro Martínez non è così semplice. Quella prova non basta a dimostrare che il preside è il responsabile dell'uccisione delle due ragazze.

Serve qualcosa di più decisivo per portarlo in tribunale. Qualcosa che la polizia ha trovato la mattina dopo durante la perquisizione di casa sua. È avvenuta all'alba, poco prima che l'uomo andasse al funerale di Virginia Ayuso. Miguel Ángel Plaza, con la sua squadra e la cancelliera giudiziaria Andrea Torres, in rappresentanza del piemme Otamendi, si sono presentati a casa del preside. All'uomo, che ha già bevuto il primo whisky liscio del mattino, è bastato trovarsi la Guardia Civil alla porta per sapere che la fine era vicina. In cucina, in una confezione di cacao vuota, hanno trovato il cellulare di Patricia Herrero. E nel computer, già a una prima analisi superficiale, sono spuntate diverse foto delle ragazze del paese scattate il giorno prima in piazza. La cosa è risultata molto sospetta. Si trattava soltanto di una millesima parte di ciò che gli informatici avrebbero trovato ore dopo dentro quello stesso computer. Una sfilza di immagini cancellate che gli specialisti sono riusciti a recuperare senza grandi sforzi dall'hard disk. Quando hanno visto tutte quelle foto delle studentesse del Rubén Darío, spesso puntate su determinate parti del corpo, si sono messi le mani nei capelli.

Conseguenza: arresto immediato.

«È sconvolgente» commenta Emilio, seduto sul divano nella sala di casa di Julia, mentre guardano il telegiornale.

Hanno appena annunciato che Lázaro Martínez è stato arrestato per il caso delle due ragazze uccise. Ma la faccenda delle foto non è ancora di dominio pubblico.

«Sì, ancora non riesco a crederci. Mi sembra incredibile. Il nostro preside.»

Da ieri, dopo il ritorno di Julia dal commissariato, non hanno praticamente parlato d'altro; questa mattina non sono nemmeno andati al funerale di Virginia Ayuso. Si sono presi una pausa soltanto la sera, dopo cena, quando Emilio le ha comunicato la sua decisione di tornare a casa nel weekend. Julia ha accolto la notizia con grande gioia: che lui e i suoi abbiano in mente di migliorare la qualità della loro convivenza è una grande notizia, anche se di certo sentirà la mancanza di Emi.

Ma l'amico non le ha accennato nulla dell'ipotesi di frequentare il quarto anno all'estero. Non ha ancora le idee chiare in proposito. Non si immagina a vivere lontano da Julia. Sa che allontanarsi da lei potrebbe voler dire mettere a rischio la loro amicizia ed è l'ultima cosa che vuole. Ma presto dovrà prendere una decisione.

«Non avrei mai sospettato di lui, davvero» continua Emilio, che non può smettere di pensare alla scoperta dell'amica. «Mi è sempre sembrata una persona così a modo… Chissà perché le ha uccise.»

È da ieri che si pongono la domanda che il ragazzo lascia cadere nell'aria. E non sono gli unici, visto che per ora nessun mezzo di comunicazione è riuscito a dare una risposta. Questa volta non ci sono state fughe di notizie. E nemmeno Miguel Ángel ha ancora parlato alla figlia della "questione fotografie". È uscito molto presto e non è ancora rincasato.

«Spero di saperlo presto.»

«Sì, è l'unica cosa rimasta in sospeso, no?»

La teoria che Julia e Emilio hanno elaborato in quelle ore non lascia molti dubbi e credono che non si discosterà molto dalla realtà. Lázaro Martínez uccide Aurora Ríos con una mazza da baseball, nello spogliatoio della scuola, per una ragione che loro ancora non conoscono. Quel venerdì pomeriggio Aurora è andata a scuola per vedersi con Virginia Ayuso, con cui ha una relazione segreta. Quello è il luogo dei loro incontri clandestini. Tuttavia, quando l'insegnante entra nello spogliatoio, vede la ragazza colpita alla testa distesa per terra. La gira per vedere se è viva e, scoprendo che è morta, si spaventa. Allora si accorge che Aurora ha addosso il cellulare pieno dei suoi messaggi e la cavigliera che lei le ha regalato, due elementi che possono coinvolgerla nell'omicidio o quantomeno possono far venire alla luce la sua relazione con una minorenne, sua alunna per giunta. La donna decide di prendere il telefono e la cavigliera per evitare qualsiasi sospetto e li nasconde nel suo appartamento, con tutto il dolore del mondo. Ma è assolutamente necessario. Forse pensa di disfarsene più avanti, quando sarà passato un po' di tempo e l'assassino sarà stato preso. In casa sono al sicuro: nella sua stanza, in mezzo alla biancheria intima, non li troverà nessuno.

Pensano che il primo omicidio sia avvenuto così.

D'altro canto Patricia Herrero scopre qualcosa, come ha detto a Julia al funerale di Aurora, qualcosa che ha a che vedere con la colpevolezza di Lázaro. Lui era lì davanti, quando Aria le ha accennato di avere informazioni sull'assassino e le ha chiesto se dovesse parlarne con suo padre. Allarmato, il preside riesce a trovarsi da solo con Patri, forse al cimitero, e la convince ad andare a parlare con lui a scuola, dove le lezioni sono state sospese e quindi non c'è nessuno. Lì la uccide, nel suo stesso ufficio, e le porta via il cellulare perché questo sembri un crimine identico al precedente, proprio di un serial killer, bussola compresa. Poi finge di aver trovato il cadavere e chiama la polizia. Ciò di cui il preside non ha la più pallida idea è che Patricia abbia scritto il nome dell'assassino su una scacchiera. Senza la quale, probabilmente, forse non l'avrebbero mai scoperto.

«E Virginia? Perché si suicida?» si chiede Julia ad alta voce.

«Perché non ce la faceva più. Aurora era morta e suo marito le aveva appena chiesto il divorzio.»

«Già...»

È abbastanza logico. Ma Julia non è convinta fino in fondo. Che suo marito le avesse chiesto il divorzio pochi minuti prima che lei si buttasse dal balcone poteva essere la ragione definitiva, il famoso elemento scatenante, ma Virginia sapeva già che tra di loro le cose non andavano bene da diverso tempo, e poi lo aveva tradito con Aurora. Perché aveva perso il controllo ed era corsa verso il balcone nel mezzo della discussione con Fernando? C'è qualcosa che non quadra. Il suo sesto senso le dice che deve esserci dell'altro. Un elemento che le sfugge.

«Comunque sia, ora abbiamo il colpevole» dice Emilio, che prende il telecomando per cambiare canale. «Ci manca solo di sapere perché Lázaro ha ucciso le ragazze e per quanti anni lo sbatteranno in galera.»

La ragazza annuisce in silenzio e continua a guardare la televisione. Emilio l'ha sintonizzata sull'emittente locale. Roberto Méndez è seduto nel suo squallido studio, e in alto a destra c'è una fotografia di Lázaro Martínez.

«Oggi avevamo in programma due interviste collegate al caso dell'Assassino della bussola, interviste molto interessanti con cui avevamo intenzione di chiarire alcuni dubbi. Avremmo parlato con due insegnanti del Rubén Darío, Scarlett Smith e Alberto Montero, invitati da noi in studio per chiarire alcuni aspetti delle indagini che mettevano in discussione il loro onore. Ma a comandare è l'attualità. E abbiamo il colpevole. Il maledetto Assassino della bussola. Non riesco ancora a crederci. Non trovo le parole per dire come mi sento in questo momento e il tremendo dolore che mi travolge. Pensavo di conoscere bene Lázaro Martínez. E invece, per l'ennesima volta, mi tocca ammettere che le persone non si conoscono mai abbastanza...»

Emilio non sopporta più la cantilena di quell'uomo e cambia canale. Né lui né Julia, quindi, lo sentono dire addio all'emittente in cui afferma di essere stato incredibilmente felice. Ma non è un addio definitivo: lo hanno ingaggiato da un'emittente nazionale, di cui non può ancora fare il nome. Continuerà a stare in prima linea per dare informazioni, per raccontare la verità ai suoi fedeli spettatori.

«Bene, e adesso?» chiede il ragazzo stiracchiandosi. Ha passato la notte in bianco, pensando e ripensando all'incontro con suo padre. «Chi sarà il nuovo preside? Gli esami saranno la prossima settimana? In francese saremo tutti promossi? E in matematica?»

Julia si stringe nelle spalle. Esatto, e adesso? Gli ultimi giorni sono stati intensi e pieni di sorprese. Alcune molto tristi. La soluzione finale non è stata positiva, anche se è stata fatta giustizia. La intristisce che dietro quei crimini ci sia Lázaro Martínez, un uomo che ammirava e rispettava. Cosa poteva avere contro Aurora per arrivare a ucciderla?

Quella domanda la perseguita, perché ne ignora la risposta. Anche se immagina che il preside confesserà tutto durante l'interrogatorio a cui suo padre e la UCO lo stanno sottoponendo dal mattino.

«Sai una cosa? Mi sto per addormentare» dice Emilio, dopo uno sbadiglio. «Ti spiace se mi faccio un pisolino?»

«Certo che no. Vai a dormire un po'.»

«Dopo, se vuoi, ci prepariamo due tortine al cioccolato per merenda. Che ne dici?»

«Perfetto.»

Dopo un altro sbadiglio il ragazzo si alza ed esce dalla sala. Julia sente i suoi passi lungo le scale fino al primo piano. E poi sente la porta della camera degli ospiti che si chiude. Forse anche lei dovrebbe riposare un po' per ricaricare le pile. Si toglie le scarpe e si sdraia sul divano. Chiude gli occhi e si addormenta in pochi secondi. Solo dieci minuti, poi la risveglia la suoneria del cellulare. È Iván. Sbuffa e abbassa il volume quasi a zero. Non ha voglia di parlarci. Gliel'ha già detto ieri, ha bisogno di tempo. Che sia vero o meno quello che Vanesa le ha raccontato, non le va di continuare a giocare al gatto e al topo. Non vuole collezionare delusioni.

Ma il ragazzo insiste. Questa volta con un messaggio Whatsapp:

> Julia, cosa devo fare perché tu mi creda? Quella si vuole solo vendicare! E ci sta riuscendo. Ma non ci pensi al bacio che ci siamo dati? Non ti piacerebbe rifarlo? Quello che c'è tra noi è molto speciale! Per favore, ripensaci. Chiamami. Non riesco a far altro che pensare a te.

Si passa una mano sul viso per la disperazione e lascia il cellulare sul tavolo della sala. Non intende rispondergli. Non ancora. Forse è ingiusta con lui e Iván le sta dicendo la verità, perché di Vanesa non c'è da fidarsi e può benissimo averle raccontato una bugia, ma preferisce prendere le cose con calma. Almeno per ora. Almeno fino a dopo il pisolino. Chiude di nuovo gli occhi e cerca di conciliare il sonno. Ci riesce dopo pochi minuti. Sogna una scacchiera in cui le pedine sono persone che conosce. Magnus è il re bianco e Lázaro Martínez quello nero. A un certo punto della partita suo padre, che si è trasformato in un cavallo, le fa una domanda. A Julia, vestita da regina e con una corona in testa, pare di capire: "Perché Lázaro ha ucciso Aurora se non aveva nessuna ragione per farlo?".

Non lo sa. Non sa perché abbia ucciso la ragazza invisibile! E non lo sopporta!

La ragazza fa un balzo e si sveglia all'improvviso. È madida di sudore. Apre gli occhi e vede suo padre accanto a lei. L'uomo non ha un bell'aspetto.

«Quando sei tornato?» gli chiede Julia tirandosi su.

«Un minuto fa. Emilio?»

«È su, sta dormendo. Eravamo molto stanchi e abbiamo deciso di fare un pisolino. Tutto bene?»

L'uomo scuote la testa. È incredibilmente serio e sua figlia ha l'impressione che sia invecchiato dall'ultima volta che l'ha visto.

«Abbiamo interrogato Lázaro Martínez» dice, dopo essersi slacciato il primo bottone della camicia. «All'inizio non voleva parlare. Nemmeno con l'avvocato davanti. Ma alla fine ha ceduto.»

«Sì? E cosa ha detto?»

«Molte cose. Tra le quali ha ammesso di aver ucciso Patricia Herrero.»

«L'ha confessato?»

«Sì. Dice di essere lui il responsabile della morte di Patricia, ma di non avere niente a che fare con quella di Aurora Ríos. Abbiamo verificato e ha un alibi di ferro. Non è stato lui a uccidere la ragazza. Il che significa che c'è un altro assassino in paese.

65

Venerdì 19 maggio 2017

«Senti, Lázaro, non preoccuparti. Va tutto bene. È normale che ogni tanto non...»

Eppure per l'uomo non c'è scusa che tenga. Non è la prima volta che gli succede. E nemmeno la seconda. E neppure lei è riuscita ad aiutarlo a farglielo alzare.

«Ti giuro che non so perché mi capita.»

«Hai cinquantacinque anni. L'età conta molto. O pensavi che saresti stato uno stallone per tutta la vita?»

Lo sa. Non è più un ragazzo, e nemmeno un quarantenne in grado di togliersi uno sfizio un paio di volte alla settimana. Ma quando guarda la sua collezione di foto è diverso. In quel caso l'adrenalina gli va a mille. Vuol dire che non riuscirà più a fare l'amore con una donna in carne e ossa? Riesce a eccitarsi soltanto con le foto delle sue studentesse?

L'uomo, seduto sul letto di quella camera modesta, sospira. Era un po' che non andava più a trovare Mariana, la donna che prima riusciva a risvegliargli tutti i sensi.

«Quanto ti devo?» le chiede alzandosi in piedi e raggiungendo la sedia su cui ha lasciato i vestiti.

«Niente, tesoro, non è il caso che mi paghi.»

«Hai perso del tempo con me. E sai che sono corretto. Intendo pagarti. Quanto vuoi?»

Mariana sbuffa e gli chiede venti euro. L'uomo tira fuori dai pantaloni il portafoglio e gliene dà trenta. Poi si risiede sul letto.

«Hai da fare stanotte? Molto lavoro?»

«No, tesoro. Sei il mio unico cliente. In questo paese gira piuttosto male» sussurra la donna dirigendosi verso il bagno. «Te ne stai già andando? Mi faccio una doccia.»

«Sono le otto e un quarto. Ti aspetto.»

«Hai voglia di fare la doccia con me?»

Lázaro ci pensa un attimo. Forse potrebbe riuscire a fare quello che non gli è riuscito prima. Mariana lo attrae fin da quando l'ha conosciuta in un bar per strada, circa vent'anni fa. La sua pelle scura, quegli occhi neri come l'ebano e il suo modo dolce di parlare lo eccitano. Eppure oggi non è stato all'altezza. Chi l'avrebbe mai detto?

Si fanno una doccia calda insieme. Si insaponano a vicenda, ma nemmeno così il preside riesce a raggiungere il suo obiettivo.

«Se continua così, tesoro, usa il Viagra. È una manna dal cielo, fidati» gli dice la donna mentre si asciuga con un telo verde piuttosto vecchio. Quando finisce lo mette sulla testa di Lázaro e gli sfrega le tempie.

«Non voglio il Viagra. È roba da malati.»

«Da malati? Uuh, ma quanto sei all'antica. Comunque vedi tu.»

Non lo convincerà a prendere una pastiglia dell'amore per avere rapporti sessuali. Forse non sarà più quello di un tempo, ma la prova che non è tutto perso ce l'ha quando si ritrova davanti allo schermo del portatile. Quando il suo istinto animale, come lui stesso lo definisce, si libera prepotente.

«Ceniamo insieme?» chiede a Mariana che si sta vestendo.

«Non ho voglia di uscire.»

«Chi ha parlato di uscire? Ordino un paio di pizze e le mangiamo davanti a un film. Che ne pensi?»

«La pizzeria di qui è uno schifo. Questo paese è una merda. Non so perché ci sono rimasta.»

«Perché vivi molto bene.»

«Io? Ogni volta che esco per strada la gente mi guarda come se avessi ammazzato qualcuno. E ormai non mi cerca quasi più nessuno. Ho solo clienti che arrivano dalla città oppure stranieri.»

«Io ti ho chiamata. Dai, cena con me.»

La donna protesta a bassa voce e poi abbozza un sorrisetto permissivo. Molti anni fa si era innamorata di Lázaro Martínez, ma lui non l'aveva voluta. Ora i ruoli si sono invertiti. Le dispiace persino che sia rimasto così solo. Certo che cenerà con lui.

«D'accordo. Ma, invece di una pizza, perché non ordiniamo al cinese?»

Lázaro ci pensa un attimo e sta per dire di no. Non sopporta la cucina cinese. Ma non gli va di dormire da solo quella notte, quindi alla fine accetta. Giorni dopo Mariana e quell'ordinazione a domicilio dimostreranno che lui non era a scuola all'ora in cui Aurora è stata uccisa.

Al mattino Fermín, il bidello del Rubén Darío, lo chiamerà per avvisarlo di aver trovato una ragazza morta sul pavimento dello spogliatoio.

Da quel preciso momento Lázaro ha capito che la sua esistenza si sarebbe complicata e che, per Patricia Herrero, lui sarebbe stato il primo sospettato dell'omicidio di Aurora Ríos.

66

Giovedì 25 maggio 2017

«Mariana ci ha confermato che Lázaro è stato con lei dalle sette e mezza di venerdì sera fino alle cinque di sabato mattina. Inoltre il ristorante cinese registra le telefonate dei clienti che ordinano a domicilio. Abbiamo verificato che il preside ha chiamato per fare un ordine alle otto e trentasette e che è stato lui ad aprire la porta quando la consegna è arrivata alle nove e sette minuti. Abbiamo anche controllato una videocamera di sorveglianza vicina alla casa della donna, che è a diversi chilometri dalla scuola. La macchina di Lázaro passa di lì alle sette e ventisette di sera.»

«Quindi tutto dimostra che non è stato lui a uccidere Aurora.»

«Tutte le prove lo confermano» concorda Miguel Ángel. «Credo che dica la verità.»

Julia ormai si è svegliata del tutto. Il sonno è sfumato e adesso ha di nuovo tutti e cinque i sensi concentrati sulle parole di suo padre. Lázaro Martínez ha ucciso Patricia, ma non Aurora. Questo significa che gli assassini sono due.

«E non vi ha spiegato perché... ha ucciso Aria?» azzarda a chiedere la ragazza, che percepisce subito l'indignazione e la frustrazione nell'espressione del padre.

L'uomo non è così sicuro che lei debba sapere le ragioni che il preside ha descritto con dovizia di particolari dopo essersi confrontato con il suo avvocato. La polizia ha esaminato il suo computer e lui non ha avuto altra alternativa che quella di confessare. Forse collaborare poteva servire a ridurre la condanna. Anche se la sua vita sociale era comunque finita.

«Dai, papà, ho bisogno di saperlo» insiste Julia davanti al silenzio dell'uomo, che continua a pensare. «Non mi darò pace finché non saprò la verità.»

«D'accordo, ma per favore, quello che sto per raccontarti non deve uscire da qui.»

«Sai che lo dirò a Emilio. Non voglio mentirti. Cerca di capirmi, stiamo seguendo insieme questa storia fin dall'inizio.»

«D'accordo. Lo puoi raccontare soltanto a lui, ma dovrete essere entrambi una tomba» stabilisce il padre, che sembra davvero sconvolto. «D'accordo?»

Julia gli promette, di nuovo, che saranno entrambi prudenti e discreti, come lo sono stati finora. Non ne parleranno a nessuno.

«Non so da dove iniziare. È talmente orrendo che è faticoso parlarne» riconosce nervoso e titubante. «Qualche settimana fa la tua amica Patricia si è accorta di qualcosa. Ha beccato Lázaro che scattava una fotografia a una di quarta mentre era china a raccogliere dei fogli che le erano caduti a terra. La cosa l'aveva parecchio colpita e così aveva iniziato a pedinare il preside, senza che lui se ne rendesse conto. Quella scena era stato un episodio isolato? Un errore? No. Era un'abitudine. Un vizio. Lázaro vi scattava foto di nascosto. Nel suo computer aveva un vero e proprio archivio di immagini di ragazze della scuola. Ha cercato di cancellarle dal portatile, ma i nostri informatici le hanno recuperate senza grossi problemi. Non è propriamente una lince in quanto a tecnologia.»

Miguel Ángel resta in silenzio e osserva la reazione di Julia, che è perplessa. È vero quello che ha appena sentito? Il preside le fotografava? Incredibile. Lei non si è mai accorta di niente.

«Secondo quanto ci ha confessato, Patricia gli ha detto di averlo scoperto. L'aveva tenuto d'occhio per un po' e non aveva alcun dubbio in merito. Quando è andata a parlare con lui ha minacciato di denunciarlo. Ma lui si è scusato e ha promesso che non l'avrebbe più fatto. Le ha anche detto che, se fosse andata alla polizia o l'avesse raccontato a qualcuno, lui si sarebbe suicidato. Immagina il ricatto emotivo a cui ha sottoposto quella ragazza. Lei sapeva che quello che il preside stava facendo era sbagliato, schifoso e denunciabile. Ma al tempo stesso dalla sua decisione dipendeva la vita di un uomo che in fondo era malato. Un malato il cui crimine era quello di scattare di nascosto fotografie alle ragazze della scuola. Una cosa molto grave… ma in fondo non aveva mai fatto male a nessuno.»

«Mamma mia, povera Aria.»

Julia non vuole nemmeno immaginare cosa abbia vissuto l'amica. Sicuro che Lázaro l'aveva ricattata e messa con le spalle al muro nelle settimane precedenti alla sua uccisione. Patricia si era ritrovata nell'epicentro di una situazione torbida da cui era quasi impossibile uscire. E non si era confidata con nessuno.

«Quando Aurora è stata trovata morta a scuola, Patricia ha fatto due più due. Ha pensato che avesse scoperto anche lei l'ossessione di Lázaro Martínez per voi ragazze; ma forse non era così convinta che il preside fosse l'assassino, motivo per cui l'ha chiamato per dargli la possibilità di spiegarsi. Il professore non le ha risposto ed è stato allora che lei ha parlato con te al cimitero. Doveva avere molti dubbi e non sapeva se venire o no alla polizia a dire ciò che sapeva. Lázaro non gliel'avrebbe permesso.»

«Ha parlato con lei, no?»

«Sì, al funerale di Aurora. Da soli, di fretta. Le ha assicurato che lui non c'entrava con l'omicidio, che aveva persino un alibi, ma – da quanto ho dedotto dalle sue parole – ha comunque deciso di ucciderla perché non si fidava. Se Patricia fosse andata alla polizia, lui sarebbe stato un uomo finito. Quindi le ha chiesto di andare nel suo ufficio per parlare e lì... lì è tutto finito.»

Miguel Ángel spiega a sua figlia che Lázaro ha colpito alle spalle Patricia con un fermacarte di pietra, che si era portato da casa, finché non è stato certo di averla uccisa. Poi ha predisposto tutto in modo che la scena del delitto ricordasse quella dell'altro, così che potesse sembrare opera della stessa persona. Ha lasciato una bussola accanto al cadavere, una che aveva comprato parecchio tempo prima e, dopo aver cancellato le impronte, ha preso il cellulare di Patricia per non lasciare tracce. Poi se n'è andato dalla scuola senza che nessuno lo vedesse, per poi tornarci non da solo e fingere stupore e spavento nel vedere il corpo della ragazza sul pavimento del suo ufficio.

«Tutto molto ben pianificato» spiega l'uomo, dopo aver finito di raccontare la storia. «Lázaro l'aveva calcolato alla perfezione.»

«Sì, ma non aveva considerato che Patri mi avrebbe lasciato un enigma con il suo nome nascosto.»

«No, quello non poteva sospettarlo. Ed è stata una fortuna. È stato decisivo per farci trovare il responsabile della sua morte. Ma non quello della morte di Aurora, che è ancora a piede libero.»

Julia guarda in alto e dentro di sé ringrazia Aria. Le dispiace non essersi accorta di ciò che stava accadendo tra lei e il preside. Patricia ha tenuto tutto nascosto, senza sollevare alcun sospetto, e l'ha pagata a caro prezzo.

«E questo è tutto quello che ci ha raccontato. Dovremo ancora interrogarlo e poi parlerà anche con Otamendi, quando noi avremo finito. Ma abbiamo già la sua confessione, almeno» dice triste Miguel Ángel. «Se dipendesse da me marcirebbe in galera. Quello che ha fatto è terribile. Terribile.»

«Ma non è l'assassino di Aurora.»

«No, non lo è. Dobbiamo continuare con le indagini. Il caso non è chiuso.»

«Lo direte alla stampa?»

«Per ora no. Ma non credo che ci impiegheranno molto a scoprirlo. Non so quali provvedimenti prenderà il suo avvocato. Non è la stessa cosa uccidere una persona o due. Vuole che questa informazione sia ben chiara, anche perché è la verità. Non è stato lui a uccidere Aurora.»

E allora chi è stato? Chi è l'altro assassino?

«Che razza di degenerato. Mi è passata la voglia di fare merenda» commenta Emilio dopo aver ascoltato Julia. «Ho lo stomaco sottosopra.»

Non appena si è svegliato l'amica gli ha spiegato tutto. Suo padre è tornato in ufficio, raccomandandole la massima discrezione. E di fare attenzione, se esce. C'è ancora un criminale a piede libero.

«Preferisci un tè col limone?»

«Meglio una camomilla.»

I ragazzi scendono in cucina, preparano un paio di infusi e mangiano qualche biscotto secco. Mentre fanno merenda continuano a parlare degli omicidi.

«Se già facevo fatica a immaginare Lázaro nelle vesti di assassino, pensare che a essere implicati sono in due mi pare inverosimile» ammette Emilio dopo aver mandato giù un biscotto inzuppato nella camomilla. «È come dover ripartire da zero.»

«Non ripartiamo da zero, Emi. Abbiamo già percorso parecchia strada e ne dobbiamo approfittare. E la polizia sta facendo un grande lavoro. Di sicuro la verità sulla morte di Aurora salterà fuori in fretta.»

«Speriamo sia così. Io faccio fatica a pensare a un omicidio senza collegarlo all'altro.»

«A me quello che continua a stupire è il suicidio di Virginia» gli ricorda Julia. «Continuo a non vederci chiaro. C'è qualcosa che ci sfugge.»

«Credi che abbia a che fare con una delle morti?»

«Deve essere così. Me lo dicono l'intuito e la logica.»

Entrambi riflettono in silenzio. Finiscono il pacco di biscotti e bevono gli ultimi sorsi di camomilla. Julia continua a pensare alle possibili soluzioni. Sa che Lázaro non aveva alcun motivo per uccidere Aurora: ecco perché non trovava una risposta a quella domanda. E questo, nonostante tutto ciò che ha scoperto oggi, la fa sentire più tranquilla. Ma continua a non capire cos'abbia portato Virginia al suicidio. Sì, il peso della morte di Aurora può essere stato eccessivo e averla spinta a togliersi la vita. Non c'è dubbio che la cosa l'abbia profondamente colpita. Anche se non crede che sia stata quella la causa scatenante: per *come* si è uccisa e per *il momento* in cui è accaduto. Non pensa nemmeno che si sia suicidata perché Fernando le ha chiesto il divorzio. E allora?

A un tratto le passa un pensiero per la testa. Una cosa che le ha detto suo padre e che lei non ha analizzato in profondità. Una cosa a cui, per la verità, non ha nemmeno dato molta importanza.

«Senti, Emi, tu sai se con la mia tele si possono vedere i programmi andati in onda qualche giorno fa?»

«Certo. Vuoi che vediamo qualche serie per rilassarci?»

«No. Andiamo in sala e ti spiego.»

I ragazzi vanno di là e si siedono sul divano, uno accanto all'altra. Emilio prende il telecomando, che è sul tavolo, e accende la televisione.

«Cosa devo cercare?»

«*Espejo Público*. La puntata di martedì.»

Il ragazzo sintonizza Antena 3 e trova subito la trasmissione andata in onda il ventitré maggio.

«Vuoi guardare tutto il programma?»

«No. Cerca il momento in cui si vede Roberto Méndez.»

«Il grande giornalista. Mi chiedo cosa dirà quando scoprirà che Lázaro Martínez non è l'assassino di Aurora.»

«Niente di buono, questo è sicuro.»

Emilio va avanti fino al punto dell'intervista fatta al giornalista tuttofare del paese. Ex giornalista tuttofare, ormai, nonostante i ragazzi ancora non sappiano dell'annuncio del suo ingaggio da parte di un'emittente nazionale.

«Eccolo lì! Fermati!» gli chiede Julia alzandosi e inginocchiandosi a terra, a pochi metri dalla televisione. «Alza il volume, per favore.»

Il ragazzo obbedisce. È un'intervista in cui l'uomo cerca di fare bella figura e di darsi importanza. Roberto rivela alla presentatrice del programma alcuni particolari del caso relativi all'Assassino della bussola. Julia ascolta attenta e all'improvviso una frase la fa trasalire.

«Emi, puoi tornare indietro di trenta secondi?»

«Certo.»

Il ragazzo ascolta l'amica. Julia si avvicina ancora di più alla televisione e sente di nuovo quello che Susanna Griso chiede a Méndez, e la successiva risposta di quest'ultimo.

«Roberto, la Guardia Civil ha trovato l'oggetto con cui è stata colpita Aurora Ríos? Sappiamo cos'ha usato l'assassino?»

«Sì, Susanna. Possiamo affermare, senza ombra di dubbio, che l'Assassino della bussola ha usato una mazza da baseball. Nello specifico, una di quelle che i ragazzi di terza della scuola usano nelle lezioni di educazione fisica. Anche se non è ancora stata trovata.»

Julia smette di guardare la televisione, si alza in piedi e corre a prendere il cellulare, che è sul tavolo. Emilio la osserva senza capirci niente.

«Che succede? Cos'hai visto? Dimmelo!»

«Non ne sono sicura. Ma ora ti spiego» dice la ragazza, in febbrile attesa che qualcuno risponda all'altro capo della linea. Dopo pochi secondi sente una voce maschile che la saluta.

«Ciao, papà. Scusa se ti disturbo... No, non succede niente. Tutto bene. Volevo solo farti una domanda. Cos'ha detto Virginia prima di buttarsi dal balcone? Te l'ho chiesto l'altro giorno... Non ricordi? Sì, è molto importante... Va bene. Aspetto.»

Julia osserva Emilio, che continua a gesticolare perché gli spieghi cosa sta succedendo. Lei gli chiede di avere un attimo di pazienza.

Suo padre ci impiega poco più di un minuto a tornare al telefono. Quando lo sente percepisce un formicolio allo stomaco. Ha un'intuizione molto forte. Di quelle su cui se la sentirebbe di scommettere alla cieca.

«Ce l'hai davanti? Perfetto, papà. Bene. Ascolta, so che ti sto chiedendo molto e che è un documento confidenziale... ma potresti in qualche modo mandarmelo via mail o via Whatsapp? Non è possibile. Cavoli... Una foto del documento? Perfetto! No, tu non mi hai detto niente. Grazie. Ti voglio bene.»

Julia riaggancia e, pochi secondi dopo, riceve un messaggio del padre via Whatsapp. Scarica l'immagine e la legge tra sé e sé. Sorride soddisfatta. In quel documento fotografato trova ciò che sospettava. Le ultime parole di Virginia prima di lanciarsi dal balcone del quarto piano in cui viveva possono essere determinanti. Tutto inizia ad avere un senso.

67

Giovedì 25 maggio 2017

«“La mazza... quanto sono stata stupida... la mazza da baseball... No... no... non è possibile.”»

Julia legge ad alta voce le ultime parole di Virginia Ayuso prima di lanciarsi dal balcone.

«È quello che ha detto?»

«Sì, secondo Fernando, suo marito. Dopo avergli urlato sgarbatamente di tacere, cosa non da lei.»

«Non ci capisco niente. Cosa c’entrano quello che ha detto Virginia prima di suicidarsi, *Espejo Público* e l’assassinio di Aurora?»

«Te lo spiego subito, Emi» dice Julia, che inizia a vederci chiaro in mezzo a tutte quelle nuvole nere. «Si tratta di supposizioni, eh, ma io la vedo così: Fernando arriva a casa e chiede il divorzio a sua moglie. È una cosa che ferisce Virginia, proprio come l’ha ferita l’omicidio di Aurora. La donna ascolta con dispiacere ciò che il marito le dice, ma in fondo sa già che il suo matrimonio è al capolinea. Fin qui ci sei?»

Il ragazzo annuisce, un po’ seccato perché lo sta trattando come un bambino a cui insegnare la tabellina del tre.

«Vai avanti. Cosa succede dopo?»

«Mentre Fernando parla, la tele è sintonizzata su Antena 3. La prof sta guardando *Espejo Público*, o forse semplicemente è lì in sottofondo. Ci sono persone che tengono la televisione tutto il giorno accesa solo per non restare in silenzio.»

«Mia nonna, per esempio. Continua, per favore.»

«Bene. Virginia ha la televisione sintonizzata su quel programma e all'improvviso qualcosa attira la sua attenzione.»

«L'intervista di Susanna Griso a Méndez?»

«Esatto. L'intervista a Roberto che abbiamo visto. Lì il nostro amato giornalista racconta diverse cose alla conduttrice. Una delle quali di vitale importanza: l'assassino ha usato una mazza da baseball per uccidere Aurora. Una mazza da baseball! Perché è così importante?»

«Non lo so!»

«Rifletti, Emi! Perché penso che lì ci sia la chiave di tutto?»

«Dimmelo! Ti prego! Non farti pregare!»

A quel punto squilla il cellulare di Julia. Pensa che sia suo padre che le sta mandando un altro Whatsapp. Ma stavolta non è lui. Quando la ragazza legge il messaggio non sa cosa fare.

O ci vediamo tra dieci minuti davanti alla scuola o non mi vedrai più. O è con te adesso, o senza di me per sempre. Non mi hai lasciato alternative, Julia. Dobbiamo chiarire una volta per tutte quello che c'è tra noi. Ti amo.

«Che succede? Perché fai quella faccia? Chi è?»

Le domande di Emilio si mescolano all'ultimatum del Whatsapp di Iván. Julia si blocca. Per la prima volta nella sua vita il suo cervello si ferma e non trova risorse per reagire. Non riesce a dire niente. Finché l'amico non le strappa di mano il telefono e legge il messaggio del ragazzo col piercing al sopracciglio.

«E questo? Cosa vuol dire?»

«Emi, ridammi il cellulare.»

«Hai... hai una storia con lui?»

«Emi, per favore. Ridammi il telefono.»

«Dice che ti ama...»

«Per favore. Emilio. Ridammi subito il mio telefono.»

Il ragazzo annuisce, si scusa e glielo ridà. Lei lo mette nella tasca dei pantaloncini.

«Ci andrai?»

«Non lo so.»

«Hai soltanto nove minuti. Lo ami?»

Julia si abbandona su una delle poltrone della sala e si copre la faccia con le mani. Lo ama? Ha ben chiara la risposta. È un bene amarlo? Anche in questo caso conosce la risposta. Tutto ciò che ha a che fare con Iván è complicato: i genitori, Vanesa, il futuro, il rapporto con Emilio, i sentimenti e la verità. Non le ha reso affatto le cose semplici. Non si merita che lo raggiunga. Che vada a quel paese. Ma dall'altra parte il cuore le chiede di dargli un'opportunità.

«Devo andare, Emi» esclama, poi si alza e va verso la porta. « Continuiamo dopo.»

«Sei sicura di quello che stai per fare?»

«Ovviamente no.»

E, dopo aver regalato all'amico un altro dei suoi splendidi sorrisi, la ragazza apre la porta ed esce di casa. Non si guarda indietro. Non vuole vedere la faccia di Emilio, su cui saranno dipinti delusione e dolore. Ragazzi come lui sì che meriterebbero. Ma non può neutralizzare i suoi sentimenti. No, non può. Si sta comportando nel modo giusto. O almeno è ciò di cui cerca di convincersi quando si avvia verso la scuola. Mentre cammina le viene in mente una cosa che potrebbe aiutarla. Dopo pochi minuti riconosce davanti a lei il ragazzo di cui è innamorata.

Si vedono quasi nello stesso istante. Indossa una maglietta e dei jeans neri che lasciano le caviglie scoperte. Ha le mani in tasca, anche se le tira fuori appena la vede. Iván non le va incontro. La aspetta davanti alla porta della scuola, dove anche quel giorno non si è fatta lezione. La ragazza attraversa la strada e si ferma davanti a lui. Vorrebbe un bacio ma, nonostante detesti la violenza, gli rifilerebbe anche una bella sberla per averle complicato la vita in quel modo. Non fa nessuna delle due cose. Trema. Un pochino.

«Ecco qui» dice Julia con una voce fine e acuta che non sembra la sua.

«Sono contento che tu sia venuta. Non stavo bluffando. Avevo deciso di non rivolgerti mai più la parola, se mi avessi lasciato qui ad aspettarti. Ci sediamo da qualche parte?»

«Stiamo bene in piedi.»

«Potrebbe andare per le lunghe. Entriamo a scuola?»

A Julia non piace tanto la proposta, ma non c'è nessun posto dove sedersi lì vicino. Quindi accetta ed entrano insieme al Rubén Darío, che è aperto. Senza arrivare fino all'edificio, restano nel cortile davanti, dove c'è una panchina di ferro accanto a una siepe. Si siedono e il ragazzo inizia la conversazione che avevano in sospeso. Iván va dritto al sodo.

«Capisco che non ti fidi di me. Vanesa può essere molto convincente. Ma non sono andato a letto con lei, Julia. Davvero.»

«Quando me l'ha detto le ho creduto.»

«Sa mentire molto bene. Fidati.»

«E perché stavi con lei? Siete stati insieme più di un anno, no?»

Quella domanda coglie di sorpresa Iván, che si accarezza il mento pensieroso alla ricerca di una risposta convincente.

«Probabilmente speravo che prima o poi potesse cambiare» risponde senza molta determinazione. «Anche se è evidente che le persone come lei non cambiano mai.»

«Tutti possiamo cambiare.»

«Forse. Ma ti prego, non parliamo più di lei. Voglio parlare di noi.»

Il ragazzo allunga un braccio e posa la mano destra su quella sinistra di Julia. Al contatto, alla ragazza vengono i brividi. Ma si impone di non perdere il controllo. Ha bisogno di ragionare in modo razionale.

«Davvero vedi un "noi"?»

«Ovvio. Ti ho già detto che mi piaci dal giorno in cui siamo rimasti chiusi dentro l'ascensore del supermercato. Ho pensato molto a te da allora.»

«Ma intanto stavi con un'altra.»

«Sì, ho commesso un errore enorme. Ma non posso

cambiare il passato o tornare indietro» le spiega accarezzandole la mano. «Quello che posso prometterti, questo sì, è un bel futuro insieme.»

«E il presente?»

«Il presente? Cos'ha che non va il presente?»

«Parli del futuro, ma pensi che possiamo stare insieme adesso? Nonostante con Vanesa vi siate lasciati da pochissimo? Non avrai altri problemi con lei? È una ragazza molto ostinata. Ed è ancora innamorata di te.»

«Farò tutto quello che è in mio potere perché non ci disturbi. Io voglio solo stare con te. Voglio che tra noi ci sia una bella storia d'amore.»

«Una bella storia d'amore...»

«Suona bene, non credi?»

Julia annuisce e guarda verso la porta d'ingresso della scuola. Eccola lì. È appena arrivata. Indossa uno splendido vestito rosa lungo fino al ginocchio e un paio di stivali alti e bianchi e si è stirata i capelli ricci. Vanesa è splendida in quel pomeriggio di maggio, sotto il sole quasi estivo che illumina le strade del paese.

«Vanesa! Siamo qui!» le urla Julia per attirare la sua attenzione, visto che sembra un po' spaesata.

«Cosa stai facendo?» le chiede Iván sconcertato.

«Le ho chiesto io di venire. Le ho mandato un Whatsapp poco fa. Ho bisogno di sapere chi dice la verità. E con entrambi davanti mi sarà di certo più facile capire chi sta mentendo.»

«Non ci posso credere.»

Iván è pallido come un fantasma. Vede l'ex ragazza dirigersi verso di loro e inizia a temere il peggio.

Vanesa saluta Julia, che si alza per baciarla sulle guance. Trafigge invece Iván con lo sguardo e sta per insultarlo, ma si trattiene.

«Mi sono persa qualcosa?»

«No, siamo appena arrivati. Bene. Raccontatemi. Cos'è successo l'altro giorno? Siete o no andati a letto insieme? Ognuno dice una cosa diversa.»

«Questo qui è un bugiardo» inizia Vanesa, sempre più tesa. «Non puoi immaginare quanto me ne penta, Julia. L'abbiamo fatto a casa mia.»

«Mente. Non abbiamo fatto niente» la contraddice lui senza smettere di guardare Julia. «È lei la bugiarda. Vuole solo vendicarsi perché l'ho lasciata ed è furiosa.»

«Sei uno stronzo. Ma come puoi prenderla in giro così? Lei ti ama. O ti amava, perché spero che ti dimentichi e trovi un altro ragazzo che la merita davvero.»

«Ci stai facendo molto male, Vanesa, ma le tue bugie non avranno la meglio su di noi.»

Julia osserva la loro discussione come se si trattasse di una partita di tennis. Uno di loro sta dicendo la verità e l'altro è un grande attore. A chi deve credere?

«Stai negando che sei venuto da me martedì e che l'abbiamo fatto in camera mia?»

«Sono venuto da te, ma abbiamo solo parlato. Mi hai venduto! Hai ideato tu il piano per la sostituzione della verifica di storia! Sei stata tu a convincermi! Per colpa tua per poco non mi ritrovo invischiato in un omicidio! E, colmo dei colmi, mi denunci alla Guardia Civil. Che pena, Vanesa.»

«Ero arrabbiatissima con te. E volevo farti male» riconosce la ragazza con le lacrime agli occhi. «Ti amavo,

Iván... moltissimo. Ma ho scoperto come sei. Capace di tutto pur di ottenere quello che vuoi a qualsiasi prezzo. Meno male che mi hai lasciata. Adesso non mi devo più nascondere.»

«Nasconderti?» chiede lui aggrottando la fronte e del tutto sconcertato. «In che senso?»

«Sì, Iván. Ora non devo più nascondere che, mentre stavamo insieme, stavo anche con Ingrid. Vi amavo entrambi. Ma ero troppo codarda per ammetterlo. Avevo molta paura di quello che potevano pensare gli altri.»

«Dici sul serio? O è un'altra delle tue bugie?»

«Dico sul serio. Ed è vero quanto lo è che noi due martedì siamo andati a letto insieme, dopo che hai baciato Julia. È tutto vero. Non voglio continuare a mentire. Non voglio più mentire a nessuno.»

Il ragazzo sbuffa e si alza di scatto dalla panchina. Sembra molto nervoso. Il suo sguardo furioso si sofferma sugli occhi chiari di Vanesa. L'odio trasmesso da quello sguardo non passa inosservato a nessuna delle due ragazze.

«Sei una puttana» inveisce contro l'ex ragazza, scandendo ogni sillaba. E se ne va, senza salutarle.

Quando Iván scompare, a Vanesa crolla il mondo addosso. Scoppia a piangere sconsolata e trema come un bambino in una stanza buia. Julia si avvicina e le dà un abbraccio ancora più sincero di quello del giorno prima.

«Mi dispiace. Ti giuro che mi dispiace. Non ti ho mentito» dice Vanesa tra le lacrime. «Mi rimprovererò sempre quel che è successo con lui a casa mia. Ma... è successo. E mi dispiace. Mi devi credere. Mi dispiace molto.»

«Ti credo, Vanesa» le sussurra Julia all'orecchio, con il cuore a pezzi e le lacrime che le rigano le guance. «Tranquilla. È tutto finito. È evidente che stavi dicendo la verità. Ora ne sono sicura.»

68

—

Giovedì 25 maggio 2017

Da un momento all'altro il cellulare squillerà e dovrà affrontare la dura realtà. Una realtà che non è mai stata vantaggiosa e che sembra metterlo costantemente alla prova. E sì, the *show must go on*. Eppure è così difficile…

Emilio è solo. E non soltanto perché in quel momento non ha nessuno intorno. La sua solitudine va un po' oltre: non ha amici, non ha quel tipo di confidente a cui poter parlare di quanto si sente male, né di quanto si è intristito dopo aver letto il messaggio che Iván ha inviato a Julia. È stato lui ad andarsela a cercare. O perlomeno è quello che non riesce a togliersi dalla testa. Non merita di più? Probabilmente no.

E il momento arriva. Il telefono squilla e appare il suo nome sullo schermo. Sospira, conta fino a tre e risponde.

«Ciao, Julia.»

«Emi, dove sei?»

«A casa mia.»

«A casa tua? Perché?»

Il ragazzo deglutisce e si rannicchia. È disteso sul letto di camera sua, con le persiane abbassate e la luce spenta.

«Ho anticipato il rientro» si limita a rispondere.

«Sei tornato a casa definitivamente?»

«Sì... definitivamente.»

Che senso aveva continuare a vivere con lei? Nei prossimi giorni, dopo aver scoperto quello che c'è tra Iván e Julia, l'angoscia sarebbe diventata insopportabile. Nella sua stanza potrà piangere da solo, senza che l'amica lo scopra e senza doverle dare alcuna spiegazione. Ha diritto ad andarsene in giro con gli occhi lucidi e a non doverne rispondere davanti a nessun tribunale. L'ultima cosa che vuole è dare fastidio alla ragazza di cui è ancora innamorato. Deve accettare quello che suo nonno gli diceva quando era piccolo: «Quello che non può essere non può essere. Del resto è impossibile».

«Emi, stai bene?»

È tanto intelligente e poi arriva e gli fa la domanda più stupida e retorica della storia delle domande. Non si sente come sta? Non si capisce dalla sua voce? Non è ovvio che se n'è andato a casa sua perché sta per essere travolto da giorni pieni di sofferenza? O forse il suo quoziente intellettivo le serve soltanto a risolvere il cubo di Rubik in cinquanta secondi? Non si rende conto che sta male a causa sua?

«Sì, non preoccuparti.»

«Non ci credo.»

«Be', credici. Sto alla perfezione.»

È stato sgarbato, ma gli è venuto così. Si sta già sforzando abbastanza per non dirle ciò che pensa: "Sei innamorata di uno stronzo e ti sei lasciata alle spalle il ragazzo che ti avrebbe potuto rendere per sempre felice. Quello che ti ama davvero".

Quella risposta così fredda e inverosimile non aiuta a rendere fluida la conversazione tra i due amici. Anzi, la paralizza. Per qualche secondo Julia non gli dice nulla, e nemmeno Emilio parla. Non dovrebbe interessargli com'è andata tra lei e Iván. Ma ha bisogno di sapere fino a che punto fustigarsi.

«Con quello com'è andata?»

«Non molto bene» risponde Julia decisa, senza riprenderlo per aver apostrofato negativamente Iván.

«No? Cos'è successo?»

Anche se non era sua intenzione, la voce gli è uscita un po' più allegra dopo la risposta di Julia.

«Non è trasparente.»

«Te l'avevo detto, ma non mi hai creduto.»

«A volte i cattivi sono coperti di brillantini e hanno un bel fiocchetto in testa.»

«Cosa significa?»

«Che le cose non sono sempre come sembrano, Emi. E che preferisco non parlare più di Iván.»

«Lo ami ancora?»

Altra legna sul fuoco. Julia gli ha appena detto che non vuole continuare a parlarne e lui insiste. Non può accontentarsi di sapere che tra loro le cose non sono andate bene? Vuole farsi del male?

«Non lo so. Ma so che non starò mai con lui.»

È già qualcosa. È una posizione intelligente, forse forzata da una delusione. Lui lo sapeva che quello era uno stronzo. Comunque sia, Julia se n'è accorta in tempo.

«Julia.»

«Cosa?»

«Tu meriti qualcuno molto meglio di lui. Te lo assicuro.»

«D'accordo. Cambiamo argomento, okay?»

«Okay. Mi devi qualcosa. Una risposta. Ricordi?»

«Emi. Puoi mettere in discussione il mio cuore, ma non la mia memoria» risponde la ragazza più rilassata. «Hai capito perché è importante che Roberto Méndez abbia parlato della mazza da baseball durante il programma e che Virginia l'abbia sentito?»

«No, non ne ho idea. Me lo spieghi?»

Holmes e Watson ritornano al caso dell'Assassino della bussola. Due giovani e intrepidi investigatori in cerca della verità. Emilio sorride: è di nuovo in squadra con la ragazza più intelligente del pianeta. Anche se sa che, d'ora in poi, le cose saranno necessariamente diverse. Deve trovare una soluzione, il suo cuore gliene sarà grato.

«Ti ripeto, sono soltanto supposizioni, ipotesi. Ma nella mia testa è tutto chiaro e credo di essere arrivata abbastanza vicina alla realtà dei fatti» dice Julia. «Allora, cominciamo dall'inizio. Quando Fernando chiede il divorzio a Virginia, lei sta ascoltando la faccenda della mazza da baseball. Fino a quel momento non si sapeva quale fosse l'arma del delitto.»

«E perché questo dettaglio è così importante?»

«Perché Virginia si è lanciata nel vuoto dopo averlo scoperto. La notizia data da Roberto Méndez l'ha portata al suicidio. Ricorda le sue ultime parole: parla della mazza da baseball!»

«Continuo a non capire. Cosa c'entrano le due cose?»

«Molto semplice. Anche se non posso metterci la mano sul fuoco, perché non ero lì.»

«Dimmi cosa pensi.»

«E se Virginia avesse visto quella mazza da baseball venerdì stesso, prima o dopo l'omicidio? Fino a mercoledì, quando ha guardato la trasmissione, non sapeva che fosse l'arma del delitto! Ed è stato proprio dopo averlo scoperto che si è buttata dal balcone!»

«L'ha fatto perché aveva visto la mazza da baseball in mano a qualcuno, non ci aveva dato peso e si sentiva in colpa per non essere riuscita a evitare l'assassinio della ragazza che amava?»

«Può essere. Anche se la mia teoria è un'altra.»

69

Giovedì 25 maggio 2017

In quegli ultimi giorni probabilmente sta raccogliendo quello che ha seminato. Vanesa cammina in una delle strade più affollate del paese in cui è nata. Si sente osservata. È come se tutti quelli che incrocia la guardassero e fossero attenti a quel che fa. È una sensazione piuttosto sgradevole. Anche se sa che è il suo inconscio a tenderle la trappola. Nessuno bisbiglia al suo passaggio, e nessuno la insulta a bassa voce.

Vuole davvero cambiare. Vuole essere diversa. Una persona da rispettare per com'è e non perché incute paura agli altri. Quando si è trasformata in questa ragazza odiosa che guarda tutti dall'alto in basso?

Per prima cosa deve riuscire a concentrarsi. Cercare di non lasciarsi sopraffare dalla paura e dai suoi maledetti complessi e smettere di comportarsi con gli altri come non vorrebbe si comportassero con lei.

E deve essere sincera. Come lo è stata con Julia in merito a Iván. La sua compagna di classe è un buon esempio da seguire. Sì, un buon esempio. Nonostante si sia innamorata della persona sbagliata. Proprio come è successo a lei.

Arriva fino in piazza, dove ha appuntamento con Ingrid. Vuole aggiornarla sulle novità davanti a un caffè. Lei è lì, seduta su una panchina a gambe incrociate. La brezza soffia delicatamente spettinandole la frangetta. Sta leggendo qualcosa sul cellulare, con indosso gli auricolari. Probabilmente ascolta una canzone di India Martínez, la sua cantante preferita. Anche Vanesa la adora, quasi quanto Dani Martín.

Quando la vede, Ingrid si toglie gli auricolari e li mette in borsa. Poi infila il cellulare nella tasca dei jeans aderenti e si alza in piedi per accoglierla. Il bacio è sulla guancia. Non osano andare oltre.

«Stai bene? Hai gli occhi gonfi» dice Ingrid preoccupata. «Anche se mi piacciono molto i capelli lisci. Sei davvero sexy.»

«Ho tante cose da raccontarti. Andiamo in un posto tranquillo.»

Le due ragazze si siedono a un tavolino nel dehors di un bar della piazza e ordinano entrambe un *café con leche*. Vanesa spiega a Ingrid tutto quello che ancora non sa: gli incontri con Julia, la bugia di Iván e il suo desiderio di diventare una persona migliore.

«Tu non hai bisogno di cambiare.»

«Invece sì, Ingrid. Voglio essere una persona migliore.»

«Sei buona, Vane. Molto più buona, gentile e simpatica di me.»

«Infatti anche tu dovresti cambiare. Non possiamo continuare a essere per tutta la vita le "cattivelle con classe". Mi piacerebbe andare a dormire con la coscienza pulita, sai? Ho incubi continui. A te non capita?»

No, non le capita. Ingrid la guarda come se le stesse parlando in arabo. Lei è fatta così e non può cambiare. Ma Vanesa per lei va oltre l'impossibile. Farebbe di tutto pur di renderla felice. Persino trasformarsi in un'altra persona.

«È così difficile quello che desidero?»

«Immagino di no. O sì. Non lo so, Vane. Ma per te qualsiasi cosa. Vuoi che diventiamo buone? Da adesso in poi saremo due sante.»

«Non esagerare. Non saremo mai delle sante.»

«Hai ragione. Non possiamo essere due diavoli e il giorno dopo trasformarci in suor Ingrid e suor Vanesa. Non ci sta proprio, tesoro.»

«E non ce n'è bisogno. Cerchiamo semplicemente di occuparci di noi, di vivere in pace e di non dare fastidio agli altri, a meno che non ci provochino. Che ne pensi?»

«Sarà più noioso» risponde Ingrid, che alza lo sguardo e si stringe nelle spalle. «Ma accetto. Con te fino alla fine del mondo.»

«Non vedo perché debba essere noioso.»

E, dopo essersi alzata dalla sedia, Vanesa si avvicina a Ingrid e sigla il patto con un bacio mozzafiato, con la lingua. È la prima volta che si baciano in pubblico. La prima di molte altre.

Osserva sconvolto il bacio tra Ingrid e Vanesa e sbuffa disperato. Mormora una parolaccia, anche se subito dopo chiede scusa e si fa il segno della croce. Non capisce questi tempi moderni in cui ci sono ragazze che baciano altre ragazze. E davanti a tutti! Sodoma e

Gomorra! Sta per andare a riprenderle, ma decide di tenerne conto quando correggerà i loro esami. Religione non è una materia inutile come pensano tutti.

Ragazzi irrispettosi. Un giorno il cielo gli crollerà addosso e tutto avrà un nuovo inizio.

Santiago Mantovani è uscito a fare una passeggiata. Splendono gli ultimi raggi del sole di quel giovedì di maggio. Sono giorni un po' insoliti, in cui sta mettendo in discussione questioni che credeva di avere ben chiare. La fede non è tra quelle. La sua è incrollabile. Dio è tutto. Dio è vita ed è anche morte, come ha constatato ultimamente. Adesso ha dei dubbi per via di alcuni sentimenti. Sentimenti che lo preoccupano e che, a volte, non gli permettono di riposare in pace. Perché la morte di quelle due studentesse e di Virginia Ayuso l'ha così intristito?

Quella mattina è andato al funerale della collega di matematica e l'unica cosa a cui riusciva a pensare era a quanto fosse stata sciocca a suicidarsi. Dio ti regala la vita e tu decidi di togliertela. Che spreco. Per quanto stesse soffrendo, avrebbe dovuto lottare e affrontare i suoi problemi.

«Ciao, Santiago. Dove vai?»

Il professore di religione cammina così preso dai suoi pensieri che non ha visto arrivare Roberto Méndez.

«Da nessuna parte in particolare, anche se dopo andrò a San Pedro. È un bel pomeriggio per una passeggiata.»

«Vero. Splendido» riconosce il giornalista, che irradia felicità da ogni poro del corpo. «Come stai vivendo la faccenda di Lázaro? Prenderai tu le redini della scuola adesso?»

«Io?»

«Sei il vicepreside, no?»

«Sì. Ma per il momento non ho pensato a nulla.»

Mente. Ci pensa da quando l'hanno chiamato per avvisarlo dell'arresto di Lázaro Martínez, probabilmente coinvolto negli omicidi. È lui che deve prendere il comando della scuola, perlomeno fino alla fine dell'anno scolastico. Da settembre in poi si vedrà.

«Immagino che, date le circostanze, la cosa non ti faccia molto piacere» insiste il giornalista, che tira fuori un quadernetto dalla borsa che porta a tracolla. «Senti, me la rilasceresti un'intervista? Ho un buco domattina presto. Credo che sarebbe molto interessante conoscere il tuo punto di vista come nuovo preside del Rubén Darío. E potresti dare un messaggio di tranquillità agli allievi e ai genitori.»

«No, grazie. Non voglio intervenire nel tuo programma. Sono allergico alle telecamere.»

«Non sono più nell'emittente locale. Ho firmato per una nazionale. Inizio domattina.»

«Buon per te.»

«Allora? Ci vieni? Posso chiedere se sono disposti a pagarti. Lì girano parecchi soldi.»

«No. Grazie» risponde Santiago, che non vede l'ora di sparire da lì, cosa che fa subito dopo. «In bocca al lupo per il tuo nuovo lavoro. Almeno a qualcuno questa disgrazia ha portato fortuna.»

«Be', anche a te non è andata poi così male, vero signor preside?»

No, non è andata male. Nonostante Dio non lo veda con gli stessi occhi dalla morte di Aurora Ríos. Ma la vita continua e lui ha parecchio su cui riflettere. Sempre pensando al Signore, certo.

Nello stesso momento, solo qualche metro più in là rispetto al punto in cui si trovano Mantovani e Méndez, un uomo bussa alla porta di una casa in cui non è mai entrato. A dire il vero, fino a un paio di giorni prima non sapeva nemmeno che la persona che sta andando a trovare vivesse lì.

Alberto Montero sente che Scarlett Smith toglie la doppia mandata e apre. La professoressa di inglese non sembra stupita dalla visita del collega di educazione fisica. Nonostante lui abbia l'aspetto rude e bruttino di sempre, la delicatezza di ciò che ha in mano la lascia senza parole.

«Sono per me?»

«Sì... sì. Certo. Ti piacciono?»

«Sono splendidi. Grazie mille.»

L'omone consegna alla donna un mazzo di dodici rose rosse. Erano anni che non regalava fiori a una donna, a parte a sua madre per il compleanno, quando era ancora viva.

«Vuoi entrare o andiamo a bere qualcosa da qualche parte?»

«Come vuoi tu. Quello che preferisci.»

«Bene. Allora entra. Stavo guardando il telegiornale.»

«Qualche novità?»

«Sempre le stesse cose. L'arresto del preside è la notizia di apertura di tutti i telegiornali nazionali» commenta Scarlett, che entra in casa annusando le rose. «Ceniamo insieme?»

Alberto arrossisce e alla fine accetta la proposta. Essere così imbarazzato alla sua età... Le donne l'hanno sempre spaventato un po'. Invece con Scarlett si sente abbastanza a suo agio. Alla fine la bussola e l'elastico trovati nello spogliatoio sulla scena del primo crimine sono serviti a creare un legame particolare tra loro. Nonostante le cose si fossero complicate qualche giorno prima, quando li hanno chiamati a rilasciare le loro deposizioni. Temevano entrambi che li avrebbero arrestati. Per fortuna è stato soltanto un brutto spavento e non sono stati nemmeno indagati. Ormai l'assassino delle ragazze è in carcere, per cui nessuno dei due ha nulla da temere. Non immaginano che quella storia avrà un altro finale. Un finale del tutto inaspettato.

«Sai chi ho visto mentre venivo a prenderti?»

«No.»

«Montero. Stava comprando dei fiori, sembravano rose rosse. Non sapevo uscisse con qualcuno.»

«Nemmeno io.»

«Sarà qualche prof della scuola?»

«Non ne ho idea, e non mi interessa.»

Diego Soler annuisce osservando inquieto e preoccupato Jonathan Vila. Il professore di filosofia da qualche minuto ha lo sguardo fisso sulla sedia di Virginia. Quella mattina sono andati insieme, con la macchina del professore di lettere, al funerale della donna. Jona non era nelle condizioni di poter guidare. Troppe medicine per curare il dolore, quello della testa e quello dell'anima.

«Quel bernoccolo non ha un bell'aspetto. Ogni volta che ti guardo mi sembra peggiorato. Dovresti andare dal medico.»

«Che esagerato. Non è niente di grave. Passerà nell'arco di pochi giorni.»

«Ti fa tanto male?»

«Solo quando respiro.»

Il sorriso spezzato e straniato di Jona fa venire a Diego la pelle d'oca. La morte di Virginia l'ha profondamente colpito. Durante il funerale l'ha sentito dire un sacco di cose a bassa voce che non è stato in grado di decifrare. Ma non ha versato una sola lacrima. Nemmeno a pranzo. Loro due, la professoressa di storia Ana e Nuria Almagro, quella di economia delle terze, hanno mangiato insieme in un ristorante lungo la strada, dopo la cerimonia. Poi ognuno è andato a casa propria a riposare, finché Jonathan non l'ha chiamato per chiedergli di accompagnarlo a scuola. La famiglia di Virginia ha chiesto di raccogliere le sue cose dall'ufficio e di spedirle il prima possibile.

«Era una donna splendida. Mi mancherà molto» dice Diego, guardando alcuni libri sul tavolo. «Non riesco ancora a credere che...»

«Lei non ha fatto niente» lo interrompe Jonathan scocciato, anche se non alza la voce. «L'hanno spinta dal balcone.»

«Non lo so, Jona.»

«Io lo so. Sono sicuro che l'ha spinta suo marito. Ma la verità verrà fuori, alla fine.»

La fermezza di quelle parole non stupisce Diego. Hanno già parlato della faccenda durante il tragitto in macchina, all'andata e al ritorno. Ha quell'idea marchiata a fuoco nel cervello.

«Si tratta di un'accusa molto grave.»

«Non m'importa. Fernando ha ucciso Virginia. Lo so.»

Diego non vuole riprendere quella discussione. Non gli farà cambiare idea. Quindi decide di restare in silenzio. Prende la scatola che hanno portato a scuola e inizia a metterci i libri che sono sul tavolo. Quando solleva *L'assassinio di Pitagora*, di Marcos Chicot, una foto cade a terra. L'uomo si china e la raccoglie. Nell'immagine ci sono Aurora e Virginia insieme. Sono sulle gradinate di un palazzetto e dietro di loro c'è un palcoscenico illuminato. Un ragazzo con i capelli rossi ha un microfono in mano.

«Cos'è?» chiede Jonathan, incuriosito dalla scoperta del collega.

«Una foto.»

«Fammi vedere.»

Il professore di filosofia strappa la foto di mano a Diego e la osserva per qualche secondo.

«L'hanno scattata quando sono andate insieme al concerto di Ed Sheeran» dice il professore di lettere. «Mi aveva raccontato che Aurora l'aveva invitata.»

«Te l'ha raccontato?»

«Sì, Virginia mi raccontava molte cose. Avevamo un bel rapporto» confessa Diego.

«Un bel rapporto? Avevate una storia?»

Soler non risponde. Mette nella scatola l'immagine di Virginia e Aurora e poi ci posa sopra un libro di algebra, coprendola. Non vuole parlare di quella faccenda. Si era trattato soltanto di un paio di baci in aula professori, niente di che. Se fosse dipeso da lui avrebbero iniziato una vera relazione. Ma Virginia non la voleva in nessun modo. Era innamorata di un'altra persona. Qualcuno che non era suo marito e di cui non gli aveva mai parlato. Ma Diego sapeva cosa stava nascondendo. Sapeva che la collega e Aurora avevano una relazione segreta.

70

Venerdì 26 maggio 2017

Fanno tutti e tre colazione seduti al tavolo della cucina. Julia si è svegliata presto, verso le sei e mezza del mattino, anche se è rimasta a letto finché non ha sentito i suoi genitori scendere le scale. Ieri sera ha parlato con Emilio via Skype del suo ritorno a casa e del miglioramento del rapporto con i suoi genitori e poi ha letto finché non si è addormentata. Nonostante abbia cercato di scollegarsi da tutto, continua a fare sogni legati alle morti delle sue compagne di classe. Ne è ossessionata. Ha l'impressione di avere tra le mani le tessere del caso e di non dover fare altro che metterle insieme in modo corretto. La soluzione sta nel pensare lucidamente, cosa che ieri dopo cena non è riuscita a fare. Non ne ha nemmeno parlato con i suoi genitori. Non era ancora il momento.

«Quando non vi viene o siete bloccati, mettete la storia in un cassetto e lasciatela riposare. Sicuramente la prossima volta che la riprenderete in mano fluirà in modo molto più chiaro.» È il consiglio che Diego Soler, il loro professore di lettere, le ha dato sulla scrittura. La scuola si era presentata a un concorso letterario a livello provinciale e lei era fra le tre finaliste.

Julia ha applicato il consiglio alle tante informazioni di cui è in possesso sull'omicidio di Aurora e a tutto ciò che è collegato al caso. Ha bisogno di accantonarle in un angolo della mente per lasciarle decantare. Per qualche ora, non per chissà quanto. Quanto basta per far prendere aria al cervello e disintossicare i neuroni. Quella sera sarà una settimana dalla scomparsa di Aurora da casa. Come starà Vera? E Bernardo? Male, è impossibile che sia diversamente. Darebbe qualsiasi cosa perché fosse trovato l'assassino e fatta giustizia. Certo, non riporterebbe Aurora in vita, ma forse i suoi genitori potrebbero trovare un po' di pace.

«Mi passi il burro?» chiede Aitana alla figlia, che glielo porge all'istante. «Allora Emilio ha definitivamente fatto pace con i suoi?»

«Così sembra.»

«Sono molto contenta. Adesso ognuno di loro dovrà fare del proprio meglio perché le cose non si guastino di nuovo. Si può discutere e non essere d'accordo su qualcosa, ma sempre dialogando e non mancandosi di rispetto.»

«Ieri Antonio mi ha mandato un Whatsapp per ringraziarci di come abbiamo accolto suo figlio» spiega Miguel Ángel, prima di addentare una fetta biscottata.

«È un bravo ragazzo. Spero che le cose gli vadano bene» aggiunge Aitana. «Se lo merita.»

Julia ascolta i genitori parlare e, anche se ovviamente è contenta che Emi sia tornato a casa, non può negare di sentirne la mancanza. E poi non è sicura che quell'improvviso ritorno sia dovuto soltanto al fatto che la situazione con i suoi si è sistemata. La vera ragione potrebbe essere il messaggio di Iván che ha visto sul suo cellulare, quello in cui le diceva di amarla.

«Bene, io devo andare» dice suo padre, che finisce la colazione e beve l'ultimo sorso di caffè. «Sarà una giornatina movimentata.»

«L'ennesima» sottolinea sua moglie, alzandosi a sua volta. «Cosa succede oggi?»

«Mi ha scritto Otamendi. Sembra che l'avvocato di Lázaro Martínez faccia un comunicato a metà mattina. Dirà che il suo cliente non ha niente a che vedere con l'omicidio di Aurora Ríos.»

«C'era da aspettarselo.»

Julia lo immaginava, proprio come sua madre. Oggi in paese saranno di nuovo tutti in allarme. La gente, convinta che ormai l'Assassino della bussola sia fuori gioco, scoprirà che non c'è un solo colpevole bensì due. Si ripresenteranno la paura e l'inquietudine e si chiederanno spiegazioni ai responsabili del caso. I social si scalderanno e tutti ricominceranno a blaterare e a dire più di quanto sanno.

«Tu cosa pensi di fare, tesoro?»

«Credo che resterò a casa» risponde Julia, prima di bere un ultimo sorso di latte e cacao. «A pranzo sono da sola, vero?»

Sia Aitana sia Miguel Ángel annuiscono. Dovrà cucinare, cosa di cui non ha nessuna voglia. Ma manca ancora parecchio all'ora di pranzo e prima ha diverse cose da fare: riordinare le idee e scoprire l'altro Assassino della bussola. Nientemeno. Non sarà facile, ma è sicura di avere la soluzione a portata di mano.

Quando i suoi genitori se ne vanno, Julia sale in camera a prendere gli auricolari e riscende subito. Va in salotto e si accomoda su una delle poltrone. Allunga le gambe, infila il jack nel cellulare e cerca la colonna sonora di *A Beautiful Mind*. Play. Chiude gli occhi e si tuffa nella memoria. Ha la testa più lucida di ieri sera. Ora deve far funzionare il cervello finché non le uscirà il fumo dalle orecchie. Chi è l'assassino o l'assassina di Aurora?

Considerando i motivi e le opportunità che potrebbero avere avuto per uccidere la sua compagna di classe, passa subito in rassegna alcuni possibili sospettati.

Ma all'improvviso le viene in mente qualcosa su cui prima non ha riflettuto. Se Aurora non aveva appuntamento con la persona che l'ha uccisa, visto che doveva vedere Virginia, l'assassino deve averla vista entrare nello spogliatoio per puro caso. O forse sapeva che sarebbe stata lì perché già altre volte era stato testimone di quegli incontri. Ciò significa che a colpirla con la mazza da baseball è stato qualcuno che era già dentro la scuola? Un professore?

Un professore...

Mentalmente Julia ripensa a chi, quel pomeriggio, aveva servizio di tutoraggio o lezione con i ragazzi di quinta. Gliel'ha detto suo padre: Jonathan Vila, Diego Soler, Santiago Mantovani, Alberto Montero e Scarlett Smith. Scarta Ana López, che aveva lezione dalle otto alle nove e ha quindi un alibi di ferro.

Gli altri cinque invece avrebbero avuto l'occasione di uccidere Aurora. Ma qualcuno di loro aveva motivo di farlo?

Ci riflette. Non immagina nessuno di loro nei panni di un assassino. Certo, però, non immaginava che lo fosse nemmeno il preside. Che invece non ha avuto alcuna pietà per Aria. L'ha uccisa al primo timore che il suo sordido segreto potesse essere svelato.

C'è un'altra cosa a cui non ha pensato e su cui adesso si trova a riflettere: uccidere non è facile. No, non lo è. E pensa a una cosa che le ha detto Emilio: "Ho sempre sentito dire che la cosa difficile è uccidere la prima volta. Poi il senso di colpa e i rimorsi sono meno forti e, nel caso in cui fosse necessario, lo puoi rifare. Non dico che sia facile ammazzare qualcuno, ma...".

Nemmeno suicidarsi è facile. E bisogna avere una ragione molto grave o parecchie ragioni per farlo. Virginia doveva stare davvero male. Ogni volta crede di più alla sua teoria: l'insegnante di matematica si è buttata dal balcone quando ha scoperto che Aurora è stata uccisa con una mazza da baseball. Sarà sulla strada giusta?

La musica finisce e riprende. Ha attivato il loop.

Julia ha gli occhi chiusi e cerca di immaginare quello che può essere accaduto quel venerdì pomeriggio. Aurora ha appuntamento con Virginia, con cui ha una relazione proibita, nello spogliatoio della scuola. Non è la prima volta. Entra e per qualche ragione la prof è in ritardo. Ma qualcuno l'ha vista e la segue nello spogliatoio. Parlano, discutono – chissà perché – e quel qualcuno la colpisce con una mazza da baseball, con tanta forza e tanta rabbia da ucciderla. Poi arriva la pantomima della bussola, probabilmente dimenticata da Alberto Montero nello spogliatoio e che l'assassino ha messo vicino al corpo al fine di creare un po' di confusione, cosa che ha sortito l'effetto sperato. Poi esce con la mazza da baseball nascosta tra i vestiti, anche se di questo non ne è certa. Nessuno vede l'assassino. Dove va? Da qualche altra parte a scuola? In strada? Bisogna scoprirlo.

Qualche minuto dopo Virginia arriva nello spogliatoio. Osserva esterrefatta Aurora stesa a terra. Gira il corpo, che è a pancia in giù, per controllare come sta e si spaventa scoprendo che è morta.

«E allora le prende il cellulare, pieno dei loro messaggi, e la cavigliera, con inciso il suo nome, per non lasciare prove. Non può permettere che qualcuno sospetti di lei: né che l'abbia uccisa, cosa che non ha fatto, né che loro due avessero una relazione» mormora tra sé e sé.

Cos'ha fatto dopo Virginia?

È uscita dallo spogliatoio e...

Ha visto la mazza da baseball? Dove? In mano a qualcuno? Nell'ufficio di qualche professore? Abbandonata da qualche parte?

Fatto sta che Virginia non sapeva che quella mazza era stata usata per uccidere la ragazza che amava.

Virginia. Sempre Virginia. Perché Virginia continua a comparire ogni volta che pensa a quel caso? Qualcuno sapeva della loro storia? Qualcuno che...

«Oh mio Dio! Oh mio Dio!»

Ci aveva già pensato qualche giorno fa. Quando era stato? Sì, esatto! Nella macchina di Diego Soler, quando ha riaccompagnato lei e Emilio dal cimitero alla piazza. Diego! Ha pensato che lui avesse provato qualcosa per l'insegnante di matematica.

Ricorda l'istante e quello che ha pensato in quel momento: "Ma in quanti erano innamorati della professoressa di matematica?".

«È un crimine passionale?» sussurra Julia portandosi le mani alla testa. «Qualcuno che era innamorato di Virginia è venuto a sapere che frequentava Aurora e ha voluto toglierla di mezzo. È possibile?»

Certo che non bisogna essere molto a posto per fare una cosa del genere. Chi può uccidere una ragazza di diciassette anni per...?

E di nuovo spalanca gli occhi. Si è appena ricordata di... è soltanto un'intuizione. Una semplice intuizione! Ma deve andare a fondo. Lo deve fare. Adesso. Adesso! Sale i gradini due alla volta per arrivare il prima possibile in camera sua, e una volta lì accende il computer. Ha bisogno di informazioni. Digita in fretta. Nervosa. Google la aiuta a trovare il materiale che sta cercando. Non ce n'è molto, ma abbastanza da capire quel che è successo. O che non è successo.

Julia sospira. Sarà la strada giusta? Le mancano dati, alcune delle sue deduzioni sono al limite dell'azzardo, ma la logica e il sesto senso le dicono di continuare su quella strada. E adesso? Qual è il passo successivo? Informare suo padre di ciò che sa? No, non ancora, è molto impegnato. Non avviserà nessuno fino a quando non sarà sicura dei suoi sospetti. E perché ciò avvenga deve prima fare una telefonata. Forse questa potrà confermare l'idea che ormai non riesce più a togliersi dalla testa.

71

—

Venerdì 26 maggio 2017

Va avanti e indietro nella sua stanza. Julia non è mai stata così nervosa in tutta la sua vita. Quella telefonata le ha svelato addirittura più di quanto immaginasse. Deve chiamare suo padre?

No! Non è ancora il momento! Le mancano prove. In realtà non c'è niente di sicuro. Niente di consistente. È soltanto un'idea. Una teoria molto sensata e dalla logica schiacciante.

Ma adesso suo padre è molto occupato con tutta la faccenda di Lázaro Martínez e dell'omicidio di Patricia Herrero. Non lo deve disturbare. Lo chiamerà soltanto se i suoi sospetti verranno confermati al cento per cento.

E se chiamasse Emilio per spiegargli cos'ha scoperto? Lui ha il diritto di saperlo.

Digita il suo numero, ma scatta la segreteria. Insiste una seconda volta, ma ottiene lo stesso risultato.

Cosa può fare?

Preparare una camomilla: ecco, deve preparare una camomilla per calmarsi. Poi andrà avanti con le indagini. Che scopra o meno qualcosa di nuovo, quella sera, quando suo padre tornerà a casa, gli spiegherà la teoria che ha elaborato e da lì in poi dovranno essere la polizia e la UCO a trarre le proprie conclusioni e a decidere cosa farsene di quelle informazioni.

Scende in cucina e si prepara l'infuso. Porta in sala la tazza e accende la televisione. È sintonizzata su Antena 3.

Ma quello non è Roberto Méndez? Sì! È lui!

È di nuovo a *Espejo Público*, ma... come inviato speciale! È chiaramente indicato nella dicitura.

Incredibile. Quel tizio ha ottenuto quello che voleva. Il creatore del falso Assassino della bussola ha ottenuto il suo premio. Anche se, vista la sua naturale tendenza al sensazionalismo e alla continua ricerca di particolari morbosi, probabilmente non durerà tanto nel programma di Susanna Griso.

«Roberto, tra poco parlerà l'avvocato del preside del Rubén Darío. Cosa sta per comunicare? Si sa qualcosa?»

«Sì, Susanna. Ha convocato la stampa per mezzogiorno. Come potrai immaginare, qui è pieno di inviati e girano voci sulla faccenda. Ma possiamo già anticipare in esclusiva ai nostri spettatori cosa dirà Rubén Expósito, l'avvocato di Lázaro Martínez». Méndez fa una pausa e per qualche secondo guarda un foglio che non aveva ancora mostrato alle telecamere. «Il comunicato dice che il preside del Rubén Darío non ha ucciso Aurora Ríos. Si dichiara colpevole della morte di Patricia Herrero, ma non è stato lui a uccidere l'altra studentessa. Quindi abbiamo due assassini della bussola e a quanto pare due casi diversi.»

«Ottimo lavoro, Roberto. Questo rappresenta una svolta di centottanta gradi nelle indagini.»

«Proprio così, Susanna. Significa che la polizia e la UCO hanno risolto solo una parte del caso e non sanno ancora chi sia l'assassino di Aurora Ríos.»

A Julia, che si beve la tisana e poi spegne, non piace il tono usato da Roberto Méndez. La notizia si è diffusa, adesso ricomincerà la psicosi.

Cosa fa? Chiama suo padre e accelera le cose? Gli spiega cosa pensa? Lei crede di sapere chi è il colpevole!

Indecisa, esce in cortile con in mano il cellulare. Continua a girare intorno a una pianta che è lì nel mezzo, un enorme ficus che il padre ha regalato alla madre l'anno scorso per il compleanno. Pensa alla sua ipotesi e ai possibili punti deboli. E se si stesse sbagliando? Se accusasse un innocente? No. Dev'essere colpevole. Lo è. Lei sa che lo è.

La suoneria del cellulare le fa prendere un colpo. È Emilio. Julia risponde subito, continuando a camminare intorno alla pianta e con il cuore a mille.

«Emi! Ma dov'eri? Ti ho chiamato ma mi dava spento.»

«Ero al telefono con mio padre» dice il ragazzo, molto serio.

«Che succede? Ti sento strano. Avete di nuovo litigato?»

«No, anzi. Va tutto benissimo.»

«Be', non sembra.»

Il ragazzo resta in silenzio proprio prima di dare all'amica una notizia che le cambierà la vita. Ci ha riflettuto tutta la notte e crede sia la scelta migliore per lui. Se non lo facesse continuerebbe a soffrire.

«Julia, me ne vado.»

«Cosa? Te ne vai? Alla casa al mare? E gli esami?»

«No, no. Non adesso. Gli esami li farò e spero che vadano bene. Sto parlando del prossimo anno scolastico.»

«Davvero? E dove vai?»

«Non ho ancora deciso. Frequenterò la quarta all'estero, forse a Londra o a Stoccolma. Ne ho già parlato con i miei. Loro vogliono che vada e a me sembra una buona soluzione.»

A Julia non sfugge il fatto che l'amico abbia usato la parola "soluzione" come ragione per andarsene. Soluzione di cosa? Non glielo chiede, non ha il coraggio di farlo.

«Ne sei sicuro, Emi?»

«Sì. Ci ho pensato molto. La decisione è definitiva.»

«Cavoli. Mi hai lasciata senza parole. Non sapevo neanche che volessi andare a studiare fuori.»

«Già. È stato tutto molto veloce.»

Restano entrambi in silenzio per qualche secondo. Julia inizia a immaginarsi la vita senza il suo migliore amico e quel pensiero le fa malissimo. Più di quanto avrebbe immaginato. Ha la sensazione di soffocare, ma al tempo stesso è felice che Emilio abbia questa occasione.

«Emi, complimenti. Sarà di sicuro una splendida esperienza. Ti verrò a trovare, ovunque andrai. Non ti libererai di me così facilmente.»

«Be', mancano ancora un po' di mesi.»

«Sì. Ho ancora un po' di tempo per assillarti.»

Suona il campanello di casa. Julia guarda verso la porta e si chiede chi possa essere. Uno dei suoi ha dimenticato la chiave?

«Stanno suonando alla porta. Ti chiamo dopo. Devo raccontarti delle cose.»

«D'accordo, ci sentiamo dopo.»

La ragazza lo saluta e riaggancia. Poi si mette il cellulare nella tasca posteriore dei pantaloncini. Si dirige all'ingresso e apre la porta. Non si aspettava che fosse lui.

«Ciao, Julia. Tutto bene?»

La ragazza non risponde. È ammutolita. Nella sua testa si accalcano mille e più pensieri. Non è nemmeno in grado di dirgli di entrare, perché lui lo fa senza chiedere il permesso. Ma cosa ci fa lì? Ora più che mai vorrebbe sbagliarsi. Che il suo sesto senso e la sua logica non fossero altro che schegge impazzite. Speriamo che sia solo un enorme errore.

«Mi offriresti un bicchier d'acqua? Sono assetato. Questo caldo mi sta uccidendo.»

Vanno in cucina. E se non si fosse sbagliata? E se il colpevole fosse davvero lui? Se quello che ha davanti fosse l'assassino di Aurora?

Tremando, prende una bottiglia d'acqua dal frigorifero e un bicchiere. Lo riempie e glielo passa. Spera che non intuisca che dentro è un fascio di nervi.

«Ti starai chiedendo perché sono venuto, no?»

«Sì» risponde sintetica la ragazza, agitata dalla teoria che le gira in testa: "Sei venuto a uccidermi perché so quello che hai fatto a Aurora".

«Ci possiamo sedere da qualche parte? Vorrei parlare con te con calma.»

Forse non la vuole uccidere. È lì perché davvero vuole solo parlare con lei. Magari sta ingigantendo la situazione.

Non è possibile che sappia che sospetta di lui. Come può saperlo se ha messo insieme i pezzi soltanto un'ora fa?

Lo accompagna fino in sala e ognuno si accomoda su una poltrona.

«Bene. In questi giorni non ci sono state le lezioni e siamo un po' indietro. Tu sei la studentessa più brillante di terza, quindi volevo chiederti una cosa» dice l'uomo, che beve il suo bicchiere d'acqua.

«Cosa?» chiede la ragazza stupita.

«Secondo te dobbiamo fare una verifica finale oppure è meglio che consegniate un lavoro scritto? Considerate le circostanze, non so cosa sia la cosa migliore. Mi costringono a dare un voto. Ma non so se siete in grado di mettervi a studiare, visto tutto quello che è successo. Tu cosa ne pensi?»

La cosa sorprende ancora di più Julia. Vuole soltanto un consiglio? In qualche modo il fatto che sia quella la ragione della visita la tranquillizza. Riflette un attimo sulla domanda e risponde molto più calma, anche se sempre allerta. Il professore è pur sempre il suo primo sospettato nell'omicidio di Aurora.

«La classe sarebbe sollevata se non ci fosse l'esame. Secondo me andrebbe bene un lavoro scritto. Anche se non so...»

«Non sai? Tu sai tutto, Julia» dice l'uomo cambiando tono di voce. I suoi occhi accusatori la fissano. «Perché hai telefonato ai miei genitori? Sono persone anziane e non vanno disturbate. Hanno sofferto molto.»

Allora capisce. È lì per via della telefonata che ha fatto poco prima. La donna l'ha avvisato, anche se Julia le aveva chiesto di non farlo e lei le aveva promesso che non avrebbe detto nulla al figlio.

«Mia madre ha sempre pensato che la mia povera sorella non si sia suicidata. E sai una cosa? È convinta che sia stato io a spingerla da quel dirupo. Per fortuna mio padre crede alla mia innocenza. È stato lui ad avvisarmi che una ragazza aveva chiamato a casa facendo strane domande. Domande impertinenti sul suo professore di filosofia. Quell'uomo ora è tutto ciò che ho nella vita. Gli voglio bene.»

Jonathan Vila accavalla le gambe e beve un altro sorso d'acqua, prima di riprendere a parlare.

«La vita è una grande merda, Julia» dice, toccandosi l'enorme bernoccolo che ha sulla fronte. «Mia madre ha la pessima abitudine di raccontare tutto a mio padre. Gli ha spiegato che sospettava di me quando Paula si è suicidata e adesso, non appena ha riagganciato, ha detto a mio padre che avevi chiamato. Anche se non hai lasciato il numero, sul telefono fisso dei miei restano registrati gli ultimi numeri delle chiamate ricevute. Mio padre me l'ha dato e mi è bastato controllare l'elenco con i dati degli alunni che noi professori abbiamo a disposizione. In realtà non mi ha stupito che fossi tu. Anche se mi è sembrato strano che non avessi preso altre precauzioni. Ti sei esposta troppo, Julia.»

Sì, si è esposta troppo. Era così emozionata per via di quello che aveva scoperto... pensava che quella telefonata non sarebbe giunta alle orecchie di Jonathan Vila. Non ha detto chi era e la donna le aveva promesso di non raccontare nulla al figlio, con il quale non parla da quindici anni. Da quando se n'è andato di casa, all'età di diciotto.

«Negli anni successivi alla morte di Paula, la mia vita è stata un inferno. Mia madre era convinta che l'avessi uccisa. Ma ti sembra? Solo perché avevo litigato diverse volte con lei per... Sai perché discutevamo?»

«No.»

«Per una ragazza» risponde Jonathan sorridendo. «Sì, proprio così. La sua migliore amica, la ragazza di cui ero innamorato. Mati era stupenda. E aveva un profumo così buono... È stata il mio primo amore. E loro... loro si sono prese gioco di me... Le avevo scoperte a parlare nella sua stanza... una sera, durante un pigiama party... Paula le aveva detto che il suo insignificante fratello quindicenne ce l'aveva piccolo e che se lo trastullava pensando a lei; all'inizio a Mati aveva dato fastidio, ma poi era scoppiata a ridere. Paula l'aveva spinta a ridere di me. Ed erano andate avanti così. Ogni volta che veniva a casa mi guardava e rideva. Tutto per colpa di Paula. Sai quanto è difficile per un ragazzo di quindici anni essere preso in giro dalla ragazza di cui è innamorato per... per la dimensione del...? Hai idea di quanto sia difficile?»

Quell'urlo raggela Julia. I punti che le erano rimasti in sospeso iniziano a chiarirsi. Negli articoli che parlavano del suicidio della sorella di Jonathan, e che poco prima ha cercato su Internet, era scritto che la ragazza era caduta da un dirupo fuori città. Si parlava di suicidio. Tuttavia, in diverse dichiarazioni ai mass media, la madre riteneva impossibile che sua figlia si fosse tolta la vita. E lo assicurava anche Mati, la migliore amica della ragazza. Ma il caso era stato archiviato come suicidio, dal momento che non c'erano prove contrarie.

«Strana la vita, eh? A diciott'anni me ne vado di casa, stanco degli sguardi inquisitori di mia madre, e adesso la storia si ripete... La mia stupida madre. Scommetto che al telefono ti ha detto che sono stato io a uccidere Paula, vero?»

Non così direttamente, ma sì. Nei dieci minuti di conversazione la donna l'ha insinuato di continuo. E senza che Julia le dovesse fare nessun tipo di pressione. Anche lei pensa che sia stato Jonathan. Ha ucciso sua sorella e adesso ha ucciso Aurora. Non ha dubbi.

«Non devi rispondere. Lo so» aggiunge il professore di filosofia accarezzandosi la fronte. «Come ti stavo dicendo... ho mal di testa. Cosa ti stavo dicendo? Ah, sì. Che me ne sono andato di casa a diciott'anni per scappare dalle accuse di mia madre. Mi sono laureato, sono arrivato in paese per insegnare e qualche mese fa è comparsa una donna splendida di cui mi sono innamorato follemente. La vita mi stava offrendo una seconda opportunità? Mi stava dando un'altra Mati? No! Vita di merda! Virginia era sposata.»

Lui era innamorato di Virginia. E Virginia si era innamorata di lui? Julia pensa molto in fretta, mentre ascolta Jona. E cerca anche di trovare il modo per scappare di lì se le cose si dovessero mettere male. Come può scappare o avvisare qualcuno se l'uomo perde le staffe e decide di eliminare anche lei?

«Sposata» ripete lui, scoppiando a ridere. «Sposata, cazzo. Mi sono innamorato di una splendida donna sposata. La vita non mi dà tregua. Cazzo. Niente per me è stato facile. Ma un giorno l'ho sentita parlare al telefono con suo marito. Sai cosa gli ha chiesto? Sai cosa gli ha chiesto?»

«No. Cosa?»

«Se le faceva le corna!» esclama Jonathan. È esaltato e rovescia l'acqua rimasta nel bicchiere. Non se ne rende nemmeno conto. «Fernando... quel coglione ha accanto la donna più fantastica del mondo e scopa con un'altra. Il mondo è pieno di idioti. Anche se la cosa mi ha dato qualche speranza. Se avessero divorziato, Virginia sarebbe rimasta libera e io avrei avuto la mia occasione. Questa volta sì. Lo leggevo nei suoi occhi. Le piacevo. Sì, le piacevo.»

Julia osserva il suo professore di filosofia abbassare la testa e coprirsi il viso con le mani. E se provasse a telefonare a qualcuno senza farsi vedere? Potrebbe tentare. Ma è seduta e ha il cellulare nella tasca posteriore dei pantaloncini. Sarà complicato.

«Il destino è bastardo, Julia. Non ti fidare mai» l'uomo continua a parlare, riprendendo a osservarla. «Ero molto attento a Virginia. Non che la spiassi, ma quasi. Be', diciamo che la tenevo d'occhio senza che lei lo sapesse. Ed è stato così che ho scoperto che... che... vedeva Aurora Ríos in segreto. Non puoi immaginare come ci sono rimasto in quel momento. La persona di cui ero innamorato usciva con una ragazza! Ma se Aurora aveva la stessa età di mia sorella quando è morta! E cosa pensi che sia successo, Julia? Cosa ne pensi tu, testolina privilegiata?»

«Io non penso niente» risponde lei, e porta con nonchalance una mano verso la tasca dei pantaloncini. Lo sbloccherà con l'impronta digitale. Sotto, in basso, c'è l'icona dell'ultima telefonata in uscita. Se ci riesce, Emilio sentirà la conversazione.

Ma non ha tempo nemmeno di dare inizio al piano. Jonathan posa il bicchiere sul tavolo e scuote la testa.

«Non farlo. Andiamo, dammi il tuo cellulare. So che ce l'hai dietro al culo. Prima te l'ho guardato e l'ho visto» dice l'uomo emettendo una sgradevole risatina. «Non sei l'unica superdotata qui dentro. Anche il mio quoziente d'intelligenza supera il centotrenta. Lo sapevi? Sono molto intuitivo e mi accorgo delle cose prima degli altri. Non è emozionante prevenire le persone? Il mondo è pieno di mediocri che non sono alla nostra altezza. Ecco perché cerco di aiutarli. Voi siete la mia vita, cara Julia. Voi alunni siete tutto per me. Non voglio che finiate come Paula. Quella stupida aveva un grande futuro davanti a sé. Ma è morta a diciassette anni. Peccato. Poverina.»

Jonathan si alza in piedi abbozzando un sorriso cinico, spettrale, e si siede sul bracciolo della poltrona di Julia. Allunga un braccio, infila la mano nella tasca dei pantaloncini e prende il cellulare alla ragazza, che non oppone resistenza.

«Hai ucciso Aurora, vero?» azzarda a chiedergli lei, molto spaventata dalla vicinanza di Jonathan, ma cercando di mostrarsi coraggiosa. Sa che non durerà ancora a lungo. Lui attaccherà da un momento all'altro. E non ha scappatoie. Solo un miracolo può salvarla.

Ma Jonathan non risponde alla sua domanda e fa spallucce. Non ammette e non nega. Sorride malinconico e sospira.

«La vita non mi vuole bene. È ingiusta con me. Senza Aurora, Virginia mi ha notato. Ci sono persino andato a letto insieme. È stata la cosa più bella che mi sia mai successa. Sentire il suo corpo, la sua pelle, le sue mani. Essere dentro di lei. Non lo dimenticherò mai. Ma quello stesso giorno... suo marito l'ha spinta giù dal balcone. Quel gran figlio di puttana mi ha portato via ciò che più amavo. Quel bastardo sì che dovrebbe essere morto! Magari lo sarà presto.»

È andato a letto con lei! Ecco la causa scatenante! Adesso Julia ha tutto chiaro: quando Virginia ha scoperto che la mazza da baseball era l'arma del delitto l'ha collegata a Jonathan, con cui era appena andata a letto.

«Posso farti una domanda?» gli chiede Julia armandosi di coraggio.

«Certo. Avanti.»

«Venerdì sera avevi la mazza da baseball in ufficio? Virginia è passata da te prima che te ne liberassi, vero? L'avevi in ufficio dopo aver ucciso Aurora e lei l'ha vista. Vero?»

Jonathan sgrana gli occhi a quelle parole. Aggrotta la fronte, guarda a sinistra e in alto, come cercando di ricordare qualcosa. E ci impiega qualche secondo. Assorto. Julia lo osserva attentamente. Non ha bisogno della sua risposta affermativa, sa già che è andata così. Deve essere andata così. Ora vuole soltanto trovare il modo di liberarsi e scappare verso la porta. Ha un piano ma non è così sicura di riuscire ad arrivare in strada prima che lui la raggiunga.

«Se anche fosse andata così e Virginia fosse passata nel mio ufficio venerdì per salutarmi, non ha potuto vedere nessuna mazza da baseball» assicura Jona, a cui trema un po' la voce. «No. Lei non ha visto niente. Perché non c'era niente. Io non... io non ho ucciso Paula... non ho ucciso Aurora. Chiaro? Queste sono solo invenzioni tue e della tua stupida immaginazione da superdotata.»

«Non è vero, Jonathan. Tu le hai uccise entrambe. E Virginia si è suicidata perché ha capito che eri stato tu a massacrare Aurora. Era appena andata a letto con l'assassino della ragazza che amava. Non ha potuto sopportarlo e si è buttata dal balcone. È stata tutta colpa tua. Fernando non ha fatto niente.»

«Sì invece! È stato lui a uccidere Virginia!» urla l'insegnane di filosofia, fuori controllo. «Virginia amava me! La storia con Aurora era solo un capriccio! Un errore! Senza di lei noi due saremmo stati felici! Insieme! E Fernando ha infranto il nostro sogno! Il nostro futuro matrimonio! I nostri futuri figli!»

«No, Jonathan, Virginia si è suicidata. Non prenderti più in giro. Sai perfettamente che Fernando l'ha soltanto vista lanciarsi dal quarto piano. È stata colpa tua, Jona» dice la ragazza per provocarlo. «Sei stato tu a uccidere Aurora e sei stato tu a uccidere indirettamente Virginia.»

«Nooooooooooooo!»

L'uomo alza la mano e cerca di colpire Julia con tutte le sue forze, ma lei se l'aspettava. Con un movimento agile sguscia dalla poltrona e riesce a schivarlo, ma cade a terra. Gattona per qualche metro finché riesce ad alzarsi. Jonathan, che non prevedeva quella manovra, ci impiega un attimo a reagire e la insegue. Corrono entrambi verso la porta di casa, che si apre in quel preciso istante. E appare Miguel Ángel. Julia si lancia tra le braccia del padre in cerca di protezione. Trema e ha le lacrime agli occhi. Poi osserva Jonathan Vila che resta immobile come una statua. Il padre non capisce cosa stia accadendo finché la figlia urla come non ha mai fatto prima.

«Papà! Arrestalo! È l'assassino di Aurora! L'ha uccisa Jonathan!»

72

Giovedì 1 giugno 2017

Sono trascorsi sei giorni da quando, a quanto pare, tutto si è concluso. Il piemme Otamendi ha arrestato Lázaro Martínez e Jonathan Vila, senza possibilità di uscire sotto cauzione, in attesa che vengano processati separatamente. L'opinione pubblica è soddisfatta e sui social non fa altro che ringraziare la polizia e la UCO. A parte la sua famiglia e Emilio nessuno sa che dietro la scoperta di entrambi gli assassini si nasconde Julia Plaza.

«È incredibile che una ragazza di diciassette anni abbia risolto il caso più importante che si sia mai verificato in questo paese. Se si venisse a sapere ti farebbero una statua o darebbero il tuo nome a una via» commenta Emilio, seduto al bar della scuola con il libro di storia davanti, anche se sta leggendo sul cellulare un articolo sugli omicidi. «Ma non sei menzionata da nessuna parte. Anche questo è allucinante.»

«Meglio così, Emi. Preferisco passare inosservata ed evitare casini. E poi, senza le prove della polizia e della scientifica, e se mio padre non si fosse fidato di me e non mi avesse raccontato certi particolari dell'indagine, non avrei scoperto nulla.»

«Sei molto modesta. Invece sei un maledetto genio!»

«Ma va', non esagerare. Ho solo usato la logica. La polizia non ci avrebbe impiegato tanto di più a scoprire la verità. Li ho semplicemente anticipati un po'. Ricorda che Jonathan era tra i loro primi sospettati.»

Poco dopo l'arresto del professore di filosofia suo padre le ha rivelato che stavano indagando i movimenti degli ultimi giorni di Jonathan Vila, ma anche il suo passato. Si erano messi in contatto con l'ispettore della Guardia Civil che si era occupato del caso del suicidio della sorella, un settantenne ormai in pensione. L'uomo aveva esposto i suoi dubbi in merito a quanto accaduto diciott'anni prima: aveva sempre pensato che Paula Vila non si fosse suicidata, sebbene la giustizia avesse poi deciso il contrario.

«Senza di te i colpevoli sarebbero ancora a piede libero.»

«Non sono d'accordo!»

«Troppa poca autostima, cara mia.»

L'importante è che gli assassini siano dietro le sbarre e che le persone possano di nuovo fare sogni sereni. È l'unica cosa che le interessa. Ora si deve concentrare sui test di fine anno.

In questi giorni a scuola c'è un casino micidiale. Con tre professori fuori gioco – il preside e Jona in carcere, Virginia tumulata nel cimitero del paese dei suoi genitori – fino a un paio di giorni fa nessuno sapeva cosa sarebbe successo a quelli di terza B. Alla fine Mantovani ha preso in mano la situazione e ha stabilito che tutti gli esami si svolgeranno nella settimana dal cinque all'undici di giugno. Ha assunto temporaneamente tre insegnanti che sostituiscano quelli "assenti" e ha affidato loro il compito di fare lezioni di recupero agli studenti, nei giorni ancora liberi, di preparare le verifiche finali e poi correggerle.

«Emi, perché non la smettiamo di parlare dell'argomento e non ci mettiamo a studiare? Se ti bocciano sarai costretto a ripetere l'anno in Svezia.»

Alla fine la meta scelta da Emilio per il suo anno all'estero è Stoccolma. Frequenterà una scuola privata della capitale. Ai suoi genitori costerà un occhio della testa, ma sono decisi a fare questo investimento per il figlio. Vogliono che si allontani il più possibile dal paese che è stato scenario di tante disgrazie nelle ultime settimane, e da tutto il caos che ci sarà non appena avrà inizio il processo.

Anche lui pensa che un periodo fuori non potrà che fargli bene. Sentirà la mancanza di Julia e starà male senza di lei. Ma sarebbe peggio continuare a starle accanto. Lo sa. Sa che soffrirebbe per quell'amore che prova e non è corrisposto. Un anno in Svezia probabilmente l'aiuterà a dimenticarla. O almeno quello è il suo obiettivo, la sua speranza.

«Rompo così tanto se elogio la tua capacità deduttiva?»

«Un po'» risponde Julia sorridente.

Il fatto è che non parlano quasi d'altro. Perlomeno il suo amico, che si è fatto raccontare almeno una decina di volte l'episodio di Jonathan Vila a casa sua. Per fortuna tutto è finito bene grazie alla provvidenziale comparsa di suo padre, rincasato prima perché aveva di nuovo dimenticato il dossier del caso. Se non fosse andata così chissà come sarebbe finita. Il prof di filosofia l'avrebbe uccisa?

Sarebbe stata la sua terza vittima, anche se Jonathan non ha ancora confessato alcun omicidio. Da quando è stato arrestato non ha più aperto bocca. Nemmeno il suo avvocato è riuscito a farlo parlare. Sei giorni di completo e totale silenzio.

«Hai ragione. Sono davvero noioso. Scusami. Vado a prendere un altro caffè e poi vado avanti con storia.»

«Me ne offri uno?»

«Sì. Io offro il caffè e tu la *magdalena*. D'accordo?»

Julia scuote la testa sorridendo e passa all'amico una moneta da due euro. Lui si alza e si mette in fondo alla lunga coda che si è creata nella caffetteria della scuola.

La vita torna alla normalità. Benedetta routine. Anche se su una cosa deve dare ragione a Lázaro Martínez: niente sarà mai più come prima. Le morti di Aurora, Aria e Virginia pesano moltissimo e sono troppo recenti.

Julia ha deciso che, trascorso qualche giorno, andrà a far visita ai familiari delle sue compagne. Pensa spesso a Vera, ai genitori di Aria e a Bely, la sua sorellina minore. Loro sono altre vittime degli "Assassini delle studentesse del Rubén Darío", come ora li chiama la stampa. Sì, è stato Roberto Méndez a coniare questa definizione dallo studio di *Espejo Público*, il programma in cui ora lavora. Fino a quando durerà su quegli schermi?

«Ciao, Julia» la sorprende una voce alle sue spalle. «Posso sedermi un attimo?»

La ragazza squadra Vanesa, che occupa il posto in cui c'era Emilio. È irriconoscibile. Si è tagliata i capelli ancora più corti dei suoi e sul collo si è tatuata un piccolo delfino che rappresenta una I maiuscola. Al polso destro ha un braccialetto con i colori dell'arcobaleno ed è completamente vestita di nero.

«Non rompo, tranquilla. Per caso hai gli appunti che ci ha dato Ana sulla Rivoluzione francese? Non li trovo e Ingrid non li ha nemmeno presi.»

Lei e Ingrid ormai sono una coppia ufficiale. E, anche se la gente in paese mormora alle loro spalle, alle due non interessa. Nemmeno l'avvertimento di Mantovani – che le ha invitate a non baciarsi nei corridoio della scuola – le ha fermate. Sono due ragazze felici, innamorate e che non intendono nascondersi mai più.

«Sì, li ho qui.»

«Me li lasci così li fotocopio un attimo?»

«Certo. Aspetta un secondo.»

Julia cerca gli appunti nella sua cartellina e glieli passa. Vanesa la ringrazia con un bacio sulla guancia. Si alza per andare a fare le fotocopie. Ma c'è una cosa molto importante che vuole dirle.

«Hai saputo di Iván?»

«No» risponde Julia trasalendo. Non sa a cosa si riferisca la compagna. «Gli è successo qualcosa?»

«È stato espulso da scuola. Stamattina. Non potrà sostenere gli esami di accesso all'università.»

Nonostante tutto quello che c'è stato tra loro, la notizia non fa piacere a Julia. Lei e Iván non hanno più avuto nessun contatto da quando si sono visti una settimana prima a scuola, ma quando pensa al ragazzo con il piercing continua a smuoversi qualcosa in lei. Un sentimento che cerca a fatica di dimenticare. E piano piano ci sta riuscendo.

«Mi dispiace per lui.»

«Anche a me. Non gli auguro nessun male. Spero anzi che le cose gli vadano bene.»

E, senza aggiungere altro, Vanesa si volta ed esce dalla caffetteria. Pochi minuti dopo Emilio torna al tavolo con *café con leche* e *magdalenas* per due.

«Non so se ci fa bene tutta questa caffeina» dice mentre si siede. «Passerò notti e notti in bianco.»

«Quando gli esami saranno finiti tornerò al mio Nesquik.»

«O alle tisane.»

«O alle tisane» ripete Julia, che inizia a scartare la *magdalena*. Dà un morso e osserva l'amico, che morde la sua.

In pratica devono bere contemporaneamente un sorso di caffè per non soffocare e per aiutare il pezzettone di *magdalena* a scendere lungo l'esofago. E, sempre quasi contemporaneamente, sbuffano sollevati quando riescono a mandarlo giù.

Ridono.

«Non ho voglia di studiare» dichiara Emilio mentre appoggia i gomiti sul tavolo e i palmi delle mani sul viso. Poi si aggiusta gli occhiali. «Proprio per niente.»

«Emi, ci dobbiamo concentrare. Volenti o nolenti.»

«Per te è facile. Magari avessi le tue capacità.»

«Ci risiamo?»

«Il fatto è che tu parti avvantaggiata» dice Emilio, fingendo che la cosa lo infastidisca. E poi canticchia: «Chi ha il potere... chi risolve i guai? Non si arrende mai?...».

La ragazza protesta e lo implora di piantarla. Si guardano fissi negli occhi, dopodiché lei lo costringe a concentrarsi di nuovo sul libro di storia. Julia sorride. Continua a sembrarle che il suo caro Emilio, dietro gli occhiali e quell'aria da fricchettone, abbia uno sguardo davvero affascinante. E la cosa le piace. Le piace molto.

Epilogo

Martedì 19 dicembre 2017

Due ragazze sono sedute in un bar dell'aeroporto. Bevono un caffè mentre aspettano che atterri l'aereo proveniente da Stoccolma.

«Cepeda deve assolutamente restare.»

«Ma se si è già salvato quattro volte! È meglio che Roi non se ne vada.»

«Be', a me piace Luis. Mi dispiacerebbe molto se uscisse. Per lui e per Aitana.»

Vanesa fissa Julia e poi scuote la testa. Non riesce a capacitarsi di come l'amica possa preferire Cepeda. Comunque sia, *Star Academy* è diventato il loro argomento di conversazione preferito e le ha avvicinate ancora di più. In questo primo periodo di scuola la loro amicizia si è consolidata.

Le due ragazze continuano a discutere per qualche minuto ancora su chi debba essere espulso e chi debba restare nell'accademia dei concorrenti galiziani del talent show di Gestmusic. Sono così prese a parlare della puntata del giorno prima che il tempo vola via.

«Che ore sono?» chiede Vanesa che, dopo aver controllato il cellulare, si è accorta di avere la batteria scarica.

«L'una e un quarto!» esclama Julia balzando in piedi. «Il volo di Emi arrivava all'una e cinque!»

«Tranquilla, ora che scende dall'aereo e ritira la valigia ci vogliono almeno altri venti minuti. E se ci stesse aspettando ti avrebbe chiamata.»

Julia si limita ad annuire. Non può negare di essere nervosa. Il suo migliore amico è in Svezia a studiare da quattro mesi. All'inizio parlavano tutti i giorni via Skype e non passavano più di otto o nove ore senza scriversi un Whatsapp. Tuttavia nelle ultime settimane il loro rapporto si è un po' raffreddato e il contatto si è diradato. La ragazza l'ha collegato agli esami del primo trimestre e alla grande quantità di lavori scritti che entrambi hanno dovuto preparare. La quarta superiore è più tosta di quanto immaginassero. Ma... se ci fosse dell'altro?

Non vuole perdere Emilio. Si rifiuta. Anche se adesso lui vive a oltre tremila chilometri di distanza e a quattro ore di aereo.

«Ti vedo tesa» dice Vanesa mentre camminano verso la porta da cui dovrebbe arrivare il ragazzo. «Rilassati.»

«Ho paura che le cose siano cambiate.»

«Cosa vuoi che cambi?»

«Non lo so. Magari quando ci vedremo ci sentiremo due estranei.»

«Che sciocchezza. Nemmeno fossero passati vent'anni. Sono solo quattro mesi che non vi vedete. E avete parlato migliaia di volte su Whatsapp. Non essere paranoica!» le dice dando un leggero colpetto col pugno sulla spalla dell'amica.

Lei protesta, fingendo di essersi fatta male, ma alla fine abbozza un sorriso. Di certo Vanesa ha ragione e il suo rapporto con Emilio sarà sempre lo stesso. E sente un formicolio nello stomaco. Una sensazione che non sa come definire.

«Eccolo lì» dice Julia indicando una zona del terminal in cui si è riunita parecchia gente.

Le due ragazze si mettono in seconda fila e, in punta di piedi, osservano i viaggiatori che escono dalla porta degli arrivi. Vanesa fa qualche commento scherzoso sulle coppie che si ritrovano o sui parenti in attesa della comparsa dei loro cari con striscioni e palloncini; non appena tuttavia vede l'espressione seria con cui Julia la guarda, si scusa, accusando bonariamente la cattiva influenza di Ingrid su di lei. Nonostante alcuni alti e bassi la relazione con la fidanzata procede con il vento in poppa. E si preoccupa sempre meno di quello che dicono e pensano gli altri.

«Eccolo lì!» urla Vanesa non appena individua un ragazzo con i capelli blu e gli occhiali con la montatura rossa. Anche lui le ha viste. «Ma è più alto o mi sbaglio?»

Julia ha la tremarella. Non è che Emilio sia più alto, ma cammina più dritto. E sorride. Sorride come non l'aveva mai visto sorridere. Forse la ragione di quel sorriso diverso è la ragazza bionda che tiene per mano.

Chi è?

Vanesa rifila a Julia una gomitata piuttosto evidente, prima di chiederle, mormorando in modo piuttosto mordace:

«Ha una ragazza? Tu lo sapevi?».

No, non sapeva nulla. Non le ha mai parlato di nessuno. E lei non ha chiesto niente. Il fatto è che un'eventualità del genere non l'aveva nemmeno presa in considerazione.

Emilio lascia la mano della bionda e si affretta ad abbracciare le sue ex compagne di classe. Prima Vanesa e poi Julia, a cui sussurra all'orecchio un "mi sei mancata". Lei non riesce ad articolare nemmeno una parola.

«Come sono felice di vedervi! E come siete belle!» commenta Emi. Ha di nuovo preso per mano la ragazza bionda, che sorride in modo molto dolce. «Lei è Kerstin. È svedese e non parla una parola di spagnolo.»

La ragazza fa un piccolo inchino nel sentire il suo nome e continua a sorridere. Mentre i quattro si incamminano verso la stazione della metropolitana, Emilio racconta che escono insieme da due mesi e che frequentano la stessa classe. Kerstin passerà con lui le vacanze di Natale e chissà se riuscirà a imparare un po' di spagnolo.

Julia ascolta l'amico e ha l'impressione che si tratti di una persona diversa da quella che lei conosceva. Le cose sono cambiate, eccome.

Perché non le ha detto che è fidanzato?

«A Stoccolma parliamo inglese» spiega Emilio. «Ma adesso è ora che inizi a imparare qualche parola in spagnolo. Glielo insegnerò io e lei, in cambio, mi insegnerà a sciare.»

«Andrete a sciare?» chiede Julia, decisamente stupita.

«Sì, con i miei, dopo la vigilia di Natale. Se vuoi unirti sei la benvenuta.»

Lei rifiuta subito la proposta. Non sa ancora cosa farà nelle vacanze di Natale, ma non intende certo reggere il moccolo alla coppietta. E poi non è che sciare faccia tanto per lei. Sbuffa e continua ad ascoltare quello che dice il ragazzo con i capelli blu, anche se non vede l'ora di tornare a casa a riflettere, nella solitudine della sua stanza, su quella situazione del tutto inaspettata. Il formicolio allo stomaco è completamente scomparso. O meglio, si è trasformato: perché adesso si sente invadere da un sentimento negativo. Le dà fastidio che Emilio esca con qualcuno? Non dovrebbe. Eppure, per qualche strana ragione, la infastidisce la presenza di quella ragazza svedese che, del resto, le sembra molto carina. Sì, Kerstin ha l'aria di essere un pezzo di pane e non ha colpa di niente. Quell'incontro non è stato come l'immaginava, ma non ha alternative se non mostrarsi gentile e prenderla con filosofia.

«Ti sta squillando il cellulare?» le chiede Vanesa prima di entrare nella stazione della metropolitana.

Julia tira fuori il cellulare dalla tasca del cappotto e scopre che l'amica ha ragione. È suo padre.

«Ciao, papi. Come va?»

«Volevo dirti che ci hanno appena avvisato che la giuria è pronta a emettere il verdetto. Lo sapremo tra pochi minuti.»

«Davvero?»

«Sì. Finalmente hanno preso una decisione.»

La giuria del caso Ríos è rinchiusa in un albergo della capitale da oltre un mese e mezzo. Nessuno immaginava che ci avrebbero impiegato così tanto a decidere se Jonathan Vila fosse o meno colpevole dell'omicidio di Aurora.

«Stai andando in tribunale?»

«Sì, io e la mamma siamo in macchina adesso. Volevo che lo sapessi. Ti chiamo appena ci sarà la sentenza.»

«Grazie, papà. Tienimi ag…»

La voce della ragazza si interrompe, sostituita da un rumore devastante. Miguel Ángel resta sconvolto nel sentire un'esplosione all'altro capo del telefono. Non sa cosa sia successo, ma viene preso dal panico. Prega la figlia di rispondere. Di dire qualcosa. Qualsiasi cosa.

Ma le sue suppliche disperate sono inutili, perché Julia non risponde.

Ringraziamenti

Questa è una parte del libro molto importante per me, e voglio cominciare ringraziando tutte le persone che l'hanno comprato e l'hanno letto con piacere, paura, curiosità, aspettative, dubbi, o per fedeltà nei miei confronti... Che vi sia più o meno piaciuto, che riteniate mi sia venuto meglio o peggio dei precedenti romanzi, che sia la prima o l'ennesima volta che vi avvicinate alle mie storie, vi ringrazio tutti allo stesso modo. Perché non è facile cambiare e affrontare nuove sfide, soprattutto quando le cose stanno andando bene e ti sei creato un piccolo spazio in un mondo difficile come quello della letteratura. Quindi GRAZIE per questa opportunità. Spero che il libro vi sia piaciuto.

La ragazza invisibile è una storia che avevo in mente da tempo. Mi sono sempre piaciuti i thriller e sognavo un giorno di poter pubblicare qualcosa di simile a ciò che è diventato questo libro. Grazie mamma e papà per avermi offerto la possibilità di leggere tanto e di circondarmi, fin da bambino, di personaggi quali Hercule Poirot, Miss Marple, Sherlock Holmes e il dottor Watson, Amy Adams e Lince Collins... e molti altri che hanno dato alla mia infanzia e alla mia adolescenza un sacco di casi da risolvere. Era impossibile per me andare a dormire senza prima scoprire chi fosse il colpevole. Se i miei genitori non mi avessero regalato libri di questo tipo probabilmente oggi non esisterebbe quello che avete appena finito di leggere. È l'undicesimo romanzo che vi dedico. Forse il più importante di tutti e quello su cui avete avuto maggiore influenza. E non lo dico solo per tutte le ore passate a discutere della trama o per l'aiuto e i consigli che mi avete dato perché tutto fosse perfetto e senza errori. Tutto accade per qualche ragione e ha un inizio. Questo romanzo, mamma e papà, lo devo in gran parte a voi: grazie.

Ovviamente voglio ringraziare anche mia sorella María. Lei è importante per me quanto lo sono i miei genitori, ed è un'accanita lettrice. Io sono più da Agatha Christie e tu da Jack lo Squartatore, ma ci capiamo. L'impegno, le ore di sforzi, il lavoro ben fatto, i rischi, il coraggio e le nuove esperienze... alla fine daranno i loro frutti. E il talento non ti manca. Fatti valere in questo 2018. Sono qui per qualsiasi cosa di cui tu abbia bisogno.

Anche se abito a Madrid e non ho la famiglia vicino – la maggior parte dei miei parenti sono a Siviglia – vi penso sempre. So che a volte posso sembrare distante o persino freddo, ma vi assicuro che è l'esatto opposto. Cerco di essere sempre al corrente di tutto quello che succede. Sto molto male quando so che qualcosa non va e sono molto felice quando ricevo notizie positive. Vi mando tanto affetto, cugini e zii. Vi meritate il meglio perché siete i migliori e mi avete insegnato che, nelle difficoltà, l'unione è la più potente medicina.

Sai una cosa? Adoro come ti arrabbi quando perdi a Risiko. Lo dovevo scrivere. Scusa, mi dispiace, che orrore. Perché le nostre discussioni finiscono sempre con un sorriso e un bacio di riconciliazione. La parola "innamorato" non è sufficiente a descrivere quello che provo per te. Questo libro sarebbe stato impossibile senza te accanto.

Julia ha qualcosa di te e della tua brillante personalità. Non imparerò mai a fare il cubo di Rubik e nemmeno a orientarmi nelle città, come invece sai fare tu. Viaggiare insieme a te è il mio passatempo preferito, tanto quanto vederti sorridere. La tua felicità è il più grande regalo che la vita possa concedermi. E direi che ci stiamo lavorando. Mantieni sempre la tua essenza, Ester. Il resto è meno importante. Molto meno. Ti amo. E avverti i tuoi genitori e i tuoi parenti che sono un disastro nelle riunioni di famiglia. Sì, okay, lo leggeranno da sé, quando arriveranno a questo punto.

Qualche mese fa mi chiedevo cosa avrei scritto quando fosse arrivato il momento di ringraziare la casa editrice. Mi piace essere sincero e Planeta per me è stata così importante che considero le persone con cui lavoro la mia seconda famiglia. Ma in tutte le famiglie ci sono momenti di dubbi e incertezze. Il 2017 non è stato facile. Lo sapete, lo so. Tuttavia è nella tensione, nelle difficoltà che meglio si può vedere di che pasta sono fatte le persone. E, in questo inizio d'anno, la verità è che non mi posso sentire più amato, appoggiato e apprezzato di così dal mio editore. Grazie mille, Raquel Gisbert, per avermi ascoltato e capito. E grazie di cuore, Puri Plaza, per avermi protetto in quel modo così magico. Mi avete fatto lavorare come non mai! Mille e mille grazie, Lolita Torelló, Laura Franch, Isa Santos, Silvia Axpe e Belén López, per avermi viziato e sostenuto in questo nuovo progetto. Avevo bisogno proprio di ciò che mi avete dato in questi mesi. Grazie, Laia, ci rincontreremo. E grazie, Laura, buona fortuna nel tuo nuovo percorso. È stato un piacere lavorare con te per tutti questi anni. Sei parte del successo. Come te, Sergi. Che tu ci sia più o meno, sei come un fratello per me nella casa editrice. Voglio anche ringraziare il grande Javier Sanz e la sua squadra, spero che siano tempi nuovi e prosperi per la lirica. Grazie, come sempre, al signor Creuheras, a Marc, a Marisol Palés, a Carlos Revés, a Paco Barrera, a Ana Gavín, a Carmen Ramírez, a Zoa, a Vanesa, a Laura Verdura, a Ferran, a Sabrina, a Begoña... e a tutti i componenti della grande squadra che è Planeta. Grazie anche ai commerciali, che fanno un ottimo e necessario lavoro, e alle delegazioni latinoamericane (in particolare a quelle dell'Argentina, del Perù, della Colombia e del Messico, che mi hanno trattato così bene nel mio ultimo tour). Grazie ai ragazzi di Booket! E grazie anche a quelli di Columna Edicions e Labutxaca!

Raquel de la Morena, per me sei una specie di angelo custode. Magari potessi correggere i miei libri per sempre. I miei romanzi non sarebbero gli stessi, senza di te. Ti meriti un monumento, e i tuoi libri devono ricevere un riconoscimento mondiale.

In questo momento siamo oltre 171.000 su Twitter, 49.000 su Instagram, oltre 70.000 su Facebook e quasi 29.000 sul canale YouTube. Continuiamo a crescere! In rappresentanza di tutti i follower voglio nominare e ringraziare questi ragazzi: Alejandra Moya, Laura Cagiao, Paula Arenas, Laura Pérez, Belén Álvarez, María José Calvo, Francesc Sánchez, Abril Neukirchen, Rebeca Quilantán, Elizabeth Pérez, Jessica Cuenca, Enara Alcalde, Ainhoa Cortázar, Cristina Garrido, Melina Hermida, Santiago Aranciaga, Vanessa Avecilla, María Tomás, Carmen Navarro, Laura Rosete, Inma Mora, Paula Montes, Rocío Mora e Judith Matesanz. Non mi stancherò mai di ripeterlo: voi lettori siete la parte più importante della storia. Non vedo l'ora che leggiate questo romanzo e mi diciate cosa ve ne pare. Siete nei miei pensieri, *Afortunados de Blue*, *Bluecitas* di Madrid, *Clásicas*, ragazze dei gruppi Whatsapp... la vostra opinione per me sarà fondamentale.

Irene Contenta, grazie. Perché girarci intorno... anche se tua sorella Paula è più simpatica. Candela, grazie per quelle fiere del libro di Madrid. Davvero grazie per la vostra amicizia, Niko, Carlos G. Miranda, Piñol, Iria, Andrea, Gema, Dani, Chris, Nieves, David, Pedro, Javier e Vero, Ibra, Vanesita, Paula Dalli, sorelle Miramón, José Luis, Marina, Albanta, Omai, Borja e molte altre persone che non ho citato o che ho nominato in altri libri. Per fortuna siete in tanti.

Continuo a scrivere nella caffetteria di Callao (non la nominerò più, per via di una grande delusione). Voi che lavorate lì siete incredibili: grazie, ragazzi, per la vostra gentilezza, per il vostro affetto e perché mi ricevete sempre con un sorriso.

Finirò il libro con un'arringa, come faccio sempre. Forse non è il luogo più adatto, perché questa parte del romanzo serve a ringraziare e a ricordare le persone che stimi e a cui vuoi bene. Ma avevo bisogno di includere un messaggio circa un argomento che mi preoccupa sempre di più. E no, non è la pirateria; anche se ovviamente continuo a essere contrario – comprate i libri, non scaricate il PDF piratato. In questo caso vorrei spendere due parole sui linciaggi che sono sempre più frequenti sui social. Bisogna porvi fine. Bisogna rispettare le opinioni altrui, conoscere la realtà delle cose prima di giudicare qualcuno e non farci trascinare dall'odio. E non solo per le persone vittime di tale linciaggio, ma anche per le loro famiglie. Pensate che tutti abbiamo qualcuno che ci vuole bene e che, se calpestiamo una persona, in realtà ne stiamo calpestando molte altre. Siamo arrivati a un punto in cui i social si sono trasformati in una giungla. E vale per tutto. Non lasciatevi influenzare da account senza volto che cercano soltanto il conflitto. Non portate nulla all'estremo. E, soprattutto, contate fino a dieci prima di insultare, disprezzare o umiliare qualcuno. Fino a venti, se necessario. E se fate parte di coloro che hanno quegli account che istigano all'odio, che inventano storie o le trasformano per radicalizzare la gente, fermatevi. State facendo molto male. Davvero, ragazzi, non cadete in questo tranello.

E qui finiscono i ringraziamenti. Non mi resta che dirvi ancora grazie e aspettare le vostre reazioni. Sono agitato. È da voi che dipenderà l'inizio di una nuova avventura. Mi sono divertito come mai prima d'ora a scrivere. Spero che si veda e che per voi sia valsa la pena di arrivare fin qui. Ci vediamo ai firmacopie e sui social. Al prossimo romanzo!